楚辞章句补注　楚辞集注

[汉]王逸　章句　[宋]洪兴祖　补注　夏剑钦　校点

[宋]朱熹　集注　吴广平　校点

湖湘文库编辑出版委员会

岳麓书社

湖湘文库
甲编

出版说明

湖湘文化源远流长，博大精深，是中华文化中独具地域特色的重要一脉。特别是近代以来，一批又一批三湘英杰，以其文韬武略，叱咤风云，谱写了辉煌灿烂的历史篇章，使湖湘文化更为绚丽多彩，影响深远。为弘扬湖湘文化、砥砺湖湘后人，中共湖南省委、湖南省人民政府决定编纂出版《湖湘文库》大型丛书。

《湖湘文库》编辑出版以“整理、传承、研究、创新”为基本方针，分甲、乙两编，其内容涵盖古今，编纂工作繁难复杂，兹将有关事宜略述如次：

一、甲编为湖湘文献，系前人著述。主要为湘籍人士著作和湖南地区的出土文献，同时酌收历代寓湘人物在湘作品，以及晚清至民国时期的部分报刊。

二、乙编为湖湘研究，系今人撰编。包括研究、介绍湖湘人物、历史、风物的学术著作和资料汇编等。

三、乙编中的通史、专题史，下限断至1949年。

四、甲编文献以点校后排印或据原本影印两种方式出版。

五、除少数图书以外，一律采用简体汉字横排。

六、每种图书均由今人撰写前言一篇。甲编图书前言，主要简述原作者生平、该书主要内容、学术文化价值及版本源流、所用底本、参校本等。乙编图书前言，则重在阐释该研究课题的研究视角和主要学术观点等。

七、对文献的整理，只据底本与参校本、参校资料等进行校勘标点，对底本文字的讹、夺、衍、倒作正、补、删、乙，有需要说明的问题，则作出校记，一般不作注释。

八、甲编民国文献中的用语、数字、标点等，除特殊情况外，一般不作改动。乙编图书中的标点、数字用法、参考文献著录规则等均按现行出版有关规定使用和处理。

《湖湘文库》卷帙浩繁，难免出现缺失疏漏，热望社会各界批评指正。

《湖湘文库》编辑出版委员会

前　言

湖湘文化的历史源头是楚文化。楚文化在文学艺术方面的杰出成就是伟大诗人屈原和宋玉创作的一种具有鲜明的楚国地方特色的新诗体“楚辞”。屈原和宋玉都是战国时期楚国作家，他们的故乡虽然都在今湖北，但两人都曾流放湖南，在湖南生活了很长一段时间，许多诗篇也创作于湖南，湖南是屈原和宋玉的第二故乡。屈宋辞赋，尤其是屈原精神，融入了湖湘子弟的血脉，深刻影响了湖湘文化。湖湘文化的精神风貌、价值取向，我们都可在屈原和宋玉及其所创作的楚辞中找到遗传基因。谈湖湘文化不谈屈原、宋玉及其楚辞，至少是缺失了一个重要的源头。要学习、研究、继承、弘扬湖湘文化的优良传统，我们必须走近伟大的诗人屈原、宋玉，走近古老的诗歌经典《楚辞》。

屈原，姓芈，屈氏，名平，字原，与楚王同宗共祖。西汉东方朔在他的骚体诗《七谏·初放》中说：“平生于国兮，长于原野。”这里的“国”即国都，指的是楚国的首都郢都。屈原《九章·哀郢》中也有“去故乡而就远”、“发郢都而去闾”、“去终古之所居”等诗句明确表明自己的故乡是郢都。据诗人的自述和汉人的记载，我们可以断定屈原乃郢都（今湖北省江陵县纪南城）人①。据《离骚》“摄提贞于孟陬兮，惟庚寅吾以降”，可推定屈原生于楚宣王十七年（前353年）正月二十三日②。

屈原所处的时代正是战国中晚期。经过长期的兼并战争，春秋时代一百多个国家这时数量大大减少，当时齐、楚、燕、韩、赵、魏、秦七个诸侯国实力最强，出现了所谓“七雄争峙”的局面。“七雄”之中，楚国和秦国最为强大。秦国的版图和财富虽不及楚国，军事实力却与楚国旗鼓相当，两个国家都有统一中国的可能。张仪说：“凡天下强国，非秦而楚，非楚而秦。两国敌侔交争，其势不两立。”（《战国策·楚策一》）苏秦说：“从（纵）合则楚王，横成则秦帝。”（《战国策·楚策一》）显然，楚国如果坚持正确的军事、外交路线，是可以抗衡秦国，统一天下的。然而，由于楚怀王和楚顷襄王父子处于不思革新图强的旧贵族势力的包围之中，使楚国内政外交都处于被动地位。特别是在与秦的斗争

①关于屈原的故乡，袁山松《宜都山川记》云：“秭归，盖楚子熊绎之始国，而屈原之乡里也。原田宅于今具存。”又云：“屈原有贤姊，闻原放逐，亦来归，喻令自宽全。乡人冀其见从，因名曰秭归。即《离骚》所谓女媭婵媛以詈余也。”（见《水经注》卷三四“江水”注引）以前学术界据此认为屈原的故乡是湖北省秭归县乐平里。但郦道元在引用袁山松的这段话时就说：“余谓山松此言，可谓因事而立证，恐非名县之本旨矣。”明确对此说表示了怀疑与否定。而据历史地理学家考证，秭归之得名与古夔国有关，而与屈原无涉。据诗人的自述和汉人的记述，屈原的故乡应当是楚国郢都，即今湖北省江陵县纪南城。

②据屈原自言生于寅年寅月寅日考证其生年月日，郭沫若《屈原研究》推算为楚宣王三十年（前340）正月初七日，浦江清《屈原生年月日的推算问题》推算为楚威王元年（前339）正月十四日（《历史研究》1954年第1期），胡念贻《屈原生年新考》推算为楚宣王十七年（前353）正月二十三日（《文史》第五辑；又见《先秦文学论集》，中国社会科学出版社1981年版），另外还有十几种说法。过去通行的说法是前340年说和前339年说，但现在赞与前353年说者愈来愈多（如赵逵夫、金开诚、雷庆翼等）。此事至为复杂，争讼未已，迄无定论，我暂取胡念贻说。

中，楚国步步皆输，频频失利。可见，屈原生活的时期正是楚国由盛转衰的时期。

据《史记·屈原贾生列传》记载，屈原早年受到过良好的正规教育，“博闻强志，明于治乱，娴于辞令”。壮岁入仕，任楚怀王左徒，其职相当于副宰相兼外务大臣，“入则与王图议国事，以出号令；出则接遇宾客，应对诸侯”，对内主张举贤授能，对外主张联齐抗秦，一度深得楚怀王的信任。大家知道，楚国经过楚悼王时吴起的变法，楚肃王、楚宣王两朝的经营和积累，到楚威王时已出现中兴局面，国势达到了强大和繁荣的顶点。楚怀王前期，楚国的国势仍很强盛。楚怀王十一年（前318），楚、韩、魏、赵、齐、燕六国合纵，共同攻打秦国，楚怀王还担任了六国联军统帅。但秦师出兵函谷关后，六国联军随即解体，都撤退回国。从此，楚国由强盛走向衰败。

楚国的改革派和保守派的斗争亦异常激烈。当时上官大夫与屈原的行政级别相同，为了争得楚怀王的宠信，嫉妒屈原的才能。有一次，怀王叫屈原草拟改革朝政、整饬吏治、抑制豪强、肃除腐败的宪令。这肯定要影响旧贵族的既得利益，因而引起旧贵族的强烈反对。宪令还没定稿，上官大夫就代表保守势力要修改其中有关条文，屈原不同意。上官大夫恼羞成怒，就向楚怀王进谗，说：大王叫屈平草拟宪令，无人不知。每次宪令公布出来，屈平总要夸夸其谈，说什么除了我，谁也干不了。刚愎自用、感情用事的怀王大怒，疏远了屈原。关于这次“草宪”事件的经过和结果，屈原自己在《惜往日》中亦曾有过这样的追忆：“惜往日之曾信兮，受命诏以昭时。奉先功以照下兮，明法度之嫌疑。国富强而法立兮，属贞臣而日娭。秘密事之载心兮，虽过失犹弗治。心纯庬而不泄兮，遭谗人而嫉之。”其后，屈原担任三闾大夫，掌公族屈、景、昭三姓子弟的管理和教育。他在《离骚》中记述了自己为国培育人才的情况："余既滋兰之九畹兮，又树蕙之百亩。畦留夷与揭车兮，杂杜衡与芳芷。"屈原被疏远后，痛心君王偏听偏信，让谗言谄媚蒙蔽了明辨，奸邪歪曲妨害了公道，使端方正直的人不为世俗所容，因而忧愁深思而创作了《离骚》。

楚怀王十六年（前313），秦惠王欲伐齐，因为齐国跟楚国存在合纵的亲密关系，秦惠王有所顾忌。张仪献离间齐、楚之计，秦惠王于是以免除张仪的丞相职务为幌子，叫张仪佯装脱离秦国，用丰厚的财物作献礼去事奉楚王，并诓骗怀王说："楚国果真与齐国绝交，秦国愿意献出商、於之地六百里。"怀王昏庸贪心，竟轻信间谍张仪的话，强行与齐国毁盟绝交。当他派人到秦国去办理土地交割手续时，张仪却耍赖说："我说的是六里，从来没有说过什么'六百里'。"怀王大怒，就仓促发兵攻打秦国。楚怀王十七年（前312）春天，楚军和秦军在丹阳交战，楚军大败，士卒八万被斩杀，屈匄、逢侯丑等七十余名将领被俘，汉中郡被侵占。楚怀王兵挫地削之后，稍有觉悟，召还屈原，派他出使齐国，以重修旧好。楚怀王十八年（前311），秦国表示愿退还侵占的汉中郡之一半与楚求和。怀王说："我宁肯不要土地，只要得到张仪就心甘了。"狡猾而又无所畏惧的张仪自愿单身闯入楚国。到楚国后，他用丰厚的财物贿赂了怀王的佞臣靳尚，又用花言巧语拉拢了怀王的宠姬郑袖。怀王竟然听信了郑袖的话，又释放了张仪。这时，屈原刚好出使齐国归来，说："何不杀张仪？"怀王才猛然醒悟，派人去追张仪，但已追赶不上了。

楚怀王二十四年（前305），楚国背叛齐国，而和秦国联合，派人到秦国迎娶新妇。一向坚持联齐抗秦的屈原因为进谏反对怀王背齐联秦而被流放到汉北。屈原《九章·抽思》说："有鸟自南兮，来集汉北。好姱佳丽兮，牉独处此异域。”就是说的自己流放汉北的情况。这以后各国联合攻楚，大败楚军，杀死楚大将唐昧。

怀王三十年（前300），秦国再次攻打楚国，攻占了楚国八座城镇。此时屈原复被怀王起用，仍然坚持联齐抗秦的主张。当时，秦昭王与楚有联姻关系，要求与怀王见面。怀王打算动身。屈原说：秦是虎狼之国，不可信，还是不要去。怀王的小儿子子兰劝怀王去，说：为什么要断绝跟秦国的良好关系呢？怀王最终去了。一入武关，即被软禁，并遭遇割让土地的敲诈和威胁。怀王恼怒，不答应。国不可一日无主，经大臣紧急商议，遂立太子横为王，是为楚顷襄王，以其弟子兰为令尹。顷襄王二年（前297），怀王逃到赵国，赵国不收留，后又被追寻的秦军发现，被带回秦国，从此一病不起。顷襄王三年（前296），怀王客死于秦国，秦国将其尸体送回楚国安葬，“楚人皆怜之，如悲亲戚”（《史记·楚世家》）。屈原和许多楚国人因此抱怨子兰劝怀王入秦，以致客死他乡。令尹子兰听到这些议论，气急败坏，遂唆使上官大夫在顷襄王面前诽谤屈原。顷襄王勃然大怒，就将屈原流放到江南。屈原由郢都出发，“上洞庭而下江”（《哀郢》），“乘舲船上沅”，“朝发枉陼”，“夕宿辰阳”，“入溆浦”（《涉江》），辗转沅、湘一带，年复一年，日复一日，备受痛苦煎熬、折磨，“被发行吟泽畔，颜色憔悴，形容枯槁”（《渔父》）。万般无奈之下，屈原唯有以死来表达对楚国腐朽集团的强烈抗争，遂于顷襄王十六年（前283）五月初五日，抱石自沉于汨罗江①。

尽管屈原以死抗争的行为对当时腐败透顶、濒临覆灭的楚朝廷无济于事，但屈原的形象和精神却是高山仰止、千古生辉的。每年农历五月初五，中国民间都有过端午、包粽子、赛龙舟的习俗，这本来都与屈原无涉，但因为这天刚好是屈原的忌日，后来就变成了纪念屈原的传统节日和民俗，由此可见人民对屈原的敬仰和怀念。屈原举贤授能、修明法度的美政理想，忠于祖国、至死不渝的爱国感情，坚持真理、勇于求索的献身精神，代表着历史的进步要求和民族的精神脊梁，千百年来哺育和激励了无数的志士仁人和进步作家！“屈原精神”已成为中华民族精神的重要组成部分，是永远值得我们骄傲的“民族魂”。

屈原是楚辞的创始人和代表作家，也是中华民族历史上第一位伟大的爱国诗人。他的作品思想深邃，情感浓郁，构思奇特，想象丰富，意境优美，文辞瑰丽，体现了内容与形式的完美统一。

---

①关于屈原的沉江年代及原因，自明人汪瑗《楚辞集解》提出《哀郢》作于楚顷襄王二十一年（前278），其主旨为哀悼郢都被秦将白起攻陷之后，郭沫若《屈原研究》从此说，并将屈原之沉江说成是因“白起破郢”而“殉国难”，将屈原之沉江年代说成是楚顷襄王二十一年（前278）。此说影响很大，从者甚众。然而，此说后来被章培恒和潘啸龙分别从不同的角度彻底驳倒，并得出了趋向于两极的新结论。章培恒认为屈原死于顷襄王三十年（前269）之后，《哀郢》是郢都沦陷、迁都于陈之后九年，即顷襄王三十年（前269）时，屈原因回忆这次悲惨的事件而作，抒发的是郢都沦陷、诗人东迁逃亡的哀思（参章培恒《关于屈原生平的几个问题》，载《学术月刊》1981年第10期）；而潘啸龙则认为屈原早在顷襄王十六年（前283）或十七年（前282）即已沉江，《哀郢》是屈原迁逐江南九年以后，即顷襄王十三年（前286）或十四年（前285）所作，抒发的是无罪弃逐、九年不复的哀思（参潘啸龙《关于屈原自沉的年代及原因》，载《江汉论坛》1982年第5期）。潘啸龙又在《安徽师范大学学报》1989年第3期发表《从汉人的记述看屈原的沉江真相》一文，指出从汉初到东汉，凡是提及屈原事迹的大学问家，无不确认屈原之死是由于“被谗放逐”，对楚王朝的黑暗朝政失去希望所致，而无人说过是因“白起破郢”而“殉国难”。屈原沉江年代及原因的考证，亦至为复杂，争讼未已，迄无定论，我暂取潘啸龙说。

他善于以经天纬地之才，表现各种矛盾与冲突，如《离骚》中表现的生与死、去与留的矛盾与冲突，《九歌》中表现的神与人、圣与俗的矛盾与冲突，《天问》中表现的古与今、明与惑的矛盾与冲突，莫不惊心动魄，震古撼今。屈原开创了中国诗歌由民间集体创作到作家个人创作的新时代。他拉开序幕，即满台精彩。其作品风格不但不重复前人，也不重复自己，呈现出多姿多彩的特征。《离骚》波澜壮阔，幽深隽永；《九歌》迷离飘渺，悱恻绮靡；《天问》恢诡谲怪，瑰丽奇矫；《九章》质朴清新，直率平实；《远游》高蹈飞升，道骨仙风；《卜居》《渔父》则韵散结合，迹近赋体。屈原继《诗经》的现实主义之后开创了浪漫主义的创作方法，大大丰富了我国文学的艺术表现力。他运用大胆的想象、神奇的夸张，交织以古老的神话、优美的传说、原始的宗教、民间的风俗，将历史与现实、神界与人间熔为一炉，创造了一幅幅激动人心的艺术画面，塑造了高大峻洁的自我形象，表现了诗人的崇高理想，形成了神奇谲怪的美学风貌，对后世产生了深远的影响。屈原重视诗歌意象的创造和组合，将《诗经》孤立的比兴手法发展为系统的象征艺术，形成了有机统一的意象系统。正如王逸所说的："《离骚》之文，依《诗》取兴，引类譬喻。故善鸟香草，以配忠贞；恶禽臭物，以比谗佞；灵修美人，以媲于君；宓妃佚女，以譬贤臣；虬龙鸾凤，以托君子；飘风云霓，以为小人。"（《楚辞章句·离骚序》）屈原作品中的意象大体可分为三种类型：一是人的意象群，二是物的意象群，三是神的意象群。而每一类意象群内除了某些中性事物外，又有正反对立的两组。屈原"寄情于物"，"托物以讽"，以此来表现肯定或否定的意向和鲜明的爱憎，因而他作品中的意象大多带有浓厚的感情色彩。特别是屈原建构和营造的香草美人意象，芬芳华美，具有经典意义，滋润和沾溉了后世无数作家。屈原作品还常常用男女恋爱婚姻关系来象征政治上的君臣关系，形成了朱熹所谓的“男女君臣之喻”。《离骚》前半篇诗人自比弃妇，后半篇以求女象征求君，均是“男女君臣之喻”整体构思的体现。这不仅符合中国人传统的思维习惯，而且形象生动，表意隽永。《尚书·舜典》云：“诗言志，歌永言。”最早对诗歌的功能作出了明确的概括。比起“三代”人的重言志，屈原更重言情。他在《九章·惜诵》中提出了著名的“发愤以抒情”说。这是屈骚美学的灵魂和精髓，也是中国古代悲剧理论的重要主题。屈原乃有心做政治家，而无心当文学家。“愤怒出诗人”。由于在政治上“信而见疑，忠而被谤”，屈原情不自禁地抒发自己的牢骚与愤懑，遂创作出了震撼千古的光辉诗篇，成为中华民族文学史上伟大的诗人。屈原取得了巨大的艺术成就，他的影响是深远的。王逸《楚辞章句叙》称：“屈原之词，诚博远矣。自终没以来，名儒博达著造词赋，莫不拟则其仪表，祖式其模范，取其要妙，窃其华藻，所谓金相玉质，百世无匹，名垂罔极，永不刊灭者矣。”刘勰《文心雕龙·辨骚》也指出：“其叙情怨则郁伊而易感，述离居则怆怏而难怀，论山水则循声而得貌，言节候则披文而见时。是以枚贾追风以入丽，马扬沿波而得奇。其衣被词人，非一代也。”

司马迁《史记·屈原贾生列传》说：“屈原既死之后，楚有宋玉、唐勒、景差之徒者，皆好辞而以赋见称，然皆祖屈原之从容辞令，终莫敢直谏。其后楚日以削，数十年竟为秦所灭。”宋玉等人大概只是屈原的后学。唐勒、景差的辞赋今均已佚。宋玉的作品有许多篇流传至今。宋玉是继屈原之后中国文学史另一位光耀千古的伟大作家。

宋玉是楚国鄢（今湖北宜城）人①，大约生于楚顷襄王元年（前298）前后，一生经历了楚顷襄王、楚考烈王、楚幽王、楚王负刍四朝。汉王逸《楚辞章句·九辩序》以及《隋书·经籍志》又都说宋玉是屈原弟子。宋玉是否是屈原弟子，今人大多存疑。但宋玉为景仰屈原道德文章之后学，则是可以肯定的。

宋玉所处的时代正是战国后期。这时各诸侯国之间政治军事斗争更加激烈，社会动荡不安，所谓七国争雄的局面已为秦、齐、楚三强鼎立所替代。三国中秦国势力最强，楚国从怀王被骗辱国失地、客死秦邦后，国力衰微，逐渐走了下坡路。顷襄王二十一年（公元前278年）郢都为秦兵所破，这距离楚国的最后灭亡（前223）不过五十几年了。生活在这样的时代，作为楚襄王的小臣，宋玉曾多次向襄王微词讽谏和献计献策，但均不被采纳。宋玉的为人还受到世俗的讥评，楚大夫登徒子、唐勒都曾在楚顷襄王面前诋毁过宋玉。据他在《九辩》中说，他不久便“失职”了，并说自己“无衣裘以御冬”，可见其晚年的生活是非常凄凉的。据宋玉《笛赋》“宋意将送荆轲于易水之上”，可知荆轲刺秦王时，宋玉尚在人世。荆轲刺秦王发生在楚王负刍元年（公元前227年），宋玉大约卒于楚亡之时（前222）。宋玉卒时，大约七十

①关于宋玉故里，旧有鄢郢（今湖北省宜城市）、郊郢（今湖北省钟祥县）、郢都（今湖北省江陵县）、归州（今湖北省秭归县）四说。当以鄢郢说为确。晋代习凿齿《襄阳耆旧传》（一名《襄阳耆旧记》）卷一说：“宋玉者，楚之鄢人也。故宜城有宋玉冢。”北魏郦道元《水经注》卷二十八“沔水”经文：“又南过宜城县东，夷水出自房陵，东流注之。”注曰：“城，故鄢郢之旧都，秦以为县，汉惠帝三年，改曰宜城。……城南有宋玉宅。玉，邑人，隽才辩给，善属文而识音也。”详参吴广平《宋玉故里考辨》，载《江汉论坛》2003年第10期；又载中国屈原学会编《中国楚辞学》第十辑，学苑出版社，2007年7月第1版，第155—167页。

六岁①。

宋玉是一介寒士。这一身份非常重要。因为屈原是一位大起大落的高官，他传奇性的生活经历，大多数的人是没有的，后来的追随者硬要模仿屈原的创作，就很容易变成空洞的抒情。而宋玉作为一介寒士，他的这一身份和他表现的不平与感伤，倒是最为普遍的人生经历和人生感受。在中国文学史上，宋玉敏感地发现了自然与人生之异质同构关系，通过对自然与人生之双重感伤，开创了中国文学的“伤春”与“悲秋”主题，表现了“贫士失职而志不平”的感伤与哀怨，以及对时代、社会、人生的悲慨。《招魂》结尾云：“献岁发春兮汩吾南征，菉蘋齐叶兮白芷生。路贯庐江兮左长薄，倚沼畦瀛兮遥望博。青骊结驷兮齐千乘，悬火延起兮玄颜烝。步及骤处兮诱骋先，抑骛若通兮引车右还。与王趋梦兮课后先，君王亲发兮惮青兕。朱明承夜兮时不可以淹，皋兰被径兮斯路渐。湛湛江水兮上有枫，目极千里兮伤春心。魂兮归来，哀江南。”《九辩》开头云：“悲哉，秋之为气也！萧瑟兮草木摇落而变衰。憭栗兮若在远行，登山临水兮送将归。泬寥兮天高而气清，寂寥兮收潦而水清。憯凄增欷兮薄寒之中人。怆怳懭悢兮去故而就新，坎廪兮贫士失职而志不平。廓落兮羁旅而无友生，惆怅兮而私自怜。燕翩翩其辞归兮，蝉寂寞而无声；雁廱廱而南游兮，鹍鸡啁哳而悲鸣。独申旦而不寐兮，哀蟋蟀之宵征。时亹亹而过中兮，蹇淹留而无成。”从此以后，“伤春”与“悲秋”乃成为中国文人易患的“季节性情绪低落症”和中国文学绵延不绝的永恒主题。这样的情绪、这样的主题未免低沉、沮丧，甚至消极，

---

①关于宋玉生卒年的考证，可参吴广平著《宋玉研究》上编第二章“诞生与死亡”，岳麓书社，2004 年 9 月第 1 版，第 19—29 页。

但却和封建时代众多落魄文人的情感息息相通，引发了历代文人的共鸣。宋玉的“伤春”与“悲秋”遂奠定了中国文学的感伤主义传统。

“屈平联藻于日月，宋玉交彩于风云。”（《文心雕龙·时序》）“屈宋逸步，莫之能追。”（《文心雕龙·辨骚》）在中国文学史上，屈宋历来并称，两人均被尊为“中国文学之祖”。刘师培说：“中国文学，至周末而臻极盛。……而屈、宋楚辞，忧深思远，上承风雅之遗，下启词章之体，亦中国文学之祖也。”（《论文杂记》）陆侃如说：“谁是中国文学之祖？我毫不迟疑地说：屈原与宋玉。他们不但给予楚民族文学以永久的生命，并且奠定了中国文学的稳固的基础。”“古代若无屈、宋，则文学史决没有那样灿烂；而楚民族若无屈、宋，则楚文学也决占不到重要的地位。所以，凡研究中国文学的人——尤其研究古代文学的人——都不可不从屈、宋下手。”（《屈原与宋玉》）由此可见，屈原和宋玉在中国文学史上的地位和影响。

屈原、宋玉均曾流放湖南，在湖南生活、创作了很长一段时期，湖南是屈原、宋玉的第二故乡。屈原在楚顷襄王时期流放到湖南，到过洞庭湖、沅水、湘水、辰溪、溆浦，最终自沉于汨罗江，在湖南众多地方都留下了他的遗迹、传说。宋玉也在楚考烈王至楚王负刍时期被贬谪到其赐地今湖南常德市临澧县，终老于临澧。临澧亦有宋玉墓、宋玉城等众多宋玉遗迹，还流传着“天葬宋玉”等众多关于宋玉的传说故事和《黄花鱼儿歌》等众多怀念宋玉的民间歌谣。就民间有关屈原、宋玉的遗迹、传说之丰富众多而言，湖南远超过屈宋的故乡湖北。屈原、宋玉的许多辞赋均创作于湖南。因此，屈原、宋玉不仅是中国文学之祖，也是湖南文学之祖，他们的文学创作对湖南后世文学影响既深且巨。尤其是屈原的光辉爱国诗篇和崇高爱国情操，千百年来，更是内化成了湖湘儿女的血脉和灵魂，积淀成了湖湘文化的光荣传统，激励了无数湖湘仁人志士奋勇前行。从湖湘学派的代表胡安国、胡宏、张栻，到王夫之、曾国藩、左宗棠、谭嗣同，再到现代的毛泽东、胡耀邦，我们都可从他们身上看到屈子的精魂和热血。

众所周知，中国先秦诗歌从西周初年（公元前11世纪）到春秋中叶（公元前6世纪）约五百年间，是四言诗发展的黄金时代。这些“先民的歌唱”被周人搜集、整理，编订成我国古代第一部诗歌总集《诗经》。《诗经》以后整整三百年，中国文坛几乎被散文的光辉所笼罩，诗歌则处于沉寂时期。打破这沉寂局面的，乃是天才诗人屈原及其后学宋玉。他们所创造的新诗体“楚辞”和《诗经》迥然不同，它不是集体的歌唱，而是个人的创作；不是现实主义的，而是浪漫主义的；不重自然的写实，而重主观的抒情；不是表现的北国风光，而是表现的南方景象；不是单一的比兴，而是整体的象征；句式不是板滞的四言，而是灵动的杂言；篇章不是回环复沓的短章，而是结构宏大的巨制；风格不是自然质朴，而是弘博丽雅。楚辞鲜明的地方特色，宋代黄伯思在《校定楚辞序》中有经典的概括：“盖屈宋诸骚，皆书楚语，作楚声，纪楚地，名楚物，故可谓之楚辞。”（见《宋文鉴》卷九十二）因为楚辞这种新诗体的代表作，乃是“逸响伟辞，卓绝一世”（鲁迅《汉文学史纲要》）的《离骚》，故后人又称其为“骚体诗”。在中国文学史上往往“风”、“骚”并称，以“风”来指代《诗经》，以“骚”来指代楚辞。考“楚辞”这一名称，最早见于西汉武帝时期。司马迁《史记·酷吏列传·张汤传》载：“买臣以楚辞与助俱幸，侍中为太中大夫，用事。”汉成帝时，刘向整理古文献，把楚国人屈原、宋玉所创作的骚体诗和汉代人贾谊、淮南小山、东方朔、严忌、王褒、刘向等人所创作的拟骚诗汇编成集，共十六卷，定名为《楚辞》，从此，“楚辞”遂又成为一部诗歌总集的名称。东汉安帝元初初年，王逸给刘向所编的《楚辞》作注，又加进他自己写的一篇《九思》，而命名全书为《楚辞章句》，为十七卷。刘向编的十六卷本《楚辞》久已亡佚，只有王逸的十七卷本《楚辞章句》流传至今，这就是现存最古的《楚辞》注本。《楚辞》一书是中国文学的古老经典，在中国古代浩如烟海的历史文献中具有极其重要的地位。按照传统的经、史、子、集四部文献分类法，《楚辞》属于“集部”，向来被称为“集部之祖”。打开中国古代最大的丛书《四库全书》，其中“集部”类的第一部书就是《楚辞》。故四库馆臣称：“集部之目，《楚辞》最古。”① 由于《楚辞》一书在中国文学史上具有举足轻重的地位，因此研究楚辞的历史绵延悠久，研究楚辞的论著汗牛充栋，并因此形成了一门专门的学问——楚辞学。

现存的最早的《楚辞》注本是东汉王逸注的《楚辞章句》。王逸，字叔师，南郡宜城（今湖北省宜城市）人，生卒年不详。汉安帝元初（114—119）中举上计吏，为校书郎，著《楚辞章句》。《楚辞章句》是汉代楚辞研究的集大成之作，代表了汉代楚辞研究的最高成就。南宋洪兴祖（1090—1155）所撰《楚辞补注》，对王逸《楚辞章句》纠谬补缺，援引赅博，取证详审，向为学术界所推重。《四库全书总目提要》认为其“于《楚辞》诸注之中，特为善本”。《楚辞补注》先引用王逸原注，然后再作补注，这样《楚辞章句》便与《楚辞补注》组合在一起（按：凡补注文字，原本均前标“补曰”。补者，洪兴祖之补注也，我们标作《补》），

①见《四库全书总目提要》卷一四八“集部总叙”。

成了最古老、最完备、最权威、最流行的《楚辞》注本。以至后来人们就很少印行《楚辞章句》的单行本了。南宋朱熹所撰《楚辞集注》包括正文八卷，另附辩证二卷，后语六卷。正文八卷对王逸所撰《楚辞章句》的篇目进行了增删，卷一至卷五为《离骚》，收录屈原的二十五篇作品，卷六至卷八为《续离骚》，收录宋玉、景差、贾谊、庄忌、淮南小山的十六篇作品。朱熹（1130—1200），字元晦，又字仲晦，号晦翁，别称紫阳，徽州府婺源县（今江西省婺源）人。南宋著名的理学家、思想家、哲学家、教育家、诗人，程朱理学的代表人物和集大成者。朱熹所撰《楚辞集注》不同于王逸《楚辞章句》和洪兴祖《楚辞补注》侧重训诂，而重阐发《楚辞》的微言大义。在内忧外患的南宋时期，朱熹撰写《楚辞集注》着力张扬和歌颂屈原忠君爱国的高尚情操，以此作为抗金救亡的精神旗帜。这彰显了朱熹作为理学的集大成者，通过训释古老典籍来号召和宣传强国保民、救亡图存的强烈爱国思想。朱熹的《楚辞集注》是继王逸《楚辞章句》、洪兴祖《楚辞补注》之后又一部重要的《楚辞》注本，是宋代楚辞研究的集大成之作。

为了方便广大读者深入了解屈原、宋玉为代表的楚国诗人所创作的楚辞对湖湘文化的深入影响，这次我们将王逸注、洪兴祖补注的《楚辞章句补注》和朱熹注的《楚辞集注》进行校点，收入《湖湘文库》出版。《楚辞章句补注》以“四部丛刊”影印宋本《楚辞》为底本，《楚辞集注》以宋理宗端平二年（1235）朱监刻本为底本，校点时我们都参校了其他重要版本。为了方便广大读者阅读，我们根据文库的统一要求，对原书进行了简体横排，并加以新式标点。在不影响意义的前提下，原书中的繁体字和异体字一律改为通行简化字。但涉及字形分析、释义、注音或校勘，需要保留繁体字或异体字字形时，则酌情予以保留。如原书中“野”字，原作“壄”的，一般都统一改为“野”；但在注释中如有“壄，一作野”之语，则保留了异体。像“余”与“馀”、“于”与“於”，合并影响意义了解，则大多仍予以分开。古籍点校，繁体转换为简体，添加新式标点，有很多技术问题不好处理，限于我们的水平和能力，不当之处，请读者指正！

吴广平

2012年8月20日于湖南科技大学人文学院中文系

楚辞章句补注

〔汉〕王逸/章句　〔宋〕洪兴祖/补注　夏剑钦/校点

目　录

班孟坚云：始楚贤臣屈原被谗放流，作《离骚》诸赋以自伤悼。后有宋玉、唐勒之属，慕而述之，皆以显名。汉兴，高祖王兄子濞，于吴招致天下娱游子弟，枚乘、邹阳、严夫子之徒，兴于文、景之际，而淮南王安都寿春，招宾客著书，而吴有严助、朱买臣贵显汉朝，故世传《楚辞》。

汉护左都水使者光禄大夫臣刘向集
后汉校书郎臣王逸章句

一本云校书郎中。《后汉·文苑传》云：逸字叔师，南郡宜城人。元初中举上计吏，为校书郎。顺帝时为侍中。著《楚辞章句》行于世。

楚辞卷第一

楚辞卷第二

楚辞卷第三

楚辞卷第四

楚辞卷第十二

楚辞卷第十三

楚辞卷第十四

楚辞卷第十五

楚辞卷第十六

楚辞卷第十七

按《九章》第四、《九辩》第八，而王逸《九章》注云“皆解于《九辩》中”，知《释文》篇第盖旧本也，后人始以作者先后次叙之尔。鲍钦止云：《辩骚》非楚词本书，不当录。班孟坚二序，旧在《天问》、《九叹》之后，今附于第一通之末云。

楚辞卷第一

隋唐书《志》有皇甫遵训《参解楚辞》七卷、郭璞注十卷、宋处士诸葛《楚辞音》一卷、刘杳《草木虫鱼疏》二卷，孟奥音一卷，徐邈音一卷。始汉武帝命淮南王安为《离骚传》，其书今亡。按《屈原传》云："《国风》好色而不淫，《小雅》怨诽而不乱，若《离骚》者，可谓兼之矣。"又曰："蝉蜕于浊秽，以浮游尘埃之外，不获世之滋垢，皭然泥而不滓。推此志，虽与日月争光可也。"班孟坚、刘勰皆以为淮南王语，岂太史公取其语以作传乎？汉宣帝时，九江被公能为楚词。隋有僧道骞者善读之，能为楚声，音韵清切。至唐，传楚辞者，皆祖骞公之音。

离骚经章句第一

《离骚经》者，屈原之所作也。屈原与楚同姓，仕于怀王，为三闾大夫。三闾之职，掌王族三姓，曰昭、屈、景。《战国策》：楚有昭奚恤。《元和姓纂》云：屈，楚公族芈姓之后。楚武王子瑕食采于屈，因氏焉。屈重、屈荡、屈建、屈平，并其后。又云：景，芈姓。楚有景差。汉徙大族昭、屈、景三姓于关中。屈原序其谱属，率其贤良，以厉国士。入则与王图议政事，决定嫌疑；出则监察群下，应对诸侯。谋行职修，王甚珍之。同列大夫上官、靳尚妒害其能，共谮毁之。《史记》曰：上官大夫与之同列。又曰：用事臣靳尚。王乃疏屈原。疏，一作逐。屈原执履忠贞而被谗衺，一作邪。忧心烦乱，不知所诉，乃作《离骚经》。离，别也。骚，愁也。经，径也。言己放逐离别，中心愁思，犹依道径，一云陈直径，一云陈道径。以风谏君也。太史公曰：离骚者，犹离忧也。班孟坚曰：离，犹遭也，明己遭忧作辞也。颜师古云：忧动曰骚。余按：古人引《离骚》未有言“经”者，盖后世之士祖述其词，尊之为经耳，非屈原意也。逸说非是。故上述唐、虞、三后之制，下序桀、纣、羿、浇之败，冀君觉悟，反于正道而还己也。是时，秦昭王使张仪谲诈怀王，令绝齐交；又使诱楚，请与俱会武关，遂胁一作胁与俱归，拘留不遣，卒客死于秦。《史记》曰：屈平既绌，其后秦欲伐齐，齐与楚从亲，惠王患之，乃令张仪详去秦，厚弊委质事楚。详与佯同。又曰：秦昭王与楚婚，欲与怀王会。屈平曰：“秦，虎狼之国，不可信，不如无行。”怀王卒行。入武关，秦伏兵绝其后，因留怀王。然则使张仪谲诈怀王，令绝齐者，乃惠王，非昭王也。其子襄王，复用谗言，迁屈原于江南。《史记》曰：怀王长子顷襄王立，令尹子兰使上官大夫短屈原于顷襄王，王怒而迁之。屈原放在草野，草，一作山。复作《九章》，援天引圣，以自证明，终不见省。不忍以清白久居浊世，遂赴汨渊自沉而死。《前汉·地理志》：长沙有罗县。《荆州记》曰：县北带汨水，水源出豫章艾县界，西流注湘。沿湘西北，去县三十里，名为屈潭，屈原自沉处。汨，音觅。《离骚》之文，依《诗》取兴，引类譬谕，故善鸟香草，以配忠贞；恶禽臭物，以比谗佞；灵修美人，以媲于君；媲，配也，匹诣切。宓妃佚女，以譬贤臣；虬龙鸾凤，以托君子；飘风云霓，飘，一作飙。以为小人。其词温而雅，其义皎而朗。一作明。凡百君子，莫不慕其清高，嘉其文采，哀其不遇，而愍其志焉。愍，一作闵。魏文帝《典论》云：优游按衍，屈原尚之，穷侈极妙，相如之长也。然原据托譬喻其意，周旋绰有馀度，长卿、子云不能及。宋子京云：《离骚》为词赋之祖，后人为之，如至方不能加矩，至圆不能过规矣。

帝高阳之苗裔兮，德合天地称帝。苗，胤也。裔，末也。高阳，颛顼有天下之号也。《帝系》曰：颛顼娶于腾隍氏女而生老僮，是为楚先。其后熊绎事周成王，封为楚子，居于丹阳。周幽王时，生若敖，奄征南海，北至江、汉。其孙武王求尊爵于周，周不与，遂僭号称王。始都于郢，是时生子瑕，受屈为客卿，因以为氏。屈原自道本与君共祖，俱出颛顼胤末之子孙，是恩深而义厚也。《补》曰：皇甫谧曰：高阳都帝丘，今东郡濮阳是也。张晏曰：高阳，所兴之地名也。刘子玄《史通》云：作者自叙，其流出于中古。《离骚经》首章，上陈氏族，下列祖考；先述厥生，次显名字。自叙发迹，实基于此。降及司马相如，始以自叙为传。至马迁、扬雄、班固，自叙之篇，实烦于代。朕皇考曰伯庸。朕，我也，皇，美也。父死称考。《诗》曰：既右烈考。伯庸，字也。屈原言我父伯庸，体有美德，以忠辅楚，世有令名，以及于己。《补》曰：蔡邕云：朕，我也。古者上下共之，咎繇与帝舜言称朕，屈原曰"朕皇考"。至秦独以为尊称，汉遂因之。唐五臣注《文选》云：古人质，与君同称朕。又以伯庸为屈原父名，皆非也。原为人子，忍斥其父名乎？摄提贞于孟陬兮，太岁在寅曰摄提格。孟，始也。贞，正也。于，於也。正月为陬。《补》曰：并出《尔雅》。陬，侧鸠切。惟庚寅吾以降。庚寅，日也。降，下也。《孝经》曰：故亲生之膝下。寅为阳正，故男始生而立于寅。庚为阴正，故女始生而立于庚。言己以太岁在寅、正月始春、庚寅之日下母之体，而生得阴阳之正中也。《补》曰：《天问》云：皆归射鞠，而无害厥躬。何后益作革，而禹播降？《九叹》云：赴江湘之湍流兮，顺波凑而下降。徐徘徊于山阿兮，飘风来之匈匈。降，乎攻切，下也，见《集韵》。《说文》曰：元气起于子。男左行三十，女右行二十，俱立于巳，为夫妇。裹妊于巳，巳为子，十月而生。男起巳至寅，女起巳至申。故男年始寅，女年始申也。《淮南子》注同。皇览揆余初度兮，皇，皇考也。览，观也。揆，度也。初，始也。览，一作鉴。一本“余”下有“于”字。五臣云：我父鉴度我初生之法度。肇锡余以嘉名。肇，始也。锡，赐也。嘉，善也。言父伯庸观我始生年时，度其日月，皆合天地之正中，故赐我以美善之名也。名余曰正则兮，正，平也。则，法也。字余曰灵均。灵，神也。均，调也。言正平可法则者，莫过于天；养物均调者，莫神于地。高平曰原，故父伯庸名我为平以法天，字我为原以法地。言已上能安君，下能养民也。《礼》曰：子生三月，父亲名之，既冠而字之。名所以正形体，定心意也；字者所以崇仁义，序长幼也。夫人非名不荣，非字不彰，故子生，父思善应而名字之，以表其德，观其志也。五臣云：灵，善也。均亦平也。言能正法则，善平理。《补》曰：《史记》：屈原名平。《文选》以平为字，误矣。正则以释名平之义，灵均以释字原之义。名有五，屈原以德命也。《礼记》曰：三月之末，父执子之右手，咳而名之。又曰：既冠以字之，成人之道也。《士冠礼》云：宾字之曰：昭告尔字，爰字孔嘉。字虽朋友之职，亦父命也。

纷吾既有此内美兮，纷，盛貌。五臣曰：内美，谓忠贞。又重之以修能。修，远也。言已之生，内含天地之美气，又重有绝远之能，与众异也。言谋足以安社稷，智足以解国患，威能制强御，仁能怀远人也。《补》曰：重，储用切，再也，非轻重之重。能，本兽名，熊属，故有绝人之才者，谓之能。此读若耐，叶韵。扈江离与辟芷兮，扈，被也。楚人名被为扈。江离、芷，皆香草名。辟，幽也。芷幽而香。《文选》离作蓠。五臣云：扈，披也。《补》曰：扈，音户。《左传》云：九扈为九农正，扈民无淫者也。扈，止也。江离，说者不同，《说文》曰：江蓠，蘼芜。然司马相如赋云：被以江离，糅以蘼芜。乃二物也。《本草》：蘼芜，一名江离。江离非蘼芜也，犹杜若一名杜蘅，杜蘅非杜若也。蘼芜见《九歌》。郭璞云：江离似水荠。张勃云：江离出海水中，正青，似乱发。郭恭义云：赤叶。未知孰是。

辟，匹亦切。白芷，一名白茝，生下泽，春生，叶相对婆娑，紫色，楚人谓之药。**纫秋兰以为佩**。纫，索也。兰，香草也，秋而芳。佩，饰也，所以象德。故行清洁者佩芳，德仁明者佩玉，能解结者佩觿，能决疑者佩玦。故孔子无所不佩也。言已修身清洁，乃取江离、辟芷，以为衣被；纫索秋兰，以为佩饰；博采众善，以自约束也。《补》曰：纫，女邻切。《方言》曰：续，楚谓之纫。《说文》云：绳绳也。古者男女皆佩容臭。臭，香物也。又曰：佩帨茝兰，则兰芷之类，古人皆以为佩也。相如赋云：蕙圃衡兰。颜师古云：兰，即今泽兰也。《本草注》云：兰草，泽兰，二物同名。兰草一名水香。李云都梁是也。《水经》云：零陵郡都梁县西小山上，有渟水，其中悉生兰草，绿叶紫茎。泽兰如薄荷，微香，荆、湘、岭南人家多种之。此与兰草大抵相类。但兰草生水旁，叶光润尖长，有歧，阴小紫，花红白色而香，五六月盛。而泽兰生水泽中及下湿地，苗高二三尺，叶尖，微有毛，不光润，方茎紫节，七月八月开花，带紫白色，此为异耳。《诗》云：士与女，方秉蕑兮。陆机云：蕑即兰也，其茎叶似药草。泽兰广而长节，节中亦高四五尺，汉诸池苑及许昌宫中皆种之。《文选》云：秋兰被涯。注云：秋兰，香草。生水边，秋时盛也。《荀子》云：兰生深林。《本草》亦云：一种山兰，生山侧，似刘寄奴，叶无椏，不对生，花心微黄赤。《楚词》有秋兰、春兰、石兰，王逸皆曰香草，不分别也。近时刘次庄《乐府集》云：《离骚》曰：纫秋兰以为佩。又曰：秋兰兮青青，绿叶兮紫茎。今沅、澧所生，花在春则黄，在秋则紫，然而春黄不若秋紫之芬馥也。由是知屈原真所谓多识草木鸟兽，而能尽究其所以情状者欤！黄鲁直《兰说》云：兰生深山丛薄之中，不为无人而不芳，含香体洁，平居与萧艾同生而不殊。清风过之，其香蔼然，在室满室，在堂满堂，所谓含章以时发者也。然兰蕙之才德不同，兰似君子，蕙似士夫。概山林中十蕙而一兰也。《离骚》曰：予既滋兰之九畹，又树蕙之百亩。《招魂》：光风转蕙，泛崇兰。以是知楚人贱蕙而贵兰矣。兰蕙丛出，莳以沙石则茂，沃以汤茗则芳，是所同也。至其发华，一干一华而香有馀者兰，一干五七华而香不足者蕙也。蕙虽不若兰，其视椒、榝则远矣。其言兰蕙如此，当俟博物者。**汩余若将不及兮**，汩，去貌，疾若水流也。不，一作弗。五臣云：岁月行疾，若将追之不及。《补》曰：汩，越笔切。《方言》云：疾行也，南楚之外曰汩。**恐年岁之不吾与**。言我念年命汩然流去，诚欲辅君，心中汲汲，常若不及。又恐年岁忽过，不与我相待，而身老耄也。《补》曰：恐，区用切，疑也，下并同。《论语》曰：日月逝矣，岁不我与。**朝搴阰之木兰兮**，搴，取也。阰，山名。《补》曰：搴，音蹇。《说文》：摶，拔取也，南楚语，引"朝摶阰之木兰"。阰，频脂切，山在楚南。《本草》云：木兰，皮似桂而香，状如楠树，高数仞。任昉《述异记》云：木兰川在浔阳江，地多木兰。**夕揽洲之宿莽**。揽，采也。水中可居者曰洲。草冬生不死者，楚人名曰宿莽。言己旦起升山采木兰，上事太阳，承天度也；夕入洲泽采取宿莽，下奉太阴，顺地数也。动以神祇自敕诲也。木兰去皮不死。宿莽遇冬不枯，以喻谗人虽欲困己，己受天性，终不可变易也。揽，一作擥，一作攬。洲，一作中洲。《补》曰：揽，卢敢切，取也。莽，莫补切。《尔雅》云：卷施草拔心不死。即宿莽也。**日月忽其不淹兮**，淹，久也。忽，《释文》作曶。**春与秋其代序**。代，更也。序，次也。言日月昼夜常行，忽然不久。春往秋来，以次相代。言天时易过，人年易老也。**惟草木之零落兮**，零、落，皆堕也，草曰零，木曰落。零，一作苓。**恐美人之迟暮**。迟，晚也。美人，谓怀王也。人君服饰美好，故言美人也。言天时运转，春生秋杀，草木零落，岁复尽矣。而君不建立道德、举贤用能，则年老耄晚暮，而功不成，事不遂也。《补》曰：屈原有以美人喻君者，"恐美人之迟暮"是也；有喻善人者，"满堂兮美人"是也；有自喻者，"送美人兮南浦"是也。**不抚壮而弃秽兮**，年德盛曰壮。弃，去也。秽，行之恶也，以喻谗邪。百草为稼穑之秽，谗佞亦为忠直之害也。《文选》无"不"字。五臣云：抚，持也。言持盛壮之年，废弃道德，用谗邪之言，为秽恶之行。《补》曰：抚，芳武切。不抚壮而弃秽者，谓其君不肯当年德盛壮之时，弃远谗佞也。五臣注误。**何不改此度？**改，更也。言愿令君甫及年德盛壮之时，修明政教，弃去谗佞，无令害贤，改此惑误之度，修先王之法也。甫及，一作抚及，一作务及。《文选》云：何不改其此度。一云“何不改乎此度也”。五臣云：何不早改此法度，以从忠正之言。**乘骐骥以驰骋兮，**骐骥，骏马也，以喻贤智。言乘骏马，一日可致千里。以言任贤智，则可成于治也。乘，一作椉，《文选》作策。驰，一作驼。《补》曰：驼即驰字，下同。**来吾道夫先路。**路，道也。言己如得任用，将驱先行，愿来随我，遂为君导入圣王之道也。《文选》作“导夫先路”。一本句末有“也”字。五臣云：言君能任贤人，我得申展，则导引入先王之道路。

昔三后之纯粹兮，后，君也。谓禹、汤、文王也。至美曰纯，齐同曰粹。**固众芳之所在。**众芳，谕群贤。言往古夏禹、殷汤，周之文王，所以能纯美其德而有圣明之称者，皆举用众贤，使居显职，故道化兴而万国宁也。五臣云：三王所以有纯美之德，以众贤所在故也。**杂申椒与菌桂兮，**申，重也。椒，香木也。其芳小，重之乃香。菌，薰也。叶曰蕙，根曰薰。五臣云：杂，非一也。申，用也。椒、菌桂皆香木。《补》曰：菌，音窘。《博雅》云：菌，薰也，其叶谓之蕙。则菌与蕙一种也。下文别言蕙茝，又云矫菌桂以纫蕙，则菌桂自是一物。《本草》有菌桂，花白蕊黄，正圆如竹。菌，一作箘，其字从竹。五臣以为香木是矣，其以申为用则非也。《淮南子》曰：申茮，杜茝，美人之所怀服。**岂维纫夫蕙茝？**纫，索也。蕙、茝，皆香草，以谕贤者。言禹、汤、文王，虽有圣德，犹杂用众贤，以致于治，非独索蕙茝，任一人也。故尧有禹、咎繇、伯夷、朱虎、益、夔，殷有伊尹、傅说，周有吕、旦、散宜、召、毕，是杂用众芳之效也。《补》曰：《本草》云：薰草一名蕙草，生下湿地。陶隐居云：俗人呼燕草，状如茅而香，为薰草，人家颇种之。引《山海经》云：薰草麻叶而方茎，赤花而黑实，气如蘼芜，可以已疠。又《广志》云：蕙草绿叶紫花。陈藏器云：此即是零陵香，生零陵山谷。《南越志》名燕草。黄鲁直说与此异，已见上。椒与菌桂，木类也；蕙茝，草类也。以言贤无小大，皆在所用。茝，白芷也，昌改切。**彼尧舜之耿介兮，**尧、舜，圣德之王也。耿，光也。介，大也。《补》曰：耿，古迥、古幸二切。**既遵道而得路。**遵，循也。路，正也。尧、舜所以有光大圣明之称者，以循用天地之道，举贤任能，使得万事之正也。夫先三后者，据近以及远，明道德同也。五臣云：循用大道。《补》曰：上言三后，下言尧、舜，谓三后遵尧、舜之道以得路也。路，大道也。**何桀纣之猖披兮，**桀、纣，夏、殷失位之君。猖披，衣不带之貌。猖，一作昌，《释文》作倡。披，一作被。五臣云：昌披，谓乱也。《补》曰：《博雅》云：裮被，不带也。被音披。**夫唯捷径以窘步。**捷，疾也。径，邪道也。窘，急也。言桀、纣愚惑，违背天道，施行惶遽，衣不及带，欲涉邪径，急疾为治，故身触陷阱，至于灭亡，以法戒君也。唯，一作维。五臣云：言桀、纣苦人使乱，用捷疾邪径急步而理之。《补》曰：桀、纣之乱，若衣披不带者，以不由正道，而所行蹙迫耳。《左传》曰：待我不如捷之速也。捷，邪出也。《论语》曰：行不由径。径，步道也。**惟夫党人之偷乐兮，**党，朋也。《论语》曰：朋而不党。偷，苟且也。一无"夫"字。**路幽昧以险隘。**路，道也。幽昧，不明也。险隘，谕倾危。言己念彼谗人相与朋党，嫉妒忠直，苟且偷乐，不知君道不明，国将倾危，以及其身也。《补》曰：小人朋党，偷为逸乐，则中正之路塞矣。隘，狭也。《远游》云：悲世俗之迫厄。相如《大人赋》作迫隘，厄、隘一也。**岂余身之惮殃兮，**惮，难也。殃，咎也。一无"身"字。《补》曰：小人用事，则贤人被殃。惮，徒案切，忌难也。**恐皇舆之败绩。**皇，君也。舆，君之所乘，以喻国也。绩，功也。言我欲谏争者，非难身之被殃咎也，但恐君国倾危，以败先王之功。五臣云：言我所以不难殃咎谏争者，恐君行事之失。《补》曰：皇舆宜安行于大中至正之道，而当幽昧险隘之地，则败绩矣。《左传》曰：大崩曰败绩。**忽奔走以先后兮，及前王之踵武。**踵，继也。武，迹也。《诗》曰：履帝武敏歆。言己急欲奔走先后，以辅翼君者，冀及先王之德，继续其迹而广其基也。奔走先后，四辅之职也。《诗》曰：予聿有奔走，予聿有先后。是之谓也。忽，一作急。《补》曰：忽，疾貌。奔，旧音布顿切。相导前后曰先后。先，先见切。踵，亦迹也。**荃不察余之**

中情兮，荃，香草，以谕君也。人君被服芬香，故以香草为谕。恶数指斥尊者，故变言荃也。察，一作揆。中，一作忠。《补》曰：荃与荪同。《庄子》云：得鱼而忘荃。《音义》云：七全切，崔音孙，香草，可以饵鱼。疏云：荪，荃也。陶隐居云：东间溪侧有名溪荪者，根形气色极似石上菖蒲，而叶正如蒲，无脊，诗咏多云兰荪，正谓此也。反信谗而齌怒。齌，疾也。言怀王不徐徐察我忠信之情，反信谗言而疾怒己也。齌，一作齐。《补》曰：齌，音赍，又音妻。《说文》云：齌，炊餔疾也。《释文》：齐，或作赍，并祖西切。五臣云：齐，同也。反信谗人，与之同怒于我。余固知謇謇之为患兮，謇謇，忠贞貌也。《易》曰：王臣謇謇，匪躬之故。《补》曰：今《易》作蹇蹇，先儒引经多如此，盖古今本或不同耳。忍而不能舍也。舍，止也。言已知忠言謇謇谏君之过，必为身患，然中心不能自止而不言也。《文苑》无"而"字。一本"忍"上有"余"字，一无"也"字。五臣云：恐君之败，故忍此祸患而不能止。《补》曰：颜师古云：舍，尸夜切，训止息，人之屋舍，及星辰次舍，其义皆同。《论语》曰：不舍昼夜。谓晓夕不息耳。今人音捨，非也。指九天以为正兮，指，语也。九天，谓中央八方也。正，平也。五臣云：九，阳数，谓天也。《补》曰：《九章》云：所作忠而言之兮，指苍天以为正。《淮南子》九天：中央钧天，东方苍天，东北变天，北方玄天，西北幽天，西方昊天，西南朱天，南方炎天，东南阳天。又《广雅》九天：东方皞天，南方赤天，西方成天。馀同。夫唯灵修之故也。灵，神也。修，远也。能神明远见者，君德也，故以谕君。言已将陈忠策，内虑之心，上指九天，告语神明，使平正之，唯用怀王之故，欲自尽也。唯，一作惟。一无"也"字。五臣云：灵修，言有神明长久之道者，君德也。言我指九天，欲为君行正平之道，而君不用我，故将欲自尽。《补》曰：王逸言自尽者，谓自竭尽耳。五臣说误。曰黄昏以为期兮，羌中道而改路。《补》曰：一本有此二句，王逸无注，至下文"羌内恕己以量人"，始释"羌"义，疑此二句后人所增耳。《九章》曰：昔君与我诚言兮，曰黄昏以为期。羌中道而回畔兮，反既有此他志。与此语同。**初既与余成言兮，**初，始也。成，平也。言，犹议也。《补》曰：成言，谓诚信之言，一成而不易也。《九章》作诚言。**后悔遁而有他。**遁，隐也。言怀王始信任己，与我平议国政，后用谗言，中道悔恨，隐匿其情，而有他志也。遁，一作遯。他，一作佗。五臣云：悔，改；遁，移也。改移本情，而有他志。**余既不难夫离别兮，**近曰离，远曰别。一无"夫"字。**伤灵修之数化。**化，变也。言我竭忠见过，非难与君离别也。伤念君信用谗言，志数变易，无常操也。五臣云：伤，惜也。《补》曰：数，所角切。化，音花，下同。

余既滋兰之九畹兮，滋，莳也。十二亩曰畹，或曰田之长为畹也。五臣云：滋，益也。《释文》作蒔，音栽。《补》曰：《说文》：田三十亩曰畹，於阮切。**又树蕙之百亩。**树，种也。二百四十步为亩。言己虽见放流，犹种莳众香，修行仁义，勤身自勉，朝暮不倦也。五臣云：兰蕙喻行，言我虽被斥逐，修行弥多。《释文》亩作畮。《补》曰：亩，莫后切。《司马法》：六尺为步，步百为亩。秦孝公之制，二百四十步为亩。畹或曰十二亩，或曰三十亩，九畹盖多于百亩矣。然则种兰多于蕙也。此古人贵兰之意。**畦留夷与揭车兮，**畦，共呼种之名。留夷，香草也。揭车，亦芳草，一名芞舆。五十亩为畦也。揭，一作藒。《文选》作萹荑、藒车。《补》曰：畦，音携。揭、藒、藒，并丘谒切。相如赋云：杂以留夷。张揖曰：留夷，新夷。颜师古曰：留夷，香草，非新夷，新夷乃树耳。一云：留夷，药名。《尔雅》：藒车，芞舆。《本草拾遗》云：藒车味辛，生彭城，高数尺，白花。芞，音迄。**杂杜衡与芳芷。**杜衡、芳芷，皆香草也。言己积累众善，以自洁饰，复植留夷、杜衡，杂以芳芷，芬香益畅，德行弥盛也。衡，一作蘅。《补》曰：《尔雅》：杜，土卤。注云：杜衡也，似葵而香。《山海经》云：天帝山有草，状似葵，其臭如蘼芜，名曰杜衡。《本草》云：叶似葵，形如马蹄，故俗云马蹄香。**冀枝叶之峻茂兮，**冀，幸也。峻，长也。《文选》

作葰。五臣云：茂盛貌，音俊。《补》曰：相如赋云：实叶葰楙。葰，音峻。**愿竢时乎吾将刈。**刈，获也。草曰刈，谷曰获。言己种植众芳，幸其枝叶茂长，实核成熟，愿待天时，吾将获取收藏，而飨其功也。以言君亦宜蓄养众贤，以时进用，而恃仰其治也。《文选》竢作俟。**虽萎绝其亦何伤兮，**萎，病也。绝，落也。《补》曰：萎，草木枯死也，於危切。**哀众芳之芜秽。**言己所种芳草，当刈未刈，蚤有霜雪，枝叶虽蚤萎病绝落，何能伤于我乎？哀惜众芳摧折，枝叶芜秽而不成也。以言己修行忠信，冀君任用，而遂斥弃，则使众贤志士失其所也。五臣云：言我积行，为谗邪所害见逐，亦犹植芳草为霜露所伤而落。虽如是，于我亦何能伤，但恐众贤志士，见而芜秽不自修也。《补》曰：芜，荒也。秽，恶也。

众皆竞进以贪婪兮，竞，并也。爱财曰贪，爱食曰婪。以，一作而。《补》曰：并逐曰竞。婪，卢含切。**凭不厌乎求索。**凭，满也。楚人名满曰凭。言在位之人，无有清洁之志，皆并进取，贪婪于财利，中心虽满，犹复求索，不知厌饱也。凭，一作凴。《补》曰：凭，皮冰切；索，求也。《书·序》曰：八卦之说，谓之八索。徐邈读作苏故切，则索亦有素音。**羌内恕己以量人兮，**羌，楚人语词也，犹言卿，何为也。以心揆心为恕。量，度也。《补》曰：羌，去羊切，楚人发语端也。《文选》注云：羌，乃也。一曰叹声也。量，力香切。**各兴心而嫉妒。**兴，生也。害贤为嫉，害色为妒。言在位之臣，心皆贪婪，内以其志恕度他人，谓与己不同，则各生嫉妒之心，推弃清洁，使不得用也。故《外传》曰：太山之鸱，鸣吓鸳雏。此之谓也。兴心，《文选》误作与心。五臣云：贪婪之人，乃内恕于己，以量度它人，谓与己同贪。若否，则各生嫉妒之心，谗谮之，使不得进用。《补》曰：贪婪之人，不知其非，自恕以度人。谓君子亦有竞进求索之心，故各兴心而嫉妒也。**忽驰骛以追逐兮，**五臣云：忽，急也。驰，一作驼。《补》曰：骛，乱驰也。**非余心之所急。**言众人所以驰骛惶遽者，争追逐权贵，求财利也，故非我心之所急。众人急于财利，我独急于仁义也。

老冉冉其将至兮，七十曰老。冉冉，行貌。五臣云：冉冉，渐渐也。恐脩名之不立。立，成也。言人年命冉冉而行，我之衰老，将以来至，恐脩身建德，而功不成名不立也。《论语》曰：君子疾没世而名不称焉。屈原建志清白，贪流名于后世也。《补》曰：脩名，脩洁之名也。屈原非贪名者，然无善名以传世，君子所耻，故孔子曰：伯夷、叔齐饿于首阳之下，民到于今称之。脩与修同，古书通用。朝饮木兰之坠露兮，坠，堕也。夕餐秋菊之落英。英，华也。言己旦饮香木之坠露，吸正阳之津液；暮食芳菊之落华，吞正阴之精蕊，动以香净，自润泽也。餐，一作飡。五臣云，取其香洁以合己之德。《补》曰：饮，啜也，音荫。餐，吞也，七安切。秋花无自落者，当读如"我落其实而取其华"之落。魏文帝云：芳菊含乾坤之纯和，体芬芳之淑气。故屈原悲冉冉之将老，思餐秋菊之落英，辅体延年，莫斯之贵。苟余情其信姱以练要兮，苟，诚也。练，简也。五臣云：苟，且；姱，大；练，择也。且信大择道要而行。《补》曰：信姱，言实好也，与信芳、信美同意。姱，苦瓜切。要，於笑切。长颇颔亦何伤？颇颔，不饱貌。言己饮食清洁，诚欲使我形貌信而美好，中心简练，而合于道要，虽长颇颔，饥而不饱，亦何所伤病也。何者？众人苟欲饱于财利，己独欲饱于仁义也。《补》曰：言我中情实美，又择要道而行，虽颜色憔悴，形容枯槁，亦何伤乎？彼先口体而后仁义，岂知要者。或曰：有道者，虽贫贱，而容貌不枯，屈原何为其颇颔也？曰：当是时，国削而君辱，原独得不忧乎？颇，虎感切。颔，户感切。又上古湛切，下鱼检切。颇颔，食不饱，面黄貌。颔，一作颌，音同。揽木根以结茝兮，揽，持也。根以喻本。《文选》揽作掔。《补》曰：掔，启妍切，亦持也。《荀子》云：兰槐之根，是为芷。注云：苗名兰槐，根名芷。然则木根与茝皆喻本也。贯薜荔之落蕊。贯，累也。薜荔，香草也，缘木而生。蕊，实也。累香草之实，执持忠信貌也。言己施行，常揽木引坚，据持根本，又贯累香草之实，执持忠信，不为华饰之行也。五臣云：贯，拾也。蕊，花心也。言我持木之本，佩结香草，拾其花心，以表己之忠信。《补》曰：薜，蒲计切。荔，郎计切。《山海经》：

小华之山，其草多薜荔，状如乌韭，而生于石上。注云：亦缘木生。《管子》云：薜荔白芷，蘪芜椒连，五臭所校。校谓馨烈之锐。《前汉·乐章》云：都荔遂芳。谓都良、薜荔俱有芬芳也。花外曰萼，内曰蕊。蕊，花须头点也。**矫菌桂以纫蕙兮，**矫，直也。五臣云：矫，举也。举此香木以自比。《补》曰：《九章》云：擣木兰以矫蕙。**索胡绳之纚纚。**胡绳，香草也。纚纚，索好貌。言己行虽据履根本，犹复矫直菌桂芬香之性，纫索胡绳，令之泽好，以善自约束，终无懈倦也。《补》曰：《说文》：索，昔各切。草有茎叶，可作绳索。纚，所绮切。**謇吾法夫前修兮，非世俗之所服。**言我忠信謇謇者，乃上法前世远贤，固非今时俗人之所服行也。一云：謇，难也。言己服饰虽为难法，我仿前贤以自修洁，非本今世俗人之所服佩。《文选》謇作蹇，世作时。五臣云：蹇，难也。前修，谓前代修习道德之人。服，用也。言我所以遭难者，吾法前修道德之人，故不为代俗所用。《补》曰：謇，又训难易之难，非蹇难之字也。世所传《楚词》，惟王逸本最古，凡诸本异同，皆当以此为正。又李善注本有以世为时为代，以民为人之类，皆避唐讳，当从旧本。**虽不周于今之人兮，**周，合也。**愿依彭咸之遗则。**彭咸，殷贤大夫，谏其君，不听，自投水而死。遗，馀也。则，法也。言己所行忠信，虽不合于今之世，愿依古之贤者彭咸馀法，以自率厉也。《补》曰：颜师古云：彭咸，殷之介士，不得其志，投江而死。按：屈原死于顷襄之世，当怀王时作《离骚》，已云："愿依彭咸之遗则。"又曰："吾将从彭咸之所居。"盖其志先定，非一时忿怼而自沉也。《反离骚》曰：弃由、聃之所珍兮，摭彭咸之所遗。岂知屈子之心哉！

长太息以掩涕兮，哀民生之多艰。艰，难也。言己自伤所行不合于世，将效彭咸沉身于渊，乃太息长悲，哀念万民受命而生，遭遇多难，以陨其身。申生雉经，子胥沉江，是谓多难也。五臣云：太息掩涕，哀此万姓，遭轻薄之俗，而多屯难。《补》曰：掩涕，犹拭泪也。《远游》曰：哀民生之长勤。与此意同。**余虽好修姱以鞿羁兮，**鞿羁，以马自喻。缰在口曰鞿，革络头曰羁，言为人所系累也。五臣云：言我虽习前人之大道，而为谗人所衔勒。《补》曰：鞿，居依切。羁，居宜切。下文云：余独好修以为常。修姱，谓修洁而姱美也。謇朝谇而夕替。谇，谏也。《诗》曰：谇予不顾。替，废也。言己虽有绝远之智，姱好之姿，然以为谗人所鞿羁而系累矣。故朝谏謇謇于君，夕暮而身废弃也。《补》曰：谇，音邃，又音信，今《诗》作讯。讯，告也。既替余以蕙纕兮，纕，佩带也。《补》曰：纕，息羊切。下云：解佩纕以结言。又申之以揽茝。又，复也。言君所以废弃己者，以余带佩众香，行以忠正之故也。然犹复重引芳茝，以自结束，执志弥笃也。一云：又申之揽茝。五臣云：申，重也。揽，持也。亦余心之所善兮，虽九死其犹未悔。悔，恨也。言己履行忠信，执守清白，亦我中心之所美善也。虽以见过支解九死，终不悔恨。五臣云：九，数之极也。以此遇害，虽九死无一生，未足悔恨。

怨灵修之浩荡兮，上政迷乱则下怨，父行悖惑则子恨。灵修，谓怀王也。浩犹浩浩，荡犹荡荡，无思虑貌也。《诗》曰：子之荡兮。《补》曰：今《诗》作汤。汤，荡也。孔子曰：《诗》可以怨。孟子曰：《小弁》之怨，亲亲也。亲之过大而不怨，是愈疏也。屈原于怀王，其犹《小弁》之怨乎？终不察夫民心。言己所以怨恨于怀王者，以其用心浩荡，骄敖放恣，无有思虑，终不省察万民善恶之心，故朱紫相乱，国将倾危也。夫君不思虑，则忠臣被诛，忠臣被诛，则风俗怨而生逆暴，故民心不可不熟察之也。民，一作人。五臣云：浩荡，法度坏貌。言我怨君法度废坏，终不察众人悲苦。众女嫉余之蛾眉兮，众女，谓众臣。女，阴也，无专擅之义，犹君动而臣随也，故以喻臣。蛾眉，好貌。蛾，一作娥。《补》曰：《反离骚》云：知众嫭之疾妒兮，何必扬累之蛾眉。此亦班孟坚、颜之推以为露才扬己之意。夫冶容诲淫，目挑心与，孟子所谓不由其道者，而以污原，何哉？诗人称庄姜之贤曰螓首蛾眉，盖言其质之美耳。师古云：蛾眉，形若蚕蛾眉也。谣诼谓余以善淫。谣，谓毁也。诼，犹谮也。淫，邪也。言众女嫉妒蛾眉美好之人，谮而毁之，谓之美而淫，不可信也；犹众臣嫉妒忠正，言己淫邪不可任也。以，一作之。五臣云：谗邪之人，谓我善为淫乱。《补》曰：谣，音遥。《尔雅》：徒歌谓之谣，谓谣言也。诼，竹角切。《方言》云：诼，诉也，楚以南谓之诼。言众女竞为谣言，以谮诉我，彼淫人也，而谓我善淫，所谓恕己以量人。固时俗之工巧兮，偭规矩而改错。偭，背也。圆曰规，方曰矩。改，更也。错，置也。言今世之工，才知强巧，背去规矩，更造方圆，必失坚固，败材木也。以言佞臣巧于言语，背违先圣之法，以意妄造，必乱政治，危君国也。五臣云：规矩，法则也。《补》曰：偭，音面。贾谊云：偭枭獭以隐处。错，音措。背绳墨以追曲兮，追，犹随也。绳墨，所以正曲直。《补》曰：背，违也。墨，度名也，五尺曰墨。追，古随字。竞周容以为度。周，合也。度，法也。言百工不循绳墨之直道，随从曲木，屋必倾危而不可居也。以言人臣不修仁义之道，背弃忠直，随从枉佞，苟合于世，以求容媚，以为常法，身必倾危而被刑戮也。《补》曰：偭规矩而改错者，反常而妄作；背绳墨以追曲者，枉道以从时。忳郁邑余侘傺兮，忳，忧貌。侘傺，失志貌。侘，犹堂堂，立貌也。傺，住也，楚人名住曰傺。邑，一作悒。一本注云：忳，自念貌。五臣云：忳郁，忧思貌。悒，不安也。《补》曰：忳，徒浑切，闷也。郁邑，忧貌。下文曰：曾歔欷余郁邑兮。五臣以忳郁为句绝，误矣。侘，敕加切。傺，丑利切。又上敕驾切，下敕界切。《方言》云：傺，逗也，南楚谓之傺。郭璞云：逗，即今住字。吾独穷困乎此时也。言我所以忳忳而忧，中心郁邑，怅然住立而失志者，以不能随从世俗，屈求容媚，故独为时人所穷困。忧，一作自念。一无“也”字。宁溘死以流亡兮，溘，犹奄也。以，一作而。奄，一作晻。下注同。《补》曰：溘，奄忽也，渴合切。余不忍为此态也。言我宁奄然而死，形体流亡，不忍以中正之性，为邪淫之态。一无“也”字。

鸷鸟之不群兮，鸷，执也。谓能执伏众鸟，鹰鹯之类也。以喻中正。《补》曰：鸷，脂利切，击鸟也。《月令》曰：鹰隼蚤鸷。自前世而固然。言鸷鸟执志刚厉，特处不群，以言忠正之士，亦执分守节，不随俗人，自前世固然，非独于今，比干、伯夷是也。李善《文选》世作代。何方圜之能周兮，夫孰异道而相安。言何所有圜凿受方枘而能合者？谁有异道而相安耶？言忠佞不相为谋也。圜，一作圆。周，一作同。一云方凿受圆枘。屈心而抑志兮，抑，案也。《补》曰：案，读若按。忍尤而攘诟。尤，过也。攘，除也。诟，耻也。言己所以能屈案心志、含忍罪过而不去者，欲以除去耻辱，诛谗佞之人，如孔子诛少正卯也。《释文》诟作询。《补》曰：诟、询，并呼漏切，又古豆切。《礼记》曰：以儒相诟病。诟病，耻辱也。伏清白以死直兮，固前圣之所厚。言士有伏清白之志，以死忠直之节者，固乃前世圣王之所厚哀也。故武王伐纣，封比干之墓，表商容之闾也。《补》曰：比干谏而死，孔子称仁焉，厚之也。

悔相道之不察兮，悔，恨也。相，视也。察，审也。《补》曰：相，息亮切。延伫乎吾将反。延，长也。伫，立貌。《诗》曰：伫立以泣。言己自悔恨，相视事君之道不明审，当若比干伏节死义，故长立而望，将欲还反，终己之志也。《补》曰：伫，直吕切，久立也。异姓事君，不合则去；同姓事君，有死而已。屈原去之，则是不察于同姓事君之道，故悔而欲反也。回朕车以复路兮，回，旋也。路，道也。回，一作迴。及行迷之未远。迷，误也。言乃旋我之车，以反故道，及己迷误欲去之路，尚未甚远也。同姓无相去之义，故屈原遵道行义，欲还归也。步余马于兰皋兮，步，徐行也。泽曲曰皋，《诗》云：鹤鸣于九皋。《补》曰：皋，九折泽也。一云：泽中水溢出所为坎。《招魂》曰：皋兰被径。驰椒丘且焉止息。土高四堕曰椒丘。言己欲还，则徐步我之马于芳泽之中，以观听怀王。遂驰高丘而止息，以须君命也。驰，一作驼。五臣云：椒丘，丘上有椒也。行息依兰椒，不忘芳香以自洁也。《补》曰：司马相如赋云：椒丘之阙。服虔云：丘名。如淳云：丘多椒也。按椒，山颠也。此以椒丘对兰皋，则宜从如淳、五臣之说。焉，语助，尤虔切。进不入以离尤兮，退将复修吾初服。退，去也。言已诚欲遂进，竭其忠诚，君不肯纳，恐重遇祸，故将复去，修吾初始清洁之服也。一无“复”字。五臣云：尤，过也。《补》曰：《九章》云：欲儃佪以干傺兮，恐重患而离尤。离，遭也。曹植《七启》曰：愿反初服，从子而归。制芰荷以为衣兮，制，裁也。芰，蔆也，秦人曰薢茩。荷，芙蕖也。《补》曰：芰，奇寄切，生水中，叶浮水上，花黄白色。纂芙蓉以为裳。芙蓉，莲华也。上曰衣，下曰裳。言已进不见纳，犹复裁制芰荷，集合芙蓉，以为衣裳，被服愈洁，修善益明。纂，一作集。《补》曰：《尔雅》曰：荷，芙蕖。注云：别名芙蓉。《本草》云：其叶名荷，其华未发为菡萏，已发为芙蓉。芰荷，叶也，故以为衣。芙蓉，华也，故以为裳。《反离骚》云“衿芰茄之绿衣，被芙蓉之朱裳”是也。《北山移文》曰“焚芰制而裂荷衣”，盖用此语。薢茩，音皆苟。又上胡买切，下胡口切。不吾知其亦已兮，苟余情其信芳。五臣云：言君不知我，我亦将止。然我情实美。《补》曰：芳，敷方切，香草也。高余冠之岌岌兮，岌岌，高貌。《补》曰：岌，鱼及切。长余佩之陆离。陆离，犹嵾嵯，众貌也。言已怀德不用，复高我之冠，长我之佩，尊其威仪，整其服饰，以异于众也。《补》曰：许慎云：陆离，美好貌。颜师古云：陆离，分散也。《九章》云：带长铗之陆离兮，冠切云之崔嵬。芳与泽其杂糅兮，芳，德之臭也。《易》曰：其臭如兰。泽，质之润也。玉坚而有润泽。糅，杂也。《补》曰：糅，女救切。唯昭质其犹未亏。唯，独也。昭，明也。亏，歇也。言我外有芬芳之德，内有玉泽之质，二美杂会，兼在于己，而不得施用，故独保明其身，无有亏歇而已。所谓道行则兼善天下，不用则独善其身。亏，一作虧，其字从兮。五臣云：唯独守其明洁之质，犹未为自亏损也。忽反顾以遊目兮，忽，疾貌。遊，一作游。将往观乎四荒。荒，远也。言已欲进忠信，以辅事君，而不见省，故忽然反顾而去，将遂游目往观四荒之外，以求贤君也。五臣云，观四荒之外，以求知已者。《补》曰：《尔雅》：觚竹、北户、西王母、日下谓之四荒，皆四方昏荒之国。礼失而求诸野，当是时国无人，莫我知者，故欲观乎四荒，以求同志，此孔子浮海居夷之意。然原初未尝去楚者，同姓无可去之义故也。贾谊《吊屈原》云：瞝九州而相其君兮，何必怀此都。失之矣。**佩缤纷其繁饰兮，**缤纷，盛貌。繁，众也。《补》曰：缤，匹宾切。**芳菲菲其弥章。**菲菲，犹勃勃，芳香貌也。章，明也。言己虽欲之四方荒远，犹整饰仪容，佩玉缤纷而众盛，忠信勃勃而愈明，终不以远故改其行。五臣云：佩忠信芳香之行，弥加明洁。**民生各有所乐兮，余独好修以为常。**言万民禀天命而生，各有所乐，或乐谄佞，或乐贪淫，我独好修正直以为常行也。《文选》民作人。修，一作循。《补》曰：乐，鱼教切，欲也。下文云：汝何博謇而好修。又曰：苟中情其好修。皆言好自修洁也。**虽体解吾犹未变兮，岂余心之可惩。**惩，艾也。言己好修忠信，以为常行，虽获罪支解，志犹不艾也。岂，一作非。《文选》可作何。五臣云：言我执忠贞之心，虽遭支解，亦不能变，于我心更何所惧。惩，惧也。《补》曰：解，古蟹切。《说文》：惩，㣻也。㣻与艾并音乂，谓惩创也。以可为何，以惩训惧，皆非是。

女媭之婵媛兮，女媭，屈原姊也。婵媛，犹牵引也，一作撣援。《补》曰：《说文》云：媭，女字也，音须。贾侍中说：楚人谓女曰媭，前汉有吕须，取此为名。婵媛，音蝉爰。《水经》引袁崧云：屈原有贤姊，闻原放逐，亦来归，喻令自宽全。乡人冀其见从，因名曰秭归。县北有原故宅，宅之东北，有女须庙，捣衣石犹存。秭与姊同。观女媭之意，盖欲原为宁武子之愚，不欲为史鱼之直耳，非责其不能为上官、椒兰也。而王逸谓女媭骂原以不与众合，不承君意，误矣。**申申其詈予。**申申，重也。言女媭见己施行不与众合，以见放流，故来牵引数怒，重詈我也。詈，一作骂。予，一作余。五臣云：牵引古事，而骂詈我。《补》曰：《论语》曰：申申如也。申申，和舒之貌。女媭詈原，有亲亲之意焉。《九歌》云"女婵媛兮为余太息"是也。予，音与。叶韵。**曰鲧婞直以亡身兮，**曰，女媭词也。鲧，尧臣也。《帝系》曰：颛顼后五世而生鲧。婞，很也。鲧，亦作鲧，一作䋭。《文选》亡作方。《补》曰：鲧，下顶切。东坡曰：《史记》：殛鲧于羽山，以变东夷。《楚词》：鲧婞直以亡身。则鲧盖刚而犯上者耳。若小人也，安能以变四夷之俗哉？如左氏之言，皆后世流传之过。《九章》亦云：行婞直而不豫兮，鲧功用而不就。终然殀乎羽之野。蚤死日殀。言尧使鲧治洪水，婞很自用，不顺尧命，乃殛之羽山，死于中野。女媭比屈原于鲧，不顺君意，亦将遇害也。殀，一作夭。一云：羽山之野。《补》曰：羽山，东裔，在海中。殀，殁也，於矫切。鲧迁羽山，三年然后死，事见《天问》。《左传》曰：其神化为黄能，入于羽渊。汝何博謇而好修兮，纷独有此姱节。女媭数谏屈原，言汝何为独博采往古，好修謇謇，有此姱异之节，不与众同，而见憎恶于世也。《文选》作蹇。五臣云：汝何博采古道，于蹇难之世，好修直节，独为姱大之行。《补》曰：博謇当如逸说。纷，盛貌。姱，苦瓜切，好也。薋菉葹以盈室兮，薋，蒺藜也。菉，王刍也。葹，枲耳也。《诗》曰：楚楚者薋。又曰：终朝采菉。三者皆恶草，以喻谗佞盈满于侧者也。《补》曰：今《诗》薋作茨，菉作绿。薋音瓷。《尔雅》亦作茨，布地蔓生，细叶，子有三角刺人。《易》：据于蒺藜。言其凶伤。《诗·墙有茨》以刺梗秽。菉，音录。《尔雅》云：菉，王刍。菉，蓐也。《本草》云荩草，叶似竹而细薄，茎亦圆小，生平泽溪涧之侧，俗名菉蓐草。葹，商支切，形似鼠耳，诗人谓之卷耳，《尔雅》谓之苓耳，《广雅》谓之枲耳，皆以实得名。《本草》：枲耳一名葹。判独离而不服。判，别也。女媭言众人皆佩薋、菉、枲耳，为谗佞之行，满于朝廷，而获富贵，汝独服兰蕙，守忠直，判然离别，不与众同，故斥弃也。众不可户说兮，孰云察余之中情。屈原外困群佞，内被姊詈，知世莫识，言己之心志所执，不可户说人告，谁当察我中情之善否也。《补》曰：管子曰：圣人之治于世，不人告也，不户说也。《淮南子》曰：口辨而户说之。世并举而好朋兮，朋，党也。《补》曰：《说文》朋，古凤字，凤飞，群鸟从以万数，故以为朋党字。夫何茕独而不予听。茕，孤也。《诗》曰：哀此茕独。言世俗之人，皆行佞伪，相与朋党，并相荐举。忠直之士，孤茕特独，何肯听用我言，而纳受之也。茕，一作荣。予，一作余。《补》曰：茕，渠营切，今《诗》作惸。

听，平声。

依前圣以节中兮，节，度。《文选》以作之。喟凴心而历兹。喟，叹也。历，数也。言己所言，皆依前世圣人之法，节其中和，喟然舒愤懑之心，历数前世成败之道，而为此词也。凴，一作凴，一作冯。五臣云：中，得也。历，行也。凴，满也。言我依前代圣贤节度，而不得用，故叹息愤懑，而行泽畔矣。《补》曰：喟，丘愧切。《方言》云：凴，怒也，楚曰凴。注云：恚盛貌，引《楚词》康回凴怒。皮冰切。《列子》曰：帝冯怒。《庄子》曰：侅溺于冯气。《说文》云：冯，懑也。并音愤。喟凴心而历兹者，叹逢时之不幸也。历，犹逢也。下文云：委厥美而历兹。意与此同。济沅湘以南征兮，济，渡也。沅、湘，水名。征，行也。《补》曰：沅，音元。《山海经》云：湘水出帝舜葬东，入洞庭下。沅水出象郡镡城西，东注江，合洞庭中。《后汉·志》：武陵郡有临沅县，南临沅水，水源出牂牁且兰县，至郡界分为五溪。又零陵郡阳朔山，湘水出。《水经》云：沅水下注洞庭，方会于江。《湘中记》云：湘水之出于阳朔，则觞为之舟，至洞庭，则日月若出入于其中。就重华而陈词：重华，舜名也。《帝系》曰：瞽叟生重华，是为帝舜，葬于九疑山，在沅、湘之南。言己依圣王法而行，不容于世，故欲渡沅、湘之水，南行就舜，陈词自说，稽疑圣帝，冀闻秘要，以自开悟也。一作陈辞。《补》曰：陈，列也。先儒以重华为舜名。按《书》云：有鳏在下曰虞舜，与帝之咨禹一也，则舜非谥也，名也。又曰：若稽古帝舜，曰重华，与尧为放勋一也，则重华非名也，号也。群臣称帝不称尧，则尧为名；帝称禹不称文命，则文命为号。伊尹称尹躬暨汤，则汤号也。汤自称予小子履，则履名也。《楚词》屡言尧、舜、禹、汤，今辨于此。天下明德，皆自虞帝始，其于君臣之际详矣。故原欲就之而陈词也。启《九辩》与《九歌》兮，启，禹子也。《九辩》、《九歌》，禹乐也。言禹平治水土，以有天下，启能承先志，缵叙其业，育养品类，故九州之物，皆可辩数，九功之德，皆有次序，而可歌也。《左氏传》曰：六府三事，谓之九功。九功之德，皆可歌也。谓之《九歌》。水、火、金、木、土、谷，谓之六府；正德、利用、厚生，谓之三事。《补》曰：《山海经》云：夏后上三嫔于天，得《九辩》与《九歌》以下。注云：皆天帝乐名，启登天而窃以下，用之。《天问》亦云：启棘宾商，《九辩》《九歌》。王逸不见《山海经》，故以为禹乐。五臣又云：启，开也。言禹开树此乐，谬矣。《骚经》《天问》多用《山海经》。而刘勰《辨骚》以康回倾地、夷羿弊日，为谲怪之谈，异乎经典。如高宗梦得说，姜嫄履帝敏之类，皆见于《诗》《书》，岂诬也哉？**夏康娱以自纵。**夏康，启子太康也。娱，乐也。纵，放也。**不顾难以图后兮，五子用失乎家巷。**图，谋也。言太康不遵禹、启之乐，而更作淫声，放纵情欲，以自娱乐，不顾患难，不谋后世，卒以失国，兄弟五人，家居闾巷，失尊位也。《尚书》序曰：太康失国，昆弟五人，须于洛汭，作《五子之歌》，此佚篇也。巷，一作居。《补》曰：《书》云：太康尸位，以逸豫灭厥德，黎民咸贰，乃盘游无度，畋于有洛之表，十旬弗反。有穷后羿，因民弗忍，距于河。厥弟五人，御其母以从，徯于洛之汭。五子咸怨，述大禹之戒以作歌。逸不见全《书》，故以为佚篇，它皆放此。难，乃旦切。巷，里中道也。此言太康娱乐放纵，以至失邦耳。逸云：不遵启乐，更作淫声。未知所据。且太康不反，国人立其弟仲康，仲康死，子相立，则五子岂有家居闾巷之理？盖仲康以来，羿势日盛，王者备位而已。五子之失乎家巷，太康实使之。**羿淫游以佚畋兮，**羿，诸侯也。畋，猎也，一作田。《补》曰：羿，五计切。《说文》云：帝喾射官也，夏少康灭之。贾逵云：羿之先祖也，为先王射官。帝喾时有羿，尧时亦有羿，羿是善射之号。此羿，商时诸侯，有穷后也。**又好射夫封狐。**封狐，大狐也。言羿为诸侯，荒淫游戏，以佚畋猎，又射杀大狐，犯天之孽，以亡其国也。《补》曰：射，食亦切，弓弩发也。《天问》云：帝降夷羿，革孽夏民。冯珧利决，封豨是射。**固乱流其鲜终兮，**鲜，少也。固，一误作国。鲜，一作尠。**浞又贪夫厥家。**浞，寒浞，羿相也。妇谓之家。言羿因夏衰乱，代之为政，娱乐畋猎，不恤民事，信任寒浞，使为国相。浞行媚于内，施赂于外，树之诈慝而专其权势。羿畋将归，使家臣逢蒙射而杀之，贪取其家，以为己妻。羿以乱得政，身即灭亡，故言鲜终。《补》曰：浞，食角切。《传》曰：以德和民，不闻以乱；以乱易乱，其流鲜终。浞，浇之事是也。**浇身被服强圉兮**，浇，寒浞子也。强圉，多力也。浇，一作奡。一云被于强圉。《补》曰：浇，五吊切。《论语》曰：羿善射，奡荡舟，俱不得其死然。奡即浇也。五耗切，声转字异。《诗》曰：曾是强御。强御，强梁也。**纵欲而不忍**。纵，放也。言浞取羿妻而生浇，强梁多力，纵放其情，不忍其欲，以杀夏后相也。一本"欲"下有"杀"字。《补》曰：《左传》云：昔有过浇，杀斟灌，以伐斟寻，灭夏后相。杜预云：相失国，依于二斟，为浇所灭。**日康娱而自忘兮**，康，安也。而，一作以。**厥首用夫颠陨**。首，头也。自上下曰颠。陨，坠也。言浇既灭杀夏后相，安居无忧，日作淫乐，忘其过恶，卒为相子少康所诛，其头颠陨而坠地。自此以上，羿、浇、寒浞之事，皆见于《左氏传》。夫，一作以。一无"夫"字。《补》曰：颠，倒也。《释文》作巅。陨，从高下也。《左传》云：昔有夏之方衰，后羿自钽迁于穷石，因夏民以代夏政。恃其射也，不修民事，而淫于原兽。寒浞，伯明氏之谗子弟也，信而使之，以为己相。浞行媚于内，施赂于外，愚弄其民，而虞羿于田，树之诈慝，以取其国家，内外咸服。羿犹不悛，将归自田，家众杀而亨之，靡奔有鬲氏。浞因羿室，生浇及豷，恃其谗慝诈伪，而不德于民，使浇用师，灭斟灌及斟寻氏。靡自有鬲氏收二国之烬，以灭浞，而立少康。少康灭浇于过，后杼灭豷于戈，有穷由是遂亡。《论语兼义》云：羿逐后相自立，相依二斟，夏祚犹尚未灭。及寒浞杀羿，因羿室而生浇，浇长大，自能用师，始灭后相。相死之后，始生少康，少康生杼，杼又年长，始堪诱豷，方始灭浞而立少康。计太康失邦，及小康绍国，向有百载乃灭有穷。而《夏本纪》云仲康崩，子相立，相崩，子少康立，都不言羿、浞之事，是马迁之疏也。**夏桀之常违兮**，桀，夏之亡王也。五臣云：言常背天违道。**乃遂焉而逢殃**。殃，咎也。言夏桀上背于天道，下逆于人理，乃遂以逢殃咎，终为殷汤所诛灭。**后辛之菹醢兮**，后，君也。辛，殷之亡王纣名也。藏菜曰菹，肉酱曰醢。菹，一作葅。五臣云：葅醢，肉酱也。《补》曰：菹，臻鱼切。《说文》：酢菜也。一曰麋鹿为菹，齑菹之称，菜肉通。醢，音海。《尔雅》曰：肉谓之醢。**殷宗用而不长。**言纣为无道，杀比干，醢梅伯。武王杖黄钺，行天罚，殷宗遂绝，不得长久也。而，一作之。《补》曰：《礼记》云：昔殷纣乱天下，脯鬼侯以飨诸侯。《史记》曰：纣醢九侯，脯鄂侯。《淮南子》云：醢鬼侯之女，菹梅伯之骸。**汤禹俨而祗敬兮，**俨，畏也。祗，敬也。俨，一作严。《补》曰：《礼记》曰：俨若思。俨亦作严，并鱼检切。**周论道而莫差。**周，周家也。差，过也。言殷汤、夏禹、周之文王，受命之君，皆畏天敬贤，论议道德。无有过差，故能获夫神人之助，子孙蒙其福祐也。五臣云：汤、禹、周文，皆俨肃祗敬，论议道德，无有差殊，故得永年。《补》曰：道，治道也。言周则包文、武矣。差，旧读作蹉。五臣以为差殊，非是。**举贤而授能兮，**一云举贤才。**循绳墨而不颇。**颇，倾也。言三王选士，不遗幽陋，举贤用能，不顾左右；行用先圣法度，无有倾失。故能绥万国，安天下也。《易》曰：无平不颇也。五臣云：无有颇僻。循，一作脩。颇，一作陂。《补》曰：《思玄赋》注引《楚词》：遵绳墨而不颇。遵，亦循也，作脩非是。《易・泰卦》云：无平不陂。陂，一音颇，滂禾切。**皇天无私阿兮，**窃爱为私，所私为阿。一云所祐为阿。**览民德焉错辅。**错，置也。辅，佐也。言皇天神明，无所私阿。观万民之中有道德者，因置以为君，使贤能辅佐，以成其志。故桀为无道，传与汤；纣为淫虐，传与文王。德，一作惪。《文选》民作人。《补》曰：焉，语助。错，七故切。上天佑之，为生贤佐，故曰错辅。**夫维圣哲以茂行兮，**哲，智也。茂，盛也。《补》曰：行，下孟切。**苟得用此下土。**苟，诚也。下土，谓天下也。言天下之所立者，独有圣明之智，盛德之行，故得用事天下，而为万民之主。《补》曰：睿作圣，明作哲。圣哲之人，以有甚盛之行，故能使下土为我用。《诗》曰：奄有下土。**瞻前而顾后兮，**瞻，观也。顾，视也。前谓禹、汤，后谓桀、纣。《补》曰：《说文》：瞻，临视也。顾，还视也。**相观民之计极。**相，视也。计，谋也。极，穷也。言前观汤、武之所以兴，顾视桀、纣之所以亡，足以观察万民忠佞之谋，穷其真伪也。民，一作人。《补》曰：相，息亮切。言观民之策，此为至矣。计，策也。极，至也。相观，重言之也。下文亦曰：览相观于四极，与《左传》“尚犹有臭”、《书》“弗遑暇食”语同。夫孰非义而可用兮，孰非善而可服。服，服事也。言世之人臣，谁有不行仁义，而可任用；谁有不行信善，而可服事者乎？言人非义则德不立，非善则行不成也。五臣云：服，用也。阽余身而危死兮，阽，犹危也。或云：阽，近也。言己尽忠，近于危殆。一本“死”下有“节”字。《补》曰：阽，音檐，临危也。《小尔雅》曰：疾甚谓之阽。《前汉》注云：阽，近边欲堕之意。览余初其犹未悔。言己正言危行，身将死亡，上观初世伏节之贤士，我志所乐，终不悔恨也。五臣云：今观我之初志，终竟行犹未为悔。不量凿而正枘兮，量，度也。正，方也。枘所以充凿。《补》曰：量，力香切。凿，音漕，穿孔也。枘，而锐切，刻木端所以入凿。《淮南子》云：良工渐乎矩凿之中。固前修以菹醢。言工不量度其凿，而方正其枘，则物不固而木破矣。臣不度君贤愚，竭其忠信，则被罪过而身殆也。自前世修名之人，以获菹醢，龙逢、梅伯是也。菹，一作葅。五臣云：邪佞在前，忠贤何由能进。《补》曰：《九辩》云：圜凿而方枘兮，吾固知其鉏铻而难入。夫邪佞在前，而己以正直当之，其君不察，得罪必矣。曾歔欷余郁邑兮，曾，累也。歔欷，惧貌。或曰：哀泣之声也。郁邑，忧也。曾，一作增。邑，一作悒。《补》曰：歔，许居切。欷，香衣、许毅二切。哀朕时之不当。言我累息而惧，郁邑而忧者，自哀生不当举贤之时，而值菹醢之世也。《补》曰：当，平声。揽茹蕙以掩涕兮，茹，柔耎也。揽，一作擥，《文选》作掔。五臣云：茹，臭也。蕙，香草。以喻忠正之心。《补》曰：茹，《文选》音汝。《玉篇》云：茹，柔也，一曰菜茹。五臣以茹为香，误矣。《吕氏春秋》曰：以茹鱼驱蝇，蝇愈至而不可禁。则茹又为臭败之名，非香也。沾余襟之浪浪。沾，濡也。衣眦谓之襟。浪浪，流貌也。言己自伤放在草泽，心悲泣下，沾濡我衣，浪浪而流，犹引取柔耎香草，以自掩拭，不以悲放失仁义之则也。《补》曰：《尔雅》：衣眦谓之襟。襟，交领也。浪，音郎。

跪敷衽以陈辞兮，敷，布也。衽，衣前也。陈辞于重华，道羿、浇以下也。故下句云：发轫于苍梧也。辞，一作词。《补》曰：跪，巨委切。《尔雅》疏云：衽，裳际也。**耿吾既得此中正。**耿，明也。言己上睹禹、汤、文王修德以兴，下见羿、浇、桀、纣行恶以亡，中知龙逄、比干执履忠直，身以菹醢。乃长跪布衽，俯首自念，仰诉于天，则中心晓明，得此中正之道，精合真人，神与化游。故设乘云驾龙，周历天下，以慰己情、缓幽思也。五臣云：明我得此中正之道。《补》曰：言己所以陈词于重华者，以吾得中正之道，耿然甚明故也。《反离骚》云：吾驰江潭之泛滥兮，将折衷乎重华；舒中情之烦或兮，恐重华之不累与。余恐重华与沉江而死，不与投阁而生也。**驷玉虬以椉鹥兮，**有角曰龙，无角曰虬。鹥，凤皇别名也。《山海经》云：鹥身有五采，而文如凤。凤类也，以为车饰。虬，一作虯。椉，一作乘。鹥，一作翳。《补》曰：言以鹥为车，而驾以玉虬也。驷，一乘四马也。虬，龙类也，渠幽切。《说文》云：龙子有角者。相如赋云：六玉虬。谓驾六马，以玉饰其镳勒，有似玉虬也。鹥，於计、乌鸡二切。《山海经》云：九疑山有五彩之鸟，飞蔽一乡。五彩之鸟，鹥鸟也。又云：蛇山有鸟，五色，飞蔽日，名鹥鸟。**溘埃风余上征。**溘，犹掩也。埃，尘也。言我设往行游，将乘玉虬，驾凤车，掩尘埃而上征，去离世俗，远群小也。《补》曰：《远游》云：掩浮云而上征。故逸云：溘，犹掩也。按溘，奄忽也，渴合切。征，行也。言忽然风起，而余上征，犹所谓忽乎吾将行耳。**朝发轫于苍梧兮，**轫，搘轮木也。苍梧，舜所葬也。搘，一作支。《补》曰：轫，音刃。《战国策》云：陛下尝轫车于赵矣。轫，止车之木，将行则发之。五臣以轫为车轮，误矣。《山海经》云：苍梧山，舜葬于阳，帝丹朱葬于阴。《礼记》曰：舜葬于苍梧之野。注云：舜征有苗而死，因葬焉。苍梧于周，南越之地，今为郡。如淳曰：舜葬九嶷。九嶷在苍梧冯乘县，故或曰：

舜葬苍梧也。**夕余至乎县圃。**县圃，神山，在昆仑之上。《淮南子》曰：昆仑县圃，维绝，乃通天。言己朝发帝舜之居，夕至县圃之上，受道圣王，而登神明之山。县，一作悬。一无“绝”字，一本乃作绝。《补》曰：县，音玄。《山海经》云：槐江之山，上多琅玕金玉，其阳多丹粟，阴多金银，实惟帝之平圃。南望昆仑，其光熊熊，其气魂魂。西望大泽，后稷所潜。平圃，即悬圃也。《穆天子传》云：春山之泽，清水出泉，温和无风，飞鸟百兽之所饮食，先王之所谓县圃。《水经》云：《昆仑说》曰：昆仑之山三级：下曰樊桐，一名板松；二曰玄圃，一名阆风；上曰层城，一名天庭。层，音增。《淮南子》言倾宫旋室，悬圃、阆风、樊桐，在昆仑阊阖之中。樊，音饭。又曰：昆仑之丘，或上倍之，是谓凉风之山，登之而不死；或上倍之，是谓悬圃之山，登之乃灵，能使风雨；或上倍之，乃维上天，登之乃神，是谓太帝之居。东方朔《十洲记》曰：昆仑山有三角，一角正北，上干北辰星之耀，名阆风巅；其一角正西，名曰玄圃台；其一角正东，名曰昆仑宫。玄与县，古字通。《天问》曰：昆仑县圃，其居安在？**欲少留此灵琐兮，**灵以喻君；琐，门镂也，文如连琐，楚王之省阁也。一云：灵，神之所在也。琐，门有青琐也。言未得入门，故欲小住门外。琐，一作璅。五臣云：琐，门阁也。《补》曰：琐，先果切。上文言夕余至乎县圃，则灵琐，神之所在也。神之所在，以喻君也。《汉旧仪》云：黄门令日暮入对青琐、丹墀拜。《音义》云：青琐，以青画户边镂也。**日忽忽其将暮。**言己诚欲少留于君之省阁，以须政教，日又忽去。时将欲暮，年岁且尽，言己衰老也。**吾令羲和弭节兮，**羲和，日御也。弭，按也。按节，徐步也。《补》曰：《山海经》：东南海外，有羲和之国，有女子名曰羲和，是生十日，常浴日于甘渊。注云：羲和，天地始生，主日月者也。故尧因是立羲和之官，以主四时。虞世南引《淮南子》云：爰止羲和，爰息六螭，是谓悬车。注云：日乘车，驾以六龙，羲和御之，日至此而薄于虞渊，羲和至此而回。弭，止也。弥耳切。**望崦嵫而勿迫。**崦嵫，日所入山也。下有蒙水，水中有虞渊。迫，附也。言我恐日暮年老，道德不施，欲令日御按节徐行，望日所入之山，且勿附近，冀及盛时遇贤君也。勿，一作未。《补》曰：崦，音淹。嵫，音兹。《山海经》曰：鸟鼠同穴山西南曰崦嵫。又云：西曰崦嵫之山。《淮南子》云：日入崦嵫，经细柳，入虞渊之汜。**路曼曼其修远兮，**修，长也。《释文》曼作漫。五臣云：漫漫，远貌。《补》曰：曼，漫，并莫半切。《集韵》：曼曼，长也，谟官切。**吾将上下而求索。**言天地广大，其路曼曼，远而且长，不可卒至，吾方上下左右，以求索贤人，与己合志者也。《补》曰：索，所格切。**饮余马于咸池兮，**咸池，日浴处也。《补》曰：饮，於禁切。《九歌》云：与女沐兮咸池。逸云：咸池，星名，盖天池也。《天文大象赋》云：咸池浮津而渺漫。注云：咸池三星，天潢南，鱼鸟之所托也。又《七谏》云：属天命而委之咸池。注云：咸池，天神。按下文言扶桑，则咸池乃日所浴者也。**总余辔乎扶桑。**总，结也。扶桑，日所拂木也。《淮南子》曰：日出汤谷，浴乎咸池，拂于扶桑，是谓晨明；登于扶桑，爰始将行，是谓朏明。言我乃往至东极之野，饮马于咸池，与日俱浴，以洁己身；结我车辔于扶桑，以留日行，幸得不老，延年寿也。《补》曰：《山海经》云：黑齿之北，曰汤谷，有扶木，九日居下枝，一日居上枝，皆戴乌。郭璞云：扶木，扶桑也。天有十日，迭出运照。东方朔《十洲记》曰：扶桑在碧海中，叶似桑树，长数千丈，大二千围，两两同根，更相依倚，是名扶桑。《淮南子》云：扶木在阳州，日之所曊。曊，犹照也。《说文》云：榑桑，神木，日所出。榑，音扶。汤与旸同。**折若木以拂日兮，**若木在昆仑西极，其华照下地。拂，击也。一云蔽也。《补》曰：《山海经》：南海之内，黑水之间，有木名曰若木，若水出焉。又曰：灰野之山，有树青叶赤华，名曰若木，日所入处，生昆仑西，附西极也。然则若木有二，而此乃灰野之若木欤？《淮南子》曰：若木在建木西，末有十日，其华照下地。注云：若木端有十日，状如连珠。华，光也，光照其下也。一云：状如莲华。《天问》云：羲和之未扬，若华何光？**聊逍遥以相羊。**聊，且也。逍遥，相羊，皆游也。言己总结日辔，恐不能制，年时卒过，故复转之西极，折取若木，以拂击日，使之还去，且相羊而游，以俟君命也。或谓拂，蔽也，以若木障蔽日，使不得过也。逍遥，一作须臾。羊，一作佯。《补》曰：逍遥，犹翱翔也。相羊，犹徘徊也。**前望舒使先驱兮，**望舒，月御也。月体光明，以喻臣清白也。《补》曰：《淮南子》曰：月御曰望舒，亦曰纤阿。《史记·周本纪》云：百夫荷罕旗以先驱。颜师古云：先驱，导路也。李善云：先驱，前驱也。《周礼》：王出入，则辟左右而前驱。**后飞廉使奔属。**飞廉，风伯也。风为号令，以喻君命。言己使清白之臣，如望舒先驱求贤，使风伯奉君命于后，以告百姓。或曰，驾乘龙云，必假疾风之力，使奔属于后。《补》曰：属，音注，连也。《吕氏春秋》曰：风师曰飞廉。应劭曰：飞廉，神禽，能致风气。晋灼曰：飞廉，鹿身，头如雀，有角，而蛇尾豹文。《河图》曰：风者，天地之使，乃告号令。**鸾皇为余先戒兮，**鸾，俊鸟也。皇，雌凤也，以喻仁智之士。先，一作前。五臣云，鸾皇，灵鸟。《补》曰：《山海经》：女床山有鸟，状如翟，而五采毕备，声似雉而尾长，名曰鸾，见则天下安宁。《瑞应图》曰：鸾者，赤神之精，凤皇之佐也。《尔雅》曰：鶠凤，其雌皇。皇或作凰。为，去声。**雷师告余以未具。**雷为诸侯，以兴于君。言己使仁智之士，如鸾皇，先戒百官，将往适道，而君怠堕，告我严装未具。余，一作我。《补》曰：《春秋·合诚图》云：轩辕主雷雨之神。一曰：雷师，丰隆也。**吾令凤鸟飞腾兮，继之以日夜。**言我使凤鸟明智之士，飞行天下，以求同志。续以日夜，冀相逢遇也。《文选》云：吾令凤皇飞腾兮，又继之以日夜。《补》曰：《山海经》云：丹穴之山有鸟焉，其状如鸡，五彩而文，曰凤鸟。是鸟也，饮食则自歌自舞，见则天下大康宁。上言鸾皇，鸾，凤皇之佐；而皇，雌凤也。以喻贤人之同类者，故为命先戒百官。此云凤鸟，以喻贤人之全德者，故令飞腾，以求同志也。**飘风屯其相离兮，**回风为飘。飘风，无常之风，以兴邪恶之众。屯其相离，言不与己和合也。《补》曰：《尔雅》注云：飘风，旋风。屯，徒昆切，聚也。**帅云霓而来御。**云霓，恶气，以喻佞人。御，迎也。言己使凤鸟往求同志之士，欲与俱共事君，反见邪恶之人，相与屯聚，谋欲离己。又遇佞人相帅来迎，欲使我变节以随之也。帅，一作率。《补》曰：御，读若迓。霓，五稽、五历、五结三切，通作蜺。《文选》云：云旗拂霓。又云：俯而观乎云霓。沈约《郊居赋》云：雌霓连蜷。并读作侧声。司马温公云：约赋但取声律便美，非霓不可读为平声也。《尔雅》：蜺为挈贰。《说文》：霓，屈虹，青赤或白色，阴气也。郭氏云：雄曰虹，谓明盛者；雌曰蜺，谓暗微者。虹者，阴阳交会之气，云薄漏日，日照雨滴，则虹生也。**纷总总其离合兮，**纷，盛多貌。总总，犹僔僔。聚貌。五臣云：纷，乱也。**斑陆离其上下。**斑，乱貌。陆离，分散也。言已游观天下，但见俗人竞为谗佞。僔僔相聚，乍离乍合。上下之义，斑然散乱而不可知者也。斑，一作班。《补》曰：斑，驳文也。下，音户。**吾令帝阍开关兮，**帝，谓天帝。阍，主门者也。《补》曰：《说文》云：阍，常以昏闭门隶也。**倚阊阖而望予。**阊阖，天门也。言己求贤不得，疾谗恶佞，将上诉天帝，使阍人开关，又倚天门望而距我，使我不得入也。《补》曰：《天文大象赋》曰：俨阊阖以洞开。注云：宫墙两藩正南开，如门象者名阊阖门。《淮南子》曰：排阊阖，沦天门。注云：阊阖，始升天之门也。天门，上帝所居，紫微宫门也。《说文》云：阊，天门也。阖，门扇也。楚人名门曰阊阖。《文选》注云：阊阖，天门也。王者因以为门。屈原亦以阊阖喻君门也。予，音与，叶韵。**时暧暧其将罢兮，**暧暧，昏昧貌。罢，极也。罢，一作疲。《补》曰：暧，日不明也，音爱。罢，音皮。**结幽兰而延伫。**言时世昏昧，无有明君，周行罢极，不遇贤士，故结芳草，长立有还意也。而，一作以。五臣云，结芳草自洁，长立而无趣向。《补》曰：刘次庄云：兰喻君子，言其处于深林幽涧之中，而芬芳郁烈之不可掩，故《楚辞》云云。**世溷浊而不分兮，**溷，乱也。浊，贪也。《补》曰：溷，胡困切。**好蔽美而嫉妒。**言时世君乱臣贪，不别善恶，好蔽美德，而嫉妒忠信也。五臣云：蔽，隐也。

朝吾将济於白水兮，济，渡也。《淮南子》言：白水出昆仑之山，饮之不死。於，一作乎。《补》曰：《河图》曰：昆山出五色流水，其白水入中国，名为河也。五臣云：白水，神泉。登阆风而绁马。阆风，山名。在昆仑之上。绁，系也。言已见中国溷浊，则欲渡白水，登神山，屯车系马，而留止也。白水洁净，阆风清明，言已修清白之行，不懈怠也。绁，一作缐。《补》曰：阆，音郎，又音浪。道书云，"阆野者，阆风之府"是也。昆仑上有九府，是为九宫。馀说已见"县圃"下。绁，音薛。《左传》曰：臣负羁绁。绁，马缰也。马，满补切。忽反顾以流涕兮，哀高丘之无女。楚有高丘之山。女以喻臣。言已虽去，意不能已，犹复顾念楚国无有贤臣，心为之悲而流涕也。或云：高丘，阆风山上也；无女，喻无与己同心也。旧说：高丘，楚地名也。五臣云：女，神女，喻忠臣。《补》曰：《离骚》多以女喻臣，不必指神女。溘吾游此春宫兮，溘，奄也。春宫，东方青帝舍也。溘，一作壒。《补》曰：壒，尘也，无奄忽义。折琼枝以继佩。继，续也。言已行游，奄然至于青帝之舍，观万物始生，皆出于仁，复折琼枝以续佩，守仁行义，志弥固也。《补》曰：琼，玉之美者。《传》曰，南方有鸟，其名为凤，天为生树，名曰琼枝，高百二十仞，大三十围，以琳琅为实。《后汉》注云：琼枝，玉树，以喻坚贞。下文云：折琼枝以为羞。及荣华之未落兮，荣华，喻颜色。落，堕也。《补》曰：游春宫折琼枝，欲及荣华之未落也。相下女之可诒。相，视也。诒，遗也。言已既修行仁义，冀得同志，愿及年德盛时，颜貌未老，视天下贤人，将持玉帛而聘遗之，与俱事君也。诒，一作贻。《补》曰：相，息亮切。下女，喻贤人之在下者。诒，音怡，通作贻。吾令丰隆椉云兮，丰隆，云师，一曰雷师。下注同。椉，一作乘。《补》曰：《九歌·云中君》注云：云神丰隆。五臣曰：云神屏翳。按丰隆或曰云师，或曰雷师。屏翳或曰云师，或曰雨师，或曰风师。《归藏》云：丰隆，筮云气而告之，则云师也。《穆天子传》云：天子升昆仑，封丰隆之葬。郭璞云：丰隆筮师，御云得大壮卦，遂为雷师。《淮南子》曰：季春三月，丰隆乃出，以将其雨。张衡《思玄赋》云："丰隆軯其震霆，云师霮以交集。则丰隆，雷也；云师，屏翳也。《天问》曰：蓱号起雨。则屏翳，雨师也。《洛神赋》云：屏翳收风。则风师也。

又《周官》有风师、雨师。《淮南子》云：雨师洒道，风伯扫尘，说者以为箕、毕二星。《列仙传》云：赤松子，神农时为雨师。《风俗通》云：玄冥为雨师。其说不同。据《楚词》则以丰隆为云师，飞廉为风伯，屏翳为雨师耳。**求宓妃之所在。**宓妃，神女，以喻隐士。言我令云师丰隆，乘云周行，求隐士清洁若宓妃者，欲与并心力也。宓，一作虙。五臣云：虙妃以喻贤臣。《补》曰：《汉书·古今人表》有宓羲氏。宓，音伏，字本作虙。《颜氏家训》云：虙字从虍，宓字从宀，下俱为必。孔子弟子宓子贱，即虙羲之后，俗字以为宓，或复加山。《子贱碑》云：济南伏生，即子贱之后。是知虙之与伏，古来通用。误以为密，较可知矣。《洛神赋》注云：宓妃，伏牺氏女，溺洛水而死，遂为河神。**解佩纕以结言兮，**纕，佩带也。《补》曰：《洛神赋》云：愿诚素之先达兮，解玉佩而要之。亦此意。**吾令蹇脩以为理。**蹇脩，伏羲氏之臣也。理，分理也，述礼意也。言己既见宓妃，则解我佩带之玉，以结言语，使古贤蹇脩而为媒理也，伏羲时敦朴，故使其臣也。五臣云：令蹇脩为媒，以通辞理。《补》曰：宓妃，伏羲氏之女，故使其臣以为理也。**纷总总其离合兮，忽纬繣其难迁。**纬繣，乖戾也。迁，徙也。言蹇脩既持其佩带通言，而谗人复相聚毁败，令其意一合一离，遂以乖戾而见距绝。言所居深僻，难迁徙也。《补》曰：纬，音徽。繣，呼麦切，又音画。《博雅》作敍𢜽，《广韵》作徽繣。此言隐士忽与我乖剌，其意难移也。**夕归次于穷石兮，**次，舍也。再宿为信，过信为次。《淮南子》言弱水出于穷石，入于流沙也。《补》曰：郭璞注《山海经》云：弱水出自穷石，穷石今之西郡删丹，盖其别流之原。《淮南子》注云：穷石，山名，在张掖也。《左传》曰：后羿自鉏迁于穷石。**朝濯发乎洧盘。**洧盘，水名。《禹大传》曰：洧盘之水，出崦嵫之山。言宓妃体好清洁，暮即归舍穷石之室，朝沐洧盘之水，遁世隐居，而不肯仕也。盘，一作槃。《补》曰：洧，於轨切。**保厥美以骄傲兮，**倨简曰骄，侮慢曰傲。傲，一作敖。**日康娱以淫游。**康，安也。言宓妃用志高远，保守美德，骄傲侮慢，日自娱乐以游戏自恣，无有事君之意也。五臣云：淫，久也。言隐居之人，日日安乐久游，无意以匡君。《补》曰：《说文》云：淫，私逸也。《尔雅》：久雨谓之淫。故淫亦训久。**虽信美而无礼兮，来违弃而改求。**违，去也。改，更也。言宓妃虽信有美德，骄傲无礼，不可与共事君。来复弃去，而更求贤也。弃，一作弃。《补》曰：此孔子所谓隐者，子路所谓洁身乱伦。**览相观于四极兮，**览相，一作求览。《补》曰：相，去声。**周流乎天余乃下。**言我乃复往观视四极，周流求贤，然后乃来下也。一云：周流天乎。一无"乎"字。《补》曰：《尔雅》：东至于泰远，西至于邠国，南至于濮铅，北至于祝栗，谓之四极。邠，《说文》作汃。汃，西极之水也。又《淮南子》云：东方东极之山曰开明之门，南方南极之山曰暑门，西方西极之山曰阊阖之门，北方北极之山曰寒门。下，音户。**望瑶台之偃蹇兮，**石次玉曰瑶。《诗》曰：报之以琼瑶。偃蹇，高貌。《补》曰：《说文》云：瑶，玉之美者。**见有娀之佚女。**有娀，国名。佚，美也。谓帝喾之妃，契母简狄也。配圣帝，生贤子，以喻贞贤也。《诗》曰：有娀方将，帝立子生商。《吕氏春秋》曰：有娀氏有美女，为之高台而饮食之。言己望见瑶台高峻，睹有娀氏美女，思得与共事君也。佚，《释文》作妷。《补》曰：娀，音嵩。李善引《吕氏春秋》曰：有娀氏有二佚女，为九成之台。《淮南子》曰：有娀在不周之北，长女简翟，少女建疵。注云：姊妹二人在瑶台也。佚，音逸。**吾令鸩为媒兮，**鸩，运日也。羽有毒可杀人，以喻谗佞贼害人也。《补》曰：鸩，直禁切。《广志》云：其鸟大如鹗，紫绿色，有毒，食蛇蝮，雄名运日，雌名阴谐，以其毛历饮卮，则杀人。**鸩告余以不好。**言我使鸩鸟为媒，以求简狄，其性谗贼，不可信用，还诈告我言不好也。五臣云：忠贤，谗佞所疾，故云不好。《补》曰：好，读如"好人提提"之好。夫鸩之不可为媒审矣，屈原何为使之乎？《淮南》言：晖日知晏，阴谐知雨。盖类小人之有智者。君子不逆诈，不亿不信，待其不可用，然后弃之耳。尧之用鲧是也。晖与运同。**雄鸠之鸣逝兮，**逝，往也。《释文》雄作鸠。《补》曰：《说文》云：鸠，鹘鸼也。《尔雅》云：鶌鸠，鹘鸼。注云：似山鹊而小，短尾，青黑色。多声。《月令》"鸣鸠拂其羽"，即此也。**余犹恶**

其佻巧。佻，轻也。巧，利也。言又使雄鸠衔命而往，其性轻佻巧利，多语言而无要实，复不可信用也。五臣云：雄鸠多声。言使辩捷之士，往聘忠贤，我又恶其轻巧而不信。《补》曰：佻，吐雕切，又土了切。《尔雅》云：佻，偷也。**心犹豫而狐疑兮**，《补》曰：犹，由、柚二音。《颜氏家训》曰：《尸子》云：五尺犬为犹。《说文》：陇西谓犬子为犹。吾以为人将犬行，犬好豫在人前，待人不得，又来迎候，此乃豫之所以为未定也。故谓不决曰犹豫。或以《尔雅》曰：犹，如麂，善登木。犹，兽名也。既闻人声，乃豫缘木。如此上下，故称犹豫。《水经》引郭缘生《述征记》云：何津冰始合，车马不敢过，要须狐行，云此物善听，冰下无水乃过，人见狐行，方渡。按《风俗通》云：里语称狐欲渡河，无如尾何。且狐性多疑，故俗有狐疑之说，未必一如缘生之言也。然《礼记》曰：决嫌疑，定犹与。《疏》云：犹是玃属，豫是虎属。《说文》云：豫，象之大者。又《老子》曰：豫兮若冬涉川，犹兮若畏四邻。则犹与豫，皆未定之辞。**欲自适而不可**。适，往也。言己令鸩为媒，其心谗贼，以善为恶；又使雄鸠衔命而往，多言无实。故中心狐疑犹豫，意欲自往，礼又不可，女当须媒，士必待介也。**凤皇既受诒兮**，诒，一作诏。五臣云：诒，遗也。言我得贤人如凤皇者，受遗玉帛，将行就聘。**恐高辛之先我**。高辛，帝喾有天下号也。《帝系》曰：高辛氏为帝喾。帝喾次妃有娀氏女生契。言己既得贤智之士若凤皇，受礼遗将行，恐帝喾已先我得娀简狄也。遗，一作遣。五臣云：帝喾，喻诸国贤君。《补》曰：皇甫谧云：高辛都亳，今河南偃师是。张晏云：高辛，所兴之地名也。**欲远集而无所止兮**，集，一作进。**聊浮游以逍遥**。言己既求简狄，复后高辛，欲远集它方，又无所之，故且游戏观望以忘忧，用以自适也。**及少康之未家兮，留有虞之二姚**。少康，夏后相之子也。有虞，国名，姚姓，舜后也。昔寒浞使浇杀夏后相，少康逃奔有虞，虞因妻以二女，而邑于纶，有田一成，有众一旅，能布其德，以收夏众，遂诛灭浇，复禹之旧绩。屈原设至远方之外，博求众贤，索宓妃则不肯见，求简狄又后高辛，幸若少康留止有虞，而得二妃，以成显功，是不欲远去之意也。《补》曰：

二姚事见《左传》。杜预云：梁国有虞县。皇甫谧云：今河东大阳西山上有虞城。姚，音遥。《说文》云：虞舜居姚虚，因以为姓。理弱而媒拙兮，弱，劣也。拙，钝也。五臣云：我欲留聘二姚，又恐道理弱于少康，而媒无巧辞。恐导言之不固。言已欲效少康，留而不去，又恐媒人弱钝，达言于君不能坚固。复使回移也。世溷浊而嫉贤兮，世，一作时。好蔽美而称恶。称，举也。再言世溷浊者，怀、襄二世不明，故群下好蔽忠正之士，而举邪恶之人。美，一作善。《补》曰：再言世溷浊者，甚之也。屈原作此，在怀王之世耳。恶，去声。言可美者蔽之，可恶者称之。闺中既以邃远兮，小门谓之闺。邃，深也。一无“以”字。《补》曰：《尔雅》：宫中之门谓之闱，其小者谓之闺。邃，虽遂切。哲王又不寤。哲，智也。寤，觉也。言君处宫殿之中，其闺深远，忠言难通，指语不达，自明智之王，尚不能觉悟善恶之情，高宗杀孝已是也。何况不智之君，而多暗蔽，固其宜也。《补》曰：《说文》：寐觉而有信曰寤。闺中既以邃远者，言不通群下之情；哲王又不寤者，言不知忠臣之分。怀王不明而曰哲王者，以明望之也。太史公所谓冀幸君之一悟，俗之一改也。韩愈《琴操》云：臣罪当诛兮，天王圣明。亦此意。怀朕情而不发兮，余焉能忍与此终古。言我怀忠信之情，不得发用，安能久与此暗乱之君，终古而居乎？意欲复去也。一本“忍”下有“而”字。《释文》：古，音故。《补》曰：此言当世之人，蔽美称恶，不能与之久居也。《九歌》曰：长无绝兮终古。《九章》曰：去终古之所居。终古，犹永古也。《考工记》注曰：齐人之言终古，犹言常也。《集韵》：古音估者，故也。音故者，始也。

索藑茅以筳篿兮，索，取也。藑茅，灵草也。筳，小折竹也。楚人名结草折竹以卜曰篿。《文选》藑作琼。五臣云：筳，竹筭也。《补》曰：索，所革切。藑，音琼。《尔雅》云：葍，藑茅。注云：藑、葍一种，花有赤者为藑。筳，音廷。篿，音专。《后汉·方术传》云：挺专折竹。注云：挺，八段竹也。音同。命灵氛为余占之。灵氛，古明占吉凶者。言已欲去则无所集，欲止又不见用，忧懑不知所从，乃取神草竹筳，结而折之，以卜去留，使明智灵氛占其吉凶也。曰：“两美其必合兮，孰信修而慕之？”灵氛言以忠臣而就明君，两美必合，楚国谁能信明善恶，修行忠直，欲相慕及者乎？已宜以时去也。“思九州之博大兮，岂唯是其有女？”言我思念天下博大，岂独楚国有臣而可止乎？思，古文思，亦作思。唯，一作惟。《补》曰：女，细吕切。曰：“勉远逝而无狐疑兮，一无“狐”字，孰求美而释女？”五臣云：灵氛曰但勤力远去，谁有求忠臣而不择取汝者也。《补》曰：再举灵氛之言者，甚言其可去也。“何所独无芳草兮，草，一作艸，旧作卉。《补》曰：《尔雅》云：卉，草。《疏》云：别二名也。《文选》注云：卉，百草总名，楚人语也。尔何怀乎故宇。怀，思也。宇，居也。言何所独无贤芳之君，何必思故居而不去也。此皆灵氛之词。尔，一作尒。宇，一作宅。注同。《补》曰：若作宅，则与下韵叶。世幽昧以昡曜兮，昡曜，惑乱貌。世，一作时。昡，一作眩。《补》曰：昡，日光也，其字从日；眩，目无常主也，其字从目。并荧绢切。《淮南》云：嫌疑肖象者，众人之所眩耀。孰云察余之善恶。”屈原答灵氛曰：当世之君，皆暗昧惑乱，不分善恶，谁当察我之善情而用己乎？是难去之意也。善恶，一作中情。《文选》善作美。“民好恶其不同兮，民，一作人。惟此党人其独异。党，乡党，谓楚国也。言天下万民之所好恶，其性不同，此楚国尤独异也。五臣云：好，爱。恶，憎也。《补》曰：好、恶，并去声。党，朋党，谓椒、兰之徒也。户服艾以盈要兮，艾，白蒿也。盈，满也。或言艾非芳草也，一名冰台。《补》曰：要与腰同。《尔雅》：艾，冰台。注云：今艾蒿。谓幽兰其不可佩。”言楚国户服白蒿，满其要带，以为芬芳，反谓幽兰臭恶，为不可佩也。以言君亲爱谗佞，憎远忠直，而不肯近也。其，一作兮，一作之。五臣云：言楚国皆好谗佞，谓忠正不可行于身也。“览察草木其犹未得兮，察，视也。草，一作艸，一作卉。犹，一作独。**岂珵美之能当？**珵，美玉也。《相玉书》言：珵大六寸，其耀自照。言时人无能知臧否，观众草尚不能别其香臭，岂当知玉之美恶乎？以为草木易别于禽兽，禽兽易别于珠玉，珠玉易别于忠佞，知人最为难也。五臣云：岂能辨玉之臧否而当之乎？玉喻忠直。《补》曰：珵美，犹《九章》言荪美也。珵，音呈，一曰珮珩也。**苏粪壤目充帏兮，**苏，取也。充，犹满也。壤，土也。帏谓之幐，幐，香囊也。目，一作以。《补》曰：《史记》：樵苏后爨。苏，取草也。又《淮南子》曰：苏援世事。苏，犹索也。帏，许归切。下同。《尔雅》云：妇人之袆，谓之缡。注云：即今之香缨也。袆，邪交落带系于体，因名为袆。幐，音腾。**谓申椒其不芳。”**言苏粪土以满香囊，佩而带之，反谓申椒臭而不香，言近小人远君子也。

欲从灵氛之吉占兮，心犹豫而狐疑。言己欲从灵氛劝去之吉占，则心中狐疑，念楚国也。《补》曰：灵氛之占，于异姓则吉矣，在屈原则不可，故犹豫而狐疑也。**巫咸将夕降兮，**巫咸，古神巫也，当殷中宗之世。降，下也。《补》曰：《书序》云：伊陟赞于巫咸。《前汉·郊祀志》云：巫咸之兴自此始。说者曰：巫咸殷贤臣。一云名咸，殷之巫也。《说文》曰：巫，祝也。古者巫咸初作巫。《山海经》曰：巫咸国在女丑北。又曰：大荒之中，有灵山，巫咸、巫即、巫盼、巫彭、巫姑、巫真、巫孔、巫抵、巫谢、巫罗十巫从此升降。《淮南子》曰：轩辕丘在西方，巫咸在其北。注云：巫咸知天道，明吉凶。据此则巫咸之兴尚矣，商时又有巫咸也。《庄子》曰：郑有神巫，曰季咸。又有巫咸祒，皆取此名。言夕降者，神降多以夜，陈宝之类是也。**怀椒糈而要之。**椒，香物，所以降神。糈，精米，所以享神。言巫咸将夕从天上来下，愿怀椒糈要之，使占兹吉凶也。糈，俗作糈。《补》曰：糈，音所，祭神米也。孟康曰：椒糈，以椒香米馓也。要，伊消切。**百神翳其备降兮，九疑缤其并迎。**翳，蔽也。缤，盛貌。九疑，舜所葬也。言巫咸得己椒糈，则将百神蔽日来下；舜又使九疑之神，纷然来迎，知己之志也。疑，一作嶷。《补》曰：翳，於计切。嶷与疑同。迎，鱼庆切，迓也。《汉纪》曰：望祀虞舜于九嶷。张揖曰：九嶷在零陵营道县。文颖曰：九嶷半在苍梧，半在零陵。颜师古云：疑，似也，山在九峰，其形相似。《水经》云：峰秀数郡之间，异岭同势，游者疑焉。**皇剡剡其扬灵兮，**皇，皇天也。剡剡，光貌。《补》曰：剡，以冉切。《九歌》云：横大江兮扬灵。**告余以吉故。**言皇天扬其光灵，使百神告我，当去就吉善也。五臣云：告我去当吉。《补》曰：灵氛之占，筳篿折竹而已。至百神备降，九嶷并迎，告我使去，则可以去矣。**曰勉陞降以上下兮，**勉，强也。上谓君，下谓臣。陞，一作升。《补》曰：升降上下，犹所谓经营四荒，周流六漠耳，不必指君臣。**求榘矱之所同。**榘，法也。矱，度也。言当自勉强上求明君，下索贤臣，与己合法度者，因与同志共为治也。榘，一作矩。矱，一作蒦。五臣云：此巫咸之言。《补》曰：榘，俱雨切。榘，纡缚、乌郭二切。《淮南子》曰：知榘蒦之所周。注云：榘，方也。蒦，度法也。**汤禹严而求合兮，**严，敬也。合，匹也。严，一作俨。《补》曰：自此以下，皆屈原语。**挚咎繇而能调。**挚，伊尹名，汤臣也。咎繇，禹臣也。调，和也。言汤、禹至圣，犹敬承天道，求其匹合，得伊尹、咎繇，乃能调和阴阳，而安天下也。一作皋陶。《补》曰：《天问》曰：帝乃降观，下逢伊挚。即伊尹也。**苟中情其好修兮，又何必用夫行媒。**行媒，喻左右之臣也。言诚能中心常好善，则精感神明，贤君自举用之，不必须左右荐达也。一无“又”字。五臣云：苟，且也。**说操筑于傅岩兮，**说，傅说也。傅岩，地名。《补》曰：说，音悦。操，七刀切。筑，捣也。**武丁用而不疑。**武丁，殷之高宗也。言傅说抱道怀德，而遭遇刑罚，操筑作于傅岩。武丁思想贤者，梦得圣人，以其形像求之，因得傅说，登以为公，道用大兴，为殷高宗也。《书序》曰：高宗梦得说，使百工营求诸野，得诸傅岩，作《说命》，是佚篇也。《补》曰：《孟子》曰：傅说举于版筑之间。《史记》云：说为胥靡，筑于傅险，见于武丁。武丁曰：是也。遂以傅险姓之，号曰傅说。险与岩同。徐广曰：《尸子》云：傅岩在北海之洲。孔安国曰：

傅氏之岩，在虞、虢之界，通道所经，有涧水坏道，常使胥靡刑人筑护此道。说贤而隐，代胥靡筑之，以供食也。**吕望之鼓刀兮**，吕，太公之氏姓也。鼓，鸣也。或言吕望太公，姜姓也，未遇之时，鼓刀屠于朝歌也。《补》曰：《史记》云：太公望，吕尚书，东海上人，本姓姜氏，从其封姓，故曰吕尚。《战国策》云：太公望，老妇之逐夫，朝歌之废屠，文王用之而王。注云：吕尚为老妇之所逐，卖肉于朝歌，肉上生臭不售，故曰废屠。《淮南子》云：太公之鼓刀。注云：太公，河内汲人，有屠钓之困。**遭周文而得举**。言太公避纣，居东海之滨，闻文王作兴，盍往归之。至于朝歌，道穷困，自鼓刀而屠，遂西钓于渭滨。文王梦得圣人，于是出猎而遇之，遂载以归，用以为师，言吾先公望子久矣，因号为太公望。或言周文王梦天帝立令狐之津，太公立其后。帝曰：昌，赐汝名师。文王再拜，太公亦再拜，太公梦亦如此。文王出田，见识所梦，载与俱归，以为太师也。《补》曰：《天问》云：师望在肆，昌何识？鼓刀扬声，后何喜？注云：吕望鼓刀在列肆，文王亲往问之，对曰："下屠屠牛，上屠屠国。"**宁戚之讴歌兮**，宁戚，卫人。**齐桓闻以该辅**。该，备也。宁戚修德不用，退而商贾，宿齐东门外。桓公夜出，宁戚方饭牛，叩角而商歌，桓公闻之，知其贤，举用为客卿，备辅佐也。《补》曰：《淮南子》云：宁戚欲干齐桓公，困穷无以自达。于是为商旅，将任车以商于齐，暮宿于郭门之外，饭牛车下，望见桓公，乃击牛角而商歌。桓公闻之曰："异哉，歌者非常人也。"命后车载之。《三齐记》载其歌曰：南山矸，白石烂，生不遭尧与舜禅，短布单衣适至骭，从昏饭牛薄夜半，长夜漫漫何时旦。桓公召与语，悦之，以为大夫。矸与岸同。一作南山粲。屈原举吕望、傅说、宁戚之事，伤今之不然也。**及年岁之未晏兮**，晏，晚。**时亦犹其未央**。央，尽也。言己所以汲汲欲辅佐君者，冀及年未晏晚，以成德化也。然年时亦尚未尽，冀若三贤之遭遇也。其，一作而。《补》曰：《说文》：央，久也。《诗》曰：夜未央。**恐鹈鴂之先鸣兮**，鹈鴂，一名买鵗，常以春分鸣也。鹈，一作鹎。五臣云：鹎鴂，秋分前鸣，则草木凋落。《补》曰：鹈，音提。鴂，音决。一音弟桂，一音殄绢。《反离骚》云：徒恐鹈鴂之将鸣兮，顾先百草为不芳。颜师古云：鹈鴂，一名买鵤，一名子规，一名杜鹃，常以立夏鸣，鸣则众芳皆歇。鴂与鴃同，鵤音诡。《思玄赋》云：恃知己而华予兮，鶗鴃鸣而不芳。注云：以秋分鸣。李善云：《临海异物志》：鶗鴃，一名杜鹃。至三月鸣，昼夜不止。服虔曰：鶗鴃，一名䴗，伯劳也。顺阴阳气而生。按《禽经》云：巂周，子规也。江介曰子规，蜀右曰杜宇。又曰：鶗鴃鸣而草衰。注云：鶗鴃，《尔雅》谓之䴗，《左传》谓之伯赵。然则子规、鶗鴃，二物也。《月令》：仲夏䴗始鸣。说者云：五月阴气生于下，伯劳夏至，应阴而鸣。《诗》曰：七月鸣䴗。笺云：伯劳鸣，将寒之候也，五月则鸣，豳地晚寒。《左传》：伯赵氏司至也。注云：伯劳以夏至鸣，冬至止。陆佃《埤雅》云：阴气至而䴗鸣，故百草为之芳歇。《广韵》曰：鶗鴃，关西曰巧妇，关东曰鸋鴃，春分鸣则众芳生，秋分鸣则众芳歇。未详。**使夫百草为之不芳。**言我恐鹈鴂以先春分鸣，使百草华英摧落，芬芳不得成也。以喻谗言先至，使忠直之士蒙罪过也。草，一作屮，一作卉。一无"夫"字。一无"为"字。《补》曰：《尔雅》疏云：百卉，犹百草也。《诗》云：百卉具腓。

何琼佩之偃蹇兮，偃蹇，众盛貌。佩，一作珮。**众薆然而蔽之。**言我佩琼玉，怀美德，偃蹇而盛，众人薆然而蔽之，伤不得施用也。五臣云：薆，亦盛也。《补》曰：薆，音爱。《方言》云：掩、翳，薆也。注云：谓薆蔽也。**惟此党人之不谅兮，**谅，信。一作亮。**恐嫉妒而折之。**言楚国之人，不尚忠信之行，共嫉妒我正直，必欲折挫而败毁之也。**时缤纷其变易兮，**其，一作以。五臣云：缤纷，乱也。**又何可以淹留。**言时世溷浊，善恶变易，不可以久留，宜速去也。**兰芷变而不芳兮，荃蕙化而为茅。**言兰芷之草，变易其体，而不复香。荃蕙化而为菅茅，失其本性也。以言君子更为小人，忠信更为佞伪也。五臣云：茅，恶草，以喻谗臣。《补》曰：上云谓幽兰其不可佩，以幽兰之别于艾也。谓申椒其不芳，以申椒之别于粪壤也。今曰兰芷不芳，荃蕙为茅，则更与之俱化矣。当是时，守死而不变者，楚国一人而已，屈子是也。何昔日之芳草兮，草，一作艸，一作卉。今直为此萧艾也。言往昔芬芳之草，今皆直为萧艾而已。以言往日明智之士，今皆佯愚，狂惑不顾。一无“萧”字，一无“也”字。《补》曰：颜师古云：《齐书》太祖云：诗人采萧。萧即艾也。萧自是香蒿，古祭祀所用，合脂爇之以享神者。艾即今之灸病者。名既不同，本非一物。《诗》云：彼采萧兮，彼采艾兮。是也。《淮南》曰：膏夏紫芝，与萧艾俱死。萧艾贱草，以喻不肖。岂其有他故兮，莫好修之害也。言士民所以变曲为直者，以上不好用忠正之人，害其善志之故。一无“也”字。五臣云：明智之士佯愚者，为君不好修洁之士，而自损害。《补》曰：时人莫有好自修洁者，故其害至于荃蕙为茅，芳草为艾也。余以兰为可恃兮，兰，怀王少弟，司马子兰也。恃，怙也。《补》曰：《史记》：秦昭王欲与怀王会，屈平曰：“秦虎狼之国，不可信，不如无行。”怀王稚子子兰劝王行：“奈何绝秦欢。”怀王卒行，入武关，秦伏兵绝其后，因留怀王。子顷襄王立，以其弟子兰为令尹。然则子兰乃怀王少子，顷襄之弟也。羌无实而容长。实，诚也。言我以司马子兰怀王之弟，应荐贤达能，可怙而进，不意内无诚信之实，但有长大之貌，浮华而已。五臣云：无实，无实材。《补》曰：长，平声。委厥美以从俗兮，委，弃。苟得列乎众芳。言子兰弃其美质正直之性，随从谄佞，苟欲列于众贤之位，无进贤之心也。《补》曰：子兰有兰之名，无兰之实，虽与众芳同列，而无芬芳也。椒专佞以慢慆兮，椒，楚大夫子椒也。慆，淫也。慢，一作谩。《释文》作嫚。慆，一作谄。《补》曰：《古今人表》有令尹子椒。慆，它刀切。《书》曰：无即慆淫。注云：慆，慢也。榝又欲充夫佩帏。榝，茱萸也，似椒而非，以喻子椒似贤而非贤也。帏，盛香之囊，以喻亲近。言子椒为楚大夫，处兰芷之位，而行淫慢佞谀之志，又欲援引面从不贤之类，使居亲近，无有忧国之心，责之也。夫，一作其。五臣云：子椒列大夫位，在君左右，如茱萸之在香囊，妄充佩带，而无芬芳。《补》曰：榝，音杀。《尔雅》曰：椒榝丑莍。注云：榝，似茱萸而小，赤色。子椒佞而似义。犹榝之似椒也。子兰既已无兰之实而列乎众芳矣，子椒又欲以似椒之质充夫佩帏也。**既干进而务入兮，**干，求。而，一作以。**又何芳之能祗。**祗，敬也。言子椒苟欲自进，求入于君，身得爵禄而已，复何能敬爱贤人，而举用之也？**固时俗之流从兮，**一作从流，一本"从"误作"徙"。**又孰能无变化。**言时世俗人随从上化，若水之流。二子复以谄谀之行，众人谁有不变节而从之者乎？疾之甚也。五臣曰：固此谄佞之俗，流行相从，谁能不变节随时以容身乎？**览椒兰其若兹兮，又况揭车与江离。**言观子椒、子兰变志若此，况朝廷众臣，而不为佞媚以容其身邪？揭，一作擖。离，一作蓠。《补》曰：子椒、子兰宜有椒兰之芬芳，而犹若是，况众臣若揭车、江离者乎？揭车、江离，皆香草，不若椒兰之盛也。《列子》曰：臭过椒兰。《荀子》曰：椒兰苾芬。**惟兹佩之可贵兮，**之，一作其。**委厥美而历兹。**历，逢也。言己内行忠正，外佩众香，此诚可贵重，不意明君弃其至美，而逢此咎也。《补》曰：上云委厥美以从俗，言子兰之自弃也。此云委厥美而历兹，言怀王之见弃也。**芳菲菲而难虧兮，**虧，歇。而，一作其。虧，一作虧。**芬至今犹未沬。**沬，已也。言己所行纯美，芬芳勃勃，诚难亏歇，久而弥盛，至今尚未已也。芬芳，一作芬芬。勃，一作浡。《补》曰：《说文》云：芬，草初生，其香分布。沬，音昧，微晦也。《易》曰：日中见沬。《招魂》曰：身服义而未沬。**和调度以自娱兮，聊浮游而求女。**言我虽不见用，犹和调己之行度，执守忠贞，以自娱乐，且徐徐浮游，以求同志也。五臣云：汝，同志人也。度，法度也。《补》曰：和调，重言之也。女，纽吕切。**及余饰之方壮兮，周流观乎上下。**上谓君，下谓臣也。言我愿及年德方盛壮之时，周流四方，观君臣之贤，欲往就之也。《补》曰：高余冠之岌岌兮，长余佩之陆离，所谓余饰之方壮也。周流观乎上下，犹言周流乎天余乃下也。下，音户。

灵氛既告余以吉占兮，《补》曰：灵氛告以吉占，百神告以吉故，而此独曰灵氛者，初疑灵氛之言，复要巫咸，巫咸与百神无异词，则灵氛之占诚吉矣。然原固未尝去也，设词以自宽耳。**历吉日乎吾将行。**言灵氛既告我以吉占，历善日吾将去君而远行也。五臣曰：历，选也。《补》曰：《上林赋》云：历吉日以齐戒。张揖曰：历，算也。行，胡郎切，叶韵。**折琼枝以为羞兮，**羞，脯。《补》曰：张揖云：琼树生昆仑西，流沙滨，大三百围，高万仞，其华食之长生。羞，脩，二物也，见《周礼》。羞致滋味，脩，则脯也。王逸、五臣以羞为脩，误矣。**精琼靡以为粻。**精，凿也。靡，屑也。粻，粮也。《诗》云：乃裹糇粮。言我将行，乃折取琼枝，以为脯腊，精凿玉屑，以为储粮，饮食香洁，冀以延年也。五臣云：精，捣也。取其清洁而延寿。《补》曰：靡，音縻。《文选》音靡。《反离骚》云：精琼靡与秋菊芳，将以延夫天年。应劭云：精，细也。琼，玉之华也。《周礼》有食玉。注云：玉，阳精之纯者，食之以御水气。郑司农云：王齐当食玉屑。粻音张，食米也。凿音作，精细米也。《左传》：粢食不凿。**为余驾飞龙兮，杂瑶象以为车。**象，象牙也。言我驾飞龙，乘明智之兽，象玉之车，文章杂错，以言己德似龙玉，而世莫之识也。五臣云：飞龙喻道，瑶象以比君子之德。言我远游，但驾此道德以为车。《补》曰：《易》曰：飞龙在天，许慎云：飞龙有翼。瑶，美玉也。言以瑶象为车，而驾以飞龙也。上"为"去声。**何离心之可同兮，吾将远逝以自疏。**言贤愚异心，何可合同，知君与己殊志，故将远去自疏，而流遁于世也。五臣云：忠佞两心不可同，吾将远去，自疏远也。《补》曰：疏，所菹切。**邅吾道夫昆仑兮，**邅，转也。楚人名转曰邅。《河图括地象》言，昆仑在西北，其高万一千里，上有琼玉之树也。《补》曰：邅，池战切。《禹本纪》言：昆仑山高三千五百馀里。日月所相避隐为光明也。其上有醴泉华池。《河图》云：昆仑，天中柱也，气上通天。《水经》云：昆仑虚在西北，去嵩高五万里，地之中也，其高万一千里。河水出其东北陬。《尔雅》曰：西北之美者，有昆仑虚之璆琳琅玕焉。又曰：三成为昆仑丘。注云：昆仑山三重，故以名云。昔人引《山海经》，西海之南，流沙之滨，赤水之后，黑水之前，有大山，名昆仑之丘。其下有弱水之渊环之。又曰：钟山西六百里，有昆仑山，所出五水。今按：《山海经》内昆仑虚在西北，帝之下都，方八百里，高万仞。山有木禾，面有九井，以玉为槛，面有五门，门有开明兽守之，百神之所在。郭璞曰：此自别有小昆仑也。《淮南子》云：昆仑虚中有增城九重，上有木禾，珠树、玉树、琁树、不死树在其西，沙棠、琅玕在其东，绛树在其南，碧树、瑶树在其北。东方朔《十洲记》：昆陵即昆仑，中狭上广，故曰昆仑。山有三角，其一角正东，名曰昆仑宫，其处有积金为墉城，面方千里，城上安金台五所，玉楼十二。《神异经》云：昆仑有铜柱焉，其高入天，所谓天柱也。围三千里，圆周如削，下有回屋，仙人九府所治。又一说云：大五岳者，中岳昆仑，在九海中，为天地心，神仙所居，五帝所理。凡此诸说，诞实未闻也。**路修远以周流**。言己设去楚国远行，乃转至昆仑神明之山，其路遥远，周流天下，以求同志也。**扬云霓之晻蔼兮**，扬，披也。晻蔼，犹蓊郁，荫貌也。一本"扬"下有"志"字。蔼，《释文》作濭，一作霭。五臣云：扬，举也。云霓，虹也，画之于旌旗。晻蔼，旌旗蔽日貌。《补》曰：晻蔼，暗也，冥也。晻，乌感切。蔼、霭、濭，并於盖切。**鸣玉鸾之啾啾**。鸾，鸾鸟也。以玉为之，著于衡，和著于轼。啾啾，鸣声也。言己从昆仑将遂升天，披云霓之蓊郁，排谗佞之党群，鸣玉鸾之啾啾，而有节度也。五臣云：玉，马佩也。鸾，车铃也。言我去国，亦守节度而行。《补》曰：许慎云：鸾以象鸟之声。《诗》云：和鸾雍雍。注云：在轼曰和，在镳曰鸾。《礼记》曰：君子在车，则闻鸾和之音。注云：鸾在衡，和在式。《正义》云：鸾在衡，和在式，谓常所乘之车。若田猎之车，则鸾在马镳。《韩诗外传》曰：升车则马动，马动则鸾鸣，鸾鸣则和应。啾，音揪。《埤仓》云：众声也。**朝发轫于天津兮**，天津，东极箕、斗之间，汉津也。《补》曰：《尔雅》析木谓之津，箕、斗之间，汉津也。注云：箕，龙尾。斗，南斗。天汉之津梁。疏云：天河在箕、斗二星之间，隔河，须津梁以渡，故谓此次为析木之津。《天文大象赋》云：天津横汉以摛光。注云：天津九星，在虚危北，横河中，津梁所渡。**夕余至乎西极**。言己朝发天之东津，万物所生，夕至地之西极，万物所成，动顺阴阳之道，且亟疾也。《补》曰：《上林赋》云：左苍梧，右西极。注引《尔雅》，西至于豳国，为西极。又《淮南》曰：西方西极之山，曰阊阖之门。**凤皇翼其承旂兮**，翼，敬也。旂，旗也。画龙虎为旗也。《文选》翼作纷。《补》曰：《周礼》：交龙为旂，熊虎为旗。《左传》曰：三辰旂旗。《尔雅》有铃曰旂。旂，渠希切。旗，渠之切。**高翱翔之翼翼**。翼翼，和貌。言己动顺天道，则凤皇来随我车，敬承旂旗，高飞翱翔，翼翼而和，嘉忠正、怀有德也。之，一作而。五臣云：凤皇承旂，引路飞翔，翼翼然扶卫于己。《补》曰：古者旌旗皆载于车上，故逸以承旂为来随我车。《远游》注云“俊鸟夹毂而扶轮”是也。五臣以为引路，误矣。《淮南》曰：凤皇曾逝万仞之上，翱翔四海之外。注云：鸟之高飞，翼一上一下曰翱，直刺不动曰翔。**忽吾行此流沙兮**，流沙，沙流如水也。《尚书》曰：馀波入于流沙。五臣云：流沙，西极也。《补》曰：《山海经》：流沙出钟山西行。注云：今西海居延泽，《尚书》所谓流沙者，形如月生五日。张揖云：流沙，沙与水流行也。颜师古曰：流沙但有沙流，本无水也。**遵赤水而容与**。遵，循也。赤水，出昆仑山。容与，游戏貌。言吾行忽然过此流沙，遂循赤水而游戏，虽行远方，动以洁清自洒饰也。《补》曰：《博雅》云：昆仑虚，赤水出其东南陬，河水出其东北陬，洋水出其西北陬，弱水出其西南陬。河水入东海，三水入南海。《穆天子传》曰：遂宿于昆仑之阿，赤水之阳。《庄子》曰：黄帝游乎赤水之北，登乎昆仑之丘。**麾蛟龙使梁津兮**，举手曰麾。小曰蛟，大曰龙。或言以手教曰麾。津，西海也。蛟龙，水虫也。以蛟龙为桥，乘之以渡，似周穆王之越海，比鼋鼍以为梁也。使，一作以。五臣曰：麾，昭也。《补》曰：麾，许为切。《广雅》曰：有鳞曰蛟龙，有翼曰应龙，有角曰虬龙，无角曰螭龙。郭璞曰：蛟似蛇，四足，小头，细颈，卵生，子如三斛瓮，能吞人，龙属也。《说文》曰：津，水渡也。**诏西皇使涉予**。诏，告也。西皇，帝少皞也。涉，渡也。言我乃麾蛟龙，以桥西海，使少皞来渡我，动与神兽圣帝相接，言能渡万民之厄也。予，一作余。《补》曰：少皞以金德王，白精之君，故曰西皇。《远游》注云：西皇所居，在西海之津。予，我也，上声。**路修远以多艰兮**，艰，难也。**腾众车使径待**。腾，过也。言昆仑之路，险阻艰难，非人所能由，故令众车先过，使从邪径以相待也。以言己所行高远，莫能及也。待，一作侍。**路不周以左转兮**，不周，山名，在昆仑西北。转，行也。五臣云：左转者，君子尚左。《补》曰：《山海经》：西北海之外，大荒之隅，有山而不合，名曰不周。注云：此山形有缺，不周匝，因名之。西北不周，风自此出也。《淮南子》云：西北方不周之山，曰幽都之门。又曰：昆仑之山，北门开，以纳不周之风。《大人赋》曰：回车朅来兮，绝道不周。张揖曰：不周山在昆仑东南二千三百里。以《山海经》、《淮南子》考之，不周当在昆仑西北，逸说是也。《远游》曰：历太皓以右转。太皓在东方，自左而之右，故下云遇蓐收乎西皇也。此云"路不周以左转"，不周在西北海之外，自右而之左，故曰指西海以为期也。五臣说非是。**指西海以为期**。指，语也。期，会也。言已使语众车，我所行之道，当过不周山而左行，俱会西海之上也。过不周者，言道不合于世也。左转者，言君行左乖，不与己同志也。《补》曰：《博物志》云：七戎、六蛮、九夷、八狄，谓之四海。言皆近海。汉张骞渡西海，至大秦，大秦之西乌迟国，乌迟国之西，复言有海。西海之滨，有小昆仑，高万仞，方八百里。**屯余车其千乘兮**，屯，陈也。五臣云，屯，聚也。车所以载己，言君子以德自载，亦如车焉。聚千乘者，言道德之多，并运于己，所在可驰走。《补》曰：屯，徒浑切。乘，实证切。**齐玉轪而并驰**。轪，锢也，一云车辖也。言乃屯陈我车，前后千乘，齐以玉为车辖，并驰左右。言从己者众，皆有玉德，宜辅千乘之君也，即道千乘之国也。《补》曰：轪，音大。《方言》云：轮，韩、楚之间谓之轪。齐，同也，言齐驱并进。**驾八龙之婉婉兮**，婉婉，龙貌。五臣云：八龙，八节之气也。婉，於阮切。《释文》作蜿，於元切。**载云旗之委蛇**。言已乘八龙，神智之兽，其状婉婉，又载云旗，委蛇而长也。驾八龙者，言己德如龙，可制御八方也。载云旗者，言己德如云，能润施万物也。蛇，一作移，一作逶迤。五臣云：言我所往，皆与神游，故可御气为驾，载云为旗也。《补》曰：《文选》注云：其高至云，故曰云旗。委，於为切。蛇，弋支切。抑志而弭节兮，神高驰之邈邈。邈邈，远貌。言己虽乘云龙，犹自抑案，弭节徐行，高抗志行，邈邈而远，莫能追及。一云：迈高驰。五臣云：抑志按节，徐行以候世人，其邈远莫能逮及也。奏《九歌》而舞《韶》兮，《九歌》，《九德》之歌，禹乐也。《韶》，《九韶》，舜乐也，《尚书》"箫韶九成"是也。《补》曰：《周礼》有《九德》之歌，《九磬》之舞。启乐有《九辩》、《九歌》。又《山海经》：夏后开始歌《九招》。开即启也。《竹书》云：夏后启舞《九韶》。聊假日以媮乐。言己德高智明，宜辅舜、禹以致太平，奏《九德》之歌、《九韶》之舞，而不遇其时，故假日游戏媮乐而已。假，一作暇。《补》曰：颜师古云：此言遭遇幽厄，中心愁闷，假延日月，苟为娱乐耳。今俗犹言借日度时。故王仲宣《登楼赋》云：登兹楼以四望兮，聊假日以消忧。今之读者改"假"为"暇"，失其意矣。李善注仲宣赋，引《荀子》多暇日，亦承误也。媮，乐也，音俞。陟陞皇之赫戏兮，皇，皇天也。赫戏，光明貌。一无"陟"字。陞，一作升。《补》曰：《西京赋》云：叛赫戏以辉煌。赫戏，炎盛也。戏与曦同。忽临睨夫旧乡。睨，视也。旧乡，楚国也。言己虽升昆仑，过不周，渡西海，舞《九韶》，升天庭，据光曜，不足以解忧，犹顾视楚国，愁且思也。《补》曰：睨，五计切。仆夫悲余马怀兮，仆，御也。怀，思也。蜷局顾而不行。蜷局，诘屈不行貌。屈原设去世离俗，周天帀地，意不忘旧乡，忽望见楚国，仆御悲感，我马思归，蜷局诘屈而不肯行，此终志不去，以词自见，以义自明也。五臣云：蜷局回顾而不肯行。《补》曰：蜷，音拳，虫形诘屈也。行，胡郎切，叶韵。

乱曰：乱，理也。所以发理词指，总撮其要也。屈原舒肆愤懑，极意陈词，或去或留，文采纷华，然后结括一言，以明所趣之意也。《补》曰：《国语》云：其辑之乱。辑，成也。凡作篇章既成，撮其大要以为乱辞也。《离骚》有乱有重，乱者，总理一赋之终；重者，情志未申，更作赋也。已矣哉，国无人莫我知兮，已矣，绝望之词。无人，谓无贤人也。《易》曰：窥其户，阒其无人。屈原言已矣，我独怀德不见用者，以楚国无有贤人知我忠信之故，自伤之词。一无“哉”字。《补》曰：《论语》曰：已矣乎，吾未见好德如好色者也。孔安国曰：已矣，发端叹辞。又何怀乎故都？言众人无有知己，已复何为思故乡念楚国也。既莫足与为美政兮，吾将从彭咸之所居。言时世之君无道，不足与共行美德、施善政者，故我将自沉汨渊，从彭咸而居处也。

叙曰：昔者孔子睿圣明喆，音哲。天生不群，群，一作王。定经术，删诗书，一云俾定经术，乃删诗书。正礼乐，制作《春秋》，以为后王法。门人三千，罔不昭达。临终之日，则大义乖而微言绝。其后周室衰微，战国并争，道德陵迟，谲诈萌生。于是杨、墨、邹、孟、孙、韩之徒，各以所知著造传记，或以述古，或以明世，八字一作咸以名世。而屈原履忠被谮，忧悲愁思，一云忧愁思愤。独依诗人之义而作《离骚》，上以讽谏，下以自慰。遭时暗乱，不见省纳，不胜愤懑，遂复作《九歌》以下凡二十五篇。楚人高其行义，玮其文采，以相教传。或作传教。至于孝武帝，恢廓道训，使淮南王安作《离骚经章句》，则大义粲然。后世雄俊，莫不瞻慕，一作仰。舒肆妙虑，一云摅舒妙思。缵述其词。逮至刘向，颜师古读如本字。典校经书，分为十六卷。孝章即位，深弘道艺，而班固、贾逵复以所见改易前疑，各作《离骚经章句》。其馀十五卷，一作篇。阙而不说。又以壮为状，一作扶。义多乖异，事不要括。一作撮。今臣复以所识所知，稽之旧章，合之经传，八字一云稽之经传。作十六卷章句。虽未能究其微妙，然大指之趣，略可见矣。且人臣之义，以忠正为高，以伏节为贤。故有危言以存国，杀身以成仁。是以伍子胥不恨于浮江，比干不悔于剖心，然后忠立而行成，忠，一作德。荣显而名著。著，一作称。若夫怀道以迷国，详愚而不言，详与佯同，诈也。颠则不能扶，危则不能安，婉娩以顺上，婉娩，一作娩娩，一作偭俛。逡巡以避患，难保黄耇，终寿百年，盖志士之所耻，愚夫之所贱也。今若屈原，膺忠贞之质，体清洁之性，直若砥矢，言若丹青，进不隐其谋，退不顾其命，此诚绝世之行，俊彦之英也。而班固谓之“露才扬己”，一作班、贾。“竞于群小之中，怨恨怀王，讥刺椒、兰，苟欲求进，强巨姜切。非其人，不见容纳，忿恚自沉”，是亏其高明，而损其清洁者也。昔伯夷、叔齐让国守分，一作志。不食周粟，遂饿而死，岂可复谓有求于世而怨望哉！一作恨怨。且诗人怨主刺，一作谏。上曰：“呜呼！小子，未知臧否，匪面命之，言提其耳！”风谏之语，于斯为切。然仲尼论之，以为大雅。引此比彼，屈原之词，优游婉顺，宁以其君一有为字。不智之故，欲提携其耳乎！而论者以为“露才扬己”、“怨刺其上”、“强非其人”，殆失厥中矣。夫《离骚》之文，依托《五经》以立义焉：“帝高阳之苗裔”，则“厥初生民，时惟姜嫄”也；“纫秋兰以为佩”，则“将翱将翔，佩玉琼琚”也；“夕揽洲之宿莽”，则《易》“潜龙勿用”也；“驷玉虬而乘鹥”，则“时乘六龙以御天”也；“就重华而陈词”，则

《尚书》咎繇之谋谟也；“登昆仑而涉流沙”，则《禹贡》之敷土也。故智弥盛者其言博，才益多者其识远。多，一作劭。屈原之词，诚博远矣。自一有“孔丘”字。终没以来，名儒博达之士著造词赋，莫不拟则其仪表，祖式其模范，取其要妙，窃其华藻，所谓金相玉质，百世无匹，世，一作岁。名垂罔极，永不刊灭者矣。班孟坚序云：“昔在孝武，博览古文。淮南王安叙《离骚传》以《国风》好色而不淫，《小雅》怨诽而不乱，若《离骚》者，可谓兼之。蝉蜕浊秽之中，浮游尘埃之外，皭然泥而不滓；推此志，虽与日月争光可也。”斯论似过其真。又说，五子以失家巷，谓五子胥也。及至羿、浇、少康、贰姚、有娀佚女，皆各以所识有所增损，然犹未得其正也。故博采经书传记本文以为之解。且君子道穷，命矣。故潜龙不见是而无闷。《关雎》哀周道而不伤。蘧瑗持可怀之智，宁武保如愚之性，咸以全命避害，不受世患。故《大雅》曰：既明且哲，以保其身。斯为贵矣。今若屈原，露才扬己，竞乎危国群小之间，以离谗贼。然责数怀王，怨恶椒兰，愁神苦思，强非其人，忿怼不容，沉江而死，亦贬絜狂狷景行之士。多称昆仑、冥婚宓妃虚无之语，皆非法度之政，经义所载。谓之兼《诗》风雅，而与日月争光，过矣！然其文弘博丽雅，为辞赋宗。后世莫不斟酌其英华，则象其从容。自宋玉、唐勒、景差之徒，汉兴，枚乘、司马相如、刘向、扬雄，骋极文辞，好而悲之，自谓不能及也。虽非明智之器，可谓妙才者也。政与正同。颜之推云：“自古文人常陷轻薄。屈原露才扬己，显暴君过。”刘子玄云：“怀、襄不道，其恶存于楚赋。”读者不以为过，盖不隐恶故也。愚尝折衷其说而论之曰：或问，古人有言：杀其身有益于君则为之。屈原虽死，何益于怀、襄？曰：忠臣之用心，自尽其爱君之诚耳。死生，毁誉，所不顾也。故比干以谏见戮，屈原以放自沉。比干，纣诸父也。屈原，楚同姓也。为人臣者，三谏不从则去之；同姓无可去之义，有死而已。《离骚》曰：“阽余身而危死兮，览余初其犹未悔。”则原之自处审矣。或曰：原用智于无道之邦，亏明哲保身之义，可乎？曰：愚如武子，全身远害可也。有官守言责，斯用智矣。山甫明哲，固保身之道。然不曰夙夜匪解，以事一人乎！士见危致命，况同姓，兼恩与义，而可以不死乎！且比干之死，微子之去，皆是也。屈原其不可去乎？有比干以任责，微子去之可也。楚无人焉，原去则国从而亡。故虽身被放逐，犹徘徊而不忍去。生不得力争而强谏，死犹冀其感发而改行，使百世之下，闻其风者，虽流放废斥，犹知爱其君，眷眷而不忘，臣子之义尽矣。非死为难，处死为难。屈原虽死，犹不死也。后之读其文，知其人，如贾生者亦鲜矣。然为赋以吊之，不过哀其不遇而已。余观自古忠臣义士，慨然发愤，不顾其死，特立独行，自信而不回者，其英烈之气，岂与身俱亡哉！仍羽人于丹丘，留不死之旧乡，超无为以至清，与太初而为邻，此《远游》之所以作，而难为浅见寡闻者道也。仲尼曰：乐天知命，故不忧。又曰：乐天知命，有忧之大者。屈原之忧，忧国也；其乐，乐天也。《离骚》二十五篇，多忧世之语。独《远游》曰：道可受兮不可传，其小无内兮其大无垠。无淈滑而魂兮，彼将自然。壹气孔神兮，于中夜存。虚以待之兮，无为之先。此老、庄、孟子所以大过人者，而原独知之。司马相如作《大人赋》，宏放高妙，读者有凌云之意。然其语多出于此。至其妙处，相如莫能识也。太史公作传，以为其文约，其辞微，其志洁，其行廉，其称文小而其指极大，举类迩而见义远。其志洁，故其称物芳。其行廉，故死而不容自疏。濯淖污泥之中，以浮游尘埃之外，推此志也，虽与日月争光可也。斯可谓深知己者。杨子云作《反离骚》，以为君子得时则大行，不得时则龙蛇。遇不遇，命也，何必沉身哉！屈子之事，盖圣贤之变者。使遇孔子，当与三仁同称雄，未足以与此。班孟坚、颜之推所云，无异妾妇儿童之见。余故具论之。

离骚赞序班孟坚

《离骚》者，屈原之所作也。屈原初事怀王，甚见信任。同列上官大夫妒害其宠，谗之王，王怒而疏屈原。屈原以忠信见疑，忧愁幽思而作《离骚》。离，犹遭也。骚，忧也。明己遭忧作辞也。是时周室已灭，七国并争。屈原痛君不明，信用群小，国将危忘，忠诚之情，怀不能已，故作《离骚》。上陈尧、舜、禹、汤、文王之法，下言羿、浇、桀、纣之失，以风。怀王终不觉寤，信反间之说，西朝于秦。秦人拘之，客死不还。至于襄王，复用谗言，逐屈原。在野又作《九章》赋以风谏，卒不见纳。不忍浊世，自投汨罗。原死之后，秦果灭楚。其辞为众贤所悼悲，故传于后。

辨骚刘勰

自风雅寝声，莫或抽绪，奇文蔚起，其《离骚》哉！故以轩翥诗人之后，奋飞辞家之前，岂去圣之未远，而楚人之多才乎！昔汉武爱骚，而淮南作传，以为《国风》好色而不淫，《小雅》怨诽而不乱。若《离骚》者，可谓兼之。蝉蜕秽浊之中，浮游尘埃之外，皭一作皠。然涅而不缁，虽与日月争光可也。班固以为露才扬己，忿怼沉江。羿、浇、二姚，与左氏不合；《离骚》用羿、浇等事，正与左氏合。孟坚所云，谓刘安说耳。昆仑、悬圃，非经义所载，然而文辞丽雅，为词赋之宗，虽非明哲，可谓妙才。王逸以为诗人之提耳，屈原婉顺。《离骚》之文，依经立义：驷虬乘鹥，则时乘六龙；昆仑流沙，则《禹贡》敷土。名儒词赋，莫不拟其仪表，所谓金相玉振，百世无匹者也。及汉宣嗟叹，以为皆合经术。扬雄讽味，亦言体同诗雅。四家举以方经，而孟坚谓不合传体，褒贬任声，抑扬过实，可谓鉴而弗精，玩而未核者也。将核其论，必征言焉。故其陈尧、舜之耿介，称禹、汤之祗敬，典诰之体也。讥桀、纣之猖狂，伤羿、浇之颠陨，规讽之旨也。虬龙以谕君子，云霓以譬谗邪，比兴之义也。每一顾而掩涕，叹君门之九重，忠怨之辞也。观兹四事，同于风雅者也。至于托云龙，说迂怪，丰隆求宓妃，鸩鸟媒娀女，诡异之辞也。康回倾地，夷羿彃日，木夫九首，土伯三目，谲怪之谈也。依彭咸之遗则，从子胥以自适，狷狭之志也。士女杂坐，乱而不分，指以为乐，娱酒不废，沉湎日夜，举以为欢，荒淫之意也。此皆宋玉之词，非屈原意。自汉以来，靡丽之赋，劝百而讽一，其流至于齐、梁而极矣，皆自宋玉倡之。摘此四事，异乎经典者也。故论其典诰则以彼，语其夸诞则如此。固知《楚辞》者，体慢于三代，而风雅于战国，乃雅颂之博徒，而词赋之英杰也。此语施于宋玉可也。观其骨鲠所树，肌肤所附，虽取熔经意亦自铸伟辞。故《骚经》、《九章》朗丽以哀志；《九歌》、《九辩》，绮靡以伤情；《远游》、《天问》，瑰诡而惠巧；《招魂》、《大招》，耀艳而深华；《卜居》标放言之致，《渔父》寄独任一云当作独往。之才。故能气往轹古，辞来切今，惊采绝焰，难与并能矣。自《九怀》已下，遽蹑其迹，而屈、宋逸步，莫之能追。故其叙情怨，则郁伊而易感；述离居，则怆快而难怀；论山水，则循声而得貌；言节候，则披文而见时。枚、贾追风以入丽，马、扬沿波而得奇，其衣被词人，非一代也。故才高者苑其鸿裁，中巧者猎其艳辞，吟讽者衔其山川，童蒙者拾其香草。若能凭轼以倚雅颂，悬辔以驭楚篇，酌奇而不失其贞，玩华而不坠其实，则顾眄可以驱辞力，咳唾可以穷文致，亦不复乞灵于长卿，假宠于子渊矣。

赞曰：不有屈原，岂见《离骚》！惊才风逸，壮志烟一作云。高。山川无极，情理实劳。金相玉式，艳溢锱毫！

楚辞卷第二

九歌章句第二

东皇太一 一本自《东皇太一》至《国殇》上皆有祠字。
云中君
湘君
湘夫人
大司命
少司命
东君
河伯
山鬼
国殇
礼魂

《九歌》者，屈原之所作也。昔楚国南郢之邑，沅、湘之间，其俗信鬼而好祠。祠，一作祀。《汉书》曰：楚地信巫鬼，重淫祀。《隋志》曰：荆州尤重祠祀。屈原制《九歌》，盖由此也。其祠，必作歌乐鼓舞以乐诸神。一无“歌”字。屈原放逐，窜伏其域，怀忧苦毒，愁思沸郁，出见俗人祭祀之礼，歌舞之乐，其词鄙陋，因为作《九歌》之曲，王逸注《九辩》云：九者，阳之数，道之纲纪也。五臣云：九者，阳数之极。自谓否极，取为歌名矣。按：《九歌》十一首，《九章》九首，皆以九为名者，取箫韶九成，启《九辩》、《九歌》之义。《骚经》曰：奏《九歌》而舞韶兮，聊假日以媮乐，即其义也。宋玉《九辩》以下皆出于此。上陈事神之敬，下见己之冤结，托之以风谏。故其文意不同，章句杂错，而广异义焉。一云：故其文词意周章杂错。

吉日兮辰良，日谓甲乙，辰谓寅卯。《补》曰：沈括存中云：吉日兮辰良，盖相错成文，则语势矫健。如杜子美诗云："红豆啄馀鹦鹉粒，碧梧栖老凤皇枝。"韩退之云："春与猿吟兮，秋鹤与飞。"皆用此体也。穆将愉兮上皇。穆，敬也。愉，乐也。上皇，谓东皇太一也。言已将修祭祀，必择吉良之日，斋戒恭敬，以宴乐天神也。《补》：愉，音俞。抚长剑兮玉珥，抚，持也。玉珥，谓剑镡也。剑者，所以威不轨，卫有德，故抚持之也。《补》曰：抚，循也，以手循其珥也。《博雅》曰：剑珥谓之镡。镡，剑鼻，一曰剑口，一曰剑环。珥，耳饰也。镡所以饰剑，故取以名焉。珥，音饵。镡，覃、淫二音。璆锵鸣兮琳琅。璆，琳琅，皆美玉名也。《尔雅》曰：有璆琳琅玕焉。锵，佩声也。《诗》曰：佩玉锵锵。言已供神有道，乃使灵巫常持好剑以辟邪，要垂众佩周旋而舞，动鸣五玉锵锵而和，且有节度也。或曰：纠锵鸣兮琳琅。纠，错也。琳琅，声也。谓带剑佩众多，纠错而鸣，其声琳琅也。锵，《释文》作铊。《补》曰：璆，渠幽切。锵，七羊切。《礼记》曰：古之君子必佩玉，进则揖之，退则扬之，然后玉锵鸣也。琳，音林。琅，音郎。俗作瑯。《尔雅》曰：西北之美者，有昆仑虚之璆琳琅玕焉。璆琳，美玉名。琅玕，状似珠也。《本草》云：琅玕，是石之美者，明莹若珠之色。此言带剑佩玉，以礼事神也。瑶席兮玉瑱，瑶，石之次玉者。《诗》云：报之以琼瑶。瑱，一作镇。《补》曰：瑶，音遥。一曰美玉也。瑱，压也，音镇。下文云"白玉兮为镇"是也。《周礼》：玉镇，大宝器。故书作瑱。郑司农云：瑱，读为镇。盍将把兮琼芳。盍，何不也。把，持也。琼，玉枝也。言已修饰清洁，以瑶玉为席，美玉为瑱。灵巫何持乎？乃复把玉枝以为香也。五臣云：灵巫何不持琼枝以为芳香，取美洁也。《补》曰：盍，音合。蕙肴蒸兮兰藉，蕙肴，以蕙草蒸肉也。藉，所以藉饭食也。《易》曰“藉用白茅”也。蒸，一作蒸，一作烝。《补》曰：肴，骨体也。蒸，进也。蒸、烝并同。《国语》曰：亲戚宴飨，则有肴烝。注云：升体解节折之俎。藉，荐也，慈夜切。奠桂酒兮椒浆。桂酒，切桂置酒中也。椒浆，以椒置浆中也。言已供待弥敬，乃以蕙草蒸肴，芳兰为藉，进桂酒椒浆，以备五味也。五臣云：蕙、兰、椒、桂，皆取芬芳。《补》曰：《说文》奠，置祭也。汉乐歌曰：奠桂酒，勺椒浆。《周礼》：四饮之物，三曰浆。扬枹兮拊鼓，扬，举也。拊，击也。枹，一作桴。《补》曰：枹，房尤切，击鼓槌也。疏缓节兮安歌，疏，希也。言肴膳酒醴既具，不敢宁处，亲举枹击鼓，使灵巫缓节而舞，徐歌相和，以乐神也。五臣云：使曲节希缓而安音清歌。《补》曰：疏与踈同。陈竽瑟兮浩倡。陈，列也。浩，大也。言已又陈列竽瑟，大倡作乐，以自竭尽也。《补》曰：《礼记》：钟、磬、竽、瑟以和之。竽，笙类，三十六簧。瑟，琴类，二十五弦。灵偃蹇兮姣服，灵，谓巫也。偃蹇，舞貌。姣，好也。服，饰也。姣，一作妖。服，一作躯。《补》曰：古者巫以降神。“灵偃蹇兮姣服”，言神降而托于巫也。下文亦曰：灵连蜷兮既留。偃蹇，委曲貌。一曰众盛貌。《方言》曰：好，或谓之姣。注云：言姣洁也。姣与妖并音狡。躯与服同。芳菲菲兮满堂。菲菲，芳貌也。言乃使姣好之巫，被服盛饰，举足奋袂，偃蹇而舞。芬芳菲菲，盈满堂室也。五音纷兮繁会，五音，宫、商、角、徵、羽也。纷，盛貌。繁，众也。五臣云：繁会，错杂也。君欣欣兮乐康。欣欣，喜貌。康，安也。言已动作众乐，合会五音，纷然盛美。神以欢欣，厌饱喜乐，则身蒙庆祐，家受多福也。屈原以为神无形声，难事易失。然人竭心尽礼，则歆其祀而惠以祉自伤履行忠诚以事于君，不见信用而身放弃，遂以危殆也。五臣云：君，谓东皇也。欣欣，和悦貌。《补》曰：此章以东皇喻君。言人臣陈德义礼乐以事上，则其君乐康无忧患也。

东皇太一　五臣云：每篇之目皆楚之神名。所以列于篇后者，亦犹《毛诗》题章之趣。太一，星名，天之尊神。祠在楚东，以配东帝，故云东皇。《补》曰：《汉书·郊祀志》云：天神，贵者太一。太一佐曰五帝。古者天子以春秋祭太一东南郊。《天文志》曰：中宫天极星，其一明者，太一常居也。《淮南子》曰：太微者，太一之庭；紫宫者，太一之居。说者曰，太一，天之尊神，曜魄宝也。《天文大象赋》注云：天皇大帝一星在紫微宫内，勾陈口中。其神曰曜魄宝，主御群灵，秉万机神图也。其星隐而不见。其占以见则为灾也。又曰：太一一星，次天一南，天帝之臣也。主使十六龙，知风雨、水旱、兵革、饥馑、疾疫。占不明反移为灾。

浴兰汤兮沐芳，兰，香草也。《补》曰：《本草》：白芷，一名芳香。乐府有《沐浴子》。刘次庄云：《楚词》曰：新沐者必弹冠，新浴者必振衣。又曰：与汝沐兮咸池，晞汝发兮阳之阿。皆洁濯之谓也。李白亦有此作，其词曰：沐芳莫弹冠，浴兰莫振衣。处世忌太洁，至人贵藏晖。与屈原意异。华采衣兮若英。华采，五色采也。若，杜若也。言已将修飨祭以事云神，乃使灵巫先浴兰汤，沐香芷，衣五采华衣，饰以杜若之英，以自洁清也。《补》曰：华，户花切。荀卿《云赋》云：五采备而成文，衣华采之衣，以其类也。《本草》：杜若，一名杜蘅，叶似姜而有文理，味辛香。今复别有杜蘅，不相似。按杜蘅，《尔雅》所谓"杜土卤"者也。杜若，《广雅》所谓"楚蘅"者也。其类自别，古人多杂引用。《尔雅》曰：荣而不实者谓之英。灵连蜷兮既留，灵，巫也。楚人名巫为灵子。连蜷，巫迎神导引貌也。既，已也。留，止也。一本"灵"下有"子"字。《补》曰：蜷，音拳。《南都赋》云：蛾眉连卷，连卷，长曲貌。烂昭昭兮未央。烂，光貌也，昭昭，明也。央，已也。言巫执事肃敬，奉迎导引，颜貌矜庄，形体连蜷。神则欢喜，必留而止。见其光容烂然昭明，无极已也。蹇将憺兮寿宫，謇，词也。憺，安也。寿宫，供神之处也。祠祀皆欲得寿，故名为寿宫也。言云神既至于寿宫，歆飨酒食，憺然安乐，无有去意也。《补》曰：憺，徒滥切。汉武帝置寿宫神君。臣瓒曰：寿宫，奉神之宫。**与日月兮齐光。**齐，同也。光，明也。言云神丰隆，爵位尊高，乃与日月同光明也。夫云兴而日月阇，云藏而日月明，故言齐光也。齐，一作争。**龙驾兮帝服，**龙驾，言云神驾龙也。故《易》曰：云从龙。帝，谓五方之帝也。言天尊云神，使之乘龙，兼衣青黄五采之色，与五帝同服也。五臣云：言神驾云龙之车。**聊翱游兮周章。**聊，且也。周章，犹周流也。言云神居无常处，动则翱翔，周流往来，且游戏也。五臣云：翱游、周章，往来迅疾貌。**灵皇皇兮既降，**灵，谓云神也。皇皇，美貌。降，下也。言云神来下，其貌皇皇，而美有光明也。**猋远举兮云中。**猋，去疾貌也。云中，云神所居也。言云神往来急疾，饮食既饱，猋然远举，复还其处也。《补》曰：猋，卑遥切，群犬走貌。《大人赋》曰：猋风涌而云浮。李善引此，作猋，其字从火，非也。**览冀州兮有余，**览，望也。两河之间曰冀州。余，犹他也。言云神所在高邈，乃望于冀州，尚复见他方也。五臣云：言神所居高绝，下览冀州，横望四海，皆有余而无极。冀州，尧所都。思有道之君，故览之。《补》曰：《淮南子》曰：正中冀州曰中土。注云：冀，大也。四方之主。又曰：杀黑龙以济冀州。注云：冀，九州中。谓今四海之内。**横四海兮焉穷。**穷，极也。言云神出入奄忽，须臾之间，横行四海，安有穷极也。《补》曰：《礼记》云：以横于天下。注云：横，充也。**思夫君兮太息，**君谓云神。五臣曰：夫君，谓云神，以喻君也。言夫君所居高远，下制有国，我之思君，终不可见，故叹息而忧心也。《补》曰：《记》曰：夫，夫也。为习于礼者。上夫音扶。**极劳心兮懺懺。**懺懺，忧心貌。屈原见云一动千里，周遍四海，想得随从，观望西方，以忘己忧。思而念之，终不可得，故太息而叹，心中烦劳而懺懺也。或曰：君，谓怀王也。屈原陈序云神，文义略讫，愁思复至，哀念怀王暗昧不明，则太息增叹，心每懺懺，而不能已也。懺，一作忡。《补》曰：懺，敕中切。《说文》忡，忧也。引《诗》忧心忡忡。《楚词》作𢤽。此章以云神喻君，言君德与日月同明，故能周览天下，横被六合，而怀王不能如此，故心忧也。

云中君　云神丰隆也。一曰屏翳。已见《骚经》。《汉书·郊祀志》有云中君。

君不行兮夷犹。君，谓湘君也。夷犹，犹豫也。言湘君所在，左沅、湘，右大江，苞洞庭之波，方数百里，群鸟所集，鱼鳖所聚，土地肥饶，又有险阻，故其神常安，不肯游荡，既设祭祀，使巫请呼之，尚复犹豫也。蹇谁留兮中洲？蹇，词也。留，待也。中洲，洲中也。水中可居者曰洲。言湘君蹇然难行，谁留待于水中之洲乎？以为尧用二女妻舜，有苗不服，舜往征之，二女从而不反，道死于沅、湘之中，因为湘夫人也。所留，盖谓此尧之二女也。五臣云：谁将留待于中洲乎？欲神之速至也。《补》曰：逸以湘君为湘水神，而谓留湘君于中洲者，二女也。韩退之则以湘君为娥皇，湘夫人为女英。留，止也。美要眇兮宜修，要眇，好貌。修，饰也。言二女之貌，要眇而好，又宜修饰也。眇，一作妙。一本“宜”上有“又”字。《补》曰：要，於笑切。眇，与妙同。《前汉传》曰：幼眇之声。亦音要妙。此言娥皇容德之美，以喻贤臣。沛吾乘兮桂舟。沛，行貌。舟，船也。吾，屈原自谓也。言己虽在湖泽之中，犹乘桂木之船，沛然而行，常香净也。五臣云：我复乘桂舟以迎神。舟用桂者，取香洁之异。乘，一作椉。《补》曰：《孟子》曰：如水之就下，沛然谁能御之。沛，普赖切。桂舟，迎神之舟。屈原因以自喻。令沅湘兮无波，沅、湘，水名。使江水兮安流！言己乘船，常恐危殆。愿湘君令沅、湘无波涌，使江水顺径徐流，则得安也。《补》曰：沅、湘已见《骚经》。《水经》及《荆州记》云：江出岷山，其源若瓮口，可以滥觞。潜行地底数里，至楚都遂广十里，名为南江。初在犍为，与青衣水、汶水合。东北至巴郡，与涪水、汉水、白水合。至长沙，与澧水、沅水、湘水合。至江夏，与沔水合。至浔阳，分为九道，东会于彭泽，经芜湖，名为中江。东北至南徐州，名为北江，而入海也。望夫

君兮未来，君，谓湘君。未，一作归。**吹参差兮谁思！**参差，洞箫也。言己供修祭祀，瞻望于君，而未肯来，则吹箫作乐，诚欲乐君，当复谁思念也。五臣云：谓神肯来斯，而我作乐，吹声参差，当复思谁，言思神之甚。一作篸箎。《补》曰：《风俗通》云：舜作箫，其形参差，象凤翼。参差，不齐之貌。初簪、叉宜二切。此言因吹箫而思舜也。《洞箫赋》云：吹参差而入道德。洞箫，箫之无底者。篸箎，竹貌。**驾飞龙兮北征，**征，行也。屈原思神略毕，意念楚国，愿驾飞龙北行，亟还归故居也。**邅吾道兮洞庭。**邅，转也。洞庭，太湖也。言己欲乘龙而归，不敢随从大道，愿转江湖之侧，委曲之径，欲急至也。五臣云：转道于洞庭湖上而直归。《补》曰：邅，池战切。《文选》音陟连切。原欲归而转道于洞庭者，以湘君在焉故也。《山海经》曰：洞庭之山，帝之二女居之。是常游于江渊，澧、沅之风，交潇湘之渊，出入多飘风暴雨。注云：言二女游戏江之渊府，则能鼓动三江，令风波之气共相交通。又曰：湘水出帝舜葬东，入洞庭下。注云：洞庭地穴，在长沙巴陵也。《水经》云：四水同注洞庭，北会大江，名之五渚。《战国策》“秦与荆战，大破之，取洞庭五渚”是也。湖水广员五百馀里，日月若出没于其中。湖中有君山，潜通吴之苞山。郭景纯《江赋》云“苞山洞庭，巴陵地道，潜陆旁通，幽岫窈窕”者也。按吴中太湖，一名洞庭。而巴陵之洞庭，亦谓之太湖。逸云：太湖，盖指巴陵洞庭耳。**薜荔柏兮蕙绸，**薜荔，香草。柏，榑壁也。绸，缚束也。《诗》曰“绸缪束楚”是也。柏，一作拍。榑，一作搏。《补》曰：柏、拍并音博。绸，俦、叨二音。**荪桡兮兰旌。**荪，香草也。桡，船小楫也。屈原言己居家则以薜榑饰四壁，蕙草缚屋，乘船则以荪为楫棹，兰为旌旗，动以香洁自修饰也。荪，一作荃。旌，一作旍。《补》曰：荪、荃，见《骚经》。桡，而遥切。《方言》云：楫，谓之桡，或谓之棹。《周礼》云：析羽为旌。《尔雅》云：注旄首曰旌，旍与旌同。诸本或云：乘荃桡。乘，一作承。或云：采荃桡兮兰旗。皆后人增改，或传写之误耳。**望涔阳兮极浦，**涔阳，江碕名，近附郢。极，远也。浦，水涯也。《补》曰：涔，音岑。碕，音祈，曲岸也。今澧州有涔阳浦。

《水经》云：涔水出汉中南县东南旱山，北至沔阳县南，入于沔。涔水，即黄水也。《集韵》：涔，郎丁切，水名。其字从今。引《楚词》“望涔阳兮极浦”。未详。《说文》云：浦，滨也。《风土记》：大水有小口别通，曰浦。**横大江兮扬灵**。灵，精诚也。屈原思念楚国，愿乘轻舟，上望江之远浦，下附郢之碕，以渫忧忠，横度大江，扬己精诚，冀能感悟怀王使还己也。五臣曰：言我远游此浦，将横绝大江，扬其精诚于君侧。《补》曰：横大江兮扬灵，以湘君在焉故也。**扬灵兮未极**，极，已也。**女婵媛兮为余太息**。女，谓女嬃，屈原姊也。婵媛，犹牵引也。言己远扬精诚，虽欲自竭尽，终无从达，故女嬃牵引而责数之，为己太息悲毒，欲使屈原改性易行，随风俗也。五臣云：言我扬精诚未已，女嬃牵引时事，以为不变节从俗，终不可为，而为我叹息也。《补》曰：婵媛已见《骚经》。**横流涕兮潺湲**，潺湲，流貌。屈原感女嬃之言，外欲变节，而意不能改，内自悲伤，涕泣横流也。《补》曰：潺，仕连、钼山二切。湲，音爰。**隐思君兮陫侧**。君，谓怀王也。陫，陋也。言己虽见放弃，隐伏山野，犹从侧陋之中，思念君也。《补》曰：隐，痛也。《孟子》曰：侧隐之心。陫，符沸切。《说文》：隐也。**桂棹兮兰枻**，棹，楫也。枻，船旁板也。一作栧。五臣云：桂兰，取其香也。《补》曰：棹，直教切。枻，音曳。楫谓之枻，一曰柂也。**斲冰兮积雪**。斲，斫也。言己乘船，遭天盛寒，举其棹楫，斲斫冰冻，纷然如积雪，言己勤苦也。一云斲曾冰。五臣云：言志不通，犹乘舟，值天盛寒，斲斫冰冻，徒为勤苦，而不得前也。**采薜荔兮水中**，薜荔之草，缘木而生。**搴芙蓉兮木末**。搴，采取也。芙蓉，荷华也。生水中。屈原言己执忠信之行，以事于君，其志不合，犹入池涉水而求薜荔，登山缘木而采芙蓉，固不可得也。《补》曰：搴，音蹇。**心不同兮媒劳**，言婚姻所好，心意不同，则媒人疲劳，而无功也。屈原自喻行与君异，终不可合，亦疲劳而已也。**恩不甚兮轻绝**。言人交接初浅，恩不甚笃，则轻相与离绝。言己与君同姓共祖，无离绝之义也。五臣曰：事君之道，亦类此焉。**石濑兮浅**

浅，濑，湍也。浅浅，流疾貌。《补》曰：濑，落盖切。《说文》曰：水流沙上也。《文选》注云：石濑，水激石间则怒成湍。浅，音笺。**飞龙兮翩翩**。屈原忧愁，眺视川水，见石濑浅浅，疾流而下，将有所至，仰见飞龙，翩翩而上，将有所登。自伤弃在草野，终无所登至也。五臣云：下视水石，浅浅而流，仰观飞龙，翩翩而举。物皆遂性，我独不然也。《补》曰：《说文》云：翩，疾飞也。**交不忠兮怨长**，交，友也。忠，厚也。言朋友相与不厚，则长相怨恨。言己执履忠信，虽获罪过，不敢怨恨于众人也。**期不信兮告余以不闲**。闲，暇也。言君尝与己期，欲共为治，后以谗言之故，更告我以不闲暇，遂以疏远己也。余，一作我。五臣云：言君与臣下为友，而臣为不忠，则怨而责之；己为不信，则以为闲尔。疾其君初欲与己为治，后遂相背焉。《补》曰：此言朋友之交，忠则见信，不忠则生怨。臣忠于君，则君宜见信，而反告我以不闲，所谓羌中道而回畔兮，反既有此它志也。此原陈己之志于湘君也。闲，音闲。**鼂骋骛兮江皋**，鼂，以喻盛明也。泽曲曰皋。言己愿及鼂，明己年盛时，任重驰驱，以行道德也。鼂，一作朝。《补》曰：鼂，陟遥切，早也。骋，音逞。骛，音务。《说文》曰：骋，直驰也。骛，乱驰也。**夕弭节兮北渚**。弭，安也。渚，水涯也。夕以喻衰，言日夕将暮，己已衰老，弭情安意，终志草野也。五臣云：喻己盛少之时，愿驱驰于君前，及衰谢之日，反安意于草野，自叹之词。《补》曰：骋骛、弭节，不出江皋北渚之间，自伤不得居朝廷也。渚，沚也。《尔雅》：小洲曰渚。《韩诗章句》：水一溢而为渚。**鸟次兮屋上**，次，舍也，再宿曰信，过信曰次。**水周兮堂下**。周，旋也。言己所居，在湖泽之中，众鸟舍止我之屋上，流水周旋己之堂下，自伤与鸟兽鱼鳖同为伍也。《补》曰：下，音户。**捐余玦兮江中**，玦，玉佩也。先王所以命臣之瑞，故与环即还，与玦即去也。《补》曰：捐，音沿。玦，古穴切，如环，而有缺。《左传》曰：佩以金玦，弃其衷也。《荀子》曰：绝人以玦。皆取弃绝之义。《庄子》曰：缓佩玦者，事至而继。《史记》曰：举佩玦以示之。皆取决断之义。

遗余佩兮醴浦。遗，离也。佩，琼琚之属也。言己虽见放逐，常思念君，设欲远去，犹捐玦佩置于水涯，冀君求己，示有还意。佩，一作珮。醴，一作澧。五臣云：捐、遗，皆置也。玦、珮，朝服之饰，置于江、澧二水之涯者，冀君命己，犹可以用也。《补》曰：捐玦遗佩，以诒湘君。与《骚经》"解佩纕以结言"同意，喻求贤也。遗，平声。《方言》注云：澧水，今在长沙。《水经》云：澧水，出武陵充县，注于洞庭。按《禹贡》曰：又东至于澧。《史记》作醴。孔安国、马融、王肃皆以醴为水名。郑玄曰：醴，陵名也。长沙有醴陵县。澧、醴，古书通用。今澧州有佩浦，因《楚词》为名也。**采芳洲兮杜若**，芳洲，香草藂生水中之处。《补》曰：藂，音丛。**将以遗兮下女**。遗，与也。女，阴也。以喻臣，谓己之俦匹。言己愿往芬芳绝异之洲，采取杜若，以与贞正之人，思与同志，终不变更也。五臣云：欲将己之美，投于贤臣者，思与同志，复为治道。《补》曰：遗，去声。既诒湘君以佩玦，又遗下女以杜若，好贤不已也。《骚经》曰：相下女之可诒。**旹不可兮再得**，言日不再中，年不再盛也。旹，一作时。**聊逍遥兮容与**。逍遥，游戏也。《诗》曰：狐裘逍遥。言天时不再至，人年不再盛，己年既老矣，不遇于时，聊且逍遥而游，容与而戏，以待天命之至也。五臣云：自言忧愁，欲以决死，死不再生，何由复遇。逍遥容与，待君之命，冀得尽其诚心焉。

湘君　刘向《列女传》：舜陟方死于苍梧，二妃死于江、湘之间，俗谓之湘君。《礼记》：舜葬于苍梧之野，盖二妃未之从也。注云：《离骚》所歌湘夫人，舜妃也。韩退之《黄陵庙碑》云：湘旁有庙，曰黄陵。自前古立，以祠尧之二女——舜二妃者。秦博士对始皇帝云：湘君者，尧之二女，舜妃者也。刘向、郑玄亦皆以二妃为湘君。而《离骚》、《九歌》既有湘君，又有湘夫人。王逸以为湘君者，自其水神。而谓湘夫人，乃二妃也。从舜南征三苗，不及，道死沅、湘之间。《山海经》曰：洞庭之山，帝之二女居之。郭璞疑二女者，帝舜之后，不当降小水为其夫人，因以二女为天帝之女。以余考之，璞与王逸俱失也。尧之长女娥皇，为舜正妃，故曰君。其二女女英，自宜降曰夫人也。故《九歌》词谓娥皇为君，谓女英帝子，各以其盛者，推言之也。礼有小君，君母，明其正，自得称君也。

帝子降兮北渚，帝子，谓尧女也。降，下也。言尧二女娥皇、女英，随舜不反，没于湘水之渚，因为湘夫人。《补》曰：此言帝子之神，降于北渚，来享其祀也。帝子，以喻贤臣。目眇眇兮愁予。眇眇，好貌。予，屈原自谓也。言尧二女仪德美好，眇然绝异，又配帝舜，而乃没命水中。屈原自伤，不遭值尧、舜，而遇暗君，亦将沉身湘流，故曰愁我也。予，一作余。五臣云：其神仪德美好，愁我失志焉。《补》曰：眇眇，微貌。言神之降，望而不见，使我愁也。以况思贤而不得见也。予，音与。袅袅兮秋风，袅袅，秋风摇木貌。《补》曰：袅，长弱貌，奴鸟切。洞庭波兮木叶下。言秋风疾，则草木摇，湘水波，而树叶落矣。以言君政急则众民愁，而贤者伤矣。或曰：屈原见秋风起而木叶堕，悲岁徂尽，年衰老也。五臣云：喻小人用事，则君子弃逐。《补》曰：《淮南》云：见一叶落，而知岁之将暮。又曰：桑叶落而长年悲。下，音户。白薠兮骋望，薠，草，秋生，今南方湖泽皆有之。骋，平也。薠，或作蘋。一本此句上有“登”字，皆非也。《补》曰：薠，音烦。《淮南子》云：路无莎薠。注云：薠，状如葴。葴，音针，见《尔雅》。又《说文》云：青薠似莎者。司马相如赋注云：似莎而大，生江湖，雁所食。与佳期兮夕张。佳，谓湘夫人也。不敢指斥尊者，故言佳也。张，施也。言己愿以始秋薠草初生平望之时，修设祭具，夕早洒扫，张施帷帐，与夫人期歆飨之也。一本“佳”下有“人”字。一云：与佳人兮期夕张。五臣云：佳期，谓湘夫人。言己愿以此夕设祭祀、张帷帐，冀夫人之神来此歆飨，以喻张设忠信以待君命。《补》曰：《说文》云：佳，善也。《广雅》云：佳，好也。张，音帐，陈设也。《周礼》曰：凡邦之张事。《汉书》曰：供张东都门外。言夕张者，犹黄昏以为期之意。鸟萃兮蘋中，萃，集。一本“萃”上有“何”字。五臣云：蘋，水草。《补》曰：萃，音遂。罾何为兮木上。罾，鱼网也。夫鸟当集木巅，而言草中，罾当在水中，而言木上，以喻所愿不得，失其所也。《补》曰：罾，音增。**沅有茝兮醴有兰，**言沅水之中有盛茂之茝，澧水之内有芬芳之兰，异于众草，以兴湘夫人美好亦异于众人也。茝，一作芷。醴，一作澧。五臣云：兰、芷，喻己之善。《补》曰：《水经》云：澧水，又东南注于沅水，曰澧口，盖其枝渎耳。引“沅有芷兮澧有兰”。或曰：澧州有兰江，因此为名。**思公子兮未敢言。**公子，谓湘夫人也。重以卑说尊，故变言公子也。言己想若舜之遇二女，二女虽死，犹思其神，所以不敢达言者，士当须介，女当须媒也。五臣云：公子，谓夫人，喻君也。未敢言者，欲待贤主。《补》曰：诸侯之子，称公子。谓子椒、子兰也。思椒、兰，宜有兰、芷之芬芳。未敢言者，恐逢彼之怒耳。此原陈己之志于湘夫人也。《山鬼》云：思公子兮徒离忧。**荒忽兮远望，观流水兮潺湲。**言鬼神荒忽，往来无形，近而视之，仿佛若存，远而望之，但见水流而潺湲也。荒，一作慌。忽，一作惚。《补》曰：慌，《释文》、《文选》并音荒。此言远望楚国，若有若无，但见流水之潺湲耳。荒忽，不分明之貌。**麋何食兮庭中？**麋，兽名，似鹿也。食，一作为。《补》曰：麋，音眉。《月令》曰：麋角解。疏云：麋阴兽，情淫而游泽。**蛟何为兮水裔？**蛟，龙类也。麋当在山林，而在庭中，蛟当在深渊，而在水涯，以言小人宜在山野，而升朝廷，贤者当居尊官，而为仆隶也。裔，一作褒。《补》曰：裔，边也，末也。蛟在水裔，犹所谓神龙失水而陆居也。**朝驰余马兮江皋，**一云朝驰骋兮江皋。**夕济兮西澨。**济，渡也。澨，水涯也。自伤驱驰不出湘、潭之间。《补》曰：澨，音逝。《说文》曰：澨，埤增水边，土人所居者。**闻佳人兮召予，**予，屈原自谓也。**将腾驾兮偕逝。**偕，俱也。逝，往也。屈原幽居草泽，思神念鬼，冀湘夫人有命召呼，则愿命驾腾驰而往，不待侣偶也。五臣云：冀闻夫人召我，将腾驰车马，与使者俱往，喻有君命亦将然矣。《补》曰：佳人以喻贤人，与己同志者。**筑室兮水中，葺之兮荷盖。**屈原困于世，愿筑室水中，托附神明而居处也。一本云以荷盖。五臣云：愿筑室结茨于水底，用荷叶盖之，务清洁也。《补》曰：筑，版筑也。葺，七入切。

《说文》：茨也。**荪壁兮紫坛**，以荪草饰室壁，累紫贝为室坛。荪，一作荃。《补》曰：《荀子》曰：东海则有紫紶鱼盐焉。紫，紫贝也。《相贝经》曰：赤电黑云谓之紫贝。郭璞曰：今之紫贝，以紫为质，黑为文点。陆机云：紫贝，其白质如玉，紫点为文。《本草》云：贝类极多，而紫贝尤为世所贵重。《淮南子》曰：腐鼠在坛。注云：楚人谓中庭为坛。《七谏》曰：鸡鹜满堂坛兮。注云：高殿敞阳为堂，平场广坦为坛。音善。**匊芳椒兮成堂**。布香椒于堂上。一云：播芳椒兮盈堂。《补》曰：匊，古播字，本作𠬝。《汉官仪》曰：椒房，以椒涂壁，取其温也。**桂栋兮**以桂木为屋栋。《补》曰：《尔雅》：栋谓之桴。注：屋檼也。**兰橑**，以木兰为榱也。《补》曰：橑，音老。《说文》：椽也。一曰：屋橑，檐前木。《尔雅》曰：桷谓之榱。**辛夷楣兮**辛夷，香草，以作户楣。《补》曰：《本草》云：辛夷，树大连合抱，高数仞。此花初发如笔，北人呼为木笔。其花最早，南人呼为迎春。逸云香草，非也。楣，音眉。《说文》云：秦名屋櫋联也。《尔雅》：楣谓之梁。注云：门户上横梁。**药房**。药，白芷也。房，室也。五臣云：以馨香为房之饰。《补》曰：《本草》：白芷，楚人谓之药。《博雅》曰：芷，其叶谓之药，渥、约二音。**罔薜荔兮为帷**，罔，结也。言结薜荔为帷帐。《补》曰：罔，读若网。在旁曰帷。**擗蕙櫋兮既张**。擗，析也。以析蕙覆櫋屋。擗，一从木，一作擘。析，一作析。櫋，一作槾。五臣云：罔结以为帷帐，擗析以为屋联，尽张设于中也。《补》曰：擗，普觅切，一音觅。櫋，音绵，又弥坚切。**白玉兮为镇**，以白玉镇坐席也。镇，一作瑱。一本"为"上有"以"字。**疏石兰兮为芳**。石兰，香草。疏，布陈也。一本"兮"下有"以"字。一云：疏石兰以为芳。五臣云：疏布其芳气。**芷葺兮荷屋**，葺，盖屋也。一本"葺"下有"之"字。五臣云：以芷草及荷叶葺以盖屋也。**缭之兮杜衡**。缭，缚束也。杜衡，香草。一本"兮"下有"以"字。衡，一作蘅。《补》曰：缭，音了，缠也。谓以荷为屋，以芷覆之，又以杜衡缭之也。五臣云：束缚杜衡，置于水中。非是。**合百草兮**

实庭，合百草之华，以实庭中。五臣云：百草，香草。实，满也。建芳馨兮庑门。馨，香之远闻者，积之以为门庑也。屈原生遭浊世，忧愁困极，意欲随从鬼神，筑室水中，与湘夫人比邻而处。然犹积聚众芳以为殿堂，修饰弥盛、行善弥高也。《补》曰：庑，音武。《说文》曰：堂下周屋也。庑门，谓庑与门也。九嶷缤兮并迎，九嶷，山名，舜所葬也。嶷，一作疑。《补》曰：迎，去声。灵之来兮如云。言舜使九嶷之山神，缤然来迎二女，则百神侍送，众多如云也。如，一作若。《补》曰：《诗》云：有女如云。言众多也。捐余袂兮江中，袂，衣袖也。《补》曰：袂，弥蔽切。遗余褋兮醴浦。褋，襜襦也。屈原托与湘夫人共邻而处，舜复迎之而去，穷困无所依，故欲捐弃衣物，裸身而行，将适九夷也。醴，一作澧。五臣云：褋，礼襜袖襦也。袂、襟，皆事神所用，今夫人既去，君复背己，无所用也，故弃遗之。《补》曰：遗，平声。褋，音牒。《方言》曰：禅衣，江、淮、南楚之间谓之褋。捐袂遗褋与捐玦遗佩同意。玦佩，贵之也。袂褋，亲之也。搴汀洲兮杜若，将以遗兮远者。汀，平也。远者，谓高贤隐士也。言己虽欲之九夷绝域之外，犹求高贤之士，平洲香草以遗之，与共修道德也。者，一作渚。五臣云：搴，取也。杜若，以喻诚信。远者，神及君也。《补》曰：汀，它丁切，水际平地。遗，去声。既诒湘夫人以袂褋，又遗远者以杜若，好贤不已也。旧本者音渚。《集韵》：者，有睹音。时不可兮骤得，骤，数。聊逍遥兮容与。言富贵有命，天时难值，不可数得，聊且游戏，以尽年寿也。与，一作治。《补》曰：不可再得则已矣。不可骤得，犹冀其一遇焉。

湘夫人

广开兮天门，《补》曰：汉乐歌云：天门开，诀荡荡。《淮南子》注云：天门，上帝所居紫微宫门也。纷吾乘兮玄云。吾，谓大司命也。言天尊重司命，将出游戏，则为大开禁门，使乘玄云而行。《补》曰：汉乐歌云：灵之车，结玄云。令飘风兮先驱，回风为飘。使涑雨兮灑尘。暴雨为涑雨。言司命爵位尊高，出则风伯、雨师先驱，为轼路也。灑，一作洒。轼，一作戒。《补》曰：涑，音东。《尔雅》注云：今江东呼夏月暴雨为涑雨。洒，所买切。《淮南子》曰：令雨师洒道，风伯扫尘。自此已上，皆喻君也。君迴翔兮以下，迴，运也。言司命行有节度，虽乘风雨，然徐回运而来下也。迴，一作回。以，一作来。《补》曰：回翔，犹翱翔也。下，音户。逾空桑兮从女。空桑，山名，司命所经。屈原修履忠贞之行，而身放弃，将诉神明，陈己之冤结，故欲逾空桑之山，而要司命也。《补》曰：《山海经》云：东曰空桑之山。注云：此山出琴瑟材。《周礼》"空桑之琴瑟"是也。《淮南》曰：舜之时，共工振滔洪水以薄空桑。注云：空桑，地名，在鲁也。女，读作汝。亲之之辞，喻欲从君也。纷总总兮九州，总总，众貌。《补》曰：尧时九州，见《禹贡》。商九州，见《尔雅》。周九州，见《周礼》。邹衍云：赤县神州内自有九州。中国外如赤县神州者九，乃所谓九州也。《淮南》曰：天地之间九州：东南神州曰农土，正南次州曰沃土，西南戎州曰滔土，正西弇州曰并土，正中冀州曰中土，西北台州曰肥土，正北济州曰成土，东北薄州曰隐土，正东阳州曰申土。弇，音奄。何寿夭兮在予！予，谓司命。言普天之下，九州之民，诚甚众多，其寿考夭折，皆自施行所致。天诛加之，不在于我也。《补》曰：此言九州之大，生民之众，或寿或夭，何以皆在于我？以我为司命故也。言人君制生杀与夺之命也。予，音与。高飞兮安翔，言司命执持天政，不以人言易其则度，复徐飞高翔而行。乘清气兮御阴阳。阴主杀，阳主生。言司命常乘天清明之气，御持万民死生之命也。清，一作精。《补》曰：《易》云：时乘六龙以御天。《庄子》曰：乘天地之正，御六气之辨。乘，犹乘车。御，犹御马也。吾与君兮斋速，吾，屈原自谓也。斋，戒也。速，疾也。《补》曰：斋速者，斋戒以自敕也。导帝之兮九坑。言己愿修饰，急疾斋戒，侍从于君，导迎天帝，出入九州之山。冀得陈己情也。导，一作道。坑，一作阬。

《文苑》作冈。《补》曰：之，适也。坑，音冈，山脊也。《周礼·职方氏》：九州山镇，曰会稽、衡山、华山、沂山、岱山、岳山、医无闾、霍山、恒山也。《淮南》曰：天地之间，九州八极，土有九山，山有九塞。何谓九山，会稽、泰山、王屋、首山、太华、岐山、太行、羊肠、孟门也。原言司命代天操生杀之柄，人君亦代天制一国之命，故欲与司命导帝适九州之山，以观四方之风俗，天下之治乱。**灵衣兮被被**，被被，长貌。一作披。《补》曰：被，与披同。**玉佩兮陆离**。言己得依随司命，被服神衣，被被而长，玉佩众多，陆离而美也。**壹阴兮壹阳**，阴，晦也。阳，明也。**众莫知兮余所为**。屈原言己得配神俱行，出阴入阳，一晦一明，众人无缘知我所为作也。《补》曰：此言司命开阖变化，能制万民之命，人君亦当如此也。**折疏麻兮瑶华**，疏麻，神麻也。瑶华，玉华也。《补》曰：谢灵运诗云：折麻心莫展。又云：瑶华未敢折。说者云：瑶华，麻花也。其色白，故比于瑶。此花香，服食可致长寿，故以为美，将以赠远。江淹《杂拟》诗云：杂珮虽可赠，疏华竟无陈。李善云：疏华，瑶华也。**将以遗兮离居**。离居，谓隐者也。言己虽出阴入阳，涉历殊方，犹思离居隐士，将折神麻，采玉华，以遗与之。明己行度如玉，不以苦乐易其志也。《补》曰：遗，去声。离居，犹远者也。自此以下，屈原陈己之志于司命也。**老冉冉兮既极**，极，穷也。极，一作终。**不寖近兮愈疏**。寖，稍也。疏，远也。言履行忠信，从小至老，命将穷矣，而君犹疑之，不稍亲近，而日以疏远也。寖，一作侵，一作浸。兮，一作而。愈，一作逾。**乘龙兮辚辚**，辚辚，车声。《诗》云"有车辚辚"也。《释文》作軨，音辚。《补》曰：今《诗》作邻。**高驼兮冲天**。言己虽见疏远，执志弥坚，想乘神龙，辚辚然而有节度，抗志高行，冲天而驱，不以贫困有枉桡也。驼，一作驰。《补》曰：《史记》云：一飞冲天。冲，持弓切，直上飞也。《集韵》作翀，与冲通。此言司命高驰而去，不复留也。**结桂枝兮延伫**，延，长也。伫，立也。《诗》曰：伫立以泣。《释文》延作迊。《补》曰：伫，久立也。直吕切。**羌愈思兮愁人**。言己乘龙冲天，非心所乐，犹结木为誓，长立而望，想念楚国，愁且思也。《补》曰：此言司命既去，犹结桂枝以延望。喻君舍己不顾，益优思也。**愁人兮奈何，愿若今兮无亏**。亏，歇也。言己愁思，安可奈何乎。愿身行善，常若于今，无有歇也。**固人命兮有当，孰离合兮可为？**言人受命而生，有当贵贱贫富者，是天禄也。己独放逐离别，不复会合，不可为思也。《补》曰：君子之仕也，去就有义，用舍有命。屈子于同姓事君之义尽矣。其不见用，则有命焉。或离或合，神实司之，非人所能为也。一云：孰离合兮不可为。

大司命《周礼·大宗伯》：以槱燎祀司中、司命。疏引《星传》云：三台，上台司命，为太尉。又文昌宫第四曰司命。按《史记·天官书》：文昌六星，四曰司命。《晋书·天文志》：三台六星，两两而居，西近文昌二星，曰上台，为司命，主寿。然则有两司命也。《祭法》：王立七祀，诸侯立五祀，皆有司命。疏云：司命，宫中小神。而《汉书·郊祀志》：荆巫有司命。说者曰：文昌，第四星也。五臣云：司命，星名，主知生死，辅天行化，诛恶护善也。《大司命》云：乘清气兮御阴阳。《少司命》云：登九天兮抚彗星。其非宫中小神明矣。

秋兰兮麋芜，罗生兮堂下。言己供神之室，空闲清净，众香之草，又环其堂下，罗列而生。诚司命君所宜幸集也。秋，一作穐，下同。麋，一作蘪。《补》曰：《尔雅》曰：蘄茝，蘪芜。郭璞云：香草，叶小如萎状。《山海经》云：臭如蘪芜。《本草》云：芎藭，其叶名蘼芜，似蛇床而香，骚人借以为譬，其苗四五月间生，叶作丛，而茎细，其叶倍香。或莳于园庭，则芬香满径，七八月开白花。《管子》曰：五沃之土生蘼芜。相如赋云：穹穷昌蒲，江离蘪芜。师古云：蘪芜，即穹穷苗也。下，音户。**绿叶兮素枝，芳菲菲兮袭予**。袭，及也。予，我也。言芳草茂盛，吐叶垂华，芳香菲菲，上及我也。枝，一作华。五臣云：四句皆喻怀忠洁也。《补》曰：袭，音习。予，上声。**夫人自有兮美子**，夫人，谓万民也。一云：夫人兮自有美子。《补》曰：夫，音扶。《考工记》曰：夫人而能为镈也。夫人，犹言凡人也。荪何以兮愁苦！荪，谓司命也。言天下万民，人人自有子孙，司命何为主握其年命，而用思愁苦也。以，一作为。五臣云：荪，香草，喻司命。言凡人各自有美爱臣子，司命何为愁苦而司主之，盖自伤也。《补》曰：此言爱其子者，人之常情，非司命所忧，犹恐不得其所。原于君有同姓之恩，而怀王曾莫之恤也。荪亦喻君。《骚经》曰“荃不察余之中情”是也。秋兰兮青青，绿叶兮紫茎。言己事神崇敬，重种芳草，茎叶五色，芳香益畅也。一本“兰”下有“生”字。《补》曰：《诗》云：绿竹青青。青青，茂盛也，音菁。满堂兮美人，忽独与余兮目成。言万民众多，美人并会，盈满于堂，而司命独与我睨而相视，成为亲亲也。五臣云：满堂，喻天下也。谓天下亦有善人，而司命独与我相目结成亲亲者，为我修道德尔，谓初与己善时也。□□□□□□入不言兮出不辞，言神往来奄忽，入不语言，出不诀辞，其志难知。辞，一作词。乘回风兮载云旗。言司命之去，乘风载云，其形貌不可得见。五臣云：司命初与己善，后乃往来飘忽，出入不言不辞，乘风载云，以离于我，喻君之心与我相背也。悲莫悲兮生别离，屈原思神略毕，忧愁复出，乃长叹曰：人居世间，悲哀莫痛与妻子生别离。伤己当之也。《补》曰：《乐府》有《生别离》，出于此。乐莫乐兮新相知。言天下之乐，莫大于男女始相知之时也。屈原言己无新相知之乐，而有生别离之忧也。五臣云：喻己初近君而乐，后去君而悲也。荷衣兮蕙带，儵而来兮忽而逝。言司命被服香净，往来奄忽，难当值也。儵，一作倏。来，一作倈。五臣云：言神倏忽往来，终不可逢，以喻君。《补》曰：《庄子》疏曰：儵为有，忽为无。夕宿兮帝郊，帝，谓天帝。君谁须兮云之际。言司命之去，暮宿于天帝之郊，谁待于云之际乎？幸其有意而顾己。五臣云：须，待也。冀君犹待己而命之。与女遊兮九河，冲风至兮水扬波。王逸无注。古本无此二句。《文选》遊作游，女作汝，风至作飙起。五臣云：汝，谓司命。九河，天河也。冲飙，暴风也。《补》曰：此二句，《河伯》章中语也。与女沐兮咸池，咸池，星名，盖天池也。一作咸之沲。《补》曰：咸池见《骚经》。晞女发兮阳之阿。晞，干也。《诗》曰：匪阳不晞。阿，曲隅，日所行也。言己愿托司命，俱沐咸池，干发阳阿，斋戒洁己，冀蒙天祐也。五臣云：愿与司命共为清洁，喻己与君俱行政教，以治于国。《补》曰：晞，音希。《淮南》曰：日出汤谷，浴于咸池，拂于扶桑，是谓晨明；登于扶桑，是谓朏明；至于曲阿，是谓旦明。《远游》曰：朝濯发于汤谷兮，夕晞余身兮九阳。望美人兮未来，美人，谓司命。临风怳兮浩歌。怳，失意貌。言己思望司命，而未肯来。临疾风而大歌，冀神闻之而来至也。五臣云：以喻望君之使未至，临风怳然而大歌也。浩，大也。《补》曰：怳，惝怳也，许往切。孔盖兮翠旍，言司命以孔雀之翅为车盖，翡翠之羽为旗旍，言殊饰也。旍，一作旌。一本此句上有"扬"字。《补》曰：相如赋云：宛雏孔鸾。孔，孔雀也。颜师古曰：鸟赤羽者曰翡，青羽者曰翠。《周礼》曰：盖之圜也，以象天。汉乐歌曰：庶旄翠旌。登九天兮抚彗星。九天，八方中央也。言司命乃升九天之上，抚持彗星，欲扫除邪恶，辅仁贤也。五臣云：飞登于天，抚扫彗星，言愿将忠正美行还于君前，翦谗贼矣。《补》曰：《左传》曰：天之有彗，以除秽也。《尔雅》：彗星为欃枪。彗，祥岁切。偏指曰彗。自此以下，皆喻君也。竦长剑兮拥幼艾，竦，执也。幼，少也。艾，长也。言司命执持长剑，以诛绝凶恶，拥护万民长少，使各得其命也。《释文》竦作愯。《补》曰：竦、愯，并息拱切。竦，立也。《国语》曰：竦善抑恶。愯，惊也。《孟子》曰：知好色，则慕少艾。说者曰：艾，美好也。《战国策》云：今为天下之工或非也，乃与幼艾。又齐王有七孺子。注云：孺子，谓幼艾美女也。《离骚》以美女喻贤臣，此言人君当遏恶扬善，佑贤辅德也。或曰：丽姬，艾封人之子也，故美女谓之艾。犹姬贵姓，因谓美妾为姬耳。荪独宜兮为民正。言司命执心公方，无所阿私，善者佑之，恶者诛之，故宜为万民之平正也。荪，一作荃。五臣云：荪，香草，谓神也，以喻君。《补》

曰：正，音征，叶韵。

少司命

暾将出兮东方，谓日始出东方，其容暾暾而盛大也。《补》曰：暾，他昆切。**照吾槛兮扶桑。**吾，谓日也。槛，楯也。言东方有扶桑之木，其高万仞，日出，下浴于汤谷，上拂其扶桑，爰始而登，照曜四方，日以扶桑为舍槛，故曰照吾槛兮扶桑也。《补》曰：槛，阑也，户黤切。楯，音盾。**抚余马兮安驱，**余，谓日也。《补》曰：《淮南》曰：日至悲泉，爰止其女，爰息其马，是谓悬车。车，日所乘也。马，驾车者也。御之者，羲和也。女，即羲和。马，即六龙。见《骚经》注。**夜皎皎兮既明。**言日既升天，运转而西，将过太阴，徐抚其马，安驱而行。虽幽昧之夜，犹皎皎而自明也。皎，一作皦。《补》曰：皎字从日，与皦同。此言日之将出，羲和御之，安驱徐行，使幽昧之夜，皎皎而复明也。《补》曰：旧本明音亡。**驾龙辀兮乘雷，**辀，车辕也。《补》曰：震，东方也，为雷，为龙。日出东方，故曰驾龙乘雷也。《春秋命历序》曰：皇伯登扶桑，日之阳，驾六龙以上下。《淮南》曰：雷以为车轮。注云：雷，转气也。辀，张留切。《方言》曰：辕，楚、韩之间谓之辀。**载云旗兮委蛇。**言日以龙为车辕，乘雷而行，以云为旌旗，委蛇而长。委，一作逶。蛇，一作虵。**长太息兮将上，心低佪兮顾怀。**言日将去扶桑，上而升天，则徘徊太息，顾念其居也。低，一作俳，一作儃。《补》曰：低徊，疑不即进貌。出不忘本，行则思归，物之情也。以讽其君迷不知复也。上，上声，升也。**羌声色兮娱人，**娱，乐也。一作色声。**观者憺兮忘归。**憺，安也。言日色光明，旦耀四方，人观见之，莫不娱乐，憺然意安，而忘归也。《补》曰：东方既明，万类皆作，有声者以声闻，有色者以色见，耳目之娱，各自适焉。以喻人君有明德，则百姓皆注其耳目也。**緪瑟兮交鼓，**緪，急张弦也。交鼓，对击鼓也。緪，一作絙。《补》曰：緪，古登切。《长笛赋》曰：絙瑟促柱。

箫钟兮瑶簴，王逸无注。箫，一作萧。《补》曰：《仪礼》有笙磬、笙钟。《周礼》笙师共其钟笙之乐。注云：钟笙，与钟声相应之笙。然则箫钟，与箫声相应之钟欤？簴，其吕切。《尔雅》木谓之簴，县钟磬之木也。瑶簴，以美玉为饰也。**鸣鯱兮吹竽，**鯱、竽，乐器名也。言已愿供修香美，张施琴瑟，吹鸣鯱竽，列备众乐，以乐大神。鯱，一作篪。《补》曰：篪，与鯱同，并音池。《尔雅》注云：篪以竹为之，长尺四寸，围三寸，一孔上出，一寸三分，名翘，横吹之。小者尺一寸。《广雅》云：八孔。竽，已见上。**思灵保兮贤姱。**灵，谓巫也。姱，好貌。言已思得贤好之巫，使与日神相保乐也。《补》曰：古人云：诏灵保，召方相。说者曰：灵保，神巫也。姱，音户，叶韵。旧苦胡切。未详。**翾飞兮翠曾，**曾，举也。言巫舞工巧，身体翾然若飞，似翠鸟之举也。《补》曰：翾，小飞也，许缘切。曾，作滕切。《博雅》曰：翾，翥飞也。**展诗兮会舞。**展，舒。《补》曰：展诗，犹陈诗也。会舞，犹合舞也。**应律兮合节，**言乃复舒展诗曲，作为雅颂之乐，合会六律，以应舞节。《补》曰：应，於证切。汉乐歌曰：展诗应律铕玉鸣。**灵之来兮蔽日。**言日神悦喜，于是来下，从其官属，蔽日而至也。**青云衣兮白霓裳，**言日神来下，青云为上衣，白霓为下裳也。日出东方，入西方，故用其方色以为饰也。《补》曰：霓见《骚经》。**举长矢兮射天狼。**天狼，星名，以喻贪残。日为王者，王者受命，必诛贪残，故曰举长矢，射天狼，言君当诛恶也。射，一作躲。《补》曰：射，食亦切。《晋书·天文志》云：狼一星在东井南，为野将，主侵掠。**操余弧兮反沦降，**言日诛恶以后，复循道而退，下入太阴之中，不伐其功也。《补》曰：操，持也，七刀切。弧，音胡。《说文》曰：木弓也。一曰往体寡、来体多曰弧。沦，没也。降，下也，户江切，叶韵。《晋志》曰：弧，九星，在狼东南，天弓也，主备盗贼。《天文大象赋》注云：弧矢九星，常属矢而向狼，直狼多盗贼，引满则天下兵起。《河东赋》云：攫天狼之威弧。《思玄赋》云：弯威弧之拔刺兮，射嶓嵺之封狼。**援北斗兮酌桂浆。**斗，谓玉爵。

言诛恶既毕，故引玉斗酌酒浆，以爵命贤能，进有德也。《补》曰：援，音爰，引也。《诗》云：酌以大斗。斗，酒器也。又曰：维北有斗，不可以挹酒浆。此以北斗喻酒器者，大之也。斗，旧音主。射天狼、酌桂浆，以讽其君不能遏恶扬善也。**撰余辔兮高驼翔，**驼，一作驰，一无此字。《补》曰：撰，雏免切，定也，持也。《远游》曰：撰余辔而正策。反沦降者，喻人君退托不自有其功。高驰翔者，喻制世驭民于万物之上。**杳冥冥兮以东行。**言日过太阴，不见其光，出杳杳，入冥冥，直东行而复出。或曰：日月五星，皆东行也。一云：翔杳冥兮。一无“以”字。《补》曰：杳，深也。冥，幽也。日出东方，犹帝出乎震也。行，胡冈切，叶韵。

东君　《博雅》曰：朱明、耀灵、东君，日也。《汉书·郊祀志》有东君。

与女游兮九河，河为四渎长，其位视大夫。屈原亦楚大夫，欲以官相友，故言女也。九河：徒骇、太史、马颊、覆鬴、胡苏、简、絜、钩盘、鬲津也。《补》曰：女，读作汝，下同。九河，名见《尔雅》。《书》曰：九河既道。注云：河水分为九道，在兖州界。又曰：又北播为九河，同为逆河，入于海。注云：分为九河，以杀其溢。汉许商上书云：古记九河之名，有徒骇、胡苏、鬲津，今见在成平东光鬲县界中。自鬲津以北至徒骇，其间相去二百馀里。是知九河所在，徒骇最北，鬲津最南，盖徒骇是河之本道，东出分为八枝也。**冲风起兮横波。**冲，隧也。屈原设意与河伯为友，俱游九河之中，想蒙神佑，反遇隧风，大波涌起，所托无所也。一本“横”上有“水”字。五臣云：冲风，暴风也。《补》曰：《诗》云：大风有隧。**乘水车兮荷盖，驾两龙兮骖螭。**言河伯以水为车，骖驾螭龙，而戏游也。一本“螭”上有“白”字。《补》曰：《括地图》云：冯夷常乘云车，驾二龙。《史记》曰：水神不可见，以大鱼蛟龙为候。《博物志》曰：水神乘鱼龙。骖，苍含切，在旁曰骖。骖，两騑也。螭，丑知切。《说文》云：如龙而黄。北方谓之地蝼。一说无角曰螭。一音离。《集韵》：蜥螭，龙无角。**登**

昆仑兮四望，昆仑山，河源所从出。《补》曰：《援神契》云：河者，水之伯。上应天河。《山海经》云：昆仑山有青河、白河、赤河、黑河，环其墟。其白水出其东北陬，屈向东南流，为中国河。《尔雅》曰：河出昆仑虚，色白，所渠并千七百一川。色黄，百里一小曲，千里一曲直。《淮南》曰：河出昆仑，贯渤海，入禹所导积石山也。**心飞扬兮浩荡。**浩荡，（忠）〔志〕放貌。言己设与河伯俱游西北，登昆仑万里之山，周望四方，心意飞扬，志欲升天，思念浩荡，而无所据也。**日将暮兮怅忘归，**言昆仑之中，多奇怪珠玉之树，观而视之，不知日暮。言己心乐志说，忽忘还归也。《补》曰：此言登昆仑以望四方，无所适从，惆怅叹息，而忘归也。怅，失志也。**惟极浦兮寤怀。**寤，觉也。怀，思也。言己复徐惟念河之极浦，江之远碕，则中心觉寤，而复愁思也。《补》曰：惟，思也。极浦，所谓“望涔阳兮极浦”是也。**鱼鳞屋兮龙堂，紫贝阙兮朱宫。**言河伯所居，以鱼鳞盖屋，堂画蛟龙之文，紫贝作阙，朱丹其宫，形容异制，甚鲜好也。《文苑》作珠宫。《补》曰：河伯，水神也。故托鱼龙之类，以为宫室阙门观也。**灵何为兮水中，**言河伯之屋，殊好如是，何为居水中而沉没也。《补》曰：此喻贤人处非其所也。**乘白鼋兮逐文鱼。**大鳖为鼋，鱼属也。逐，从也。言河伯游戏，远出乘龙，近出乘鼋，又从鲤鱼也。一无“文”字。《补》曰：鼋，音元。《纪年》曰：穆王三十七年，征伐起师，至九江，叱鼋鼍以为梁。陶隐居云：鲤鱼形既可爱，又能神变，乃至飞越山湖，所以琴高乘之。按《山海经》：睢水东注江，其中多文鱼。注云：有斑采也。又《文选》云：腾文鱼以警乘。注云：文鱼，有翅，能飞。逸以文鱼为鲤，岂亦有所据乎。**与女游兮河之渚，流澌纷兮将来下。**流澌，解冰也。言屈原愿与河伯游河之渚，而流澌纷然相随来下，水为污浊，故欲去也。或曰：流澌，解散。屈原自比流澌者，欲与河伯离别也。《补》曰：渚，洲也。澌，音斯。从仌者，流冰也。从水者，水尽也。此当从仌。下，音户。**子交手兮东行，**子，谓河伯也。言屈原与河伯别，子宜东行，还于九河之居，我亦欲归也。一本“子”上有“与”字。《补》曰：《庄子》曰：河伯顺流而东行。**送美人兮南浦**。美人，屈原自谓也。愿河伯送己南至江之涯，归楚国也。《补》曰：江淹《别赋》云：送君南浦，伤如之何？盖用此语。**波滔滔兮来迎，鱼隣隣兮媵予**。媵，送也。言江神闻己将归，亦使波流滔滔来迎，河伯遣鱼隣隣侍从，而送我也。隣，一作鳞。《补》曰：滔，上刀切，水流貌。《诗》曰：滔滔江汉。媵，以证切。予，音与。屈原托江海之神送迎己者，言时人遇己之不然也。杜子美诗云：岸花飞送客，樯燕语留人。亦此意。

河伯　《山海经》曰：中极之渊，深三百仞，唯冰夷都焉。冰夷，人面而乘龙。《穆天子传》云：天子西征，至于阳纡之山，河伯无夷之所都居。冰夷、无夷，即冯夷也。《淮南》又作冯迟。《抱朴子·释鬼篇》曰：冯夷以八月上庚日渡河溺死，天帝署为河伯。《清泠传》曰：冯夷，华阴潼乡堤首人也。服八石，得水仙，是为河伯。《博物志》云：昔夏禹观河，见长人鱼身出曰：吾河精。岂河伯也？冯夷得道成仙，化为河伯，道岂同哉？

若有人兮山之阿，若有人，谓山鬼也。阿，曲隅也。**被薜荔兮带女罗**。女罗，兔丝也。言山鬼仿佛若人，见于山之阿，被薜荔之衣，以兔丝为带也。薜荔、兔丝，皆无根，缘物而生。山鬼亦晻忽无形，故衣之以为饰也。罗，一作萝。《补》曰：《尔雅》云：唐蒙女萝。女萝，兔丝。《诗》云：茑与女萝，施于松柏。《吕氏春秋》云：或谓菟丝，无根也，其根不属地，茯苓是也。《抱朴子》云：菟丝之草，下有伏菟之根，无此菟则丝不生于上，然实不属也。**既含睇兮又宜笑**，睇，微眄貌也。言山鬼之状，体含妙容，美目盼然，又好口齿，而宜笑也。五臣云：山鬼美貌，既宜含视，又宜发笑。《补》曰：睇，音弟，倾视也。一曰：目小视也。《说文》云：南楚谓眄曰睇。眄，眠见切。《诗》曰：巧笑倩兮，美目盼兮。《大招》曰：靥辅奇牙，宜笑嗎只。山鬼无形，其情状难知。故含睇宜笑，以喻姱美；乘豹从狸，以譬猛烈；辛夷杜衡，以况芬芳，不一而足也。**子慕予兮善窈窕**。子，谓山鬼也。窈窕，好貌。《诗》曰：窈窕淑女。言山鬼之貌，既以姱丽，亦复慕我有善行好姿，故来见其容也。善，一作譱。五臣云：喻君初与己诚而用之矣。《补》曰：窈，音杳。窕，徒了切。《方言》云：美状为窕，美心为窈。注云：窈，幽静。窕，闲都也。**乘赤豹兮从文狸**，狸，一作貍。五臣云：赤豹、文狸，皆奇兽也。将以乘骑侍从者，明异于众也。乘，一作椉。《补》曰：从，随行也，才用切。豹有数种，有赤豹，有玄豹，有白豹。《诗》曰：赤豹黄罴。陆机云：毛赤而文黑，谓之赤豹。狸有虎斑文者，有猫斑者。《河伯》云：乘白鼋兮逐文鱼。《山鬼》云：乘赤豹兮从文狸。各以其类也。**辛夷车兮结桂旗**。辛夷，香草也。言山鬼出入，乘赤豹，从文狸，结桂与辛夷以为车旗，言其香洁也。《文选》桂误作旌。《补》曰：以辛夷香木为车，结桂枝以为旌旗也。**被石兰兮带杜衡**，石兰、杜衡，皆香草。衡，一作蘅。**折芳馨兮遗所思**。所思，谓清洁之士，若屈原者也。言山鬼修饰众香，以崇其善。屈原履行清洁，以厉其身。神人同好，故折芳馨相遗，以同其志也。五臣云：所思，谓君也。喻己被带忠信，又以嘉言而纳于君也。《补》曰：遗，去声。**余处幽篁兮终不见天**，言山鬼所处，乃在幽篁之内，终不见天地，所以来出归有德也。或曰：幽篁，竹林也。五臣云：幽，深也。篁，竹丛也。《补》曰：篁，音皇。《汉书》云：篁竹之中。注云：竹田曰篁。《西都赋》云：筿簜敷衍，编町成篁。注云：篁，竹墟名也。**路险难兮独后来**。言所处既深，其路险阻又难，故来晚暮，后诸神也。五臣云：言己处江山竹丛之间，上不见天，道路险阻，欲与神游，独在诸神之后，喻己不得见君。谗邪填塞，难以前进，所以索居于此。《补》曰：来，音厘。**表独立兮山之上**，表，特也。言山鬼后到，特立于山之上，而自异也。**云容容兮而在下**。**杳冥冥兮羌昼晦**，言山鬼所在至高邈，云出其下，虽白昼犹暝晦也。五臣云：表，明也。虽明然自异，立于山上，终被云鄣蔽其下，使不通也。容容，云出貌。杳，深也。晦，暗也。羌，语词也。言云气深厚，冥冥使昼日昏暗。一云：日窈冥兮羌昼晦。《补》曰：此喻小人之蔽贤也。下，音户。**东风飘兮神灵**

雨。飘，风貌。《诗》曰：匪风飘兮。言东风飘然而起，则神灵应之而雨。以言阴阳通感，风雨相和。屈原自伤独无和也。飘，一作飘飘。五臣云：自伤诚信不能感君也。留灵修兮憺忘归，灵修，谓怀王也。岁既晏兮孰华予。晏，晚也。孰，谁也。言己宿留怀王，冀其还己，心中憺然，安而忘归，年岁晚暮，将欲罢老，谁复当令我荣华也。五臣云：言君若能除去谗邪，我则可进，留止于君所，不然则岁晏衰老，孰能荣华我乎？《补》曰：留，止也。不必读为宿留之留。此言当及年德盛壮之时，留于君所。日月逝矣，孰能使衰老之人复荣华乎？自此以下，屈原陈己之志于山鬼也。予，音与。采三秀兮于山间，三秀，谓芝草也。《补》曰：《尔雅》"茵芝"注云：一岁三华，瑞草也。茵，音囚。《思玄赋》云：冀一年之三秀。近时王令逢原作《藏芝赋序》云：《离骚》《九歌》，自诗人所纪之外，地所常产、目所同识之草尽矣，而芝复独遗。说者遂以《九歌》之三秀为芝，予以其不明。又其辞曰：适山而采之。芝非独山草，盖未足据信也。余按《本草》引《五芝经》云：皆以五色生于五岳。又《淮南》云：紫芝生于山，而不能生于盘石之上，则芝正生于山间耳。逢原之说，岂其然乎？石磊磊兮葛蔓蔓。言己欲服芝草以延年命，周旋山间，采而求之，终不能得。但见山石磊磊，葛草蔓蔓。或曰：三秀，秀材之士隐处者也。言石葛者，喻所在深也。五臣云：芝草，仙药，采不可得，但见葛石尔。亦犹贤哲难逢，谄谀者众也。《补》曰：磊，众石貌，鲁猥切。《诗》曰：葛之覃兮，施于中谷。又曰：南有樛木，葛藟累之。蔓，莫干切，俗作蕚。怨公子兮怅忘归，公子，谓公子椒也。言己所以怨公子椒者，以其知己忠信，而不肯达，故我怅然失志而忘归也。《补》曰：怨椒兰蔽贤，如葛石之于三秀，故怅然忘归也。君思我兮不得闲。言怀王时思念我，顾不肯以闲暇之日，召己谋议也。五臣云：君纵相思，为小人在侧，亦无暇召我也。《补》曰：闲，音闲。山中人兮芳杜若，山中人，屈原自谓也。饮石泉兮荫松柏。言己虽在山中无人之处，犹取杜若以为芬芳，饮石泉之水，荫松柏之木，饮食居处，动以香洁自修饰也。五臣云：饮清洁之水，荫贞实之木。**君思我兮然疑作**。言怀王有思我时，然谗言妄作，故令狐疑也。五臣云：谗邪在旁，起其疑惑。作，起也。《补》曰：然，不疑也。疑，未然也。君虽思我，而为谗者所惑，是非交作，莫知所决也。**靁填填兮雨冥冥**，靁，一作雷。《补》曰：填，音田。**猿啾啾兮又夜鸣**。又，一作狖。五臣云：填填，雷声。冥冥，雨貌。啾啾，猿声。皆喻谗言也。《补》曰：啾，小声也。狖，似猿，余救切。**风飒飒兮木萧萧**，言已在深山之中，遭雷电暴雨，猿猴号呼，风木摇动，以言恐惧失其所也。或曰：雷为诸侯，以兴于君，云雨冥昧，以兴佞臣。猿猴善鸣，以兴谗言。风以喻政，木以喻民。雷填填者，君妄怒也。雨冥冥者，群佞聚也。猿啾啾者，谗夫弄口也。风飒飒者，政烦扰也。木萧萧者，民惊骇也。萧萧，《文苑》作搜搜。《补》曰：飒，苏合切。搜搜，动貌，与萧同。**思公子兮徒离忧**。言已怨子椒不见达，故遂去而忧愁也。五臣云：思子椒不能用贤，使国若此，但使我罹其忧愁。离，罹也。

山鬼　《庄子》曰：山有夔。《淮南》曰：山出枭阳。楚人所祠，岂此类乎？

操吴戈兮被犀甲。戈，戟也。甲，铠也。言国殇始从军之时，手持吴戟，身被犀铠而行也。或曰：操吾科。吾科，楯之名也。《补》曰：操，持也。《说文》云：戈，平头戟也。《考工记》曰：吴粤之剑。又曰：吴粤之金锡。《尔雅》曰：南方之美者，有梁山之犀象焉。《考工记》曰：犀甲，寿百年。《荀子》曰：楚人鲛革犀兕以为甲，鞈如金石。鞈，坚貌，音夹。**车错毂兮短兵接**。错，交也。短兵，刀剑也。言戎车相迫，轮毂交错，长兵不施，故用刀剑，以相接击也。《补》曰：错，仓各切。《诗传》云：东西为交，邪行为错。《司马法》曰：弓矢，围；殳、矛，守；戈、戟，助。凡五兵，长以卫短，短以救长。**旌蔽日兮敌若云**，言兵士竟路趣敌，旌旗蔽天，敌多人众，来若云也。**矢交坠兮士争先**。坠，堕也。言两军相射，流矢交堕，壮夫奋怒，争先在前也。坠，一作隧。《补》曰：隧与坠同。**凌余阵兮躐余行，**凌，犯也。躐，践也。言敌家来，侵凌我屯阵，践躐我行伍也。躐，一作躐。《补》曰：颜之推云：《六韬》有天陈、地陈、人陈、云鸟之陈。《左传》有鱼丽之陈。行陈之义，取于陈列耳。俗作阜傍车，非也。躐、躐，并音猎。行，胡冈切。**左骖殪兮右刃伤。**殪，死也。言己所乘左骖马死，右騑马被刃创也。《补》曰：殪，壹计切。骖，见《远游》。创，初良切。**霾两轮兮絷四马，**絷，绊也。《诗》曰：絷之维之。言己马虽死伤，更霾车两轮，绊四马，终不反顾，示必死也。霾，一作埋。《补》曰：霾，读若埋。絷，陟立切。**援玉枹兮击鸣鼓。**言己愈自厉怒，势气益盛。援，一作摇。枹，一作桴。《补》曰：援，音爰，引也。《左传》：郤克伤于矢，左并辔，右援枹而鼓。**天时坠兮威灵怒，**坠，落也。言己战斗，适遭天时，命当堕落。虽身死亡，而威神怒健，不畏惮也。坠，一作隧，《文苑》作怼。**严杀尽兮弃原壄。**严，壮也。杀，死也。言壮士尽其死命，则骸骨弃于原壄，而不土葬也。《补》曰：壄，古野字。又叶韵。**出不入兮往不反，**言壮士出斗，不复顾入，一往必死，不复还反也。**平原忽兮路超远。**言身弃平原山野之中，去家道甚远也。一云平原路兮忽超远。**带长剑兮挟秦弓，**言身虽死，犹带剑持弓，示不舍武也。《补》曰：《汉书·地理志》云：秦地迫近戎狄，以射猎为先。又秦有南山檀柘，可为弓干。**首身离兮心不惩。**惩，忞也。言己虽死，头足分离，而心终不惩忞。身，一作虽。《补》曰：惩，音澄。忞，音乂。**诚既勇兮又以武，终刚强兮不可凌。**言国殇之性诚以勇猛，刚强之气不可凌犯也。**身既死兮神以灵，子魂魄兮为鬼雄。**言国殇既死之后，精神强壮，魂魄武毅，长为百鬼之雄杰也。一云：魂魄毅。一云：子魄毅。《补》曰：《左传》曰：人生始化曰魄，既生魄，阳曰魂，用物精多则魂魄强。疏云：人禀五常以生，感阴阳以灵。有身体之质，名之曰形。有嘘吸之动，谓之为气。气之灵者曰魄，既生魄矣，其内自有阳气也。气之神者曰魂。魂魄，神灵之名，本从形气而有。附形之灵为魄，附气之神为魂。附形之灵者，谓初生之时，耳目心识，手足运动，啼呼为声，此则魄之灵也。附气之神者，谓精神性识，渐有所知，此则附气之神也。魄在于前，魂在于后，魄识少而魂识多。人之生也，魄盛魂强。及其死也，形销气灭。圣人缘生以事死，改生之魂曰神，改生之魄曰鬼。合鬼与神，教之至也。魂附于气，气又附形。形强则气强，形弱则气弱。魂以气强，魄以形强。《淮南子》曰：天气为魂，地气为魄。注云：魂，人阳神。魄，人阴神也。

国殇　谓死于国事者。《小尔雅》曰：无主之鬼谓之殇。

成礼兮会鼓，言祠祀九神，皆先斋戒，成其礼敬，乃传歌作乐，急疾击鼓，以称神意也。成，一作盛。传芭兮代舞，芭，巫所持香草名也。代，更也。言祠祀作乐，而歌巫持芭而舞，讫以复传与他人更用之。芭，一作巴。《补》曰：芭，卜加切。司马相如赋云：诸柘巴且。注云：巴且，草，一名巴蕉。姱女倡兮容与。姱，好貌。谓使童稚好女先倡而舞，则进退容与而有节度也。与，一作冶。《补》曰：姱，音夸。倡，读作唱。春兰兮秋菊，菊，一作鞠。《补》曰：古语云：春兰秋菊，各一时之秀也。长无绝兮终古。言春祠以兰，秋祠以菊，为芬芳长相继承，无绝于终古之道也。

礼魂　礼，一作祀。魂，一作䰟。或曰，礼魂，谓以礼善终者。

楚辞卷第三

天问章句第三

《天问》者，屈原之所作也。何不言问天？天尊不可问，故曰天问也。屈原放逐，忧心愁悴。一作瘁。彷徨山泽，一作川泽。经历陵陆。嗟号昊旻，仰天叹息。见楚有先王之庙及公卿祠堂，图画天地山川神灵，琦一作瑰。玮僪佹，一作谲诡。及古贤圣怪物行事。周流罢倦，罢，音皮。休息其下，仰见图画，因书其壁，何而问之，何，一作呵。以渫愤懑，舒泻愁思。楚人哀惜屈原，因共论述，故其文义不次序云尔。《天问》之作，其旨远矣。盖曰遂古以来，天地事物之忧，不可胜穷。欲付之无言乎？而耳目所接，有感于吾心者，不可以不发也。欲具道其所以然乎？而天地变化，岂思虑智识之所能究哉？天固不可问，聊以寄吾之意耳。楚之兴衰，天邪人邪？吾之用舍，天邪人邪？国无人，莫我知也。知我者，其天乎？此《天问》所为作也。太史公读《天问》，悲其志者以此。柳宗元作《天对》，失其旨矣。王逸以为文义不次序，夫天地之间，千变万化，岂可以次序陈哉？序，一作叙。

曰：遂古之初，谁传道之？遂，往也。初，始也。言往古太始之元，虚廓无形，神物未生，谁传道此事也。《补》曰：《列子》：殷汤问于夏革曰："古初有物乎？"夏革曰："古初无物，今恶得物？自物之外，自事之先，朕所不知也。"《周礼》训方氏诵四方之传道。道，犹言也。传道，世世所传说往古之事也。上下未形，何由考之？言天地未分，溷沌无垠，谁考定而知之也？考，一作知。定，一作述。《补》曰：《列子》曰：有形者生于无形，则天地安从生？故曰：有太易，有太初，有太始，有太素。气形质具而未相离，故曰浑沦。又曰：一者，形变之始也。清轻者上为天，浊重者下为地，冲和气者为人。冥昭瞢闇，谁能极之？言日月昼夜，清浊晦明，谁能极知之？《补》曰：冥，幽也，所谓窈冥之门也。昭，明也，所谓大明之上也。瞢，母豆切，目不明也。闇，音暗，闭门也。此言幽明之理，瞢闇难知，谁能穷极其本原乎？冯翼惟像，何以识之？言天地既分，阴阳运转，冯冯翼翼，何以识知其形像乎？《补》曰：《淮南》言天坠未形，冯冯翼翼，洞洞灟灟，故曰大昭。注云：冯翼，无形之貌。又曰：古未有天地之时，惟像无形，窈窈冥冥，芒芠漠闵，澒濛鸿洞，莫知其门。明明暗暗，惟时何为？言纯阴纯阳，一晦一明，谁造为之乎？《补》曰：此言日月相推，昼夜相代，时运不停，果何为乎？阴阳三合，何本何化？谓天地人三合成德，其本始何化所生乎？《补》曰：《天对》云：合焉者三，一以统同。吁炎吹冷，交错而功。引《穀梁子》云：独阴不生，独阳不生，独天不生，三合然后生。逸以为天地人，非也。《穀梁》注云：古人称万物负阴而抱阳，冲气以为和。然则传所谓天，尽名其冲和之功，而神理所由也。会二气之和，极发挥之美者，不可以柔刚滞其用，不得以阴阳分其名，故归于冥极，而谓之天。凡生类禀灵知于天，资形于二气，故又曰独天不生，必三合而形神生理具矣。圜则九重，孰营度之？言天圜而九重，谁营度而知之乎？《补》曰：圜，与圆同。《说文》曰：天体也。《易》曰：乾元用九，乃见天则。《淮南》曰：天有九重，人亦有九窍。《天对》曰：无营以成，沓阳而九；运辗浑沦，蒙以圜号。积阳为天。九，老阳数也。营，经营也。度，量度也。惟兹何功？孰初作之？言此天有九重，谁功力始作之邪？斡维焉系？天极焉加？斡，转也。维，纲也。言天昼夜转旋，宁有维纲系缀，其际极安所加乎？斡，一作筦。《补》曰：《说文》云：斡，毂端沓也。扬雄、杜林云：轺车轮，斡也。颜师古《匡谬正俗》云：

《声类》、《字林》并音管。贾谊《鹏鸟赋》云：斡流而迁。张华《励志诗》云：大仪斡运。皆为转也。《楚辞》云：管维焉系？此义与斡同字，即为管。故知斡、管二音不殊。近代流俗音乌活切，非也。《淮南》曰：帝张四维，运之以斗，东北为报德之维，西南为背阳之维，东南为常羊之维，西北为蹄通之维。注云：四角为维也。先儒说云：天是太虚，本无形体，但指诸星运转以为天耳。天如弹丸，围圜三百六十五度四分度之一。旁行四表之中，冬南夏北，春西秋东，皆薄四表而止。张衡《灵宪》云：八极之维，径二亿三万二千三百里。维谓四维，极谓八极也。一说云：北极，天之中也。《天官书》曰：中宫天极星，其一明者，太一常居也。《太玄经》曰：天圜地方，极植中央。八柱何当？东南何虧？言天有八山为柱，皆何当值？东南不足，谁亏缺之也？虧，一作虧。《补》曰：《河图》言：昆仑者，地之中也。地下有八柱，柱广十万里，有三千六百轴，互相牵制。名山大川，孔穴相通。《淮南》云：天有九部八纪，地有九州八柱。《神异经》云：昆仑有铜柱焉，其高入天，所谓天柱也。《素问》曰：天不足西北，故西北方阴也，而人右耳目不如左明也。地不满东南，故东南方阳也，而人左手足不如右强也。又曰：天不足西北，左寒而右凉；地不满东南，右热而左温。注云：中原地形，西北高，东南下。今百川满凑东之沧海，则东西南北高下可知。九天之际，安放安属？九天，东方皞天，东南方阳天，南方赤天，西南方朱天，西方成天，西北方幽天，北方玄天，东北方变天，中央钧天。其际会何分，安所系属乎？皞，亦作昊。变，一作栾，一作鸾。《补》曰：际，边也。传曰：九天之际曰九垠；九天之外曰九陔。放，上声。《孟子》曰：遵海而南，放于琅邪。放，至也。属，附也，音注。隅隈多有，谁知其数？言天地广大，隅隈众多，宁有知其数乎？《补》曰：隅，角也。《尔雅》：厓内为隩，外为隈。《淮南》曰：天有九野，九千九百九十九隅，去地五亿万里。注云：九野，九天之野。一野，千一百一十一隅。天何所沓？十二焉分？沓，合也。言天与地合会何所？十二辰谁所分别乎？《补》曰：沓，徒合切。《灵宪》云：天体于阳，故圆以动。地体于阴，故平以静。

动以行施，静以合化，堙郁构精，时育庶类，斯谓天元。天何所沓，言与地合也。《左传》曰：日月所会是谓辰，故以配日。注云：一岁日月十二会，所会为辰。十一月辰在星纪、十二月辰在元枵之类是也。若岁在鹑火，我周之分野，实沉之虚，晋人是居，则十二辰所次也。日月安属？列星安陈？言日月众星，安所系属，谁陈列也。《补》曰：《列子》曰：天，积气耳。日月星宿，亦积气中之有光曜者。《灵宪》曰：星也者，体生于地，精成于天，列居错跱，各有攸属。出自汤谷，次于蒙汜。次，舍也。汜，水涯也。言日出东方汤谷之中，暮入西极蒙水之涯也。《补》曰：《书》云：宅嵎夷，曰旸谷。即汤谷也。《尔雅》云：西至日所入，为太蒙。即蒙汜也。《说文》云：旸，日出也。或作汤，通作阳。汜，音似。《淮南》曰：日出于旸谷，浴于咸池，拂于扶桑，是谓晨明。登于扶桑，爰始将行，是谓胐明。至于曲阿，是谓旦明。至于曾泉，是谓早食。至于桑野，是谓晏食。至于衡阳，是谓隅中。至于昆吾，是谓正中。至于鸟次，是谓小还。至于悲谷，是谓馎时。至于女纪，是谓大还。至于渊隅，是谓高舂。至于连石，是谓下舂。至于悲泉，爰止其女，爰息其马，是谓悬车。薄于虞渊，是谓黄昏。沦于蒙谷，是谓定昏。日入于虞渊之汜，曙于蒙谷之浦，行九州七舍，有五亿万七千三百九里。注云：自旸谷至虞渊，凡十六所，为九州七舍。自明及晦，所行几里？言日平旦而出，至暮而止，所行凡几何里乎？《补》曰：《论衡》云：日昼行千里，夜行千里。行太阴则无光，行太阳则能照。《物理论》云：极南为太阳，极北为太阴。夜光何德，死则又育？夜光，月也。育，生也。言月何德于天，死而复生也。一云：言月何德，居于天地，死而复生。《补》曰：《博雅》云：夜光谓之月。皇甫谧曰：月以宵曜，名曰夜光。《书》有旁死魄，哉生明，既生魄。死魄，朔也。生魄，望也。先儒云：月光生于日所照，魄生于日所蔽，当日则光盈，就日则光尽。厥利维何，而顾菟在腹？言月中有菟，何所贪利，居月之腹，而顾望乎？菟，一作兔。《补》曰：菟，与兔同。《灵宪》曰：月者，阴精之宗，积而成兽，象兔，阴之类，其数偶。《苏鹗演义》云：兔十二属，配卯位，处望日，月最圆，而出于卯上。卯，兔也。其形入于月中，遂有是形。《古今注》云：兔口有缺。《博物志》云：兔望月而孕，自吐其子。故《天对》云：玄阴多缺，爰感厥兔。不形之形，惟神是类。女歧无合，夫焉取九子？女歧，神女，无夫而生九子也。《天对》云：阳健阴淫，降施蒸摩，歧灵而子，焉以夫为？伯强何处？惠气安在？伯强，大厉，疫鬼也，所至伤人。惠气，和气也。言阴阳调和则惠气行，不和调则厉鬼兴，二者常何所在乎？《补》曰：强，巨良切。惠，顺也。何阖而晦？何开而明？言天何所阖闭而晦冥，何所开发而明晓乎？《补》曰：阖，闭户也。开，辟户也。阴阖而晦，阳开而明。角宿未旦，曜灵安藏？角亢，东方星。曜灵，日也。言东方未明旦之时，日安所藏其精光乎？《释文》藏作臧。《补》曰：宿，音秀。臧，与藏同。《尔雅》曰：寿星，角亢也。注云：数起角亢，列宿之长。《国语》曰：辰角见而雨毕。注云：辰角，大辰苍龙之角。见者，朝见东方，建戌之初，寒露节也。此言角宿未旦者，指东方苍龙之位耳。《天对》云：孰旦孰幽，缪躔于经，苍龙之寓，而迋彼角亢。迋，欺也，具往切。亢，音刚。

不任汩鸿，师何以尚之？汩，治也。鸿，大水也。师，众也。尚，举也。言鲧才不任治鸿水，众人何以举之乎？师，一作鲧。《补》曰：汩，音骨。《国语》曰：禹决汩九川。汩，通也。《荀子》曰：禹有功，抑下鸿。鸿，即洪水也。《尧典》曰：汤汤洪水方割，荡荡怀山襄陵。下民其咨，有能俾乂。佥曰：於，鲧哉。帝曰：吁，咈哉。方命圮族。岳曰：异哉，试可乃已。帝曰：往钦哉，九载绩用弗成。异，举也。佥曰何忧？何不课而行之？佥，众也。课，试也。言众人举鲧治水，尧知其不能，众人曰：何忧哉？何不先试之也。曰，一作答。鸱龟曳衔，鲧何听焉？言鲧治水，绩用不成，尧乃放杀之羽山，飞鸟水虫，曳衔而食之。鲧何能复不听乎？《补》曰：鸱，处脂切。一名鸢也。曳，牵也，引也。听，从也。此言鲧违帝命而不听，何为听鸱龟之曳衔也？《天对》云：方陟元子，以胤功定地。胡离厥考，而鸱龟肆喙。顺欲成功，帝何刑焉？帝，谓尧也。言鲧设能顺众人之欲，而成其功，尧当何为刑戮之乎？《补》曰：《书》云：方命圮族。《国语》云：鲧违帝命。则所谓顺欲者，顺帝之欲也。《天对》云：盗堙息壤，招帝震怒。赋刑在下，投弃于羽。《山海经》云：鲧窃帝之息壤，以堙洪水，帝令祝融杀鲧于羽郊。**永遏在羽山，夫何三年不施？**永，长也。遏，绝也。施，舍也。言尧长放鲧于羽山，绝在不毛之地，三年不舍其罪也。一无“山”字。施，一作弛。《补》曰：遏，犹遏绝苗民之遏。施，舍也。通作弛，音豕。**伯禹愎鲧，夫何以变化？**禹，鲧子也。言鲧愚狠，愎而生禹，禹小见其所为，何以能变化而有圣德也？愎，一作腹。注同。一本“何”下有“故”字。《补》曰：愎，弼力切，戾也。《诗》云：出入腹我。腹，怀抱也。《天对》云：气孽宜害，而嗣续得圣，污涂而蕖，夫固不可以类。**纂就前绪，遂成考功。**父死称考。绪，业也。言禹能纂代鲧之遗业，而成考父之功也。《补》曰：纂，作管切，集也。绪，音叙，丝耑也。《记》曰：禹能修鲧之功。**何续初继业，而厥谋不同？**言禹何能继续鲧业，而谋虑不同也。《补》曰：《洪范》言鲧堙洪水，汩陈其五行。帝乃震怒，不畀洪范九畴，彝伦攸斁，鲧则殛死；禹乃嗣兴，天乃锡禹洪范九畴，彝伦攸叙。《孟子》曰：禹之治水，水之道也。鲧堙洪水，而禹行其所无事，虽承父业，其谋不同也。**洪泉极深，何以窴之？**言洪水渊泉极深大，禹何用窴塞而平之乎？《补》曰：窴与填同。《淮南》曰：凡鸿水渊薮，自三百仞以上，二亿三万三千五百五十里，有九渊，禹乃以息土填洪水，以为名山。注云：息土不耗灭，掘之益多，故以填洪水也。《天对》云：行鸿下隤，厥丘乃降。焉填绝渊，然后夷于土。**地方九则，何以坟之？**坟，分也。谓九州之地，凡有九品，禹何以能分别之乎？坟，一作愤。《补》曰：班孟坚云：坤作地势，高下九则。刘德云：九则，九州土田上中下九等也。《天对》云：从民之宜，乃九于野，坟厥贡艺，而有上中下。**河海应龙，何尽何历？**有鳞曰蛟龙，有翼曰应龙。历，过也。言河海所出至远，应龙过历游之，而无所不穷也。或曰：禹治洪水时，有神龙以尾画地，导水所注当决者，因而治之也。一云：应龙何画，河海何历。《补》

曰：《山海经》云：应龙处南极，杀蚩尤与夸父，不得复上，故下数旱，旱而为应龙之状，乃得大雨。《山海经图》云：犁丘山有应龙者，龙之有翼也。昔蚩尤御黄帝，令应龙攻于冀州之野。女娲之时，乘雷车服驾应龙。夏禹治水，有应龙以尾画地，即水泉流通。《天对》云：胡圣为不足，反谋龙知，畚锸究勤，而欺画厥尾。画，音获。**鲧何所营？禹何所成？**言鲧治鸿水，何所营度，禹何所成就乎？《补》曰：汩陈其五行，此鲧所营也。六府三事允治，此禹所成也。**康回冯怒，墬何故以东南倾？**康回，共工名也。《淮南子》言共工与颛顼争为帝，不得，怒而触不周之山，天维绝，地柱折，故东南倾也。墬，一作地。一无"以"字。《补》曰：冯，皮膺切。《列子》曰：帝凭怒。注云：凭，大也。《春秋传》曰：震电冯怒。注云：冯，盛也。《方言》云：凭，怒也，楚曰凭。注云：恚盛貌。引康回凭怒。然则冯，凭一也。《列子》曰：共工氏与颛顼争为帝，怒而触不周之山，折天柱，绝地维，故天倾西北，日月星辰就焉；地不满东南，百川水潦归焉。注云：共工氏兴霸于伏羲、神农之间，其后苗裔恃其强，与颛顼争为帝。又《淮南》言：共工之力触不周之山，使地东南倾。注云：非尧时共工。倾，犹下也。**九州安错？川谷何洿？**错，厕也。洿，深也。言九州错厕，禹何所分别之？川谷于地，何以独洿深乎？安，一作何。《补》曰：错，七故切，置也。《天对》云：州错富媪，爰定于趾。《国语》曰：疏为川谷，以导其气。蔡邕《月令章句》曰：众流注海曰川。《尔雅》云：水注川曰溪，注溪曰谷。《集韵》：洿，音户，水深谓之洿。旧音乌，无深义，亦不叶韵。**东流不溢，孰知其故？**言百川东流，不知满溢，谁有知其故也。《补》曰：《列子》云：渤海之东，不知几亿万里，有大壑焉，实惟无底之谷，名曰归墟，八纮九野之水，天汉之流，莫不注之，而无增无减焉。《庄子》曰：天下之水，莫大于海，万川归之，不知何时止而不盈；尾闾泄之，不知何时已而不虚。《天对》云：东穷归墟，又环西盈。脉穴土区，而浊浊清清。坟垆燥疏，渗渴而升。充融有余，泄漏复行。器运漱漱，又何溢为。**东西南北，其修孰多？**修，长也。言天地东西南北，谁为长乎？**南北顺椭，**

其衍几何？衍，广大也。言南北椭长，其广差几何乎？椭，《释文》作“隋”。一作“堕”。《补》曰：《尔雅》云：蟦小而椭。椭，音妥，又徒禾切，狭而长也。《疏》引南北顺椭，其修几何。墮与椭同，通作隋。《淮南子》云：阖四海之内，东西二万八千里，南北二万六千里。注云：子午为经，卯酉为纬，言经短纬长也。又曰：禹乃使大章步自东极至于西极，二亿三万三千五百里七十五步。使竖亥步自北极至于南极，二亿三万三千五百里七十五步。注云：海内有长短，极内等也。《轩辕本纪》云：帝令竖亥步自东极至于西极，得五亿十选九千八百八步，南北二亿三万一千三百里。竖亥左手把算，右手指青丘北，东尽泰远，西穷邠国，东西得二万八千里，南北得二万六千里。《灵宪》曰：八极之维，径二亿三万二千三百里，南北则短减千里，东西则广增千里。自地至天，半于八极，则地之深亦如之。《博物志》曰：《河图》：天地南北三亿三万五千五百里，东西二亿三万三千里。其说不同，今并存之。昆仑县圃，其尻安在？昆仑，山名也，在西北，元气所出。其巅曰县圃，乃上通于天也。尻，一作居。《天对》云：积高于乾，昆仑攸居。蓬首虎齿，爰穴爰都。《补》曰：县，音玄。尻，与居同。增城九重，其高几里？《淮南》言昆仑之山九重，其高万二千里也。二或作五。《补》曰：《淮南》云：昆仑虚，中有增城九重，其高万一千里百一十四步二尺六寸。注云：增，重也。有五城十二楼，见《括地象》。此盖诞，实未闻也。四方之门，其谁从焉？言天四方，各有一门，其谁从之上下？一云谁其从焉。《补》曰：《淮南》言昆仑虚，旁有四百四十门，门间四里，里间九纯，纯丈五尺。此云四方之门，盖谓昆仑也。又云东北方方土之山曰苍门，东方东极之山曰开明之门，东南方波母之山曰阳门，南方南极之山曰暑门，西南方编驹之山曰白门，西方西极之山曰阊阖之门，西北方不周之山曰幽都之门，北方北极之山曰寒门。凡八极之云，是雨天下。八门之风，是节寒暑。逸说盖出于此。然与上下文不属，恐非也。西北辟启，何气通焉？言天西北之门，每常开启，岂元气之所通？辟，一作阘，一作开。《补》曰：辟，与阘同。《淮南》云：昆仑虚，（五）〔玉〕横维其西北隅，北门开以纳不周之风。按不周山在昆仑西北，不周风自此出也。

日安不到，烛龙何照？言天之西北，有幽冥无日之国，有龙衔烛而照之也。《补》曰：《山海经》云：钟山之神，名曰烛阴，视为昼，瞑为夜，吹为冬，呼为夏，不饮不食，不喘不息，身长千里，人面蛇身，赤色。注曰：即烛龙也。《淮南》云：烛龙在雁门北，蔽于委羽之山，不见日，其神人面龙身而无足。《雪赋》云：烂兮若烛龙衔曜照昆山。李善引《山海经》云：西北海之外，赤水之北，有章尾山，有神人面蛇身而赤，其瞑乃晦，其视乃明，是烛九阴，是谓烛龙。《诗含神雾》曰：天不足西北，无阴阳消息，故有龙衔火精，以照天门中者也。**羲和之未扬，若华何光？**羲和，日御也。言日未出之时，若木何能有明赤之光华乎？和，《释文》作龢。扬，一作阳。《天对》云：惟若之华，禀羲以耀。《补》曰：羲和、若木，已见《骚经》。**何所冬暖？何所夏寒？**暖，温也。言天地之气，何所有冬温而夏寒者乎？《补》曰：《素问》：天不足西北，左寒而右凉。地不满东南，右热而左温。其故何也？岐伯曰：阴阳之气，高下之理，太少之异也。注云：高下谓地形，太少谓阴阳之气，盛衰之异。西方凉，北方寒，东方温，南方热，气化犹然矣。又曰：东南方阳也，阳者其精降于下，故右热而左温。西北方阴也，阴者其精奉于上，故左寒而右凉。是以地有高下，气有温凉，高者气寒，下者气热。注云：以气候验之，中原地形，所居者悉以居高则寒，处下则热。中华之地，凡有高下之大者，东西南北各三分也。其一者，自汉蜀江南至海也。二者，自汉江北至平遥县也。三者，自平遥北山北至蕃界北海也。故南分大热，中分寒热兼半，北分大寒。南北分外，寒热尤极，大热之分其寒微，大寒之分其热微。又东西高下之别亦三矣。其一者，自汧源县西至沙州。二者，自开封县西至汧源县。三者，自开封县东至沧海也。故东分大温，中分温凉兼半，西分大凉。大温之分，其寒五分之二。大凉之分，其热五分之二。温凉分外，温凉尤极，变为大暄大寒也，约其大凡如此。然九分之地，寒极于东北，热极于西南。中原地形，西北高，东南下，一为地形高下，故寒热不同；二则阴阳之气有少有多，故表温凉之异尔。又曰：至高之地，冬气常在；至下之地，春气常在。注云：高山之巅，盛夏冰雪；污下川泽，严冬草生。常在之义足明矣。《淮南》云：南至委火炎风之野，北方之极，有冻寒积冰，雪雹霜霰，漂润群水之野。又曰：南方有不死之草，北方有不释之冰。焉有石林？何兽能言？言天下何所有石木之林，林中有兽能言语者乎？《礼记》曰：猩猩能言，不离禽兽也。《补》曰：石林与能言之兽，各指一物，非必林中有此兽也。《吴都赋》云：虽有石林之岝崿，请攘臂而靡之。虽有雄虺之九首，将抗足而跐之。注引《天问》云：焉有石林。此本南方楚图画，而屈原难问之，于义则石林当在南也。按《天问》所言，不独南方之物，但《吴都赋》以石林与雄虺同称，则当在南耳。《天对》云：石胡不林，往视西极。按《淮南》云：西方之极，石城金室。未见石林所出也。《尔雅》云：猩猩小而好啼。《山海经》：鹊山有兽，状如禺，捷类猕猴，被发垂地，名曰猩猩。又曰：猩猩知人名，其为兽如豕而人面。焉有虬龙，负熊以游？有角曰龙，无角曰虬。言宁有无角之龙，负熊兽以游戏者乎？《补》曰：虬，见《骚经》。熊，形类大豕，而性轻捷，好攀缘上高木，见人则颠倒自投地而下。《天对》云：有虬蜷蛇，不角不鳞。嬉夫玄熊，相待以神。雄虺九首，倏忽焉在？虺，蛇别名也。倏忽，电光也。言有雄虺，一身九头，速及电光，皆何所在乎？一无“速”字。《补》曰：虺，许伟切。《国语》云：为虺弗摧，为蛇将若何？虺，小蛇也。然《尔雅》云：蝮虺博三寸，首大如擘。则虺亦有大者，其类不一。《招魂》：南方曰，雄虺九首，往来倏忽。倏忽，疾急貌。《天对》曰：倏忽之居，帝南北海。注云：倏忽，在《庄子》甚明，王逸以为电，非也。按《庄子》云：南海之帝为倏，北海之帝为忽。乃寓言尔，不当引以为证。何所不死？长人何守？《括地象》曰：有不死之国。长人，长狄。《春秋》云：防风氏也。禹会诸侯，防风氏后至，于是使守封嵎之山也。一云：何所不老。《补》曰：《山海经》：不死民在交胫国东，其人黑色，寿不死。注云：圆丘上有不死树，食之乃寿，有赤水，饮之不老。又大荒之山，日月所入，有人三面，一臂奇右，其人不死。《淮南》曰：西方之极，石城金室，饮气之民，不死之野。《国语》：仲尼曰：昔禹致群神于会稽之山，防风氏后至，禹杀而戮之，其骨节专车。又曰：山川之守，足以纲纪天下者，其守为神。客曰：“防风氏何守也？”仲尼曰：“汪芒氏之君，守封嵎之山者也，为漆姓。在虞、夏、商为汪芒氏，于周为长狄，今为大人。”客曰：“人长之极几何？”仲尼曰：“长者不过十之，数之极也。”注云：十之三丈，则防风氏也。今湖州武康县东有防风山，山东二百步有禹山，防风庙在封、禺二山之间。《穀梁》：文公十一年，叔孙得臣败狄于咸，长狄也。射其目，身横九亩。靡蓱九衢，枲华安居？九交道曰衢。言宁有蓱草，生于水上无根，乃蔓衍于九交之道，又有枲麻垂草华荣，何所有此物乎？蓱，一作苹。《补》曰：此谓靡蓱与枲华皆安在也。《尔雅》萍蓱注云：水中浮蓱也。《山海经》曰：宣山上有桑焉，其枝曰衢。注云：枝交互四出。又少室之山有木，名帝休，其枝五衢。注云：言树枝交错，相重五出，有象路衢。《天对》云：有蓱九岐，厥图以诡。注云：衢，歧也。逸以为生九衢中，恐谬。《魏都赋》云：寻靡蓱于中逵。盖用逸说也。李善云：靡，蔓也。枲，相里切。《尔雅》有枲麻，麻有子曰枲。《天对》云：浮山孰产？赤华伊枲。引《山海经》浮山有草焉，其叶如麻。赤华，即枲华也。一蛇吞象，厥大何如？《山海经》云：南方有灵蛇，吞象，三年然后出其骨。一或作灵。大或作骨。《补》曰：《山海经》，南海内有巴蛇，身长百寻，其色青黄赤黑，食象，三岁而出其骨，君子服之，无心腹疾，在犀牛西也。注云：今南方蚺蛇，亦吞鹿，消尽，乃自绞于树，腹中骨皆穿鳞甲间出，亦此类也。杨大年云：逸注《楚词》，多不原所出，或引《淮南子》，而刘安所引，亦本《山海经》。其注巴蛇事，文句颇谬戾，乃知逸凭它书，不亲见《山海经》也。《吴都赋》云：屠巴蛇，出象骼。黑水玄趾，三危安在？玄趾、三危，皆山名也，在西方，黑水出昆仑山也。趾，一作沚。《补》曰：言黑水、玄趾、三危，皆安在也？《书》曰：道黑水至于三危，入于南海。张揖云：三危山在鸟鼠之西，黑水出其南。《天对》云：黑水淫淫，穷于不姜。玄趾则北，三危则南。《西京赋》云：昆明灵沼，黑水、玄阯。言昆明灵沼，取象于黑水、玄阯也。李善云：黑水、玄阯，谓昆明灵沼之水沚。非是。延年不死，寿何所止？言仙人禀命不死，其寿独何所穷止也？《补》曰：《素问》云：上古有真人，寿敝天地，无有终时。中古之时，有至人者，益其寿命而强者也，亦归于真人。其次有圣人者，形体不敝，精神不散，亦可以百数。**鲮鱼何所？鬿堆焉处？**鲮鱼，鲤也。一云鲮鱼，鲮鲤也，有四足，出南方。鬿堆，奇兽也。鲮，一作陵。所，一作居。鬿，一作魁。《补》曰：鲮，音陵。《山海经》：西海中近列姑射山，有陵鱼，人面人手，鱼身，见则风涛起。《天对》云：鲮鱼人貌，迩列姑射。是也。陶隐居云：鲮鲤形似鼍而短小，又似鲤鱼，有四足。《吴都赋》云：陵鲤若兽。注引陵鱼曷止，与逸说同。鬿，音祈。堆，多回切。《山海经》云：北号山有鸟，状如鸡而白首，鼠足，名曰鬿雀，食人。《天对》云：鬿雀峙北号，惟人是食。注云：堆，当为雀，王逸注误。按字书，鴭音堆，雀属也。则鬿堆即鬿雀也。

羿焉弹日？乌焉解羽？《淮南》言尧时十日并出，草木焦枯，尧命羿仰射十日，中其九日，日中九乌皆死，堕其羽翼，故留其一日也。弹，一作弹，一作毙。《补》曰：《山海经》：黑齿之北，曰汤谷，居水中，有扶木，九日居下枝，一日居上枝，皆戴乌。注云：羿射十日，中其九，《离骚》所谓羿焉射日？乌焉解羽？传曰：天有十日，日之数，十也。此言九日居下枝，一日居上枝者。《大荒经》曰：一日方至，一日方出。明天地虽有十日，自使以次迭出运照；而今俱见，为天下妖，故羿禀天命，洞其灵诚，仰天控弦，而九日潜退也。《归藏易》云：羿弹十日。《说文》云：弹，射也，音毕。引芎焉弹日。芎与羿同。然则弹或作弹，盖字之误耳。《淮南》又云：羿除天下之害，死而为宗布。注云：羿，古之诸侯，此尧时羿，非有穷后羿。又云：日中有踆乌。踆，犹蹲也。《春秋元命苞》云：阳成于三，故日中有三足乌者，阳精也。《天对》云：大泽千里，群乌是解。注云：乌当为鸟，后人不知，因配上句改为乌也。《山海经》云：大泽方千里，群鸟之所生及所解。又《穆天子传》曰：北至旷原之野，飞鸟之所解其羽。然以文意考之，乌当如字，宗元改从鸟，虽有所据，近乎凿矣。**禹之力献功，**句绝。**降省下土四方。**言禹以勤力献进其功，尧因使省迨下土四方也。一无“四方”二字。《补》曰：降，下也。省，察也。《书》曰：惟荒度土功。**焉得**

彼嵞山女，而通之于台桑？言禹治水，道娶涂山氏之女，而通夫妇之道于台桑之地。焉，一作安。一云：焉得彼涂山之女，而通于台桑。塗，《释文》作涂。《补》曰：嵞，音涂。《说文》云：会稽山也。一曰：九江当嵞也。《书》曰：娶于涂山，辛壬癸甲。疏引《左传》禹会诸侯于涂山。杜预云：涂山，在寿春东北。《苏鹗演义》云：涂山有四：一者会稽，二者渝州，三者濠州，四者《文字音义》云嵞山，古国名。夏禹娶之，今宣州当涂县也。涂山氏女，即女娇也。《史记》曰：辛壬娶涂山，癸甲生启。《吕氏春秋》曰：禹娶涂山氏女，不以私害公，自辛至甲四日，复往治水。故江、淮之俗，以辛壬癸甲为嫁娶日也。《淮南》曰：禹治鸿水，通轘辕山，化为熊，谓涂山氏曰：欲饷，闻鼓声乃来。禹跳石，误中鼓，涂山氏往，见禹方作熊，惭而去。至嵩高山下，化为石，方生启。禹曰：归我子。石破北方而启生。闵妃匹合，厥身是继。闵，忧也。言禹所以忧无妃匹者，欲为身立继嗣也。《补》曰：《左传》云：嘉偶曰妃。《尔雅》云：妃，匹也，对也。胡维嗜不同味，而快鼂饱？言禹治水道娶者，忧无继嗣耳。何特与众人同嗜欲，苟欲饱快一朝之情乎？故以辛酉日娶，甲子日去，而有启也。一本"嗜"下有"欲"字。一本"快"下有"一"字。一云：胡维嗜欲同味。维，一作为。鼂，一作晁，一作朝。《补》曰：鼂、晁，并音朝莫之朝。此言禹之所嗜，与众人异味。众人所嗜，以厌足其情欲，禹所嗜者，拯民之溺尔。启代益作后，卒然离蠥。益，禹贤臣也。作，为也。后，君也。离，遭也。蠥，忧也。言禹以天下禅与益，益避启于箕山之阳。天下皆去益而归启，以为君。益卒不得立，故曰遭忧也。蠥，一作孽，一作孼。《补》曰：蠥，鱼列切。《孟子》曰：禹荐益于天，益避禹之子于箕山之阴。朝觐讼狱者，不之益而之启，曰：吾君之子也。讴歌者不讴歌益而讴歌启，曰：吾君之子也。《书》曰：启与有扈战于甘之野。说者曰：有扈氏与夏同姓，启继世以有天下，有扈不服，大战于甘，故曰卒然离蠥也。《汲冢书》云：益为启所杀。非也。《天对》云：彼呱克臧，俾姒作夏。献后益于帝，谆谆以不命。复为叟耆，曷戚曷孽。何启惟忧，而能拘是达？言天下所以去益就启者，以其能忧思道德，而通其拘隔。拘隔者，谓有扈氏叛启，启率六师以伐之也。《补》曰：惟，思也。拘，执也。禹尝荐益于天矣，启贤能敬承继禹之道，忧思天下，因民心之归，代益作后；因民心之不予，以伐有扈，是能变通而不拘执也。皆归䠶籥，而无害厥躬。射，行也。籥，穷也。言有扈氏所行，皆归于穷恶，故启诛之，长无害于其身也。䠶，一作射。籥，一作鞠。《补》曰：凡能取中皆曰射。籥，穷也，音菊。此言启之所为，皆归于中理而穷情，夫孰能害之者。何后益作革，而禹播降？后，君也。革，更也。播，种也。降，下也。言启所以能变更益，而代益为君者，以禹平治水土，百姓得下种百谷，故思归启也。《补》曰：据上所言，则启固贤矣。然禹之播降，待益作革，然后能成功。特天与子则与子，故益不有天下耳。焚山泽，奏鲜食，所谓作革也。稷降播种而曰禹播降者，水土平然后嘉谷可殖故也。降，乎攻切，见《骚经》。《天对》云：益革民艰，咸粲厥粒。惟禹授以土，爰稼万亿。启棘宾商，《九辩》《九歌》。棘，陈也。宾，列也。《九辩》、《九歌》，启所作乐也。言启能修明禹业，陈列宫商之音，备其礼乐也。《补》曰：《史记》：契佐禹治水有功，封于商，兴于唐、虞、大禹之际。此言宾商者，疑谓待商以宾客之礼。棘，急也。言急于宾商也。《九辩》、《九歌》，享宾之乐也。何勤子屠母，而死分竟地？勤，劳也。屠，裂剥也。言禹愊剥母背而生，其母之身，分散竟地，何以能有圣德，忧劳天下乎？地，一作墬。《补》曰：愊，判也，音䮾。《史记·楚世家》：陆终生子六人，坼剖而产焉。干宝曰：前志所传，修己背坼而生禹，简狄胸剖而生契，历代久远，莫足相证。魏黄初五年，汝南屈雍妻生男，从右胳下水腹上出，而平和自若，母子无恙。《诗》云：不坼不副，无灾无害。原诗人之旨，明古之妇人，常有坼剖而产者矣。又有因产而遇灾害者，故美其无害也。禹母事出《帝王世纪》。禹以勤劳修鲧之功，故曰勤子也。上云《九辩》、《九歌》，言启以禹故，得享备乐。何以修己生禹而反遇灾害邪？言坼剖而产，则有之，死分竟地，未必然也。竟地犹言竟天也。唐段成式云：迸分竟地。盖用此语。帝降夷羿，革孽夏民。帝，天帝也。夷羿，诸侯，弑夏后相者也。革，更也。孽，忧也。言羿弑夏家，居天子之位，荒淫田猎，变更夏道，为万民忧患。《天对》云：夷羿滔淫，割更后相。夫孰作厥孽，而诬帝以降。《补》曰：左氏云：在帝夷羿，冒于原兽，忘其国恤，而思其麀牡，武不可重，用不恢于夏家。**胡躾夫河伯，而妻彼雒嫔？**胡，何也。雒嫔，水神，谓宓妃也。《传》曰：河伯化为白龙，游于水旁，羿见射之，眇其左目。河伯上诉天帝，曰：为我杀羿。天帝曰：尔何故得见射？河伯曰：我时化为白龙出游。天帝曰：使汝深守神灵，羿何从得犯？汝今为虫兽，当为人所射，固其宜也。羿何罪欤？深，一作保。羿又梦与雒水神宓妃交接也。一本“胡”下有“羿”字。躾，一作射。《补》曰：射，食亦切，下同。妻，心计切。此言射河伯、妻雒嫔者，何人乎？乃尧时羿，非有穷羿也。革孽夏民，封豨是射，乃有穷羿耳。《淮南》云：河伯溺杀人，羿射其左目。注云：尧时羿射十日，缴大风，杀窫窳，斩九婴，射河伯。**冯珧利决，封豨是躾。**冯，挟也。珧，弓名也。决，射韝也。封豨，神兽也。言羿不修道德，而挟弓射韝，猎捕神兽，以快其情也。躾，一作射。《补》曰：冯，音凭。珧，音遥。《尔雅》：弓以蜃者谓之珧。注云：用蜃饰弓两头，因取其类以为名。又曰：蜃小者珧。注云：王珧，即小蚌也。《说文》云：珧，蜃甲也，所以饰物。《仪礼》有决遂。注云：决，犹闿也。以象骨为之，著右大擘指以钩弦。闿，体也。遂射韝也。以韦为之，所以遂弦也。《说文》云：韝，射臂决也。封，大也。豨，虚岂切。《方言》云：猪，南楚谓之豨。《淮南》云：尧时封豨，长蛇，皆为民害。尧使羿断修蛇，禽封豨。此言有穷羿亦封豨是射，而反为民害也。《左传》曰：乐正后夔生伯封，实有豕心，贪婪无厌，忿纇无期，谓之封豕，有穷后羿灭之。此则穷奇，饕餮之类，以恶得名者。**何献蒸肉之膏，而后帝不若？**蒸，祭也。后帝，天帝也。若，顺也。言羿猎射封豨，以其肉膏祭天帝，天帝犹不顺羿之所为也。蒸，一作烝。《补》曰：冬祭曰蒸。膏，脂也。《诗》曰：皇皇后帝。谓天帝也。《天对》云：夸夫快杀，鼎豨以虑饱。馨膏腴帝，叛德恣力。胡肥台舌喉，而滥厥福。**浞娶纯狐，眩妻爰谋。**浞，羿相也。爰，於也。眩，惑也。言浞娶于纯狐氏女，眩惑爱之，遂与浞谋杀羿也。《补》曰：寒浞见《骚经》。**何羿之射革，而交吞揆之？**吞，灭也。揆，度也。言羿好射猎，不恤政事法度，浞交接国中，布恩施德而吞灭之也。一无“革”字。《补》曰：《礼》云：贯革之射。《左传》云：蹲甲而射之，彻七札焉。言有力也。羿之射艺如此，唯不恤国事，故其众交合而吞灭之，且揆度其必可取也。**阻穷西征，岩何越焉？**阻，险也。穷，窘也。征，行也。越，度也。言尧放鲧羽山，西行度越岑岩之险，因堕死也。《补》曰：羽山东裔。此云西征者，自西徂东也。上文言永遏在羽山，夫何三年不施，则鲧非死于道路，此但言何以越岩险而至羽山耳。**化为黄熊，巫何活焉？**活，生也。言鲧死后化为黄熊，入于羽渊，岂巫医所能复生活也？一本“化”下有“而”字。《补》曰：《左传》曰：昔尧殛鲧于羽山，其神化为黄熊，以入于羽渊，实为夏郊，三代祀之。《国语》作黄能。按熊，兽名。能，奴来切，三足鳖也。说者曰：兽非入水之物，故是鳖也。一云既为神，何妨是兽。《说文》云：能，熊属，足似鹿。然则能既熊属，又为鳖类。东海人祭禹庙，不用熊肉及鳖为膳，斯岂鲧化为二物乎？抑亦以《左传》、《国语》不同，兼有之也。**咸播秬黍，莆雚是营。**咸，皆也。秬黍，黑黍也。雚，草名也。营，耕也。言禹平治水土，万民皆得耕种黑黍于雚蒲之地，尽为良田也。一作黄雚，一作莆雚。《补》曰：《诗》云：维秬维秠。《尔雅》曰：秬，黑黍。秠，一稃二米。秠亦黑黍，但中米异尔。秬，音巨。《说文》：黍，禾属而粘也。莆，疑即蒲字。蒲，水草，可以作席。李商隐诗云：直是灭雚莆。与图同韵。雚，芄也，音丸，与萑同。左氏云：萑苻之泽。是也。以莆为黄，以雚为藿，皆字之误耳。《天对》云：维莞维蒲，维菰维芦。**何由并投，而鲧疾修盈？**疾，恶也。修，长也。盈，满也。由，用也。言尧不恶鲧而戮杀之，则禹不得嗣兴，民何得投种五谷乎？乃知鲧恶长满天下也。《补》曰：并，並也。言禹平水土，民得并种五谷矣，何由鲧恶长满天下乎？所谓盖前人之愆。**白蜺婴茀，胡为此堂？**蜺，云之有色似龙者也。茀，白云逶移若蛇者也。言此有蜺茀，气逶移相婴，何为此堂乎？盖屈原所见祠堂也。《补》曰：霓，雌虹也。茀，音拂。《说文》云：霈，云貌，疑即此茀字。《天对》云：王子怪骇，霓形茀裳。**安得夫良药，不能固臧？**臧，善也。言崔文子学仙于王子侨，子侨化为白霓而婴茀，持药与崔文子，崔文子惊怪，引戈击霓，中之，因堕其药，俯而视之，王子侨之尸也。故言得药不善也。一本"夫"上有"失"字。《补》曰：崔文子事见《列仙传》。**天式从横，阳离爰死。**式，法也。爰，於也。言天法有善阴阳从横之道，人失阳气则死也。《补》曰：从，即容切。**大鸟何鸣，夫焉丧厥体？**言崔文子取王子侨之尸，置之室中，覆之以弊篚，须臾则化为大鸟而鸣，开而视之，翻飞而去，文子焉能亡子侨之身乎？言仙人不可杀也。丧，一作喪。**蓱号起雨，何以兴之？**蓱，蓱翳，雨师名也。号，呼也。兴，起也。言雨师号呼，则云起而雨下，独何以兴之乎？蓱，一作荓，一作萍。《补》曰：蓱，音瓶。号，乎刀切。《山海经》：屏翳在海东，时人谓之雨师。《天象赋》云：太白降神于屏翳。注云：其精降为雨师之神。《博雅》作荓翳。张景阳诗云：丰隆迎号屏。颜师古云：屏翳，一曰蓱号。《大人赋》云：召屏翳，诛风伯，刑雨师。注云：屏翳，天神使也。**撰体协胁，鹿何膺之？**膺，受也。言天撰十二神鹿，一身八足两头，独何膺受此形体乎？一云：撰体胁鹿，何以膺之？《补》曰：撰，具也，雏绾切。协，合也。胁，虚业切。《说文》云：两膀也。膺，於陵切。《书》曰：永膺多福。膺，当也，受也。《天对》云：气怪以神，爰有奇躯。胁属支偶，尸帝之隅。**鳌戴山抃，何以安之？**鳌，大龟也。击手曰抃。《列仙传》曰：有巨灵之龟，背负蓬莱之山而抃舞，戏沧海之中，独何以安之乎？戴，一作载。抃，《释文》作拚。《补》曰：鳌，音敖。抃，音卞。《列子》云：五山之根，无所连箸，帝命禺强使巨鳌十五，举首而戴之，迭为三番，六万岁一交焉，五山始峙而不动。张衡赋云：登蓬莱而容与兮，鳌虽抃而不倾。《玄中记》云：即巨龟也。一云：海中大鳌。**释舟陵行，何以迁之？**释，置也。舟，船也。迁，徙也。舟释水而陵行，则何能迁徙也？言龟所以能负山若舟船者，以其在水中也。使龟释水而陵行，则何以能迁徙山乎？《补》曰：《列子》

云：龙伯之国有大人，举足不盈数步而暨五山之所，一钓而连六鳌，合负而趣归其国，灼其骨以数焉。此言鳌在海中，其负山若舟之负物，今释水而陆，反为人所负，何罪而见徙也。《天对》云：恶释而陵，殆或谪之。龙伯负骨，帝尚窘之。**惟浇在户，何求于嫂？**浇，古多力者也。《论》曰：浇荡舟。言浇无义，淫佚其嫂，往至其户，佯有所求，因与行淫乱也。《补》曰：浇，尧吊切，见《骚经》。**何少康逐犬，而颠陨厥首？**言夏少康田猎放犬逐兽，遂袭杀浇而断其头。《补》曰：《说文》：颠，倒也。俗作顛，下同。陨，从高下也。**女歧缝裳，而馆同爰止，**女歧，浇嫂也。馆，舍也。爰，於也。言女歧与浇淫佚，为之缝裳，于是共舍而宿止也。**何颠易厥首，而亲以逢殆？**逢，遇也。殆，危也。言少康夜袭得女歧头，以为浇，因断之，故言易首，遇危殆也。一本"颠"下有"陨"字。"殆"上有"天"字。**汤谋易旅，何以厚之？**汤，殷王也。旅，众也。言殷汤欲变易夏众，使之从己，独何以厚待之乎？《补》曰：《书》云：攸徂之民，室家相庆，曰：徯予后，后来其苏。汤之厚其众，以德而已。**覆舟斟寻，何道取之？**覆，反也。舟，船也。斟寻，国名也。言少康灭斟寻氏，奄若覆舟，独以何道取之乎？《补》曰：斟，职深切。《左传》云：有过浇杀斟灌，以伐斟寻，灭夏后相。注云：二斟，夏同姓诸侯，相失国，依于二斟，为浇所灭。然则取斟寻者，乃有过浇，非少康也。《天对》云：康复旧物，寻焉保之？覆舟喻易，尚或艰之。承逸之误也。取，此苟切。**桀伐蒙山，何所得焉？**桀，夏亡王也。蒙山，国名也。言夏桀征伐蒙山之国，而得妹嬉也。《补》曰：《国语》云：昔夏桀伐有施，有施人以末嬉女焉。注云：有施，嬉姓之国。末嬉，其女也。**妹嬉何肆，汤何殛焉？**言桀得妹嬉，肆其情意，故汤放之南巢也。妹，一作末。殛，一作极。《补》曰：妹，音末。嬉，音喜。《说文》云：殛，诛也。引《书》殛鲧于羽山。或作撠，音义同。

舜闵在家，父何以鳏？舜，帝舜也。闵，忧也。无妻曰鳏。言舜为布衣，忧闵其家。其父顽母嚚，不为娶妇，乃至于鳏也。《补》曰：鳏，古顽切，经传多作鳏。《书》曰：有鳏在下，曰虞舜。此言舜孝如此，父何以不为娶乎？**尧不姚告，二女何亲？**姚，舜姓也。言尧不告舜父母而妻之，如令告之，则不听，尧女当何所亲附乎？一云：女何所亲。《补》曰：《书》云：女于时观厥刑于二女，釐降二女于妫汭，嫔于虞。二女，娥皇、女英也。《孟子》曰：舜不告而娶，为无后也。君子以为犹告也。又《万章》曰：舜之不告而娶，则吾既得闻命矣。帝之妻舜而不告，何也？曰：帝亦知告焉，则不得妻也。伊川程颐曰：舜不告而娶，固不可。尧命瞽使舜娶，舜虽不告，尧固告之尔。尧之告也，以君治之而已。**厥萌在初，何所亿焉！**言贤者预见施行萌牙之端，而知其存亡善恶所终，非虚亿也。亿，一作意。《补》曰：亿，度也。《论语》曰：亿则屡中。意与亿音义同。**璜台十成，谁所极焉？**璜，石次玉者也。言纣作象箸，而箕子叹，预知象箸必有玉杯，玉杯必盛熊蹯豹胎，如此，必崇广宫室。纣果作玉台十重、糟丘酒池，以至于亡也。《补》曰：《左传》云：夏后氏之璜。璜，美玉也。郭璞注：《尔雅》云：成，犹重也。《淮南》云：桀、纣为璇室，瑶台、象廊、玉床。**登立为帝，孰道尚之？**言伏羲始画八卦，修行道德，万民登以为帝，谁开导而尊尚之也？《补》曰：登立为帝，谓匹夫而有天下者，舜、禹是也。《史记》：夏、商之君皆称帝。《天对》云：惟德登帝，帅以首之。逸以为伏羲，未知何据。**女娲有体，孰制匠之？**传言女娲人头蛇身，一日七十化，其体如此，谁所制匠而图之乎？《补》曰：娲，古华切。古天子，风姓也。《山海经》云：女娲之肠，化为神，处栗广之野。注云：女娲，古神女帝，人面蛇身，一日中七十变，其肠化为此神。《列子》曰：女娲氏蛇身人面，牛首虎鼻，此有非人之状，而有大圣之德。注云：人形貌自有偶与禽兽相似者，亦如相书龟背、鹄步、鸢肩、鹰喙耳。《淮南》云：黄帝生阴阳，上骈生耳目，桑林生臂手。此女娲所以七十化也。**舜服厥弟，终然为害。**服，事也。言舜弟象，施行无道，舜犹服而事之，然象终欲害舜也。《补》曰：此言舜德足以服象，而象终为害也。《书》云：父顽母嚚象傲，克谐以孝。《史记》云：舜父瞽叟盲，而舜母死，瞽叟更娶妻而生象，爱后妻子，常欲杀舜。舜顺事父及后母与弟，日以笃谨。何肆犬体，而厥身不危败？言象无道，肆其犬豕之心，烧廪填井，欲以杀舜，然终不能危败舜身也。一云：何得肆其犬豕。一云：何肆犬豕。《补》曰：《烈女传》云：瞽叟与象谋杀舜，使涂廪。舜告二女。二女曰："时唯其戕汝，时唯其焚汝，鹊如汝裳衣，鸟工往。"舜既治廪，戕旋阶，瞽叟焚廪，舜往飞。复使浚井，舜告二女。二女曰："时亦唯其戕汝，时其掩汝。汝去裳衣，龙工往。"舜往浚井，格其入出，从掩，舜潜出。吴获迄古，南岳是止。获，得也。迄，至也。古，谓古公亶父也。言吴国得贤君，至古公亶父之时，而遇太伯，阴让避王季，辞之南岳之下，采药于是，遂止而不还也。《补》曰：迄，许讫切。《史记》：古公亶父有长子曰太伯，次曰虞仲，少子季历。古公曰：我世当兴者，其在昌乎？长子太伯，虞仲，知古公欲立季历以传昌，乃二人亡如荆蛮，文身断发，以让季历。太伯之奔荆蛮，自号句吴，荆蛮义之，从而归之千馀家，立为吴太伯。太伯卒，弟仲雍立。仲雍，即虞仲也。孰期去斯，得两男子？期，会也。昔古公有少子，曰王季，而生圣子文王，古公欲立王季，令天命及文王。长子太伯及弟仲雍去而之吴，吴立以为君。谁与期会，而得两男子？两男子，谓太伯、仲雍也。去，一作夫。缘鹄饰玉，后帝是飨。后帝，谓殷汤也。言伊尹始仕，因缘烹鹄鸟之羹，修玉鼎，以事于汤。汤贤之，遂以为相也。《补》曰：《史记》：阿衡欲干汤而无由，乃为有莘氏媵臣，负鼎俎，以滋味说汤，致于王道。《淮南》云：伊尹忧天下之不治，调和五味，负鼎俎而行。注云：负鼎俎，调五味，欲其调阴阳，行其道。《孟子》云：吾闻以尧、舜之道要汤，未闻割烹也。伊尹负鼎干汤，犹太公屠钓之类，于传有之。孟子不以为然者，虑后世贪鄙之徒，托此以自进耳。若谓初无负鼎之说，则古书皆不可信乎？何承谋夏桀，终以灭丧？言汤遂承用伊尹之谋，而伐夏桀，终以灭亡也。一无"夏"字。丧，一作喪。《补》曰：此言伊尹承事汤以谋夏桀也。丧，去声。帝乃降观，下逢伊挚。帝，谓汤也。挚，伊尹名也。言汤出观风俗，乃忧下民，博选于众，而逢伊尹，举以为相也。乃，一作力，注同。何条放致罚，而黎服大说？条，鸣条也。黎，众也。说，喜也。言汤行天之罚，以诛于桀，放之鸣条之野，天下众民大喜悦也。服，一作伏。《补》曰：《书》云：伊尹相汤伐桀，遂与桀战于鸣条之野。又曰：造攻自鸣条，朕载自亳。注云：鸣条在安邑之西。《史记》：桀败于有娀之虚，奔于鸣条。此言条放者，自鸣条放之也。致罚者，《汤诰》所谓致天之罚也。黎，谓群黎百姓也。汤以臣放君，而黎民说服者，代虐以宽故也。《天对》云：条伐巢放，民用渎厥疣，以夷于肤，夫曷不谣？简狄在台，喾何宜？玄鸟致贻，女何喜？简狄，帝喾之妃也。玄鸟，燕也。贻，遗也。言简狄侍帝喾于台上，有飞燕堕遗其卵，喜而吞之，因生契也。一云：帝喾何宜。贻，一作诒。喜，一作嘉。《补》曰：《诗》云：天命玄鸟，降而生商。玄鸟，鳦也。汤之先祖，有娀氏女简狄，配高辛氏。天使鳦下而生商者，谓鳦遗卵，简狄吞之而生契，为尧司徒而有功，封之于商也。喾，苦笃切。《天对》云：喾狄祷禖，契形于胞，胡乙彀之食，而怪焉以嘉。以《诗》考之，非史氏之妄也。该秉季德，厥父是臧。该，苞也。秉，持也。父，谓契也。季，末也。臧，善也。言汤能包持先人之末德，修其祖父之善业，故天祐之以为民主也。《补》曰：《天对》云：该德胤考，蓐收于西，爪虎手钺，尸刑以司慝。《左氏传》：少皞氏有四叔：曰重、曰该、曰修、曰熙。使该为蓐收，世不失职，遂济穷桑。宗元所云谓此也。按此当与下文相属，下云弊于有扈，则秉季德者，谓夏启也。该，兼也。言能兼秉大禹之末德，犹曰恒秉季德耳。恒岂亦人名乎？厥父是臧，言为父所善以有天下也。胡终弊于有扈，牧夫牛羊？有扈，浇国名也。浇灭夏后相，相之遗腹子曰少康，后为有仍牧正，典主牛羊，遂攻杀浇，灭有扈，复禹旧迹，祀夏配天也。《补》曰：《书序》云：启与有扈战于甘之野。《淮南》曰：有扈氏为义而亡。注云：有扈，夏启之庶兄，以尧、舜与贤，启独与子，故伐启，启亡之。《左传》：少康灭浇于过。非有扈也。逸说非是。《地理志》云：扶风鄠县是扈国。此言禹得天下以揖让，而启用兵以灭有扈氏，有扈遂为牧竖也。《天对》云：牧正矜矜，浇扈爰踣。承逸之误也。干协时舞，何以怀之？干，求也。舞，务也。协，和也。怀，来也。言夏后相既失天下，少康幼小，复能求得时务，调和百姓，使之归已，何以怀来之也？《补》曰：《书》云：三旬，苗民逆命，帝乃诞敷文德，舞干羽于两阶。七旬，有苗格。协，合也。言舜以时合舞于两阶，而有苗格也。《庄子》曰：执干而舞。干，盾也。《天对》云：阶干以娱，苗革而格。不迫以死，夫胡狃厥贼？平胁曼肤，何以肥之？言纣为无道，诸侯背畔，天下乖离，当怀忧癯瘦，而反形体曼泽，独何以能平胁肥盛乎？一本"平"上有"受"字。《补》曰：受，即纣也。曼，音万。李善云：曼，轻细也。《天对》云：辛后呆狂，无忧以肥。肆荡弛厥体，而充膏于肌。有扈牧竖，云何而逢？言有扈氏本牧竖之人耳，因何逢遇而得为诸侯乎？一曰：其爰何逢。一曰：其云何逢。《补》曰：此言启灭有扈之国，其后子孙遂为民庶，牧夫牛羊，其初以何道而得为诸侯也。竖，童仆之未冠者，巨庾切。击床先出，其命何从？言启攻有扈之时，亲于其床上，击而杀之。其先人失国之命，何所从出乎？一云：其何所从。恒秉季德，焉得夫朴牛？恒，常也。季，末也。朴，大也。言汤常能秉持契之末德，修而弘之，天嘉其志，出田猎，得大牛之瑞也。《补》曰：《说文》云：特牛，牛父也，言其朴特。朴，匹角切。一云平豆切，无朴音。何往营班禄，不但还来？营，得也。班，遍也。言汤往田猎，不但驱驰往来也，还辄以所获得禽兽，遍施禄惠于百姓也。《补》曰：《诗》云：经之营之。营，度也。《记》曰：请班诸兄弟之贫者。班，分也。言汤田猎禽兽，往营所以施禄惠于百姓者，不但还来而已，必有所分也。昏微遵迹，有狄不宁。昏，暗也。遵，循也。迹，道也。言人有循暗微之道，为淫妷夷狄之行者，不可以安其身也。谓晋大夫解居父也。遵，一作循。有，一作佚。何繁鸟萃棘，负子肆情？言解居父聘吴，过陈之墓门，见妇人负其子，欲与之淫泆，肆其情欲。妇人则引《诗》刺之曰：墓门有棘，有鸮萃止。故曰繁鸟萃棘也。言墓门有棘，虽无人，棘上犹有鸮，汝独不愧也。《补》曰：《列女传》：陈辩女者，陈国采桑之女也。晋大夫解居甫使于宋，道过陈，遇桑之女，止而戏之曰："女为我歌，吾将舍女。"乃为歌曰："墓门有棘，斧以斯之。夫也不良，国人知之。知而不已，谁昔然矣。"又曰："为我歌其二。"女曰："墓门有梅，有鸮萃止。夫也不良，歌以讯止。讯予不顾，颠倒思予。"大夫曰："其棘则是，其鸮安在？"女曰："陈小国也，摄乎大国之间，因之以饥馑，加之以师旅，其人且亡，而况鸮乎？"大夫乃服而释之。**眩弟并淫，危害厥兄。**眩，惑也。厥，其也。言象为舜弟，眩惑其父母，并为淫泆之恶，欲共危害舜也。害，一作虞。《补》曰：眩弟，犹惑妇也，言舜有惑乱之弟也。**何变化以作诈，后嗣而逢长？**言象欲杀舜，变化其态，内作奸诈，使舜治廪，从下焚之；又命穿井，从上填之，终不能害舜。舜为天子，封象于有鼻，而后嗣子孙长为诸侯也。一云：而后嗣逢长。《天对》云：象不兄龚，而奋以谋。盖圣孰凶怒，嗣用绍厥爱。《补》曰：《孟子》云：仁人之于弟，不藏怒，不宿怨。封之有庳，富贵之也。**成汤东巡，有莘爰极。**有莘，国名。爰，於也。极，至也。言汤东巡狩，至有莘国，以为婚姻也。《补》曰：莘，所申切。**何乞彼小臣，而吉妃是得？**小臣，谓伊尹也。言汤东巡狩，从有莘氏乞匄伊尹，因得吉善之妃，以为内辅也。《补》曰：《孟子》曰：伊尹耕于有莘之野，汤三使往聘之。《史记》曰：阿衡欲干汤而无由，乃为有莘氏媵臣。《烈女传》云：汤妃，有莘氏之女，明而有序。《左传》以后稷之妃为吉人，与此吉妃同意。**水滨之木，得彼小子。夫何恶之，媵有莘之妇？**小子，谓伊尹。媵，送也。言伊尹母妊身，梦神女告之曰："臼灶生蛙，亟去无顾。"居无几何，臼灶中生蛙，母去东走，顾视其邑，尽为大水，母因溺死，化为空桑之木。水干之后，有小儿啼水涯，人取养之。既长大，有殊才。有莘恶伊尹从木中出，因以送女也。一无"彼"字。《补》曰：滨，水际也。送女从嫁曰媵。《列子》曰：伊尹生乎空桑。注云：伊尹母居伊水之上，既孕，梦有神告之曰："臼水出而东走，无顾。"明日，视臼水出，告其邻，东走十里，而顾视其邑，尽为水，身因化为空桑。有莘氏女子采桑，得婴儿于空桑之中，故命之曰伊尹，而献其君，令庖人养之，长而贤，为殷汤相。与注说小异，故并录之。**汤出重泉，夫何辠尤？**重泉，地名也。言桀拘汤于重泉，而复出之，夫何用罪法之不审也？《补》曰：辠，古罪字。尤，过也。《前汉志》：左冯翊有重泉。《史记》曰：夏桀不务德，百姓弗堪，乃召汤而囚之夏台，已而释之。**不胜心伐帝，夫谁使挑之？**帝，谓桀也。言汤不胜众人之心，而以伐桀，谁使桀先挑之也？挑，一作祧。《补》曰：帝谓帝履癸，即桀也。挑，徒了切。《仓颉篇》云：挑，招呼也。《书》曰：造攻自鸣条，朕载自亳。《天对》云：汤行不类，重泉是囚。违虐立辟，实罪德之由。师冯怒以割，癸祧而雠。

会鼂争盟，何践吾期？言武王将伐纣，纣使胶鬲视武王师。胶鬲问曰：欲以何日至殷？武王曰：以甲子日。胶鬲还报纣。会天大雨，道难行，武王昼夜行。或谏曰：雨甚，军士苦之，请且休息。武王曰：吾许胶鬲以甲子日至殷，今报纣矣。吾甲子日不到，纣必杀之，吾故不敢休息，欲救贤者之死也。遂以甲子日朝诛纣，不失期也。一作会晁请盟。《补》曰：鼂、晁，并朝夕之朝。《诗》云：肆伐大商，会朝清明。注云：会，甲也。笺云：会，合也。天期已至，兵甲之强，师率之武，故今伐殷，合兵以清明。《书·牧誓》曰：时甲子昧爽，武王朝至于商郊牧野，乃誓。**苍鸟群飞，孰使萃之？**苍鸟，鹰也。萃，集也。言武王伐纣，将帅勇猛如鹰鸟群飞，谁使武王集聚之者乎？《诗》曰：惟师尚父，时惟鹰扬也。苍，一作仓。《补》曰：《诗》注：鹰，鸷鸟也，如鹰之飞扬。按《诗》鹰扬指尚父，此云群飞者，士以类从也。**到击纣躬，叔旦不嘉。**旦，周公名也。嘉，善也。言武王始至孟津，八百诸侯不期而到，皆曰纣可伐也。白鱼入于王舟，群臣咸曰：休哉。周公曰：虽休勿休。故曰：叔旦不嘉也。到，一作列。《补》曰：《六韬》云：武王东伐，至于河上，雨甚雷疾。周公旦进曰："天不祐周矣！意者，吾君德行未备，百姓疾怨邪？故天降吾灾，请还师。"太公曰：

“不可。”武王与周公旦望纣之阵，引军止之。太公曰：“君何不驰也。”周公曰：“天时不顺，龟燋不兆，占筮不吉，妖而不祥，星变又凶，固且待之，何可驱也？”《天对》云：颈纣黄钺，旦孰喜之？余谓武王之事，太公佐之，伯夷谏之。佐之者，以救天下之溺，谏之者，以惩万世之乱。武未尽善，叔旦不嘉，其意一也。《尔雅疏》曰：到者，自远而至也。周公，武王弟，故曰叔旦。**何亲揆发足，周之命以咨嗟？**揆，度也。言周公于孟津揆度天命，发足还师而归，当此之时，周之命令已行天下，百姓咨嗟叹而美之也。一无“何”字，一云周命咨嗟。**授殷天下，其位安施？**言天始授殷家以天下，其王位安所施用乎？善施若汤也。位，一作德。《天对》曰：位庸庇民，仁克莅之。**反成乃亡，其罪伊何？**言殷王位已成，反覆亡之，其罪惟何乎？罪若纣也。乃，一作及。**争遣伐器，何以行之？**伐器，攻伐之器也。言武王伐纣，发遣干戈攻伐之器，争先在前，独何以行之乎？《补》曰：争遣伐器，谓群后以师毕会也。**并驱击翼，何以将之？**言武王三军，人人乐战，并载驱载驰，赴敌争先，前歌后舞，凫藻欢呼，奋击其翼，独何以将率之也？凫藻欢呼，一云如鸟枭呼。《补》曰：《六韬》云：翼其两旁，疾击其后。击翼，盖兵法也。**昭后成游，南土爰底。**爰，於也。底，至也。言昭王背成王之制而出游，南至于楚，楚人沉之，而遂不还也。《补》曰：《左传》：齐侯伐楚，曰：“昭王南征而不复，寡人是问。”对曰：“昭王之不复，君其问诸水滨。”注云：昭王，成王孙，南巡守，涉汉，船坏而溺。《史记》：昭王之时，王道微缺，南巡狩不返，卒于江上。其卒不赴告，讳之也。成游，谓成南征之游，犹所谓斯游遂成也。底，音旨。**厥利惟何，逢彼白雉？**厥，其也。逢，迎也。言昭王南游，何以利于楚乎？以为越裳氏献白雉，昭王德不能致，欲亲往逢迎之。《补》曰：《后汉书》曰：交阯之南，有越裳国，周公居摄，越裳重译而献白雉。**穆王巧梅，夫何为周流？**梅，贪也。言穆王巧于辞令，贪好攻伐，远征犬戎，得四白狼、四白鹿。自是后夷狄不至，诸侯不朝。穆王乃更巧词，周流而往说之，欲以怀来也。一云：夫何周流。梅，一作晦。《补》曰：《方言》云：

挴，贪也。亡改切。其字从手。贾生云：品庶每生。是也。《集韵》云：梅，母罪切，惭也。挴，母亥切，贪也。诸本作梅。《释文》每磊切。其字从木，传写误耳。瑇，玉名，音媒，亦非也。《左传》云：穆王欲肆其心，周行天下，将必有车辙马迹焉。祭公谋父作祈招之诗，以止王心，王是以获没于祗宫。《史记》云：周穆王得骥、温骊、骅骝、騄耳之驷，西巡狩，乐而忘归。徐偃王作乱，造父为穆王御，长驱归周以救乱。巧挴，言巧于贪求也。环理天下，夫何索求？环，旋也。言王者当修道德以来四方，何为乃周旋天下，而求索之也？《天对》曰：穆懵祈招，猖洋以游，轮行九野，惟怪之谋。《补》曰：穆王事见《竹书》、《穆天子传》。后世如秦皇、汉武，托巡狩以求神仙，皆穆王启之也。志足气满，贪求无厌，适以召乱。妖夫曳衒，何号于市？妖，怪也。号，呼也。昔周幽王前世有童谣曰：檿弧箕服，实亡周国。后有夫妇卖是器，以为妖怪，执而曳戮之于市也。《补》曰：曳，牵也，引也。衒，荧绢切，行且卖也。曳衒，言夫妇相引，行卖于市也。褒姒事见《国语》。周幽谁诛，焉得夫褒姒？褒姒，周幽王后也。昔夏后氏之衰也，有二神龙止于夏庭而言曰：余，褒之二君也。夏后布币糈而告之，龙亡而漦在，椟而藏之。夏亡传殷，殷亡传周，比三代莫敢发也。至厉王之末，发而观之，漦流于庭，化为玄鼋，入王后宫。后宫处妾遇之而孕，无夫而生子，惧而弃之。时被戮夫妇夜亡，道闻后宫处妾所弃女啼声，哀而收之，遂奔褒。褒人后有罪，幽王欲诛之，褒人乃入此女以赎罪，是为褒姒，立以为后，惑而爱之，遂为犬戎所杀也。《补》曰：藏，一作弆。弆即藏也。天命反侧，何罚何佑？言天道神明，降与人之命，反侧无常，善者佑之，恶者罚之。齐桓九会，卒然身杀。言齐桓公任管仲，九合诸侯，一匡天下。任竖刁、易牙，子孙相杀，虫流出户。一人之身，一善一恶，天命无常，罚佑之不恒也。会，一作合。《补》曰：卒，终也。《论语》曰：桓公九合诸侯，不以兵车，管仲之力也。《国语》曰：兵车之属六，乘车之会三。孙明复《尊王发微》曰：桓公之会十有五，十三年会北杏，十四、十五年会鄄，十六、二十七年会幽，僖元年会柽，二年会贯，三年会阳谷，五年会首止，七年会宁毋，八年会洮，九年会葵丘，十三年会咸，十五年会牡丘，十六年会淮是也。孔子止言其九者，盖十三年会北杏，桓始图伯，其功未见。十四年会鄄，又是伐宋诸侯。僖八年会洮，十三年会咸，十五年会牡丘，十六年会淮，皆有兵车，故止言其会之盛者九焉。《史记》曰：管仲病，桓公问曰："易牙何如?"对曰："杀子以适君，非人情，不可。""开方何如?"曰："倍亲以适君，非人情，难近。""竖刁何如?"曰："自宫以适君，非人情，难亲。"管仲死，桓公卒近用三子，三子专权。桓公卒，易牙与竖刁杀群吏而立公子无诡为君。桓公病，五公子各树党争立。及桓公卒，遂相攻，以故宫中莫敢棺。桓公尸在床上六十七日，尸虫出于户。无诡立，乃棺赴。按小白之死，诸子相攻，身不得敛，与见杀无异，故曰卒然身杀，甚之也。彼王纣之躬，孰使乱惑？惑妲己也。何恶辅弼，谗谄是服？服，事也。言纣憎辅弼，不用忠直之言，而事用谄谗之人也。谄，一作谞。《补》曰：服，行也，用也。武王数纣曰："贼虐谏辅，崇信奸回。"《庄子》曰：好言人之恶谓之谗，希意导言谓之谄。比干何逆，而抑沉之？比干，圣人，纣诸父也。谏纣，纣怒，乃杀之剖其心也。《补》曰：抑沉，犹《九章》云"情沉抑而不达"也。雷开阿顺，而赐封之？雷开，佞人也。阿顺于纣，乃赐之金玉而封之也。一云：雷开何顺，而赐封金。何圣人之一德，卒其异方？圣人，谓文王也。卒，终也。言文王仁圣，能纯一其德，则天下异方，终皆归之也。《补》曰：文王顺纣而不敢逆，武王逆纣而不肯顺，故曰异方。或曰：下文云：梅伯受醢，箕子佯狂。此异方也。梅伯受醢，箕子详狂。梅伯，纣诸侯也。言梅伯忠直，而数谏纣，纣怒，乃杀之，菹醢其身。箕子见之，则被发详狂也。详，一作佯。《补》曰：梅，音浼，纣诸侯号。《淮南子》曰：醢鬼侯之女，菹梅伯之骸。《史记》曰：箕子，纣亲戚也。纣为淫泆，箕子谏不听。或曰："可以去矣。"箕子曰："为人臣，谏不听而去，是彰君之恶，而自说于民，吾不忍为也。"乃被发详狂而为奴，遂隐而鼓琴以自悲。故传之曰《箕子操》。详，诈也，与佯同。稷维元子，帝何竺之？元，大也。帝，谓天帝也。竺，厚也。言后稷之母姜嫄，出见大人之迹，怪而履之，遂有娠而生后稷。后稷生而仁贤，天帝独何以厚之乎？竺，一作笃。一云帝何竺、鸟何燠，并无“之”字。《补》曰：《尔雅》云：竺，厚也。与笃同。《诗》曰：厥初生民，时维姜嫄。生民如何，克禋克祀，以弗无子。履帝武敏歆，攸介攸止，载震载夙，载生载育，时维后稷。注云：姜嫄之生后稷，乃禋祀上帝于郊禖，而得其福。《史记》曰：周后稷名弃，其母有邰氏女，曰姜原，为帝喾元妃。姜原出野，见巨人迹，心忻然悦，欲践之，践之而身动如孕者，居期而生子。左氏曰：微子启，帝乙之元子。说者曰：元子，首子也。姜嫄为帝喾元妃，生后稷。简狄为次妃，生契。故曰稷维元子也。**投之于冰上，鸟何燠之？**投，弃也。燠，温也。言姜嫄以后稷无父而生，弃之于冰上，有鸟以翼覆荐温之，以为神，乃取而养之。《诗》曰：诞寘之寒冰，鸟覆翼之。燠，一作懊。《补》曰：燠，音郁，热也，其字从火。懊，贪也，无热义。《诗》曰：不康禋祀，居然生子。诞寘之隘巷，牛羊腓字之。诞寘之平林，会伐平林。诞寘之寒冰，鸟覆翼之。鸟乃去矣，后稷呱矣。注云：大鸟来，一翼覆之，一翼藉之。《史记》曰：初欲弃之，因名曰弃。及为成人，遂好耕农，帝尧闻之，举为农师。逸云：后稷无父而生。按稷以帝喾为父，特姜嫄感巨迹而生，有神灵之征耳。天命玄鸟，降而生商，亦犹是也。**何冯弓挟矢，殊能将之？**冯，大也。挟，持也。言后稷长大，持大强弓，挟箭矢，桀然有殊异，将相之才。冯，一作凭。《补》曰：此与下文相属，冯如冯珧之冯。武王多才多艺，言冯弓挟矢，而将之以殊能者，武王也。《天对》曰：既歧既嶷，宜庸将焉。用逸说也。**既惊帝切激，何逢长之？**帝，谓纣也。言武王能奉承后稷之业，致天罚，加诛于纣，切激而数其过，何逢后世继嗣之长也。惊，一作敬。切，一作功。《补》曰：此言武王伐纣，震惊而切责之，不顾君臣之义。惟纣无道，故武王能逢天命以永其祚也。**伯昌号衰，秉鞭作牧。**伯昌，谓文王也。秉，执也。鞭以喻政。言纣号令既衰，文王执鞭持政，为雍州之牧也。《补》曰：号与號同。《孔丛子》：羊客问于子思曰：“古之帝王，中分天下，而二公治之，谓之二伯。周自后稷封为王者之后，子孙据国，至太王、王季，皆为诸侯矣，焉得为西伯乎？”子思曰：“吾闻殷王帝乙之时，王季以九命作伯，受圭瓒秬鬯之赐，故文王因之，得专征伐。此以诸侯为伯，犹周、召之君为伯也。”《西伯戡黎》注云：文王为雍州之伯。《史记》：纣以西伯为三公，赐弓矢斧钺，使得专征伐。《周官》曰：牧以地得民。何令彻彼岐社，命有殷国？彻，坏也。社，土地之主也。言武王既诛纣，令坏邠岐之社，言已受天命而有殷国，因徙以为天下之太社也。一云：命有殷之国。《补》曰：此言文王秉鞭作牧以事纣，而武王伐殷以有天下也。《论语》曰：三分天下有其二，以服事殷，周之德可谓至德也已矣。谓文王也。《诗》曰：乃立冢土，戎丑攸行。冢土，大社，美太王之社，遂为大社也。《记》曰：王为群姓立社，曰大社。岐在右扶风美阳中水乡，因岐山以名，太王自豳徙焉。迁藏就岐，何能依？言太王始与百姓徙其宝藏，来就岐下，何能使其民依倚而随之也？太王，一作文王。《补》曰：按《诗》云：度其鲜原，居岐之阳。注云：文王谋居善原广平之地，亦在岐山之南。《说文》云：岐，周文王所封也。然太王居邠，狄人侵之，始邑于岐山之下，则迁藏就岐，盖指太王也。《天对》曰：逾梁橐囊，膻仁蚁萃。殷有惑妇，何所讥？惑妇，谓妲己也。讥，谏也。言妲己惑误于纣，不可复讥谏也。《补》曰：《国语》曰：殷辛伐有苏，有苏氏以妲己女焉。受赐兹醢，西伯上告。兹，此也。西伯，文王也。言纣醢梅伯，以赐诸侯，文王受之，以祭告语于上天也。《补》曰：《史记》：纣醢九侯，脯鄂侯，西伯闻之窃叹，纣囚西伯羑里。何亲就上帝罚，殷之命以不救？上帝，谓天也。言天帝亲致纣之罪罚，故殷之命不可复救也。一云：上帝之罚。《补》曰：此言纣为无道，自致天讨，故不可救也。《天对》云：孰盈癸恶，兵躬殄祀。师望在肆，昌何识？师望，谓太公也。昌，文王名也。言太公在市肆而屠，文王何以识知之乎？识，一作志。《补》曰：识与志同。鼓刀扬声，后何喜？后，谓文王也。言吕望鼓刀在列肆，文王亲往问之，吕望对曰：“下屠屠牛，上屠屠国。”文王喜，载与俱归也。《天对》云：奋力屠国，以髀髋厥商。武发杀殷，何所悒？言武王发欲诛殷纣，何所悁悒而不能久忍也？《补》曰：悒，音邑，忧也，不安也。《天对》云：发杀曷逞，寒民于亰。**载尸集战，何所急？**尸，主也。集，会也。言武王伐纣，载文王木主，称太子发，急欲奉行天诛，为民除害也。《补》曰：《史记》：武王东观兵至于盟津，为文王木主，载以车中军。武王自称太子发，言奉文王以伐，不敢自专。《补》曰：《记》云：祭祀之有尸也，宗庙之有主也，示民有事也。主有虞主、练主。尸，神象也，以人为之。然《书序》云：康王既尸天子，则尸亦主也。**伯林雉经，维其何故？**伯，长也。林，君也。谓晋太子申生为后母骊姬所谮，遂雉经而自杀。一无“何”字。《补》曰：《左传》：晋献公伐骊戎，骊戎男女以骊姬，归，生奚齐。骊姬嬖，欲立其子。使太子居曲沃，姬谓太子曰：“君梦齐姜，必速祭之。”太子祭于曲沃，归胙于公。姬毒而献之，泣曰：“贼由太子。”太子奔新城，十二月戊申，缢于新城。《国语》云：雉经于新城之庙。注云：雉经，头枪而悬死也。**何感天抑墬，夫谁畏惧？**言骊姬谗杀申生，其冤感天，又谗逐群公子，当复谁畏惧也？墬，一作壂，一作墼。《补》曰：墬即地字。《左传》云：狐突适下国，遇太子曰：“夷吾无礼，余得请于帝矣。”又曰：“帝许我罚有罪矣，敝于韩。”此言申生之冤感天抑地，而谁畏惧之乎？**皇天集命，惟何戒之？**言皇天集禄命而与王者，王者何不常畏慎而戒惧也？《补》曰：《诗》云：天鉴在下，有命既集。此言何所戒慎而致天命之集也。**受礼天下，又使至代之？**言王者既已修行礼义，受天命而有天下矣，又何为至使异姓代之乎？一无“又”字。代，一作伐。《补》曰：受礼天下，言受王者之礼于天下也。有德则兴，无德则亡，三代之王，是不一姓，可不慎乎？**初汤臣挚，后兹承辅。**言汤初举伊尹，以为凡臣耳。后知其贤，乃以备辅翼承疑，用其谋也。承，一作丞。《补》曰：《孟子》曰：汤之于伊尹，学焉而后臣之。与此异者，此言伊尹初为媵臣，后乃以为相耳。孟子言汤尊德乐道，不以臣礼待之也。**何卒官汤，尊食宗绪？**卒，终也。绪，业也。言伊尹佐汤命，终为天子，尊其先祖，以王者礼乐祭祀，绪业流于子孙。《天对》云：汤挚之合，祚以久食。《补》曰：官汤，犹言相汤也。尊食，庙食也。**勋阖梦生，少离散亡。**勋，功也。阖，吴王阖庐也。梦，阖庐祖父寿梦也。寿梦卒，太子诸樊立，诸樊卒，传弟馀祭。馀祭卒，传弟夷未。夷未卒，太子王僚立。阖庐，诸樊之长子也。次不得为王，少离散亡放在外，乃使专设诸刺王僚，代为吴王。子孙世盛，以伍子胥为将，大有功勋也。《补》曰：《史记》：吴寿梦卒，有子四人，长诸樊，次馀祭，次馀昧，次季札。公子光者，诸樊之子也。以为吾父兄弟四人，当传至季子，季子即不受国，光父先立，即不传季子，光当立。遂弑王僚，代立为王，是为吴王阖庐。《天对》云：光征梦祖，憾离以厉。彷徨激覆，而勇益德迈。**何壮武厉，能流厥严？**壮，大也。言阖庐少小散亡，何能壮大厉其勇武，流其威严也。《补》曰：阖庐用伍子胥、孙武，破楚入郢。**彭铿斟雉，帝何飨？**彭铿，彭祖也。好和滋味，善斟雉羹，能事帝尧，尧美而飨食之。《补》曰：斟，勺也，诸深切。铿，可衡切。飨有香音。《神仙传》云：彭祖姓籛名铿，帝颛顼之玄孙，善养性，能调鼎，进雉羹于尧，尧封于彭城。历夏经殷至周，年七百六十七岁而不衰。籛，音翦。**受寿永多，夫何久长？**言彭祖进雉羹于尧，尧飨食之以寿考。彭祖至八百岁，犹自悔不寿，恨枕高而唾远也。《补》曰：《庄子》曰：彭祖得之，上及有虞，下及五伯。又曰：吹呴呼吸，吐故纳新，熊经鸟伸，为寿而已矣。此导引之士，养形之人，彭祖寿考者之所好也。《天对》云：铿羹于帝，圣孰嗜味。夫死自暮，而谁飨以俾寿。**中央共牧，后何怒？**牧，草名也，有实。后，君也。言中央之州，有歧首之蛇，争共食牧草之实，自相啄啮。以喻夷狄相与忿争，君上何故当怒之乎？牧，唐本作牧，注同，一作枚。《补》曰：《尔雅》曰：中有枳首蛇焉。枳首，歧头蛇也。《韩非子》曰：虫有螝者，一身两口，争食相龁，遂相杀也。《古今字诂》云：螝，古虺字。《天对》云：螝啮已毒，不以外肆。**蜂蛾微命，力何固？**言蜂蛾有蠚毒之虫，受天命，负力坚固。屈原以喻蛮夷自相毒蠚，固其常也。独当忧秦吴耳。一作蜂蚁。《补》曰：蜂，音峰。《传》曰：蜂虿有毒，而况国乎？蛾，古蚁字。《记》曰：蛾子时术之。是也。蠚，音若，痛也。《天对》云：细腰群螫，夫何足病。**惊女采薇，鹿何祐？**祐，福也。言昔者有女子采薇菜，有所惊而走，因获得鹿，其家遂昌炽，乃天祐之。祐，一作佑。北至回水，萃何喜？萃，止也。言女子惊而北走，至于回水之上，止而得鹿，遂有禧喜也。兄有噬犬，弟何欲？兄，谓秦伯也。噬犬，啮犬也。弟，秦伯弟鍼也。言秦伯有啮犬，弟鍼欲请之。《补》曰：噬，音筮。易之以百两，卒无禄。言秦伯不肯与弟鍼犬，鍼以百两金易之，又不听，因逐鍼而夺其爵禄也。《补》曰：《春秋》昭元年，夏，秦伯之弟鍼出奔晋。《传》曰：罪秦伯也。《晋语》曰：秦后子来仕，其车千乘。后子，即鍼也。《天对》注云：百两，盖谓车也。逸以为百两金，误矣。两，音亮，车数也。

薄暮雷电，归何忧？言屈原书壁，所问略讫，日暮欲去，时天大雨雷电，思念复至。自解曰：归何忧乎？《补》曰：薄暮，日欲晚，喻年将老也。雷电，喻君暴怒也。归何忧者，自宽之词。厥严不奉，帝何求？言楚王惑信谗佞，其威严当日堕，不可复奉成，虽从天帝求福，神无如之何。伏匿穴处，爰何云？爰，於也。吾将退于江滨，伏匿穴处耳，当复何言乎？《天对》云：合行违匿，（同）〔固〕若所咿嚘。忿毒竟谁与？荆勋作师，夫何长？荆，楚也。师，众也。勋，功也。初，楚边邑之处女，与吴边邑处女争采桑于境上，相伤，二家怒而相攻，于是楚为此兴师，攻灭吴之边邑，而怒始有功。时屈原又谏，言我先为不直，恐不可久长也。一云：夫何长先。《补》曰：《史记》：吴王僚九年，公子光伐楚，拔居巢、钟离。初，楚边邑卑梁氏之处女，与吴边邑之女争桑，二女家怒相灭，两国边邑长闻之，怒而相攻，灭吴之边邑，吴王怒，故遂伐楚，取两都而去。荆勋作师，夫何长，言楚虽有功，吴复伐楚，非长久之策也。此楚平王时事，屈原征往事以讽耳。悟过改更，我又何言？欲使楚王觉悟，引过自与，以谢于吴，不从其言，遂相攻伐。言祸起于细微也。悟，一作寤。《补》曰：更，音庚。太史公曰：屈平虽放流，眷顾楚国，系心怀王，不忘欲反，冀幸君之一悟，俗之一改也。其存君兴国而欲反覆之，一篇之中，三致志焉。然终无可奈何，故不可以反，卒以此见怀王之终不悟也。吴光争国，久余是胜。光，阖庐名也。言吴与楚相伐，至于阖庐之时，吴兵入郢都，昭王出奔。故曰："吴光争国，久余是胜"，言大胜我也。《补》曰：楚昭王十年，吴王阖庐伐楚，楚大败，吴兵遂入郢。怀王与秦战，为秦所败，亡其六郡，入秦不返。故屈原征荆勋作师，吴光争国之事讽之。何环穿自闾社丘陵，爰出子文？子文，楚令尹也。子文之母，郧公之女，旋穿闾社，通于丘陵以淫，而生子文，弃之梦中，有虎乳之，以为神异，乃取收养焉。楚人谓乳为彀，谓虎为於菟，故名斗彀於菟，字子文，长而有贤仁之才也。一云：何环闾穿社，以及丘陵，是淫是荡，爰出子文。《补》曰：《左传》：初，若敖娶于䢵，生斗伯比。若敖卒，从其母畜于䢵，淫于䢵子之女，生子文焉。以其女妻伯比，实为令尹子文。《天对》注曰：爰出子文，哀今无此人，但任子兰也。吾告堵敖以不长。堵敖，楚贤人也。屈原放时，语堵敖曰："楚国将衰，不复能久长也。"一本"以"下有"楚子"。《补》曰：《左传》：楚子灭息，以息妫归，生堵敖及成王焉。楚子，文王也。庄公十九年，杜敖上。二十三年，成王立。杜敖，即堵敖也。《天对》注云：楚人谓未成君而死曰（堵）敖。堵敖，楚文王兄也。今哀怀王将如堵敖不长而死，以此告之。逸注以堵敖为楚贤人，大谬。然宗元以堵敖为文王兄，亦误矣。何试上自予，忠名弥彰？屈原言我何敢尝试君上，自干忠直之名，以显彰后世乎？诚以同姓之故，中心悬恻，义不能已也。试，一作诚。予，一作与。彰，一作章。《天对》云：诚若名不尚，曷极而辞？《补》曰：予，音与。

叙曰：昔屈原所作，凡二十五篇，世相教传，而莫能说。《天问》以其文义不次，又多奇怪之事，自太史公口论道之，多所不逮。至于刘向、杨雄，援引传记一作经传。以解说之，亦不能详悉。所阙者众，日无闻焉。既有解一作解。词，一作说。乃复多连蹇其文，□□□濛澒其说，上莫孔、下乎孔切。濛澒，大水也。澒，一作鸿，音同。故厥义不昭，微指不晳，自游览者，靡不苦之，而不能照也。今则稽之旧章，合之经传，以相发明，为之符验，章决句断，事事可晓，俾后学者永无疑焉。

楚辞卷第四

九章章句第四

惜诵一作惜论

涉江

哀郢

抽思

怀沙

思美人

惜往日

橘颂

悲回风

《九章》者，屈原之所作也。屈原放于江南之野，思君念国，忧心罔极，故复作《九章》。《史记》云：上官大夫短屈原于顷襄王，王怒而迁之，乃作《怀沙》之赋。则《九章》之作，在顷襄时也。章者，著也，明也。言己所陈忠信之道，甚著明也。卒不见纳，委命自沉。楚人惜而哀之，世论其词，以相传焉。卒，《释文》作猝。《骚经》之词缓，《九章》之词切，浅深之序也。五臣云：九义与《九歌》同。

惜诵以致愍兮，惜，贪也。诵，论也。致，至也。愍，病也。言己贪忠信之道，可以安君。论之于心，诵之于口，至于身以疲病，而不能忘。愍，一作闵。《补》曰：愍，音敏。惜诵者，惜其君而诵之也。**发愤以杼情。**愤，懑也。杼，渫也。言己身虽疲病，犹发愤懑，作此辞赋，陈列利害，渫己情思，以风谏君也。杼，一作舒。《补》曰：杼，渫水槽也，音署。杜预云：申杼旧意。然《文选》云：抒情素。又曰：抒下情而通讽谕。其字并从手。上与、丈吕二切。**所作忠而言之兮，**言己所陈忠信之道，先虑于心，合于仁义，乃敢为君言之也。作，一作非。一本“忠”下有“心”字。《补》曰：作，为也。下文云：作忠以造怨。**指苍天以为正。**春曰苍天。正，平也。设君谓己作言非邪，愿上指苍天，使正平之也。夫天明察，无所阿私，惟德是辅，惟恶是去，故指之以为誓也。《补》曰：正，音征。叶韵。**令五帝以枏中兮，**五帝，谓五方神也。东方为太皞，南方为炎帝，西方为少昊，北方为颛顼，中央为黄帝。枏，犹分也。言己复命五方之帝，分明言是与非也。一本作折中。《补》曰：枏，与析同。按《史记索隐》解“折中于夫子”引此为证，云：折中，正也。宋均云：折，断也。中，当也。言欲折断其物而用之，与度相中当，故言折中也。中，陟仲切。**戒六神与向服。**六神，谓六宗之神也。《尚书》：禋于六宗。向，对也。服，事也。言己愿复令六宗之神，对听己言事可行与否也。一云：以乡服。《补》曰：《孔丛子》云：宰我问禋于六宗。孔子曰：所宗者六：埋少牢于太昭，祭时也；祖迎于坎坛，祭寒暑也；主于郊宫，祭日也；夜明，祭月也；幽禜，祭星也；雩禜，祭水旱也。禋于六宗，此之谓也。孔安国、王肃用此说。又一说云：六宗，星、辰、风伯、雨师、司中、司命。一云：乾坤六子。颜师古用此说。一云：天地四时。一云：天宗三，日、月、星辰；地宗三，太山、河、海。一云：六为地数，祭地也。一云：天地间游神也。一云：三昭、三穆。王介甫用此说。一云：六气之宗，谓太极冲和之气。苏子由云：舍《祭法》不用，而以意立说，未可信也。**俾山川以备御兮，**俾，使也。御，侍也。**命咎繇使听直。**咎繇，圣人也。言己愿复令山川之神备列而处，使御知己志，又使圣人咎繇听我之言忠直与否也。夫神明照人心，圣人达人情，故屈原动以神圣自证明也。命，一作会。使，一作以。《补》曰：舜举咎繇，不仁者远，惟兹臣庶，罔或干予正，故使之听直。**竭忠诚以事君兮，**竭，尽。一本"君"下有"子"字。**反离群而赘肬。**群，众也。赘肬，过也。言己竭尽忠信，以事于君，若人有赘肬之病，与众别异，以得罪谪也。《补》曰：赘，之芮切。肬，音尤，瘤肿也。《庄子》曰：附赘悬肬。**忘儇媚以背众兮，**儇，佞也。媚，爱也。背，违也。言己修行正直，忘为佞媚之行，违背众人，而见憎恶也。《补》曰：儇，隳缘切。《说文》：慧也。一曰利也。言己忘佞人之害己，为忠直以背众。背，音佩。**待明君其知之。**须贤明之君，则知己之忠也。《书》曰：知人则哲。秦缪公举由余，齐桓任管仲，知人之君也。一本无"明"字。**言与行其可迹兮，**出口为言，所履为迹。**情与貌其不变。**志愿为情，颜色为貌。变，易也。言己吐口陈辞，言与行合，诚可循迹。情貌相副，内外若一，终不变易也。**故相臣莫若君兮，**言相视臣下，忠之与佞，在君知之明也。《补》曰：相，视也。息亮切。《传》曰：知臣莫若君。**所以证之不远。**证，验也。言君相臣动作应对，察言观行，则知其善恶所证验之迹，近取诸身而不远也。一本"之"下有"而"字。**吾谊先君而后身兮，**言我所以修执忠信仁义者，诚欲先安君父，然后乃及于身也。夫君安则己安，君危则己危也。《补》曰：谊，与义同。人臣之义，当先君而后己。**羌众人之所仇。**羌，然辞也。怨耦曰仇。言在位之臣，营私为家，己独先君后身，其义相反，故为众人所仇怨。一本"羌"下有"然"字。一本"仇"下有"也"字。**专惟君而无他兮，**惟，一作思，一作为。**又众兆之所雠。**兆，众也。百万为兆。交怨曰雠。言己专心思欲竭忠情以安于君，无有他志，不与众同趋，故为众所怨雠，欲杀己也。兆，一作人。一本"雠"下有"也"字。**壹心而不豫兮，**豫，犹豫也。**羌不可保也。**保，知也。言己专壹忠信，以事于君，虽为众人所恶，志不犹豫，顾君心不可保知，易倾移也。一本此句与下文皆无“也”字。疾亲君而无他兮，疾，恶。有招祸之道也。招，召也。言己疾恶谗佞，欲亲近君侧，众人悉欲来害己，有招祸之道，将遇咎也。

思君其莫我忠兮，言众人思君，皆欲自利，无若己欲尽忠信之节。忠，一作知。《补》曰：此言君不以我为忠也。忽忘身之贱贫。言己忧国念君，忽忘身之贱贫，犹愿自竭。事君而不贰兮，贰，二也。而，一作其。迷不知宠之门。迷，惑也。言己事君，竭尽信诚，无有二心，而不见用，意中迷惑，不知得遇宠之门户，当何由之也。《补》曰：《老子》云宠为不宠，非君子之所贵也。屈原惟不知出此，故以信见疑，以忠被谤。忠何罪以遇罚兮，罚，刑。亦非余心之所志。言己履行忠直，无有罪过，而遇放逐，亦非我本心宿志所望于君也。一本此句末与下文皆有“也”字。行不群以巅越兮，巅，殒。越，坠。又众兆之所咍。咍，笑也。楚人谓相啁笑曰咍。言己行度不合于俗，身以巅堕，又为人之所笑也。或曰：众兆之所异。言己被放而巅越者，行与众殊异也。《补》：咍，呼来切。《说文》云：蚩笑也。纷逢尤以离谤兮，纷，乱貌也。尤，过也。《补》曰：纷，众貌。言尤谤之多也。离，遭也。謇不可释。謇，辞也。释，解也。言己逢遇乱君，而被罪过，终不可复解释而说也。一本句末有“也”字。情沉抑而不达兮，沉，没也。抑，按也。又蔽而莫之白。言己怀忠贞之情，沉没胸臆，不得白达，左右壅蔽，无肯白达己心也。一本句末有“也”字。《补》曰：情沉抑而不达，人君不知其用心也。又蔽而莫之白，群臣莫肯明己所存也。心郁邑余侘傺兮，郁邑，愁貌也。侘，犹堂堂，立貌也。傺，住也。楚人谓失志怅然住立为侘傺也。心，一作忳。又莫察余之中情。言己怀忠不达，心中郁邑，惆怅住立，失我本志，曾无有察我之中情也。固烦言不可结诒兮，诒，遗也。《诗》曰“诒我德音”也。固，一作故。一本结下有“而”字。《补》曰：

诒，音怡。赠言也。愿陈志而无路。愿，思也。路，道也。言己积思累日，其言烦多，不可结续，以遗于君，欲见君陈己志，又无道路也。《补》曰：《思美人》曰：媒绝路阻兮。言不可结而诒。退静默而莫余知兮，进号呼又莫吾闻。言己放弃，所在幽远，众无知己之情也。《补》曰：号，大呼也。音豪。申侘傺之烦惑兮，申，重也。言众人无知己之情，思念惑乱，故重侘傺，怅然失意也。中闷瞀之忳忳。闷，烦也。瞀，乱也。忳忳，忧貌也。言己忧心烦闷，忳忳然无所舒也。中，一作心。《补》曰：瞀，音茂。忳，徒昆切，闷也。

昔余梦登天兮，魂中道而无杭。杭，度也。《诗》曰：一苇杭之。魂，一作䰟。杭，一作航。《补》曰：杭与航同。许慎曰：方，两小船并与共济为航。吾使厉神占之兮，厉神，盖殇鬼也。《左传》曰：晋侯梦大厉，搏膺而踊也。《补》曰：《礼记》：王立七祀有泰厉，诸侯有公厉，大夫有族厉。注云：厉主杀罚。曰有志极而无旁。旁，辅也。言厉神为屈原占之曰：人梦登天无以渡，犹欲事君而无其路也。但有劳极心志，终无辅佐。终危独以离异兮，言己行忠直，身终危殆，与众人异行之故也。曰君可思而不可恃。恃，怙也。言君诚可思念，为竭忠谋，顾不可怙恃，能实任己与不也。故众口其铄金兮，铄，销也。言众口所论，万人所言，金性坚刚，尚为销铄，以喻谗言多，使君乱惑也。《补》曰：铄，书药切。邹阳曰：众口铄金，积毁销骨。颜师古曰：美金见毁，众共疑之，数被烧炼，以至销铄。初若是而逢殆。殆，危也。言己志行忠信正直，性若金石，故为谗人所危殆。惩于羹者而吹齑兮，言人有歠羹而中热，心中惩忿，见齑则恐而吹之，言易改移也。独己执守忠直，终不可移也。一无“者”字。一云：惩于热羹者。一云：惩热于羹。齑，一作虀，一作韲。《补》曰：惩，戒也。齑，音赍。郑康成云：凡醓酱所和，细切为齑。一曰：捣姜蒜辛物为之。故曰齑臼受辛也。何不变此志也？何不改忠直之节，随从吹齑之志也。一云：何不变此之志。一本自此句至又何以为此援，并无

"也"字。**欲释阶而登天兮**，释，置也。登，上也。人欲上天，而释其阶，知其无由登也。以言我欲事君，而释忠信，亦知终无以自通也。《补》曰：《释名》云：阶，梯也。《孟子》所谓"完廪捐阶"是也。《易》曰：天险不可升。《语》曰：犹天之不可阶而升。欲释阶而登天，甚言其不可也。**犹有曩之态也**。曩，向也。言欲使己变节而从俗，犹向者欲释阶登天之态也，言己所不能履行也。"犹有"一作"又犹"。《补》曰：谓惩羹吹韲之态。**众骇遽以离心兮，又何以为此伴也？**伴，侣也。言己见众人易移，意中惊骇，遂离己心，独行忠直，身无伴侣，特立于世也。一无"众"字。《补》曰：言众人见己所为如此，皆惊骇遑遽，离心而异志也。**同极而异路兮，又何以为此援也？**路，道也。言众人同欲极志事君，顾忠佞之行，异道而殊趋也。援，引也。言忠佞之志，不相援引而同也。《补》曰：援，於愿切。接援，救助也。**晋申生之孝子兮**，一无"晋"字。**父信谗而不好**。好，爱也。申生，晋献公太子也。体性慈孝。献公娶后妻骊姬，生子奚齐，立为太子。因误申生使祭其母于曲沃，归胙于献公。骊姬于酒肉置鸩其中，因言曰：胙从外来，不可信，乃以酒赐小臣，以肉食犬，皆毙。姬乃泣曰：贼由太子。于是申生遂自杀。故曰：父信谗而不爱也。《补》曰：《礼记》曰：晋献公将杀其世子申生，公子重耳谓之曰：子盍言子之志于公乎？世子曰：不可。君安骊姬，是我伤公之心也。然则盍行乎？曰：不可。君谓我欲弑君也，天下岂有无父之国哉，吾何行如之？使人辞于狐突曰：申生有罪，不念伯氏之言也，以至于死，申生不敢爱其死。虽然，吾君老矣，子少，国家多难。伯氏不出而图吾君，伯氏苟出而图吾君，申生受赐而死。再拜稽首，乃卒。是以为恭世子也。**行婞直而不豫兮**，婞，很也。豫，厌也。豫，一作豫。**鲧功用而不就**。鲧，尧臣也。言鲧行婞很劲直，恣心自用，不知厌足，故殛之羽山。治水之功，以不成也。屈原履行忠直，终不回曲，犹鲧婞很，终获罪罚。《补》曰：申生之孝，未免陷父于不义。鲧绩用弗成，殛于羽山。屈原举以自比者，申生之用心善矣，而不见知于君父，其事有相似者。鲧以婞直忘身，知刚而不知义，亦君子之所戒也。

吾闻作忠以造怨兮，忽谓之过言。始吾闻为君建立忠策，必为群佞所怨，忽过之耳，以为不然，今而后信。九折臂而成医兮，吾至今而知其信然。言人九折臂，更历方药，则成良医，乃自知其病。吾被放弃，乃信知谗佞为忠直之害也。一云：九折臂而为良医。一云：吾至今而知其然。一云：吾今而知其然。《补》曰：《左氏》云：三折肱知为良医。《孔丛子》云：宰我问曰："梁丘据遇虺毒，三旬而后瘳。大夫众宾，复献攻疗之方，何也？"夫子曰："三折肱为良医。梁丘子遇虺毒而获疗，诸有与之同疾者，必问所以已之之方焉。众人为此，故各言其方，欲售之，以已人之疾也。"矰弋机而在上兮，矰缴，射矢也。弋，亦射也。《论语》曰：弋不射宿。弋，一作雔。《补》曰：矰，音增。《淮南》云：矰缴机而在上，罟罟张而在下，虽欲翱翔，其势焉得。注云：矰弋，射鸟短矢也。机，发也。罻罗张而在下。罻罗，捕鸟网也。言上有罥缴弋射之机，下有张施罻罗之网，飞鸟走兽，动而遇害。喻君法繁多，百姓动触刑罚也。《补》曰：罻，音尉。《记》曰：鸠化为鹰，然后设罻罗。下，音户。设张辟以娱君兮，辟，法也。娱，乐也。《补》曰：辟，毗亦切。《说文》云：法也，节制其罪也。愿侧身而无所。言君法繁多，谗人复更设张峻法，以娱乐君，已欲侧身窜首，无所藏匿也。欲儃佪以干傺兮，儃佪，犹低佪也。干，求也。傺，住也。言已意欲低佪留待于君，求其善意，恐终不用，怅然立住。《补》曰：儃，知然切。儃佪，不进貌。干傺，谓求仕而不去也。恐重患而离尤。尤，过也。言已欲求君之善意，恐重得患祸，逢罪过也。《补》曰：恐，去声。重，储用切，增益也。离，遭也。欲高飞而远集兮，君罔谓汝何之？罔，无也。言已欲远集它国，君又诬罔我，言汝远去何之乎？《补》曰：言欲高飞远集，去君而不仕，得无谓我远去欲何所适也。欲横奔而失路兮，坚志而不忍。言已、意欲变节易操，横行失道；而从佞伪，心坚于石，而不忍为也。一云：盖志坚而不忍。背膺胖以交痛兮，膺，胸也。胖，分也。一本“胖”下有“合”字。一云：背膺敷胖其交痛。《补》曰：胖，音判。传曰：夫妻胖合也。《字林》云：胖，半也。心郁结而纡轸。纡，曲也。轸，隐也。言己不忍变心易行，则忧思郁结，胸背分裂，心中交引而隐痛也。结，一作约。《补》曰：纡，萦也。轸，痛也。梼木兰以矫蕙兮，矫，犹糅也。梼，一作捣。矫，一作挢。糅，一作揉。《补》曰：梼，音捣，断木也。挢，举手也。《释文》：古昴切。糳申椒以为粮。申，重也。言己虽被放逐，而弃居于山泽，犹重糳兰蕙，和糅众芳以为粮。食饮有节，修善不倦也。糳，一作凿。《补》曰：《左传》曰：粢食不凿。凿，精细米。《说文》曰：粝米一斛舂九斗，曰糳。并音作。播江离与滋菊兮，播，种也。《诗》曰：播厥百谷。滋，莳也。愿春日以为糗芳。糗，糒也。言己乃种江离，莳香菊，采之为粮，以供春日之食也。《补》曰：糗，去久切，干饭屑也。《孟子》曰：饭糗茹草。江离与菊，以为糗糒，取其芳香也。糒，音备。恐情质之不信兮，情，志也。质，性也。质，一作志。故重著以自明。言我修善不懈，恐君不深照己之情，故复重深陈饮食清洁，以自著明也。《补》曰：重，直用切。矫兹媚以私处兮，矫，举也。兹，此也。《释文》作挢，居表切。《补》曰：挢，本从手，举手也。愿曾思而远身。曾，重也。言己举此众善，可以事君，则愿私居远处，唯重思而察之。《补》曰：曾，音增。

惜诵　此章言己以忠信事君，可质于明神，而为谗邪所蔽，进退不可，惟博采众善以自处而已。

余幼好此奇服兮，奇，异也。或曰：奇服，好服也。年既老而不衰。衰，懈也。言己少好奇伟之服，履忠直之行，至老不懈。五臣云：衰，退也。虽年老而此心不退。带长铗之陆离兮，长铗，剑名也。其所握长剑，楚人名曰长铗也。五臣云：陆离，剑低昂貌。《补》曰：铗，古挟切。《庄子》曰：韩、魏为铗。注云：铗，把也。《史记》曰：弹剑而歌曰：

长铗归来乎！《文选》注云：铗，刀身剑锋也，有长铗、短铗。冠切云之崔嵬。崔嵬，高貌也。言己内修忠信之志，外带长利之剑，戴崔嵬之冠，其高切青云也。嵬，一作巍。五臣云：切云，冠名。《补》曰：崔，音摧。嵬、巍，并五回切。被明月兮珮宝璐。在背曰被。宝璐，美玉也。言己背被明月之珠，要佩美玉，德宝兼备，行度清白也。珮，一作佩。五臣云：被犹服也。明月，珠名。《补》曰：《淮南》曰：明月之珠，不能无类。注云：夜光之珠，有似月光，故曰明月。璐，音路。《说文》云：玉名。世溷浊而莫余知兮，溷，乱也。浊，贪也。一无“兮”字。吾方高驰而不顾。言时世贪乱，遭君蔽暗，无有知我之贤，然犹高行抗志，终不回曲也。一本句末有“兮”字。五臣云：言我冠带佩服，莫不盛美，加之忠信贞洁，而遭世混浊，无相知者。顾世上如此，故高驰不顾，愿驾虬螭而远去也。驾青虬兮骖白螭，虬、螭，神兽，宜于驾乘。以喻贤人清白，宜可信任也。五臣云：虬、螭皆龙类。《补》曰：虬见《骚经》。螭见《九歌》。吾与重华遊兮瑶之圃。重华，舜名。瑶，玉也。圃，园也。言己想侍虞舜遊玉园，犹言遇圣帝升清朝也。遊，一作游。一云：瑶，石次玉也。《补》曰：《山海经》云：槐江之山，上多琅玕金玉，实惟帝之平圃。登昆仑兮食玉英，犹言坐明堂，受爵位。昆仑，一作崐崘。食，一作餐。五臣云：瑶圃、玉英，皆美言之。《补》曰：《尔雅》：西北之美者，有昆仑虚之璆琳琅玕焉。《援神契》曰：玉英，玉有英华之色。与天地兮同寿，与日月兮同光。言己年与天地相敝，名与日月同耀。一云：同寿齐光。一云：比寿齐光。五臣云：言若得值于此时，而我年德冀如是也。《补》曰：《庄子》曰：吾与日月参光，吾与天地为常。哀南夷之莫吾知兮，屈原怨毒楚俗嫉害忠贞，乃曰哀哉南夷之人，无知我贤也。《补》曰：《国语》云：楚为荆蛮。旦余济乎江湘。旦，明也。济，渡也。言己放弃，以明旦之时始去，遂渡江湘之水。言明旦者，纪时明，刺君不明也。乎，一作于。

乘鄂渚而反顾兮，乘，登也。鄂渚，地名。《补》曰：楚子熊渠，封中子红于鄂。鄂州，武昌县地是也。隋以鄂渚为名。**欸秋冬之绪风。**欸，叹也。绪，馀也。言己登鄂渚高岸，还望楚国，向秋冬北风，愁而长叹，心中忧思也。五臣云：秋冬之风，摇落万物，比之谗佞，是以叹焉。《补》曰：欸，音哀。《方言》云：欸，然也。南楚凡言然者，曰欸。**步余马兮山皋，邸余车兮方林。**邸，舍也。方林，地名。言我马强壮，行于山皋，无所驱驰；我车坚牢，舍于方林，无所载任也。以言己才德方壮，诚可任用，弃在山野，亦无所施也。邸，一作低。《补》曰：邸，典礼切。低无舍义。《风赋》云：邸萼叶而振气。注云：邸，触也。**乘舲船余上沅兮，**舲船，船有窗牖者。《补》曰：舲，音灵。《淮南》云：越舲蜀艇。注云：舲，小船也。《释文》作柃。《补》曰：上，谓溯流而上也。上，上声。**齐吴榜以击汰。**吴榜，船棹也。汰，水波也。言己始去乘窗舲之船，西上沅、湘之水，士卒齐举大棹而击水波，自伤去朝堂之上，而入湖泽之中也。或曰：齐悲歌，言愁思也。《补》曰：《字书》：䑨，船也。吴，疑借用。榜，北孟切，又音谤，进船也。汰，音泰。**船容与而不进兮，淹回水而疑滞。**疑，惑也。滞，留也。言士众虽同力引棹，船犹不进，随水回流，使己疑惑有还意也。疑，一作凝。五臣云：容与，徐动貌。淹，留也。疑滞者，恋楚国也。《补》曰：江淹赋云：舟凝滞于水滨。杜子美诗云：旧客舟凝滞。皆用此语。其作凝者，传写之误耳。**朝发枉陼兮，**枉陼，地名。陼，一作渚。**夕宿辰阳。**辰阳，亦地名也。言己乃从枉陼，宿辰阳，自伤去国日已远也。或曰：枉，曲也，陼，沚也。辰，时也。阳，明也。言己将去枉曲之俗，而趋时明之乡也。《补》曰：前汉武陵郡有辰阳。注云：三山谷辰水所出，南入沅七百五十里。《水经》云：沅水东径辰阳县东南，合辰水。旧治在辰水之阳，故取名焉。《楚词》所谓“夕宿辰阳”也。沅水又东，历小湾，谓之枉渚。**苟余心其端直兮，**苟，诚也。其，一作之。五臣云：苟，且也。**虽僻远之何伤。**僻，左也。言我惟行正直之心，虽在远僻之域，犹有善称，无害疾也。故《论语》曰“子欲居九夷”也。僻，一作辟。五臣云：原自解之词。

入溆浦余儃佪兮，溆浦，水名。儃佪，一作邅回。五臣云：溆亦浦类。邅，转。回，旋也。《补》曰：溆，徐吕切。迷不知吾所如。迷，惑也。如，之也。言己思念楚国，虽循江水涯，意犹迷惑，不知所之也。一本“吾”下有“之”字。深林杳以冥冥兮，山林草木茂盛。一云杳杳以冥冥。杳，一作晦。冥冥，一作冥寞。五臣云：冥冥，暗貌。猿狖之所居。非贤士之道径。一本此句上有“乃”字。五臣云：猿狖，轻捷之兽。喻国之昏乱，邪巧生焉，非贤智所能处也。《补》曰：猿狖，见《九歌》。山峻高以蔽日兮，言险阻危倾也。以，一作而。下幽晦以多雨。言暑湿泥泞也。《补》曰：此言阴气盛而多雨也。霰雪纷其无垠兮，涉冰冻之盛寒。《补》曰：《诗》云：如彼雨雪，先集维霰。霰，霙也。一曰：雨雪杂。垠，音银，畔岸也。云霏霏而承宇。室屋沉没，与天连也。或曰：日以喻君，山以喻臣，霰雪以兴残贼，云以象佞人。山峻高以蔽日者，谓臣蔽君明也。下幽晦以多雨者，群下专擅施恩惠也。霰雪纷其无垠者，残贼之政害仁贤也。云霏霏而承宇者，佞人并进满朝廷也。《补》曰：霏，芳微切。《诗》：雨雪霏霏。哀吾生之无乐兮，遭遇谗佞，失官爵也。幽独处乎山中。远离亲戚，而斥逐也。吾不能变心而从俗兮，终不易志随枉曲也。固将愁苦而终穷。愁思无聊，身困穷也。

接舆髡首兮，桑扈臝行。接舆，楚狂接舆也。髡，剔也。首，头也，自刑身体，避世不仕也。桑扈，隐士也。去衣裸裎，效夷狄也。言屈原自伤不容于世，引此隐者以自慰也。臝，一作裸。《补》曰：《论语》曰：楚狂接舆，歌而过孔子。《扬子》曰：狂接舆之被其发也。《庄子》曰：嗟来桑户乎。髡，音坤，去发也。臝，力果切，赤体也。忠不必用兮，贤不必以。以，亦用也。《补》曰：《语》曰：不使大臣怨乎不以。《左氏》曰：师能左右之曰以。伍子逢殃兮，伍子，伍子胥也。为吴王夫差臣，谏令伐越，夫差不听，遂赐剑而自杀。后越竟灭吴，故言逢殃。《补》曰：子胥，伍员也。《史记》：越王勾践率其众以朝吴，吴王喜。惟子胥惧曰：是弃吴也。谏不听，赐子胥属镂之剑以死。将死，曰：抉吾眼，置吴东门之上，以观越之灭吴也。《庄子》曰：伍员流于江。邹阳曰：子胥鸱夷。比干菹醢。比干，纣之诸父也。纣惑妲己，作糟丘酒池，长夜之饮，断斫朝涉，刳剔孕妇。比干正谏，纣怒曰：吾闻圣人心有七孔。于是乃杀比干，剖其心而观之，故言菹醢也。一云：比干，纣之庶兄。菹，一作葅。与前世而皆然兮，谓行忠直，而遇患害，如比干、子胥者多也。吾又何怨乎今之人！自古有迷乱之君，若纣、夫差，不用忠信，灭国亡身，当何为复怨今之君乎？五臣云：此自抑之词。余将董道而不豫兮，董，正也。豫，犹豫也。言己虽见先贤执忠被害，犹正身直行，不犹豫而狐疑也。固将重昏而终身！昏，乱也。言己不逢明君，思虑交错，心将重乱，以终年命。

乱曰：鸾鸟凤皇，日以远兮。鸾、凤，俊鸟也。有圣君则来，无德则去，以兴贤臣难进易退也。燕雀乌鹊，巢堂坛兮。燕雀乌鹊，多口妄鸣，以喻谗佞。言楚王愚暗，不亲仁贤，而近谗佞也。《补》曰：壇，音善，见《九歌》。露申辛夷，死林薄兮。露，暴也。申，重也。丛木曰林。草木交错曰薄。言重积辛夷露而暴之，使死于林薄之中，犹言取贤明君子，弃之山野，使之颠坠也。腥臊并御，芳不得薄兮。腥臊，臭恶也。御，用也。薄，附也。言不识味者，并甘臭恶。不知人者，信任谗佞。故忠信之士，不得附近而放逐也。《补》曰：臊，音骚。《周礼》曰：豕盲视而交睫，腥。犬赤股而躁，臊。《左传》曰：薄而观之。薄，迫也，逼近之意。如字，一音博。下文忽翱翔之焉薄，瞭杳杳而薄天，并同。阴阳易位，时不当兮。阴，臣也。阳，君也。言楚王惑蔽群佞，权臣将代君，与之易位。自伤不遇明时，而当暗世。《补》曰：阴阳易位，言君弱而臣强也。当，平声。怀信侘傺，忽乎吾将行兮！言己怀忠信，不合于众，故怅然住立，忽忘居止，将遂远行之它方也。一无“忽”字。

涉江 此章言己佩服殊异，抗志高远，国无人知之者，徘徊江之上，叹小人在位，而君子遇害也。

皇天之不纯命兮，德美大称皇天，以兴君也。何百姓之震愆？震，动也。愆，过也。言皇天不纯一，其施则万物夭伤；人君不纯一，其政则百姓震动以触罪也。民离散而相失兮，方仲春而东迁。仲春，二月也。刑德合会，嫁娶之时。言怀王不明，信用谗言而放逐己，正以仲春阴阳会时，徙我东行，遂与室家相失也。一无“方”字。去故乡而就远兮，遵江夏以流亡。遵，循也。江夏，水名也。言己东行，循江夏之水而遂流亡，无还乡之期也。《补》曰：前汉有江夏郡。应劭曰：沔水自江别至南郡华容为夏水，过郡入江，故曰江夏。《水经》云：夏水出江流于江陵县东南。注云：江津豫章口，东会中夏口，是夏水之首江之汜也。所谓过夏首而西浮，顾龙门而不见也。又云：又东至江夏云杜县，入于沔。注云：应劭曰：江别入沔，为夏水。源夫夏之为名始于分江，冬竭夏流，故纳厥称。既有中夏之目，亦苞大夏之名矣。当其决入之所，土谓之赌口焉。郑玄注：《尚书》沧浪之水，言今谓之夏水。刘澄之著《永初山川记》云：夏水。古文以为沧浪，渔父所歌也。因此言之，水应由沔。今按夏水，是江流沔，非沔入夏。假使沔注夏，其势西南，非《尚书》“又东”文。余亦以为非也。自赌口下沔水，兼通夏首，而会于江，谓之夏汭。故《春秋传》：吴伐楚，沈尹戍奔命于夏汭也。杜预曰：汉水曲入江，即夏口矣。出国门而轸怀兮，轸，痛也。怀，思也。甲之鼂吾以行。甲，日也。鼂，旦也。屈原放出郢门，心痛而思，始去，正以甲日之旦而行。纪时日清明者，刺君不聪明也。鼂，一作晁。《补》曰：鼂、晁，并读为朝暮之朝。冯衍赋云：甲子之朝兮，汩吾西征。注云：君子举事尚早，故以朝言也。发郢都而去闾兮，荒忽其焉极？言己始发郢，去我闾里，愁思荒忽，安有穷极之时。一无“都”字。一本“荒”上有“怊”字。其，一作之。《补》

曰：前汉南郡江陵县，故楚郢都。楚文王自丹阳徙此。后九世平王城之。后十世秦拔我郢，徙东郢。闾，里门也。荒忽，见《九歌》。**楫齐扬以容与兮，**楫，船棹也。齐，同也。扬，举也。《补》曰：楫，音接。**哀见君而不再得。**言己去乘船，士卒齐举楫棹，低佪容与，咸有还意。自伤卒去，而不得再事于君也。**望长楸而太息兮，**长楸，大梓。太，一作叹。《补》曰：楸，音秋。**涕淫淫其若霰。**淫淫，流貌也。言己顾望楚都，见其大道长树，悲而太息，涕下淫淫，如雨霰也。**过夏首而西浮兮，**夏首，夏水口也。船独流为浮也。《补》曰：《荀子》曰：夏首之南有人焉。**顾龙门而不见。**龙门，楚东门也。言己从西浮而东行，过夏水之口，望楚东门，蔽而不见，自伤日以远也。《补》曰：《水经》云：龙门，即郢城之东门。又伍端休《江陵记》云：南关三门，其一名龙门，一名修门。修门，见《招魂》。**心婵媛而伤怀兮，**婵媛，犹牵引也。**眇不知其所蹠。**眇，犹远也。蹠，践也。言己顾视龙门不见，则心中牵引而痛，远视眇然，足不知当所践蹠也。其，一作余。一无"其"字。《文苑》作"所它"。《补》曰：蹠，音只。**顺风波以从流兮，焉洋洋而为客。**洋洋，无所归貌也。言己忧不知所践，则听船顺风，遂洋洋远客，而无所归也。《补》曰：洋洋，水盛貌。焉，读如"且焉止息"之焉。**凌阳侯之泛滥兮，**凌，乘也。阳侯，大波之神。滥，一作濫。《补》曰：《战国策》云：塞漏舟而轻阳侯之波，则舟覆矣。《淮南》云：武王伐纣，渡于孟津，阳侯之波，逆流而击。注云：阳侯，陵阳国侯也。其国近水，溺死于水，其神龙为大波有所伤害，因谓之阳侯之波也。应劭曰：阳侯，古之诸侯。有罪自投江，其神为大波。泛，孚梵切。**忽翱翔之焉薄。**薄，止也。言己遂复乘大波而游，忽然无所止薄也。之，一作而，一作兮。**心絓结而不解兮，**絓，悬。《补》曰：絓，碍也，音画。**思蹇产而不释。**蹇产，诘屈也。言己乘船蹈波，愁而恐惧，则心肝县结，思念诘屈，而不可解释也。《补》曰：山曲曰嵼𡸣，义与此同。

将运舟而下浮兮，运，回也。上洞庭而下江。言己忧愁，身不能安处也。去终古之所居兮，远离先祖之宅舍也。今逍遥而来东。遂行游戏，涉江湖也。羌灵魂之欲归兮，精神梦游，还故居也。羌，一作哓。《补》曰：羌，发声也。哓，丘亮切，于义不通。何须臾而忘反。倚住顾望，常欲去也。背夏浦而西思兮，背水向家，念亲属也。哀故都之日远。远离郢都，何辽辽也。登大坟以远望兮，想见宫阙与廊庙也。水中高者为坟，《诗》曰：遵彼汝坟。聊以舒吾忧心。且展我情，渫忧思也。哀州土之平乐兮，闵惜乡邑之饶富也。《补》曰：乐，音洛。悲江介之遗风。远涉大川，民俗异也。介，一作界。《补》曰：薛君《韩诗章句》曰：介，界也。曹子建诗云：江介多悲风。注云：介，间也。

当陵阳之焉至兮，意欲腾驰，道安极也。陵，一作凌。《补》曰：前汉丹阳郡有陵阳，仙人陵阳子明所居也。《大人赋》云：反大壹而从陵阳。淼南渡之焉如？淼，滉〔瀁〕弥望，无际极也。渡，一作度。一云：淼，〔滉〕瀁弥望，无栖集也。曾不知夏之为丘兮，夏，大殿也。丘，墟也。《诗》云：于我乎夏屋渠渠。怀王信用谗佞，国将危亡，曾不知其所居宫殿当为墟也。《补》曰：夏，大屋。《杨子》曰：震风凌雨，然后知夏屋之为帡幪也。孰两东门之可芜？孰，谁也。芜，逋也。言郢城两东门，非先王所作邪？何可使逋废而无路？《补》曰：《说文》曰：芜，秽也。心不怡之长久兮，怡，乐貌也。忧与愁其相接。接，续也。言己念楚国将墟，心常含戚，忧愁相续，无有解也。其，一作之。惟郢路之辽远兮，楚道逶迤，山谷隘也。江与夏之不可涉。分隔两水，无以渡也。忽若不信兮，始从细微，遂见疑也。一本“若”下有“去”字。至今九年而不复。放且九岁，君不觉也。《补》曰：《卜居》言：屈原既放，三年不得复见。此云：至今九年而不复。按：《楚世家·屈原传》、《六国世表》、刘向《新序》云：秦欲吞灭诸侯，屈原为楚东使于齐，以结强党。秦国患之，使张仪之楚，赂贵臣上官大夫、靳尚之属，及令尹子兰、司马子椒，内赂夫人郑袖，共谮屈原。屈原遂放于外，乃作《离骚》。当怀王之十六年，张仪相楚，十八年楚囚张仪，复释去之。是时屈平既疏，不复在位，怀王悔不用屈原之策，于是复用屈原。屈原谏怀王曰：何不杀张仪？怀王使人追之不及。三十年，秦昭王欲与怀王会，屈平曰：不如无行。怀王卒行。当顷襄王之三年，怀王卒于秦。顷襄听谗，复放屈原。以此考之，屈平在怀王之世，被绌复用。至顷襄即位，遂放于江南耳。其云既放三年，谓被放之初。又云九年而不复，盖作此时放已九年也。惨郁郁而不通兮，中心忧满，虑闭塞也。通，一作开。蹇侘傺而含戚。怅然住立，内结毒也。

外承欢之汋约兮，汋约，好貌。《补》曰：汋，音绰。谌荏弱而难持。谌，诚也。言佞人承君欢颜，好其谄言，令之汋约然，小人诚难扶持之也。《补》曰：谌，音忱，信也。荏，音稔。《语》曰：色厉而内荏。忠湛湛而愿进兮，湛湛，重厚貌。《补》曰：《诗》曰：湛湛露斯。注云：湛湛，茂盛貌。丈减切。相如赋云：纷湛湛其差错。注云：湛湛，积厚之貌，徒感切。妒被离而鄣之。言己体性重厚，而欲愿进，谗人妒害，加被离析，鄣而蔽之。被，一作披。《补》曰：被，读曰披。《反离骚》曰：亡春风之被离。鄣，音章，壅也。《记》曰：鲧鄣洪水。尧舜之抗行兮，行，下孟切。瞭杳杳而薄天。一无“瞭”字。一云：杳冥冥而薄天。《补》曰：瞭，音了，目明也。杳杳，远貌。众谗人之嫉妒兮，被以不慈之伪名。《补》曰：尧、舜与贤而不与子，故有不慈之名。《庄子》曰：尧不慈，舜不孝。言此者，以明尧、舜大圣，犹不免谗谤，况馀人乎？憎愠惀之脩美兮，脩，一作修。《补》曰：愠，纡粉切，心所愠积也。惀，力允切，思求晓知谓之惀。好夫人之忼慨。《释文》作磕。苦盖切。《补》曰：忼，苦朗切，忼慨，愤意。君子之愠惀，若可鄙者，小人之慷慨，若可喜者，惟明者能察之。众踥蹀而日进兮，踥，一作躞，一作踕。

一作㨗㩦。《补》曰：踥，思叶切。蹀，音牒。踥蹀，行貌。美超远而逾迈。此皆解于《九辩》之中。

乱曰：曼余目以流观兮，曼，犹曼曼，远貌。《补》曰：《说文》：曼，引也。音万。冀壹反之何时？言己放远，日以曼曼，周流观视，意欲一还，知当何时也。鸟飞反故乡兮，思故巢也。《补》曰：《淮南》云：鸟飞反乡，狐死首丘，各哀其所生。狐死必首丘。念旧居也。《补》曰：《记》曰：乐，乐其所自生，礼不忘其本。古人有言曰：狐死正丘首，仁也。《广志》曰：狐死首丘，豹死首山。信非吾罪而弃逐兮，我以忠信而获过也。何日夜而忘之？昼夜念君，不远离也。

哀郢　此章言己虽被放，心在楚国，徘徊而不忍去，蔽于谗谄，思见君而不得。故太史公读《哀郢》而悲其志也。

心郁郁之忧思兮，哀愤结缗，虑烦冤也，一无"心"字。独永叹乎增伤。哀悲太息，损肺肝也。思蹇产之不释兮，心中诘屈，如连环也。曼遭夜之方长。忧不能眠，时难晓也。悲秋风之动容兮，风为政令。动，摇也。言风起而草木之类摇动，君令下而百姓之化行也。一本云悲夫。《补》曰：《九辩》曰：悲哉秋之为气也！萧瑟兮草木摇落而变衰。意与此同。何回极之浮浮。回，邪也。极，中也。浮浮，行貌。怀王为回邪之政，不合道中，则其化流行，群下皆效也。《补》曰：极，至也。《诗》曰：江汉浮浮。浮浮，水流貌。此言回邪盛行，犹秋风之摇落万物也。数惟荪之多怒兮，数，纪也。荪，香草也。以喻君。荪，一作荃。《补》曰：数，所矩切，计也。惟，思也。言计思其君多妄怒，无罪而受罚也。伤余心之懮懮。懮，痛貌也。言己惟思君行，纪数其过，又多忿怒，无罪受罚，故我心懮懮而伤痛也。《补》曰：懮，音忧。《说文》云：愁也。愿摇起而横奔兮，言己见君妄怒，无辜而受罚，则欲摇动而奔走。览民尤以自镇。尤，过也。镇，止也。言己览观众民，多无过恶而被刑罚，非独己身，故自镇止而慰己也。《补》曰：镇，音珍。结微情以陈词兮，结续妙思，作辞赋也。矫以遗夫美人。举与怀王，使览照也。《补》曰：遗，去声。昔君与我诚言兮，始君与己谋政务也。诚，一作成。曰黄昏以为期。且待日没闲静时也。《补》曰：《淮南》曰：薄于虞渊，是谓黄昏。黄昏，喻晚节也。《战国策》云：行百里者，半于九十。此言末路之难。羌中道而回畔兮，信用谗人，更狐疑也。反既有此他志。谓己不忠，遂外疏也。《补》曰：志，音之，叶韵。憍吾以其美好兮，握持宝玩，以侮余也。一无"其"字。《补》曰：此言怀王自矜伐也。憍，矜也。《庄子》曰：虚憍而恃气。读若骄。览余以其脩姱。陈列好色，以示我也。览，一作鉴。脩，一作修。《补》曰：姱，好也，亦有户音。与余言而不信兮，外若亲己，内怀诈也。一作途言。盖为余而造怒。责其非职，语横暴也。盖，一作盍。《补》曰：为，去声。

愿承闲而自察兮，思待清宴，自解说也。《补》曰：闲，音闲。《庄子》曰：今日宴闲。察，明也。心震悼而不敢。志恐动悸，心中怛也。悲夷犹而冀进兮，意怀犹豫，幸擢拔也。心怛伤之憺憺。肝胆剖破，血凝滞也。《补》曰：怛，当割切，悲惨也。憺，谈敢切，安静也。兹历情以陈辞兮，发此愤思，列谋谟也。一作历兹情。荪详聋而不闻。君耳不听，若风过也。荪，一作荃。详，一作佯。《补》曰：详，诈也。与佯同。固切人之不媚兮，琢瑳群佞，见憎恶也。众果以我为患。谄谀比己于剑戟也。《补》曰：患，音还。初吾所陈之耿著兮，论说政治，道明白也。《补》曰：耿，古迥切。岂至今其庸亡？文辞尚在，可求索也。一云：岂不至今其庸止。何毒药之謇謇兮？忠信不美，如毒药也。一云：何独乐斯之謇謇兮。《补》曰：《书》曰：若药不瞑眩，厥疾不瘳。《传》曰：美疢不如恶石。愿荪美之可完。想君德化，可兴复也。

荪，一作荃。完，一作光。望三五以为像兮，三王五伯，可修法也。指彭咸以为仪。先贤清白，我式之也。夫何极而不至兮，尽心修善，获官爵也。《补》曰：此言以圣贤为法，尽心行之，何远而不至也？故远闻而难亏。功名布流，长不灭也。善不由外来兮，才德仁义，从己出也。名不可以虚作。愚欲强智不能及也。《补》曰：此言有实而后名从之。孰无施而有报兮，谁不自施德而蒙福。《补》曰：施，矢豉切。孰不实而有穫？空穗满田，无所得也。以言上不施惠，则下不竭其力；君不履信诚，则臣下伪惑也。穫，一作获。

少歌曰：小吟讴谣，以乐志也。少，一作小。《补》曰：少，矢照切。《荀子》曰：其小歌也。注云：此下一章，即其反辞，总论前意，反复说之也。此章有少歌，有倡，有乱。少歌之不足，则又发其意而为倡。独倡而无与和也，则总理一赋之终，以为乱辞云尔。与美人抽怨兮，为君陈道，拔恨意也。并日夜而无正。君性不端，昼夜谬也。并，一作弃。一云：并憾日夜无正。《补》曰：并，並也。冯衍赋云：并日夜而忧思。憍吾以其美好兮，示我爵位及财贿也。憍，一作骄。敖朕辞而不听。慢我之言，而不采听也。敖，一作謷。《补》曰：敖，倨也，与傲同。

倡曰：起倡发声，造新曲也。《补》曰：倡，与唱同。有鸟自南兮，屈原自喻生楚国也。《补》曰：孔子曰：鸟则择木，木岂能择鸟？子思曰：君子犹鸟也，疑之则举矣。色斯举矣，翔而后集。故古人以自喻。来集汉北。虽易水土，志不革也。《补》曰：《禹贡》：嶓冢导漾，东流为汉。《周礼》：荆州，其川江、汉。汉，楚水也。《水经》及《山海经》注云：汉水出陇西坻道县嶓冢山，初名漾水，东流至武都沮县，始为汉水。东南至葭萌，与羌水合，至江夏安陆县，名沔水。故有汉沔之名。又东至竟陵，合沧浪之水，又东过三澨，水触大别山，南入于江也。好姱佳丽兮，容貌说美，有俊德也。牉独处此异域。背离乡党，居他邑也。牉，一作叛，一作柈。《补》曰：牉，音泮，旧音伴。既茕独而不群兮，行与众异，身孤特也。《补》曰：茕，渠荣切，无弟兄也。又无良媒在其侧。左右嫉妒，莫炫鬻也。道卓远而日忘兮，卓，一作逴。愿自申而不得。望北山而流涕兮，瞻仰高景，愁悲泣也。北山，一作南山。临流水而太息。顾念旧故，思亲戚也。流水，一作深水。望孟夏之短夜兮，四月之末，阴尽极也。《补》曰：上云曼遭夜之方长，此云望孟夏之短夜者，秋夜方长，而夏夜最短，忧不能寐，冀夜短而易晓也。何晦明之若岁！忧不能寐，常倚立也。惟郢路之辽远兮，隔以江湖，幽僻侧也。魂一夕而九逝。精魂夜归，几满十也。曾不知路之曲直兮，忽往忽来，行亟疾也。一本云：曾不知路之曲直兮，魂识路之营营。何灵魂之信直兮，南指月与列星。愿径逝而未得兮，人之心不与吾心同。南指月与列星。参差转运，相递代也。愿径逝而未得兮，意欲直还，君不纳也。未，一作不。魂识路之营营。精灵主行，往来数也。或曰：识路，知道路也。营，一作茕。《补》曰：《诗》注云：营营，往来貌。茕茕，忧也，音琼。何灵魂之信直兮，质性忠正，不枉曲也。人之心不与吾心同！我志清白，众泥浊也。理弱而媒不通兮，知友劣弱，又鄙朴也。尚不知余之从容。未照我志之所欲也。《补》曰：言尚不知己志，况能召我也？

乱曰：长濑湍流，溯江潭兮。湍，亦濑也。逆流而上曰溯。潭，渊也。楚人名渊曰潭。言己思得君命，缘湍濑之流，上溯江渊，而归郢也。《补》曰：濑见《九歌》。《说文》：逆流而上曰溯洄。溯，向也。水欲下，违之而上也。潭水出武陵。一说楚人名深曰潭，徒含切，又音淫。狂顾南行，聊以娱心兮。狂，犹遽也，娱，乐也。君不肯还己，则复遽走南行，幽藏山谷，以娱己之本志也。一无“聊”字。轸石崴嵬，蹇吾愿兮。轸，方也。故曰：轸之方也，以象地。崴嵬，崔巍，高貌也。言虽放弃，执履忠信，志如方石，终不可转，行度益高，我常愿之也。嵬，一作嵔。《补》曰：轸石，谓石之方者，如车轸耳。《集韵》：崴，音限。嵬，吾回切。又崴，乌皆切。嵬，音怀。崴嵬，不平也。一曰山形。崴，旧音委谁切。嵔，音淮。超回志度，行隐进兮。超，越也。言己动履正直，超越回邪，志其法度，隐行忠信，日以进也。《补》曰：《说文》：隐，安也。低佪夷犹，宿北姑兮。夷犹，犹豫也。北姑，地名。言己所以低佪犹豫、宿北姑者，冀君觉寤而还己也。低，一作俳。烦冤瞀容，实沛徂兮。瞀，乱也。实，是也。徂，去也。言己忧愁思念烦冤，容貌愦乱，诚欲随水沛然而流去也。《补》曰：瞀，音茂。愁叹苦神，灵遥思兮。愁叹苦神者，思旧乡而神劳也。灵遥思者，神远忧也。路远处幽，又无行媒兮。路远处幽者，道远处僻也。无行媒者，无绍介也。道思作颂，聊以自救兮。一无“以”字。忧心不遂，斯言谁告兮。道思者，中道作颂，以舒怫郁之念，救伤怀之思也。忧心不遂，不达也。谁告者，无所告诉也。

抽思　此章言己所以多忧者，以君信谀而自圣，眩于名实，昧于施报，己虽忠直，无所赴诉，故反复其词，以泄忧思也。

滔滔孟夏兮，滔滔，盛阳貌也。《史记》作陶陶。《补》曰：《说文》：滔，水漫漫大貌，他刀切。又滔，聚也，音陶。前云方仲春而东迁，此云滔滔孟夏者，屈原以仲春去国，以孟夏徂南土也。草木莽莽。言孟夏四月，纯阳用事，煦成万物。草木之类，莫不莽莽盛茂。自伤不蒙君惠，而独放弃，曾不若草木也。《补》曰：莽，莫补切。伤怀永哀兮，怀，思也。永，长也。汩徂南土。汩，行貌。徂，往也。言己见草木盛长，而己独汩然放流，往居江南之土，僻远之处，故心伤而长悲思也。土，一作去。《补》曰：汩，越笔切，见《骚经》。眴兮杳杳，眴，视貌也。杳杳，深冥貌也。《史记》作窈窈。《补》曰：眴，与瞬同。《说文》云：开阖目数摇也。孔静幽默。孔，甚也。《诗》曰：亦孔之将。默，无声也。言江南山高泽深，视之冥冥，野甚清净，漠无人声。一云：孔静兮。《史记》默作墨。郁结纡轸兮，纡，屈也。轸，痛也。《史记》纡作冤。离慜而长鞠。慜，痛也。鞠，穷也。言己愁思，心中郁结，纡屈而痛，身遭疾病，长穷困苦，恐不能自全也。《史记》慜作愍，而作之。《补》曰：离，遭也。慜，与愍同。抚情效志兮，抚，循也。效，犹核也。冤屈而自抑。抑，按也，言己身多病长穷，恐遂颠沛，抚己情意，而考核心志，无有过失，则屈志自抑，而不惧也。《史记》云：俯诎以自抑。

刓方以为圜兮，刓，削。《补》曰：刓，吾官切，圆削也。常度未替。度，法也。替，废也。言人刓削方木，欲以为圜，其常法度尚未废也。以言谗人谮逐放己，欲使改行，亦终守正而不易也。易初本迪兮，《史记》迪作由。一无"初"字。君子所鄙。鄙，耻也。言人遭世遇，变易初行，远离常道，贤人君子之所耻，不忍为也。章画志墨兮，章，明也。志，念也。《史记》志作职。《补》曰：画，音获。前图未改。图，法也。改，易也。言工明于所画，念其绳墨，修前人之法，不易其道，则曲木直而恶木好也。以言人遵先圣之法度，修其仁义，不易其行，则德誉兴而荣名立也。《史记》图作度。内厚质正兮，《史记》作内直质重兮。大人所盛。言人质性敦厚，心志正直，行无过失，则大人君子所盛美也。巧倕不斲兮，倕，尧巧工也。斲，斫也。《史记》作巧匠。斲，一作刘，一作断。《补》曰：倕，音垂。《书》曰：垂，汝共工。《庄子》曰：工倕旋而盖规矩。《淮南》曰：周鼎著倕，使衔其指。《说文》云：斲，斫也。刘，杀也。作斲者是。孰察其拨正。察，知也。拨，治也。言倕不以斤斧斲斫，则曲木不治，谁知其工巧者乎？以言君子不居爵位，众亦莫知其贤能也。《史记》作揆正。《补》曰：《说文》曰：拨，治也，比末切。揆，度也。

玄文处幽兮，玄，墨也。幽，冥也。《史记》作幽处。矇瞍谓之不章；矇，盲者也。《诗》云：矇瞍奏公。章，明也。言持玄墨之文，居于幽冥之处，则矇瞍之徒，以为不明也。言持贤知之士，居于山谷，则众愚以为不贤也。瞍，一作睃。《史记》无“瞍”字。《补》曰：有眸子而无见曰矇，无眸子曰瞍。离娄微睇兮，离娄，古明目者也。《孟子》曰：离娄之明。睇，眄之也。《补》曰：《淮南》曰：离朱之明。即离娄也。黄帝时人，明目，能见百步之外，秋豪之末。睇，音弟。《说文》曰：目小视也。南楚谓眄曰睇。瞽以为无明。瞽，盲者也。《诗》云：有瞽有瞽。言离娄明目无所不见，微有所眄，盲人轻之，以为无明也。言贤者遭困厄，俗人侮之，以为痴也。《补》曰：《说文》：瞽，目但有状也。变白以为黑兮，世以浊为清也。《史记》以作而。倒上以为下。俗人以愚为贤也。《补》曰：下，音户。凤皇在笯兮，笯，笼落也。徐广曰：笯，一作郊。《补》曰：笯，音暮。《释文》音奴，又女家切。《说文》曰：笼也，南楚谓之笯。鸡鹜翔舞。言圣人困厄，小人得志也。《史记》鹜作雉。《补》曰：鹜，凫属，音木。同糅玉石兮，贤愚杂厕。《补》曰：糅，杂也，女救切。一概而相量。忠佞不异。《补》曰：概，平斗斛木，古代切。夫惟党人鄙固兮，楚俗狭陋。鄙，一作交。《史记》云：夫党人之鄙妒兮。羌不知余之所臧。莫照我之善意也。《史记》云：羌不知吾所臧。任重载盛兮，《补》曰：盛，多也。言所任者重，所载者多也。重，直用切。陷滞而不济。陷，没也。济，成也。言己才力盛壮，可任重载，而身放弃，陷没沉滞，不得成其本志。怀瑾握瑜兮，在衣为怀，在手为握。瑾、瑜，美玉也。《补》曰：《传》云，钟山之玉，瑾、瑜为良。瑾，音仅。瑜，音逾。穷不知所示。示，语也。言己怀持美玉之德，遭世暗惑，不别善恶，抱宝穷困，而无所语也。《史记》云：穷不得余所示。邑犬之群吠兮，吠所怪也。言邑里之犬，群而吠者，怪非常之人而噪之也。以言俗人群聚毁贤智者，亦以其行度异，故群而谤之也。一云：邑犬群兮，吠所怪也。《史记》无“之”字。一本此句与下文无“也”字。非俊疑杰兮，千人才为俊，一国高为杰也。《史记》云：诽骏疑桀。《补》曰：《淮南》云：知过万人谓之英，千人谓之俊，百人谓之豪，十人谓之杰。固庸态也。庸，厮贱之人也。言众人所谤非杰异之士，斯庸夫恶态之人也。何者，德高者不合于众，行异者不合于俗，故为犬之所吠，众人之所讪也。文质疏内兮，《史记》疏作疎。《补》曰：内，旧音讷。疏，疏通也。讷，木讷也。《释文》：内，如字。众不知余之异采。采，文采也。言己能文能质，内以疏达，众人不知我有异艺之文采也。《史记》余作吾。徐广曰：异，一作奥。材朴委积兮，条直为材，壮大为朴。壮，一作庬。《史记》朴作樸。积，一作质。《补》曰：《说文》云：朴，木皮也。樸，木素也。莫知余之所有。言材木委积，非鲁班则不能别其好丑。国民众多，非明君则不知我之能也。

重仁袭义兮，重，累也。袭，及也。《补》曰：《淮南》云：圣人重仁袭恩。注云：袭亦重累。谨厚以为丰。谨，善也。丰，大也。言众人虽不知己，犹复重累仁德，及兴礼义，修行谨善，以自广大也。重华不可遌兮，遌，逢。一作遻。《史记》作悟。《补》曰：遌、遻，当作遻。音忤，与迕同。《列子》“遻物而不慴”是也。《释文》：遻，五各切。心不欲见而见曰遻，于义颇迂。孰知余之从容！从容，举动也。言圣辟重华，不可逢遇，谁得知我举动欲行忠信也。古固有不并兮，并，俱也。《补》曰：此言圣贤有不并时而生者，故重华不可遌，汤、禹不可慕也。岂知其何故，言往古之世，忠佞之臣不可俱并事君，必相克害。故曰：岂知其何故。一本此与下句末皆有“也”字。《史记》云：岂知其故也。汤禹久远兮，邈而不可慕。慕，思也。言殷汤、夏禹圣德之君，明于知人，然去久远，不可思慕而得事之也。《史记》云：邈不可慕也。惩连改忿兮，惩，止也。忿，恨也。《史记》连作违。**抑心而自强。**抑，按也。言己知禹、汤不可得，则止己留连之心，改其忿恨，按慰己心，以自强勉也。强，《史记》作彊。《补》曰：强，巨两切。**离慜而不迁兮，**慜，病也。迁，徙也。慜，《史记》作湣。一作闵。**愿志之有像。**像，法也。言己自勉修善，身虽遭病，心终不徙，故志行流于后世，为人法也。《史记》像作象。**进路北次兮，**路，道也。次，舍也。**日昧昧其将暮。**昧，冥也。言己思念楚国，愿得君命，进道北行，以次舍止，冀遂还归，日又将暮，不可去也。**舒忧娱哀兮，**娱，乐。《史记》云：含忧虞哀。**限之以大故。**限，度也。大故，死亡也。言己自知不遇，聊作词赋，以舒展忧思，乐己悲愁，自度以死亡而已，终无它志也。《补》曰：《孟子》云：今也不幸至于大故。

乱曰：**浩浩沅湘，**《史记》此句末至明告君子，并有"兮"字。**分流汩兮。**浩浩，广大貌也。汩，流也。言浩浩广大乎沅、湘之水，分汩而流，将归乎海。伤己放弃，独无所归也。分，一作汾。《补》曰：汩，音骨者，水声也。音鹘者，涌波也。《庄子》曰：与汩俱出。郭象云：洄伏而涌出者，汩也。**修路幽蔽，道远忽兮。**修，长也。言己虽在湖泽之中，幽深蔽暗，道路甚远，且久长也。《史记》蔽作拂。自道远忽兮以下，有"曾吟恒悲兮，永叹慨兮，世既莫无知兮，人心不可谓兮"四句。**怀质抱情，**《史记》云：怀情抱质。**独无匹兮。**匹，双也。言己怀敦笃之质，抱忠信之情，不与众同，故孤茕独行，无有双匹也。匹，俗作疋。**伯乐既没，骥焉程兮？**伯乐，善相马也。程，量也。言骐骥不遇伯乐，则无所程量其才力也。以言贤臣不遇明君，则无所施其智能也。《史记》没作歿。"焉"上有"将"字。《补》曰：《战国策》云：昔骐骥驾盐车，上吴坂，迁延负辕而不能进。遭伯乐，仰而鸣之，知伯乐之知己也。《淮南子》曰：造父不能为伯乐。注云：伯乐善相马，事秦缪公。又王逸云：孙阳，伯乐姓名。而张晏云：王良，字伯乐。非也。王良善驭，事赵简子。**万民之生，各有所**

错兮。错，安也。言万民禀受天命，生而各有所错安：其志或安于忠信，或安于诈伪，其性不同也。一云：民生有命。《史记》民作人。一云：民生禀命。定心广志，余何畏惧兮？言己既安于忠信，广我志意，当复何惧乎？威不能动，法不能恐也。曾伤爰哀，永叹喟兮。爰，於也。喟，息也。言己所以心中重伤，于是叹息自恨，怀道不得施用也。曾，一作增。《补》曰：曾，音增。喟，丘愧切。世溷浊莫吾知，人心不可谓兮。谓，犹说也。言己遭遇乱世，众人不知我贤，亦不可户告人说。一云：念不可谓兮。《史记》云：世溷不吾知，心不可谓兮。一云：世溷莫知，不可谓兮。知死不可让，愿勿爱兮。让，辞也。言人知命将终，可以建忠伏节死义，愿勿辞让，而自爱惜之也。《补》曰：屈子以为知死之不可让，则舍生而取义可也。所恶有甚于死者，岂复爱七尺之躯哉？明告君子，吾将以为类兮。告，语也。类，法也。《诗》云：永锡尔类。言己将执忠死节，故以此明白告诸君子，宜以我为法度。一本“明”下有“以”字。

怀沙　此章言己虽放逐，不以穷困易其行。小人蔽贤，群起而攻之。举世之人，无知我者。思古人而不得见，仗节死义而已。太史公曰：乃作《怀沙》之赋，遂自投汨罗以死。原所以死，见于此赋，故太史公独载之。

思美人兮，言己忧思，念怀王也。揽涕而伫眙。伫立悲哀，涕交横也。《补》曰：揽，犹拔也。伫，直吕切，久立也。眙，直视也，丑吏切。《文选》注云：伫眙，立视也。今市聚人，谓之立眙。媒绝路阻兮，良友隔绝，道坏崩也。一云：媒绝而道路阻。《文苑》作路绝而媒阻。言不可结而诒。秘密之语，难传诵也。一无“而”字。蹇蹇之烦冤兮，忠谋盘纡，气盈胸也。冤，一作惋。《补》曰：《易》曰：王臣蹇蹇。陷滞而不发。含辞郁结，不得扬也。陷，一作滔。《补》曰：《怀沙》云：陷滞而不济。申旦以舒中情兮，诚欲日日陈己心也。以，一作不。《补》曰：《九辩》云：申旦而不寐。五臣云：申，至也。志沉菀而莫达。思念沉积，不得通也。一无“志”字。《补》曰：菀，音郁，积也。愿寄言于浮云兮，思托要谋于神灵也。遇丰隆而不将。云师径游，不我听也。因归鸟而致辞兮，思附鸿雁，达中情也。羌宿高而难当。飞集山林，道径异也。一云：羌迅高而难寓。《补》曰：当，值也。高辛之灵盛兮，帝喾之德茂神灵也。盛，一作晟，一作威。《补》曰：《史记》帝喾高辛者，黄帝之曾孙。生而神灵，自言其名。张晏曰：高辛，所兴之地名也。遭玄鸟而致诒。喾妃吞燕卵以生契也。言殷契合神灵之祥知而生，于是性有贤仁，为尧三公。屈原亦得天地正气而生，自伤不遭圣主，而遇乱世也。欲变节以从俗兮，念改忠直，随谗佞也。愧易初而屈志。惭耻本行，中回倾也。《补》曰：愧，与媿同。志，音之，叶韵。独历年而离愍兮，修德累岁，身疲病也。羌冯心犹未化。愤懑守节，不易性也。《补》曰：冯与凭同。宁隐闵而寿考兮，怀智佯愚，终年命也。何变易之可为！心不改更，死忠正也。一云：何变初而可为。

知前辙之不遂兮，比干、子胥，蒙祸患也。辙，一作道。未改此度。执心不回，志弥固也。车既覆而马颠兮，君国倾侧，任小人也。车以喻君，马以喻臣。言车覆者，君国危也；马颠仆者，所任非人。蹇独怀此异路。遭逢艰难，思忠臣也。勒骐骥而更驾兮，举用才德，任俊贤也。造父为我操之。御民以道，须明君也。《补》曰：《史记》：秦之先造父，以善御幸于周缪王。得骥、温骊、骅骝、騄耳之驷，西巡狩。父，音甫。操，七刀切。迁逡次而勿驱兮，使臣以礼，得中和也。《补》曰：迁逡，犹逡巡，行不进貌。再宿为信，过信为次。《说文》曰：次，不前也。逡，七旬切。聊假日以须旹。期月考功，知德化也。《补》曰：假日，见《骚经》。须，待也。旹，古时字。指嶓冢之西隈兮，泽流山野，被流沙也。嶓冢，山名。《尚书》：嶓冢导漾。限，一作隅。《补》曰：嶓，音波。《禹贡》：导嶓冢至于荆山。注云：嶓冢，在梁州。指嶓冢之西限，言日薄于西山也。与纁黄以为期。待闲静时，与贤谋也。纁黄，盖黄昏时也。纁，一作曛。《补》曰：纁，浅绛也。其为色黄而兼赤。曛，日入余光。并音薰。

开春发岁兮，承阳施惠，养百姓也。白日出之悠悠。君政温仁，体光明也。吾将荡志而愉乐兮，涤我忧愁，弘佚豫也。将，一作且。《补》曰：愉，音逾。遵江、夏以娱忧。循两水涯，以娱志也。揽大薄之芳茝兮，欲援芳茝，以为佩也。揽，一作擥。茝，一作芷。《补》曰：薄，丛薄也。搴长洲之宿莽。采取香草，用饰己也。楚人名冬生草曰宿莽。惜吾不及古人兮，生后殷汤、周文王也。惜，一作然。一云：古之人。吾谁与玩此芳草？谁与竭节，尽忠厚也。此，一作斯。《补》曰：玩，五换切。《说文》：弄也。解萹薄与杂菜兮，萹，萹畜也。杂菜，杂香之菜。《补》曰：萹，音匾。《尔雅》曰：竹萹蓄。注云：似小藜，赤茎节，好生道旁。《本草》云：亦呼为萹竹。萹薄，谓萹蓄之成丛者。按萹蓄、杂菜，皆非芳草。此言解去萹菜而备芳茝、宿莽以为交佩也。备以为交佩。交，合也。言己解折萹蓄，杂以香菜，合而佩之，言修饰弥盛也。备，一作修。佩缤纷以缭转兮，德行纯美，能绝异也。以，一作其。《补》曰：缤，匹宾切。缭，音了，缭绕也。遂萎绝而离异。终以放斥而见疑也。《补》曰：萎，於危切。吾且儃佪以娱忧兮，聊且游戏，乐所志也。儃佪，一作徘徊。观南人之变态。览察楚俗，化改易也。窃快在中心兮，私怀侥幸，而欣喜也。一无“在”字。一云：吾窃快在其中心兮。一无“吾”字。扬厥凭而不俟。思舒愤懑，无所待也。

芳与泽其杂糅兮，正直温仁，德茂盛也。羌芳华自中出。生含天姿，不外受也。《补》曰：出，尺类切，自中而外也。纷郁郁其远承兮，法度文辞，行四海也。一云：行度文辞，流四海也。承，一作蒸。《补》曰：《说文》：郁，有章也。承，奉也。满内而外扬。修善于身，名誉起也。情与质信可保兮，言行相副，无表里也。羌居蔽而闻章。虽在山泽，名宣布也。居，一作重。一云：居重蔽而闻章。令薜荔以为理兮，意欲升高，事贵戚也。以，一作而。惮举趾而缘木。惮，难也。诚难抗足，屈蜷跼也。因芙蓉而为媒兮，意欲下求，从风俗也。因，一作用。惮褰裳而濡足。又恐污泥，被垢浊也。《补》曰：《庄子》曰：蹇裳躩步。蹇，起虔切。盖读若褰，谓抠衣也。足，一作之。登高吾不说兮，事上得位，我不好也。入下吾不能。随俗显荣，非所乐也。固朕形之不服兮，我性婞直，不曲挠也。然容与而狐疑。徘徊进退，观众意也。广遂前画兮，恢廓仁义，弘圣道也。《补》曰：画，音获，计策也。未改此度也。心终不变，内自守也。一无“也”字。《补》曰：度，徒故切。命则处幽，吾将罢兮，受禄当穷，自劳苦也。一无“则”字。《补》曰：罢，读若疲。愿及白日之未暮。思得进用，先年老也。一本句末有“也”字。独茕茕而南行兮，思彭咸之故也。

思美人　此章言已思念其君，不能自达，然反观初志，不可变易，益自修饬，死而后已也。

惜往日之曾信兮，先时见任，身亲近也。《补》曰：《史记》云原博闻强志，明于治乱，娴于辞令。入则与王图议国事，以出号令；出则接遇宾客，应对诸侯，王甚任之。受命诏以昭诗。君告屈原，明典文也。诗，一作时。《补》曰：《国语》云：庄王使士亹传太子箴，问于申叔时，叔时曰：教之诗，而为之导广显德，以耀明其志。奉先功以照下兮，承宣祖业，以示民也。明法度之嫌疑。草创宪度，定众难也。《补》曰：《史记》云：怀王使屈原造为宪令，属草稿未定。上官大夫见而欲夺之，屈平不与，因谗之曰：王使屈平为令，众莫不知，每一令出，平伐其功，曰：非我莫能为也。王怒而疏屈平。国富强而法立兮，楚以炽盛，无盗奸也。属贞臣而日娭。委政忠良，而游息也。《补》曰：属音烛，付也。娭，音嬉，戏也。一作娱，非是。秘密事之载心兮，天灾地变，乃存念也。秘，一作移。虽过失犹弗治。臣有过差，赦贳宽也。弗，一作不。《补》曰：治，音持。心纯庬而不泄兮，素性敦厚，慎语言也。泄，一作贳。《补》曰：庬，厚也，莫江切。泄，漏也，音薛。遭谗人而嫉之。遭遇靳尚及上官也。嫉之，一作佞嫉。君含怒而待臣兮，上怀忿恚，欲刑残也。不清澈其然否。内弗省察，其侵冤也。澈，一作澂。《补》曰：澈，音辙。澂，音澄。蔽晦君之聪明兮，专擅威恩，握主权也。虚惑误又以欺。欺罔戏弄，若转丸也。一云：惑虚言又以欺。弗参验以考实兮，不审穷核其端原也。远迁臣而弗思。放逐徙我，不肯还也。信谗谀之溷浊兮，听用邪伪，自乱惑也。溷浊，一作浮说。盛气志而过之。呵骂迁怒，妄诛戮也。盛，古作喊。《补》曰：《汉书》曰：闻将军有意督过之。何贞臣之无辠兮，忠正之行，少愆忒也。辠，一作罪。被离谤而见尤。虚蒙诽讪，获过愆也。离，一作谯。惭光景之诚信兮，质性谨厚，貌纯悫也。《补》曰：《说文》云：景，光也。此言己诚信甚著，小人所惭也。身幽隐而备之。虽处草野，行弥笃也。《补》曰：此言身被放弃，多谗谤也。临沅湘之玄渊兮，观视流水，心悲恻也。沅，一作江。遂自忍而沉流。遂赴深水，自害贼也。遂，一作不。卒没身而绝名兮，姓字断绝，形体没也。一云：名字断绝，形朽腐也。没身，一作沉身。惜壅君之不昭。怀王壅蔽，不觉悟也。古本壅，皆作廱。君无度而弗察兮，上无捡押，以知下也。《补》曰：捡押，隐括也。押，音狎。使芳草为薮幽。贤人放窜，弃草野也。《补》

曰：《说文》薮，大泽也。焉舒情而抽信兮，安所展思，拔愁苦也。恬死亡而不聊。忍不贪生，而顾老也。《补》曰：恬，安也。言安于死亡，不苟生也。独鄣壅而蔽隐兮，远放隔塞，在裔土也。鄣，一作彰，音如鄣。壅，一作雍。使贞臣为无由。欲竭忠节，靡其道也。为，一作而。

闻百里之为虏兮，《补》曰：晋献公虏虞君与其大夫百里傒，以百里傒为秦缪公夫人媵。百里傒亡秦走宛，楚鄙人执之。缪公闻百里傒贤，以五羖羊皮赎之，释其囚，与语国事，缪公大说，授之国政，号曰五羖大夫。《孟子》曰：百里奚自鬻于秦养牲者五羊之皮，食牛以要秦缪公。《庄子》曰：秦穆公以五羊之皮笼百里奚。伊尹烹于庖厨。吕望屠于朝歌兮，朝，知苗切。宁戚歌而饭牛。见《骚经》、《天问》。不逢汤武与桓缪兮，世孰云而知之。吴信谗而弗味兮，宰嚭阿谀，甘如蜜也。弗，一作不。《补》曰：《淮南》云：古人味而不贪，今人贪而不味。此言贪嗜谗谀，不知忠直之味也。子胥死而后忧。竟为越国所诛灭也。介子忠而立枯兮，介子，介子推也。文君寤而追求。文君，晋文公也。寤，觉也。昔文公被骊姬之谮，出奔齐、楚，介子推从行，道乏粮，割股肉以食文公。文公得国，赏诸从行者，失忘子推。子推遂逃介山隐。文公觉寤，追而求之，子推遂不肯出。文公因烧其山，子推抱树烧而死，故言立枯也。《七谏》中推自割而食君，亦解此也。封介山而为之禁兮，一无“而”字。报大德之优游。言文公遂以介山之民封子推，使祭祀之。又禁民不得有言烧死，以报其德，优游其灵魂也。《补》曰：《史记》：晋初定，赏从亡，未至隐者介子推，推亦不言禄，禄亦不及。介子推从者，乃悬书宫门。文公出，见其书，曰：此介子推也。吾方忧王室，未图其功。使人召之，则亡。遂求其所在，闻其入绵上山中。于是文公环绵上山中而封之，以为介推田，号曰介山。以记吾过，且旌善人。《庄子》曰：介子推至忠也，自割其股，以食文公。公后背之，子推怒而去，抱木而燔死。《淮南》

曰：介子歌龙蛇，而文君垂泣也。封介山而为之禁者，以为介推田也。逸说非是。优游，大德之貌。思久故之亲身兮，因缟素而哭之。言文公思子推亲自割其身，恩义尤笃。因为变服，悲而哭之也。《补》曰：亲身，言不离左右也。缟，音杲。《说文》云：缟素，白缴缯也。或忠信而死节兮，仇牧、荀息与梅伯也。或訑谩而不疑。张仪诈欺，不能诛也。訑，一作詑。《补》曰：詑、谩，皆欺也。上音移，下谟官切。弗省察而按实兮，君不参错而思虑也。《补》曰：省，息井切。听谗人之虚辞。谄谀毁訾，而加诬也。芳与泽其杂糅兮，质性香润，德之厚也。孰申旦而别之？世无明智，惑贤愚也。何芳草之早殀兮，贤臣被谗，命不久也。殀，一作夭。微霜降而下戒。严刑卒至，死有时也。下，一作不。谅聪不明而蔽壅兮，君知浅短，无所照也。一云：不聪明。《补》曰：《易》噬嗑、夬卦皆曰：聪，不明也。使谗谀而日得。佞人位高，家富饶也。家，一作蒙。自前世之嫉贤兮，憎恶忠直，若仇怨也。谓蕙若其不可佩。贱弃仁智，言难用也。《补》曰：若，杜若也。妒佳冶之芬芳兮，嫉害美善之婉容也。佳，一作娃。《补》曰：娃，於佳切。吴、楚之间，谓好曰娃。冶，妖冶，女态。《易》曰：冶容诲淫。嫫母姣而自好。丑妪自饰以粉黛也。《补》曰：嫫，音谟。《说文》云：嫫母，都丑也。一曰黄帝妻，貌甚丑。姣，妖媚也，音绞。好，音耗。虽有西施之美容兮，世有好女之异貌也。《补》曰：西施，越之美女。《越绝书》曰：越王勾践得采薪二女西施、郑旦，以献吴王。谗妒入以自代。众恶推远，不附近也。愿陈情以白行兮，列己忠心，所趋务也。得罪过之不意。谴怒横异，无宿戒也。情冤见之日明兮，行度清白，皎如素也。冤，一作宛。如列宿之错置。皇天罗宿，有度数也。《补》曰：宿，音秀。错，仓各切。乘骐骥而驰骋兮，如驾驽马而长驱也。《补》曰：骐骥，骏马也。无辔衔而自载；不能制御，乘车将仆。

《补》曰：《诗》云：六辔如琴。《说文》：衔，马勒口中，行马者也。乘氾泭以下流兮，乘舟氾船而涉渡也。编竹木曰泭。楚人曰柎，秦人曰拨也。乘，一作椉。泭，一作柎。《补》曰：氾，音泛。泭，音敷。《说文》云：编木以度。柎与泭同。无舟楫而自备。身将沉没而危殆也。楫，一作檝。《补》曰：《说文》云：楫，舟棹也。背法度而心治兮，背弃圣制，用愚意也。治，一作殆。辟与此其无异。若乘船车无辔棹也。辟，一作譬。《补》曰：辟，喻也。与譬同。宁溘死而流亡兮，意欲淹没，随水去也。恐祸殃之有再。罪及父母与亲属也。不毕辞而赴渊兮，陈言未终，遂自投也。惜壅君之不识。哀上愚蔽，心不照也。识，一作明。《补》曰：识，音试，亦音志。冯衍赋云：韩卢抑而不纵兮，骐骥绊而不试。独慷慨而远览兮，非庸庸之所识。亦叶韵也。

惜往日　此章言己初见信任，楚国几于治矣。而怀王不知君子小人之情状，以忠为邪，以僭为信，卒见放逐，无以自明也。

后皇嘉树，橘徕服兮。后，后土也。皇，皇天也。服，习也。言皇天后土生美橘树，异于众木，来服习南土，便其风气，屈原自喻才德如橘树，亦异于众也。便其风气，一云便且遂也，一云便其性也。《补》曰：《禹贡》：淮海惟扬州，厥包橘柚锡贡。《汉书》江陵千树橘与千户侯等。《异物志》云：橘为树，白华赤实，皮既馨香，又有善味。徕与来同。《说文》云：周所受瑞麦来（麰）〔麳〕，天所来也，故为行来之来。受命不迁，生南国兮。南国，谓江南也。迁，徙也。言橘受天命，生于江南，不可移徙，种于北地，则化而为枳也。屈原自比志节如橘，亦不可移徙。深固难徙，更壹志兮。屈原见橘根深坚固，终不可徙，则专一己志，守忠信也。绿叶素荣，纷其可喜兮。绿，犹青也。素，白也。言橘青叶白华，纷然盛茂，诚可喜也。以言己行清白，可信任也。荣，一作华。《补》

曰：《尔雅》：草谓之荣，木谓之华。此言素荣，则亦通称也。曹植赋曰：朱实不萌，焉得素荣。李尤《七叹》曰：白华绿叶，扶疏冬荣。金衣素里，班理内充。皆谓橘也。曾枝剡棘，圆果抟兮。剡，利也。棘，橘枝，刺若棘也。抟，圜也。楚人名圜为抟。言橘枝重累，又有利棘，以象武也。其实圆抟，又象文也。以喻己有文武，能方圆也。圆果，一作圜实。抟，一作椱。《补》曰：曾，音增，重也。剡，音琰。《方言》曰：凡草木刺人，江湘之间谓之棘。注引曾枝剡棘。《说文》云：抟，圜也，其字从手。椱，枢车也，其字从木。音同，义异。青黄杂糅，一作揉。文章烂兮。言橘叶青，其实黄，杂糅俱盛，烂然而明。以言己敏达道德，亦烂然有文章也。《补》曰：橘实初青，既熟则黄，若以青为叶，则上文已言绿叶矣。精色内白，类可任兮。精，明也。类，犹貌也。言橘实赤黄，其色精明，内怀洁白。以言贤者亦然，外有精明之貌，内有洁白之志，故可任以道，而事用之也。一云：类任道兮。《补》曰：青黄杂糅，言其外之文；精色内白，言其中之质也。纷缊宜脩，一作修，姱而不丑兮。纷缊，盛貌。丑，恶也。言丑类纷缊而盛，如人宜修饰，形容尽好，无有丑恶也。《补》曰：纷，音坟。缊，音氲。《集韵》：葐蒀，积也；姱，好也。

嗟尔幼志，有以异兮。尔，汝也。幼，小也。言嗟乎众臣，女少小之人，其志易徙，有异于橘也。独立不迁，岂不可喜兮？屈原言己之行度，独立坚固，不可迁徙，诚可喜也。《补》曰：自此以下，申前义，以明己志。深固难徙，廓其无求兮。《补》曰：凡与世迁徙者，皆有求也。吾之志举世莫得而倾之者，无求于彼故也。苏世独立，横而不流兮。苏，寤也。言屈原自知为谗佞所害，心中觉寤，然不可变节，犹行忠直，横立自持，不随俗人也。《补》曰：死而更生曰苏。《魏都赋》曰：非苏世而居正。闭心自慎，不终失过兮。言己闭心捐欲，敕慎自守，终不敢有过失也。一云：终不过兮。一云：终不失过兮。《补》曰：闭，必结切，阖也。俗作闭，非是。秉德无私，参天地兮。秉，执也。言己执履忠正，行无私阿，故参配天地，通之神明，使知之也。《补》曰：天无私覆，地无私载，秉德无私，则与天地参矣。**愿岁并谢，与长友兮。**谢，去也。言己愿与橘同心并志，岁月虽去，年且衰老，长为朋友，不相远离也。《补》曰：《说文》云：谢，辞去也。此言己年虽与岁月俱逝，愿长与橘为友也。**淑离不淫，梗其有理兮。**淑，善也。梗，强也。言己虽设与橘离别，犹善持己行，梗然坚强，终不淫惑而失义也。**年岁虽少，可师长兮。**言己年虽幼少，言有法则，行有节度，诚可师用长老而事之。《补》曰：言可为人师长。**行比伯夷，置以为像兮。**像，法也。伯夷，孤竹君之子也。父欲立伯夷，伯夷让弟叔齐，叔齐不肯受，兄弟弃国，俱去之首阳山下。周武王伐纣，伯夷、叔齐扣马谏之曰：父死不葬，谋及干戈，可谓孝乎？以臣弑君，可谓忠乎？左右欲杀之，太公曰：不可。引而去之。遂不食周粟而饿死。屈原亦自以修饰洁白之行，不容于世，将饿馁而终。故曰：以伯夷为法也。《补》曰：行，下孟切。比，音鼻，近也。韩愈曰：伯夷者特立独行，亘万世而不顾者也。屈原独立不迁，宜与伯夷无异。乃自谓近于伯夷，而置以为像，尊贤之词也。

橘颂 美橘之有是德，故曰颂。《管子》篇名有《国颂》。说者云：颂，容也，陈为国之形容。

悲回风之摇蕙兮，回风为飘，飘风回邪，以兴谗人。**心冤结而内伤。**言飘风动摇芳草，使不得安。以言谗人亦别离忠直，使得罪过也。故己见之，中心冤结，而伤痛也。冤，一作宛。**物有微而陨性兮，**陨，落也。言芳草为物，其性微眇，易以陨落。以言贤者用志精微，亦易伤害也。**声有隐而先倡。**倡，始也。言谗人之言隐匿其声，先倡导君，使乱惑也。**夫何彭咸之造思兮，暨志介而不忘！**暨，与也。《尚书》曰：让于稷契，暨皋陶。介，节也。言己见谗人倡君为恶，则思念古世彭咸，欲与齐志节，而不能忘也。《补》曰：暨，其冀切。此言物有微而陨性者，己独不忘彭咸之志节。万变其情岂可盖兮，盖，覆也。言谗人长于巧诈，情意万变，转易其辞，前后反复，如明君察之，则知其态也。一云：万变情岂其可盖兮。《补》曰：盖，古太切，掩也。孰虚伪之可长！言谗人虚造人过，其行邪伪，不可久长，必遇祸也。《补》曰：此言声有隐而先倡者，然明者察之，则虚伪安可久长乎？鸟兽鸣以号群兮，号，呼也，音豪。草苴比而不芳。生曰草，枯曰苴。比，合也。言飞鸟走兽，群鸣相呼，则芳草合其茎叶，芬芳以不畅也。以言谗口众多，盈君之耳，亦可令忠直之士失其本志也。《补》曰：苴，《释文》：七古切。茅藉祭也。鲍钦止本云：七闾、子旅二切。林德祖本云：反贾、士加二切。比，音鼻。鱼葺鳞以自别兮，葺，累也。《补》曰：别，彼列切。蛟龙隐其文章。言众鱼张其鬐尾，葺累其鳞，则蛟龙隐其文章而避之也。言俗人朋党恣其口舌，则贤者亦伏匿而深藏也。故荼荠不同亩兮，二百四十步为亩。言枯草荼荠，不同亩而俱生，以言忠佞亦不同朝而俱用也。荠，一作若。若，一作苦。《补》曰：荼，音徒。《尔雅》：荼，苦菜。疏引《易纬》云：苦菜，生于寒秋，经冬历春，得夏乃成。《月令》"孟夏苦菜秀"是也。叶似苦苣而细，花黄似菊，堪食，但苦耳。又《尔雅》云：蒫，荠实。疏引《本草》云：荠，味甘，人取其菜，作菹及羹。《诗》云：谁谓荼苦，其甘如荠。又曰：堇荼如饴。此言荼苦而荠甘，不同亩而生也。若，杜若也。兰茝幽而独芳。以言贤人虽居深山，不失其忠正之行。茝，一作芷。惟佳人之永都兮，佳人，谓怀、襄王也。邑有先君之庙曰都也。更统世而自贶。更，代也。贶，与也。言己念怀王长居郢都，世统其位，父子相举，今不任贤，亦将危殆矣。《补》曰：更，平声。贶，虚王切，叶韵。眇远志之所及兮，言己常眇然高志，执行忠直，冀上及先贤也。怜浮云之相羊。相羊，无所据依之貌也。言己放弃，若浮云之气，东西无所据依也。羊，一作徉。介眇志之所惑兮，介，节也。言己能守耿介之眇节，以自惑误，不用于世也。**窃赋诗之所明**。赋，铺也。诗，志也。言己守高眇之节，不用于世，则铺陈其志，以自证明也。《补》曰：古诗之所明者，与今所遇同，故屈原赋之。

惟佳人之独怀兮，怀，思。**折若椒以自处**。处，居也。言己独念怀王，虽见放逐，犹折香草，以自修饬行善，终不怠也。若，一作芳。**曾歔欷之嗟嗟兮**，歔欷，啼貌。曾，一作增。**独隐伏而思虑**。言己思念怀王，悲啼歔欷，虽独隐伏，犹思道德，欲辅助之也。伏，一作居。**涕泣交而凄凄兮**，凄凄，流貌。一云：交下而凄凄。下，一作流。《补》曰：凄，寒凉也，音妻。**思不眠以至曙**。曙，明也。以，一作而。至，一作极。**终长夜之曼曼兮**，曼曼，长貌。《补》曰：曼，莫半切。**掩此哀而不去**。心常悲慕。《补》曰：掩，抚也，止也。**寤从容以周流兮**，觉立徙倚而步行也。以，一作而。**聊逍遥以自恃**。且徐游戏，内自娱也。**伤太息之愍怜兮**，忧悴重叹，心辛苦也。一作愍叹。**气於邑而不可止**。气逆愤懑，结不下也。《补》曰：颜师古云：於邑，短气，上音乌，下乌合切。一读皆如本字。**纠思心以为纕兮**，纠，戾也。纕，佩带也。一作瓖。《补》曰：纠，绳三合也。瓖，玉名，一曰马带玦。**编愁苦以为膺**。编，结也。膺，胸也。结胸者，言动以忧愁自系结也。一注云：膺，络胸者也。《补》曰：编，音边。**折若木以蔽光兮**，光，谓日光。**随飘风之所仍**。仍，因也。言己愿折若木以蔽日，使之稽留，因随群小而游戏也。《补》曰：《骚经》云：飘风屯其相离。亦此意。**存仿佛而不见兮**，仿佛，谓形貌也。一云：不得见。《补》曰：仿佛，形似也。佛，沸、拂二音。**心踊跃其若汤**。言己设欲随从群小，存其形貌，察其情志，不可得知，故中心沸热若汤也。踊跃，一作沸热。**抚佩衽以案志兮**，整饬衣裳，自宽慰也。《补》曰：衽，衣裣也，音稔。案，抑也，与按同。**超惘惘而遂行**。失志徨遽，而直逝也。《补》曰：惘，音罔。岁曶曶其若颓兮，年岁转去，而流没也。《补》曰：曶，音忽。颓，徒回切，下坠也。时亦冉冉而将至。春秋更到，与老会也。薠蘅槁而节离兮，喻己年衰，齿随落也。一云蘋蘅，一云蘋蘩。《补》曰：槁，音考。芳以歇而不比。志意已尽，知虑阙也。以，一作已。《补》曰：比，合也，音鼻。怜思心之不可惩兮，履信被害，志不忞也。《补》曰：忞，音乂。证此言之不可聊。明己之谋不空设也。宁逝死而流亡兮，意欲终命，心乃快也。逝，一作溘。不忍为此之常愁。心情悁悁，常如愁也。一云：此心之常愁。孤子唫而抆泪兮，自哀茕独，心悲愁也。抆，一作收。《补》曰：唫，古"吟"字，叹也。抆，音吻，拭也。放子出而不还。远离父母，无依归也。屈原伤己无安乐之志，而有孤放之悲也。孰能思而不隐兮，谁有悲哀而不忧也。隐，忧也。《诗》曰：如有隐忧。照彭咸之所闻。睹见先贤之法则也。照，一作昭。

登石峦以远望兮，升彼高山，瞰楚国也。《补》曰：山少而锐曰峦，落官切。路眇眇之默默。郢道辽远，居僻陋也。《补》曰：眇眇，远也。默默，寂无人声也。入景响之无应兮，窜在山野，无人域也。《补》曰：景，於境切，物之阴影也。葛洪始作影。响或作向，古字借用。闻省想而不可得。目视耳听，叹寂默也。《补》曰：省，息井切，察也，审也。愁郁郁之无快兮，中心烦冤，常怀忿也。之，一作而。快，一作决。居戚戚而不可解。思念憔悴，相连接也。一无"可"字。《补》曰：解，除也，居隘切。心鞿羁而不形兮，肝胆系结，难解释也。形，一作开。《补》曰：鞿羁，见《骚经》。不形，谓中心系结，不见于外也。气缭转而自缔。思念紧卷而成结也。紧卷，一作缱绻。《补》曰：缭，音了，缠也。缔，文尔切，又音啼，结不解也。《集韵》引此。穆眇眇之无垠兮，天与地合，无垠形也。《补》曰：贾谊赋云：沕穆无间。沕穆，深微貌。垠，音银。莽芒芒之无仪。草木弥望，容貌盛也。《补》曰：芒，莫郎切。芒芒，广大貌。《诗》曰：宅殷土芒芒。仪，匹也。见《尔雅》。声有隐而相感兮，鹤鸣九皋，闻于天也。物有纯而不可为。松柏冬生，禀气纯也。《补》曰：此言天地之大，眇眇芒芒，然声有隐而相感者，己独不能感君何哉？物有纯而不可为者，己之志节亦非勉强而为之也。藐蔓蔓之不可量兮，八极道理，难算计也。一作邈漫漫。《补》曰：藐，音邈，远也。缥绵绵之不可纡。细微之意，难断绝也。《补》曰：缥，匹妙切。纡，音迂，萦也。愁悄悄之常悲兮，忧心惨惨，常涕泣也。《补》曰：悄，亲小切。《诗》云：忧心悄悄。翩冥冥之不可娱。身处幽冥，心不乐也。《补》曰：翩，疾飞也。《扬子》曰：鸿飞冥冥。此言己欲疾飞而去，无可以解忧者也。凌大波而流风兮，意欲随水而自退也。《补》曰：言乘风波而流行也。托彭咸之所居。从古贤俊，自沉没也。

上高岩之峭岸兮，升彼山石之峻峭也。峭，一作陗。《补》曰：并七笑切。处雌霓之标颠。托乘风气，游天际也。《补》曰：标，杪也。其字从木。颠，顶也。霓，见《骚经》。据青冥而摅虹兮，上至玄冥，舒光耀也。《补》曰：摅，舒也。遂倏忽而扪天。所至高眇，不可逮也。《补》曰：倏，音叔。扪，音门，抚也。吸湛露之浮源兮，湛，厚也。《诗》曰：湛湛露斯。源，一作凉。漱凝霜之雰雰。雰雰，霜貌也。言己虽升青冥，犹能食霜露之精，以自洁也。《补》曰：漱，缩又切。《说文》曰：荡口也。雰，音芬。《诗传》：雰雰，雪貌。依风穴以自息兮，伏听天命之缓急也。《补》曰：《归藏》曰：乾者，积石风穴之翏翏。《淮南》曰：凤皇羽翼弱水，暮宿风穴。注云：风穴，北方寒风从地出也。宋玉赋云：空穴来风。忽倾寤以婵媛。心觉自伤，又痛恻也。婵媛，一作撣援，一作擅徊。冯昆仑以瞰雾兮，遂处神山，观浊乱之气也。一云：瞰雾露。一云：瀓雾露。《补》曰：冯，登也。瞰，视也，苦滥切。隐岐山以清江。隐，伏也。岐山，江所出也。《尚书》曰：岐山导江。言己虽远游戏，犹依神山而止，欲清澄邪恶者也。岐，一作崏，一作汶。《补》曰：岐、崏、汶，并与岷同。《书》曰：岷山导江。岷山，在蜀郡氐道县，大江所出。《史记》作汶山。《列子音义》引《楚词》：隐汶山之清江。隐，依据也。惮涌湍之礚礚兮，惮，难也。涌湍，危阻也。以兴谗贼，危害贤人也。礚，一作磕。《补》曰：礚，苦盖切，石声。听波声之汹汹。水得风而波，以喻俗人言也。己欲澄清邪恶，复为谗人所危，俗人所谤讪也。《补》曰：汹，音凶，水势。纷容容之无经兮，言己欲随众容容，则无经纬于世人也。《补》曰：此言楚国变乱旧常，无定法也。容容，变动之貌。罔芒芒之无纪。又欲罔然芒芒，与众同志，则无以立纪纲，垂号谥也。《补》曰：此言楚国上下昏乱，无纲纪也。轧洋洋之无从兮，言欲轧沕己心，仿佯立功，则其道无从至也。轧，一作軋。注云：轧惕己心。《补》曰：《释文》：轧，於八切。此言怀乱之势，如水洋洋，虽欲轧绝之而无由也。沕，潜藏也。驰委移之焉止。虽欲长驱，无所及也。一作驰逶蛇之焉至。《补》曰：委，音逶。焉，於乾切。漂翻翻其上下兮，登山入水，周六合也。漂，一作飘。翻，一作幡，一作潘。《补》曰：漂，浮也。音飘。翼遥遥其左右。虽远念君在旁侧也。《补》曰：翼，疾趋也。《语》曰：趋进，翼如也。氾潏潏其前后兮，思如流水，游楚国也。《补》曰：氾，滥也，音泛。潏，涌出也，音决。伴张弛之信期。伴，俱也。弛，毁也。言己思君念国，而众人俱共毁己，言内无诚信，不可与期也。《补》曰：伴，读若背畔之畔。言己尝以弛张之道期于君，而君背之也。观炎气之相仍兮，窥烟液之所积。炎气，南方火也。火气烟上天为云，云出凑液而为雨也。相仍者，相从也。烟液所积者，所聚也。《补》曰：液，音亦。《神异经》曰：南方有火山，昼夜火然。《抱朴子》曰：南海萧丘之中，有自生之火，常以春起而秋灭。悲霜雪之俱下兮，听潮水之相击。言己上观炎阳烟液之气，下视霜雪江潮之流，忧思在心，而无所告也。《补》曰：《七发》云：江水逆流，海水上潮。借光景以往来兮，施黄棘之枉策。黄棘，棘刺也。枉，曲也。言己愿借神光电景，飞注往来，施黄棘之刺，以为马策。言其利用急疾也。《补》曰：言己所以假延日月，往来天地之间，无以自处者，以其君施黄棘之枉策故也。初，怀王二十五年，入与秦昭王盟约于黄棘，其后为秦所欺，卒客死于秦。今顷襄信任奸回，将至亡国，是复施行黄棘之枉策也。黄棘，地名。求介子之所存兮，介子推也。见伯夷之放迹。伯夷，叔齐兄也。放，远也。迹，行也。一云：放，放逐也。心调度而弗去兮，弗，一作不。《补》曰：调度，见《骚经》。刻著志之无适。无适，言己思慕子推、伯夷清白之行，克心遵乐，志无所复适也。《补》曰：刻，励也。著，立也。

曰：吾怨往昔之所冀兮，冀，幸也。言己怨往古以邪事君，而幸蒙富贵也。一无"昔"字。悼来者之愁愁。愁愁，欲利貌也。言伤今世人见利，愁愁然欲竞之也。愁，一作逖。《补》曰：愁，它的切，劳也。浮江淮而入海兮，从子胥而自适。适，之。《补》曰：《越绝书》曰：子胥死，王使捐于大江，乃发愤驰腾，气若奔马，乃归神大海。自适，谓顺适己志也。望大河之洲渚兮，悲申徒之抗迹。申徒狄也。遇暗君遁世离俗，自拥石赴河，故言抗迹也。《补》曰：《庄子》云：申徒狄谏而不听，负石自投于河。《淮南》注云：申徒狄，殷末人也。不忍见纣乱，自沉于渊。骤谏君而不听兮，骤，数也。一本作而君。重任石之何益。任，负也。百二十斤为石。言己数谏君，而不见听，虽欲自任以重石，终无益于万分也。一云任重石。石，一作秙。《补》曰：秙，当作秳，音石，百二十斤也。稻一秳，为粟二十升。禾黍一秳，为粟十六升。大升半。又三十斤为钧，四钧为石。秙，音库，禾不实也。义与此异。《文选·江赋》云：悲灵均之任石。注引：重任石之何益，怀沙砾而自沉。怀沙，即任石也。与逸说不同。**心絓结而不解兮，**絓，悬。一作结絓。**思蹇产而不释。**蹇产，犹诘屈也。言己乘水蹈波，乃愁而恐惧，则心悬结诘屈而不可解。一本无此二句。

悲回风 此章言小人之盛，君子所忧，故托游天地之间，以泄愤懑，终沉汨罗，从子胥、申徒，以毕其志也。

楚辞卷第五

远游章句第五

远游者，屈原之所作也。屈原履方直之行，不容于世。上为谗佞所谮毁，下为俗人所困极，章皇山泽，一作徨徨山野。无所告诉。乃深惟元一，修执恬漠。思欲济世，则意中愤然，文采铺一作绣，一作秀。发，遂叙妙思，托配仙人，与俱游戏，周历天地，无所不到。然犹怀念楚国，思慕旧故，忠信之笃，仁义之厚也。是以君子珍重其志，而玮其辞焉。《古乐府》有《远游》篇，出于此。

悲时俗之迫阨兮，哀众嫉妒，迫胁贤也。阨，一作隘。《补》曰：阨，音厄，或读作隘。愿轻举而远游。高翔避世，求道真也。质菲薄而无因兮，质性鄙陋，无所因也。因，一作由。焉托乘而上浮。将何引援而升云也。《补》曰：乘，时证切。遭沉浊而污秽兮，逢遇暗主，触谗佞也。而，一作之。独郁结其谁语！思虑烦冤，无告陈也。夜耿耿而不寐兮，忧以愁戚，目不眠也。耿耿，犹儆儆，不寐貌也。《诗》云：耿耿不寐。耿，一作炯。《补》曰：耿、炯，并古茗切。一云：耿耿，不安也。魂茕茕而至曙。精魂怔忪不寐，故至曙也。茕，一作营。

惟天地之无穷兮，乾坤体固，居常宁也。哀人生之长勤。伤己命禄，多忧患也。《补》曰：此原忧世之词。唐李翱用其语，作《拜禹言》。往者余弗及兮，三皇五帝，不可逮也。来者吾不闻。后虽有圣，我身不见也。一云：吾不可闻。一云：余弗闻。步徙倚而遥思兮，彷徨东西，意愁愤也。怊惝怳而乖怀。惆怅失望，志乖错也。《补》曰：怊，音超，怅恨也。惝，昌两切。怳，诩往切，惊貌。意荒忽而流荡兮，情思罔两，无据依也。《补》曰：荒，呼广切。心愁悽而增悲。怆然感结，涕沾怀也。悽，一作凄。《补》曰：悽，痛也。神儵忽而不反兮，魂灵远逝，游四维也。儵，一作倏。反，一作返。形枯槁而独留。身体寥廓，无识知也。内惟省以端操兮，捐弃我情，虑专一也。一云林素我情。《补》曰：操，七刀切。求正气之所由。栖神藏情，治心术也。由，一作繇。漠虚静以恬愉兮，恬然自守，内乐佚也。澹无为而自得。涤除嗜欲，获道实也。

闻赤松之清尘兮，想听真人之徽美也。尘，一作虚。《补》曰：《列仙传》：赤松子，神农时为雨师，服水玉，教神农，能入火自烧。至昆山上，常止西王母石室，随风雨上下。炎帝少女追之，亦得仙俱去。张良欲从赤松子游，即此也。愿承风乎遗则。思奉长生之法式也。贵真人之休德兮，珍玮道士寿无穷极。真，一作至。《补》曰：休，美也。美往世之登仙。羡门子乔，古登真也。美，一作羡。仙，一作僊。子乔，一作子高。与化去而不见兮，变易形容，远藏匿也。名声著而日延。姓字弥章，流千亿也。著，一作彰。奇傅说之托辰星兮，贤圣虽终，精著天也。傅说，武丁之相。辰星，房星，东方之宿，苍龙之体也。傅说死后，其精著于房尾也。《补》曰：大火，谓之大辰。大辰，房心尾也。《庄子》曰：傅说得之，以相武丁，奄有天下。乘东维，骑箕尾，而比于列星。《音义》云：傅说死，其精神乘东维，托龙尾。今尾上有傅说星。其生无父母，登假三年而形遁。《淮南》云"傅说之所以骑辰尾"是也。羡韩众之得一。喻古先圣，获道纯也。羡，一作美。众，一作终。《补》曰：羡，似面切，贪慕也。《列仙传》：齐人韩终，为王采药，王不肯服，终自服之，遂得仙也。形穆穆以浸远兮，卓绝乡党，无等伦也。离人群而遁逸。遁去风俗，独隐存也。因气变而遂曾举兮，乘风蹈雾，升皇庭也。《补》曰：曾，音增，高举也。忽神奔而鬼怪。往来奄忽，出杳冥也。怪，一作恠。《补》曰：《淮南》云：鬼出电入。又曰：电奔而鬼腾。皆神速之意。时仿佛以遥见兮，托貌云飞，象其形也。《补》曰：《说文》云：仿佛，见不諟也。精晈晈以往来。神灵照曜，晈如星也。晈，一作皎。《释文》作皦。以，一作而。绝氛埃而淑尤兮，超越垢秽，过先祖也。淑，善也。尤，过也。言行道修善，所以过先祖也。绝，一作超。尤，一作邮。《补》曰：氛，妖气。《左传》曰：楚氛恶。淑尤，言其善有以过物也。终不反其故都。去背旧都，遂登仙也。其，一作乎。免众患而不惧兮，得离群小，脱艰难也。世莫知其所如。奋翼高举，升天衢也。自此以上，皆美仙人超世离俗，免脱患难。屈原想慕其道，以自慰缓，愁思复至，志意怅然，自伤放逐，恐命不延，顾念年时，因复吟叹也。

恐天时之代序兮，春秋迭更，年老暮也。耀灵晔而西征。托乘雷电，以驰骛也。灵晔，电貌。《诗》云：晔晔震电。西方少阴，其神蓐收，主刑罚。屈原欲急西行者，将命于神务宽大也。《补》曰：《博雅》云：朱明、耀灵、东君，日也。张平子云：耀灵忽其西藏。潘安仁云：曜灵晔而遄迈。皆用此语。晔，音馌，光也。征，行也。逸说非是。微霜降而下沦兮，沦者，谕上用法之刻深也。《补》曰：沦，沉也，音伦。悼芳草之先零。不诛邪伪，害仁贤也。古本零作蘦。《补》曰：零，落也。聊仿佯而逍遥兮，聊且戏荡，而观听也。《补》曰：仿佯，旁羊二音。永历年而无成。身以过老，无功名也。谁可与玩斯遗芳兮，世莫足与议忠贞也。斯遗芳，一作此芳草。晨向风而舒情。想承君命，竭诚信也。晨，一作长。向，一作乡。高阳邈以远兮，颛顼久矣，在其前也。以，一作已。《补》曰：屈原，高阳氏之苗裔也。冯衍赋云：高阳貌其超远兮，世孰可与论兹。注引《史记》：高阳氏沉深而有谋，疏通而知事。故欲与之论事。余将焉所程。安取法度，修我身也。焉，一作安。《补》曰：《说文》：程，品也。十发为程，一程为分。

重曰：愤懑未尽，复陈辞也。《补》曰：重，直用切。见《骚经》。春秋忽其不淹兮，四时运转，往若流也。奚久留此故居？何必旧乡，可浮游也。轩辕不可攀援兮，黄帝以往，难引攀也。轩辕，黄帝号也。始作车服，天下号之，为轩辕氏也。《补》曰：《史记》：黄帝，姓公孙，名曰轩辕。援，音爰。吾将从王乔而娱戏！上从真人，与戏娱也。娱，一作游。《补》曰：《列仙传》：王子乔，周灵王太子晋也。好吹笙作凤鸣，游伊、洛间，道士浮丘公接上嵩高山。三十馀年后，来于山上，见桓良曰：告我家，七月七日，待我缑氏山头。果乘白鹄住山巅，望之不得到，举手谢时人，数日去。《淮南》云：王乔、赤松，去尘埃之间，离群慝之纷，吸阴阳之和，食天地之精，呼而出故，吸而求新，蹀虚轻举，乘云游雾，可谓养性矣。戏，音嬉。餐六气而饮沆瀣兮，远弃五谷，吸道滋也。《补》曰：餐，吞也，七安切。饮，歠也，音荫。沆，胡朗切。瀣，音械。漱正阳而含朝霞。餐吞日精，食元符也。《陵阳子明经》言：春食朝霞。朝霞者，日始欲出赤黄气也。秋食沦阴。沦阴者，日没以后赤黄气也。冬饮沆瀣。沆瀣者，北方夜半气也。夏食正阳。正阳者，南方日中气也。并天地玄黄之气，是为六气也。含，一作食。《补》曰：《庄子》云：御六气之辨。李云：平旦为朝霞，日中为正阳，日入为飞泉，夜半为沆瀣。天玄、地黄，为六也。《大人赋》云：呼吸沆瀣兮餐朝霞。《琴赋》云：餐沆瀣兮带朝霞。五臣注云：沆瀣，清露。朝霞，赤云。保神明之清澄兮，常吞天地之英华也。精气入而粗秽除。纳新吐故，垢浊清也。《补》曰：粗，聪徂切，物不清也。**顺凯风以从游兮，**乘风戏荡，观八区也。南风曰凯风。《诗》曰：凯风自南。**至南巢而壹息。**观视朱雀之所居也。《补》曰：《山海经》：丹穴之山有鸟焉，五彩而文，曰凤鸟。南巢，岂南方凤鸟之所巢乎？成汤放桀于南巢，乃庐江居巢，非此南巢也。**见王子而宿之兮，**屯车留止，遇子乔也。**审壹气之和德。**究问元精之秘要也。

曰：道可受兮，言易者也。一曰：云无言也。**不可传；**诚难论也。一云：而不可传。《补》曰：曰者，王子之言也。谓可受以心，不可传以言语也。《庄子》曰：道可传而不可受。谓可传以心，不可受以量数也。**其小无内兮，**靡兆形也。**其大无垠；**覆天地也。《补》曰：《淮南》云：深闳广大，不可为外；析豪剖芒，不可为内。垠，音银。**无滑而魂兮，**乱尔精也。无，一作毋。滑，一作淈。一云：无淈滑而魂。《补》曰：淈，滑，并音骨。淈，浊也。滑，乱也。**彼将自然；**应气臻也。**壹气孔神兮，**专己心也。《补》曰：《列子》曰：心合于气，气合于神。壹，专也。孔，甚也。**于中夜存；**恒在身也。《补》曰：《孟子》曰：梏之反复，则其夜气不足以存。夜气不足以存，则其违禽兽不远矣。**虚以待之兮，**执清静也。《补》曰：《庄子》曰：气者，虚而待物者也。**无为之先；**闲情欲也。《补》曰：此所谓感而后应，迫而后动，不得已而后起。**庶类以成兮，**众法陈也。**此德之门。**仙路径也。《补》曰：《老子》曰：玄之又玄，众妙之门。

闻至贵而遂徂兮，见彼王侯而奔惊也。《补》曰：《庄子》曰：独有之人，是之谓至贵。屈子闻其风而往焉。**忽乎吾将行。**周视万宇，涉四远也。《补》曰：《天台赋》云：睹灵验而遂徂，忽乎吾之将行。仍羽人于丹丘，寻不死之福庭。**仍羽人于丹丘兮，**因就众仙于明光也。丹丘，昼夜常明也。《九怀》曰：夕宿乎明光。明光，即丹丘也。《山海经》言有羽人之国，不死之民。或曰：人得道，身生毛羽也。《补》曰：羽人，飞仙也。

《尔雅》曰：距齐州以南，戴日为丹穴。留不死之旧乡。遂居蓬莱，处昆仑也。《补》曰：忽临睨夫旧乡。谓楚国也。留不死之旧乡，其仙圣之所宅乎。朝濯发于汤谷兮，朝沐浴于温泉。汤谷，在东方少阳之位。《淮南》言：日出汤谷，入虞渊也。《补》曰：汤，音旸。夕晞余身兮九阳。晞我形体于天垠也。九阳，谓天地之涯。兮，一作乎。垠，一作根。《补》曰：晞，日气干也。仲长统云：沆瀣当餐，九阳代烛。注云：九阳，日也。阳谷上有扶木，九日居下枝，一日居上枝。《九歌》曰：晞汝发兮阳之阿。张衡赋曰：晞余发于朝阳。吸飞泉之微液兮，含吮玄泽之肥润也。《补》曰：六气，日入为飞泉。又张揖曰：飞泉，飞谷也，在昆仑西南。怀琬琰之华英。咀嚼玉英，以养神也。《补》曰：琬，音宛。琰，音剡。皆玉名。《黄庭经》曰：含漱金醴吞玉英。玉色頩以脕颜兮，面目光泽，以鲜好也。脕，一作艳，一作曼。《补》曰：頩，美貌。一曰敛容。普茗、普经二切。脕，泽也，音万。艳，美色也。曼，色理曼泽也。《黄庭》曰：颜色生光金玉泽。精醇粹而始壮。我灵强健而茂盛也。《补》曰：班固云：不变曰醇，不杂曰粹。又醇，厚也，美也。质销铄以汋约兮，身体癯瘦，柔媚善也。《补》曰：汋，音绰。汋约，柔弱貌。《庄子》曰：肌肤若冰雪，绰约若处子。质销铄，谓凡质尽也。司马相如曰：列仙之儒，形容甚臞。神要眇以淫放。魂魄漂然而远征也。漂，一作飘。《补》曰：眇与妙同。要眇，精微貌。《广雅》曰：淫，游也。嘉南州之炎德兮，奇美太阳，气和正也。丽桂树之冬荣。元气温暖，不殒零也。《补》曰：桂凌冬不凋。《山海经》：桂林八树，在贲禺东。注云：番禺也。山萧条而无兽兮，溪谷寂寥而少禽也。野寂漠其无人。林泽空虚，罕有民也。寂，一作家。漠，一作寞。其，一作乎。载营魄而登霞兮，抱我灵魂而上升也。霞谓朝霞，赤黄气也。魄，一作魂。《补》曰：《老子》曰：载营魄。说者曰：阳气充魄则为魂，魂能运动则生金矣。掩浮云而上征。攀缘蹈气而飘腾也。征，一作升。**命天阍其开关兮**，告帝卫臣启禁门也。其，一作而。**排阊阖而望予**。立排天门而须我也。阊阖，一作阖阊。《补》曰：排，推也。《大人赋》曰：排阊阖而入帝宫。**召丰隆使先导兮**，呼语云师，使清路也。**问大微之所居**。博访天庭，在何处也。大，一作太。《补》曰：《大象赋》云：瞩太微之峥嵘，启端门之赫奕。何宫庭之宏敞，类乾坤之翕辟。注云：太微宫垣，十星，在翼轸北。天子之宫庭，五帝之坐，十二诸侯府也。其外蕃，九卿也。**集重阳入帝宫兮**，得升五帝之寺舍也。一本"入"上有"以"字。《补》曰：《文选》云：重阳集清气。又云：集重阳之清征。注云：言上止于天阳之宇。上为阳，清又为阳，故曰重阳。余谓积阳为天，天有九重，故曰重阳。**造旬始而观清都**。遂至天皇之所居也。旬始，皇天名也。一云：旬始，星名。《春秋考异邮》曰：太白，名旬始，如雄鸡也。《补》曰：造，至也。《大象赋》注云：镇星之精为旬始，其怒青黑，象状如鳖，见则天下兵起。李奇曰：旬始，气如雄鸡，见北斗旁。《列子》曰：清都、紫微、钧天、广乐，帝之 所居。

朝发轫于太仪兮，旦早趋驾于天庭也。太仪，天帝之庭，习威仪之处也。**夕始临乎於微闾**。暮至东方之玉山也。《尔雅》曰：东方之美者，有医无闾之珣玗琪焉。《释文》：於，於其切。一云：微母闾。《补》曰：《周礼》：东北曰幽州，其山镇曰医无闾。《尔雅疏》云：《地理志》辽东郡，无虑县。应劭曰：虑，音闾。颜师古曰：即所谓医巫闾，是县因山为名。**屯余车之万乘兮**，百神侍从，无不有也。**纷溶与而并驰**。车骑笼茸而竞驱也。《补》曰：溶，音容，水盛也。《大人赋》曰：纷鸿溶而上厉。溶，音甬。**驾八龙之婉婉兮**，虬螭沛艾，屈偃蹇也。婉，《释文》作蜿，音菀。**载云旗之逶蛇**。旌旗竟天，皆霓霄也。此二句见《骚经》。**建雄虹之采旄兮**，系缀螮蝀，文纷错也。**五色杂而炫耀**。众采杂厕，而明朗也。《补》曰：炫，音县，明也。耀，音曜，照也。**服偃蹇以低昂兮**，驷马驶骇，而鸣骧也。**骖连蜷以骄骜**。骖骓骄骜，怒颠狂也。

《补》曰：《说文》云：骓、骖，旁马。则骓、骖一也。初驾马者，以二马夹辕，谓之服。又驾一马，与两服为参，故谓之骖。又驾一马，乃谓之驷。故《说文》云：骖，驾三马也。驷，一乘也。两服为主，参之两旁二马，遂名为骖，总举一乘，则谓之驷。指其骓马，则谓之骖。《诗》曰：两骖如舞。是二马皆称骖也。服马夹辕，其颈负轭，两骖在衡外，挽靷助之。服两首齐，骖首差退也。连蜷，句蹄也。蜷，巨圆切。骄骜，马行纵恣也。上居召、下五到切。**骑胶葛以杂乱兮，**参差骈错，而纵横也。一作轇轕。以，一作其。《补》曰：骑，奇寄切。轇，音胶。轕，音葛。车马喧杂貌。一云：犹交加也。一曰长远貌。一曰驱驰貌。**斑漫衍而方行。**缤纷容裔，以并升也。漫，一作曼。《补》曰：斑，驳文也。漫，莫半切。衍，弋战切。漫衍，无极貌。《前汉书》云：漫衍之戏。**撰余辔而正策兮，**我欲远驰，路何从也。《补》曰：撰，见《九歌》。**吾将过乎句芒。**就少阳神于东方也。句，一作钩。《补》曰：《山海经》：东方勾芒，鸟身人面，乘两龙。注云：木神也。昔秦穆公有明德，上帝使勾芒赐书，寿九十年。《左传》曰：木正为勾芒。《月令》曰：其帝太皞，其神勾芒。注云：此木帝之君，木官之佐，自古以来著德立功者也。太公《金匮》曰：东海之神曰勾芒。《墨子》云：郑缪公昼日处庙，有神人面鸟身，素服，面状正方。神曰：帝厚汝明德，使锡汝寿十年，使若国昌。公问神名，曰：予为勾芒也。**历太皓以右转兮，**遂过庖牺，而谘访也。东方甲乙，其帝太皓，其神勾芒。太皓始结罔罟，以畋以渔，制立庖厨，天下号之为庖牺氏。皓，一作皞。**前飞廉以启路。**风伯先导，以开径也。启，一作烛。**阳杲杲其未光兮，**日耀旭曙，且欲明也。其，一作亦。《补》曰：《诗》云：杲杲出日。**凌天地以径度。**超越乾坤之形体也。径，一作径。《补》曰：径，直也，与径同。**风伯为余先驱兮，**飞廉奔驰而在前也。先，一作前。《补》曰：为，去声。《诗》曰：为王前驱。《淮南》曰：令雨师洒道，风伯扫尘。**氛埃辟而清凉。**扫除雾霾与尘埃也。一曰辟氛埃。《补》曰：辟，除也，必亦切。

凤皇翼其承旂兮，俊鸟夹轂而扶轮也。遇蓐收乎西皇。遌少阴神于海津也。西方庚辛，其帝少皓，其神蓐收。西皇，即少昊也。《离骚经》曰：召西皇使涉予。知西皇所居，在于西海之津也。乎，一作于。《补》曰：《山海经》：西方神蓐收，左耳有蛇，乘两龙，人面白色，有毛，虎爪，执钺，金神也。太公《金匮》曰：西海之神曰蓐收。《国语》云：虢公梦在庙，有神，人面白毛虎爪，执钺，立于西阿。召史嚚占之，对曰：如君之言，则蓐收也。《左传》云：金正为蓐收。擥彗星以为旍兮，引援孛光以翳身也。擥，一作揽。旍，一作旗。《补》曰：旍，即旌字。举斗柄以为麾。握持招摇东西指也。《补》曰：《天文志》：北斗七星，杓携龙角。杓，斗柄也。麾，旗属，吁为切。叛陆离其上下兮，缭隶叛散以别分也。《补》曰：叛，音判。游惊雾之流波。蹈履云气，浮游清波也。一曰浮澂清也。时暧曃其曭莽兮，日月黤黮而无光也。暧曃，一作晻曀，一作黤黮。《补》曰：暧，音爱。曃，音逮，暗也。曭，音倘，日不明也。莽，莫朗切。晻，乌感切，日无光也。曀，於计切，阴而风为曀。黤，音晻，深黑色。黮，徒感切，黑也。召玄武而奔属。呼太阴神使承卫也。《补》曰：《礼记》曰：行前朱鸟，而后玄武。二十八宿，北方为玄武。说者曰：玄武，谓龟蛇。位在北方，故曰玄；身有鳞甲，故曰武。蔡邕曰：北方玄武，介虫之长。《文选》注云：龟与蛇交，曰玄武。属，音烛。后文昌使掌行兮，顾命中宫，敕百官也。天有三宫，谓紫宫、太微、文昌也。故言中宫。紫宫，一作紫微。《补》曰：《大象赋》云：文昌制戴匡之位。注云：文昌六星如匡形。故史迁《天官书》云：斗魁戴匡。六星，曰文昌宫，其中六星司录。此天之六府，计集所会也。《晋·天文志》：文昌六星，在北斗魁前。一曰上将，二曰次将，三曰贵相，四曰司录，五曰司命，六曰司寇。掌行，谓掌领从行者。故下文云。选署众神以并轂。召使群灵皆侍从也。《补》曰：署，常恕切，置也。《大人赋》曰：悉征灵圉而选之兮，部署众神于摇光。路曼曼其修远兮，天道荡荡，长无穷也。修，一作悠。《补》曰：曼曼，见《骚经》。徐弭节而高厉。按心抑意，徐从容也。徐，一作飒。《补》曰：厉，渡也。《大人赋》：纷鸿溶而上厉。左雨师使径侍兮，告使屏翳，备下虞也。右雷公以为卫。进近猛将，任威武也。欲度世以忘归兮，遂济于世，追先祖也。一本“欲”上有“遂”字。一云：欲远度世。一云：遂远度世。《补》曰：度世，谓仙去也。意恣睢以担挢。纵心肆志，所愿高也。挢，一作矫。《补》曰：恣，千咨切。睢，许鼻切。恣睢，自得貌。恣，一音资二切。《大人赋》云：掉指桥以偃蹇。《史记索隐》云：指，居桀切。桥，音矫。张揖云：指桥，随风指靡也。担，《释文》云：音丘列切，举也。挢，居庙切。《史记》作挢。其字从手。内欣欣而自美兮，忠心悦喜，德纯深也。而，一作以。一云：德绝殊也。聊媮娱以自乐。且戏观望以忘忧也。自，一作淫。《补》曰：媮，乐也，音俞。涉青云以泛滥游兮，随从丰隆，而相佯也。一无“以”字，一无“游”字。忽临睨夫旧乡。观见楚国之堂殿也。仆夫怀余心悲兮，思我祖宗，哀怀王也。边马顾而不行。驰骖徘徊，睨故乡也。《补》曰：边，旁也。思旧故以想像兮，恋慕朋友，念兄弟也。以，一作而。像，一作象。长太息而掩涕。喟然增叹，泣沾裳也。屈原谓修身念道，得遇仙人，托与俱游，周历万方，升天乘云，役使百神，百非所乐，犹思楚国，念故旧，欲竭忠信，以事国家。精诚之至，德义之厚也。氾容与而遐举兮，进退俯仰，复欲去也。《补》曰：氾，音泛。聊抑志而自弭。且自厌按而踟蹰也。指炎神而直驰兮，将候祝融，与谘谋也。南方丙丁，其帝炎帝，其神祝融。炎神，一作炎帝。吾将往乎南疑。过衡山而观九疑也。疑，一作嶷。

览方外之荒忽兮，遂究率土，穷海嵎也。沛罔象而自浮。水与天合，物漂流也。罔象，《释文》作潣瀁，上摩朗，下以养切。《补》曰：沛，流貌。《文选》云：鹹汩飘泪，沛以罔象兮。注云：罔象，即仿像也。又云：罔象相求。注云：虚无，罔象然也。**祝融戒而还衡兮，**南神止我，令北征也。还衡，一作跸御。一云：戒其跸御。《补》曰：《山海经》：南方祝融，兽身人面，乘两龙，火神也。《国语》曰：夏之兴也，祝融降于崇山。太公《金匮》曰：南海之神曰祝融。杨雄赋云：回轸还衡。衡，辕前横木。《大人赋》云：祝融警而跸御。注云：跸，止行人也。御，禦也。**腾告鸾鸟迎宓妃。**驰呼洛神，使侍予也。**张《咸池》奏《承云》兮，**思乐黄帝与唐尧也。《咸池》，尧乐也。《承云》即《云门》，黄帝乐也。屈原得祝融止己，即时还车，将即中土，乃使仁贤若鸾凤之人，因迎贞女，如洛水之神，使达己于圣君，德若黄帝、帝尧者，欲与建德成化，制礼乐，以安黎庶也。一云：张乐《咸池》。《补》曰：《周礼》有《大咸》，尧乐也。《乐记》云：《咸池》备矣。注云：黄帝所作乐名。尧增修而用之。咸，皆也。池之为言施也。言德无不施也。又《吕氏春秋》云：帝颛顼令飞龙作乐，效八风之音，命之曰《承云》。《淮南》云：有虞氏其乐《咸池》、《承云》、《九韶》。注云：舜兼用黄帝乐。**二女御《九韶》歌。**美尧二女助成化也。《韶》，舜乐名也。九成，九奏也。屈原美舜遭值于尧，妻以二女，以治天下。内之大麓，任之以职，则百僚师师，百工惟时，于是遂禅以位，升为天子。乃作《韶》乐，钟鼓铿锵，九奏乃成。屈原自伤，不值于尧，而遭浊世，见斥逐也。《补》曰：御，侍也。《孟子》所谓二女婐也。《书》曰：《箫韶》九成，凤皇来仪。《周礼》曰：九德之歌，九磬之舞。**使湘灵鼓瑟兮，**百川之神，皆谣歌也。《补》曰：上言二女，则此湘灵乃湘水之神，非湘夫人也。**令海若舞冯夷。**河海之神，咸相和也。海若，海神名也。冯夷，水仙人。《淮南》言冯夷得道，以潜于大川也。令，一作命。《补》曰：海若，《庄子》所称北海若也。冯夷，河伯也。**玄螭虫象并出进兮，**鬼魅神兽，喜乐逸豫也。螭，龙类也。象，罔象也。皆水中神物。一云：列螭象而并进兮。《补》曰：螭，丑知切。《国语》曰：水之怪龙罔象。**形蟉虬而逶蛇。**形体蜿蟺，相衔受也。蛇，一作迤。《补》曰：上於九、下巨九切。蟉虬，盘曲貌。**雌霓便娟以增挠兮**，神女周旋，侍左右也。娟，一作蜎。《补》曰：霓，见《骚经》。便，读作媥，毗连切。娟，於缘切。便娟，轻丽貌。《尔雅疏》引雌霓媥嬛。嬛，与娟同。《释文》：嬛，虚捐切。挠，而照切，《释文》从手。《集韵》：挠，缠也。**鸾鸟轩翥而翔飞**。鹍鹏玄鹤，奋翼舞也。轩，一作骞。《补》曰：《方言》：翥，举也。楚谓之翥，章庶切。**音乐博衍无终极兮**，五音安舒，靡有穷也。《补》曰：衍，广也，达也。**焉乃逝以徘徊**。遂往周流，究九野也。以，一作而。《补》曰：焉，辞也，尤虔切。**舒并节以驰骛兮**，纵舍辔衔而长驱也。《补》曰：《淮南》云：纵志舒节，以驰大区。《大人赋》云：舒节出乎北垠。注云：舒，缓也。**逴绝垠乎寒门**。经过后土，出北区也。寒门，北极之门也。逴，《释文》作踔，敕孝切。乎，一作兮。《补》曰：逴，远也，敕角切。《淮南》曰：出于无垠鄂之门。注云：垠锷，端崖也。李善曰：绝垠，天边之际也。《淮南》曰：北方北极之山曰寒门。《大人赋》曰：轶先驱于寒门。**轶迅风于清源兮**，遂入八风之藏府也。源，一作凉。《补》曰：轶，音逸。《三苍》曰：从后出前也。迅，疾也。《思玄赋》云：且余沐于清原。**从颛顼乎增冰**。过观黑帝之邑宇也。《补》曰：北方壬癸，其帝颛顼，其神玄冥。太公《金匮》曰：北海之神曰颛顼。《淮南》云：北方有冻寒积冰雪雹群水之野。**历玄冥以邪径兮**，道绝幽都，路穷塞也。《补》曰：《左传》：水正为玄冥。**乘间维以反顾**。攀持天纮以休息也。《补》曰：《孝经纬》云：天有七衡，而六间相去合十一万九千里。《淮南》云：两维之间，九十一度。注云：自东北至东南，为两维，匝四维，三百六十五度，一度二千九百三十二里。**召黔嬴而见之兮**，问造化之神以得失。《补》曰：《大人赋》云：左玄冥而右黔雷。注云：黔嬴也，天上造化神名。或曰水神。《史记》作含雷。黔，其炎切。**为余先乎平路**。开轨导我入道域也。一本“先”下有“道”字。**经营四荒兮**，周遍八极。**周流六漠**。旋天一匝，天，一作地。《补》曰：汉《乐歌》作六幕，谓六合也。**上至**

列鴂兮，窥天间隙。《补》曰：鴂，与缺同。《陵阳子明经》云：列缺去地一千四百里。《大人赋》云：贯列缺之倒影。注云：列缺，天闪也。《文选》云：列缺晔其照夜。应劭曰：列缺，天隙电照也。降望大壑。视海广狭。《补》曰：《列子》曰：渤海之东有大壑焉，实惟无底之谷，名曰归墟。注引《山海经》：东海之外有大壑。下峥嵘而无地兮，沧幽虚也。嵘，一作嵤。《补》曰：颜师古云：峥嵘，深远貌也。上仕耕切，下音宏。上寥廓而无天。空无形也。寥，一作嵺。《补》曰：师古云：寥廓，广远也。视倏忽而无见兮，目瞑眩也。听惝恍而无闻。窈无声也。《补》曰：师古云：惝恍，耳不谛也。《淮南》云：若士曰：我游乎罔宦之野，北息乎沉墨之乡，西穷冥冥之党，东开鸿濛之光，此其下无地而上无天。听焉无闻，视焉无眴。超无为以至清兮，登天庭也。《补》曰：《淮南》云：契大浑之朴，而立至清之中。与泰初而为邻。与道并也。《补》曰：《列子》曰：太初者，气之始也。《庄子》曰：泰初有无，无有无名。按《骚经》、《九章》皆托游天地之间，以泄愤懑，卒从彭咸之所居，以毕其志。至此章独不然，初曰“长太息而掩涕”，思故国也。终曰“与泰初而为邻”，则世莫知其所如矣。

楚辞卷第六

卜居章句第六

《卜居》者，屈原之所作也。屈原体忠贞之性，体，一作履。性，一作节。而见嫉妒。念谗佞之臣，承君顺非，而蒙富贵。已执一作独。忠直而身放弃，心迷意惑，不知所为。乃往至太卜之家，稽问神明，决之蓍龟，卜己居世何所宜行，冀闻异策，闻，一作审。异，一作要。以定嫌疑。故曰《卜居》也。五臣云：卜己宜何所居。

屈原既放，三年远出郢都，处山林也。不得复见。道路僻远，所在险也。竭知尽忠，建立策谋，披心胸也。知，一作智。而蔽鄣于谗。遇谄佞也。一无“而”字。心烦虑乱，虑愤闷也，虑，一作意。不知所从。迷所著也。一云迷瞀眩也。往见太卜，稽神明也。一此句上有“乃”字。郑詹尹工姓名也。曰：“余有所疑，意遑惑也。愿因先生决之。”断吉凶也。詹尹乃端策拂龟，整容仪也。五臣云：策，蓍也。立蓍拂龟，以展敬也。《补》曰：《龟策传》曰：擉策定数，灼龟观兆。曰：“君将何以教之?”愿闻其要。一无“将”字。屈原曰：吐词情也。“吾宁悃悃款款志纯一也。款，一作款。五臣云：悃款，勤苦貌。《补》曰：悃，苦本切。款，苦管切，诚也。俗作款。朴以忠乎?

竭诚信也。五臣云：朴，质也。将送往劳来，追俗人也。《补》曰：劳，去声。来，如字。斯无穷乎？不困贫也。五臣云：以此二事，问其所宜，以下类此。《补》曰：上句皆原所从也，下句皆原所去也。卜以决疑，不疑何卜。而以问詹尹何哉？时之人，去其所当从，从其所当去，其所谓吉，乃吾所谓凶也。此《卜居》所以作也。宁诛锄草茅刈蒿菅也。锄，一作钼。《补》曰：锄，士鱼切。《释名》云：去秽助苗也。以力耕乎？种稼穑也。将游大人事贵戚也。五臣云：大人，谓君之贵幸者。以成名乎？荣誉立也。宁正言不讳谏君恶也。以危身乎？被刑戮也。将从俗富贵食重禄也。以媮生乎？身安乐也。《补》曰：媮，乐也，音俞。宁超然高举让官爵也。以保真乎？守玄默也。将哫訾栗斯，承颜色也。栗，一作慄。斯，一作凘。一作促訾粟斯。《补》曰：哫、促，并音足。唐本子禄切。訾，音资。哫訾，以言求媚也。慄，音栗，谨敬也。粟，读若慄，音粟，诡随也。斯，读若凘，音斯，慄也。并见《集韵》。喔咿儒兒强笑噱也。一作嚅唲。《补》曰：喔，音握。咿，音伊。嚅，音儒。唲，音儿。皆强笑之貌。一云：喔咿，强颜貌。唲，曲从貌。以事妇人乎？诎蜷局也。五臣云：以事妇人，谄君之所宠者。宁廉洁正直志如玉也。洁，一作絜。以自清乎？修洁白也。将突梯滑稽转随俗也。《补》曰：《文选》注云：突，吐忽切，滑也。滑，音骨。稽，音鸡。五臣云：委曲顺俗也。杨雄以东方朔为滑稽之雄。又曰：鸱夷滑稽。颜师古曰：滑稽，圜转纵舍无穷之状。一云酒器也。转注吐酒，终日不已。出口成章，不穷竭，若滑稽之吐酒。如脂如韦柔弱曲也。五臣云：能滑柔也。《补》曰：韦，柔皮也。以洁楹乎？顺滑泽也。《文选》作絜。五臣云：絜楹，谓同谄谀也。絜，苦结切。宁昂昂志行高也。昂，一作卬。《补》曰：昂、卬，音同。若千里之驹乎？才绝殊也。五臣云：千里，驹展才力也。昂昂，马行貌。《补》曰：汉武帝谓刘德为千里驹。颜师古云：言若骏马可致千里也。将氾氾普爱众也。氾，一作泛。五臣云：氾氾，鸟浮貌。若水中之凫乎？群戏游也。一无“乎”字。《补》曰：凫，野鸭也。与波上下，随众卑高。偷以全吾躯乎？身免忧患。偷，一作愉。《补》曰：愉与偷同，苟且也。宁与骐骥亢轭乎？冲天区也，亢，一作抗。五臣云：骐骥抗轭，谓与贤才齐列也。抗，举也。《补》曰：轭，於革切，车辕前也。将随驽马之迹乎？安步徐也。五臣云：驽马，喻不才之臣。宁与黄鹄比翼乎？飞云嵎也。五臣云：黄鹄，喻逸士也。比翼，犹比肩也。《补》曰：汉始元中，黄鹄下建章宫太液池中。师古云：黄鹄，大鸟，一举千里。将与鸡鹜争食乎？啄糠糟也。五臣云：鸡鹜，喻谗夫。争食，争食禄也。鹜，鸭也。此孰吉孰凶？谁喜忧也。何去何从？安所由也。世溷浊而不清，货赂行也。五臣注《文选》，改“世”为“俗”以避讳。蝉翼为重，近佞谗也。《补》曰：李善云：蝉翼，言薄也。千钧为轻；远忠良也。五臣云：随俗颠倒，重小人轻君子也。黄钟毁弃，贤者匿也。五臣云：黄钟乐器，喻礼乐之士。《补》曰：《国语》云：黄钟所以宣养六气九德也。瓦釜雷鸣；群言获进。一云愚讙讼也。五臣云：瓦釜，喻庸下之人。雷鸣者，惊众也。谗人高张，居朝堂也。《补》曰：张，音帐。自侈大也。《左传》：随张必弃小国。贤士无名。身穷困也。吁嗟默默兮，世莫论也。吁，一作于。默，一作嘿。五臣云：嘿嘿，不言貌。谁知吾之廉贞！”不别贤也。詹尹乃释策而谢，愚不能明也。五臣云：释，舍也。谢，辞也。曰：“夫尺有所短，骐骥不骤中庭。寸有所长，鸡鹤知时而鸣。《补》曰：《庄子》云：梁丽可以充城，而不可以窒穴，尺有所短也；骐骥、骅骝，一日而驰千里，捕鼠不如狸狌，寸有所长也。物有所不足，地毁东南。《补》曰：《列子》曰：物有不足。天倾西北，地不满东南。智有所不明，孔子厄于陈也。《补》曰：校人曰：孰谓子产智！予既烹而食之。智有所不明也。数有所不逮，天不可计量也。《补》曰：《史记》曰：人虽贤，不能左画圆，右画方。神有所不通。日不能夜光也。《补》曰：神龟能见梦于元君，不能避余且之网。智有所困，神有所不及也。用君之心，所念虑也。行君之意，遂本操也。龟策诚不能知事。”不能决君之志也。一云：知此事。

楚辞卷第七

渔父章句第七

《渔父》者，屈原之所作也。屈原放逐，在江、湘之间，忧愁叹吟，仪容变易。而渔父避世隐身，钓鱼江滨，欣然自乐。时遇屈原川泽之域，怪而问之，遂相应答。楚人思念屈原，因叙其辞以相传焉。《卜居》、《渔父》，皆假设问答以寄意耳。而太史公《屈原传》、刘向《新序》、嵇康《高士传》或采《楚词》、《庄子》渔父之言以为实录，非也。

屈原既放，身斥逐也。游于江潭，戏水侧也。行吟泽畔，履荆棘也。颜色憔悴，奸黴黑也。《补》曰：奸，古旱切。黴，力迟切。形容枯槁。癯瘦瘠也。《补》曰：槁，音考。渔父见而问之，怪屈原也。曰："子非三闾大夫与？谓其故官。《史记》作欤。何故至于斯？"曷为遇放于斯也。《史记》云：何故而至此？屈原曰："举世皆浊众贪鄙也。一作世人皆浊。《史记》作：举世混浊而我独清，众人皆醉而我独醒。我独清，志洁己也。众人皆醉惑财贿也。一云：巧佞曲也。我独醒，廉自守也。是以见放。"弃草野也。一本此句末有"尔"字。渔父曰：隐士言也。"圣人不凝滞于物，不困辱其身也。《史记》云：夫圣人者。一本"物"上有"万"字。而能与世推移。随俗方圆。

世人皆浊，一作举世皆浊。《史记》云：举世混浊。何不淈其泥同其风也。《史记》作：随其流。《补》曰：淈，古没切，又乎没切，浊也。而扬其波？与沉浮也。五臣云：淈泥扬波，稍随其流也。众人皆醉，何不餔其糟从其俗也。《补》曰：餔，布乎切。而歠其醨？食其禄也。《文选》醨作醨。五臣云：餔糟歠醨，微同其事也。餔，食也。歠，饮也。糟、醨，皆酒滓。《补》曰：醨，力支切，以水罢糟也。醨，薄酒也。何故深思高举，独行忠直。五臣云：深思，谓忧君与民也。自令放为？"远在他域。《史记》云：何故怀瑾握瑜而自令见放为？屈原曰："吾闻之，受圣人之制也。新沐者必弹冠，拂尘坌也。《补》曰：《荀子》云：新浴者振其衣，新沐者弹其冠，人之情也。其谁能以己之僬僬，受人之掝掝者哉。新浴者必振衣。去尘秽也。安能以身之察察，己清洁也。五臣云：察察，洁白也。《史记》云：又谁能以身之察察。受物之汶汶者乎？蒙垢尘也。《补》曰：汶，音门。汶，濛，沾辱也。一音昏。《荀子》注引此作惛惛。惛惛，不明也。惛，门、昏二音。宁赴湘流，自沉渊也。《史记》作常流。常，音长。葬于江鱼之腹中。身消烂也。一无"之"字。《史记》云：而葬乎江鱼腹中耳。安能以皓皓之白，皓皓，犹皎皎也。皓，一作皎。五臣云：皓、白，喻贞洁。而蒙世俗之尘埃乎？"被点污也。一无"而"字。尘埃，《史记》作温蠖。说者曰：温蠖，犹惛愦也。渔父莞尔而笑，笑离龂也。莞，一作苋。《补》曰：莞尔，微笑。胡板切。鼓枻而去，叩船舷也。枻，一作栧。《补》曰：枻，音曳。舷，船边也。歌曰：一本"歌"上有"乃"字。"沧浪之水清兮，喻世昭明。《补》曰：浪，音郎。《禹贡》：嶓冢导漾，东流为汉；又东为沧浪之水。注云：漾水至武都，为汉；至江夏，谓之夏水；又东，为沧浪之水，在荆州。孟轲云：有孺子歌曰：沧浪之水清兮，可以濯我缨；沧浪之水浊兮，可以濯我足。清斯濯缨，浊斯濯足矣，自取之也。《水经》云：武当县西北汉水中有洲，名沧浪洲。《地说》曰：水出荆山，东南流为沧浪之水。是近楚都，故渔父歌云云。余案：《尚书·禹贡》言导漾水东流为汉，又东为沧浪之水。不言过而言为者，明非它水。盖汉、沔水自下有沧浪通称耳。渔父歌之，不违水地，宜以《尚书》为正。可以濯吾缨；沐浴升朝廷也。吾，一作我。五臣云：清喻明时，可以修饰冠缨而仕也。沧浪之水浊兮，喻世昏暗。可以濯吾足。”宜隐遁也。吾，一作我。五臣云：浊喻乱世，可以抗足远去。遂去，不复与言。合道真也。《补》曰：《艺文志》云：《屈原赋》二十五篇。然则自《骚经》至《渔父》，皆赋也。后之作者苟得其一体，可以名家矣。而梁萧统作《文选》，自《骚经》、《卜居》、《渔父》之外，《九歌》去其五，《九章》去其八。然司马相如《大人赋》率用《远游》之语，《史记·屈原传》独载《怀沙》之赋，扬雄作《伴牢愁》，亦旁《惜诵》至《怀沙》。统所去取，未必当也。自汉以来，靡丽之赋，劝百而讽一，无复恻隐古诗之义。故子云有曲终奏雅之讥，而统乃以屈子与后世词人同日而论，其识如此，则其文可知矣。

楚辞卷第八

九辩章句第八

《九辩》者，楚大夫宋玉之所作也。辩者，变也，谓陈道德以变说君也。《史记》曰：原死之后，楚有宋玉、唐勒、景差之徒，皆好辞而以赋见称。皆祖屈原之从容辞令，终莫敢直谏。辩，一作辨。辩，治也。辨，别也。说，音税。九者，阳之数，道之纲纪也。五臣云：宋玉惜其师忠信见放，故作此辞以辩之，皆代原之意。九义亦与《九歌》同。故天有九星，以正机衡；地有九州，以成万邦；人有九窍，以通精明。屈原怀忠贞之性，而被谗邪，伤君暗蔽，一作昧。国将危亡，乃援天地之数，列人形之要，而作《九歌》、《九章》之颂，以讽谏怀王。明己所言，与天地合度，可履而行也。宋玉者，屈原弟子也。闵惜其师，忠而放逐，故作《九辩》以述其志。至于汉兴，刘向、王褒之徒，咸悲其文，依而作词，故号为"楚词"，亦采其九以立义焉。采，一作承。

悲哉，秋之为气也！寒气聊戾，岁将暮也。哉，一作夫。萧瑟兮，阴令促急，风疾暴也。五臣云：萧瑟，秋风貌。言屈原枉见放逐，其情如秋节之悲，故托言秋之为状而盛述之。草木摇落华叶陨零，肥润去也。

一本句末有“兮”字。而变衰。形体易色，枝叶枯槁也。自伤不遇，将与草木俱衰老也。憭慄兮，思念暴戾，心自伤也。五臣云：憭慄，犹凄怆也。《补》曰：憭，旧音流，又音了。若在远行。远客出去，之他方也。登山临水兮，升高远望，视江河也。送将归。族亲别逝，还故乡也。泬寥兮，泬寥，旷荡空虚也。或曰：泬寥犹萧条。萧条，无云貌。寥，《释文》作嵺。《补》曰：泬，音血。嵺，高貌。天高而气清。秋天高朗，体清明也。言天高朗，照见无形。伤君昏乱，不聪明也。气清，一作气平。《补》曰：清，疾正切。《说文》云：无垢秽也。古本作瀞。宗廖兮，源渎顺流，漠无声也。宗，一作寂。廖，一作寥，一作漻。五臣云：寂漻，虚静貌。《补》曰：《说文》云：宗，无人声也。与寂同。廖，空虚也，与寥同。漻，深清也。并音聊。一云廖，崖虚也。收潦而水清。沟无溢滥，百川净也。言川水夏浊而秋清，伤人君无有清明之时也。五臣云：潦，雨水，音老。憯凄增欷兮，怆痛感动，叹累息也。五臣云：憯凄，悲痛貌。欷，泣叹。《补》曰：憯，七感切。欷，虚毅切，歔欷也。薄寒之中人。伤我肌肤，变颜色也。五臣云：薄，迫也。有似迫寒之伤人。《补》曰：中，去声。怆怳圹悢兮，中情怅惘，意不得也。五臣云：怆怳、圹悢，皆悲伤也。《补》曰：怆怳，失意貌。上初两、下许昉切。圹悢，不得志。上口广切，下音朗，又音亮。去故而就新。初会钼铻，志未合也。五臣云：去故就新，别离也。坎廪兮，数遭祸患，身困极也。廪，一作壈。五臣云：坎壈，困穷也。《补》曰：廪，力敢切。坎廪，失志，一曰不平。贫士失职亡财遗物，逢寇贼也。贫，一作穷。而志不平。心常愤懑，意未服也。廓落兮，丧妃失耦，块独立也。五臣云：廓落，空寂也。羁旅而无友生。远客寄居，孤单特也。羁，一作羇。一无“生”字。《补》曰：羁，旅寓也。惆怅兮，后党失辈，惘愁毒也。五臣云：惆怅，悲哀也。而私自怜。窃内念己，自悯伤也。燕翩翩其辞归兮，将入大海，飞回翔也。

五臣云：言秋深也。翩翩，飞貌。蝉宋漠而无声。蟪蛁敛翅，而伏藏也。宋漠，一作寂寞。雁廱廱而南游兮，雄雌和乐，群戏行也。廱，一作嗈，一作噰。《补》曰：廱与嗈同。《诗》曰：嗈嗈鸣雁。雁阴起则南，阳起则北，避寒就燠也。鹍鸡啁哳而悲鸣。奋翼鸣呼，而低昂也。夫燕蝉遇秋寒，将入水穴处，而怀忧惧，候雁鹍鸡喜乐而逸豫，言己无有候雁鹍鸡之喜乐，而有蝉燕之忧惧也。《补》曰：鹍鸡似鹤，黄白色。啁哳，声繁细貌。上竹交、下陟辖。独申旦而不寐兮，夜坐视瞻而达明也。坐，一作起。五臣云：申，至也。哀蟋蟀之宵征。见蜚蛩之夜行，自伤放弃，与昆虫为双也。或曰：宵征，谓"七月在野，八月在宇，九月在户，十月蟋蟀入我床下"。是其宵征。征，行也。五臣云：宵，夜也。时亹亹而过中兮，时已过半，日进往也。亹亹，进貌。诗云：亹亹文王。五臣云：亹亹，行貌。过中，谓渐衰暮也。《补》曰：亹，音尾。蹇淹留而无成。虽久寿考，无成功也。五臣云：蹇，语词也。念己将老，淹留草泽，无所成也。

悲忧穷戚兮，修德见过，愁惧惶也。戚，一作慼。《文选》作蹙。《补》曰：戚、慼、蹙，并仓历、子六二切。迫也，促也，忧也。独处廓。孤立特止，居一方也。五臣云：廓，空也，谓己穷蹙处于空泽。《补》曰：处，昌举切。有美一人兮，位尊服好，谓怀王也。心不绎。常念弗解，内结藏也。五臣云：绎，解也。言思君之心常不解也。《补》曰：绎，抽丝也，陈也，理也。去乡离家兮俏违邑里，之他邦也。《补》曰：离，去声。徕远客，去郢南征，济沅、湘也。徕，一作来。超逍遥兮远去浮游，离州域也。五臣云：无所依。今焉薄？欲止无贤，皆谗贼也。五臣云：焉，何也。薄，止也。专思君兮执心壹意，在胸臆也。思，一作恖。不可化，同姓亲联，恩义笃也。五臣云：化，变也。《补》曰：化，旧音花。**君不知兮**聪明浅短，志迷惑也。**可奈何！**顽嚚难启，长叹息也。**蓄怨兮积思，**结恨在心，虑愤郁也。**心烦憺兮忘食事。**思君念主，忽不食也。《补》曰：憺，徒滥切，忧也。食事，谓食与事也。**愿一见兮道余意，**舒写忠诚，自陈列也。余，一作我。**君之心兮与余异。**方圆殊性，犹白黑也。五臣云：愿一见君，道忠信之意。君心以是为非，故与余异矣。**车既驾兮朅而归，**回逝言迈，欲返国也。一无"既"字。《补》曰：朅，丘杰切，去也。**不得见兮心伤悲。**自伤流离，路隔塞也。一本"心"下无"伤"字。五臣云：将去归国，而君不见察，故心悲也。**倚结軨兮长太息，**伏车重轼，而涕泣也。一无"长"字。《补》曰：軨，音零，车辐间横木。**涕潺湲兮下沾轼。**泣下交流，濡茵席也。一本"沾"上无"下"字。五臣云：潺湲，流涕貌。轼，车上所凭者。**忼慨绝兮不得，**中情恚恨，心剥切也。忼，一作慷。《补》曰：忼慨，壮士不得志。忼，口朗切。**中瞀乱兮迷惑。**思念烦惑，忘南北也。五臣云：叹与相绝而不见，使中昏乱迷惑也。瞀，昏也。《补》曰：瞀，音茂。**私自怜兮何极，**哀禄命薄，常含感也。私，一作思。五臣云：自怜，失志也。极，穷也。**心怦怦兮谅直。**志行中正，无所告也。五臣云：心存谅直，终日不足。怦怦，心不足貌。《补》曰：怦，披绷切，心急。一曰忠谨貌。

皇天平分四时兮，何值春生，而秋杀也。**窃独悲此廪秋。**微霜凄怆，寒栗冽也。廪，一作凛。五臣云：秋气凛然而万物摇落。喻己为谗邪所害，是以播迁，故窃悲此也。《补》曰：廪，与凛同，寒也。**白露既下百草兮，**万物群生，将被害也。下，一作降。一云下降。**奄离披此梧楸。**痛伤茂木，又芟刈也。披，一作被。五臣云：言秋气伤物之甚也。奄同离，罗也。既凋百草，而梧楸同罹此患。百草喻百姓，林木喻贤人。《补》曰：奄，忽也，遽也。离披，分散貌。被与披同。梧桐、楸梓，皆早凋。**去白日之昭昭兮，**违离天明，而湮没也。五臣云：白日喻君，言放逐去君。**袭长夜之悠悠。**永处冥冥，而覆蔽也。五臣云：袭长夜，谓因受覆蔽也。悠悠，无穷也。《补》曰：袭，因也，入也。**离芳蔼之方壮兮，**去己盛美之光容也。《补》曰：蔼，繁茂也，於盖切。**余萎约而悲愁。**身体疲病，而忧贫也。萎，《文选》作委。五臣云：言离去芳盛之德，方壮之任，使余委弃而悲愁也。约，弃也。《补》曰：萎，於为切，草木枯也。约，穷也。**秋既先戒以白露兮，**君不弘德，而严令也。一本"戒"下有"之"字。**冬又申之以严霜。**刑罚刻峻，而重深也。五臣云：喻暴虐相济为害也。申，重也。**收恢台之孟夏兮，**上无仁恩以养民也。夫天制四时，春生夏长，人君则之，以养万物。秋杀冬藏，亦顺其宜，而行刑罚。故君贤臣忠，政合大中，则品庶安宁，万物丰茂。上暗下伪，用法残虐，则贞良被害，草木枯落。故宋玉援引天时，托譬草木。以茂美之树，兴于仁贤，早遇霜露，怀德君子，忠而被害也。台，一作炱，一作炲。五臣云：恢台，长养也。《释文》：台，他来切。《补》曰：《舞赋》云：舒恢炱之广度。注云：恢炱广大貌。炱与台，古字通。黄鲁直云：恢，大也。台，即胎也。言夏气大而育物。《尔雅》曰"夏为长嬴"是也。《集韵》：炱，煤尘也。台、胎二音。**然欿傺而沉藏。**民无驻足，窜岩穴也。楚人谓住曰傺也。欿，本多作坎。《释文》：藏，作臧，音藏。五臣云：坎，陷。傺，止也。言收敛长养之气，使陷止沉藏，但以秋气杀物矣。皆喻楚之君臣也。《补》曰：欿，与坎同。**叶菸邑而无色兮，**颜容变易，而苍黑也。邑，一作萛。五臣云：言草木残瘁也。菸邑，伤坏也。《补》曰：菸，音於，臭草也。萛，草伤坏也。**枝烦挐而交横；**柯条纠错，而崱嶷也。五臣云：烦挐，扰乱也。《补》曰：挐，女除切，牵引也，烦也。**颜淫溢而将罢兮，**形貌羸瘦，无润泽也。五臣云：颜，容也。淫溢，积渐也。罢，毁也。《补》曰：罢，乏也，音疲。**柯仿佛而萎黄；**肌肉空虚，皮干腊也。萎，一作委，一作矮。五臣云：柯，枝也。矮黄叶凋。《补》曰：佛，音费。矮，枯死也。**萷櫹椮之可哀兮，**华叶已落，茎独立也。萷，一作橚。《补》曰：

萷，音梢。萷蔘，木枝竦也。《释文》《文选》并音朔。萷椮，木无枝柯，长而杀者。橚，音萧。椮，音森。橚椮，树长貌。《选》云：橚爽、橚椮是也。櫹，与萷同。**形销铄而瘀伤**。身体燋枯，被病久也。五臣云：瘀，病，皆喻己离愁苦。《补》曰：瘀，於去切，血瘀也。**惟其纷糅而将落兮**，蓬茸颠仆，根蠹朽也。糅，一作楺。而，一作之。五臣云：惟，思也。纷糅，众杂也。言思奸邪众杂，将或毁落。《补》曰：糅，女救切。蓬，蒲孔。茸，仁勇切。**恨其失时而无当**。不值圣王，而年老也。五臣云：又怅失其明时，不与贤君相当。**揽騑辔而下节兮**，安步徐行，而勿驱也。揽，一作擥，音启妍切。五臣云：为此揽辔按节徐行，游涉草泽也。下节，按节也。《补》曰：揽，力敢切，持也。擥，启妍切，亦持也。其字从臤，作揽误矣。騑，音菲。**聊逍遥以相佯**。且徐徘徊，以游戏也。一作徜徉，一作相羊。《补》曰：相佯，徙倚也。**岁忽忽而遒尽兮**，年岁逝往，若流水也。遒，一作逝。五臣云：忽忽，运行貌。《补》曰：遒，即由、即秋二切，迫也，尽也。**恐余寿之弗将**。惧我性命之不长也。弗，一作不。五臣云：将，长也。《补》曰：将，有渐之词。**悼余生之不时兮**，伤己幼少，后三王也。**逢此世之俇攘**。卒遇谮谗，而遽惶也。五臣云：俇攘，忧惧貌。一作恇勷，一作趪躟。《补》曰：俇，音匡。攘，而羊切，狂也，遽也。**澹容与而独倚兮**，茕茕独立，无朋党也。五臣云：澹，徒敢切。澹容与，徐步也。倚，立也。**蟋蟀鸣此西堂**。自伤闵己，与虫并也。**心怵惕而震盪兮**，思虑惕动，沸若汤也。盪，一作荡。五臣云：怵惕，震荡自惊动也。《补》曰：怵，音黜。盪，音荡，摇动貌。**何所忧之多方！**内念君父及兄弟也。五臣云：方，犹端也。**卬明月而太息兮**，上告昊旻，诉神灵也。卬，一作仰。太，一作大。《补》曰：卬，望也。音仰。**步列星而极明**。周览九天，仰观星宿，不能卧寐，乃至明也。《补》曰：明，旧音亡。

窃悲夫蕙华之曾敷兮，蕙草芬芳，以兴在位之贵臣也。五臣云：曾，重也。敷，布也。纷旖旎乎都房。被服盛饰于宫殿也。旖旎，盛貌。《诗》云：旖旎其华。《文选》作猗柅。上音倚，下女绮切。五臣云：都，大也。房，花房也。喻君初好善布德，有如此也。旖，一作旑，於可切。旎，乃可切。《补》曰：《集韵》：旑，倚可切。其字从可。旖旎，旌旗貌。旖，音倚。其字从奇。旖旎，旌旗从风貌。天子所宫曰都。何曾华之无实兮，外貌若忠，而心佞也。从风雨而飞飏。随君嗜欲，而回倾也。夫风为号令，雨为德惠，故风动而草木摇，雨降而万物殖。故以风雨喻君。言政令德惠，所由出也。五臣云：喻其后随佞人之言。以为君独服此蕙兮，体受正气，而高明也。羌无以异于众芳。乃与佞臣之同情也。五臣云：我谓君独好美行，乃无异于众人之心，而受其佞也。闵奇思之不通兮，伤己忠策，无由入也。思，一作恖。五臣云：闵，自伤也。奇思，谓忠信也。将去君而高翔。适彼乐土，之他域也。五臣云：高翔，远去也。心闵怜之惨凄兮，内自哀念，心隐恻也。愿一见而有明。分别贞正与伪惑也。五臣云：心之忧伤，愿见君而自明。重无怨而生离兮，身无罪过，而放逐也。五臣云：重，念也。自念无怨咎于君，而生离隔。《补》曰：重，去声。《九歌》云：悲莫悲兮生别离。中结轸而增伤。肝胆破裂，心剖臑也。伤，一作愓。五臣云：心中结怨，轸忧而增悲伤。《补》曰：伤，痛也，忧也。臑，普逼切。岂不郁陶而思君兮？愤念蓄积，盈胸臆也。思，一作恖。《补》曰：《书》云：郁陶乎予心。君之门以九重。闺阑扃闭，道路塞也。一云闺阂。五臣云：虽思见君，而君门深邃，不可至也。《补》曰：《月令》云：九门磔攘，天子有九门，谓关门、远郊门、近郊门、城门、皋门、库门、雉门、应门、路门也。猛犬狺狺而迎吠兮，谗佞欢呼而在侧也。五臣云：狺狺，开口貌。迎吠，拒贤人使不得进也。《补》曰：狺，音垠，犬争。一云吠声。关梁闭而不通。阍人承指，呵问急也。五臣云：闭关，喻塞贤路也。皇天淫溢而秋霖兮，久雨连日，泽深厚也。后土何时而得漧！山皋濡泽，草木茂也。而，一作兮。漧，一作乾。五臣云：后土，地也。《补》曰：漧，与乾同。块独守此无泽兮，不蒙恩施，独枯槁也。仰浮云而永叹。诉天语神，我何咎也。古本仰作卬。五臣云：众人皆蒙君泽，而我独不沾，故仰望而长叹也。《补》曰：叹，平声。

何时俗之工巧兮，世人辩慧，造诈伪也。背绳墨而改错！违废圣典，背仁义也。夫绳墨者，工之法度也。仁义者，民之正路也。绳墨用，则曲木截；仁义进，则谗佞灭。二者殊义，不可不察也。五臣云：喻信诈伪，弃忠正，易置礼法也。《补》曰：错，置也，七故切。却骐骥而不乘兮，斥逐子胥与比干也。不，一作弗。乘，一作椉。五臣云：骐骥，良马，喻贤才也。策驽骀而取路。信任竖貂与椒兰也。五臣云：喻疏贤才，而亲不肖也。驽喻，喻不肖，当世岂无骐骥兮，家有稷、契与管、晏也。诚莫之能善御。世无尧、舜及桓、文也。五臣云：言岂无贤才，但君不能用也。御，谓御马者。《补》曰：古者，车驾四马，御之为难。故为六艺之一也，见执辔者非其人兮，遭值桀、纣之乱昏也。一无"者"字。故驹跳而远去。被发为奴，走横奔也。一作驹跳，一作駶駣。五臣云：言见君非好善之主，故贤才皆避而远去。驹，即骐骥也。跳，走貌。《补》曰：马立不常谓之駶，音局。一本驹亦音衢六切。《释文》：跳，徒聊切，跃也。駣，徒浩切，马三岁名。凫雁皆唼夫粱藻兮，群小在位，食重禄也。雁，《释文》作鴈。一无"夫"字。五臣云：粱，米。藻，水草。《补》曰：唼喋，凫雁食貌。上音媭，下音霅。凤愈飘翔而高举。贤者遁世，窜山谷也。愈，一作俞。飘翔，一作飘飘。《补》曰：俞与愈同。《荀子》曰"其身俞危"是也。举，音倨。圜凿而方枘兮，正直邪枉，行殊则也。五臣云：若凿圆穴，斫方木内之，而必参差不可入。喻邪佞在前，忠贤何由能进。《补》曰：凿，音造，錾也。枘，音汭，柄也。吾固知其鉏铻而难入。所务不同，若粉墨也。一无“其”字。五臣云，钼铻，相距貌。《补》曰：鉏，状所、床举二切。铻，音语，不相当也。众鸟皆有所登栖兮，群佞并进，处官爵也。凤独遑遑而无所集。孔子栖栖，而困厄也。一无“独”字。一作惶惶。五臣云：贤才窜逐，独无所托。遑遑，不得所貌。愿衔枚而无言兮，意欲括囊，而静默也。愿，一作顾。五臣云：衔枚，所以止言者也。《补》曰：《周礼》有衔枚氏。枚状如箸，横衔之。尝被君之渥洽。前蒙宠遇，锡祉福也。五臣云：我亦欲不言而自弃，为昔者尝受君之厚泽，故复不能已。渥，厚也。洽，泽也。太公九十乃显荣兮，吕尚耆老，然后贵也。诚未遇其匹合。遭值文王，功冠世也。五臣云：太公吕尚，年九十而穷困，遭西伯而用之。当未遇之时，故无匹偶，而与相合也。言己所以弃逐者，其行亦不与君意同也。谓骐骥兮安归？踌躇吴坂，遇伯乐也。谓凤皇兮安栖？集栖梧桐，食竹实也。五臣云：骐骥安归，在于良乐；凤皇安栖，在于圣明。自喻时无知己也。变古易俗兮世衰，以贤为愚，时暗惑也。五臣云：代衰之时，则必变古之法，易常之道。今之相者兮举肥。不量才能，视颜色也。五臣云：将相士而用举肥美者，不言其才行，此疾时之深。《补》曰：相，视也，去声。骐骥伏匿而不见兮，仁贤幽处，而隐藏也。五臣云：骐骥伏匿，而不见至。虽愿忠其焉得？皆喻己也。凤皇高飞而不下。智者远逝，之四方也。《补》曰：下，音户。鸟兽犹知怀德兮，慕归尧、舜之圣明也。《释文》：怀，作褱。何云贤士之不处？二老太公，归文王也。骥不骤进而求服兮，干木阖门，而辞相也。五臣云：服，御也。凤亦不贪餧而妄食。颜阖凿坏，而逃亡也。坏，一作培。《补》曰：餧，於伪切。扬子曰：食其不妄。说者曰：非义不妄食。引此为证。君弃远而不察兮，介推割股，而自放也。弃，一作弃。虽愿忠其焉得？申生至孝，而被谤也。欲寂漠而绝端兮，宁武佯愚，而不言也。漠，一作嗼，一作寞。五臣云：寂寞，止息貌。《补》曰：《广雅》：嗼，音莫，安也。《说文》：啾嗼，无声。窃不敢忘初之厚德。尝受禄惠，识旧德也。五臣云：言我将心不思于君，不能忘君昔之厚德耳。独悲愁其伤人兮，思念缠结，摧肝肺也。冯郁郁其何极！愤懑盈胸，终年岁也。冯，一作凭。其，一作之。何，一作安。五臣云：凭郁郁，愁心满结也。极，穷也。霜露惨凄而交下兮，君政严急，刑罚峻也。惨，一作憯。心尚妄其弗济。冀过不成，得免脱也。妄，一作幸。尚妄，一云徜徉。《补》曰：幸，《说文》作妄。当以幸为正。霰雪雰糅其增加兮，威怒益盛，刑酷烈也。其，一作而。《补》曰：雰雰，雪貌。乃知遭命之将至。卒遇诛戮，身颠沛也。愿侥幸而有待兮，冀蒙贯赦，宥罪法也。宥，一作止。《补》曰：侥，古尧切。泊莽莽与壄草同死。将与百卉俱徂落也。一云：泊莽莽兮与埜草同死。一作林草。泊，一作汨。《补》曰：泊，止也。莽莽，莫古切，草盛。壄、埜，并野字。愿自往而径游兮，不待左右之绍介也。一云：愿自直而径往。路壅绝而不通。谗臣嫉妒，无由达也。欲循道而平驱兮，遵放众人，所履为也。欲，一作愿。又未知其所从。不识趣舍，何所宜也。然中路而迷惑兮，举足犹豫，心回疑也。自压桉而学诵。弭情定志，吟诗礼也。压，一作厌。桉，一作按。一作压塞。《补》曰：《集韵》压，益涉切，按也。桉与按同，抑也，止也。《释文》厌，於盐切，安也。诵，疾恭切。性愚陋以褊浅兮，姿质鄙钝，寡所知也。《补》曰：褊，毕善切，急也，狭也。信未达乎从容。君不照察其真伪也。乎，一作兮，一作於。一本云：然中路而迷惑兮，悲蹭蹬而无归。性愚陋以褊浅兮，自压按而学诗。兰荪杂于萧艾兮，信未达其从容。

窃美申包胥之气盛兮，申包胥，楚大夫也。昔伍子胥得罪于楚，将适于吴，见申包胥谓曰："我必亡郢。"申包胥答曰："子能亡之，我能存之。"遂出奔吴，为吴王阖闾臣。兴兵而伐楚，破郢。昭王出奔，于是申包胥乃之秦，请救兵，鹤立于秦庭，啼呼悲泣，七日七夜不绝声，勺饮不入于口。秦伯哀之，为发兵救楚。昭王复国，故言气盛也。古本盛皆作晟。**恐时世之不固。**俗人执誓，多不坚也。**何时俗之工巧兮？**静言谗谗，而无信也。**灭规矩而改凿。**弃捐仁义，信谗佞也。《补》曰：凿，音造。**独耿介而不随兮，**执节守度，不枉倾也。**愿慕先圣之遗教。**循行道德，遵典经也。**处浊世而显荣兮，**谓仕乱君，为公卿也。**非余心之所乐。**彼虽富贵，我不愿也。《补》曰：乐，五孝切。**与其无义而有名兮，**宰嚭专戾，握君权也。**宁穷处而守高。**思从夷、齐于首阳也。《补》曰：高，孤到切，一苦浩切。即枯槁之槁。**食不媮而为饱兮，**何必粳粱与刍豢也。一无"而"字。《补》曰：媮，他钩切，巧也。**衣不苟而为温。**非贵锦绣，及绫纨也。一无"而"字。**窃慕诗人之遗风兮，**勤身修德，乐《伐檀》也。**愿托志乎素餐。**不空食禄，而旷官也。《诗》云：彼君子兮，不素餐兮。谓居位食禄，无有功德，名曰素餐也。《释文》作食，音孙。**蹇充倔而无端兮，**媒理断绝，无因缘也。《补》曰：倔，俱物、巨物二切。《儒行》云：不充诎于富贵。充诎，喜失节貌。**泊莽莽而无垠。**幽处山野，而无邻也。泊，一作汩。《补》曰：垠，岸也，音银。**无衣裘以御冬兮，**言己饥寒，家困贫也。御，一作禦。《补》曰：御，鱼据切。《诗》云：我有旨蓄，亦以御冬。注云：御，禦也。以禦冬月乏无时也。**恐溘死不得见乎阳春。**惧命奄忽，不逾年也。一本自"霜露惨凄而交下"至此，为一章。

靓杪秋之遥夜兮，盛阴修夜，何难晓也。《补》曰：靓，立静。杪，末也。**心缭悷而有哀。**思念纠戾，肠折摧也。悷，一作悧。《补》

曰：缭，音了，缭绕。悷，卢帝切，又音列。懔悷，悲吟。悡，音列，忧也。**春秋逴逴而日高兮**，年齿已老，将晚暮也。《补》曰：逴，竹角切，远也。**然惆怅而自悲**。功名不立，自矜哀也。**四时递来而卒岁兮**，冬夏更运，去若颓也。递，一作迭。《补》曰：递，更易也。本作遞。**阴阳不可与俪偕**。寒往暑来，难追逐也。《释文》阴作霒霒。《补》曰：俪，偶也，音戾。**白日晼晚其将入兮**，年时欲暮，才力衰也。《补》曰：晼，音宛，景昳也。**明月销铄而减毁**。形容减少，颜貌亏也。《补》曰：日出于东方，入于西极，故言入。月三五而盈，三五而缺，故言减毁。**岁忽忽而遒尽兮**，时去晻晻，若鹜驰也。忽，一作曶。**老冉冉而愈弛**。年命逝往，促急危也。老，一作寿。愈，一作俞。《释文》弛作施。《补》曰：俞与愈同。施与弛同。**心摇悦而日幸兮**，意中私喜，想用施也。摇，一作遥，一作愮。幸，一作幸。《补》曰：摇，动也。愮，忧也。无喜悦义。幸与幸同。**然怊怅而无冀**。内无所恃，失本义也。《补》曰：怊，音超。**中憯恻之凄怆兮**，志愿不得，心肝沸也。之，一作而。一注云：心伤惨也。**长太息而增欷**。忧怀感结，重叹悲也。《补》曰：欷，虚毅切。**年洋洋以日往兮**，岁月已尽，去奄忽也。以，一作而。**老嵺廓而无处**。亡官失禄，去家室也。嵺，一作廖。《补》曰：《玉篇》云：嵺，廓空也，力幺切。**事亹亹而觊进兮**，思想君命，幸复位也。《补》曰：觊，音冀。**蹇淹留而踌躇**。久处无成，卒放弃也。《补》曰：踌躇，进退貌。躇，丈吕切。旧本自"霜露惨凄而交下兮"至此，为一章。

何氾滥之浮云兮，浮云晻翳，兴谗佞也。《补》曰：氾与泛同。**猋壅蔽此明月！**妨遮忠良，害仁贤也。夫浮云行则蔽月之光，谗佞进则忠良壅也。《补》曰：猋，卑遥切，犬走貌。**忠昭昭而愿见兮**，思竭蹇蹇，而陈诚也。**然霧曀而莫达**。邪伪推排，而隐蔽也。然，一作蔽。

霒，一作雺。《补》曰：霒，音阴，云复日也。曀，阴风也。**愿皓日之显行兮，**思望圣君之聘请也。日以喻君。《诗》云：杲杲出日。《补》曰：皓，光也，明也，日出貌也。**云蒙蒙而蔽之。**群小专恣，掩君明也。蒙，一作濛。**窃不自聊而愿忠兮，**意欲竭死，不顾生也。聊，一作料。《补》曰：料，量也，音聊。**或黕点而污之。**谗人诬谤，被以恶名也。《补》曰：黕，《说文》：都感切，滓垢也。又陟甚切，污也。污，乌故切。**尧舜之抗行兮，**圣迹显著，高无颠也。**瞭冥冥而薄天。**茂德焕炳，配乾坤也。瞭，一作杳。《补》曰：瞭，音了，明也。一音杳。薄，附也。**何险巇之嫉妒兮，**乱惑之主，嫉其荣也。**被以不慈之伪名？**言尧有不慈之过，以其不传丹朱也；舜有卑父之谤，以其不立瞽瞍也。**彼日月之照明兮，**三光照察，镜幽冥也。**尚黯黮而有瑕。**云霓之气，蔽其精也。《补》曰：黯，邬感切。黮，徒感切。云黑。**何况一国之事兮，**众职丛务，君异政也。**亦多端而胶加。**贤愚反戾，人异形也。《补》曰：《集韵》：胶加，戾也。胶，音豪。加，丘加切。王逸说。

被荷裯之晏晏兮，荷，芙蕖也。裯，衹裯也。若襜褕矣。晏晏，盛貌也。《艺文类聚》作"披荷裯之炅炅"。《补》曰：被，音披，又如字。裯，音刀。《说文》：衹裯，短衣。《方言》：汗襦，自关而西谓之衹裯。《尔雅》：晏晏，柔也。**然潢洋而不可带。**潢洋，犹浩荡。不著人貌也。言人以荷叶为衣，貌虽香好，然浩浩荡荡，而不可带，又易败也。以喻怀王自以为有贤明之德，犹以荷叶为衣，必坏败也。《补》曰：潢，音晃，户广切，水深广貌。洋，音养，滉瀁，水貌。**既骄美而伐武兮，**怀王自谓有懿德，又勇猛也。骄，一作侨。**负左右之耿介。**恃怙众士，被甲兵也。怀王内无文德，不纳忠言；外好武备，而无名将。所以为秦所诱，客死不还。《补》曰：耿，古幸切，明也。逸以介为介胄。**憎愠惀之修美兮，**恶孙叔敖与子文也。《补》曰：愠，纡粉切。怆，力允切。好夫人之慷慨。爱重囊瓦与庄跻也。《释文》：慨作礚。庄跻，一作椒兰。众踥蹀而日进兮，无极之徒，在帷幄也。踥，一作躍。《释文》作唼谍。《补》曰：踥，思协切。蹀，音牒。美超远而逾迈。接舆避世，辞金玉也。逾，一作愈。农夫辍耕而容与兮，愁苦赋敛之重数也。恐田野之芜秽。失不耨锄，亡五谷也。事緜緜而多私兮，政由细微以乱国也。緜，一作绵。窃悼后之危败。子孙绝嗣，失社稷也。世雷同而炫曜兮，俗人群党，相称举也。《补》曰：《曲礼》云：毋雷同。注云：雷之发声，物无不同时应者。何毁誉之昧昧！论善与恶，不分析也。今修饰而窥镜兮，言与行副，面不惭也。今，一作余。窥，一作视。后尚可以窜藏。身虽隐匿，名显彰也。《补》曰：窜，逃也，匿也。愿寄言夫流星兮，欲托忠策于贤良也。羌儵忽而难当。行疾去亟，路不值也。《补》曰：儵，音倏。卒壅蔽此浮云兮，终为谗佞所覆冒也。卒，一作上。下暗漠而无光。忠臣丧精，不识谋也。尧舜皆有所举任兮，稷、契、禹、益与咎繇也。举，一作专。故高枕而自适。安卧垂拱，万国治也。谅无怨于天下兮，己之行度，信无尤也。心焉取此怵惕？内省审己，无畏惧也。焉，一作安。椉骐骥之浏浏兮，众贤并进，职事修也。椉，一作六。《补》曰：椉与乘同。浏，流、柳二音，水清也。驭安用夫强策？百姓成化，刑不用也。策，一作筞。《补》曰：强，巨良切。策，马棰，所以驱策。谅城郭之不足恃兮，信哉，险阻何足恃也。虽重介之何益？身被甲铠，犹为虏也。《补》曰：介，甲也。邅翼翼而无终兮，竭身恭敬，何有极也。《补》曰：邅，行不进。忳惛惛而愁约。忧心闷瞀，自约束也。《补》曰：忳，徒浑切。惛，音昏。《说文》：怓也。愁约，谓穷约而悲愁也。《语》曰：不可以久处约。生天地之若过兮，忽若云驰，驷过隙也。功不成而无效。道德不施，志不遂也。愿沉滞而不见兮，思欲潜匿，自屏弃也。不，一作无。尚欲布名乎天下。敷名四海，垂号谥也。《补》曰：下，音户。然潢洋而不遇兮，偃倡后时，无所逮也。直怐愗而自苦。守死忠信，以自毕也。《释文》作怐愗。苦，一作若，一作善。《补》曰：怐，遘、寇二音。愗，音茂。莽洋洋而无极兮，周行旷野，将何之也。忽翱翔之焉薄？浮游四海，无所集也。国有骥而不知乘兮，推远周邵与伊挚也。《补》曰：曹子建以此为屈子语。焉皇皇而更索？不识贤愚，尚暗昧也。《补》曰：更，平声。宁戚讴于车下兮，饭牛而歌，斯贱役也。一本"讴"下有"歌"字。桓公闻而知之。言合圣道，应经术也。无伯乐之善相兮，骥与驽钝，几不别也。今谁使乎誉之。后世叹誉，称其德也。誉，一作訾。《补》曰：訾，音资，思也。亦通。罔流涕以聊虑兮，怆然深思，而悲泣也。惟著意而得之。知天生贤，不虚出也。《补》曰：著，明也，立也，定也。纷纯纯之愿忠兮，思碎首脑，而伏节也。一作纷忳忳而愿忠。妒被离而鄣之。谗邪妒害，而壅遏也。被，一作披。鄣，一作彰。《补》曰：被，音披。《反离骚》云：亡春风之被离。鄣，音章。旧本自"何氾滥之浮云兮"至此，为一章。

愿赐不肖之躯而别离兮，乞丐骸骨，而自退也。放游志乎云中。上从丰隆而观望也。志，一作意。乘精气之抟抟兮，托载日月之光耀也。楚人名圜曰抟也。抟，一作椄。《补》曰：抟，度官切。骛诸神之湛湛。追逐群灵之遗风也。《补》曰：湛，旧音羊戎切。骖白霓之习习兮，骖驾素虹而东西也。言己虽去旧土，犹修洁白以厉身也。骖，一作参，一作六。历群灵之丰丰。周过列宿，存六宗也。灵，一作神。

左朱雀之茇茇兮，朱雀奉送，飞翩翻也。茇，《释文》作芺，於表切。一作筏，音蒲艾切。一云左朱雀之拔拔。《补》曰：《集韵》拔、茷、茇，皆有旆音。右苍龙之躣躣。青虬负毂而扶辕也。躣，《释文》作躩，音同。《补》曰：躣躣，行貌。其俱切。《广韵》引此。属雷师之阗阗兮，整理车驾而鼓严也。《补》曰：属，朱欲切，连也。阗，音田，鼓声。通飞廉之衙衙。风伯次且而扫尘也。通，一作道。《补》曰：衙衙，行貌，旧五乎切，又牛吕切。《集韵》音鱼。前轾辌之锵锵兮，轩车先导，声转辚也。轾，一作轻。《补》曰：轾，音致。《诗》曰：如轾如轩。《说文》云：辌，卧车，音凉。《招魂》云：轩辌既低。注云：轩、辌，皆轻车名。则作轻辌，亦通。后辎乘之从从。辎軿侍从，响雷震也。《补》曰：《说文》：辎，軿车前衣车后也。从，楚江切。载云旗之委蛇兮，旍旗盘纡，背云霄也。委，一作逶。扈屯骑之容容。群马分布，列前后也。《补》曰：屯，徒浑切。计专专之不可化兮，我心匪石，不可转也。《补》曰：化，旧音花。愿遂推而为臧。执履忠信，不离善也。赖皇天之厚德兮，灵神覆祐，无疾病也。还及君之无恙。愿楚无忧，君康宁也。言己虽升云远游，随从百神，志犹念君，而不能忘也。《补》曰：恙，旧音羊。《说文》：恙，忧也。一曰虫入腹食人心，古者草居多被此毒，故相问：无恙乎？《苏鹗演义》引《神异经》云：北方大荒中，有兽食人，吩人则病，罗人则疾，名曰獇。獇者，恙也。黄帝上章奏天，从之。于是北方人得无忧无疾，谓之无恙。

楚辞卷第九

招䰟章句第九䰟，一作魂。下同。今下俱改作魂。

《招魂》者，宋玉之所作也。李善以《招魂》为《小招》，以有《大招》故也。招者，召也。以手曰招，以言曰召。魂者，身之精也。宋玉怜哀屈原，忠而斥弃，愁懑一作忧愁，山泽，魂魄一作魄，放佚，厥命将落，故作《招魂》。欲以复其精神，延其年寿，外陈四方之恶，内崇楚国之美，以讽谏怀王，冀其觉悟而还之也。太史公读《招魂》，悲其志。

朕幼清以廉洁兮，朕，我也。不求曰清，不受曰廉，不污曰洁，一作絜。五臣云：皆代原为辞。身服义而未沬。沬，已也。言我少小修清洁之行，身服仁义，未曾有懈已之时也。《补》曰：沬，莫贝切。《易》曰：日中见沬。注云：沬，微昧之明也。一云日中而昏也。主此盛德兮，牵于俗而芜秽。牵，引也。不治曰芜，多草曰秽。言己施行常以道德为主，以忠事君，以信结交，而为俗人所推引。德能芜秽，无所用之也。五臣云：主，守也。言己主执仁义忠信之德，为谗佞所牵迫，使荒芜秽污而不得进。上无所考此盛德兮，考，校。五臣云：上，君也。考，察也。长离殃而愁苦。殃，祸也。言己履行忠信，而遇暗主。上则无所考校已之盛德，长遭殃祸，愁苦而已也。离，一作罹。五臣云：罹，罗也。帝告巫阳帝，谓天帝也。女曰巫，阳，其名也。巫，一作巠。五臣云：玉假立天帝及巫阳以为辞端。《补》曰：《山海经》云：开明东有巫彭、巫抵、巫阳、巫凡、巫相、巫履。注云：皆神医也。曰："有人在下，在，一作於。我欲辅之。人，谓贤人，则屈原也。宋玉上设天意，祐助贞良，故曰：帝告巫阳，有贤人屈原在于下方，我欲辅成其志，以厉黎民也。魂魄离散，汝筮予之！"魂者，身之精也。魄者，性之决也。所以经纬五藏，保守形体也。筮，卜问也。蓍曰筮。《尚书》曰：决之蓍龟。言天帝哀闵屈原魂魄离散，身将颠沛，故使巫阳筮问求索，得而与之，使反其身也。予，一作与。《补》曰：予，去声。下同。巫阳对曰："掌瘳。巫阳对天帝言，招魂者，本掌瘳之官所主职也。瘳，一作梦。上帝其难从。言天帝难从掌梦之官，欲使巫阳招之也。一云其命难从。一云命其难从。《补》曰：难，《文选》读作去声。若必筮予之，恐后之谢，一云谢之。一无"之"字。不能复用巫阳焉。"谢，去也。巫阳言如必欲先筮问求魂魄所在，然后与之，恐后世怠懈，必去卜筮之法，不能复修用，但招之可也。五臣云：若必筮而招之，恐后代懈怠，去卜筮之法，但以招魂为事。阳意不欲以筮与招相次而行，以为不筮而招，亦足可也。

乃下招曰：巫阳受天帝之命，因下招屈原之魂。乃，一作因。魂兮归来！还归屈原之身。一作徕归。去君之恒干，恒，常也。干，体也。《易》曰：贞者事之干。五臣曰：君谓原也。何为四方些？言魂灵当扶人养命，何为去君之常体，而远之四方乎？夫人须魂而生，魂待人而荣。二者别离，命则賈零也。或曰：去君之恒閈。閈，里也。楚人名里曰閈也。一云：何为乎四方。乎，一作兮。一注云：魄待人之荣。《补》曰：些，苏贺切。《说文》云：语词也。沈存中云：今夔峡湖湘及南北江獠人，凡禁咒句尾，皆称些，乃楚人旧俗。舍君之乐处，而离彼不祥些！舍，置也。祥，善也。言何为舍君楚国饶东之处，而陆离走不善之乡，以犯触众恶也。舍，一作捨。离，一作罹。五臣云：捨，去也。罹，罗也。魂兮归来！东方不可以托些。托，寄也。《论语》曰：可以托六尺之孤。言东方之俗，其人无义，不可托命而寄身也。长人千仞，惟魂是索些。七尺曰仞。索，求也。言东方有长人之国，其高千仞，主求人魂而食之也。惟，一作唯。五臣云：皆假立其恶，而甚言之。《补》曰：《山海经》云：东海之外，大荒之中，有大人之国。十日代出，代，更。流金铄石些。铄，销也。言东方有扶桑之木，十日并在其上，以次更行，其热酷烈，金石坚刚，皆为销释也。《补》曰：《庄子》曰：昔者十日并出，万物皆照。十日，见《天问》。代出，言一日至，一日出，交会相代也。彼皆习之，魂往必释些。释，解也。言彼十日之处，自习其热。魂行往到，身必解烂也。皆，一作自。归来兮！不可以托些。言魂魄宜急来归，此诚不可以托附而居之也。一无“兮”字。一云：归来归来。魂兮归来！南方不可以止些。言南方之俗，其人甚无信，不可久留也。雕题黑齿，雕，画也。题，额也。黑，一作墨。五臣云：雕，镂也。《补》曰：《礼记》：南方曰蛮，雕题交趾。注云：雕题，刻其肌，以丹青涅之。得人肉以祀，以其骨为醢些。醢，酱也。言南极之人，雕画其额，齿牙尽黑，常食蠃蜯，得人之肉，用祭祀先祖，复以其骨为醢酱也。一云而祀。一云得人以祀。无“肉”字。五臣云：醢，肉酱也。蝮蛇蓁蓁，蝮，大蛇也。蓁蓁，积聚之貌。《补》曰：《山海经》：蝮蛇，色如绶文，大者百馀斤。一名反鼻蛇。《尔雅》：蝮，虺，博三寸，首大如擘。《本草》引张文仲云：蝮蛇形乃不长，头扁口尖，人犯之，头足贴著。蝮，音覆。蓁，音臻。封狐千里些。封狐，大狐也。言炎土之气，多蝮虺恶蛇，积聚蓁蓁，争欲啮人。又有大狐，健走，千里求食，不可逢遇也。五臣云：大狐其长千里。雄虺九首，首，头也。五臣云：虺亦蛇名。《补》曰：《天问》已见。虺，许鬼切。往来儵忽，吞人以益其心些。儵忽，疾急貌也。言复有雄虺，一身九头，往来奄忽，常喜吞人魂魄，以益其心，贼害之甚也。儵，一作倏。五臣云：益其心，助其毒也。归来兮！不可以久淫些。淫，游也。言其恶如此，不可久游，必被害也。一云：魂兮归来。一云：归来归来，不可久淫。一无“以”字。五臣云：淫，淹也。魂兮归来！西方之害，流沙千里些。流沙，沙流而行也。《尚书》曰：馀波入于流沙。言西方之地，厥土不毛，流沙滑滑，昼夜流行，从广千里，又无舟航也。从广，一作纵横。旋入雷渊，旋，转也。渊，室也。渊，《文选》作泉。《补》曰：旋，泉绢切。唐避讳，以渊为泉。《山海经》云：雷泽中有雷神，龙身而人头。靡散而不可止些。靡，碎也。言欲涉流沙，少止则回入雷公之室，转还而行，身虽靡碎，尚不得休息也。靡，一作靡。《释文》作麋，一作麋，非是。《补》曰：靡，靡为切，烂也，坏也。幸而得脱，其外旷宇些。旷，大也。宇，野也。言从雷渊虽得免脱，其外复有旷远之野，无人之土也。幸，一作幸。赤蚁若象，蚁，蚍蜉也。小者为蚁，大者谓之蚍蜉也。蚁，一作蚁。《补》曰：《山海经》大蜂其状如螽，朱蛾状如蚁。玄蠭若壶些。壶，干瓠也。言旷野之中，有赤蚁，其状如象。又有飞蠭，腹大如壶。皆有蠚毒，能杀人也。蠭，一作蜂。《释文》作螽。五臣云：壶，器名。《补》曰：蠭，音峰。《方言》云：螽，大而蜜谓之壶螽。蠚，音壑。五谷不生，藂菅是食些。柴棘为藂。菅，茅也。言西极之地，不生五谷，其人皆食柴草，若群牛也。藂，一作丛。菅，一作奸。《补》曰：藂，草丛生也。菅、葌，并音奸。《说文》：葌草，出吴林山。其土烂人，求水无所得些。言西方之土，温暑而热，燋烂人肉。渴欲求水，无有源泉，不可得之也。《补》曰：《前汉·西域传》：乌弋地暑热莽平。又，天竺卑湿暑热。彷徉无所倚，广大无所极些。倚，依也。言欲彷徉东西，无民可依。其野广大，行不可极也。一云：言西方之土，广大遥远，无所臻极。虽欲彷徉，求所依止，不可得也。一作仿佯。五臣云：仿佯，游行貌。极，穷也。《补》曰：《广雅》云：彷徉，徙倚也。彷，蒲忙切。归来兮！恐自遗贼些。贼，害也。言魂魄欲往者，自予贼害也。一云：归来归来。《补》曰：遗，已季切。魂兮归来！北方不可以止些。增冰峨峨，飞雪千里些。言北方常寒，其冰重累，峨峨如山。凉风急时，疾雪随之。飞行千里，乃至地也。五臣云：增，积也。峨峨，高貌。《补》曰：《神异经》：北方有曾冰，万里，厚百丈。《尸子》曰：朔方之寒，地冻厚六尺。北极左右，有不释之冰。归来兮！不可以久些。言其寒杀人，不可久留也。一云：归来归来。一云：不可以久止。魂兮归来！君无上天些。天不可得上也。虎豹九关，五臣云：关，钥。啄害下人些。啄，啮也。言天门凡有九重，假神虎豹执其关闭，主啄啮天下欲上之人，而杀之也。一夫九首，拔木九千些。言有丈夫一身九头，强梁多力，从朝至暮，拔大木九千枚也。豺狼从目，往来侁侁些；侁侁，往来声也。《诗》曰：侁侁征夫。言天上有豺狼之兽，其目皆从，奔走往来，其声侁侁，争欲啖人也。侁，一作莘。五臣云：从，竖也。侁侁，众貌。《补》曰：南北曰从，即容切。《释文》足用切，与注意不合。侁，所臻切。悬人以娭，悬，《释文》作县。娭，一作嬉，一作娱。《补》曰：娭，许其切。投之深渊些。投，擿也。言豺狼得人，不即啖食，先悬其头，用之娭戏。疲倦已后，乃擿于深渊之底而弃之也。致命于帝，然后得瞑些。瞑，卧也。言投人已讫，上致命于天帝，然后乃得眠卧也。瞑，一作眠。五臣云：致，送也。送人之命于天帝。《补》曰：瞑，音眠，又音铭。归来！往恐危身些。往即逢害，身危殆也。一云：归来归来。一云：魂兮归来。魂兮归来！君无下此幽都些。幽都，地下后土所治也。地下幽冥，故称幽都。一无“此”字。土伯九约，其角觺觺些。土伯，后土之侯伯也。约，屈也。觺觺，犹狺狺；角，利貌也。言地有土伯，执卫门户。其身九屈，有角觺觺，主触害人也。觺，一作䰖。五臣云：觺觺，铦利貌。《补》曰：觺，音疑，又牛力切。敦脄血拇，敦，厚也。脄，背也。拇，手母指也。

胨，一作脢。《补》曰：胨、脢，音梅，又音妹，脊侧之肉。《说文》云：背肉也。《易》：咸其脢。一曰：心上口下。拇，莫垢切。逐人駓駓些。駓駓，走貌也。言土伯之状，广肩厚背，逐人駓駓，其走捷疾，以手中血漫污人也。《补》曰：駓，音丕。参目虎首，其身若牛些。言土伯之头，其貌如虎，而有三目，身又肥大，状如牛也。参，一作三。《补》曰：参，苏甘切。《博雅》云：参，三也。此皆甘人，归来！恐自遗灾些。甘，美也。灾，害也。言此物食人以为甘美，径必自与害，不旋踵也。归来，一云：归来归来。一作：归来兮。灾，《释文》作菑。《补》曰：遗，与也，去声。菑与灾同。魂兮归来，入修门些。修门，郢城门也。宋玉设呼屈原之魂归楚都，入郢门。欲以感激怀王，使还之也。《补》曰：修门，已见《九章》龙门注中。工祝招君，背行先些。工，巧也。男巫曰祝。背，倍也。言选择名工巧辩之巫，使招呼君，倍道先行，导以在前，宜随之也。五臣云：工祝，良巫也。君谓原，言良巫背行在先，君宜随后。《补》曰：背，音倍。秦篝齐缕，篝，络。缕，线也。篝，《释文》作篝。《补》曰：篝，古侯切。笼也，笿也。笿，音落。可熏衣。郑绵络些。绵，缠也。络，缚也。言为君魂作衣，乃使秦人职其篝络，齐人作彩缕，郑国之工缠而缚之，坚而且好也。绵，一作緜。《补》曰：《说文》：緜，联微也。招具该备，永啸呼些。该，亦备也。言撰设甘美，招魂之具，靡不毕备。故长啸大呼，以招君也。夫啸者，阴也。呼者，阳也。阳主魂，阴主魄。故必啸呼以感之也。魂兮归来！反故居些。反，还也。故，古也。言宜急来归还古昔之处也。

天地四方，多贼奸些。贼，害也。奸，恶也。言天有虎豹，地有土伯，东有长人，西有赤蚁，南有雄虺，北有增冰，皆为奸恶，以贼害人也。地，一作墬，一作墜。像设君室，像，法也。君，一作居。静闲安些。无声曰静，空宽曰闲。言乃为君造设第室，法像旧庐，所在之处，清静宽闲而安乐也。《补》曰：闲，音闲。高堂邃宇，邃，深也。宇，屋也。**槛层轩些**。槛，楯也。从曰槛，横曰楯。轩，楼版也。言所造之室，其堂高显，屋甚深邃。下有槛楯，上有楼板，形容异制，且鲜明也。五臣云：槛，栏；层，重也；轩，槛楼上板。《补》曰：一云檐宇之末曰轩。**层台累榭**，层、累，皆重也。无木谓之台，有木谓之榭。《补》曰：《说文》：台，观四方而高者。榭，台有屋也。一曰凡屋无室曰榭。**临高山些**。言复作重层之台，累石之榭，其颠眇眇，上乃临于高山也。或曰：临高山而作台榭也。**网户朱缀**，网户，绮文镂也。朱，丹也。缀，缘也。网，一作罔。五臣云：织网于户上，以朱色缀之。**刻方连些**。刻，镂也。横木关柱为连。言门户之楣，皆刻镂绮文，朱丹其缘，雕镂连木，使之方好也。五臣云：又刻镂横木为文章，连于上，使之方好。《补》曰：连，《集韵》作梿，门持关。**冬有突厦**，突，复室也。厦，大屋也。《诗》云：于我乎夏屋渠渠。厦，一作夏。五臣云：突厦，重屋。《补》曰：突，深也，隐暗处。《尔雅》：东南隅谓之突。厦，胡雅切。突，窔，并於叫切。**夏室寒些**。言隆冬冻寒，则有大屋，复突温室。盛夏暑热，则有洞达阴堂，其内寒凉也。室，一作屋。《补》曰：夏，胡驾切。**川谷径复**，流源为川，注溪为谷。径，过也。复，反也。川，一作溪。径，一作侄。五臣云：径，往也。《补》曰：《尔雅》：水注溪为谷。《说文》：泉出通川为谷。**流潺湲些**。言所居之舍，激导川水，径过园庭，回通反复，其流急疾，又洁净也。**光风转蕙**，光风，谓雨已日出而风，草木有光也。转，摇也。五臣云：日光风气转，泛薄于兰蕙之丛。**氾崇兰些**。氾犹汎汎，摇动貌也。崇，充也。言天雨霁日明，微风奋发，动摇草木，皆令有光，充实兰蕙，使之芬芳，而益畅茂也。五臣云：崇，高也。《补》曰：氾，音泛。**经堂入奥**，西南隅谓之奥。经，一作径。古本作陉。奥，《释文》作隩。五臣云：言自兰蕙经入于此矣。《补》曰：奥，乌到切。**朱尘筵些**。朱，丹也。尘，承尘也。筵，席也。《诗》云：肆筵设机。言升殿过堂，入房至室奥处，上则有朱画承尘，下则有簟筵好席，可以休息也。或曰：朱尘筵，谓承尘搏壁，曼延相连接也。搏，一作薄。《补》曰：铺陈曰筵，藉之曰席。《说文》：筵，竹席也。**砥室翠翘，**砥，石名也。《诗》曰，其平如砥。翠，鸟名也。翘，羽也。五臣云：以砥石为室，取其平也。又以翠羽相饰之。《补》曰：砥，音偲，砺石也。《书传》云：砥细于砺，皆磨石也。《穀梁》云：天子之桷，斫之砻之，加密石焉。注云：以细石磨之。翘，祈尧切，鸟尾长毛也。**挂曲琼些。**挂，悬也。曲琼，玉钩也。言内卧之室，以砥石为壁，平而滑泽。以翠鸟之羽，雕饰玉钩，以悬衣物也。或曰：僵室，谓僵佪曲房也。挂，一作绁。五臣云：玉钩挂于室中。《补》曰：绁，罥也。古卖切。**翡翠珠被，**雄曰翡，雌曰翠。被，衾也。《补》曰：翡，赤羽雀。翠，青羽雀。《异物志》云：翠鸟形如燕，赤而雄曰翡，青而雌曰翠。翡大于群，其羽可以饰帏帐。颜师古曰：鸟各别异，非雌雄异名也。**烂齐光些。**齐，同也。言床上之被，则饰以翡翠羽及珠玑，刻画众华。其文烂然，而同光明也。五臣云：以珠翠饰被，光色烂然相齐。**蒻阿拂壁，**蒻，蒻席也。阿，曲隅也。拂，薄也。五臣云：以蒻席替壁之曲。《补》曰：蒻，音弱，蒲也，可以为席。**罗帱张些。**罗，绮属也。张，施也。言房内则以蒻席薄床、四壁及与曲隅，复施罗帱，轻且凉也。《补》曰：帱，禅帐也。音俦。《尔雅》：帱谓之帐。**纂组绮缟，**纂组，绶类也。一作纂，一作綦。五臣云：缟练也。《补》曰：纂，作管切，似组而赤。组，音祖。绮，文缯也。缟，音杲，素也。一曰细缯。纂，苍白色。一曰青黑文。《礼记》有“綦组绶”。**结琦璜些。**璜，玉名也。言帱帐之细，皆用绮缟。又以纂组结束玉璜，为帷帐之饰也。琦，一作奇。《补》曰：琦，玉名。璜，半璧也。**室中之观，多珍怪些。**金玉为珍，诡异为怪。言纵观房室之中，四方珍奇玩好怪物，无不毕具也。珍，一作珎。怪，一作恠。《补》曰：珎、恠，皆俗字。**兰膏明烛，**兰膏，以兰香炼膏也。烛，一作熉。**华容备些。**容，貌也。言日暮游宴，燃香兰之膏，张施明烛，观其镫锭，雕镂百兽，华奇好备也。五臣云：华容，谓美人也。《补》曰：锭，都定切。**二八侍宿，**二八，二列也。言大夫有二列之乐，故晋悼公赐魏绛女乐二八，歌钟二肆也。**射遞代些**。射，猒也。《诗》云：服之无射。遞，更也。言使好女十六人，侍君宴宿，意有厌倦，则使更相代也。或曰：夕遞代。夕，暮也。遞，一作遰。五臣云：君或猒之，则遰代进矣。《补》曰：射，音亦。**九侯淑女**，淑，善。《补》曰：九侯，谓九服之诸侯也。**多迅众些**。迅，疾也。言复有九国诸侯好善之女，多才长意，用心齐疾，胜于众人也。五臣云：其来迅疾，众多于此。**盛鬋不同制**，鬋，鬓也。制，法也。五臣云：盛饰理鬓，其制不同。《补》曰：鬋，音翦，女鬓垂貌。**实满宫些**。宫，犹室也。《尔雅》曰：宫，谓之室。言九侯之女，工巧妍雅，装饰两结垂鬓鬘下发，形貌奇异，不与众同，皆来实满，充后宫也。一云垂发鬓下鬋。一云垂鬘下鬋。《补》曰：鬘，发美也。鬋，首饰也。**容态好比**，态，姿也。比，亲也。五臣云：比，密也。《补》曰：好，王逸作美好之好，五臣作好爱之好。**顺弥代些**。弥，久也。言美女众多，其貌齐同，姿态好美，自相亲比，承顺上意，久则相代也。代，一作世。五臣云：弥，犹次也。好相亲密和顺，次以相代也。《补》曰：作世者非。**弱颜固植**，固，坚也。植，志也。植，一作立。**謇其有意些**。謇，正言貌也。言美女内多廉耻，弱颜易愧，心志坚固，不可侵犯，则謇然发言，中礼意也。謇，一作蹇。五臣云：謇，正直貌。有意礼则之意。**姱容修态**，姱，好貌。修，长也。《补》曰：姱，苦瓜切。**絙洞房些**。絙，竟也。房，室也。言复有美好之女，其貌姱好。多意长智，群聚罗列，竟识洞达，满于房室也。絙，一作緪。五臣云：洞，深也。《补》曰：絙，与亘同。《文选》云：洞房叫窱而幽邃。**蛾眉曼睩**，曼，泽也。睩，视貌。蛾，一作娥。睩，一作睇。五臣云：曼，长也。《补》曰：李善云：曼，轻细也。音万。睩，音禄。《说文》云：目睐谨也。**目腾光些**。腾，驰也。言美女之貌，蛾眉玉白，好目曼泽，时睩睩然视，精光腾驰，惊惑人心也。五臣云：腾，发也。**靡颜腻理**，靡，致也。腻，滑也。五臣云：靡，好也。《补》曰：《吕氏春秋》：靡曼皓齿。注云：靡曼，细理弱肌美色也。腻，女吏切。遗视矊些。遗，窃视也。矊，脉也。言诸美女颜容脂细，身体夷滑，心中矊脉，时时窃视，安详审谛，志不可动也。矊，一作𥈷，一作𥉂。五臣云：矊，目中瞳子。言目清澈，炯然见其瞳子。《补》曰：《方言》：黸瞳之子谓之矊。注云：矊，邈也，音绵。《广韵》：瞳子黑也。又：矊眇，远视。离榭修幕，离，别也。修，长也。幕，大帐也。侍君之闲些。闲，静也。言愿令美女于离宫别观帐幕之中，侍君闲静而宴游也。《补》曰：闲，音闲。翡帷翠帐，饰高堂些。言复以翡翠之羽，雕饬帱帐，张之高堂，以乐君也。帐，一作帱。饰，一作饬。《补》曰：在旁曰帷。饬与饰同。红壁沙版，红，赤白色也。沙，丹沙也。玄玉梁些。玄，黑也。言堂上四壁，皆垩色令之红白，又以丹沙画饰轩版，承以黑玉之梁，五采分别也。一云玄玉之梁。五臣云：黑玉饰于屋梁。仰观刻桷，《补》曰：《左传》：丹楹刻桷。《文选》云：龙角雕镂。《说文》：椽方曰桷。音角。画龙蛇些。言仰观视屋之榱橑，皆刻画龙蛇，而有文章也。坐堂伏槛，槛，楯也。临曲池些。言坐于堂上，前伏槛楯，下临曲水清池，可渔钓也。芙蓉始发，芙蓉，莲华也。杂芰荷些。芰，蓤也。秦人谓之薢茩。言池水之中有芙蓉，始发其华，芰蓤杂错，罗列而生，俱盛茂也。或曰：倚荷，谓荷立生水中持倚之也。五臣云：芰，水草。荷，芙蓉之茎。紫茎屏风，屏风，水葵也。《补》曰：《本草》：凫葵即莕菜，生水中，俗名水葵。又防风，一名屏风。文缘波些。言复有水葵，生于池中，其茎紫色，风起水动，波缘其叶上而生文也。或曰：紫茎，言荷茎紫色也。屏风，谓荷叶鄣风也。缘，《文选》作绿。五臣云：风起吹之，生文于绿波中也。文异豹饰，豹，犹虎豹。《补》曰：《诗》云：羔裘豹饰。侍陂陁些。陂陁，长陛也。言侍从之人，皆衣虎豹之文，异采之饰，侍君堂隅，卫阶陛也。或曰：侍陂池，谓侍从于君游陂池之中，赫然光华也。陁，一作陀。《补》曰：陂，音颇。陀，音驼。不平也。《文选》：陂，音波。轩琼既低，轩、辌，皆轻车名也。低，屯也。一曰：低，俯也。《补》曰：轩，曲辀藩车也。辌，音凉，卧车也。步骑罗些。徒行为步，乘马为骑。罗，列也。言官属之车，既已屯止，步骑士众，罗列而陈，俟须君命也。兰薄户树，薄，附也。树，种也。五臣云：木丛生曰薄。琼木篱些。柴落为篱。言所造舍种树兰蕙，附于门户，外以玉木为其篱落，守御坚重，又芬香也。五臣云：言夹户种丛兰，又栽木为藩篱，以自蔽。琼者，美言也。魂兮归来，何远为些？远为四方而久不归也。五臣云：此足可安居，何用远去为也。

室家遂宗，宗，众也。《补》曰：宗，尊也。食多方些。方，道也。言君九族室家，遂以众盛，人人晓味，故饮食之和，多方道也。五臣云：营造饮食，亦多方略。稻粢穱麦，稻，稌。粢，稷。穱，择也。择麦中先熟者也。《补》曰：颜师古云：《本草》所谓稻米者，今之糯米耳。《说文》云：稻，稌也。又《急就篇》云：稻黍秫稷。左太冲《蜀都赋》云：粳稻汉漠。益知稻即糯，共粳并出矣。粢，子夷切。《本草》云：稷，即穄也。今楚人谓之稷。穱，音捉，稻处种麦也。挐黄粱些。挐，糅也。言饭则以粳稻糅稷，择新麦糅以黄粱，和而柔嫣，且香滑也。《补》曰：挐，女居切。《记》云：饭：黍、稷、稻、粱、白黍、黄粱。《本草》：黄粱出蜀、汉，商、浙间亦种之，香美逾于诸粱，号为竹根黄。大苦醎酸，大苦，豉也。醎，一作鹹。五臣云：鹹，盐也。酸，酢也。大苦鹹酸辛甘，皆和之，使其味行。《补》曰：《本草》：豉味苦。故逸以大苦为豉。然说《左氏》者曰：醯醢盐梅，不及豉。古人未有豉也，《内则》及《招魂》备论饮食，言不及豉。史游《急就篇》曰：及有无荑盐豉。盖秦、汉以来始为之耳。据此，则逸说非也。又《尔雅》云：蘦，大苦。郭氏以为甘草。又《诗》云：隰有苓。陆玑《草木虫鱼疏》云：苓，大苦也，可为干菜。此所谓大苦，盖苦味之甚者尔。辛甘行些。辛，谓椒姜也。甘，谓饴蜜也。言取豉汁和以椒姜，醎酢和以饴蜜，则辛甘之味，皆发而行也。肥牛之腱，腱，筋头也。五臣云：腱，筋肉。《补》曰：腱，居言切，筋腱肉也。一曰筋之大者。**臑若芳些。**臑若，熟烂也。言取肥牛之腱，烂熟之，则肥濡腝美也。若，一作弱。臑，一作臑，一作胹。臑，仁珠切。臑，音耎。胹，音而。《释文》作胹，而究切。《补》曰：《集韵》腝、烦、胹、臑，皆有而音。《说文》云：烂也。一曰臑，嫩耎貌。腝，苏本切。**和酸若苦，陈吴羹些。**言美人工作羹，和调甘酸，其味若苦而复甘也。五臣云：酸苦皆得中。《补》曰：若，犹及也。羹，音郎，臛也。《集韵》云：《鲁颂》、《楚词》、《急就篇》，羹与房浆为韵。《淮南》曰：荆吴芬馨以嚂其口。嚂，音蓝。又云：煎熬焚炙调齐和之适，以穷荆吴甘酸之变。注云：二国善咸酸之和。**胹鳖炮羔，**羔，羊子也。胹，一作臑。《释文》作濡，而朱切。五臣云：濡，煮也。《补》曰：濡，《集韵》音而，烹肉和湆也。炮，蒲交切，合毛炙物。一曰裹物烧。**有柘浆些。**柘，薯蔗也。言复以饴蜜胹鳖炮羔，令之烂熟，取薯蔗之汁，为浆饮也。或曰：血鳖炮羔，和牛五藏为羔臛。鹜为羹者也。柘，一作蔗。一注云：胹鳖炮羔，和牛五藏臛为羹者也。《补》曰：相如赋云：诸柘巴苴。注云：柘，甘柘也。**鹄酸臇凫，**臇，小臛也。《补》曰：鹄，鸿鹄也。臇，子兖切。臛，少汁也。凫，野鸭也。**煎鸿鸧些。**鸿，鸿雁也。鸧，鸧鹤也。言复以酸酢烹鹄为羹，小臇臛凫煎熬鸿鸧令之肥美也。《补》曰：鸧，音仓，麋鸹也。此言以酢浆烹鹄凫为羹，用膏煎鸿鸧也。**露鸡臛蠵，**露鸡，露栖之鸡也。有菜曰羹，无菜曰臛。蠵，大龟之属也。蠵，一作蠵。《补》曰：《盐铁论》曰：煎鱼切肝，羊淹鸡寒。臛，字书作脽，呼各切。又音霍，肉羹也。《集韵》：涪陵郡出大龟，一名灵蠵。音携，又以规切。**厉而不爽些。**厉，烈也。爽，败也。楚人名羹败曰爽。言乃复烹露栖之肥鸡，臛蠵龟之肉，则其味清烈不败也。《补》曰：爽，音霜，协韵。《老子》曰：五味令人口爽。**粔籹蜜饵，有张餭些。**张餭，饧也。言以蜜和米面熬煎作粔籹，捣黍作饵，又有美饧，众味甘美也。捣黍，一作捣麦，一作揉米。《补》曰：粔，首巨。籹，音女，又音汝。粔籹，蜜饵也，吴谓之膏环。饵，粉饼也。《方言》曰：饵谓之糕，饧谓之餦餭。注云：即干饴也。音张皇。一曰饼也，一曰饵也。瑶浆蜜勺，瑶，玉也。勺，沾也。古本蜜作䤈。《补》曰：勺，音酌。一云丁狄、时斫二切。沾，音添。实羽觞些。实，满也。羽，翠羽也。觞，觚也。言食已复有玉浆以蜜沾之，满于羽觞，以漱口也。五臣云：勺，和也。觞，酒器也，插羽于上。《补》曰：杯上缀羽，以速饮也。一云：作生爵形，实曰觞，虚曰觯。挫糟冻饮，挫，捉也。冻，冰也。五臣云：糟，酒滓也。可以冻饮。李善云：冻，冷也。《补》曰：挫，宗卧切。酎清凉些。酎，醇酒也。言盛夏则为覆蹙干酿，提去其糟，但取清醇，居之冰上，然后饮之。酒寒凉，又长味，好饮也。《补》曰：酎，直又切。三重酿酒。《月令》：孟夏，天子饮酎。注云：春酒至此始成。华酌既陈，酌，酒斗也。陈，一作敶。五臣云：华酌，谓置华于酒中。《补》曰：华，采也。《说文》云：酌，盛酒行觞也。有琼浆些。言酒樽在前，华酌陈列，复有玉浆，恣意所用也。归来反故室，敬而无妨些。妨，害也。言君魂急来归，还反所居故室，子孙承事恭敬，长无祸害也。一云：归来归来。一云：归反故室。无“来”字。肴羞未通，鱼肉为肴。羞，进也。《补》曰：肴，骨体，又菹也。致滋味为羞。女乐罗些。言肴膳已具，进举在前，宾主之礼，殷勤未通，则女乐倡荡，罗列在堂下也。敶钟按鼓，按，徐。敶，一作陈。按，一作桉。五臣云：按犹击也。造新歌些。言乃奏乐作音，而撞钟徐鼓，造为新曲之歌，与众绝异也。《涉江》、《采菱》，发《扬荷》些。楚人歌曲也。言已涉渡大江，南入湖池，采取菱芰，发扬荷叶。喻屈原背去朝堂，隐伏草泽，失其所也。菱，一作蔆。《文选》作阳荷。注云：荷，当作阿。《涉江》、《采菱》、《阳阿》皆楚歌名。《补》曰：《淮南》云：歌《采菱》，发《扬阿》。又云：足蹀阳阿之舞。注云：阳阿，古之名倡。又云：欲美和者必先始于《阳阿》、《采菱》。注云：《阳阿》、《采菱》，乐曲之和声。美人既醉，朱颜酡

些。朱，赤也。酡，著也。言美女饮啖醉饱，则面著赤色而鲜好也。酡，一作酡。一本云：当作袉，徒何切，著也。为酡者非。《补》曰：酡，音驮，饮而赭色著面。**娭光眇视**，娭，戏也。眇，眺也。娭，一作嬉，一作娱。**目曾波些**。波，华也。言美女酣乐，顾望娭戏，身有光文，眺视曲眄，目采盼然，白黑分明，若水波而重华也。五臣云：言美人既为戏乐，光彩横出，眇然远视，目若水波。《补》曰：曾，重也。**被文服纤**，文，谓绮绣也。纤，谓罗縠也。《补》曰：纤，细也。**丽而不奇些**。丽，美好也。不奇，奇也。犹《诗》云：不显文王。不显，显也。言美女被服绮绣，曳罗縠，其容靡丽，诚足奇怪也。一云：被兹文服，纤丽不奇。**长发曼鬋**，曼，泽。发，一作鬓。《补》曰：曼，音万。鬋，音翦。**艳陆离些**。艳，好貌也。《左氏传》曰：宋华督见孔父之妻，目逆而送之，曰：美而艳。言美人长发工结，鬋鬓滑泽，其状艳美，仪貌陆离，而难具形也。**二八齐容**，齐，同。《补》曰：二八已见《舞赋》云：郑女出进，二八徐侍。**起郑舞些**。郑舞，郑国之舞也。言二八美女，其仪容齐一，被服同饰，奋袂俱起而郑舞也。或曰：郑舞，郑重屈折而舞也。《补》曰：相如赋云：郑女曼姬。边让赋云：齐倡列，郑女罗。《战国策》云：彼郑国之女，粉白黛黑，立于衢间，非知而见之者，以为神。《淮南子》注云：郑袖，楚怀幸姬，善歌工舞，因名郑舞。郑重殷勤也。**衽若交竿**，竿，竹竿也。衽，一作袵。《补》曰：而甚切。**抚案下些**。抚，抑也。言舞者回旋，衣衽掉摇，回转相钩，状若交竹竿，以手抑案而徐来下也。一云：抚，抵也。以手抵案而徐下行也。五臣云：衽，衣襟也。言舞人回转，衣襟相交如竿也。以手抚案其节，而徐行也。《补》曰：下，音户。唐段安节《乐录》曰：舞者乐之容。古有《大垂手》、《小垂手》。**竽瑟狂会**，狂，犹并也。**搷鸣鼓些**。搷，击也。言众乐并会，吹竽弹瑟。又搷击鸣鼓，以进八音，为之节也。搷，一作嗔，一作填。《文选》作槙，徒年切。《补》曰：搷，田、殿二音。《集韵》：嗔，音田。引《诗》振旅嗔嗔。**宫庭震惊**，震，动也。惊，骇也。**发《激楚》些**。

激，清声也。言吹竽击鼓，众乐并会，宫庭之内，莫不震动惊骇，复作《激楚》之清声，以发其音也。《补》曰：《淮南》曰：扬郑、卫之浩乐，结《激楚》之遗风。注云：结激清楚之声也。《舞赋》云：《激楚》结风，《阳阿》之舞。五臣云：激，急也。楚，谓楚舞也。舞急萦结其风。李善云：《激楚》，歌曲也。《列女传》曰：听《激楚》之遗风。《上林赋》云：鄢郢缤纷，《激楚》结风。文颖曰：激，冲激急风也。结风，回风，亦急风也。楚地风既自漂疾，然歌乐者犹复依激结之急风为节，其乐促迅哀切也。**吴歈蔡讴，**吴、蔡，国名也。歈、讴，皆歌也。《补》曰：歈，音俞。古赋云：巴俞、宋、蔡。《说文》云：歈，歌也。徐铉曰：渝水之人善歌舞，汉高祖采其声，后人因加此字。按：《楚词》已有此语，则歈盖歌之别称耳。徐说非是。**奏大吕些。**大吕，六律名也。《周官》曰：舞《云门》，奏大吕。言乃复使吴人歌谣，蔡人讴吟，进雅乐，奏大吕。五音六律，声和调也。《文选》奏作秦。五臣云：吴、蔡、秦，皆国名。《补》曰：大吕非秦声，五臣说非是。**士女杂坐，乱而不分些。**言醉饱酣乐，合樽促席，男女杂坐，比肩齐膝，恣意调戏，乱而不分别也。**放敶组缨，**组，绶。敶，一作陈。《补》曰：缨，冠系也。**班其相纷些。**纷，乱也。言男女共坐，除去威严，放其冠缨，舒陈印绶，班然相乱，不可整理也。班，一作斑。**郑卫妖玩，**郑、卫，国名也。妖玩，好女也。《补》曰：许慎云：郑、卫，新声所出国也。**来杂陈些。**杂，厕也。陈，列也。言郑、卫二国，复遣妖玩之好女，来杂厕俱坐而陈列也。陈，一作敶。**《激楚》之结，**激，感也。结，头髻也。《补》曰：结，古诣切，束发也。**独秀先些。**秀，异也。言郑、卫妖女，工于服饰，其结殊形，能感楚人，故异之而使之先进也。五臣云：秀，异而先进于前。**菎蔽象棋，**菎，玉也。蔽，博箸以玉饰之也。或言菎蕗，今之箭里也。菎，一作琨，一作箟。《补》曰：菎，音昆，香草也。琨，玉名。箟，竹名。蔽，《集韵》作簸，其字从竹。《方言》：簙谓之蔽。秦、晋之间谓之簙，吴、楚之间谓之蔽。或谓之箭里，或谓之棋。《博雅》云：博箸谓之箭。**有六簙些**。投六箸，行六棋，故为六簙也。言宴乐既毕，乃设六簙，以菎落作箸，象牙为棋，丽而且好也。簙，一作博。《补》曰：《说文》云：局戏也，六箸、十二棋也。鲍宏《博经》云：所掷头谓之琼。琼有五采，刻为一画者谓之塞；刻为两画者谓之白；刻为三画者谓之黑；一边不刻者，五塞之间谓之五塞。《列子》曰：击博楼上。注云：击，打也。如今双陆棋也。古《博经》云：博法，二人相对，坐向局，局分为十二道，两头当中名为水，用棋十二枚，六白六黑，又用鱼二枚，置于水中，其掷采以琼为之，琼畟方寸三分，长寸五分，锐其头，钻刻琼四面为眼，亦名为齿，二人互掷采行棋，棋行到处即竖之，名为骁棋。即入水食鱼，亦名牵鱼。每牵一鱼获二筹，翻一鱼获三筹。畟，音侧。**分曹并进**，曹，偶。**遒相迫些**。遒，亦迫。言分曹列偶，并进技巧，投箸行棋，转相遒迫，使不得择行也。或曰：分曹并进者，谓并用射礼进也。五臣云：遒，急也。言务以求胜。**成枭而牟**，倍胜为牟。《文选》枭作鳬。《补》曰：《汉书》"枭骑"注云：枭，勇也。若六博之枭，作鳬非是。《淮南》曰：善博者不欲牟，不恐不胜。注云：博其棋不伤为牟。枭，坚尧切。牟，过也，进也，大也。**呼五白些**。五白，簙齿也。言己棋已枭，当成牟胜，射张食棋，下兆于屈，故呼五白，以助投也。兆于屈，一作逃于窟。《补》曰：《列子》云：楼上博者射，明琼张中。说者曰：凡戏争能取中，皆曰射。明琼，齿五白也。中，去声。射，食亦切。**晋制犀比**，晋，国名也。制，作也。比，集也。《补》曰：比，频二切。**费白日些**。费，光貌也。言晋国工作簙棋箸，比集犀角，以为雕饰，投之皜然如日光也。《补》曰：费，耗也。怫，日光也，芳未切。**铿钟摇簴**，铿，撞也。摇，动也。铿，《释文》作铿。簴，一作虡。五臣云：虡，悬钟格，言击钟则摇动其格。《补》曰：铿、铿，并苦耕切。虡，奇举切。**揳梓瑟些**。揳，鼓也。言众宾既集，共簙以相娱乐，堂下复鸣大钟，左右歌吟，鼓瑟琴也。五臣云：揳，抚也。以梓木为瑟。《补》曰：揳，古入切，轹也。《书》亦作戛。**娱酒不废**，娱，乐。**沉日夜些**。

言虽以酒相娱乐，不废政事，昼夜沉湎，以忘忧也。或曰：娱酒不发。发，旦也。《诗》云：明发不寐。言日夜娱乐。又曰：和乐且湛。言昼夜以酒相乐也。夜，一作夕。**兰膏明烛，**一作熘。**华镫错些。**言镫锭尽雕琢错镂，饰设以禽兽，有英华也。镫，一作雕。五臣云：以兰渍膏，取其香也。华，谓有光华。《补》曰：镫，音登。《说文》曰：锭也。徐铉曰：锭中置烛，故谓之镫。又《说文》曰：错，金涂也。亦支错。**结撰至思，**撰，犹博也。五臣云：言我能撰深心以思贤人。《补》曰：撰，述也，定也，持也。**兰芳假些。**假，至也。《书》曰：假于上下。兰芳，以喻贤人也。言君能结撰博专至之心，以思贤人，贤人即自至也。《补》曰：假，音格。**人有所极，同心赋些。**赋，诵也。言众坐之人，各欲尽情，与己同心者，独诵忠信与道德也。五臣云：极，尽也。赋，聚也。贤人尽至，则同心相聚，君可选也。《补》曰：《释名》曰：敷布其义谓之赋。《汉书》曰：不歌而诵谓之赋。五臣以赋为聚，盖取赋敛之义。**酎饮尽欢，乐先故些。**故，旧也。言饮酒作乐，尽己欢欣者，诚欲乐我先祖及与故旧人也。酎，一作酌。一本"尽"上有"既"字。五臣云：乐君先祖及故旧。**魂兮归来，反故居些。**言魂神宜急来归，还反楚国，居旧故之处，安乐无忧也。

乱曰：献岁发春兮献，进。**汩吾南征，**征，行也。言岁始来进，春气奋扬，万物皆感气而生，自伤放逐，独南行也。五臣云：汩，疾也。亦代原为词。《补》曰：汩，于笔切。《文选》自此至"白芷生"，句末皆有"些"字。一本至"诱骋先"有"些"字。**菉蘋齐叶兮**菉，王刍也。蘋，一作薠。《补》曰：菉，音绿，见《骚经》。**白芷生。**言屈原放时，菉薠之草，其叶适齐，白芷萌芽，方始欲生，据时所见，自伤哀也。犹《诗》云"昔我往矣，杨柳依依"也。**路贯庐江兮左长薄，**贯，出也。庐江、长薄，地名也。言屈原行先出庐江，过历长薄。长薄在江北，时东行，故言左也。五臣云：在其左也。《补》曰：《前汉·地理志》：庐江出陵阳东南，北入江。**倚沼畦瀛兮**沼，池也。畦，犹区也。瀛，池中也。楚人名池泽中曰瀛。五臣云：倚，立也。遥望博。遥，远也。博，平也。言己循江而行，遂入池泽，其中区瀛远望平博，无人民也。青骊结驷兮纯黑为骊。结，连也。四马为驷。《补》曰：骊，吕知切。齐千乘，齐，同也。言屈原尝与君俱猎于此，官属齐驾驷马，或青或黑，连千乘，皆同服也。《补》曰：自此以下，盛言畋猎之乐，以招之也。悬火延起兮玄颜烝。悬火，悬灯也。玄，天也。言己时从君夜猎，悬灯林木之中，其火延及，烧于野泽，烟上烝天，使黑色也。烝，一作蒸。《补》曰：颜，容也。《说文》：烝，火气上行也。蒸，进也，众也。步及骤处兮骤，走也。处，止也。诱骋先，诱，导也。骋，驰也。言猎时有步行者，有乘马走骤者，有处止者，分以围兽，己独驰骋，为君先导也。抑骛若通兮抑，止也。骛，驰也。若，顺也。五臣云：止驰骛者，使顺通猎事。引车右还。还，转也。言抑止驰骛者，顺通共获，引车右转，以遮兽也。还，一作旋。一云引右还，无“车”字。《补》曰：还，音旋。与王趋梦兮课后先。梦，泽中也。楚人名泽中为梦中。《左氏传》曰：楚大夫斗伯比与邧公之女淫而生子，弃诸梦中。言己与怀王俱猎于梦泽之中，课第群臣，先至后至也。一注云：梦，草中也。《补》曰：梦，音蒙，又去声。楚谓草泽曰梦。《尔雅》曰：楚有云梦。先儒云：《左传》楚子与郑伯田子江南之梦。《地理志》：南郡华容县有云梦泽。杜预云：南郡枝江县西有云梦城。江夏安陆县亦有云梦。或曰：南郡华容县东南有巴丘湖。江南之梦，云梦一泽，而每处有名者。司马相如《子虚赋》云：云梦者方八九百里。则此泽跨江南北，每处名存焉。《左传》：楚昭王寝梦于云中，则此泽亦得单称云，单称梦也。沈存中云：《书》曰：云土梦作乂。孔安国注《书》云：云梦在江南。不然也。据《左传》，吴人入郢，楚子涉睢济江，入于云中。王寝，盗攻之，以戈击王，王奔郧。楚子自郢西走涉睢，则当出于江南，其后涉江入于云中，遂奔郧，郧则今之安州。涉江而后至云，入云然后至郧，则云在江北也。《左传》：郑伯如楚，王以田江南之梦。曰江南之梦，则云在江北明矣。江南则今之公安、石首、建宁等县。江北则玉沙、监利、景陵等县也。君王亲发兮发，射。惮青兕，惮，惊也。言怀王是时亲自射兽，惊青兕牛而不能制也。以言尝侍从君猎，今乃放逐，叹而自伤闵也。兕，一作兕。五臣云：惮，惧也。时君王亲射青兕，惧其不能制，我佐君杀之。《补》曰：惮，当割切。《庄子》云：惮赫千里。《音义》云：千里皆惧。《尔雅》：兕似牛。注云：一角，青色，重千斤。**朱明承夜兮**朱明，日也。承，续也。**时不可以淹。**淹，久也。言岁月逝往，昼夜相续，年命将老，不可久处，当急来归也。一云：时不淹。一云：时不可淹。一云：时不见淹。五臣云：日夜相承，四时不得淹止。**皋兰被径兮**皋，泽也。被，覆也。径，路也。**斯路渐。**渐，没也。言泽中香草茂盛，覆被径路，人无采取者，水卒增溢，渐没其道，将至弃捐也。以言贤人久处山野，君不事用，亦将陨颠也。五臣云：埋没凋落。《补》曰：渐，音尖，流入也。**湛湛江水兮**湛湛，水貌。**上有枫，**枫，木名也。言湛湛江，水浸润枫木，使之茂盛。伤己不蒙君惠，而身放弃，曾不若树木得其所也。或曰：水旁林木中，鸟兽所聚，不可居之也。《补》曰：枫，音风。《尔雅》：枫欇欇。注云：似白杨，叶圆而歧，有脂而香。《本草》云：树高大，商、洛间多有。《说文》云：枫木，厚叶弱枝，善摇。汉宫殿中多植之。至霜后，叶丹可爱，故骚人多称之。**目极千里兮伤春心。**言湖泽博平，春时草短，望见千里，令人愁思而伤心也。或曰：荡春心。荡，涤也。言春时泽平，望远可以涤荡愁思之心也。一作伤心悲。《补》曰：心，旧音苏含切。按《诗》“远送于南”与“实劳我心”叶韵，正与此同。**魂兮归来哀江南！**言魂魄当急来归，江南土地僻远，山林崄阻，诚可哀伤，不足处也。五臣云：欲使原复归于郢，故言江南之地，可哀如此，皆讽君之词。《补》曰：庾信《哀江南赋》取此为名。

楚辞卷第十

大招章句第十

《大招》者，屈原之所作也。或曰景差，疑不能明也。屈原赋二十五篇，《渔父》以上是也。《大招》恐非屈原作。屈原放流九年，忧思烦乱，精神越散，与形离别，恐命将终，所行不遂，故愤然大招其魂，盛称楚国之乐，崇怀、襄之德，以比三王，能任用贤，公卿明察，能荐举，一无“明”字。人宜辅佐之，以兴至治，因以风谏，达己之志也。

青春受谢，青，东方春位，其色青也。谢，去也。谢，一作谢。《补》曰：《淮南》曰：扶桑受谢，日炤宇宙。炤炤之光，辉烛四海。《文选》云：阴谢阳施。注引此语。白日昭只。昭，明也。言岁始春，青帝用事，盛阴已去，少阳受之，则日色黄白，昭然光明，草木之类，皆含气，芽孽而生。以言魂魄亦宜顺阳气而长养也。《补》曰：只，音止，语已词。春气奋发，春，蠢也。发，泄也。万物遽只。遽，犹竞也。言春阳气奋起，上帝发泄，和气温燠，万物蠢然，竞起而生，各欲滋茂，以言精魂亦宜奋发精明，令已盛壮也。《补》曰：遽，其据切。冥凌浃行，冥，玄冥，北方之神也。凌，犹驰也。浃，遍也。魂无逃只。逃，窜也。言岁始春，阳气上升，阴气下降，玄冥之神，遍行凌驰于天地之间，收其阴气，闭而藏之，故魂不可以逃，将随太阴下而沉没也。一作伏阴。魂魄归徕，无远遥只。遥，犹漂遥，放流貌也。魂者，阳之精也。魄者，阴之形也。言人体含阴阳之气，失之则死，得之则生。屈原放在草野，忧心愁悴，精神散越，故自招其魂魄。言宜顺阳气始生而徕归已，无远漂遥，将遇害也。一作𪚺𪚾，一作徕归。魂乎归徕，无东无西，无南无北只。言我精魂可徕归矣，无散东西南北，四方异俗，多贼害也。古本"乎"皆作"兮"。一作徕归。一云：魂乎归兮。一云：无东西而南北只。东有大海，溺水浟浟只。浟浟，流貌也。言东方有大海，广远无涯，其水淖溺，沉没万物，不可度越，其流浟浟，又迅疾也。《补》曰：浟，音悠。螭龙并流，上下悠悠只。悠悠，螭龙行貌也。言海水之中，复有螭龙神兽，随流上下，并行游戏，其状悠悠，可畏惧也。悠，一作攸。古作修修。雾雨淫淫，地气发泄，天气不应曰雾。淫淫，流貌也。白皓胶只。皓胶，水冻貌也。言大海之涯，多雾恶气，天常甚雨，如注壅水，冬则凝冻，皓然正白，回错胶戾，与天相薄也，皓，一作浩。《补》曰：胶，戾也，音豪。魂乎无东，汤谷寂只。言魂神不可东行，又有汤谷日之所出，其地无人，视听寂然，无所见闻。或曰：寂，水藾之貌。乎，一作兮。一本"寂"下有"寥"字。《补》曰：藾，没也。魂乎无南，南有炎火千里，炎，火盛貌也。《尚书》曰：火曰炎上。蝮蛇蜒只。蜒，长貌也。言南方太阳，有积火千里，又有恶蛇，蜿蜒而长，有蠚毒也。《补》曰：蜿，音鸳。蜒，音延。山林险隘，林，一作陵。虎豹蜿只。蜿，虎行貌也。言南方有高山深林，其路险厄，又多虎豹，匍匐蜿蜒，以候伺人也。鰅鳙短狐，鰅鳙，短狐类也。短狐，鬼蜮也。《补》曰：鰅，鱼恭切。鳙，以恭切。鰅鳙，状如犁牛。又鰅，鱼名，皮有文。鳙鱼，音如彘鸣。王虺骞只。王虺，大蛇也。《尔雅》曰：蟒，王蛇也。骞，举头貌也。言复有鰅鳙鬼蜮，射伤害人，大蛇群聚，举头而望，其状骞然也。《补》曰：骞，读若騫，音轩。魂乎无南，蜮伤躬只。蜮，短狐也。《诗》云：为鬼为蜮。言魂乎无敢南行，水中多蜮鬼，必伤害于尔躬也。乎，一作兮。《补》曰：《穀梁》子曰：蜮，射人者也。《前汉·五行志》云：蜮生南越，乱气所生，在水旁，能射人，甚者至死。陆机云：一名射影。人在岸上，影见水中，投人影则射之。或谓含沙射人。孙真人云：江东江南有虫名短狐，溪毒，亦名射工。其虫无目，而利耳能听，在山源溪水中，闻人声便以口中毒射人。《说文》云：蜮，似鳖，三足，以气射害人。音蜮，又音或。魂乎无西，西方流沙，漭洋洋只。洋洋，无涯貌也。言西方有流沙，漭然平正视之，洋洋广大无涯，不可过也。《补》曰：漭，母朗切，水大貌。豕首纵目，纵，一作从。《补》曰：南北曰纵，将容切。被发鬤只。豕，猪也。首，头也。鬤，乱貌也。鬤，古作长。《补》曰：鬤，而羊切。长爪踞牙，诶笑狂只。诶，犹强也。言西方有神，其状猪头从目，被发鬤鬤，手足长爪，出齿倨牙，得人强笑憙而狂獝也。或曰：诶，笑乐也。谓得人憙乐也。此盖蓐收神之状也。一云豕爪。踞，一作倨。诶，一作娭。《补》曰：踞，音据，蹲也。诶音僖。《说文》云：可恶之词。《汉书》"嘻笑"注云：强笑也。魂乎无西，多害伤只。言西方金行，其神兽刚强，皆伤害人也。魂乎无北，北有寒山，逴龙赩只。逴龙，山名也。赩，赤色，无草木貌也。言北方有常寒之山，阴不见日，名曰逴龙。其土赤色，不生草木，不可过之，必冻杀人也。或曰：逴龙，色逴越也。赩，惧也。言起越寒山，赩然而惧，恐不得过也。逴，一作卓。《补》曰：逴，音卓，远也。《山海经》：西北海之外，有章尾山，有神，身长千里，人面蛇身而赤，是烛九阴，是谓烛龙。疑此逴龙即烛龙也。赩，许力切，大赤也。代水不可涉，深不可测只。言复有代水广大，不可过度，其深无底，不可穷测，沉没人也。代，一作伐。天白颢颢，颢颢，光貌。《补》曰：颢，音皓。《说文》：白貌。寒凝凝只。凝凝，水冻貌也。言北方冬夏积雪，其光颢颢，天地皆白，冰冻重累，其状凝凝，其寒酷烈，伤肌骨也。凝，一本及《释文》并作嶷。鱼力切。魂乎无往，盈北极只。盈，满也。北极，太阴之中，空虚之处也。言我魂归乎北极，空虚不可盈满。往必陨坠，不得出也。《补》曰：《淮南》云：北极之山曰寒门。魂魄归徕，闲以静只。言己魂魄宜急徕还，归我之身，随己游戏，心既闲乐，居清静也。一作徕归。

自恣荆楚，安以定只。言四方多害，不可以游，独荆楚饶乐，可以恣意，居之安定，无危殆也。逞志究欲，逞，快也。究，穷也。心意安只。欲，嗜欲也。言楚国珍奇所聚集，尤多姣女，可以快志意，穷情欲，心得安乐，而无忧也。穷身永乐，年寿延只。言居于楚国，穷身长乐，保延年寿，终无忧患也。永，一作安。魂乎归徕，乐不可言只。言楚国饶乐，不可胜陈也。一作徕归。五谷六仞，五谷，稻、稷、麦、豆、麻也。七尺曰仞。《补》曰：《说文》云：仞，伸臂一寻，八尺也。设菰粱只。设，施也。苽粱，蒋实，谓雕葫也。言楚国土地肥美，堪用种植五谷，其穗长六仞。又有苽粱之饭，芬香且柔滑也。或曰：仞，因也。以五谷因苽粱厕为饭也。菰，一作苽。《补》曰：菰、苽并音孤。此言积谷之多尔，非谓穗长六仞也。鼎臑盈望，和致芳只。臑，熟也。致，致咸酸也。芳，谓椒姜也。言乃以鼎镬臑熟羹臛，调和咸酸，致其芬芳，望之满案，有行列也。臑，一作胹。《释文》作腩，徒南切。《补》曰：腩，腌也。内鸧鸽鹄，鸧，鸧鹤也。鸽，似鸠而小，青白。鹄，黄鹄也。内，一作肭。《补》曰：内与纳同。肭，肥也。鸧，音仓。《尔雅》“鸧麋鸹”注云：即鸧鸹也。徐朝《七喻》云：云鸧水鹄，禽蹯豹胎。鹄，有白鹄，有黄鹄。味豺羹只。豺似狗。言宰夫巧于调和，先定甘酸，乃内鸧鸽黄鹄，重以豺肉，故羹味尤美也。《补》曰：豺，狼属，狗声。魂乎归徕，恣所尝只。尝，用也。言羹饭既美，魂宜急徕归，恣意所用，快己之口也。一作徕归。鲜蠵甘鸡，生洁为鲜。蠵，大龟也。《释文》作鑴。和楚酪只。酪，酢截也。言取鲜洁大龟，烹之作羹，调以饴蜜，复用肥鸡之肉，和以酢酪，其味清烈也。《补》曰：酪，乳浆也。截，音载，浆也。醢豚苦狗，醢，肉酱也。苦，以胆和酱也。世所谓胆和者也。豚，古作豘。《补》曰：

《集韵》作膗，音同。脍苴蓴只。苴蓴，蘘荷也。言乃以肉酱啖烝豚，以胆和酱，啖狗肉，杂用脍炙，切蘘荷以为香，备众味也。蓴，一作蒪。《补》曰：苴，即鱼切。蓴，普各、匹沃二切。《本草》：蘘荷，叶似初生甘蔗，根似姜牙。《博雅》云：苴蓴，蘘荷也。《九叹》"蘘荷"注云：蓴，葅也。或作莼，非是。吴酸蒿蒌，蒿，蘩草也。蒌，香草也。《诗》曰"言采其蒌"也。一作芼蒌。注云：芼，菜也。言吴人善为羹，其菜若蒌，味无沾薄，言其调也。《补》曰：《尔雅》云：蘩皤蒿，即白蒿也，可以为葅。陆机云：春生，秋乃香美可食。又蒌，蒿也，叶似艾，生水中，脆美可食。蒌，龙珠切。以菜和羹曰芼。不沾薄只。沾，多汁也。薄，无味也。言吴人工调咸酸，爚蒿蒌以为齑，其味不酞不薄，适甘美也。或曰：吴酸酱醶。酱醶，榆酱也。一云吴酢酱醶。《补》曰：沾，音添，益也。酱，音模。醶，音途。魂乎归徕，恣所择只。言众味盛多，恣魂志意择用之也。一作魂乎徕归。炙鸹烝凫，鸹，一作鹄。凫，一作枭。《补》曰：炙，音柘，燔肉也。鸹，麋鸹也，古活切。煔鹑陈只。煔，爚也。言复炙鸧鸹，烝凫雁。煔爚鹑鴳，陈列众味，无所不具也。《补》曰：煔，音潜，沈肉于汤也。煎鲼臛雀，鲼，鲋。臛，一作臛。《补》曰：鲼，旧音积。《集韵》赜、责二音，小鱼也。遽爽存只。遽，趣也。爽，差也。存，前也。言乃复煎鲋鱼，臛黄雀敕趣宰人，差次众味，持之而前也。魂乎归徕，丽以先只。言先进靡丽美物，以快神心也。丽，一作进。四酎并孰，醇酒为酎。并，俱也。不歰嗌只。歰，悁也。言乃酝酿醇酒，四器俱热，其味甘美，饮之酞滑，入口消释，不苦歰，令人不悁满也。歰，一作涩。《补》曰：歰，不滑也。嗌，於革切，又音益，咽喉也。悁，饫也，於泫切。一作饐。清馨冻歙，馨，香之远闻者也。冻，犹寒也。歙，一作饮。《补》曰：《集韵》作歠。不歠役只。歠，饮也。役，贱也。言醇酞之酒，清而且香，宜于寒饮，不可以饮役贱之人。即以饮役贱之人，即易醉颠仆，失礼敬。吴醴白蘖，再宿为醴。蘖，米曲也。《补》曰：《说文》云：醴，酒一宿熟。和楚沥只。沥，清酒也。言使吴人酝醴，和以白米之曲，以作楚沥，其清酒尤酴美也。魂乎归徕，不遽惕只。言饮食酴美，安意遨游，长无惶遽怵惕之忧也。一作徕归。

代秦郑卫，鸣竽张只。言代秦、郑、卫之国，工作妙音，使吹鸣竽篪，作为众乐，以乐君也。代，一作岱。伏戏《驾辩》，楚《劳商》只。伏戏，古王者也。始作瑟。《驾辩》、《劳商》，皆曲名也。言伏戏氏作瑟，造《驾辩》之曲。楚人因之作《劳商》之歌。皆要妙之音，可乐听也。或曰：《伏戏》、《驾辩》，皆要妙歌曲也。劳，绞也。以楚声绞商音，为之清激也。《补》曰：《文选》云：或超《延露》而《驾辩》。讴和《扬阿》，徒歌曰讴。扬，举也。阿，曲也。《补》曰：《扬阿》即《阳阿》，已见《招魂》。赵箫倡只。赵，国名也。箫，乐器也。先歌为倡。言乐人将歌，徐且讴吟，扬举善曲，乃俱相和。又使赵人吹箫先倡，五声乃发也。或曰：《讴和》《扬阿》，皆歌曲也。魂乎归徕，定空桑只。空桑，瑟名也。《周官》云：古者弦空桑而为瑟。言魂急徕归，定意楚国，听瑟之乐也。或曰：空桑，楚地名。一作徕归，下并同。二八接舞，接，联也。舞，一作武。投诗赋只。投，合也。诗赋，雅乐也。古者以琴瑟歌诗赋为雅乐，《关雎》《鹿鸣》是也。言有美女十六人，联接而舞，发声举足，与诗雅相合，且有节度也。叩钟调磬，叩，击也。金曰钟，石曰磬也。娱人乱只。娱，乐也。乱，理也。言美女起舞，叩钟击磬，得其节度，则诸乐人各得其理，有条序也。四上竞气，四上，谓上四国代、秦、郑、卫也。《补》曰：四上，谓声之上者有四，谓代、秦、郑、卫之鸣竽也，伏戏之《驾辩》也，楚之《劳商》也，赵之箫也。极声变只。言四国竞发，善气，穷极音声，变易其曲，无终已也。魂乎归徕，听歌譔只。譔，具也。言观听众乐，无不具也。朱唇皓齿，皓，白。朱唇，一作美人。嫭以姱只。嫭、姱，好貌也。言美人朱唇白齿，嫭眄美姿，仪状姱好可近，而亲侍左右也。嫭，一作嫮。《补》曰：嫭，音护。姱，苦花切。**比德好闲，习以都只。**言选择美人，比其才德，容貌都闲，习于礼节，乃敢进也。《补》曰：比，必寐切。闲，音闲。《汉书》曰：闲雅甚都。**丰肉微骨，**丰，厚也。微，细也。**调以娱只。**言美人肥白润泽，小骨厚肉，肌肤柔弱，心志和调，宜侍燕居，以自娱乐也。**魂乎归徕，安以舒只。**言美女鲜好，可以安意舒缓忧思也。**嫮目宜笑，**嫮，眄瞻貌。《补》曰：嫮，与嫭同。**娥眉曼只。**曼，泽也。言复有异女，工于嫮眄，好口宜笑，娥眉曼泽，异于众人也。**容则秀雅，**则，法也。秀，异也。**稚朱颜只。**稚，幼也。朱，赤也。言美女仪容闲雅，动有法则，秀异于人，年又幼稚，颜色赤白，体香洁也。**魂乎归徕，静以安只。**言美好之女，可以静居安精神也。**姱修滂浩，**修，长也。滂浩，广大也。一作修广婉心。婉，一作远。**丽以佳只。**佳，善也。言美女身体修长，用意广大，多于所知，又性婉顺善心肠也。**曾颊倚耳，**曾，重也。倚，辟也。**曲眉规只。**规，圜也。言美女之面，丰容丰满，颊肉若重，两耳郭辟，曲眉正圜，貌绝殊也。郭，一作却。**滂心绰态，**绰，犹多也。态，姿也。滂，一作漫。绰，一作淖。**姣丽施只。**姣，好也。言美女心意广大，宽能容众，多姿绰态，调戏不穷，既好有智，无所不施也。**小腰秀颈，若鲜卑只。**鲜卑，衮带头也。言好女之状，腰支细少，颈锐秀长，靖然而特异，若以鲜卑之带，约而束之也。《补》曰：《前汉·匈奴传》：黄金犀毗。孟康曰：要中大带也。张晏曰：鲜卑郭洛带，瑞兽名也。东胡好服之。师古曰：犀毗，胡带之钩。亦曰鲜卑。《魏书》曰：鲜卑，东胡之馀也。别保鲜卑山，因号焉。**魂乎归徕，思怨移只。**移，去也。言美女可以忘忧，去怨思也。思，一作怨。古本作怨思移只。**易中利心，以动作只。**言复有美女，用志滑易，心意和利，动作合礼，能顺人意，可以自侍也。《补》曰：易，以豉切。**粉白黛黑，施芳泽只。**言美女又工妆饰，傅著脂粉，面白如玉，黛画眉鬓，黑而光净，又施芳泽，其芳香郁渥也。长袂拂面，袂，袖也。拂，拭也。善留客只。言美女工舞，揄其长袖，周旋屈折，拂拭人面，芬香流衍，众客喜乐，留不能去也。魂乎归徕，以娱昔只。昔，夜也。《诗》云：乐酒今昔。言可以终夜自娱乐也。昔，一作夕。青色直眉，美目媔只。媔，黠也。言复有美女，体色青白，颜眉平直，美目窃眄，媔然黠慧，知人之意也。《补》曰：青色，谓眉也。媔，音绵，美目貌。靥辅奇牙，宜笑嗎只。嗎，笑貌也。言美女颊有靥辅，口有奇牙，嗎然而笑，尤媚好也。辅，一作酺。《补》曰：靥，於牒切。酺，与辅同，扶羽切，颊车也。《左氏》：辅车相依。《淮南》云：奇牙出，䤡酺摇。注云：将笑，故好齿出。䤡酺，颊边文，妇人之媚也。又云：靥辅在颊前则好。嗎，虚延切。丰肉微骨，体便娟只。便娟，好貌也。已解于上。《补》曰：便，平声。魂乎归徕，恣所便只。便，犹安也。言所选美女五人，仪貌各异，恣魂所安，以侍栖宿也。《补》曰：便，平声。

夏屋广大，沙堂秀只。沙，丹沙也。言乃为魂造作高殿峻屋，其中广大，又以丹沙朱画其堂，其形秀异，宜居处也。南房小壇，房，室也。壇，犹堂也。《补》曰：壇，音善。观绝霤只。观，犹楼也。霤，屋宇也。言复有南房别室，闲静小堂，楼观特高，与大殿宇绝远，宜游宴也。《补》曰：观，音贯。《释名》曰：观者，于上观望也。霤，音溜。《说文》曰：霤，屋水流也。《礼记》中"霤"注云：古者复穴，是以名室为霤云。曲屋步壛，曲屋，周阁也。步壛，长砌也。壛，一作櫩。《补》曰：《上林赋》：步櫩周流。李善云：步櫩，长廊也。《集韵》：櫩，与檐同。壛，与阎同。宜扰畜只。扰，谨也。言南堂之外，复有曲屋，周旋阁道，步壛长砌，其路险狭，宜乘扰谨之马，周旋屈折，行游观也。畜，一作兽，一作獸。《补》曰：畜，音嗅。师古云：兽者，人之所养，獸是山泽所育。故《尔雅》说牛、马、羊、豕，即在《释畜》；论麋、鹿、虎、豹，即在《释獸》。《说文》云：嘼，犍也。六畜之字，本自作嘼，后乃借畜养字为之。腾驾步游，腾，驰。猎春囿只。春草始生，囿中平易也。言从曲阁之路，可驾马腾驰，而临平易，又可步行遂往，田猎于春囿之中，取禽兽也。琼毂错衡，金银为错。琼，一作瑶。《补》曰：《诗》云：约軧错衡。英华假只。假，大也。言所乘之车，以玉饰毂，以金错衡，英华照耀，大有光明也。假，一作嘏。《补》曰：假，大也。嘏，亦大也。茝兰桂树，郁弥路只。言所行之道，皆罗桂树，茝兰香草，郁郁然满路，动履芳洁，德义备也。茝，一作芷。魂乎归徕，恣志虑只。言魂乎徕归，居有大殿，宴有小堂，游有园囿，恣君所志而处之也。虑，一作处。孔雀盈园，畜鸾皇只。畜，养也。言园中之禽，则有孔雀群聚，盈满其中，又养鸾鸟、凤皇，皆神智之鸟，可珍重也。畜，《释文》作慉。《补》曰：畜，许六切。鹍鸿群晨，鹍，鹍鸡。鸿，鸿鹤也。杂鹙鸧只。鹙鸧，鸹鹙也。《诗》云：有鹙在梁。言鹍鸡鸿鹤，群聚候时。鹤知夜半，鹍鸡晨鸣，各知其职也。杂以鹙鸧之属，鸣声啾啾，各有节度也。《补》曰：鹙，音秋。鸿鹄代游，曼鹔鷞只。曼，曼衍也。鹔鷞，俊鸟也。言复有鸿鹄，往来游戏，与鹔鷞俱飞，翩翻曼衍，无绝已也。曼，一作漫。鷞，一作鹴。《补》曰：鷞、鹴，并音霜。鹔鷞，长颈绿身，其形似雁。一曰凤皇别名。马融曰：其羽如纨，高首而修颈。《说文》曰：西方神鸟也。东方发明，南方焦明，西方鹔鷞，北方幽昌，中央凤皇。魂乎归徕，凤皇翔只。言所居园圃，皆多俊大之鸟，咸有智谟，魂宜来归，若凤皇之翔归有德，就同志也。或曰：鸾，皇以下，皆大鸟，以喻仁智之士。言楚国多贤，魂宜来归也。曼泽怡面，怡，怿貌也。怡，一作台。注云：台，泽貌也。血气盛只。言魂来归，己则心志说乐，肌肤曼致，面貌怡怿，血气充盛，身体强壮也。盛，一作畯。永宜厥身，保寿命只。言魂既还归，则与己身相共俱生，长保寿命，终百年也。一云长保命只。室家盈廷，爵禄盛只。言己既保年寿，室家宗族，盈满朝廷，人有爵禄，豪强族盛也。魂乎归徕，居室定只。言官爵既崇，宗族既盛，则居家之道，大安定也。接径千里，出若云只。言楚国境界，径路交接，方千馀里，中有隐士，慕己徕出，集聚若云也。三圭重侯，三圭，谓公、侯、伯也。公执桓圭，侯执信圭，伯执躬圭，故言三圭也。重侯，谓子、男也，子、男共一爵，故言重侯也。《补》曰：公、侯、伯、子、男，同谓之诸侯。三圭比子、男为重。听类神只。言楚国所包，中有公、侯、伯、子、男执玉圭之君，明于知人，听愚贤之类，别其善恶，昭然若神，能荐达贤人也。察笃夭隐，笃，病也。早死为夭。隐，匿也。夭，一作殀。孤寡存只。言三圭之君，不但知贤愚之类，乃察知万民之中，被笃疾病早殀死，及隐逸之士，存视孤寡而振赡之也。《补》曰：笃，厚也。魂兮归徕，正始昆只。昆，后也。言楚国公侯昭明，魂宜来归，遂忠信之志，正终始之行，必显用也。兮，一作乎。

田邑千畛，田，野也。畛，田上道也。邑，都邑也。《诗》云：徂隰徂畛。《补》曰：畛，之忍切。人阜昌只。阜，盛也。昌，炽也。言楚国田野广大，道路千数，都邑众多，人民炽盛，所有肥饶，乐于他国也。美冒众流，冒，覆。德泽章只。章，明也。言楚国有美善之化，覆冒群下，流于众庶，德泽之惠，甚著明也。先威后文，威，武。善美明只。言楚国为政，先以威武严民，后以文德抚之，用法诚善美，而君明臣直，魂宜还归也。魂乎归徕，赏罚当只。言君明臣正，赏善罚恶，各当其所也。一作徕归。《补》曰：当，平声。名声若日，照四海只。言楚王方建道德名声，光辉若日之明，照见四海，尽知贤愚。照，一作昭。德誉配天，万民理只。言楚王修德于内，荣誉外发，功德配天，能理万民之冤结也。理，一作治。一本此二句次“善美明只”之后。北至幽陵，幽陵，犹幽州也。南交阯只。交趾，地名。《补》曰：《记》云：南方曰蛮，雕题、交趾。注云：交趾，足相乡。《后汉书》云：其俗男女同川而浴，故曰交阯。阯与趾同。《舆地志》云：其夷足大指开析，两足并立，指则相交。**西薄羊肠**，羊肠，山名。《补》曰：《战国策》注云：羊肠，赵险塞名，山形屈辟，状如羊肠。今在太原晋阳之西北。**东穷海只**。言荣誉流行，周遍四极，无远不闻也。《补》曰：《书》云：东渐于海，西被于流沙，朔南暨声教讫于四海。《史记》曰：北至于幽陵，南至于交阯，西至于流沙，东至于蟠木。《淮南》曰：南至交阯，北至幽都，东至阳谷，西至三危。**魂乎归徕，尚贤士只**。言魂急归徕，楚方尚进贤士，必见进用也。一作徕归。一云：尚进士只。一云：进贤士只。**发政献行**，献，进。**禁苛暴只**。言楚王发教施令，进用仁义之行，禁绝苛刻暴虐之人也。禁，一作绝。**举杰压陛**，一国之高为杰。压，抑也。陛，阶次也。压，一作厌。陛，一作阶。《补》曰：厌，於甲切。**诛讥罢只**。讥，非也。罢，驽也。言楚国选举，必先升用杰俊之士，压抑无德，不由阶次之人，非恶罢驽，诛而去之。《补》曰：罢，音疲。**直赢在位**，赢，馀。《补》曰：赢，音盈。《说文》云：有馀贾利也，**近禹麾只**。禹，圣王，明于知人。麾，举手也。言忠直之人，皆在显位，复有赢馀贤俊，以为储副，诚近夏禹指麾取士，一国之人，悉进之也。一云诚近夏禹所称，举贤人之意也。**豪杰执政**，千人才曰豪，万人才曰杰。杰，一作俊。执，一作理。**流泽施只**。言豪杰贤士，执持国政，惠泽流行，无不被其施也。**魂乎徕归，国家为只**。言魂乎急徕归，为国家作辅佐也。《补》曰：据注，为，去声。**雄雄赫赫，天德明只**。雄雄赫赫，威势盛也。言楚王有雄雄之威，赫赫之勇，德配天地，体性高明，宜为尽节也。**三公穆穆**，穆穆，和美貌。**登降堂只**。言楚有三公，其位尊高，穆穆而美，上下玉堂，与君议政，宜急徕归，处履之也。降，一作玉。**诸侯毕极，立九卿只**。言楚选置三公，先用诸侯，尽极，乃立九卿以续之，用士有道，不失其次序也。**昭质既设**，昭质，谓明旦也。《补》曰：《记》云：质明而始行事。**大侯张只**。侯，谓所射布也。王者当制服诸侯，故名布为侯而射之。古者，选士必于乡射。心端志正，射则能中，所以别贤不肖也。言楚王选士，必于乡射，明旦既设礼，张施大侯，使众射之，中则举进，不中退却，各以能升，民无怨望也。《补》曰：射侯见《周官·考工记》、《礼记·射义》。**执弓挟矢，**挟，持也。矢，箭也。**揖辞让只。**上手为揖。言众士将射，已持弓箭，必先举手以相辞让，进退有礼，不失威仪也。一云：揖让辞只。**魂乎徕归，尚三王只。**尚，上也。三王，禹、汤、文王也。言魂急徕归，楚国举士，上法夏、殷、周，众贤并进，无有遗失也。

楚辞卷第十一

惜誓章句第十一

《惜誓》者，不知谁所作也。或曰贾谊，疑不能明也。《汉书》：贾谊，洛阳人。文帝召为博士，议以谊任公卿。绛灌之属毁谊，天子亦疏之，以谊为长沙王太傅。意不自得，及度湘水，为赋以吊屈原。赋云：所贵圣之神德兮，远浊世而自藏。使麒麟可系而羁兮，岂云异夫犬羊。又曰：凤皇翔于千仞兮，览德辉而下之。见细德之险微兮，遥增击而去之。彼寻常之污渎兮，岂容吞舟之鱼。横江潭之鳣鲸兮，固将制于蝼蚁。与此语意颇同。惜者，哀也。誓者，信也，约也。言哀惜怀王，与己信约，而复背之也。古者君臣将共为治，必以信誓相约，然后言乃从一作从之。而身以亲也。盖刺怀王有始而无终也。

惜余年老而日衰兮，岁忽忽而不反。言哀己年岁已老，气力衰微，岁月卒过，忽然不还，而功不成，德不立也。登苍天而高举兮，历众山而日远。言己想得道真，上升苍天，高抗志行，经历众山，去我乡邑，日以远也。观江河之纡曲兮，离四海之沾濡。言己遂见江河之纡曲，志为盘结；遇四海之风波，衣为濡湿。心愁身苦，忧悲且思也。遇，一作过。攀北极而一息兮，吸沆瀣以充虚。言己周流行求道真，冀得上攀北极之星，且中休息，吸清和之气，以充空虚，疗饥渴也。以，一作目。《补》曰：《晋志》云：北极五星，天运无穷。三光迭耀，而极星不移。故曰居其所而众星共之。沆瀣，已见。**飞朱鸟使先驱兮，驾太一之象舆。**言己吸天元气，得其道真。即朱雀神鸟为我先导，遂乘太一神象之舆，而游戏也。《补》曰：《淮南》云：左青龙，右白虎，前朱鸟，后玄武。注云：角、亢为青龙，参、伐为白虎，星、张为朱鸟，斗、牛为玄武。沈存中云：朱雀莫知何物，但谓鸟而朱者，羽族赤而翔上，集必附木，此火之象也。或云：鸟，即凤也。然天文家朱鸟，乃取象于鹑。南方七宿，曰鹑首、鹑火、鹑尾是也。**苍龙蚴虬于左骖兮，白虎骋而为右骓。**言己德合神明，则驾苍龙，骖白虎，其状蚴虬有威容也。《补》曰：蚴，於纠切。虬，渠纠切。骓，音妃。**建日月以为盖兮，载玉女于后车。**言己乃立日月之光，以为车盖。载玉女于后车，以侍栖宿也。《补》曰：《大人赋》云：载玉女而与之归。张揖曰：玉女、青要、乘弋等也。**驰骛于杳冥之中兮，休息虖昆仑之墟。**言己虽驰骛杳冥之中，修善不倦，休息昆仑之山，以游观也。骛，一作鹜。虖，一作乎。《补》曰：《说文》：虚，大丘也。丘於切。昆仑丘，或谓之昆仑虚。或从土。**乐穷极而不厌兮，愿从容虖神明。**言己周行观望，乐无穷极，志犹不厌，愿复与神明俱游戏也。虖，一作乎。**涉丹水而驼骋兮，**丹水，犹赤水也。《淮南》言赤水出昆仑也。驼，一作驰。**右大夏之遗风。**大夏，外国名也。在西南。言己复渡丹水而驰骋，顾见大夏之俗，思念楚国也。《补》曰：《淮南》云：九州之外有八殡。西北方曰大夏。**黄鹄之一举兮，知山川之纡曲。再举兮睹天地之圜方。**言黄鹄养其羽翼，一飞则见山川之屈曲，再举则知天地之圜方。居身益高，所睹愈远也。以言贤者亦宜高望远虑，以知君之贤愚也。黄，一作鸿。一，或作壹。睹，一作覩，一作知。《补》曰：始元中，黄鹄下建章宫太液池中。师古云：黄鹄，大鸟，一举千里，非白鹄也。**临中国之众人兮，托回飚乎尚羊。**尚羊，游戏也。言己临见楚国之中，众人贪佞，故托回风，远行游戏也。一云：托回风乎倘佯。《补》曰：尚，音常，与倘同。飏，《集韵》作飙，音标。乃至少原之壄兮，少原之壄，仙人所居。壄，一作野。赤松王乔皆在旁。言遂至众仙所居，而见赤松子与王乔也。乔，一作侨。《补》曰：《淮南》云：王乔、赤松去尘埃之间，离群慝之纷，吸阴阳之和，食天地之精。蹀虚轻举，乘云游雾。二子拥瑟而调均兮，均，亦调也。《补》曰：《国语》云：律者，所以立均出度也。余因称乎清商。清商，歌曲也。言赤松、王乔见己欢喜，持瑟调弦而歌。我因称清商之曲最为善也。澹然而自乐兮，澹，一作淡。吸众气而翱翔。众气，谓朝霞、正阳、沦阴、沆瀣之气也。言己得与松、乔相对，心中澹然而自欣乐，俱吸众气而游戏。念我长生而久仙兮，不如反余之故乡。言屈原设去世离俗，遭遇真人，虽得长生久仙，意不甘乐，犹思楚国、念故乡。忠信之至，恩义之笃也。黄鹄后时而寄处兮，鸱枭群而制之。言黄鹄一飞千里，常集高山茂林之上，设后时而欲寄处，则鸱枭群聚，禁而制之，不得止也。言贤者失时后辈，亦为谗佞所排逐。一作鸿鹄。《补》曰：鸱，称脂切。鸱鸺，怪鸟。枭，坚尧切，不孝鸟。神龙失水而陆居兮，为蝼蚁之所裁。蝼，蝼蛄也。蚁，蚍蜉也。裁，制也。言神龙常潜深水，设其失水，居于陵陆之地，则为蝼蚁、蚍蜉所裁制，而见啄啮也。以言贤者不居庙堂，则为俗人所侵害也。蚁，一作螘。《补》曰：蝼，音楼。《管子》曰：蛟龙，水虫之神者也。乘于水则神立，失于水则神废，《庄子》曰：吞舟之鱼砀而失水，则蚁能苦之。夫黄鹄神龙犹如此兮，况贤者之逢乱世哉！言黄鹄能飞翔，神龙能存能亡，奄然失所，为鸱枭、蝼蚁所制，其困如此。何况贤者，身无爵禄，为俗人所困侮，固其宜也。寿冉冉而日衰兮，固儃回而不息。儃回，运转也。言己年寿日以衰老，而楚国群臣承顺君非，随之运转，常不止息也。固，一作国。儃，一作邅。俗流从而不止兮，众枉聚而矫直。枉，邪也。矫，正也。言楚国俗人流从谄谀，不可禁止，众邪群聚，反欲正忠直之士，使随之也。或偷合而苟进兮，或隐居而深藏。言士有偷合于世，苟欲进取，以得爵位。或有修行德义，隐藏深山，而君不照知也。苦称量之不审兮，称所以知轻重，量所以别多少。《补》曰：称、量，并平声。同权概而就衡。概，平也。权、衡，皆称也。言患苦众人，称物量谷，不知审其多少，同其称平，以失情实，则使众人怨也。以言君不称量士之贤愚，而同用之，则使智者恨也。《补》曰：权，称锤也。概，平斛木也。衡，平也。或推迻而苟容兮，或直言之谔谔。言臣承顺君非，可推可移，苟自容入以得高位。有直言谔谔，谏正君非，而反放弃之也。迻，一作移。谔，《释文》作讍。伤诚是之不察兮，并纫茅丝以为索。单为纫，合为索。言己诚伤念君待遇苟合之人与忠直之士，曾无别异，犹并纫丝与茅共为索也。一云：并绳丝以为索。注云：单为绳，合为索。《补》曰：纫，女巾切。方世俗之幽昏兮，幽昏，不明也。眩白黑之美恶。眩，惑也。言方今之世，君臣不明，惑于贪浊，眩于白黑，不能知人善恶之情也。一本“眩”下有“于”字。放山渊之龟玉兮，龟可以决吉凶，故人亦宝之。放，弃也。相与贵夫砾石。小石为砾。言世人皆弃昆山之玉，大泽之龟，反相与贵重小石也。言暗君贵佞伪、贱忠直也。梅伯数谏而至醢兮，已解于《离骚经》。醢，一作菹。一云：至菹醢兮。《补》曰：梅，音浼。来革顺志而用国。来革，纣佞臣也。言来革佞谀，从顺纣意，故得显用，持国权也。悲仁人之尽节兮，反为小人之所贼。言哀伤梅伯尽忠直之节，谏正于纣，反为来革所谮，而被贼害也。比干忠谏而剖心兮，剖，一作剳。箕子被发而佯狂。已解于《九章》。佯，一作详。《补》曰：详，与佯同。水背流而源竭兮，竭，《释文》作渴。《补》曰：渴，音竭，水尽也。木去根而不长。言水横流，背其源泉，则枯竭，木去其根株，则枝叶不长也。以言人背仁义，违忠信，亦将遇害也。非重躯以虑难兮，惜伤身之无功。言己非重爱我身，以虑难而不竭忠，诚伤生于世间，无功德于民也。躯，一作体。已矣哉！独不见夫鸾凤之高翔兮，乃集大皇之壄。大皇之壄，大荒之薮。一无“夫”字。大，一作太。壄，一作野。一注云：皇，美也。大美之薮。循四极而回周兮，见盛德而后下。言鸾鸟、凤皇乃高飞于大荒之野，循于四极，回旋而戏，见仁圣之王，乃下来集归于有德也。以言贤者亦宜处山泽之中，周流观望，见高明之君，乃当仕也。回，一作佪。而回周兮，一作以周览兮。彼圣人之神德兮，远浊世而自藏。言彼神智之鸟，乃与圣人合德，见非其时，则远藏匿迹。言己亦宜效之也。使麒麟可得羁而系兮，一无“得”字。一本“系”下有“之”字。又何以异虖犬羊？言麒麟仁智之兽，远见避害，常藏隐不见，有圣德之君乃肯来出。如使可得羁系而畜之，则与犬羊无异，不足贵也。言贤者亦以不可枉屈为高，如可趋走，亦不足称也。虖，一作乎，一作夫。

楚辞卷第十二

招隐士章句第十二

《招隐士》者，淮南小山之所作也。昔淮南王安，博雅好古，招怀天下俊伟之士。《汉书》：淮南王安好书，招致宾客数千人，作为内外书甚众。自八公之徒，咸慕其德，而归其仁，《神仙传》曰：八公诣门，王执弟子之礼。后八公与安俱仙去。各竭才智，竭，一作擅。著作篇章，分造辞赋，以类相从，故或称小山，或称大山。其义犹《诗》有《小雅》、《大雅》也。《汉·艺文志》有淮南王《群臣赋》四十四篇。小山之徒，闵伤屈原，又怪其文升天乘云，役使百神，似若仙者，虽身沉没，名德显闻，与隐处山泽无异，故作《招隐士》之赋，以章其志也。也，一作云迩。

桂树丛生兮桂树芬香，以兴屈原之忠贞也。《补》曰：郭璞云：桂，白华，丛生山峰，冬常青，间无杂木。山之幽，远去朝廷，而隐藏也。偃蹇连蜷兮容貌美好，德茂盛也。蜷，一作卷。《补》曰：音权。枝相缭。仁义交错，条理成也。以言才德高明，宜辅贤君为贞干也。五臣云：皆树之美貌，亦喻原之美行。《补》曰：缭，纽也，居休切。山气巃嵸兮岑崟嵾嵯，云滃郁也。巃，一作巄。五臣云：巃嵸，云气貌。《补》曰：巃，力孔切。岁，音总，山孤貌。石嵯峨。嵯峨巀嶭，峻蔽日也。五臣云：嵯峨，高貌。溪谷崭岩兮崎岖间窊，崄阻僪也。五臣云：崭岩，险峻貌。《补》曰：崭，钼咸切。间，呼雅反。窊，於轨反。僪，苦滑反。水曾波。踊跃泮沛，流迅疾也。曾，一作增。猿狖群啸兮禽兽所居，至乐佚也。猿，一作蝯。《补》曰：狖，以狩切。虎豹嗥。猛兽争食，欲相啮也。以言山谷之中，幽深险阻，非君子之所处，猿狖虎豹，非贤者之偶，使屈原急来也。《补》曰：嗥，胡高切，咆也。攀援桂枝兮登山引木，远望愁也。一云：引持美木，喻美行也。五臣云：援，持也。言原引持美行，淹留于此，以待明君。聊淹留。周旋中野，立踟蹰也。王孙遊兮隐士避世，在山隅也。遊，一作游。五臣云：原与楚同姓，故云王孙。《补》曰：乐府有《王孙游》，出于此。不归，违偝旧土。弃室家也。春草生兮万物蠢动，抽萌芽也。萋萋。垂条吐叶，纷华荣也。五臣云：萋萋，草色。岁暮兮年齿已老，寿命衰也。不自聊，中心烦乱，常含忧也。《补》曰：聊，音留。蟪蛄鸣兮蜩蝉得夏，喜呼号也。五臣云：蟪蛄，夏蝉。《补》曰：《庄子》云：蟪蛄不知春秋。说者云：寒蝉也。一名蝭蟧，春生夏死，夏生秋死。或曰：山蝉，秋鸣者不及春，春鸣者不及秋。《广雅》云：蟪蛄，蛁蟧，即《楚词》所云寒螿者也。《方言》云：蛥蚗，齐谓之螇螰，楚谓之蟪蛄。啾啾。秋节将至，悲嘹噍也。以言物盛则衰，乐极则哀，不宜久隐，失盛时也。《补》曰：啾啾，众声，音揪。坱兮轧，雾气昧也。《补》曰：坱，乌朗切。轧，於黠切。贾谊赋云：坱圠无垠。注云：其气坱圠，非有限齐也。《集韵》：軮轧，远相映貌。山曲岪，盘诘屈也。《补》曰：岪，音佛，山曲也。一音皮笔切。心淹留兮志望绝也。恫慌忽。亡妃匹也。一作洞荒忽。五臣云：忧思深也。《补》曰：恫，音通，痛也。慌，上声。罔兮沕，精气失也。五臣云：失志貌。《补》曰：沕，潜藏也，美笔切。《文选》音勿。憭兮栗，心剥切也，栗，一作慄。《补》曰：憭，音了，又音聊，一音留。**虎豹穴，**嵺穿岤也。穴，一作岤。五臣云：既危苦，又进虎豹之穴。《补》曰：《淮南》云：虎豹袭穴而不敢咆。袭，入也。咆，嗥也。嵺，音料。岤，音血。**丛薄深林兮**攒刺棘也。《补》曰：深草曰薄。**人上慄。**恐变色也。上，一作之。五臣云：慄，战也。**嵚岑碕礒兮，**山阜崓嵎。嵚，一作嶔。岑，一作崯。碕礒，一作崎岘。《补》曰：嵚，音钦。岑，音吟。碕，音绮。礒，音蚁，又音锜。嵚岑，山高险也。碕岘，石貌。崎岘，山形。**硱磳磈硊，**崔嵬屵嵃。《补》曰：硱，绮矜切。《释文》苦本切，非也。硱，从困。硱，从囷。磳，七冰切。磈，於鬼切。硊，鱼毁切。并石貌。**树轮相纠兮**交错扶疏。纠，一作纠。扶疏，一作纠纷。五臣云：轮，横枝也。**林木茷骫。**枝条盘纡。一无“林木”二字。茷，一作茇，一作栊，一作茷。《补》曰：茇、栊、茷，并音跋。茷，木枝叶盘纡貌，通作茇。骫，音委。骫骸，屈曲也。**青莎杂树兮，**草木杂居。《补》曰：《本草》云：莎，古人为诗多用之，此草根名香附子，荆襄人谓之莎草。**薠草靃靡，**随风披敷。薠，一作蘋。靃，一作蓶，一作藿。《补》曰：靃靡，弱貌。藿，草木花敷貌。**白鹿麏麚兮，**众兽并游。麚，一作麏。《补》曰：麏，音君，獐也。麚，音加，牝鹿。**或腾或倚。**走住异趋。一云：走跸殊也。**状貌崟崟兮峨峨，**头角甚殊。峨蛾，一作岘岘，音蚁。五臣云：头角高貌。**凄凄兮漇漇。**衣毛若濡也。兮，一作而。漇，一作縰。《补》曰：縰，疏绮切，润也。**狝猴兮熊罴，**百兽俱也。《补》曰：罴，音陂，如熊，黄白文。**慕类兮以悲。**哀己不遇也。从此以上，皆陈山林倾危，草木茂盛，麋鹿所居，虎兕所聚，不宜育道德，养情性，欲使屈原还归郢也。五臣云：言山中之兽，犹慕俦类，而悲哀放弃独处，实难为心也。**攀援桂枝兮**配托香木，誓同志也。援，一作折。一无“援”字。**聊淹留，**踟蹰低佪，待明时也。一云倚立蹢躅，待明时也。**虎豹斗兮**残贼之兽，忿争怒也。**熊罴咆，**贪杀之兽，跳梁吼也。《补》曰：咆，蒲交切，嗥也。**禽兽骇兮**雉兔之群，惊奔走也。**亡其曹**。违离党辈，失群偶也。**王孙兮归来！**旋反旧邑，入故宇也。一作来归。**山中兮不可以久留**。诚多患害，难隐处也。

楚辞卷第十三

七谏章句第十三

初放

沉江

怨世世，一作上。

怨思

自悲

哀命一作哀时命。

谬谏谬，一作缪。

《七谏》者，东方朔之所作也。昔枚乘作《七发》，傅毅作《七激》，张衡作《七辩》，崔骃作《七依》，曹植作《七启》，张协作《七命》，皆《七谏》之类。李善云：《七发》者，说七事以起发太子也。犹《楚辞·七谏》之流。五臣云：七者，少阳之数，欲发阳明于君也。《前汉》：东方朔，字曼倩，为太中大夫，免为庶人。后常为郎，上书自讼不得大官，欲求试用。谏者，正也，谓陈法度以谏正君也。古者，人臣三谏不从，退而待放。屈原与楚同姓，无相去之义，故加为《七谏》，殷勤之意，忠厚之节也。或曰：《七谏》者，法天子有争臣七人也。东方朔追悯屈原，故作此辞，以述其志，一作意。所以昭忠信、矫曲朝也。

平生于国兮，平，屈原名也。一本“国”上有“中”字。长于原壄。高平曰原，坰外曰野。言屈原少生于楚国，与君同朝，长大见远弃于山野，伤有始而无终也。壄，一作野。言语讷譅兮，出口为言，相答曰语。讷者，钝也。譅者，难也。譅，一作蹬，《释文》作譅。《补》曰：并所立切。《集韵》作㘝，口不能言也。通作蹬。又无彊辅。言己质性忠信，不能巧利辞令，言语讷钝，复无强友党辅，以保达己志也。彊，一作强。浅智褊能兮，褊，狭也。《补》曰：褊，必善切。《说文》：衣小也。闻见又寡。寡，少也。屈原多才有智，博闻远见，而言浅狭者，是其谦也。数言便事兮，见怨门下。门下，喻亲近之人也。言己数进忠言，陈便宜之事以助治，而见怨恨于左右，欲害己也。一作数谏便事。王不察其长利兮，卒见弃乎原壄。言怀王不察己忠谋可以安国利民，反信谗言，终弃我于原野而不还也。一无“见”字。壄，一作野。伏念思过兮，无可改者。言己伏自思念，行无过失可改易也。羣众成朋兮，羣，一作群。上浸以惑。上，谓君也。浸，稍也。言佞人相与群聚，朋党成众，君稍以惑乱而不自知也。巧佞在前兮，贤者灭息。灭，消也。言佞臣巧好其言，顺意承旨，旦夕在于君前，而使忠贤之士心怀恐惧，吞声小语，消灭謇謇之气，以避祸患也。尧舜圣已没兮，一无“圣”字。孰为忠直？言尧、舜圣明，今已没矣，谁为尽忠直也？《补》曰：为，去声。高山崔巍兮，崔巍，高貌。《补》曰：上徂回、下五回切。水流汤汤。汤汤，流貌。言己仰视高山，其形崔巍，而不知颓弛。俯视水流，汤焉流行，而不知竭。自伤不如山川之性，身将颠沛也。《补》曰：《书》云：汤汤洪水方割。汤，音商。死日将至兮，与麋鹿同坑。陂池曰坑。言己年岁衰老，死日将至，不得处国朝，辅政治，而与麋鹿同坑，鸟兽为伍，将坠陷坑阱，不复久也。《补》曰：坑，字书作坑，丘庚切，俗作坑。块兮鞠，块，独处貌。匍匐为鞠。一作块鞠兮。《补》曰：块，苦对切。

当道宿，夜止曰宿。言己孤独无偶，块然独处，鞠然匍匐，当道而踬卧，无所栖宿也。举世皆然兮，举，一作与。余将谁告？举，与也。言举当世之人皆行佞伪，当何所告我忠信之情也？一无“余”字。《补》曰：告，姑沃切。《易》：初筮告。斥逐鸿鹄兮，鸿鹄，大鸟。近习鸱枭，鸱枭，恶鸟。一无“习”字。枭，一作鸮。《补》曰：斥，音赤。枭，不孝鸟。鸮，於骄切，恶声之鸟也。斩伐橘柚兮，橘柚，美木。《补》曰：《尚书》：厥包橘柚。小曰橘，大曰柚。柚似橙而实酢。《吕氏春秋》：果之美者，有云梦之柚。列树苦桃。苦桃，恶木。言君亲近贪贼奸恶之人，而远仁贤之士也。《补》曰：桃自有苦者，如苦李之类。《本草》云：羊桃味苦。陶隐居云：山野多有之。《诗》“隰有苌楚”是也。便娟之修竹兮，寄生乎江潭。便娟，好貌。屈原以竹自喻，言有便娟长好之竹，生于江水之潭，被蒙润泽而茂盛，自恨放流而独不蒙君之惠也。乎，一作于。《补》曰：便，平声。娟，乌玄切。上葳蕤而防露兮，葳蕤，盛貌。防，蔽也。《补》曰：葳，音威。蕤，儒佳切，草木垂貌。《集韵》作蕤。下泠泠而来风。泠泠，清凉貌。言竹被润泽，上则葳蕤而防蔽雾露，言能有所覆也。下则泠泠清凉，可休庇也。以言己德上能覆盖于君，下能庇荫于民。《补》曰：泠，音灵。孰知其不合兮，孰，一作固。若竹柏之异心。竹心空，屈原自喻志通达也。柏心实，以喻君暗塞也。言己性达道德，而君闭塞，其志不合，若竹柏之异心也。往者不可及兮，谓圣明之王尧、舜、禹、汤、文、武也。来者不可待。欲须贤君，年齿已老，命不可待也。悠悠苍天兮，莫我振理。悠悠，忧貌。振，救也。言己忧愁思想，则呼苍天。言己怀忠正，而君不知，群下无有救理我之侵冤者。《补》曰：太史公《屈原传》云：人穷则反本，故劳苦倦极，未尝不呼天也。窃怨君之不寤兮，吾独死而后已。言己私怨怀王用心暗惑，终不觉寤，令我独抱忠信，死于山野之中而已。

初放

惟往古之得失兮，言己思念古者，人君得道则安，失道则危，禹、汤以王，桀、纣以亡。览私微之所伤。伤，害也。言己又观人君私爱佞谗，受其微言，伤害贤臣者，国以危殆也。楚之无极、吴之宰嚭是也。尧舜圣而慈仁兮，后世称而弗忘。言尧舜所以有圣明之德者，以任贤能，慈爱百姓，故民至今称之也。弗，一作不。齐桓失于专任兮，夷吾忠而名彰。夷吾，管仲名也。管仲将死，戒桓公曰：竖刁自割，易牙烹子，此二臣者不爱其身，不慈其子，不可任也。桓公不从，使专国政。桓公卒，二子各欲立其所传公子。诸公子并争，国乱无主，而桓公尸不棺，积六十日，虫流出户，故曰失于专任，夷吾忠而名著也。晋献惑于孋姬兮，申生孝而被殃。已解于《九章》篇中。孋，一作骊。《补》曰：并力支切。偃王行其仁义兮，荆文寤而徐亡。荆，楚也。徐，偃王国名也。周宣王之舅申伯所封也。《诗》曰：申伯番番，既入于徐。周衰，其后僭号称王也。偃，谥也。言徐偃王修行仁义，诸侯朝之三十余国，而无武备。楚文王见诸侯朝徐者众，心中觉悟，恐为所并，因兴兵击之而灭徐也。故《司马法》曰：国虽强大，忘战必危。盖谓此也。《补》曰：《史记》周穆王西巡狩，徐偃王作乱，造父为穆王御，长驱归周以救乱。《淮南子》云：徐偃王被服慈惠，身行仁义，然而身死国亡，子孙无类。注云：偃王于衰乱之世，修行仁义，不设武备，楚文王灭之。徐国，今下邳徐僮是也。又曰：徐偃王好行仁义，陆地而朝者三十二国。王孙厉谓楚庄王曰：王不伐徐，必反朝徐。乃举兵伐徐，遂灭之。《后汉书》曰：徐夷僭号，率九夷以伐宗周，西至河上，穆王畏其方炽，乃分东方诸侯，命徐偃王主之。偃王行仁义，陆地而朝者三十六国。穆王后得骥騄之乘，乃使造父御以告楚，令伐徐，一日而至。于是楚文王大举兵而灭之。《博物志》云：偃王既治其国，仁义著闻，江淮诸侯服从者三十六国。穆王闻之，遣使乘驲，一日至楚，使伐之。偃王仁，不忍斗其民，为楚所败。《元和姓纂》云：伯益之子，夏时受封于徐，至偃王为楚所灭。按：徐偃王当周穆王时，楚文王乃春秋时，相去甚远，岂春秋时自有一徐偃王邪？然诸书称偃王多云穆王时人，唯《博物志》、《姓纂》但云为楚败灭，不指文王，其说近之。《后汉书》乃以穆王与楚文王同时，大谬。纣暴虐以失位兮，周得佐乎吕望。卒怒曰暴，贼善曰虐。言殷纣暴虐以失其位，周得吕望而有天下也。修往古以行恩兮，封比干之丘垄。小曰丘，大曰垄。言武王修先古之法，敬爱贤能，克纣，封比干之墓以彰其德，宣示四方也。垄，一作陇。《补》曰：《集韵》垄有笼音。贤俊慕而自附兮，日浸淫而合同。才敌千人为俊。浸淫，多貌也。言天下贤能英俊，慕周之德，日来亲附，浸淫盛多，四海并合，皆同志也。浸，一作侵。《补》曰：浸，音侵。浸淫，渐渍。明法令而修理兮，兰芷幽而有芳。言周家选贤任士，官得其人，法令修理，故幽隐之士皆有嘉名也。一云：法令修而循理兮。

苦众人之妒予兮，言己患苦楚国众人妒我忠直，欲害己也。箕子寤而佯狂。箕子，纣之庶兄，见比干谏而被诛，则被发佯狂以脱其难也。佯，一作详。《补》曰：详与佯同。不顾地以贪名兮，心怫郁而内伤。言己欲效箕子佯狂而去，不顾楚国之地，贪忠直之名，念君暗昧，心为伤痛而怫郁也。《补》曰：怫，音佛。联蕙芷以为佩兮，过鲍肆而失香。言仁人联结蕙芷，服之于身，过鲍鱼之肆，则失其性而不芬香也。以言己积累忠信，为谗人所毁，失其忠名也。芷，一作若。佩，一作珮。香，一作芳。《补》曰：古人云：与不善人居，如入鲍鱼之肆。谓恶人之行，如鲍鱼之臭也。正臣端其操行兮，反离谤而见攘。谤，讪也。攘，排也。言正直之臣，端其心志，欲以辅君，反为谗人所谤讪，身见排逐而远放也。《补》曰：操，七到切。行，下孟切。攘，而羊切。世俗更而变化兮，而，一作以。伯夷饿于首阳。言当世俗人皆改其清洁，化为贪邪，当若伯夷饿于首阳，而身垂功名也。《补》曰：马融云：首阳山在河东蒲坂华山之北，河曲之中。《苏鹗演义》云：蒲坂有雷首山，伯夷、叔齐所居，故云首阳山。又陇西地名首阳，东有鸟鼠山，亦谓之首阳。又杜预云：洛阳之东，首阳山之南，有小山，西瞻宫阙，北望夷、齐。又阮籍诗云：步出上东门，遥望首阳岑。下有采薇士，上有嘉树林。据夷、齐所居此山是矣。《论语》注以蒲坂为是，恐误。又《后汉》注亦云首阳山在洛阳东北。独廉洁而不容兮，叔齐久而逾明。叔齐，伯夷弟也。言己独行廉洁，不容于世，虽饥饿而死，幸若叔齐久而有荣名也。逾，一作愈。浮云陈而蔽晦兮，使日月乎无光。言谗佞陈列在侧，则使君不聪明也。乎，一作兮。忠臣贞而欲谏兮，谗谀毁而在旁。言忠臣正其心欲谏其君，谗毁在旁，而不敢言也。秋草荣其将实兮，其，一作而。微霜下而夜降。微霜杀物，以喻谗谀。言秋时百草将实，微霜夜下而杀之，使不得成熟也。以言谗人晨夜毁己，亦将害己身，使其忠名不得成也。商风肃而害生兮，商风，西风。肃，急貌。一作肃肃。百草育而不长。言秋气起，则西风急疾而害生物，使百华不得盛长，以言君令急促，铲伤百姓，使不得保其性命也。育，一作堕。众并谐以妒贤兮，谐，同也。孤圣特而易伤。言众佞相与并同，以妒贤者。虽有圣明之智，孤特无助，易伤害也。一云：圣孤特。《补》曰：易，以豉切。怀计谋而不见用兮，岩穴处而隐藏。士曰隐，宝曰藏。言己怀忠信之计，不得列见，独处岩穴之中，隐藏而已。成功隳而不卒兮，隳，坏也。《补》曰：翾规切。子胥死而不葬。言子胥为吴伐楚破郢，谋行功成，后用谗言，赐剑弃死，故言死而不葬也。《补》曰：吴王取子胥尸，盛以鸱夷革，浮之江中，故曰死而不葬也。葬，音藏，瘗也。颜师古音臧。世从俗而变化兮，随风靡而成行。言当世之人，见子胥被害，则变心从俗，以承上意，若风靡草，群聚成行而罗列。信直退而毁败兮，虚伪进而得当。言信直之臣，被蒙谮毁，而身败弃。虚伪之人，进用在位，而当显职也。追悔过之无及兮，之，一作而。无，一作不。岂尽忠而有功。言君进用虚伪之臣，则国倾危，追而自悔，亦无所及也。已欲尽忠直之节，终不能成其功也。岂，一作觊。废制度而不用兮，务行私而去公。言在位之臣，废先王之制度，务从私邪，背去公正，争欲求利也。终不变而死节兮，惜年齿之未央。言己执守清白而死忠直，终不变节，惜年齿尚少，寿命未尽，而将夭逝也。将方舟而下流兮，冀幸君之发矇。大夫方舟，士持舟。矇，僮矇也。言我将方舟随江而浮，冀幸怀王开其矇惑之心而还己也。方，一作舫。矇，一作蒙。《补》曰：舫与方同。《说文》云：方，并舟也。亦作舫。《素问》曰：发蒙解惑，未足以论。痛忠言之逆耳兮，恨申子之沉江。申子，伍子胥也。吴封之于申，故号为申子也。哀痛忠直之言忤逆君耳，使之恚怒，若申胥谏，吴王杀而沉之江流也。愿悉心之所闻兮，心，一作余。遭值君之不聪。悉，尽也。听远曰聪。言已欲尽忠竭其所闻，陈列政事，遭值怀王暗不聪明，而不见纳也。不开寤而难道兮，道，一作导。不别横之与纵。纬曰横，经曰纵。言君心常惑而不可开寤，语以政道，尚不别缯布经纬横纵，不能知贤愚亦明矣。《补》曰：别，彼列切。听奸臣之浮说兮，奸，一作姦。绝国家之久长。言君好听邪说之臣虚言浮说，以自误乱，将绝国家累世久长之禄也。灭规矩而不用兮，背绳墨之正方。言君为政，灭先圣之法度而不施用，背弃忠直之臣，以自倾危。离忧患而乃寤兮，离，一作罹。若纵火于秋蓬。蓬，蒿也，秋时枯槁。言君信任佞谀，不虑艰难，卒遭忧患，然后乃觉，若放火于秋蒿，不可救制也。业失之而不救兮，尚何论乎祸凶？言君施行业以失道，身将危殆，尚复论国之祸凶，岂不晚哉？彼离畔而朋党兮，独行之士其何望？言彼谗佞相与朋党，并食重禄，独行忠直之士当复何望？宜穷困也。《补》曰：望，平声。日渐染而不自知兮，稍积为渐，污变为染。积，一作渍。《补》曰：渐，音尖。秋毫微哉而变容。锐毛为毫，夏落秋生。言君用谗邪，日以渐染，随之变化，而不自知，若秋毫更生，其容微眇，而日长大也。毫，一作豪。一无“哉”字。哉，一作裁。《补》曰：《庄子》：秋豪虽小。司马云：兔豪在秋而成。一云：毛至秋而耎细，故以喻小。《说文》云：豪，豕鬣如笔管者。毫，长锐毛。**众轻积而折轴兮，原咎杂而累重。**咎，过也。言车载众轻之物，以折其轴而不可乘，其过咎由重累杂载众多之故也。以言国君听用群小之言，则坏败法度，而自倾危也。原，一作厚。《补》曰：《战国策》云：积羽沉舟，群轻折轴。累，《释文》力瑞切。**赴湘沅之流澌兮，恐逐波而复东。**言己心清洁，不能久居浊世，故赴湘、沅之水，与流澌俱浮，恐遂乘波而东入大海也。《补》曰：《说文》：澌，水索也。凘，流冰也。此当从仌。**怀沙砾而自沉兮，不忍见君之蔽壅。**砾，小石也。言己所以怀沙负石，甘乐死亡，自沉于水者，不忍久见怀王壅蔽于谗佞也。壅，一作雍。《补》曰：壅，塞也，音雍。

沉江

世沉淖而难论兮，沉，没也。淖，溺也。难，一作不。《补》曰：淖，泥也，女孝切。**俗岒峨而嵾嵯。**岒峨，嵾嵯，不齐貌。言时世之人沉没财利，用心淖溺，不论是非，不别忠佞，风俗毁誉，高下嵾嵯，贤愚合同，上不任贤，化使然也。岒，一作岑。《补》曰：并鱼今切。嵾，楚岑切。嵯，又宜切，一音仓何切。**清泠泠而歼灭兮，**清泠泠，以喻洁白。歼，尽也。灭，消也。歼，一作瀸，一作纤。一云：而日瀸兮。《补》曰：歼，尽也。瀸，泉一见一否。并音尖。**溷湛湛而日多。**溷湛湛，喻贪浊也。言泠泠清洁之士，尽弃销灭，不见论用；贪浊之人，进在显位，日以盛多。**枭鸮既以成群兮，玄鹤弭翼而屏移。**言贪狼之人，并进成群；廉洁之士，敛节而退也。以，一作已。《补》曰：鸮，於骄切。《释文》：何苗切。《史记》：师旷鼓琴，有玄鹤二八，舞于廊门。《山海经》：雷山有玄鹤，粹黑如漆。其寿满三百六十岁，则色纯黑。昔黄帝习乐于昆仑山，有玄鹤飞翔。

蓬艾亲入御于床笫兮，笫，床箦也。以喻亲密。一无“入”字。《补》曰：笫，音姊，床也。《方言》：陈、楚谓之笫。又阻史切。《说文》：床，箦也。马兰踸踔而日加。马兰，恶草也。踸踔，暴长貌也。加，盛也。言蓬蒿萧艾入御房中，则马兰之草踸踔暴长而茂盛也。以言佞谄见亲近，则邪伪之徒踊跃而欣喜也。《补》曰：踸，敕锦切。踔，敕角切，又丑角切。《说文》云：踸踔，行无常貌。《本草》云：马兰生泽旁，气臭，花似菊而紫。楚词以恶草喻恶人。弃捐药芷与杜衡兮，余奈世之不知芳何。言弃捐芳草忠正之士，当奈世人不知贤何。药，一作兰。衡，一作蘅。一本“余”下有“今”字。一云：余奈夫世不知芳何。一云：余奈夫不知芳何。《释文》：药，音约。何周道之平易兮，然芜秽而险戏。险戏，犹言倾危也。言周家建立德化，其道平直公方，所履无失，而言芜秽倾危者，心惑意异也。以平直为倾危，则以忠正为邪枉也。《诗》曰：周道如砥，其直如矢。《补》曰：易，以豉切。戏，音希。高阳无故而委尘兮，高阳，帝颛顼也。委尘，坋尘也。言帝颛顼圣明克让，然无故被尘翳。言与帝共工争天下也。《淮南子》曰：颛顼与共工争为帝。唐虞点灼而毁议。点，污也。灼，灸也。犹身有病，人点灸之。言尧、舜至圣，道德扩被，尚点灸谤毁。言有不慈之过，卑父之累也。《补》曰：《集韵》议有仪音。谁使正其真是兮，言佞人妄论，以善为恶，乃非讪圣王，当谁使正其真伪乎？己以忠被罪，固其宜也。虽有八师而不可为。八师，谓禹、稷、卨、皋陶、伯夷、倕、益、夔也。言尧、舜有圣贤之臣八人，以为师傅，不能除去虚伪之谤，平疾谗之辞也。

皇天保其高兮，后土持其久。言皇天保其高明之姿，不可逾越也。后土持其久长，不可掘发也。贤人守其志分，亦不可倾夺也。一云不可轻脱。服清白以逍遥兮，偏与乎玄英异色。玄英，纯黑也，以喻贪浊。言己被服芬香，履修清白，偏与贪浊者异行，不可同趣也。色，一作采。《补》曰：《尔雅》：冬为玄英。**西施媞媞而不得见兮**，西施，美女也。媞媞，好貌也。《诗》曰“好人媞媞”也。《补》曰：《淮南》云：姆母有所美，西施有所丑。又曰：曼颊皓齿，形夸骨佳，不待脂粉芳泽而性可说者，西施、阳文也。媞，大奚切。媞媞，安也。一曰美好。**嫫母勃屑而日侍**。嫫母，丑女也。勃屑，犹媻姗，膝行貌。言西施媞媞，仪容姣好，屏不得见。嫫母丑恶，反得媻姗而侍左右也。以言亲近小人，斥逐君子也。日，一作近。《补》曰：嫫，音谟。屑，苏骨切。勃屑，行貌。媻姗，一作蹒跚。**桂蠹不知所淹留兮**，桂蠹，以喻食禄之臣也。言桂蠹食芬香，居高显，不知留止，妄欲移徙，则失甘美之木，亡其处也。以言众臣食君之禄，不建忠信，妄行佞谄，亦将失其位，丧其所也。《补》曰：蠹，音妒，木中虫。**蓼虫不知徙乎葵菜**。言蓼虫处辛烈，食苦恶，不能知徙于葵菜，食甘美，终以困苦而癯瘦也。以喻己修洁白，不能变志易行，以求禄位，亦将终身贫贱而困穷也。知，一作能。《补》曰：蓼，辛菜也，音了。《魏都赋》云：习蓼虫之忘辛。李善引《楚词》：蓼虫不知从乎葵藿。**处湣湣之浊世兮，今安所达乎吾志**。言己居浊溷之世，无有达我清白之志也。湣，一作涽。一无“乎”字。一云：今安达乎吾志。《补》曰：湣，音昏。**意有所载而远逝兮，固非众人之所识**。识，知也。言己心载忠正之志，欲远去以求贤人君子，固非众人所能知也。《补》曰：识，音志。**骥踌躇于弊輂兮**，踌躇，不行貌。輂，一作舆，一作辇。《补》曰：輂，拘玉切，大车驾马。**遇孙阳而得代**。孙阳，伯乐姓名也。言众人不识骐骥，以驾败车，则不肯进，遇伯乐知其才力，以车代之，则至千里，流名德也。以言俗人不识己志，亦将遇明君，建道流仕，垂功业也。**吕望穷困而不聊生兮，遭周文而舒志。宁戚饭牛而商歌兮，桓公闻而弗置**。皆解于《离骚经》。弗，一作不。《补》曰：聊，赖也。**路室女之方桑兮**，路室，客舍也。**孔子过之以目侍**。言孔子出游，过于客舍，其女方采桑，一心不视，喜其贞信，故以目侍。过，一作遇。

吾独乖剌而无当兮，乖，差也。剌，邪也。《补》曰：剌，戾也，力达切。心悼怵而耄思。耄，乱也，九十曰耄。言古贤俊皆有遭遇，我独乖差，与时邪剌，故心中自伤怵惕，而思志为耄乱。《补》曰：思，去声。思比干之恲恲兮，恲恲，忠直之貌。《补》曰：恲，被耕切，慷慨也。哀子胥之慎事。子胥临死曰：抉吾两目，置吴东门，以观越兵之入也。死不忘国，故言慎事也。《补》曰：子胥慎事吴王而见杀，故哀之。悲楚人之和氏兮，献宝玉以为石。遇厉武之不察兮，厉，厉王。武，武王。羌两足以毕斮。斮，断也。昔卞和得宝玉之璞，而献之楚厉王，或毁之以为石，王怒，断其左足。武王即位，和复献之，武王不察视，又断其右足。和乃抱宝泣于荆山之下，悲极血出，于是暨成王，乃使工人攻之。果得美玉，世所谓和氏之璧也。或曰：两足毕索。索，尽也。以言玉石易别于忠佞，尚不能知，已之获罪，是其常也。一本云：两足以之毕斮。《补》曰：斮，仄略切。刘向《新序》云：荆人卞和，得玉璞而献之荆厉王，使王尹相之，曰：石也。王以和为谩，而断其左足。厉王薨，武王即位，和复奉玉璞而献之武王，王使王尹相之，曰：石也。又以为谩，而断其右足。武王薨，共王即位，和乃奉玉璞而哭于荆山中，三日三夜，泣尽而继之以血。共王闻之，乃使人理其璞而得宝焉。又《淮南子》注云：楚人卞和，得美玉璞于荆山之下，以献武王，王以示玉人，玉人以为石，刖其左足。文王即位，复献之，以为石，刖其右足。抱璞不释而泣血。及成王即位，又献之，成王曰：先君轻刖而重剖石。遂剖视之，果得美玉，以为璧，盖纯白夜光，故曰和氏之璧。又《琴操》曰：卞和得玉璞，以献楚怀王，使乐正子占之，言非玉，以其欺谩，斩其一足。怀王死，子平王立，和复抱其璞而献之。平王复以为欺，斩其一足。平王死，和欲献，恐复见断，乃抱其玉而哭荆山之中。诸说不同。按《史记·楚世家》：武王卒，子文王立。文王卒，子熊囏立，是为杜敖。其弟弑杜敖自立，是为成王。则《淮南子》注为是。《新序》之说与朔同，然与《史记》不合，今并存之。小人之居势兮，志狭智少，为小人也。视忠正之何若？言小人智少虑狭，苟欲承顺求媚，以居位势，视忠正之人当何如乎？甚于草芥也。之，一作其。改前圣之法度兮，前，一作先。喜嗫嚅而妄作。嗫嚅，小语谋私貌也。言小人在位，以其愚心，改更先圣法度，背违仁义，相与耳语谋利，而妄造虚伪以谮毁贤人也。嗫嚅，或作噂沓。《补》曰：嗫，如叶切。嚅，如朱切。《说文》云：噂，聚语也。引《诗》“噂沓背憎”。亲谗谀而疏贤圣兮，讼谓闾娵为丑恶。谨哗为讼。闾娵，好女也。言君亲信谗谀之臣，斥逐忠正，背先圣法度，众人谨哗之讼，以好为恶，心惑意迷而不自知也。一无“谓”字。娵。一作娶。《补》曰：《荀子》曰：闾姝子奢，莫知媒兮。亦作闾娵。韦昭云：梁王魏瞿之美女。娵，音邹。《集韵》：娶音须，人名，引《荀子》“闾娶子奢”。愉近习而蔽远兮，孰知察其黑白。言君近谄谀，习而信之，蔽远贤者，言不见用，谁当知己之清白，彼之贪浊也。愉，一作偷。《补》曰：愉，音愈。卒不得效其心容兮，卒，一作来。安眇眇而无所归薄。薄，附也。言己放流，不得内竭忠诚，外尽形体，东西眇眇，无所归附也。专精爽以自明兮，晦冥冥而壅蔽。言己专壹忠情，竭尽耳目之精明，欲以助君，而为佞人之所壅蔽，不得进也。年既已过太半兮，然埳轲而留滞。埳轲，不遇也。言己年已过五十，而埳轲沉滞，卒无所逢遇也。埳，一作轗，一作轁。《补》曰：埳，苦暗切。轲，苦个切。又音坎可。轗，音坎。埳坷，不平也。轁轲，车行不平。一曰不得志。欲高飞而远集兮，恐离罔而灭败。罔以喻法。言己欲高飞远止他方，恐遭罪法以灭败忠厚之志也。离，一作罹。独冤抑而无极兮，伤精神而寿夭。寿命夭也。皇天既不纯命兮，余生终无所依。依，保也。一本无上四句。愿自沉于江流兮，绝横流而径逝。径，一作远。宁为江海之泥涂兮，安能久见此浊世？言己思委命于江流，沉为泥涂，不忍久见贪浊之俗也。

怨世

贤士穷而隐处兮，士，一作者。廉方正而不容。言时贪乱者众，贤者隐蔽，廉正之士不能容于世也。子胥谏而靡躯兮，比干忠而剖心。子推自割而飤君兮，德日忘而怨深。已解于《九章》也。一云：推自割而食君兮。《补》曰：靡，美皮切。飤，音寺，粮也。食音同。行明白而曰黑兮，荆棘聚而成林。荆棘多刺，以喻谗贼。言己修行清白，皎然日明，而谗人聚而蔽之谓之暗，使不得进也。聚，一作藂。江离弃于穷巷兮，蒺藜蔓乎东厢。廧序之东为东厢。以言贤者弃捐闾巷，小人亲近左右也。藜，一作蔾。《补》曰：曼，音万。厢，庑也。贤者蔽而不见兮，谗谀进而相朋。相朋，一作在位。朋，一作明。枭鸮并进而俱鸣兮，凤皇飞而高翔。言小人相举而论议，贤智隐而深藏也。愿壹往而径逝兮，壹，或作一。道壅绝而不通。言己思壹见君，尽忠言而遂径去，障蔽于谗佞而不得至也。

怨思

居愁勤其谁告兮，独永思而忧悲。言己放在山泽，心中愁苦，无所告诉，长忧悲而已。勤，一作苦。内自省而不惭兮，操愈坚而不衰。言己自念怀抱忠诚，履行清白，内不惭于身，外不愧于人，志愈坚固不衰懈也。隐三年而无决兮，岁忽忽其若颓。言己放在山野，满三年矣。岁月迫促，去若颓下，年且老也。古者人臣三谏不从，待放三年，君命还则复，无则遂行也。憐余身不足以卒意兮，憐，一作怜。卒，《释文》作猝。冀一见而复归。言己自怜身老，不足以终志意。幸复一见君，陈忠言，还乡邑也。哀人事之不幸兮，幸，爱。属天命而委之咸池。咸池，天神也。言己自哀不能修人事以见爱于君，属禄命于天，委之神明而已。《补》曰：言己遭时之不幸，无可奈何，付之天命而已。逸说非是。属，音烛，付也。《淮南》云：咸池者，水鱼之囿也。注云：水鱼，天神。身被疾而不闲兮，闲，差也。《补》曰：闲，瘳也，音谏。差，楚懈切。心沸热其若汤。言己修行仁义，身反被病而不间差。忧道不立，心中怛然而气热，若汤之沸。沸，一作怫。《补》曰：怫，音费，忿貌。冰炭不可以相并兮，并，併也。吾固知乎命之不长。言冰见炭则消，炭得冰则灭，以喻忠佞不可并处，则相伤害，固知我命之不得长久，将消灭也。一云：固知余命之不长。一云：吾乎固知命之不长。哀独苦死之无乐兮，惜予年之未央。自哀惜死年尚少也。予，一作余。悲不反余之所居兮，一本"不"下有"得"字。恨离予之故乡。不得归郢见故居也。鸟兽惊而失羣兮，飞者为鸟，走者为兽。羣，一作群。《补》曰：《礼记》云：今是大鸟兽失丧其群匹，越月逾时焉，则必反巡过其故乡，翔回焉，鸣号焉，蹢躅焉，踟蹰焉，然后乃能去之。犹高飞而哀鸣。言鸟兽失其群偶，尚哀鸣相求，以刺同位之人，曾无相念之意也。狐死必首丘兮，夫人孰能不反其真情。真情，本心也。言狐狸之死犹向丘穴，人年老将死，谁有不思故乡乎？言己尤甚也。故人疏而日忘兮，新人近而俞好。言旧故忠臣，日以疏远，谗谀新人，日近而见亲也。俞，一作愈。一云：新人愈近而日好。《补》曰：俞，与愈同。莫能行于杳冥兮，孰能施于无报？言众人谁能有执心正行于杳冥之中，施于无报之人乎？言皆苟且而行，以求利也。《补》曰：《传》曰：行乎冥冥，施乎无报。

苦众人之皆然兮，乘回风而远游。言己患苦众人皆行苟且，故乘风而远去也。凌恒山其若陋兮，凌，乘也。恒山，北岳也。陋，小也。《补》曰：恒，胡登切。恒山在中山曲阳县西北。聊愉娱以忘忧。言己乘腾高山，以为庳小，陟险犹易，聊且愉乐，以忘忧也。愉，一作媮。《补》曰：并音俞。悲虚言之无实兮，谗言无诚，君不察也。苦众口之铄金。已解于《九章》中。过故乡而一顾兮，泣歔欷而沾衿。言己远行，犹思楚国，而悲泣也。厌白玉以为面兮，厌，著也。《补》曰：厌，於叶切，一音淹。怀琬琰以为心。言己施行清白，心面若玉，内外相副。邪气入而感内兮，施玉色而外淫。淫，润也。言谗邪之言，虽自内感己志，而犹不变，玉色外润，而内愈明也。何青云之流澜兮，澜，一作烂。微霜降之蒙蒙。蒙蒙，盛貌。《诗》云：零雨其蒙。言遭佞人群聚，造作虚辞，君政用急，天早下霜，则害草木，伤其贞节也。之，一作而。蒙，一作濛。注同。徐风至而徘徊兮，而，一作之。一作俳佪。疾风过之汤汤。风为号令。言君命宽则风舒，风舒则己徘徊而有还志也。令急风疾，则己惶遽，欲急去也。汤，一作荡。一云：疾风舒之荡荡。闻南藩乐而欲往兮，藩，蔽也。南国诸侯为天子藩蔽，故称藩也。唐本无“乐而”二字。《补》曰：乐，五效切。注读作入声。至会稽而且止。会稽，山名也。言己闻南国饶乐，而欲往至会稽山，且休息也。见韩众而宿之兮，问天道之所在。韩众，仙人也。天道，长生之道也。众，一作终。借浮云以送予兮，载雌霓而为旌。旌，旗也。有铃为旌也。载，一作戴。一云：载虹霓而为旍。《补》曰：《梁书·王筠传》：沈约制《郊居赋》，要筠读至“雌霓连蜷”，约曰：仆常恐人呼为霓。上五激、下五鸡切。驾青龙以驰骛兮，班衍衍之冥冥。言极疾也。忽容容其安之兮，超慌忽其焉如。不知所之也。焉，一作安。《补》曰：如，去声。苦众人之难信兮，愿离群而远举。举，去也。言苦见俗人多言无信，不可据任，故愿离众而远去也。《补》曰：举，有据音。登峦山而远望兮，峦，小山也。一云登峦，无“山”字。好桂树之冬荣。南方有不死之草，北方有不释之冰也。一云：好桂茂而冬荣。观天火之炎炀兮，听大壑之波声。大壑，海水也。言己仰观天火，下睹海水，心愁思也。《补》曰：炀，以让切，炙燥也。引八维以自道兮，天有八维，以为纲纪也。道，一作导。含沆瀣以长生。言己乃揽持八维，以自导引，含沆瀣之气，以不死也。《补》曰：沆，胡亢。瀣，胡介切。一本作瀣。居不乐以时思兮，以，一作而。一云思时。食草木之秋实。秋实，谓枣栗之属也。饮菌若之朝露兮，构桂木而为室。言饮食洁清，所处芬香也。《补》曰：菌，音窘。杂橘柚以为囿兮，囿，一作圃。列新夷与椒桢。杂聚众善，以自修饬也。《补》曰：新夷，即辛夷也。桢，女贞也。鹍鹤孤而夜号兮，哀居者之诚贞。言鹍鸡、鸧鹤大鸟犹知贤良，哀惜己之履行正直，而不施用也。

自悲

哀时命之不合兮，伤楚国之多忧。言己自哀生时禄命，好行公正，不与君合，怜伤楚国无有忠臣，国家多忧也。内怀情之洁白兮，洁，一作质。遭乱世而离尤。言己怀洁白之志，以得罪过于众人也。而，一作以。恶耿介之直行兮，世溷浊而不知。言众人恶明正之直士，以君暗昧，不知用之故也。何君臣之相失兮，上沅湘而分离。言谗佞害己，使明君放逐忠臣，上下分离，失其所也。测汨罗之湘水兮，汨水在长沙罗县，下注湘水中。《补》曰：汨，音觅。知时固而不反。言己沉身汨水，终不还楚国也。伤离散之交乱兮，遂侧身而既远。遂去而流迁也。处玄舍之幽门兮，穴岩石而窟伏。岩，穴也。言己修德不用，欲伏岩穴之中，以自隐藏也。从水蛟而为徒兮，与神龙乎休息。自喻德如蛟龙而潜匿也。乎，一作而。何山石之崭岩兮，灵魂屈而偃蹇。言山石高岩，非己所居，灵魂偃蹇难止，欲去之也。崭，一作嶃。《补》曰：并士衔切。含素水而蒙深兮，日眇眇而既远。素水，白水也。言虽远行，不失清白之节也。蒙深，一作濛濛。哀形体之离解兮，解，一作懈。《补》曰：解，音懈。神罔两而无舍。罔两，无所据依貌也。舍，止也。自哀身体陆离，远行解倦，精神罔两，无所依据而舍止也。罔，一作罔。《补》曰：郭象曰：罔两，景外之微阴也。惟椒兰之不反兮，椒，子椒也。兰，子兰也。不，一作无。魂迷惑而不知路。言子椒、子兰不肯反己，魂魄迷惑，不知道路当如何也。愿无过之设行兮，《释文》：行，户更切。虽灭没之自乐。言愿设陈己行，终无过恶，虽身没名灭，犹自乐不改易也。《补》曰：乐，去声。痛楚国之流亡兮，哀灵修之过到。言怀王之过，已至于恶，楚国将危亡，失贤之故也。《补》曰：到，至也。固时俗之溷浊兮，志瞀迷而不知路。瞀，闷也。迷，惑也。言己遭遇乱世，心中烦惑，不知所行也。《补》曰：瞀，音茂。念私门之正匠兮，匠，教也。遥涉江而远去。言己念众臣皆营其私，相教以利，乃以其邪心欲正国家之事，故己远去也。念女媭之婵媛兮，涕泣流乎於悒。於悒，增叹貌也。已解于《离骚经》。悒，一作邑。《补》曰：於悒，音见《九章》。我决死而不生兮，虽重追吾何及。言亦无所复还也。一云：吾其何及。戏疾濑之素水兮，望高山之蹇产。言己履清白，其志如水，虽遇弃放，犹志仰高远而不懈也。高山，一作乔木。哀高丘之赤岸兮，遂没身而不反。言己哀楚有高丘之山，其岸峻崄，赤而有光明，伤无贤君，将以阽危，故沉身于湘流而不还也。没，一作殁。

哀命

怨灵修之浩荡兮，已解于《离骚经》。夫何执操之不固。操，志也。固，坚也。言己念怀王信用谗佞，志数变移而不坚固也。《补》曰：操，七到切。悲太山之为隍兮，隍，城下池也。《易》曰"城复于隍"也。隍，一作湟。《补》曰：《说文》：城池有水曰池，无水曰隍。孰江河之可涸。涸，塞也。言太山将颓为池，以喻君且失其位，用心迷惑，过恶已成，若江河之决，不可涸塞也。《补》曰：涸，乎固切，水竭也。愿承闲而效志兮，志，一作忠。《补》曰：闲，音闲。恐犯忌而干讳。所畏为忌，所隐为讳。干，触也。言己愿承君闲暇之时，竭效忠言，恐犯上忌，触众人讳，而见刑诛也。卒抚情以寂寞兮，寞，一作漠。然怊怅而自悲。怊怅，恨貌也。言己终抚我情，寂寞不言，然怊怅自恨，心悲毒也。《补》曰：怊，音超。玉与石其同匮兮，匮，匣也。其，一作而。贯鱼眼与珠玑。圜泽为珠，廉隅为玑。以言君不知贤愚忠佞之士，犹同玉石杂、鱼眼与珠玑同贯而不别也。一云：粗𡽱为玑。《补》曰：玑字音机，珠不圆也。驽骏杂而不分兮，驽，顿马也。良马为骏。《补》曰：顿，与钝同。服罢牛而骖骥。在辕为服，外騑为骖。言君选士用人，杂用驽骏，不异贤愚，若驾罢牛，骖以骐骥，才力不同也。《补》曰：罢，音皮。年滔滔而自远兮，滔滔，行貌。远，一作往。寿冉冉而愈衰。自伤不遇，年衰老也。愈，一作俞。《补》曰：俞，与愈同。衰，所泪切，一所戾切。心悇憛而烦冤兮，悇憛，忧愁貌也。冤，一作怨，《释文》作宛，於袁切。《补》曰：悇，他胡切。憛，他暗切。一曰：祸福未定。屈草自覆曰宛。蹇超摇而无冀。蹇，辞也。超摇，不安也。言己自念年老，心中悇憛，超摇不安，终无所冀望也。

固时俗之工巧兮，灭规矩而改错。《补》曰：错。七故切。却骐骥而不乘兮，策驽骀而取路。当世岂无骐骥兮，诚无王良之善驭。见执辔者非其人兮，故驹跳而远去。皆已解在《九辩》。《补》曰：许慎云：王良，晋大夫御无恤子良也，所谓御良也。一名孙无政，为赵简子御，死而托精于天驷星。天文有王良星是也。不量凿而正枘兮，恐矩矱之不同。已解于《离骚经》。同，一作周。《补》曰：凿，才到切。枘，而锐切。矩，俱雨切。矱，乌郭切。不论世而高举兮，恐操行之不调。调，和也。言人不论世之贪浊，而高举清白之行，恐不和于俗，而见憎于众也。弧弓弛而不张兮，弛，解。弧，一作故。弛，一作弛。《释文》作弬。《补》曰：弧，音胡。《说文》：木弓也。一曰：往体多，来体寡曰弧。弛，弬，并音矢。孰云知其所至？言弧弓虽强，弛而不张，谁知其力之所至乎？以言贤者不在职位，亦不知其才德也。无倾危之患难兮，焉知贤士之所死？言国无倾危之难，则不知贤士之伏节死义。《补》曰：《老子》云：国家昏乱有忠臣。俗推佞而进富兮，节行张而不著。张，一作明。《补》曰：著，张虑切。贤良蔽而不群兮，朋曹比而党誉。《补》曰：比，音鼻。邪说饰而多曲兮，正法弧而不公。弧，戾也。言世俗之人，推佞以为贤，进富以为能，故君之正法胶戾不用，众皆背公而向私也。一本"邪"下有"枉"字。《补》曰：胶，音豪，戾也。直士隐而避匿兮，避，一作辟。谗谀登乎明堂。明堂，布政之宫也。言忠直之士隐身避世，谗谀之人反登明堂而为政也。《补》曰：《左传》：勇则害上，不登于明堂。弃彭咸之娱乐兮，言弃彭咸清洁之行，娱乐风俗，则为贪佞也。《补》曰：彭咸以伏节死义为乐，而时人弃之。灭巧倕之绳墨。言工灭巧倕之绳墨，则枉直失其制也。言君偝先王之法则，自乱惑也。菎蕗杂于黀蒸兮，枲翮曰黀，煏竹曰蒸。言持菎蕗香直之草，杂于黀蒸，烧而燃之，则不识于物也。以言取忠直弃之林野，亦不知贤也。一作箟簬。黀，一作菆，一作靡，一作菽，一作蘩，一作叢，一作藂。一云：菎蔬杂于黀箂。《补》曰：菎，音昆。蕗，音路。箟，与箘同。箘，簬也，音窘，亦音昆。黀，麻蕴也。菆，麻蒸也。并音邹。蒸，折麻中幹也。箂，竹炬也。并音烝。菽、叢、藂，并与叢同。草丛生也。菆，亦音叢。靡，音糜。机蓬矢以射革。矢，箭也。言张强弩之机，以蓬蒿之箭，以射犀革之盾，必摧折而无所能入也。言使愚巧任政，必致荒乱，无所能成也。驾蹇驴而无策兮，蹇，跛也。策，棰也。又何路之能极？极，竟也。言君任驽顿之臣，使在显职，如驾跛蹇之驴，又无鞭棰，终不竟道，将倾覆也。以直鍼而为钓兮，钓，一作钩。《补》曰：鍼，音针。又何鱼之能得？言君不能以礼敬聘请贤者，犹以直针钓鱼，无所能得也。伯牙之绝弦兮，伯牙，工鼓琴也。《补》曰：《列子》：伯牙善鼓琴，钟子期善听。无钟子期而听之。钟子期，识音者也。言钟子期死，伯牙破琴绝弦，不肯复鼓，以世无知音也。言已不遇明君识忠直者，亦宜钳口而不语言也。和抱璞而泣血兮，一云和氏。安得良工而剖之？和，卞和也。剖，犹治也。已解于上篇也。安，一作焉。剖，一作刊，一作刑。

同音者相和兮，谓清浊也。同类者相似。谓好恶也。以言君清明则洁白之士进，君暗昧则贪浊之人用。《易》曰：方以类聚，物以群分。似，一作仇。飞鸟号其群兮，鹿鸣求其友。同志为友。言飞鸟登高木，志意喜乐，则和鸣求其群而呼其耦。鹿得美草，口甘其味，则求其友而号其侣也。以言在位之臣，不思贤念旧，曾不若鸟兽也。《诗》曰：嘤其鸣矣，求其友声。又曰：呦呦鹿鸣，食野之苹。故叩宫而宫应兮，弹角而角动。叩，击也。弹，揳也。宫、角，五音也。言叩击五音，各以其声感而相应也。以言君求仁则仁至，修正则下直也。一云：叩宫而商应，弹角而徵动。《补》曰：《庄子》云：鼓宫宫动，鼓角角动，音律同矣。《淮南》云：调弦者叩宫宫应，弹角角动，此同声相和者也。注：叩大宫则少宫应，弹大角则少角动。虎啸而谷风至兮，虎，阳物也。谷风，阳气也。言虎悲啸而吟，则谷风至而应其类也。以言君修德行正，则百姓随而化也。龙举而景云往。龙，介虫，阴物也。景云，大云而有光者。云亦阴也。言神龙将举升天，则景云覆而扶之，辅其类也。言君好贤士，则英俊往而并集也。《补》曰：《诗》云：习习谷风。《易》曰：云从龙，风从虎。《新序》：孔子曰：虎啸而谷风起，龙兴而景云见。《淮南》曰：虎啸而谷风至，龙举而景云属。注云：虎，土物也。谷风，木风也。木生于土，故虎啸而谷风至。龙，水也。云生水，故龙举而景云属。《管辂别传》云：徐季龙与辂共论，龙动则景云起，虎啸则谷风至。以为火星者龙，参星者虎，火出则云应，参出则风到，此乃阴阳之感化，非龙虎之所致也。辂言：若以参星为虎，则谷风更为寒霜之风，非东风之名。是以龙者阳精，以潜为阴，幽灵上通，和气感神，二物相扶，故能兴云。夫虎者，阴精而居于阳，依木长啸，动于巽林，二数相感，故能运风。况龙有潜飞之化，虎有文明之变，招云召风，何足为疑？季龙言：龙之在渊，不过一井之底；虎之悲啸，不过百步之中。形气浅弱，所通者近，何能漂景云而驰东风？辂言：君不见阴阳燧在掌握之中，形不出手，乃上引太阳之火，下引太阴之水，嘘吸之间，烟景以集，自然之道，无有远近。音声之相和兮，言物类之相感也。言鸟兽相呼，云龙相感，无不应其类而从其偶也。伤君独无精诚之心以动贤也。一云：音击而相和兮。一无“言”及“也”字。

夫方圜之异形兮，一云：若夫。圜，一作圆。势不可以相错。言君性所为，不与己合，若方与圜不可错杂，势不相安也。列子隐身而穷处兮，列子，古贤士也。《补》曰：列子，名御寇，其书曰《子列子》。穷，容貌有饥色。居郑圃四十年，人无识者。世莫可以寄托。言列子所以隐佚不仕而穷处者，以世多诈伪，无可以寄命托身也。以，一作与。众鸟皆有行列兮，凤独翔翔而无所薄。已解于《九辩》也。翔翔，一作翱翔，一作洋洋。薄，一作合。《补》曰：行，胡冈切。经浊世而不得志兮，愿侧身岩穴而自托。言己历贪浊之世，终不得展其志意，但甘处岩穴之中而隐伏也。一无“侧身”二字，有“依”字。欲阖口而无言兮，尝被君之厚德。阖，闭也。言己欲闭口结舌而不复言，以尝被君之厚禄，故不能默也。独便悁而怀毒兮，愁郁郁之焉极。言忧愁之无穷。便悁，一作申旦。愁，一作凭。《补》曰：悁，忿也，音渊。念三年之积思兮，愿壹见而陈词。思一见君而陈忠言也。壹，或作一。《补》曰：糜信以为：屈原著辞，见放九年，今东方朔《谬谏》

之章云：三年积思愿壹见。愚谓此言朔自为也。案《汉书·朔传》亦郁邑于不登用，故因名此章为《谬谏》。若云谬语，因托屈原以讽汉主也。讽，一作诬。麋信，魏乐平太守也。一作庾信。予按《卜居》云：屈原既放，三年不得复见。则三年积思，正谓屈原也。唯以谬谏名篇，当如麋信之说尔。不及君而骋说兮，骋，驰也。世孰可为明之。言己不及贤君，而骋极忠说，则时世暗蔽无可为明真伪也。《补》曰：为，去声。身寝疾而日愁兮，寝，卧也。情沉抑而不扬。言己身被疾病，卧而愁思，自伤忠诚沉抑而不得扬达也。众人莫可与论道兮，悲精神之不通。言当世之人，无可与议事君之道者，哀我精神所志，而不得通于君也。

谬谏鲍慎思云：篇目当在乱曰之后。按古本《释文》，《七谏》之后，乱曰别为一篇，《九怀》、《九思》皆同。

乱曰：鸾皇孔凤日以远兮，孔，孔雀也。一云：鸾孔凤皇。畜凫驾鹅。一云：畜枭驾鹅。《补》曰：驾，音加。《博雅》：鴐鹅，雁也。鴐，音加。郭璞云：驾鹅，野鹅也。鸡鹜满堂坛兮，高殿敞扬为堂，平场广坦为坛。扬，一作阳。《补》曰：坛，音善。蛙黾游乎华池。蛙，虾蟆也。华池，芳华之池也。言君推远孔凤，斥逐贤智，畜养鹅鹜，亲近小人，满于堂庭。蛙黾，谕谗谀弄口得志也。要袅奔亡兮，腾驾橐驼。要，一作騕。《补》曰：并音杳。应劭曰：騕袅，古之骏马，赤喙玄身，日行五千里。橐，音托，又音骆。铅刀进御兮，遥弃太阿。要袅，骏马。太阿，利剑也。言君放远要袅英俊之士，而驾橐驼，任使罢驽顿朽之人，而弃明智之士也。《补》曰：贾谊云：莫邪为钝兮，铅刀为铦。铅，音沿，青金也。拔搴玄芝兮，玄芝，神草也。《补》曰：搴，音蹇。《本草》：黑芝，一名玄芝。列树芋荷。橘柚萎枯兮，橘柚，美木也。苦李旖旎。旖旎，盛貌也。言君乃拔去芝草，贱弃橘柚，种殖芋荷，养育苦李，爱重小人，斥逐君子也。《补》曰：旖，乌可切，当作旑。旎，傩可切。见《九辩》。**甂瓯登于明堂兮**，甂瓯，瓦器名也。《补》曰：甂，音边。《方言》：自关而西，盆盎小者曰甂也。瓯，小盆也。**周鼎潜乎深渊**。周鼎，夏禹所作鼎也。《左氏传》曰：昔夏禹之有德，远方图物，贡金九牧，铸鼎象物。桀有昏德，鼎迁于商。商纣暴虐，鼎迁于周，是为周鼎。言甂瓯之器登明堂，周鼎反藏于深渊之水。言小人任政，贤者隐匿也。乎，一作於。《补》曰：《汉·郊祀志》云：宋太丘社亡，而鼎没于泗水彭城下。**自古而固然兮，吾又何怨乎今之人！**言往古嫉妒忠直而不肯进用，我何为独怨今世之人乎？自慰之词。

楚辞卷第十四

哀时命章句第十四

《哀时命》者，严夫子之所作也。夫子名忌，忌，会稽吴人，本姓庄，当时尊尚，号曰夫子，避汉明帝讳曰严。一云名忌，字夫子。与司马相如俱好辞赋，客游于梁，梁孝王甚奇重之。忌哀屈原受性忠贞，一云受命而生。不遭明君而遇暗世，斐然作辞，叹而述之，一云追以述之。故曰《哀时命》也。

哀时命之不及古人兮，夫何予生之不遘时。遘，遇也。《诗》云：遘闵既多。言己自哀生时年命，不及古贤圣之出遇清明之时，而当贪乱之世也。遘，一作遭。闵，一作愍。往者不可扳援兮，倈者不可与期。言往者圣帝不可扳引而及，后世明主亦不可须待与期，伤生不遇时，遭困厄也。扳，一作攀。倈，一作来。《补》曰：扳，与攀同，引也。志憾恨而不逞兮，憾，亦恨也。《论语》曰：与朋友共，弊之而无憾。逞，解也。《补》曰：逞，丑郢切。《说文》：逞，通也。楚谓疾行为逞。一曰快也。杼中情而属诗。属，续也。言己上下无所遭遇，意中憾恨，忧而不解，则杼我中情，属续诗文，以陈己志也。杼，一作抒。《补》曰：杼，常与切。属，音烛。夜炯炯而不寐兮，怀隐忧而历兹。言己中心愁怛，目为炯炯而不能眠。如遭大忧，常怀戚戚，经历年岁，以至于此也。炯，一作焖。《释文》作烱。隐，一作殷。《补》曰：炯，古茗切，光也。

烱，俱永切，炎蒸也。隐，痛也。殷，大也。注云：大忧，疑作殷者是。**心郁郁而无告兮，众孰可与深谋？**言己心中忧毒，而无所告语，众皆谄谀，无可与议忠信也。**欿愁悴而委惰兮，**欿，愁貌也。委惰，懈倦也。惰，《释文》作憜。《补》曰：欿，音坎，不自满足意。**老冉冉而逮之。**言己欲行忠信而不得进，欿然愁悴，意中懈倦，年复已过，为老所及，而志不立也。**居处愁以隐约兮，**居，一作凥。以，一作目。**志沉抑而不扬。**言己放于山泽，隐身守约，而志意沉抑，不得扬见于君，而永忧恨也。**道壅塞而不通兮，**通，一作达。**江河广而无梁。**言己欲竭忠谋，谗邪壅塞而不得达，若临江河无桥梁以济也。**愿至昆仑之悬圃兮，采钟山之玉英。**钟山，在昆仑山西北。《淮南》言钟山之玉，烧之三日，其色不变。言己自知不用，愿避世远去，上昆仑山，游于悬圃，采玉英咀而嚼之，以延寿也。《补》曰：《淮南》云：钟山之玉，炊以炉炭，三日三夜而色泽不变，则至德天地之精也。许慎云：钟山北陆无日之地，出美玉。《援神契》曰：玉英，玉有英华之色。**揽瑶木之橝枝兮，**揽，一作擥。橝，一作撢。《补》曰：橝，大男切，木名。**望阆风之板桐。**板桐，山名也，在阆风之上。言己既登昆仑，复欲引玉树之枝，上望阆风板桐之山，遂陟天庭而游戏也。板，一作阪。《补》曰：《博雅》云：昆仑虚有三山，阆风、板桐、玄圃。《水经》云：昆仑三级：下曰樊桐，一名板松，二曰玄圃，一名阆风；上曰层城，一名天庭。《淮南》云：悬圃、凉风、樊桐，在昆仑阊阖之中。樊，读如饭。**弱水汩其为难兮，**《尚书》曰：道弱水至于合黎也。《补》曰：汩，音骨，一於笔切。应劭曰：弱水出张掖删丹，西至酒泉、合黎，馀波入于流沙。师古曰：弱水，谓西域绝远之水，乘毛车以渡者耳，非张掖弱水也。**路中断而不通。**言己想得登神山，顾以娱忧，迫弱水不得涉渡，路绝不通，所为无可也。断，一作绝。**势不能凌波以径度兮，**以，一作而。度，一作渡。**又无羽翼而高翔。**言己势不能为船乘波渡水，又无羽翼可以飞翔，当亦穷困也。然隐悯而不达兮，悯，一作闵。独徙倚而彷徉。徙倚，犹低佪也。言己隐身山泽，内自悯伤志不得达，独徘徊彷徉而游戏也。一作仿佯。怅惝罔以永思兮，以，一作而。《补》曰：惝，昌掌切，惊貌。心纡轸而增伤。言己含忧彷徉，意中怅然，惝罔长思，心屈缠痛，苦重伤也。《补》曰：轸，当作袗。倚踌躇以淹留兮，以，一作目。日饥馑而绝粮。蔬不熟曰馑。言己欲踌躇久留，恐百姓饥饿，粮食绝乏也。绝，古本作㡭。粮，一作粻。《补》曰：㡭，古绝字，反㡭为继。或作鐖，非是。廓抱景而独倚兮，超永思乎故乡。言己在于山泽，廓然无耦，独抱形景而立，长念楚国，心不能已，惝惘长思故乡也。乎，一作兮。一云：超永思乎此故乡。廓落寂而无友兮，谁可与玩此遗芳？玩，习也。言己居处廓落，又无知友，当谁与讲习忠信之谋也？白日晼晚其将入兮，哀余寿之弗将。将，犹长也。言日月西流，晼晚而殁，天时不可留，哀我年命不得长久也。弗，一作不。《补》曰：晼，音苑。车既弊而马罢兮，蹇邅徊而不能行。言己周行四方，车以弊败，马又罢极，蹇然邅徊，不能复前，而不遇贤君也。徊，一作回。《补》曰：罢，音疲。身既不容于浊世兮，不知进退之宜当。言己执贞洁之行，不能自入贪浊之世，愁不知进止之宜当，何所行者也。

冠崔嵬而切云兮，剑淋离而从横。淋离，长貌也。言己虽不见容，犹整饰衣服，冠则崔嵬上摩于云，剑则长好，文武并盛，与众异也。《补》曰：崔，音摧。淋，音林。衣摄叶以储与兮，摄叶，储与，不舒展貌。《补》曰：摄，之叶切，曲折也。储，音宁，又音伫。左袪挂于榑桑。袪，袖也。《诗》云：羔裘豹袪。言己衣服长大，摄叶储与，不得舒展，德能弘广，不得施用，东行则左袖挂于榑桑，无所不覆也。挂，一作絓。榑，一作扶。桑，一作桒。《补》曰：榑，与扶同。右衽拂于不周兮，六合不足以肆行。六合，谓天地四方也。言己西行则右衽拂于不周之山，以六合为小，不足肆行，言道德盛大无所不包也。上同凿枘于伏戏兮，戏，一作羲。下合矩矱于虞唐。言己德能纯美，宜上辅伏戏，与同制量，下佐尧、舜，与合法度而共治也。合，一作同。矩，一作规。愿尊节而式高兮，志犹卑夫禹汤。言己虽不见用，犹尊高节度，意卑禹、汤，不欲事也。虽知困其不改操兮，终不以邪枉害方。言己虽自知贫贱困极，不能变志易操，终不能邪枉其身，以害公方之行也。世并举而好朋兮，壹斗斛而相量。言今世之人，皆好朋党，并相荐举，持其贪佞之心，以量清洁之士。壹，或作一。斗，一作升。众比周以肩迫兮，比，亲也。周，合也。以，一作而。贤者远而隐藏。言众佞相与合同，并肩亲比，故贤者远逝而藏匿也。一云隐而退藏。为凤皇作鹑笼兮，虽翕翅其不容。为凤皇作栖以鹑鷃之笼，虽翕其翅翼，犹不能容其形体也。以言贤者遭世乱，虽屈其身，亦不能自容入。一本“作”上有“而”字。翅，一作翼。《补》曰：翕，虚及切。灵皇其不寤知兮，一无“寤”字。焉陈词而效忠？言怀王暗蔽，心不觉寤，安所陈词，效己之忠信乎？词，一作辞。俗嫉妒而蔽贤兮，孰知余之从容？言楚国风俗嫉妒蔽贤，无有知我进退执守忠信也。愿舒志而抽冯兮，冯，一作凭，一作懑，一作愁。《补》曰：冯，音凭，亦音愤。庸讵知其吉凶？庸，用也。言己思舒志意，援引愤懑，尽极忠信，当何缘知其逢吉将被凶也？璋圭杂于甑窐兮，璋圭，玉名也。窐，甑（土）〔下〕孔。一作圭璋。《补》曰：甑，子孕切。窐，音携，又音蛙。《淮南》云：弊箪甑瓾，在袇茵之上。注云：瓾，甑带，音蛙。陇廉与孟娵同宫。陇廉，丑妇也。孟娵，好女也。言世人不识善恶，乃以甑窐之士杂厕圭玉，又使丑妇与好女同室也。以言君暗惑，不别贤愚也。《补》曰：娵，女名，音邹，一音须。举世以为恒俗兮，恒，常。固将愁苦而终穷。言举世不识贤愚，以为常俗，我固当终身穷苦而已。幽独转而不寐兮，惟烦懑而盈匈。懑，愤也。言己愁思展转而不能卧，心中烦愤，气结满匈也。魂眇眇而驰骋兮，心烦冤之忡忡。言己精魂眇眇独驰，心中烦懑，忡忡而忧也。魂，一作魂。之，一作而。《补》曰：忡，丑弓切。志欿憾而不憺兮，憺，安。《补》曰：犬暂切。路幽昧而甚难。言己心中欿恨，意识不安，欲复远去，以道路深冥，难数移也。

块独守此曲隅兮，然欿切而永叹。言己独处山野，块然守此山曲，心为切痛，长叹而已。愁修夜而宛转兮，而，一作之。气涫𤅋其若波。言己心忧宛转而不能卧，愁夜之长，气为涫𤅋，若水之波也。其，一作而。波，一作汤。《补》曰：涫，沸也。《释文》音馆。《集韵》官、贯二音。𤅋与沸同。握剞劂而不用兮，剞劂，刻镂刀也。《补》曰：剞，居绮切。劂，居卫切，又九月切。应劭曰：剞，曲刀。劂，曲凿。《说文》云：剞剧，曲刀也。操规矩而无所施。言己怀德不用，若工握剞劂而无所刻镂，持方圜而无所错也。一云：而无施。骋骐骥于中庭兮，焉能极夫远道？言骐骥壹驰千里，乃骋之中庭促狭之处，不得展足以极远道也。以言使贤者执洒扫之役，亦不得展志意也。置猿狖于棂槛兮，夫何以责其捷巧？言猿狖当居高木茂林，见其才力，而置之棂槛之中，迫局之处，责其捷巧，非其理也。以言君子当在庙堂为政，而弃之山林，责其智能，亦非其宜也。猿，一作蝯。狖，一作貁。捷，一作捷。《补》曰：棂，音零，阶际栏。驷跛鳖而上山兮，吾固知其不能升。言己念君信用众愚，欲以致治，犹若驾跛鳖而欲上山，我固知其不能登也。《补》曰：跛，波可切。释管晏而任臧获兮，臧，为人所贱系也。获，为人所系得也。贱系，一作残击。《补》曰：《方言》云：臧、获，奴婢贱称也。骂奴曰臧，骂婢曰获。男而聓婢曰臧，女而妇奴曰获。亡奴谓之臧，亡婢谓之获。何权衡之能称？言君欲为政，反置管仲、晏婴，任用败军贱辱系获之士，何能称权衡兴至治乎？或曰：臧，守藏者也。获，生禽者也。皆卑贱无知之人。簏簬杂于黀蒸兮，机蓬矢以射革。已解于《七谏》也。簏，竹也。一作簵簬。黀，一作菆，一作藂，一作靡。躲，一作射。负檐荷以丈尺兮，欲伸要而不可得。背曰负，荷曰檐。言己居于衰乱之世，常低头俯视，若以背肩负檐，丈尺而步，不敢伸要仰首，以远罪过也。檐，一作擔。《补》曰：檐、擔，并都滥切，负也。擔，又都甘切。《释名》曰：任也，任力所胜也。要，与腰同。外迫胁于机臂兮，迫胁，近附也。机臂，弩身也。于，一作以。臂，一作辟。《补》曰：《庄子》云：中于机辟。辟，毗亦切。疏云：辟，法也，机关之类。上牵联于矰隿。言己居常怖惧，若附强弩机臂，畏其妄发，上恐牵联于隿射，身被矰缴也。隿，一作弋。《补》曰：联，音连。矰，音增。隿，与弋同。肩倾侧而不容兮，一云不得容。《补》曰：《孟子》云：胁肩谄笑。固陿腹而不得息。言己欲倾侧肩背，容头自入，又不见纳，故陿腹小息，畏惧患祸也。陿，一作愜。腹，一作肠。《补》曰：陿，音狭，隘也。务光自投于深渊兮，务光，古清白之士也。《补》曰：务光，见《庄子》。不获世之尘垢。言古有贤士务光，憎恶浊世，言不见从，自投深渊而死，不为谗佞所尘污，已慕其行也。垢，一作埃。《补》曰：《屈原传》：不获世之滋垢。孰魁摧之可久兮，愿退身而穷处。言己为谀佞所谮，被过魁摧，不可久止，愿退我身，处于贫穷而已。凿山楹而为室兮，楹，柱。而，一作以。下被衣于水渚。渚，水涯也。言己虽穷，犹凿山石以为室柱，下洗浴水涯，被己衣裳，不失清洁也。雾露濛濛其晨降兮，一作朦朦。云依斐而承宇。言幽居山谷，雾露濛濛而晨来下，浮云依斐承我屋霤，昼夜暗冥也。斐，一作霏。一云：云衣斐斐而承宇。《补》曰：斐，音非。虹霓纷其朝霞兮，霓，一作蜺。夕淫淫而淋雨。言天云杂色，虹霓扬光，纷然炫耀，日未明旦，复有朝霞，则夕淋雨，愁且思也。《补》曰：

《诗》云：朝隮于西，崇朝其雨。**怊茫茫而无归兮，**茫，一作芒。**怅远望此旷野。**言己幽居遇雨，愁思茫茫，无所依归，但见旷野草木盛茂也。旷，一作广。**下垂钓于溪谷兮，上要求于仙者。**言己幽居无事，下则垂钓饵于溪谷；上则要结仙人，从之受道也。求，一作结。《补》曰：要，平声。**与赤松而结友兮，**一无"而"字。**比王侨而为耦。**言己执守清洁，遂与二子为群党也。**使枭杨先导兮，**枭杨，山神名，即狒狒也。导，一作道。《补》曰：《说文》：周成王时，州靡国献狒，人身反踵，自笑，笑则上唇掩其目，食人。《尔雅》：狒狒如人，被发迅走，食人。注云：枭羊也。《山海经》曰：其状如人，面长唇黑，身有毛，反踵，见人则笑。狒，父费切。《淮南》云：山出嘄阳。注云：山精也。一说云：枭羊，大口，其初得人喜而笑，却唇上覆额，移时而后食之。张衡《玄图》曰：枭羊喜获，先笑后愁，谓人凿其唇于额而得禽之也。**白虎为之前后。浮云雾而入冥兮，骑白鹿而容与。**言己与仙人俱出，则山神先道，乘云雾、骑白鹿而游戏也。

魂眐眐以寄独兮，眐眐，独行貌也。《补》曰：眐，音征，从目。眐眐，独视也。《博雅》云：聇聇，行也。其字从耳。**汩徂往而不归。**言我魂神眐眐独行，寄居而处，汩然遂往而不还也。《补》曰：汩，於笔切。**处卓卓而日远兮，**卓卓，高貌。卓，一作逴。远，一作高。《补》曰：逴，音卓。**志浩荡而伤怀。**言己随从仙人，上游所居，卓卓日以高远，中心浩荡，罔然愁思，念楚国也。**鸾凤翔于苍云兮，故矰缴而不能加。**一无"而"字。《补》曰：缴，音酌。**蛟龙潜于旋渊兮，身不挂于罔罗。**言鸾凤飞于千仞，蛟龙藏于旋渊，故矰缴不能逮，罗罔不能加也。以言贤者亦宜高举隐藏，法令不能拘也。旋，一作深。罔，一作网。《补》曰：《淮南》云：藏志乎九旋之渊。注云：九回之渊，至深也。**知贪饵而近死兮，不如下游乎清波。**清波，清洁之流，无人之处也。言蛟龙明于避害，知贪香饵必近于死，故下游于清波无人之处也。以言贤者亦不宜贪禄位以危其身也。而，一作之。宁幽隐以远祸兮，孰侵辱之可为？言己亦宁隐身幽藏，以远患祸，不能久被侵辱，诚为难也。子胥死而成义兮，屈原沉于汨罗。虽体解其不变兮，其，一作而。岂忠信之可化？《补》曰：化，音花。志怦怦而内直兮，怦，一作恲。《补》曰：披耕切。履绳墨而不颇。皆已解于《离骚》、《九辩》、《七谏》。执权衡而无私兮，称轻重而不差。差，过也。言己如得执持权衡，能无私阿，称量贤愚，必不过差，各如其理也。《补》曰：差，七何切。概尘垢之枉攘兮，枉攘，乱貌。概，一作慨。一作狂攘，一作枉攘。概，涤也。除秽累而反真。言己又欲概激浊乱之臣，使君除去秽累，而反于清明之德。真，一作悳。形体白而质素兮，中皎洁而淑清。言己自念形体洁白，表里如素，心中皎洁，内有善性，清明之质也。时猒饫而不用兮，且隐伏而远身。言时君不好忠直之士，猒倦其言而不肯用，故且隐伏山泽，斥远己身也。《补》曰：饫，於据切。聊窜端而匿迹兮，嗼寂默而无声。言己竭忠而不见用，且逃头匿足，窜伏自藏，执守寂寞，吞舌无声也。嗼，一作漠，一作歎，一作叹。一云：叹寂漠。《补》曰：嗼，音莫，《说文》：啾，嗼也。独便悁而烦毒兮，便悁，一作悁悒。焉发愤而抒情。言己怀忠直之志，独悁悒烦毒，无所发我愤懑，泄己忠心也。时暧暧其将罢兮，暧，一作薆。《补》曰：罢，音皮。遂闷叹而无名。言己遭时不明，行善罢倦，心遂烦闷，伤无美名以流后世也。叹，一作漠，一作嗼。伯夷死于首阳兮，一作首山。一云首阳之山。卒夭隐而不荣。言伯夷饿于首阳，夭命而死，不飨其爵禄，得其荣宠也。夭，一作殀。《补》曰：夭，於表切。太公不遇文王兮，身至死而不得逞。言太公不遇文王，至死不得解于厮贱。一无

“得”字。《补》曰：逞，丑京切，纵也。怀瑶象而佩琼兮，愿陈列而无正。言己怀玉象，履忠信，愿陈列己志，无有明正之君听而受之也。生天地之若过兮，忽烂漫而无成。烂漫，犹消散也。言己生于天地之间，忽若风雨之过，晻然而消散，恨无成功也。烂，一作澜。邪气袭余之形体兮，一无“体”字。疾憯怛而萌生。袭，及也。言己常恐邪恶之气及我形体，疾病憯痛横发而生，身僵仆也。《补》曰：怛，多达切。愿壹见阳春之白日兮，恐不终乎永年。言己被疾忧惧，恐随草木徂落，不能至阳春见白日，不终年命，遂委弃也。

楚辞卷第十五

九怀章句第十五

匡机 匡，一作主。

通路

危俊 危，一作苞。

昭世

尊嘉

蓄英

思忠 思，一作申，一作由。一云游思。

陶壅 壅，一作雍，音同。

株昭 昭，一作明，一作招。一云珠昭，一云林招。

《九怀》者，谏议大夫王褒之所作也。褒，字子渊，蜀人也，为谏大夫。怀者，思也，言屈原虽见放逐，一作流放。犹思念其君，忧国倾危而不能忘也。褒读屈原之文，嘉其温雅，藻采敷衍，执握金玉，委之污渎，遭世溷浊，溷，一作泥。莫之能识。追而愍之，一作诸。故作《九怀》，以裨其词。《释文》作埤，作䇹。埤，频弥切。史官录第，遂列于篇。一作编。

极运兮不中，周转求君，道不合也。来将屈兮困穷。还就农桑，修播植也。来，一作求，一作永。余深愍兮惨怛，我内愤伤，心切剥也。愍，一作闵。惨，一作愤。愿一列兮无从。欲陈忠谋，道隔塞也。乘日月兮上征，想托神明，升天庭也。顾游心兮鄗酆。回眄周京，念先圣也。文王都酆，武王都鄗，二圣有德，明于用贤，故顾其都，冀遭逢也。顾，一作愿。《补》曰：鄗，下老切，在长安西上林苑中。酆，在京兆杜陵西南。弥览兮九隅，历观九州，求英俊也。彷徨兮兰宫。游戏道室，诵五经也。一作仿偟。芷闾兮药房，居仁履义，守忠贞也。闾，一作室。奋摇兮众芳。动作应礼，行馨香也。众，一作种。菌阁兮蕙楼，节度弥高，德成就也。观道兮从横。众人瞻望，闻功名也。《补》曰：横，音黄，叶。宝金兮委积，志意坚固，策谋明也。美玉兮盈堂。懿誉光明，满朝廷也。桂水兮潺湲，芳流衍溢，周四境也。扬流兮洋洋。洁白之化，动百姓也。蓍蔡兮踊跃，蓍龟喜乐，慕清高也。蓍，筮也。蔡，大龟也。《论语》曰：臧文仲居蔡。《补》曰：《淮南》云：大蔡神龟。注云：大蔡，元龟所出地名，因名其龟为大蔡。《家语》云：臧氏有守龟，其名曰蔡。《文选》云：搏耆龟。注云：耆，老也。龟之老者神，引“耆蔡兮踊跃”。据此，则蓍当作耆。然注以为蓍龟之蓍，蓍虽神草，安能踊跃乎？孔鹤兮回翔。畏怖罗网，升青云也。鹤，一作鹄。抚槛兮远望，登楼伏楯，观楚郢也。念君兮不忘。思慕怀王，结中情也。不，一作弗。怫郁兮莫陈，忠言蕴积，不列听也。莫，一作弗。陈，一作敶。《补》曰：怫，音佛。永怀兮内伤。长思切切，中心痛也。

匡机

天门兮墬户，金闱玉闺，君之舍也。墬，一作墜，一作地。孰由兮贤者？谁当涉履英俊路也。无正兮溷厕，邪佞杂乱，来并居也。

怀德兮何睹？忠信之士不见用也。假寐兮愍斯，衣冠而寝，自怜伤也。不脱冠带而卧曰假寐。《诗》云：假寐永叹。愍，一作愍。谁可与兮寤语？众人愚暗，谁与谋也。一无“与”字。痛凤兮远逝，仁智之士，遁世去也。畜鴳兮近处。畜养佞谀而亲附也。鴳，《释文》作鷃。《补》曰：鷃，音晏，雇也。鲸鱏兮幽潜，大贤隐匿，窜林薮也。鱏，一作鳣。《补》曰：鲸，音勍，海大鱼也。鱏，音寻。鳣，音善，皮可为鼓。从虾兮游陼。小人并进，在朝廷也。鲸鱏，大鱼也。虾，小鱼也。陼，一作渚。《补》曰：虾，《释文》音遐，《说文》云：虾，蟆也。一曰虾虫与水母游。乘虬兮登阳，意欲驾龙而升云也。载象兮上行。遂骑神兽，用登天也。神象白身赤头，有翼能飞也。《补》曰：行，胡冈切，叶韵。朝发兮葱岭，旦发西极之高山也。《补》曰：《后汉书》云：西至葱岭。注云：葱岭，山名，其山高大，生葱，故名。夕至兮明光。暮宿东极之丹峦也。北饮兮飞泉，吮嗽天液之浮源也。《补》曰：张揖云：飞泉在昆仑西南。南采兮芝英。咀嚼灵草，以延年也。宣游兮列宿，遍历六合，视众星也。《补》曰：《文选》云：将北度而宣游。宣，遍也。顺极兮彷徉。周绕北辰，观天庭也。红采兮骍衣，婆娑五采，芬华英也。古本：虹采兮霓衣。《补》曰：骍，思营切，赤色。翠缥兮为裳。衣色瑰玮，耀青葱也。《补》曰：缥，匹沼切，帛青白色。舒佩兮綝纚，缓带徐步，五玉鸣也。一本“舒”下有“余”字。《补》曰：綝，林、森二音。纚，力知、所宜二切。衣裳毛羽垂貌。竦余剑兮干将。握我宝剑，立延颈也。《补》曰：张揖云：干将，韩王剑师也。《博物志》：干将阳龟文，莫耶阴漫理，此二剑吴王使干将作之。莫耶，干将妻也。夫妇善作剑。腾蛇兮后从，神虵侍从，慕仁贤也。腾，一作滕。一云从后。《补》曰：《荀子》云：螣蛇无足而飞。《文子》曰：腾蛇无足而腾。郭璞云：螣，龙类，能兴云雾而游其中。飞駏兮步旁。駏驉奋飞，承毂轮也。《补》曰：駏，音巨。《淮南》

云：北方有兽，其名曰蹶，常为蛩蛩岠虚取甘草，蹶有患，蛩蛩岠虚必负而走。郭璞曰：邛邛似马而青。《穆天子传》：邛邛距虚，日走五百里。微观兮玄圃，上睨帝圃，见天园也。览察兮瑶光。观视斗柄与玉衡也。瑶，一作摇。《补》曰：《淮南》云：瑶光者，资粮万物者也。注云：瑶光，北斗杓第七星也，居中而运，历指十二辰，擿起阴阳，以杀生万物者也。启匮兮探筴，发匣引筹，考禄相也。筴，《释文》作箣。悲命兮相当。不获富贵，值流放也。相，一作所。纫蕙兮永辞，结草为誓，长诀行也。《补》曰：纫，女巾切。将离兮所思。背去九族，远怀王也。浮云兮容与，天气滃溶，乍东西也。道余兮何之？来迎导我，难随从也。远望兮仟眠，遥视楚国，暗未明也。一作芊瞑，一作晦昏。《补》曰：《集韵》云：阡瞑，遥视。闻雷兮阗阗。君好妄怒，威武盛也。《补》曰：阗，音田。阴忧兮感余，内愁郁伊，害我性也。忧，一作愁。惆怅兮自怜。怅然失志，嗟厥命也。

通路

林不容兮鸣蜩，国不养民，贤宜退也。余何留兮中州？我去诸夏，将远逝也。陶嘉月兮緫驾，嘉及吉时，驱乘驷也。緫，一作揔，一作驱。搴玉英兮自脩。采取琼华，自脩饰也。脩，一作修。结荣茝兮逶逝，束草陈信，遂奔迈也。逶，一作远。将去烝兮远游。违离于君，之四裔也。《尔雅》曰：林烝君也。或曰：烝，进也。言去日进而远也。径岱土兮魏阙，行出北荒，山高桀也。阙，一作国。《补》曰：岱，泰山也。注云"北荒"，疑"岱"本"代"字。《春秋传》曰：魏，大名也。一曰象魏，阙名。许慎云：巍巍高大，故曰魏阙。历九曲兮牵牛。过观列宿，九天际也。《补》曰：《尔雅》：河鼓谓之牵牛。聊假日兮相佯，且徐游戏，颏年岁也。颏，一作消。相，一作徜。《释文》作徜，音祥。遗光耀兮周流。敷扬荣华，垂显烈也。望太一兮淹息，观天贵将止沉滞也。纡余辔兮自休。缓我马勒，留寝寐也。晞白日兮皎皎，天精光明而照察也。晞，一作睎。皎，一作晈。《补》曰：晞，明之始升也。睎，望也。弥远路兮悠悠。周望八极，究地外也。顾列孛兮缥缥，邪视彗星，光瞥瞥也。《补》曰：孛，薄没切。缥，匹妙切。观幽云兮陈浮。山气滃郁而罗列也。陈，一作敶。巨宝迁兮砏磤，太岁转移，声磕硠也。《补》曰：砏，普贫、披班二切。磤，音殷，又於谨切，石声。雉咸雊兮相求。飞鸟惊鸣，雌雄合也。《补》曰：雊，音遘。《前汉·郊祀志》云：秦文公获若石云，于陈仓北阪城祠之。其神或岁不至，或岁数来也。常以夜，光辉若流星，从东方来，集于祠城，若雄雉，其声殷殷，云野鸡夜鸣。以一牢祠之，名曰陈宝。又曰：汉兴，世世常来，光色赤黄，长四五丈，直祠而息，音声砰隐，野鸡皆雊。此阳气旧祠也。注云：陈宝若来而有声，则野鸡皆鸣以应之。又扬雄《校猎赋》云：追天宝，出一方，应骈声，击流光。野尽山穷，囊括其雌雄。注云：天宝，陈宝也。陈宝神来下时，骈然有声，又有光精也。下时穷极山川天地之间，然后得其雌雄。雄在陈仓，雌在南阳，故云野尽山穷也。泱莽莽兮究志，周望率土，远广大也。《补》曰：泱，於朗切。惧吾心兮脩脩。惟我忧思，意愁毒也。《补》曰：脩，忧也，音俦。步余马兮飞柱，徘徊神山，且休息也。览可与兮匹俦。历观群英，求妃合也。二人为匹，四人为俦。俦，一作畴。一云：一人为匹。卒莫有兮纤介，众皆邪佞，无忠直也。永余思兮怞怞。愁心长虑，忧无极也。《补》曰：怞，忧貌，音由。

危俊

世溷兮冥昏，时君暗蔽，臣贪佞也。一云：世溷浊兮。违君兮归真。将去怀王，就仁贤也。一云：臣违君兮。乘龙兮偃蹇，骖驾神兽，挐纷纭也。高回翔兮上臻。行戏遨游，遂至天也。回，一作迴。袭英衣兮缇䌌，重我绛袍，采色鲜也。袭，一作龙。《补》曰：缇，音提。䌌，音习。《集韵》缇，赤色。䌌，缠衣也。七入切，又首妾。披华裳兮芳芬。徐曳文衣，动馨香也。《诗》曰：婆娑其下。登羊角兮扶舆，升彼高山，徐顾睨也。舆，一作与。《补》曰：《庄子》：抟扶摇羊角而上者九万里。疏云：旋风曲戾，犹如羊角。《音义》云：风曲上行曰羊角。相如赋云：扶舆猗靡。《史记》注云：郭璞曰：《淮南》所谓曾折摩地，扶舆猗委也。按今《淮南子》云：曾挠摩地，扶于猗那。浮云漠兮自娱。乘云歌吟而游戏也。或曰：浮云汉。汉，天河也。握神精兮雍容，握持神明，动容仪也。一云握精明，一云接精神，一云按神明，一云按精明。雍，一作廱。与神人兮相胥。留待松、乔，与伴偭也。流星坠兮成雨，阴精并降，如堕雨也。《补》曰：《春秋》：夜中星陨如雨。《公羊》曰：如雨者，状似雨。进瞵盼兮上丘墟。天旦欲明，至山溪也。进，一作集。古本无"上"字。《补》曰：瞵，力辰切，视貌。盼，普苋切。览旧邦兮滃郁，下见楚国之乱危也。览，一作临。《补》曰：滃，邬孔切，云气起也。余安能兮久居！将背旧乡，之九夷也。志怀逝兮心㥬栗，心中欲去，内伤悲也。一无"㥬"字。《补》曰：㥬，音留。㥬栗，忧貌。纡余辔兮踌躇。缓我马勒，而低佪也。一云情踌躇。闻素女兮微歌，神仙讴吟，声依违也。听王后兮吹竽。伏妃作乐，百虫至也。魂凄怆兮感哀，精神惆怅，而思归也。肠回回兮盘纡。意中毒闷，心纡屈也。回，一作迴。抚余佩兮缤纷，持我玉带，相纠结也。高太息兮自怜。长叹伤己远放弃也。使祝融兮先行，俾南方神开轨辙也。令昭明兮开门。炎神前驱，关梁发也。驰六蛟兮上征，乘龙直驱，升阊阖也。竦余驾兮入冥。遂驰我车，上寥廓也。历九州兮索合，周遍天下，求双匹也。索，一作寡。谁可与兮终生？莫足与友，为亲密也。忽反顾兮西囿，见彼陇蜀，道阻厄也。睹轸丘兮崎倾，山陵嵚岑，难涉历也。轸丘，一作丘陵。《补》曰：轸丘，犹《九章》言轸石也。崎，音欹。横垂涕兮泫流，悲思念国，泣双下也。《补》曰：泫，胡犬切，涕流貌。悲余后兮失灵。哀惜我后，违天法也。

昭世

季春兮阳阳，三月温和，气清明也。列草兮成行。百卉垂条，吐荣华也。余悲兮兰生，哀彼香草，独陨零也。生，一作萃，一作悴。委积兮从横。枝条摧折，伤根茎也。江离兮遗捐，忠正之士，弃山林也。辛夷兮挤臧。仁智之士，抑沉没也。臧，一作将。《补》曰：挤，子鸡切，排也。臧，音藏，匿也。伊思兮往古，惟念前世诸贤俊也。亦多兮遭殃。仁义遇罚，祸及身也。遭，一作逢。伍胥兮浮江，吴王弃之于江滨也。屈子兮沉湘。怀沙负石，赴汨渊也。运余兮念兹，转思念此，志烦冤也。心内兮怀伤。肠中恻痛，摧肝肺也。望淮兮沛沛，临水恐栗，畏祸患也。一云渊沛沛。《补》曰：沛，普贝切。滨流兮则逝。意欲随水而隐遁也。榜舫兮下流，乘舟顺水，游海滨也。榜舫，一作榜艕，一作榜舡，一作搒艕，一作搒舫。《补》曰：榜，音谤，进船也，舫，音方，并船也。艕，补孟切，船也。东坡本作榜舫。《释文》榜作搒。搒，取也。东注兮磕磕。涛波踊跃，多险难也。磕，一作礚。《释文》作磕。《补》曰：并苦盖切，石声。蛟龙兮导引，虬螭水禽驰在前也。又作文蛇在前也。一云：蛟龙沃兮。文鱼兮上濑。巨鳞扶己渡涌湍也。文，一作大。抽蒲兮陈坐，拔草为席，处薄单也。援芙蕖兮为盖。引取荷华以覆身也。一云：援英兮为盖。一云：拔英。水跃兮余旌，风波动我，摇旗幡也。旌，一作旍。继以兮微蔡。续以草芥入已船也。以，一作目。《补》曰：蔡，草也。云旗兮电骛，遂乘风电，驱横奔也。倏忽兮容裔。往来亟疾，若鬼神也。《补》曰：倏，音叔。河伯兮开门，水君俟望，开府寺也。迎余兮欢欣。喜笑迎己，爱我善也。顾念兮旧都，还视楚国，思郢城也。怀恨兮艰难。抱念恚恨，常欲还也。窃哀兮浮萍，自比如蘋，生水濒也。萍，一作蓱。汎淫兮无根。随水浮游，乍东西也。一作沉淫，一作汎摇。《补》曰：滛，当作淫，旧音羊瞻切。巴东有淫预石。通作滟。又相如赋云：汎淫泛滥。汎，音冯，浮也。一读作泛滟，一读作冯淫，皆通。汎，一作沉。淫，一作摇。皆非是。

尊嘉

秋风兮萧萧，阴气用事，天政急也。舒芳兮振条。动摇百草，使芳熟也。微霜兮眇眇，霜凝微薄，寒深酷也。病殀兮鸣蜩。飞蝉卷曲而寂默也。玄鸟兮辞归，燕将入海，化为蛤也。飞翔兮灵丘。悲鸣神山，奋羽翼也。望溪兮滃郁，川谷吐气，云暗昧也。熊罴兮呴嗥。猛兽应秋，将害贼也。呴，一作㖃。《补》曰：呴，音吼，一音雊，一音乌角切。嗥，胡刀切。唐虞兮不存，尧、舜已过，难追逐也。何故兮久留？宜更求君，之他国也。临渊兮汪洋，瞻望大川，广无极也。《补》曰：汪洋、晃养二音。顾林兮忽荒。回视乔木，与山薄也。《补》曰：荒，火晃切。修余兮袿衣，整我衫裳，自结束也。修，一作脩。《补》曰：袿，音圭。《广雅》：袿，长襦也。《释名》：妇人上服曰袿，其下垂者上广下狭，如刀圭。骑霓兮南上。托乘赤霄，登张翼也。《补》曰：上，一音常。乘云兮回回，载气溶溶，意中恶也。椉，一作乘。亹亹兮自强。稍稍升进，遂自力也。强，一作彊。将息兮兰皋，且欲中休，止方泽也。失志兮悠悠。从高视下，目眩惑也。悠悠，一作调调。莍蕴兮霉黧，愁思蓄积，面垢黑也。莍，一作纷。《补》曰：莍，音坟。

蕴，於云切。蒶蕴，蕴积也。霉，音眉，物中久雨青黑。一曰败也。黧，怜题切，黑黄。思君兮无聊，想念怀王，忘寝食也。《补》曰：聊，音留。身去兮意存，体远情近，在胸臆也。存，一作在。怆恨兮怀愁。心中忧恨，内凄恻也。

蓄英

登九灵兮游神，想登九天，放精神也。神，一作精。静女歌兮微晨。神女夜吟，声激清也。悲皇丘兮积葛，皇，美。《释文》丘作北。众体错兮交纷。言己见美大之丘，葛草缘之而生，交错茂盛，人不异而采取，则不成絺绤也。以言楚国士民众多，君不异而举用，则不知其有德也。贞枝抑兮枯槁，贞，正。枉车登兮庆云。庆云，喻尊显也。言葛有正直之枝，抑弃枯槁而不见采。枉壤恶者，满车升进，反见珍重，御尊显也。以言贞正之人，弃于山野，佞曲之臣，升于显朝。枉，一作桂。登，一作升。《补》曰：《汉·天文志》：若烟非烟，若云非云，郁郁纷纷，萧索轮囷，是谓庆云。感余志兮惨栗，动踊我心，如析割也。惨，一作憀。《补》曰：憀，力周、力雕二切。心怆怆兮自怜。意中切伤，忧悲楚也。一云：心悲兮。驾玄螭兮北征，将乘山神而奔走也。曏吾路兮葱岭。欲逾高山，度阻险也。路，一作道。葱，一作蔥。《补》曰：曏，属也，音向。连五宿兮建旄，系续列星，为旗旐也。《补》曰：宿音秀。扬氛气兮为旌。举布霾雾，作旗表也。氛，一作雰。旌，一作旍。历广漠兮驰骛，径过长沙，驰驷马也。览中国兮冥冥。顾视诸夏，尚昧晦也。玄武步兮水母，天龟水神侍送余也。天，一作大。与吾期兮南荣。与己为誓，会炎野也。南方冬温，草木常茂，故曰南荣。登华盖兮乘阳，上攀北斗，蹑房星也。乘，一作棄。《补》曰：《大象赋》云：华盖于是乎临映。注云：华盖七星，其柢九星，合十六星，如盖状，在紫微宫中，临勾陈上，以荫帝坐。聊逍遥兮播光。且徐游戏，布文采也。抽库娄兮酌醴，引持二星以斟酒也。《补》曰：《大象赋》注云：库楼十星，五柱十五星，衡四星，合二十九星，在角南。《晋·天文志》云：库楼十星，六大星为库，南四星为楼。按库楼形似酌酒之器，故云。王逸误以天库及二十八宿之娄以为库娄耳。援瓟瓜兮接粻。啖食神果，志猒饱也。瓟，一作匏。粻，一作粮。《补》曰：《大象赋》云：瓟瓜荐果于震闺。注云：五星在离珠北，天子之果园，占大光润则岁丰，不尔则瓜果之实不登。《洛神赋》云：叹匏瓜之无匹。注引《史记》曰：四星在危南。瓟瓜，天官星占曰：瓟瓜一名天鸡，在河鼓东。毕休息兮远逝，周遍留止而复去也。发玉轫兮西行。引支车木，遂驱驰也。《补》曰：行，胡冈切。惟时俗兮疾正，弗可久兮此方。世憎忠信，爱谄谀也。此，一作北。寤辟摽兮永思，心常长愁，拊心踊也。辟，拊心貌也。辟，一作擗。《补》曰：《诗》云：寤辟有摽。注云：辟，拊心也。摽，婢小切，击也。张景阳《七命》云：茕嫠为之擗摽。擗，避辟切。摽，避棹切，惊心也。心怫郁兮内伤。忧思积结，肝腑烂也。《补》曰：怫，音佛。

思忠

览杳杳兮世惟，观楚泥浊，俗愚蔽也。惟，一作维。《补》曰：惟，谋也。余惆怅兮何归？罔然失志，无依附也。伤时俗兮溷乱，哀愍当世，众贪暴也。将奋翼兮高飞。振翅翱翔，绝尘埃也。驾八龙兮连蜷，乘虬翱翔，见容貌也。蜷，一作踡。《补》曰：并音权。建虹旌兮威夷。树螮蝀旗，纷光耀也。旌，一作旍。观中宇兮浩浩，大哉天下，难遍照也。纷翼翼兮上跻。盛气振迅，升天衢也。浮溺水兮舒光，遂渡沉流，扬精华也。溺，与弱同。淹低佪兮京沶。且留水侧，息河洲也。水中可居为洲，小洲为渚，小渚为沶。京沶，即高洲也。一作祇徊。低，一作徘。京，一作洲。一注云：小渚为涛，小涛曰沶。《补》曰：京，人所为绝高丘也。一曰大也。沶，直尸切。涛与沚同。屯余车兮索友，住我之驾，求松、乔也。《补》曰：索，所革切。觏皇公兮问师。遂见天帝，咨秘要也。觏，一作睹。道莫贵兮归真，执守无为，修朴素也。贵，一作遗。羡余术兮可夷。念己道艺，可悦乐也。《诗》云：既见君子，我心则夷。夷，喜也。吾乃逝兮南娭，往之太阳，游九野也。逝，一作游。《补》曰：娭，音熙。《大人赋》云：吾欲往乎南娭。道幽路兮九疑。涉历深山，过舜墓也。疑，一作嶷。越炎火兮万里，积热弥天，不可处也。处，一作渡。过万首兮嶷嶷。见海中山数万头也。海中山石，嶷嶷岳岳，万首交跱也。万首，一作千首。嶷嶷，一作旎旎。一注云：万首，海中山名。《补》曰：嶷，音拟，又鱼力切。济江海兮蝉蜕，遂渡大水，解形体也。《补》曰：《淮南》云：蝉饮而不食，三十日而蜕。绝北梁兮永辞。超过海津，长诀去也。辞，一作词。《补》曰：江淹《别赋》用此语。浮云郁兮昼昏，楚国溃乱，气未除也。霾土忽兮塺塺。风俗尘浊，不可居也。塺，一作梅。《补》曰：霾，音埋。塺，音梅，尘也。息阳城兮广夏，遂止炎野大屋庐也。衰色罔兮中怠。志欲懈倦，身罢劳也。色，一作气。《补》曰：怠，有胎音。意晓阳兮燎寤，心中燎明，内自觉也。燎，一作半。《释文》作憭。《补》曰：憭，音了。乃自诊兮在兹，徐自省视至此处也。诊，一作眎。在，一作存。自诊，一作息轸，恐非。《补》曰：诊，视也，当作诊。思尧舜兮袭兴，喜慕二圣，相继代也。幸咎繇兮获谋。冀遇虞舜，与议道也。悲九州兮靡君，伤今天下无圣主也。抚轼叹兮作诗。伏车浩叹，作风雅也。

陶壅

悲哉于嗟兮，愁思愤懑，长叹息也。心内切磋。意中激感，肠痛恻也。款冬而生兮，物叩盛阴，不滋育也。《补》曰：款，叩也。凋彼叶柯。伤害根茎，枝卷曲也。瓦砾进宝兮，佞伪愚戆侍帷幄也。捐弃随和。贞良君子，弃山泽也。《补》曰：隋侯之珠，和氏之璧。铅刀厉御兮，顽嚚之徒，任政职也。顿弃太阿，明智忠贤，放斥逐也。《补》曰：顿，音钝，不利也。骥垂两耳兮，雄俊佯愚，闭口目也。《补》曰：贾谊赋云：骥垂两耳，服盐车兮。中坂蹉跎。众无知己，不尽力也。《补》曰：坂，音反。《说文》：坡者曰阪，一曰泽障，一曰山胁也。蹉跎，失足。蹇驴服驾兮，驽钝之徒，为辅翼也。服，一作般。《释文》作舨。《补》曰：般、舨，并与服同。无用日多。僮蒙并进，填满国也。修洁处幽兮，执履清白，居陋侧也。贵宠沙劘。权右大夫，佯不识也。《补》曰：沙，苏何切，摩抄也。劘，音磨，削也。凤皇不翔兮，贤智隐处，深藏匿也。鹑鷃飞扬。小人得志，作威福也。乘虹骖霓兮，托驾神气而远征也。载云变化。升高去俗，易形貌也。《补》曰：化，音花。曹子建《橘赋》化与家同韵。鷦鵬开路兮，仁士智鸟，导在前也。一作焦明。《补》曰：《博雅》：鷦鵬，凤也。音明。《扬子》：鷦明冲天，不在六翮乎？后属青蛇，介虫之长，卫恶奸也。属，一作厉。步骤桂林兮，驰逐正道，德香芬也。超骧卷阿。腾越曲阜，过厄难也。《补》曰：卷，曲也，音拳。丘陵翔儛兮，山丘踊跃而欢喜也。儛，一作舞。《补》曰：翔舞，亦丘陵之势也。溪谷悲歌。川渎作乐，进五音也。《补》曰：悲歌，亦谓水声。神章灵篇兮，河图洛书，纬谶文也。纬，一作经。赴曲相和。宫商并会，应琴瑟也。余私娱兹兮，我诚乐此，发中心也。娱，一作乐。孰哉复加。天下欢悦，莫如今也。还顾世俗兮，回视楚国及众民也。坏败罔罗。废弃仁义，修谄谀也。罔，一作网。卷佩将逝兮，祛衣束带，将横奔也。涕流滂沲。思君念国，泣沾衿也。流，一作泗。

株昭一本篇目在“乱曰”之后。

乱曰：皇门开兮王门启辟，路四通也。一云皇开门兮。照下土，镜览幽冥，见万方也。株秽除兮邪恶已消，远逃亡也。株，一作珠。兰芷睹。俊乂英雄，在朝堂也。四佞放兮驩、共、苗、鲧，窜四荒也。后得禹，乃获文命，治江河也。圣舜摄兮重华秉政，执纪纲也。舜，一作䑞。昭尧绪，著明唐业，致时雍也。孰能若兮谁能知人，如唐虞也。愿为辅。思竭忠信，备股肱也。

楚辞卷第十六

九叹章句第十六

逢纷

离世 一作《灵怀》，与诸本异。又以《怨思》为《离世》，《远逝》为《怨思》，移《远游》在第五，皆非是。

怨思 思，一作世。

远逝 逝，一作游。

惜贤

忧苦

愍命 愍，一作闵。命，一作念。

思古

远游 游，一作逝。

《九叹》者，护左都水使者光禄大夫刘向之所作也。向以博古敏达，典校经书，辩章旧文，辩，一作辨。追念屈原忠信之节，故作《九叹》。叹者，伤也，息也。言屈原放在山泽，犹伤念君，叹息无已，所谓谗贤以辅志，骋词以曜德者也。谗，一作赞。辅，一作铺。曜，一作燿。

伊伯庸之末胄兮，胄，后也。《左氏传》曰：戎子驹支，四岳之裔胄也。谅皇直之屈原。谅，信也。《论语》曰：君子贞而不谅。言屈原承伯庸之后，信有忠直美德，甚于众人也。直，一作贞。云余肇祖于高阳兮，惟楚怀之婵连。婵连，族亲也。言屈原与怀王俱颛顼之孙，有婵连之族亲，恩深而义笃也。婵，一作婵。《补》曰：婵连，犹牵连也。原生受命于贞节兮，鸿永路有嘉名。鸿，大也。永，长也。路，道也。言屈原受阴阳之正气，体合大道，故长有美善之名也。有，一作以。齐名字于天地兮，谓名平、字原也。并光明于列星。谓心达道要，又文采光耀，若天有列星也。《补》曰：《九章》云：与日月兮齐光。吸精粹而吐氛浊兮，氛，恶气也。《左氏传》曰：楚氛甚恶。言己吸天地清明之气，而吐其尘浊，内洁净也。横邪世而不取容。言己体清洁之行，在横邪贪枉之世，而不能自容入于众也。一无“取”字。行叩诚而不阿兮，叩，击也。阿，曲也。叩，一作切。遂见排而逢谗。言己心不容非，以好叩击人之过，故遂为谗佞所排逐也。后听虚而黜实兮，黜，贬也。实，诚也。不吾理而顺情。言君听谗佞虚言，以贬忠诚之实，不理我言，而顺邪伪之情，故见放流也。肠愤悁而含怒兮，《补》曰：悁，乌玄切，忿也。志迁蹇而左倾。言己执忠诚而见贬黜，肠中愤懑，悁悒而怒，则志意迁移，左倾而去也。一云：志徙倚而左倾。心戃慌其不我与兮，戃慌，无思虑貌。慌，一作恍。其，一作而。《补》曰：戃慌，失意。上坦朗、下呼晃切。躬速速其不吾亲。速速，不亲附貌也。言君心戃慌而无思虑，不肯与我谋议，用志速速，不与己相亲附也。其，一作而。辞灵修而陨志兮，陨，堕也。《易》曰：有陨自天也。辞，一作词。志，一作意。吟泽畔之江滨。畔，界也。滨，涯也。言己与怀王辞诀，志意堕落，长吟江泽之涯而已。椒桂罗以颠覆兮，颠，顿也。覆，仆也。有竭信而归诚。言己见先贤，若椒桂之人以被祸，其身颠仆，然犹竭信归诚，而志不惧也。谗夫蔼蔼而漫著兮，蔼蔼，盛多貌也。《诗》云：蔼蔼王多吉士。漫，污也。一无“夫”字。漫，一作㬅。注云：㬅，污也。曼污以自著。曷其不舒予情。曷，何也。言谗人相聚，蔼蔼而盛，欲漫污人以自著明，君何不舒我忠情以诘责之乎？

始结言于庙堂兮，结，犹联也。庙者，先祖之所居也。言人君为政举事，必告于宗庙，议之于明堂也。信中塗而叛之。塗，道也。叛，背也。言君始尝与己结议连谋于明堂之上，今信用谗言，中道而更背我也。塗，一作涂。怀兰蕙与衡芷兮，衡，一作蘅。行中壄而散之。言己怀忠信之德，执芬香之志，远行中野，散而弃之，伤不见用也。壄，一作野。声哀哀而怀高丘兮，心愁愁而思旧邦。言己放斥山野，发声而吟，其音哀哀，心愁思者，念高丘之山，想归故国也。愿承间而自恃兮，径淫曀而道壅。淫曀，暗昧也。《诗》云：不日有曀。言己思承君闲暇，心中自恃，冀得竭忠，而径路暗昧，遂以壅塞。《补》曰：间，一音谏，据注音闲。曀，於计切。壅，音雍。颜霉黧以沮败兮，黧，黑也。沮，坏也。黧，《释文》作藜。《补》曰：霉，音眉。沮，音咀。精越裂而衰耄。越，去也。裂，分也。耆，老也。言己欲进不得，中心忧愁，颜色黧黑，面目坏败，精神越去，气力衰老也。裳襜襜而含风兮，襜襜，摇貌。《补》曰：襜，蚩占切，衣动貌。衣纳纳而掩露。纳纳，濡湿貌也。上曰衣，下曰裳。言己放行山野，下裳襜襜而含疾风，上衣濡湿而掩霜露，单行独处，身苦寒也。《补》曰：《说文》云：纳，丝湿纳纳也。赴江湘之湍流兮，顺波凑而下降。凑，聚也。言己乘船赴江、湘之疾流，顺聚波而下行，身危殆也。一云：赴江湘而横流。《补》曰：凑，千候切。降，下也，乎攻切。徐徘徊于山阿兮，阿，曲隅也。徘，一作低。飘风来之汹汹。汹汹，喧声也。言己至于山之隈曲，且徐徘徊，冀想君命。飘风卒至，复闻谗佞汹汹，欲来害己也。汹，一作匈。《补》曰：

汹，音凶，水势。驰余车兮玄石，玄石，山名。步余马兮洞庭。洞庭，水名。《补》曰：谓洞庭之山。平明发兮苍梧，夕投宿兮石城。石城，山名也。言己动履大水，宿止名山，用志清洁且坚固也。芙蓉盖而蓤华车兮，盖，一作荔。《补》曰：蓤，与蔆同，花黄白色。紫贝阙而玉堂。紫贝，水虫名。《援神契》曰：江水出大贝也。一云：白玉堂。薜荔饰而陆离荐兮，陆离，美玉也。荐，卧席也。饰，一作饬。荐，古作虋。鱼鳞衣而白霓裳。鱼鳞衣，杂五彩为衣，如鳞文也。言所居清洁，被服芬芳，德体如玉，文彩耀明也。登逢龙而下陨兮，逢龙，山名。逢，一作逄，古本作蓬。《补》曰：逢，符容切。逄，皮江切。违故都之漫漫。言己登逢龙之山，而遂下顾，去楚国之辽远也。漫，一作曼。《补》曰：漫，莫半切。思南郢之旧俗兮，肠一夕而九运。言己思念郢都邑里故俗，肠中愁悴，一夕九转，欲还归也。扬流波之潢潢兮，潢潢，大貌。《补》曰：潢，音晃，水深广貌。体溶溶而东回。溶溶，波貌也。言己随流而行，水盛广大，波高溶溶，将东入于海也。心怊怅以永思兮，意晻晻而日颓。言己将至于海，心中怊恨而长思，意晻晻而稍下，恐不复还也。日，一作自。颓，一作隤。《补》曰：晻，乌感切。颓，下坠也，与隤同。白露纷以涂涂兮，涂涂，厚貌。一云纷纷。秋风浏以萧萧。浏，风疾貌也。言四时欲尽，白露已降，秋风急疾，年岁且老，愁忧思也。一云浏浏。《补》曰：浏，音流。身永流而不还兮，魂长逝而常愁。言己身随水长流，不复旋反，则魂魄遂去，常愁念楚国也。䰟，一作魂。

叹曰：譬彼流水，纷扬磕兮。磕，一作礚。《补》曰：并丘盖切，石声。波逢汹涌，濆滂沛兮。水性清洁平正，顺而不争，故以喻屈原也。言水逢风纷乱，扬波滂沛，失其本性，以言屈原志行清白，遭逢贪佞，被放逐，亦失其本志也。濆，一作纷。《补》曰：汹，诩拱切。汹涌，水声。渍，扶刎、扶文二切，涌也。揄扬涤荡，漂流陨往，触崟石兮。崟，锐也。言风揄扬，水流陨往，触锐利之石，使之危殆，以言谗人亦扬己过，使得罪罚也。崟，一作岑。《补》曰：岑，钼簪切，山小而锐。龙邛脟圈，缭戾宛转，阻相薄兮。言水得风则龙邛缭戾，与险阻相薄，不得顺其流性也。以言忠臣逢谗人，亦匡攘惶遽而窜伏也。脟，一作纶。《补》曰：脟，音脔。圈，惧免切。缭，音了。戾，力结切，曲也。遭纷逢凶，蹇离尤兮。言己遭逢纷浊之世，而遇百凶，以蹇蹇之故，遂以得过也。尤，一作邮。垂文扬采，遗将来兮。言己虽不得施行道德，将垂典雅之文，扬美藻之采，以遗将来贤君，使知己志也。

逢纷

灵怀其不吾知兮，灵怀其不吾闻。言怀王暗惑，不知我之忠诚，不闻我之清白，反用谗言而放逐己也。就灵怀之皇祖兮，诉灵怀之鬼神。言己所言忠正而不见信，愿就怀王先祖告语其冤，使照己心也。鬼神明察，故欲诉之以自证明也。灵怀曾不吾与兮，与，一作知。即听夫人之谀辞。言怀王之心，曾不与我合，又听谗谀之言，以过怒己也。即，一作恻。夫，一作谗。一云夫谗人。《补》曰：即，就也。余辞上参于天墜兮，旁引之于四时。言己所言上参之于天，下合之于地，旁引四时之神，以为符验也。一无“辞”字。墜，一作壂。一无“之”字。指日月使延照兮，延，长也。照，知也。抚招摇以质正。招摇，北斗杓星也。斗主建天时。言己上指语日月，使长视己之志，抚北斗之杓柄，使质正我之志，动告神明以自征验也。以，一作使。《补》曰：《礼记》：招摇在上。注云：在北斗杓间指时者。《隋志》云：招摇一星，在北斗杓间。立师旷俾端词兮，师旷，圣人也，字子野，生无目而善听，当晋平公时。端，正也。命咎繇使并听。言己之言信而有征，诚可据行，愿立师旷使正其词，令咎繇并而听之。二圣聪明，长于人情，知真伪之心也。**兆出名曰正则兮，卦发字曰灵均。**言已生有形兆，伯庸名我为正则以法天。筮而卜之，卦得坤，字我曰灵均以法地也。《补》曰：兆，龟拆兆也。**余幼既有此鸿节兮，长愈固而弥纯。**言己幼少有大节度以应天地，长大修行而弥纯固也。鸿，一作洪。愈，一作逾，一作俞。《补》曰：俞，与愈同。**不从俗而诐行兮，**诐，犹倾也。《补》曰：诐，彼寄切。**直躬指而信志。**言己执履忠信，不能随从俗人，倾易其行，直身而言，以信己之志终不回移也。**不枉绳以追曲兮，屈情素以从事。**言己心正直，不能枉性以追曲俗，屈我素志以从众人而承事之也。**端余行其如玉兮，述皇舆之踵迹。**言思正我行，令之如玉，不匿瑕恶，以承述先王正治之法，继续其业而大之也。《补》曰：行，户更切。**羣阿容以晦光兮，**晦，冥也。光，明也。羣，一作群。**皇舆覆以幽辟。**幽辟，暗昧也。言群臣皆行枉曲，以蔽君之聪明，使楚国暗昧，将危覆也。《补》曰：辟，匹亦切。**舆中涂以回畔兮，驷马惊而横犇。**马以喻贤臣也。言君为无道，国人中道倍畔而去之。贤臣惊怖奔亡，争欲远也。犇，一作奔。**执组者不能制兮，**执组，犹织组也，织组者，动之于此，而成文于彼，善御者亦动之于手，而尽马力也。《诗》云：执辔如组。一无“能”字。《补》曰：组，绶属。《列女传》曰：《诗》云：执辔如组，两骖如舞。孔子曰：信若是诗，则可以治天下也。言执之于此，而成文于彼。**必折轭而摧辕。**言驷马惊奔，虽有执辔之御，犹不能制，必摧车轭而折其辕也。以言贤臣奔亡，使国荒乱而倾危也。《补》曰：轭，辕前也，於革切。辕，辀也。**断镳衔目驰骛兮，**镳，勒也。衔，饰口铁也。断，一作绝。目，一作以。《补》曰：镳，彼苗切。**暮去次而敢止。**暮，夜也。次，舍也。止，制也。言车败马奔，镳衔断绝，犹自驰骛，至于暮夜乃舍，无有制止之者也。以言人臣一去君，亦不复得拘留也。去，一作者。**路荡荡其**

无人兮，荡荡，平易貌也。《尚书》曰：王道荡荡。遂不御乎千里。御，禁也。言君国之道路荡荡，空无贤人，以不待遇之故，遂行千里远之他方也。

身衡陷而下沉兮，衡，横也。下沉，一作不行。不可获而复登。言己远去千里，身必横陷沉没，长不可复得登引而用之也。不顾身之卑贱兮，惜皇舆之不兴。言己远行千里，不敢顾念身之贫贱，欲慕高位也。惜君国失贤，道德不盛也。出国门而端指兮，冀壹寤而锡还。言己放出国门，正心直指，执履诚信，幸君觉寤，赐己以还命也。一本"冀"上有"方"字。锡，一作赐。哀仆夫之坎毒兮，坎，恨也。毒，恚也。坎，一作歁。《补》曰：歁，音坎，食不满也。屡离忧而逢患。屡，数也。言己不自念惜身之放逐，诚哀仆御之夫，坎然恚恨，以数逢忧患，无已时也。《补》曰：患，平声。九年之中不吾反兮，思彭咸之水游。言己放出九年，君不肯反我，中心愁思欲自沉于水，与彭咸俱游戏也。惜师延之浮渚兮，师延，殷纣之臣也，为纣作新声北里之乐。纣失天下，师延抱其乐器，自投濮水而死也。《补》曰：《史记》：卫灵公至于濮水之上，夜半闻鼓琴声，召师涓听而写之。乃之晋，见晋平公，令师涓援琴鼓之，师旷曰：此亡国之声，师延所作也，与纣为靡靡之乐。武王伐纣，师延东走，自投濮水之中。赴汨罗之长流。言己复贪慕师延自投于水，身浮渚涯，冀免于刑诛，故遂赴汨水长流而去也。遵江曲之逶移兮，逶移，长貌。一云：遵曲江之逶蛇。触石碕而衡游。言己愿循江水逶移而行，反触石碕而复横流，所为无可也。《补》曰：碕，曲岸，音祈。波澧澧而扬浇兮，澧澧，波声也。回波为浇也。澧，唐本作沣。《补》曰：浇，女教切，湍也。一曰水回波，见《集韵》。旧音叫。顺长濑之浊流。言己横流而行，水波澧澧，回而扬浇，邪引己船，则顺长濑之流，以避其难也。凌黄沱而下低兮，黄沱，江别名也，江别为沱也。沱，《释文》作滟。《补》曰：沱，唐何切，江别流出嶓山东，别为沱。低，脂市切。思还流而复反。言己浚乘黄沱，低船而下，将入于海，心思还水之流，冀幸复旋反也。还，一作远。玄舆驰而并集兮，玄者，水也。身容与而日远。言己以水为车，与船并驰而流，故身容与日以远也。棹舟杭以横沥兮，沥，渡也。由带以上为沥。杭，一作航。以，一作而。沥，一作厉。一注云：由膝以上为厉。《补》曰：沥，履石渡水。通作厉。滏湘流而南极。滏，亦渡也。言己乃棹船横行，南渡湘水，极其源流也。滏，一作济。而，一作于。《补》曰：滏，《集韵》作湓。立江界而长吟兮，愁哀哀而累息。言己还入大江之界，远望长吟，心中悲叹而太息，哀不遇也。界，一作介。累，一作絫。情慌忽以忘归兮，神浮游以高厉。言己心愁，情志慌忽，思归故乡，则精神浮游高厉而远行也。心蛩蛩而怀顾兮，蛩蛩，怀忧貌。心，一作志。《补》曰：蛩，音邛。魂眷眷而独逝。眷眷，顾貌。《诗》云：眷眷怀顾。言己心中蛩蛩，常怀大忧，内自顾哀，则魂神眷眷，独行无有还意也。眷，一作睠。《补》曰：睠，古倦切，顾也。

叹曰：余思旧邦，思，一作恖。心依违兮。日暮黄昏，羌幽悲兮。言我思念故国，心中依违，不能远去。日暮黄昏，无所归附，中心悲愁而忧思也。羌，一作嗟。去郢东迁，去，一作王。余谁慕兮？谗夫党旅，其以兹故兮。旅，众也。言己去郢东徙，我谁思慕而欲远去乎？诚以谗夫朋党众多之故而见放弃也。河水淫淫，情所愿兮。淫淫，流貌。顾瞻郢路，终不返兮。言河水淫淫，流行日远，诚我中心之所愿慕也。观视楚郢之道路，终不复还反，内自哀伤也。

离世

惟郁郁之忧毒兮，志坎壈而不违。坎壈，不遇貌也。言己放逐，心中郁郁，忧而愁毒，虽坎壈不遇，志不离于忠信也。《补》曰：壈，力感切。身憔悴而考旦兮，憔悴，忧貌也。考，犹终也。旦，明也。日黄昏而长悲。言己心忧憔悴，从夜终明，不能寝寐。日入黄昏，复涕泣而长悲也。闵空宇之孤子兮，宇，居也。无父曰孤。哀枯杨之冤雏。冤，烦冤也。生哺曰鷇，生啄曰雏。言己既放伤念，坐于空室之中，孤孑茕茕，东西无所依归，又悲哀飞鸟生雏，其身烦冤而不得出，在于枯杨之树，居危殆也。言己有孤子之忧，冤雏之危也。《补》曰：雏，祟初切。生噣，雏鸟子生而能自啄者。孤雌吟于高墉兮，墉，墙也。《易》曰：射隼于高墉之上。言冤雏之生，早失其雄，其母孤居，吟于高墙之上，将复遇害也。言己亦失其所居，在于林泽，居非其处，恐颠仆也。鸣鸠栖于桑榆。言鸠鸟轻佻巧利，乃栖于桑榆，居茂木之上，鼓翼而鸣，得其所也。以言谗佞弄口妄说，以居尊位，得志意也。玄猿失于潜林兮，独偏弃而远放。言玄猿材力捷敏，失于高深之林，则独偏遇放弃，忘其能也。以言贤人弃在山泽，亦失其志也。征夫劳于周行兮，行，道也。《诗》云：苕苕公子，行彼周道。处妇愤而长望。言征行之夫，罢劳周道，行役过时而不得归，则处妇愤懑，长望而思之也。以言己放在山泽之中，曾无思之也。申诚信而罔违兮，情素洁于纽帛。申，重也。罔，无也。纽，结束也。《易》曰：束帛戋戋。言己放弃，虽无有思之者，然犹重行诚信，无有违离，情志洁净，有如束帛也。一云情结素。《释文》：纽，女九切。《补》曰：纽，系也。一曰结而可解。或作纫，非是。光明齐于日月兮，文采耀于玉石。言己耳目聪明，如日月之光，无所不照。发文序词，烂然成章，如玉石有文采也。伤压次而不发兮，压，镇压也。次，失次也。压，一作厌。《释文》：於甲切。思沉抑而不扬。言己怀文、武之质，自伤压镇失次，不得发扬其美德，思虑沉抑而不得扬见也。芳懿懿而终败兮，懿懿，芳貌。名靡散而不彰。靡散，犹消灭也。言己有芬芳懿美之德，而放弃不用，身将终败，名字消灭，不得彰明于后世也。靡，一作縻。《补》曰：靡，音眉。

背玉门以犇骛兮，玉门，君门。犇，一作奔。蹇离尤而干诟。干，求也。言己背君门奔驰而去者，以己忠信之故，得过于众，而自求辱也。诟。一作询。《补》曰：并音苟，辱也。又许候、胡遘、丘候三切。若龙逄之沉首兮，《补》曰：逄，音庞。王子比干之逢醢。圣贤忠谏而见诛也。念社稷之几危兮，几，一作机。反为雠而见怨。言己念君信用谗佞，社稷几危，以故正言极谏，反为众臣所雠，而见怨恶也。思国家之离沮兮，躬获愆而结难。言己思念国家纲纪将以离坏，而竭忠言，身以得过，结为患难也。《补》曰：沮，将绪切。难，乃旦切。若青蝇之伪质兮，伪，犹变也。青蝇变白使黑，变黑成白，以喻谗佞。《诗》云：营营青蝇。晋骊姬之反情。言谗人若青蝇变转其语，以善为恶，若晋骊姬以申生之孝，反为悖逆也。恐登阶之逢殆兮，之，一作而。故退伏于末庭。末，远也。言己思欲登君阶陛，正言直谏，恐逢危殆，故复退身于远庭而窜伏也。孽臣之号咷兮，号咷，讙呼。臣，一作子。《补》曰：号，乎高切。咷，音逃。本朝芜而不治。言佞臣妖孽，委曲其声，相聚讙哗，君以迷惑，国将倾危，朝用芜秽而不治也。《补》曰：治，平声。扬恽曰：田彼南山，芜秽不治。犯颜色而触谏兮，反蒙辜而被疑。言己以犯君之颜色，触禁而谏，反蒙罪辜而被猜疑，不见信也。一无“色”字。谏，一作讳。菀蘼芜与菌若兮，菀，积。蘼，一作靡。《补》曰：菀，音郁。渐藁本于洿渎。洿渎，小沟也。洿，一作污。《补》曰：渐，子廉切。《荀子》云：兰茝槁本，渐于蜜醴，一佩易之。渐，浸也。《管子》云：五沃之上，五臭畴生，莲与蘪芜，藁本白芷。《本草》云：藁本，茎叶根味与芎？小别，以其根上苗下似禾稿，故名之。淹芳芷于腐井兮，淹，渍也。腐，臭也。弃鸡骇于筐簏。鸡骇，文犀也。筐簏，竹器也。言积渍众芳于污泥臭井之中，弃文犀之角，置于筐簏而不带佩，蔽其美质，失其性也。以言弃贤智之士于山林之中，亦失其志也。一作骇鸡。簏，《释文》作箓，音录。《补》曰：《集韵》并音鹿，竹高箧也。《战国策》：楚献鸡骇之犀、夜光之璧于秦。《援神契》云：神灵滋液，则犀骇鸡。宋衷曰：角有光，鸡见而骇也。《后汉》传大秦国有骇鸡犀。注引《抱朴子》云：通天犀有一理如缍者，以盛米，置群鸡中。鸡欲往啄米，至辄惊却，故南人名为骇鸡。执棠溪目剸蓬兮，棠溪，利剑也。剸，斫也。目，一作以。《补》曰：剸，断也，音拂。秉干将以割肉。干将，亦利剑也。利剑宜以为威，诛无状以征不服，今乃用斫蓬蒿、割熟肉，非其宜也。以言使贤者为仆隶之徒，非其宜也。《论语》曰：割鸡焉用牛刀。筐泽泻以豹鞹兮，筐，满也。泽泻，恶草也。鞹，革也。《论语》曰：虎豹之鞹。言取泽泻恶草盛于革囊，满而藏之，无益于用也。以言养育小人，置之高堂，亦无益于政治也。《补》曰：鞹，去毛皮也。《本草》：泽泻叶狭长，丛生浅水中，多食病人眼。破荆和以继筑。筑，大杵也。言破和氏之璧，以继筑杵而舂，败玉宝，失其好也。以言取贤人刑伤使执斯役，亦害忠良，失其宜也。时溷浊犹未清兮，时，一作旹。世殽乱犹未察。察，明也。言时世贪浊，善恶殽乱，尚未清明也。《补》曰：殽，一作淆，并乎交切，杂也。欲容与以俟时兮，时，一作旹，一作之。惧年岁之既晏。晏，晚也。言己欲游戏以待明君，恐年岁已晚，身衰老也。晏，一作旰。顾屈节以从流兮，心巩巩而不夷。巩巩，拘挛貌也。夷，悦也。言思屈己忠直之节，随俗流行，心中拘挛，仁义不舒，而志不悦乐。顾，一作愿。巩，一作蛩。《补》曰：巩，音拱，以韦束也。宁浮沅而驰骋兮，下江湘以邅迴。邅迴，运转也。言己不能随俗，宁浮身于沅水，驰骋而去，遂下湘江，运转而行也。以，一作而。

叹曰：山中槛槛，余伤怀兮。槛槛，车声也。《诗》云：大车槛槛。言己放去山中，车行槛槛，鸣有节度，自伤不遇，心愁思也。《补》曰：槛，音舰，上声。征夫皇皇，其孰依兮。皇皇，惶遽貌。言己惜征行之夫，心常惶遽，一身独处，无所依附也。征夫，一作征征。经营原野，杳冥冥兮。南北为经，东西为营。言己放行山野之中，但见草木杳冥，无有人民也。乘骐骋骥，舒吾情兮。言己愿欲乘骐骥，驰骋以求贤君，舒肆忠节，展我之情也。乘，一作椉。归骸旧邦，莫谁语兮。言己思念故乡，虽死欲归骸骨于楚国，无所告语，达己之心也。长辞远逝，乘湘去兮。言己欲归骸骨于楚国而众不知，故复长诀，乘水而欲远去也。辞，一作词。

怨思

志隐隐而郁佛兮，隐隐，忧也。《诗》云：忧心殷殷。一作隐隐。愁独哀而冤结。言己放流，心中隐隐而忧愁，思念佛郁，独自哀伤，执行忠信而被谗邪，冤结曾无解已也。一云愁独哀哀。肠纷纭以缭转兮，纷纭，乱貌也。缭，绕也。《补》曰：缭，音了。涕渐渐其若屑。渐渐，泣流貌也。言己忧愁，肠中回乱缭绕而转，涕泣交流，若碨屑之下，无绝时也。《补》曰：渐，侧衔切。情慨慨而长怀兮，慨慨，叹貌也。《诗》云：慨我寤叹。信上皇而质正。上皇，上帝也。言己中情愤懑，慨然长叹，欲自信理于上帝，使天正其意也。质，一作贞。《补》曰：信，音伸。正，平声，叶韵。合五岳与八灵兮，五岳，即五方之山也，王者巡狩考课政化之处也。东为泰山，西为华山，南为衡山，北为恒山，中央为嵩山。八灵，八方之神也。讯九魁与六神。讯，问也。《诗》云：执讯获丑。九魁，谓北斗九星也。言己忠直而不见信用，愿合五岳与八方之神，察己之志，上问九魁六宗之神，以照明之也。讯，一作谇。魁，一作魁。《补》曰：

讯，音信。谇，息醉切。魁，音祈，星名也。北斗七星，辅一星，在第六星旁。又招摇一星，在北斗杓端。指列宿以白情兮，诉五帝以置词。言己愿复指语二十八宿，以列己清白之情，告诉五方之帝，令受我词而听之也。置，一作宣。北斗为我折中兮，太一为余听之。折，一作质。《补》曰：折中，平也。中，音众。折，正也。言己乃复使北斗为我正其中和，太一之神听其善恶也。云服阴阳之正道兮，阳为仁也，阴为义也。御后土之中和。土色黄，其味甘，故言中和也。言群神劝我承天奉地，服循仁义，处中和之行，无有违离也。佩苍龙之蚴虬兮，蚴虬，龙貌。《补》曰：於纠、渠纠二切。带隐虹之逶虵。隐，大也。逶虵，长貌。《补》曰：虵，唐何切。曳彗星之皓旰兮，曳，引也。皓旰，光也。彗，一作篲。皓，一作皓。《补》曰：皓，下老切。旰，音汗。相如云：采色澔汗。抚朱爵与鵔鸃。朱爵、鵔鸃，皆神俊之鸟也。言己动以神物自喻，诸神劝我行当如苍龙，能屈能申；志当如大虹，能扬文采；精当若彗星，能耀光明；举当若鵔鸃，飞能冲天也。《补》曰：鵔鸃，浚仪二音。《释文》：鵔，音迅。师古云：鷩也，似山鸡而小。游清灵之飒戾兮，飒戾，清凉貌。灵，一作雾。服云衣之披披。披披，长貌也。言积德不止。乃上游清冥清凉之庭，被服云气而通神明也。服，一作艆。《补》曰：《黄庭经》云：恍惚之间至清灵。艆，与服同。杖玉华与朱旗兮，华，一作策。垂明月之玄珠。朱，赤也。黑光曰玄也。举霓旌之墆翳兮，墆翳，蔽隐貌。旌，一作旍。《补》曰：墆，音帝。《博雅》云：障蔽也。建黄纁之总旄。总，合也。黄纁，赤黄也。天气玄黄，故曰黄纁也。言己修善弥固，手乃杖执美玉之华，带明月之珠，扬赤霓以为旌，杂五色以为旗旄，志行清明，车服又殊也。纁，一作昏。注云：黄昏时天气玄黄，故曰黄昏。躬纯粹而罔愆兮，承皇考之妙仪。仪，法也。言己行度纯粹而无过失，上以承美先父高妙之法，不敢解也。一本“承”上有“永”字。妙，一作眇。注云：高远之法。

惜往事之不合兮，横汨罗而下沥。言己贪惜以忠事君，而志不合，故欲横渡汨水，以自沉没也。沥，一作历。棄隆波而南渡兮，隆，盛也。棄，一作乘。渡，一作度。逐江湘之顺流。赴阳侯之潢洋兮，下石濑而登洲。言己愿乘盛波，逐湘江之流，赴阳侯之大波，过石濑之湍，登水中之洲，身历危殆，不遑安处也。《补》曰：潢，户广切。洋，以掌切，水深貌。陵魁堆以蔽视兮，魁堆，高貌。陵，一作陆。魁，一作魁。《补》曰：陵，大阜。陆，高平地。云冥冥而暗前。山峻高以无垠兮，遂曾闳而迫身。垠，岸涯也。曾，重也。闳，大也。言己所在之处，前有高陵，蔽不得视，后有峻大之山，迫附于己，幽藏山野，心中愁思也。雪雰雰而薄木兮，雰雰，雪貌。木，一作林。云霏霏而陨集。陨，下也。集，会也。阜隘狭而幽险兮，大陵曰阜，狭，陋也。石嵾嵳以翳日。翳，蔽也。言己居隘险之处，山石蔽日，霜雪并会，身既忧愁，又寒苦也。《补》曰：嵾嵳，楚岑、又宜二切，山不齐。悲故乡而发忿兮，忿，恚也。去余邦之弥久。言己不得还归，中心发恚，自恨去我国邑之甚久也。背龙门而入河兮，龙门，郢东门也。登大坟而望夏首。言己虚被谗言，背郢城门而奔走，将入大河，登其高坟以望夏水之口，泄思念也。大，一作高。横舟航而浍湘兮，浍，一作济。耳聊啾而傥慌。聊啾，耳鸣也。傥慌，忧愁也。言己愿乘舟航济渡湘水，寂无人声，耳中聊啾而自鸣，意中忧愁而傥慌，无所依归也。一作党荒。《补》曰：聊，音留。傥，他朗。慌，呼晃切。波淫淫而周流兮，鸿溶溢而滔荡。滔荡，广大貌也。言己愁思傥慌，又见水中流波，淫淫相随，鸿溶广大，怅然失志也。鸿，一作澒。《补》曰：澒，鸿，并乎孔切。溶，音勇，水盛也。《大人赋》云：纷鸿溶而上厉。路曼曼其无端兮，周容容而无识。言己所行山泽广远，道路悠长，周流容容而无知识也。《补》曰：识，音志。引日月以指极兮，极，中也。谓北辰星也。少须臾而释思。释，解也。言己施行正直，愿引日月使照我情，上指北辰，诉告于天，冀君觉寤，且解忧思须臾之间也。水波远以冥冥兮，眇不睹其东西。睹，一作觏。顺风波以南北兮，雾宵晦以纷纷。宵，夜也。《诗》云：肃肃宵征。言己渡广水，心迷不知东西，雾气晦冥，白昼若夜也。纷纷，一作纷暗。日杳杳以西颓兮，颓，一作隤。路长远而窘迫。言日已西颓，年岁卒尽，道路长远，不得复还，忧心迫窘，无所舒志也。欲酌醴以娱忧兮，醴，醴酒也。《诗》云：为酒为醴。忧，一作意。蹇骚骚而不释。蹇，难也。言己欲酌醴酒以自娱乐，心中愁思不可解释也。

叹曰：飘风蓬龙，埃坲坲兮。蓬龙，犹蓬转，风貌也。坲坲，尘埃貌。蓬，一作逢。坲，一作浡。《补》曰：坲，音佛，尘起也。浡音同。屮木摇落，屮，一作草。《补》曰：屮，与草同。时槁悴兮。槁，枯也。悴，病也。言飘风转运，扬起尘埃，摇动草木，使之迎时枯槁，茎叶被病，不得盛长也。以言谗人亦运转其言，埃尘忠直，使之被病而伤形也。《补》曰：悴，音遂律切。遭倾遇祸，不可救兮。长吟永欷，涕究究兮。究究，不止貌也。言己遭倾危之世而遇患祸，不可复救，故长叹歔欷而涕滂流，不可止也。究，一作茕。古本作究。舒情陈诗，冀以自免兮。颓流下陨，身日远兮。言己舒展中情，陈序志意，冀得脱免患祸，然身颓流日远，不得还也。一云：颓流下逆，身日以远兮。一云：颓流下陨，身逝远兮。

远逝

览屈氏之《离骚》兮，心哀哀而怫郁。言己观屈原所作

《离骚》之经，博达温雅，忠信恳恻，而怀王不寤，心为之悲而怫郁也。声嗷嗷以寂寥兮，嗷嗷，呼声也。寂寥，空无人民之貌也。嗷，一作噭。《释文》作寂嘐。上七到，下音老。一作啾嘐，音同。《补》曰：嗷嗷，众口愁也。噭，呼也，音叫。《集韵》：啾，音寂。啅嘐，寂静也，音草老。顾仆夫之憔悴。言己思为屈原讼理冤结，嗷嗷而呼，山野寂寥，空无人民，顾视仆御，心皆憔悴而有忧色也。《补》曰：悴，遂律切。拨谄谀而匡邪兮，拨，治也。匡，正也。谄，一作谗。切淟涊之流俗。切，犹概也。淟涊，垢浊也。言己如得进用，则治谗谀之人，正其邪伪，概贪浊之俗，使之清净也。《补》曰：淟，他典切。涊，乃典切。荡渨涹之奸咎兮，荡，涤也。渨涹，污秽也。乱在内为奸。咎。恶也。《补》曰：渨，乌回切。涹，乌禾切。《博雅》：渨，秽也。涹，浊也。夷蠢蠢之溷浊。夷，灭也。蠢蠢，无礼义貌也。《诗》云：蠢尔蛮荆。言己欲荡涤谗佞污秽之臣，以除奸恶，夷灭贪残无礼义之人也。《补》曰：蠢，出尹切。怀芬香而挟蕙兮，挟，持。芬，一作芳。佩江蓠之斐斐。一作菲菲。《补》曰：斐，音霏。《说文》：往来斐斐貌。握申椒与杜若兮，冠浮云之峨峨。峨峨，高貌也。言己独怀持香草，执忠贞之行，志意高厉，冠切浮云，不得而施用也。峨，一作峩。登长陵而四望兮，览芷圃之蠡蠡。圃，野树也。《诗》云：东有圃草。蠡蠡，犹历历，行列貌也。言己登高大之陵，周而四望，观香芷之圃，历历而有行列，伤人不采而佩带也。言己亦修德行义，动有节度，而不见进用也。一无“树”字。《补》曰：蠡，礼戈切。游兰皋与蕙林兮，睨玉石之嵾嵯。顾视为睨。玉石，以喻君门也。嵾嵯，不齐貌也。言己放流，犹喜居兰皋蕙林芬芳之处，修行清白，动不离身，上睨君门，贤愚并进，嵾嵯不齐也。扬精华以眩燿兮，眩燿，光貌。一作耀。芳郁渥而纯美。渥，厚。芳，一作芬。结桂树之旖旎兮，旖旎，盛貌。《诗》云：旖旎其华。一作猗狔。《补》曰：於绮、乃绮二切。《集韵》：猗狔，弱貌。纫荃蕙与辛夷。言己扬耳目之精，其明炫耀，姿质纯美，犹复结桂枝，索兰蕙，修善益固，德行弥盛也。荃蕙，一作蕙草。芳若兹而不御兮，捐林薄而菀死。菀，积也。言己修行众善若此，而不见用，将弃林泽菀积而死，恨功不立而志不成也。《补》曰：菀，音郁。

驱子侨之犇走兮，驱，驰也。子侨，王子侨也。犇，一作奔。申徒狄之赴渊。申徒狄，贤者，避世不仕，自沉赴河也。言己修善不见进用，意欲驱驰，待王子侨随之奔走，以学道真。又见申徒狄避世赴河，意中纷乱，不知所行也。若由夷之纯美兮，由，许由也。夷，伯夷也。一作夷由。介子推之隐山。言己又有清高之行如许由，尧让以天下，辞而不肯受。伯夷、叔齐让国而饿死。介子推逃晋文公之赏，隐身深山，无爵位而有显名也。晋申生之离殃兮，殃，一作谗。荆和氏之泣血。吴申胥之抉眼兮，一作子胥。《补》曰：抉，乌决切。王子比干之横废。皆已解于《九章》。欲卑身而下体兮，心隐恻而不置。言己欲卑身下体，以顺风俗，心中恻然而痛，不能置中正而行佞谀也。方圜殊而不合兮，钩绳用而异态。言方与圆其性不同，钩曲绳直，其态殊异而不可合也。以言忠佞异志，犹钩绳也。欲俟时于须臾兮，日阴曀其将暮。日以喻君，阴曀暗昧也。言己欲待盛世明时，君又暗昧，年岁已暮，身将老也。时迟迟其日进兮，迟迟，行貌。《诗》云：行道迟迟。其，一作而。年忽忽而日度。度，去也。言天时转运日进，迟迟而行，已年忽去，日以衰老也。而，一作以。《补》曰：辰去速而来迟。迟迟，来迟也。忽忽，去速也。妄周容而入世兮，内距闭而不开。言己欲妄行周比苟容，自入于君，心内距闭而意不开，敏于忠正而愚于谗谀也。俟时风之清激兮，风以喻政。激，感也。愈氛雾其如塺。塺，尘也。言己欲待明君之政，清洁之化，以感激风俗，而君愈贪浊，如氛雾之气来尘塺人也。愈，一作逾。《补》曰：塺，音梅。进雄鸠之耿耿兮，耿耿，小节貌。谗介介而蔽之。言己欲如雄鸠，进其耿耿小节之诚信，谗人尚复介隔蔽而障之，况有鸾凤之志，当获谮毁，固其宜也。介，一作纷。注云：分隔。默顺风以偃仰兮，默，寂。尚由由而进之。由由，犹豫也。言己欲寂默不语，以顺风俗，随众俯仰，而不敢毁誉，然尚犹豫不肯进也。心圹悢以冤结兮，圹悢，失志貌也。心，一作志。圹，一作懭。《补》曰：圹，苦晃切。悢，音朗。懭，胡晃切。情舛错以曼忧。言己欲随从风俗，尚不肯进，意中圹悢，心为冤结，情意舛错而长忧苦也。《补》曰：舛，尺兖切。曼，音万。搴薜荔于山野兮，采撚支于中洲。撚支，香草也。言己虽忧愁，犹采取香草以自约束，修善不怠也。支，一作枝。洲，一作州。《补》曰：撚，音烟。相如赋云：枇杷橪柿。其字从木。郭璞云：橪支，木也。望高丘而叹涕兮，悲吸吸而长怀。言己遥望楚国而不得归，心为悲叹，涕出长思也。下而，一作其。孰契契而委栋兮，契契，忧貌也。《诗》云：契契寤叹。契，一作挈。《补》曰：《尔雅》：佻佻契契，逾遐急也。契，苦絜切。注云：贤人忧叹，远益急也。日晻晻而下颓。言谁有契契忧国念君，欲委其梁栋之谋若己者乎？然日颓暮，伤不得行也。《补》曰：晻，音奄，日无光也。

叹曰：江湘油油，长流汩兮。油油，流貌也。《诗》云：河水油油。言己见江、湘之水油油长流，将归于海，自伤放流，独无所归也。一云：油油江湘。《补》曰：汩，於笔切。挑揄扬汰，荡迅疾兮。言水尚得顺其经脉，扬荡其波，使之迅疾，自伤不得顺其天性，扬其志意，而常屈伏。汰，一作波。《补》曰：挑，挠也，坦雕切。揄，动也。汰，音太，一音大。忧心展转，愁怫郁兮。展转，不寐貌。《诗》云：展转反侧。言己放弃，不得竭其忠诚，心中愁闷，展转怫郁，不能寐也。一曰：愁郁郁兮。《补》曰：今《诗》作辗。卧而不周曰辗。冤结未舒，长隐忿兮。言己抱守冤结，长隐山野，心中忿恨无已时也。丁时逢殃，可奈何兮。丁，当也。言己之生当逢遇殃咎，安可奈何？自闵而已。一本“可”上有“孰”字。劳心悁悁，涕滂沱兮。言己欲竭节尽忠，终不见省，但劳我心，令我悁悒悲涕而横流也。《补》曰：悁，音绢。

惜贤

悲余心之悁悁兮，哀故邦之逢殃。言己所以悲哀心中悁悒者，哀念楚国信用谗佞，将逢殃咎也。悁悁，一作悁邑。辞九年而不复兮，辞，一作词。独茕茕而南行。茕茕，独貌也。言己与君辞诀而出，至今九年，不肯反己，常独茕茕南循江也。思余俗之流风兮，风，化。心纷错而不受。纷错，愦乱也。言己念我楚国风俗馀化，好行谗佞，心为愦乱，不能受其邪伪也。遵野莽以呼风兮，莽，草。步从容于山廋。廋，隈也。言己循山野之中，以呼风俗之人，欲语以忠正之道，故徐步山隈，游戏以须之也。廋，一作廋，一作薮。巡陆夷之曲衍兮，大阜曰陆。夷，平也。衍，泽也。幽空虚以寂寞。言己巡行陵陆，经历曲泽之中，空虚杳冥，寂寞无人声也。倚石岩以流涕兮，忧憔悴而无乐。言己依倚岩石之山，悲而涕流，中心憔悴，无欢乐之时也。登巑岏以长企兮，巑岏，锐山也。企，立貌。《诗》云：企予望之。《补》曰：巑，徂丸切。岏，吾官切。望南郢而窥之。窥，视也。言己乃登高锐之山，立而长望，顾视南郢楚邦，悲且思也。山修远其辽辽兮，辽辽，远貌。涂漫漫其无时。涂，道也。言己遥视楚国山林长远，辽辽难见，道路漫漫，诚无时至也。一作曼曼。听玄鹤之晨鸣兮，于高冈之峨峨。玄鹤，俊鸟也。君有德则来，无德则去，若鸾凤矣。故师旷鼓琴，天下玄鹤皆衔明月之珠以舞也。言己听玄鹤振音晨鸣，乃于高冈之上，峨峨之颠，见有德之君，乃来下也。以言贤者亦宜自安处，以须明君礼敬己，然后仕也。一作峩峩。独愤积而哀娱兮，翔江洲而安歌。言己在山泽之中，思虑愤积，一哀一乐，故游江水之中洲，安意歌吟，自宽慰也。三鸟飞以自南兮，一云飞飞。览其志而欲北。言己在于湖泽之中，见三鸟飞从南来，观察其志，欲北渡江，纵恣自在也。自伤不得北归，曾不若飞鸟也。《补》曰：《博物志》：王母来见武帝，有三青鸟如乌大，夹王母。三鸟，王母使也，出《山海经》。韩愈诗云：浪凭三鸟通丁宁。用此也。愿寄言于三鸟兮，去飘疾而不可得。言己既不得北归，愿因三鸟寄善言以遗其君，去又急疾而不可得，心为结恨也。

欲迁志而改操兮，心纷结其未离。言己欲徙意改操，随俗佞伪，中心乱结，未能离于忠信也。其，一作而。外彷徨而游览兮，内恻隐而含哀。言己外虽彷徨于山野之中以游戏，然心常恻隐含悲而念君也。聊须臾以时忘兮，一作忘时。心渐渐其烦错。言己且欲须臾以忘忧思，中心渐渐错乱，意不能已也。其，一作而。《补》曰：渐，子廉切，流入也。愿假簧以舒忧兮，笙中有舌曰簧。《诗》云：吹笙鼓簧。志纡郁其难释。纡，屈也。郁，愁也。言己欲假笙簧吸以舒忧，意中纡郁诚难解释也。叹《离骚》以扬意兮，犹未殚于《九章》。殚，尽也。言己忧愁不解，乃叹吟《离骚》之经以扬己志，尚未尽《九章》之篇，而愁思悲结也。犹，一作独。长嘘吸以於悒兮，嘘吸，於悒，皆啼泣貌也。嘘，一作呼。涕横集而成行。言己吟叹《九章》未尽，自知言不见省用，故长嘘吸而啼，涕下交集，自闵伤也。伤明珠之赴泥兮，鱼眼玑之坚藏。言忠良弃捐，谗佞珍用也。同驽骡与椉駔兮，马母驴父生子曰骡。椉駔，骏马也。《补》曰：駔，作朗切，牡马。杂班驳与阘茸。班驳，杂色也。阘茸，驽顿也。言君不明智，斥逐忠良而任用佞谀，委弃明珠而贵鱼眼，乘驽骡，杂骏马，重班驳，喜阘茸，心迷意惑，终不悟也。班，一作斑。《补》曰：阘茸，劣也，上托盍、下乳勇切。葛藟虆于桂树兮，藟，葛荒也。虆，缘也。《诗》曰：葛藟虆之。虆，一作纍。一注云：藟，巨荒也。《补》曰：藟，力水切。虆，伦追切，蔓也。鸱鸮集于木兰。鸱鸮，鸺鹠，贪鸟也。言葛藟恶草，乃缘于桂树，鸱鸮贪鸟，而集于木兰。以言小人进在显位，贪佞升为公卿也。《补》曰：鸮，千骄切。郭璞云：鸺鹠，鸱类。偓促谈于廊庙兮，偓促，拘愚之貌。《补》曰：偓促，迫也。一曰小貌。於角、楚角二切。律魁放乎山间。律，法也。魁，大也。言拘愚蔽暗之人，反谈论廊庙之中；明于大法贤智之士，弃在山间而不见用也。乎，一作于。恶虞氏之《箫韶》兮，好遗风之《激楚》。言世人愚惑，恶虞舜《箫韶》之乐，反好俗人淫泆《激楚》之音也。犹言恶典谟中正之言，而好谄谀之说也。潜周鼎于江淮兮，爨土鬵于中宇。爨，炊灶也。《诗》云：执爨踖踖。鬵，釜也。《诗》云：溉之釜鬵。言乃藏九鼎于江、淮之中，反炊土釜于堂宇之上，犹言弃贤智，近愚顽者也。《补》曰：鬵，音潜，又才淫切，大釜也。一曰鼎大上小下，若甑。且人心之持旧兮，持，一作有。而不可保长。言贤人君子，其心所志，自有旧故，执守信义，不可长保而行之也。一无“而”字。邅彼南道兮，征夫宵行。言已放流，转彼江南之道，晨夜而行，身勤苦也。一本“征”上有“以”字。思念郢路兮，还顾睠睠。涕流交集兮，泣下涟涟。涟涟，流貌也。《诗》云：泣涕涟涟。言已思念楚郢之路，冀得复归，还顾睠视，心中悲感，涕泣交会，涟涟而流也。《补》曰：睠，音眷。

叹曰：登山长望，中心悲兮。言已登于高山，长望楚国，则心中悲思而结毒也。菀彼青青，泣如颓兮。菀，盛貌也。《诗》云：有菀者柳。言已观彼山泽草木，莫不茂盛，青青而生，已独放弃，身将萎枯，故自伤悲，涕泣俱下也。菀，一作苑。《补》曰：菀，音郁。青，音菁。留思北顾，涕渐渐兮。言己所以留精思，常北顾而视郢都，想见乡邑，思念君也，故涕渐渐而下流。《补》曰：渐，仄衔切。折锐摧矜，凝氾滥兮。摧，挫也。矜，严也。凝，止也。氾滥，犹沉浮也。言己欲折我精锐之志，挫我矜严忠直之心，止与俗人更相沉浮，而意不能也。《补》曰：氾，音泛。念我茕茕，魂谁求兮？言己自念茕茕东西，魂魄惶遽，而求忠直之士，欲与事君，亦谁乎？此不能沉浮之道也。魂，一作魂。仆夫慌悴，散若流兮。慌，亡也。言己欲求贤人而未遭遇，仆御之人感怀愁悴，欲散亡而去，若水之流，不可复还也。《补》曰：慌，音荒。《博雅》云：忘也。

忧苦

昔皇考之嘉志兮，喜登能而亮贤。言昔我美父伯庸，体有嘉善之德，喜升进贤能，信爱仁智，以为行也。情纯洁而罔薉兮，《补》曰：薉，与秽同。姿盛质而无愆。言己受先人美烈，情性纯厚，志意洁白，身无瑕秽，姿质茂盛，行无过失也。情纯洁，一云外清洁。姿，一作资。质，一作实。放佞人与谄谀兮，斥谗夫与便嬖。便，利也。嬖，爱也。以言君如使己为政，则放远巧佞谄谀之人，斥逐谗夫与便利嬖爱之臣，而去之也。《补》曰：便，毗连切。嬖，卑义切。贱而得幸曰嬖。亲忠正之悃诚兮，悃，厚也。正，一作政。之，一作与。《补》曰：政，与正同。悃，苦本切。招贞良与明智。言己如得秉执国政，则使君亲任忠正之士，招致幽隐明智之人，令与众职也。心溶溶其不可量兮，溶溶，广大貌。其，一作而。情澹澹其若渊。澹澹，不动貌也。言己之心，智谋溶溶，广大如川，不可度量，情意深奥，澹澹若渊，不可妄动。回邪辟而不能入兮，诚愿藏而不可迁。言己执志清白渊静，回邪之言，淫辟之人，不能自入于己，诚愿执藏此行，以承事君，心终不移也。《补》曰：

辟，匹亦切。逐下袟于后堂兮，下袟，谓妾御也。《补》曰：《集韵》：袟，音秩，祭有次也。迎宓妃于伊雒。宓妃，神女，盖伊雒水之精也。言己愿令君推逐妾御出之，勿令乱政，迎宓妃贤女于伊雒之水，以配于君，则化行也。雒，一作川。剬谗贼于中霤兮，剬，去也。中霤，室中央也。霤，一作霤。一注云：堂中央也。《补》曰：霤，音渊，中庭也。剬，断也，音拂。选吕管于榛薄。吕，吕尚也。管，管仲也。言己欲为君斫去谗贼之臣于堂庙之中，选进吕尚、管仲之徒以为辅佐，则邦国安宁也。薄，《释文》音博。丛林之下无怨士兮，江河之畔无隐夫。畔，界也。言己欲举士，必先于丛林侧陋之中，使无怨恨，令江河之界无隐佚之夫，贤人尽升，道可兴也。三苗之徒以放逐兮，三苗，尧之佞臣也。《尚书》曰：窜三苗于三危。伊皋之伦以充庐。伊，伊尹也。皋，皋陶也。充，满也。言放逐佞谀之徒若三苗者，置之四裔，进用伊尹、皋陶之徒，使满国庐，则谗邪道塞也。《补》曰：自此以上，皆言皇考之美。自此以下，言今之不然也。

今反表以为里兮，颠裳以为衣。颠，倒也。言今世之君，迷惑谗佞，反表以为里，倒裳以为衣，而不能知也。戚宋万于两楹兮，宋万，宋闵公之臣也。与闵公博，争道，以手搏之，绝其脰。戚，亲也。楹，柱也。两楹之间，户牖之前，尊者所处也。一云：宋万戚于两楹兮。废周邵于遐夷。不用曰废。周，周公旦也。邵，邵公奭也。遐，远也。言君反亲爱篡逆之臣若宋万者，置于两楹之间，与谋政事，废弃仁贤若周公、邵公者，放于远夷之外而不近也。却骐骥以转运兮，却，退也。转，移也。腾驴骡以驰逐。腾，乘也。言退却骐骥以转徙重车，乘驽顿驴骡反以奔走，驰逐急疾，失其性也。以言役使贤者，令之负檐，进用顽愚，以任政职，亦失其志也。蔡女黜而出帷兮，蔡女，蔡国贤女也。黜，贬也。一本“女”下有“疾”字。戎妇入而彩绣服。戎，戎狄也。言蔡女美好，反见贬黜而去离帷幄。戎狄丑妇，反入椒房，被五彩之绣，衣夫人之服也。**庆忌囚于阱室兮，**庆忌，吴之公子，勇而有力。阱，深陷也。《补》曰：阱，疾郢、囚性二切。《淮南》云：王子庆忌死于剑。注云：吴王僚之弟子阖闾杀僚，庆忌勇健，亡在郑，阖闾畏之，使要离刺庆忌也。**陈不占战而赴围。**陈不占，齐臣，有义而怯，闻其君战，将赴之，饭则失匕，上车失轼，既至，闻钟鼓之声，因怖而死。言乃囚勇猛之士若吴庆忌于阱陷之中，使陈不占赴围而战，军必败也。以言君用臣颠倒失其人也。**破伯牙之號钟兮，**号钟，琴名。號，一作号。《补》曰：乎高切。**挟人筝而弹纬。**挟，持也。筝，小瑟也。纬，张弦也。言乃破伯牙号钟所鼓之鸣琴，反持凡人小筝，急张其弦而弹之也。以言世憎恶大贤之言，亲信小人之语也。《补》曰：《轩辕本纪》云：黄帝之琴名号钟。傅玄《琴赋》云：齐桓公有鸣琴曰号钟。《长笛赋》云：号钟高调。《风俗通》云：筝，蒙恬所造。一云：秦人薄义，父子争瑟而分之，因以为名。《文选》注引"挟秦筝而弹徽"。人筝，一作介筝。小瑟，一作小琴。**藏瑉石于金匮兮，**瑉石，次玉者。匮，匣也。瑉，一作珉。《补》曰：并音旻。**捐赤瑾于中庭。**赤瑾，美玉也。言乃藏珉石置于金匮，反弃美玉于中庭，言不知别于善恶也。言人而不别玉石，则不知忠佞之分也。《补》曰：瑾，音近。**韩信蒙于介胄兮，**韩信，汉名将也。介，铠也。胄，兜鍪也。**行夫将而攻城。**言使韩信猛将被铠兜鍪守于屯阵，藏其智谋，令行伍怯夫反为将军而攻城，必失利而无功也。《补》曰：行，胡朗切。**莞芎弃于泽洲兮，**莞，夫离也。芎，芎穷也。皆香草也。夫离，一作符篱。《补》曰：莞，音丸。《本草》：白芷，一名莞，一名芙蓠。《尔雅》：莞，芙蓠。注云：蒲也。**瓟蠡蠹于筐簏。**瓟，匏也。蠡，瓢也。方为筐，圆为簏。言弃夫离芎？于水泽之中，藏枯匏之瓢置于筐簏，令之腐蠹，言爱小人憎君子也。或曰：蠹，囊也。瓟，一作匏。蠡，一作蠡。《补》曰：《方言》：蠡，陈、楚、宋、魏之间或谓之瓢。注云：瓠，勺也，音丽。瓟，与匏同，一音雹。**麒麟奔于九皋兮，**麒麟，仁兽也。君有德则至，无德则去也。熊罴群而逸囿。熊罴，猛兽，以喻贪残也。囿，苑也。言麒麟奔窜于九皋之中，熊罴逸踊于君之苑也。以言斥远仁德之士，而养贪残之人也。逸，一作溢。注云：满溢君之苑。折芳枝与琼华兮，树枳棘与薪柴。小枣为棘，枯枝为柴。掘荃蕙与射干兮，射干，香草。《补》曰：掘，具物切。射，音夜。《荀子》曰：西方有木焉，名曰射干，茎长四寸，生于高山之上，而临百仞之渊，木茎非能长也，所立者然也。注引陶弘景云：花白茎长，如射人之执竿。又引阮公诗云：夜干临层城。是生于高处也。据《本草》在草部中，又生南阳川谷。此云木，未详。耘藜藿与蘘荷。耘，耔也。《诗》云：千耦其耘。蘘荷，蓴菹也。藿，豆叶也。言折弃芳草及与玉华，列种柴棘，掘拔射干，而耨耘藜藿，失其所珍也。以言贱弃君子而育养小人也。《补》曰：蘘，而羊切。蓴，普各切，即《大招》所称苴蓴也。惜今世其何殊兮，何殊，一作舛异。远近思而不同。言己哀惜今世之人，贤愚异性，其思虑或远或近，智谋不同也。或沉沦其无所达兮，沦，没。或清激其无所通。清，明也。激，感也。言或有耳目沉没，无所照见，或有欲感激行于清明，亦复不能通达分别其臧否也。一本无两“所”字。《补》曰：此言沉沦于世俗者，困而不能达。清激以自厉者，介而不能通。哀余生之不当兮，独蒙毒而逢尤。言哀我之生，不当昭明之世，举贤之时，独蒙苦毒而遇罪过也。虽謇謇以申志兮，君乖差而屏之。言己虽竭忠謇謇，以重达其志，君心乃乖差而不与我同，故遂屏弃而不见用也。謇，一作蹇。差，一音楚嫁切。诚惜芳之菲菲兮，反以兹为腐也。腐，臭也。言己自惜被服芳香，菲菲而盛。君反以此为腐臭不可用。一无“也”字。怀椒聊之蔎蔎兮，在衣曰怀。椒聊，香草也。《诗》曰：椒聊且。蔎蔎，香貌。蔎，一作蔼。一注云：在袖曰怀。《补》曰：蔎，桑葛切。《集韵》引此。乃逢纷以罹诟也。言己怀持椒聊，其香蔎蔎，身修行洁，动有节度，而逢乱世，遂为谗佞所害而见耻辱也。罹，一作离。诟，一作询。

一本句末无“也”字。《补》曰：诟，呼候切。

叹曰：嘉皇既殁，终不返兮。嘉，美也。皇，君也。以言怀王不用我谋，以殁于秦，遂死而不归，终无遗命使己得还也。山中幽险，郢路远兮。言己被放在此山泽深险之处，去我郢道甚辽远也。谗人诐诐，孰可诉兮。诐诐，谗言貌也。《尚书》曰：诐诐靖言。言谗人诐诐，承顺于君，不可告以忠直之意也。《补》曰：诐，音翦，巧言也。征夫罔极，谁可语兮。言己放逐远行，忧愁无极，众皆佞谀，不可与语忠信也。行吟累欷，声喟喟兮。欷，息也。喟，叹声也。累，一作絫，一作纍。怀忧含戚，一云心怀忧戚。何侘傺兮。言己行常歌吟，增叹累息，怀忧含戚，怅然侘傺而失意也。《补》曰：上丑加、下丑利切。

愍命

冥冥深林兮，树木郁郁。山参差以崭岩兮，阜杳杳以蔽日。言己放在草野，处于深林冥冥之中，山阜高峻，树木蔽日，望之无人，但见鸟兽也。参差，一作嵾嵳。悲余心之悁悁兮，一作悄悄。目眇眇而遗泣。遗，堕也。言己居于山林，心中愁思，目视眇眇而泣下堕也。风骚屑以摇木兮，骚屑，风声貌。云吸吸以湫戾。吸吸，云动貌也。湫戾，犹卷戾也。言己心既忧悲，又见疾风动摇草木，其声骚屑，浮云吸吸卷戾而相随，重愁思也。湫，一作啾。戾，一作淚。《补》曰：湫，子小切。戾，力结切，曲也。悲余生之无欢兮，愁倥偬于山陆。倥偬，犹困苦也。言悲念我之生，遭遇乱世，心无欢乐之时，身常困苦于山陆之中也。《补》曰：倥偬，苦贡、走贡二切，困苦也。又音孔总，事多也。旦徘徊于长阪兮，夕仿徨而独宿。言己旦起徘徊，行于长阪之上，夕暮独宿山谷之间，忧且惧也。发披披以鬤鬤兮，披披，鬤鬤，解乱貌也。鬤，古本作鬟。《补》曰：鬤，而羊切。鬟，匹昭切。躬劬劳而瘏悴。劬，亦劳也。《诗》云：劬劳于野。瘏，病也。《诗》云：我马瘏矣。言己履涉风露，头发解乱，而身罢病也。《补》曰：瘏，音徒。**鼋侹侹而南行兮，**侹侹，惶遽之貌。鼋，一作魂。行，一作征。《补》曰：侹，具往切。**泣沾襟而濡袂。**袂，袖也。言己中心忧戚，用志不安，魂魄侹侹，惶遽南行，悲感外发，涕泣交下，沾衣袖也。濡，一作掩。**心婵媛而无告兮，口噤闭而不言。**闭口为噤也。言己愁思，心中牵引而痛，无所告语，闭我之口不知所言，众皆佞伪，无可与谋也。《补》曰：噤，巨荫切。**违郢都之旧闾兮，**闾，里。**回湘沅而远迁。**言己放逐，去我郢都故闾，回于湘、沅之水而远移徙，失其所之也。回，一作过。**念余邦之横陷兮，**《补》曰：横，户孟切。**宗鬼神之无次。**同姓为宗。次，第也。言我思念楚国任用谗佞，将横陷危殆，已之宗族先祖鬼神，失其次第而不见祀也。**闵先嗣之中绝兮，**嗣，继。**心惶惑而自悲。**言己伤念先祖，乃从屈瑕建立基功，子孙世世承而继之，至于己身而当中绝，心为惶惑，内自悲哀也。**聊浮游于山陿兮，**陿，山侧也。《补》曰：与峡同。**步周流于江畔。**畔，界。**临深水而长啸兮，且倘佯而氾观。**氾，博也。言己忧愁不能宁处，出升山侧，游戏博观，临水长啸，思念楚国而无解已也。《补》曰：倘，音常。氾，音泛。

兴《离骚》之微文兮，冀灵修之壹悟。还余车于南郢兮，复往轨于初古。轨，车辙也。《月令》曰：车同轨。言己虽见放逐，犹兴《离骚》之文以讽谏其君，冀其心一寤，有命还己，己复得乘车周行楚国，修古始之辙迹也。《补》曰："车同轨"，今《中庸》文也。古，音故。**道修远其难迁兮，伤余心之不能已。**言己后或归郢，其路长远，诚难迁徙，然我心中想念于君，不能已也。**背三五之典刑兮，**典，常。刑，法。**绝《洪范》之辟纪。**《洪范》，《尚书》篇名，箕子所为武王陈五行之道也。言君施行，背三皇五帝之常典，绝去《洪范》之法纪，任意妄为，故失道也。《补》曰：辟，婢亦切。播规矩以背度兮，播，弃。错权衡而任意。错，置也。衡，称也。所以铨物轻重也。言君弃先王之法度而不奉循，犹置衡称不以量物，更任其意而商轻重，必失道径、违人情也。《补》曰：错，七故切。意有臆音。操绳墨而放弃兮，倾容幸而侍侧。侧，旁也。言贤者执持法度而见放弃，倾头容身谗谀之人，反得亲近侍于旁侧也。幸，一作达。甘棠枯于丰草兮，甘棠，杜也。《诗》云：蔽芾甘棠。《补》曰：《尔雅》：杜，甘棠。注云：今之杜梨。藜棘树于中庭。堂下谓之庭。言甘棠香美之木，枯于草中而不见御，反种蒺藜棘刺之木满于中庭，以言远仁贤近谗贼也。西施斥于北宫兮，仳倠倚于弥楹。西施，美女也。仳倠，丑女也。弥，犹遍也。楹，柱也。言西施美好，弃于后宫不见进御，仳倠丑女，反倚立遍两楹之间，侍左右也。《补》曰：仳，步浼；倠，虎猥切。又：仳音毗。倠，呼维切。《说文》云：丑面也。《淮南》注云：仳倠，古之丑女，音靡也。乌获戚而骖乘兮，燕公操于马圉。乌获，多力士也。燕公，邵公也。封于燕，故曰燕公也。养马曰圉。言与多力乌获同车骖乘，令仁贤邵公执役养马，失其宜也。《补》曰：《孟子》曰：举乌获之任。许慎云：秦武王之力士。蒯聩登于清府兮，咎繇弃而在野。蒯聩，卫灵公太子也，不顺其亲，欲害其后母。清府，犹清庙也。言使蒯聩无义之人，登于清庙而执纲纪，放弃圣人咎繇于外野，政必乱，身危殆也。一作弃于野外。一作外野。《补》曰：蒯，苦怪；聩，五怪切。盖见兹以永叹兮，以，一作而。欲登阶而狐疑。言己见君亲爱恶人，斥逐忠良，诚欲进身登阶，竭尽谋虑，意中狐疑，恐遇患害也。椉白水而高骛兮，椉，一作乘。因徙弛而长词。言己恐登阶被害，欲乘白水高驰而远游，遂清洁之志，因徙弛却退而长诀也。弛，一作弛，一作施。

叹曰：倘佯垆阪，沼水深兮。倘佯，山名也。垆，黄黑色土也。沼，池也。《诗》云：王在灵沼。言倘佯之山，其阪土玄黄，其下有池，水深而且清，宜以避世而长隐身也。《补》曰：《说文》：垆，黑刚土也。容与汉渚，涕淫淫兮。汉，水名也。《尚书》曰：嶓冢导漾，东流为汉。言己将欲避世，游戏汉水之岸，心中哀悲而不能去，涕流淫淫也。钟牙已死，谁为声兮？钟，钟子期。牙，伯牙也。言二子晓音，今皆已死，无知音者，谁为作善声也。以言君不晓忠信，亦不可为竭谋尽诚也。纤阿不御，焉舒情兮？纤阿，古善御者。言纤阿不执辔而御，则马不为尽其力。言君不任贤者，贤者亦不尽其节。曾哀凄欷，心离离兮。离离，剥裂貌。还顾高丘，泣如洒兮。言己不遭明君，无御用者，重自哀伤，凄怆累息，心为剥裂，顾视楚国，悲戚泣下，如以水洒地也。《补》曰：洒，所宜切。

思古

悲余性之不可改兮，屡惩艾而不迻。言己体受忠直之性，虽数为谗人所惩艾，而心终不移易也。艾，一作忞，一作苍。迻，一作移。《补》曰：艾、忞，并音乂。迻，迁徙也，通作移。服觉晧以殊俗兮，觉，较也。《诗》云：有觉德行。晧，犹明也。晧，一作浩，一作酷，注并同。貌揭揭以巍巍。揭揭，高貌也。巍巍，大貌也。言己被服众芳，履行忠正，较然盛明，志愿高大，与俗人异也。巍，《释文》作魏，音危。《补》曰：揭，居谒切。譬若王侨之乘云兮，载赤霄而凌太清。言己志意高大，上切于天，譬若仙人王侨乘浮云载赤霄，上凌太清，游天庭也。凌，一作淩。欲与天地参寿兮，一无“欲”字。与日月而比荣。言己修行众善，冀若仙人王侨得道不死，遂与天地同其寿命，与日月比其光荣，流名于后世，不腐灭也。一无“而”字。登昆仑而北首兮，首，向。《补》曰：首，音狩。悉灵圉而来谒。悉，尽也。灵圉，众神也。言己设得道轻举，登昆仑之上，北向天门，众神尽来谒见，尊有德也。圉，《释文》作圄。《补》曰：并鱼吕切。《大人赋》云：悉征灵圉而选之兮。张揖曰：灵圉，众仙号也。《淮南》云：骑蜚廉而从敦圄。注云：敦圄，仙人名。郭璞云：灵圉、淳圉，仙人名也。**选鬼神于太阴兮，登阊阖于玄阙。**言己乃选择众鬼神之中行忠正者，与俱登于天门，入玄阙，拜天皇，受敕诲也。**回朕车俾西引兮，褰虹旗于玉门。**褰，袪也。玉门，山名也。言乃旋我之车而西行，褰举虹旗，驱上玉门之山，以趣疾也。**驰六龙于三危兮，**三危，西方山也。**朝西灵于九滨。**朝，召也。滨，水涯也。言乃驰骋六龙，过于三危之山，召西方之神，会于大海九曲之涯也。西，一作四。**结余轸于西山兮，横飞谷以南征。**结，旋也。飞谷，日所行道也。言乃旋我车轸，横度飞泉之谷以南行也。轸，一作车。**绝都广以直指兮，**都广，野名也。《山海经》曰：都广在西南，其城方三百里，盖天地之中也。《补》曰：《淮南》曰：建木在都广，盖天地之中也。注云：都广，南方山名。又曰：八殥之外有八弦。南方曰都广。注云：国名，山在此国，因复曰都广山。**历祝融于朱冥。**朱，赤色也。言己行乃横绝于都广之野，过祝融之神于朱冥之野也。《补》曰：《庄子》曰：南冥者，天池也。传曰：南海之神曰祝融。**枉玉衡于炎火兮，**枉，屈也。衡，车衡也。**委两馆于咸唐。**委，曲也。馆，舍也。咸唐，咸池也。言已从炎火，又曲意至于咸池，而再舍止宿也。**贯颃濛以东朅兮，**颃濛，气也。朅，去也。颃，一作鸿。《补》曰：颃、鸿，并乎孔切。濛，蒙孔切，大水也。朅，丘列切。**维六龙于扶桑。**言遂贯出颃濛之气而东去，系六龙于扶桑之木。扶，一作榑。《补》曰：《春秋命历序》曰：皇伯登扶桑日之阳，驾六龙以上下。

周流览于四海兮，志升降以高驰。言己既周行遍于四海之外，意欲上下高驰，以求贤士也。升，一作陞。**征九神于回极兮，**征，召也。回，旋也。极，中也。谓会北辰之星于天之中也。**建虹采以招指**。虹，采旗也。招指，指麾也。旗，所以招指语人也。言己乃召九天之神，使会北极之星，举虹采以指麾四方也。一作采虹。**驾鸾凤以上游兮，从玄鹤与鷦明**。鷦明，俊鸟也。**孔鸟飞而送迎兮**，一作庭迎。**腾群鹤于瑶光**。鹤，灵鸟也，以喻洁白之士。言己乃驾乘鸾凤明智之鸟，从鷦明群鹤洁白之士，过于瑶光之星，质己修行之要也。鹤，一作鹄。瑶，一作摇。一注云：鹤，白鸟也。《补》曰：瑶光，北斗杓星也。**排帝宫与罗囿兮**，罗囿，天苑。**升县圃以眩灭**。言遂排开天帝之宫，入其罗囿，出升县圃之山而望，目为炫耀，精明消灭，心愁思也。升，一作陞。县，一作悬。《补》曰：县，音玄。**结琼枝以杂佩兮，立长庚以继日**。长庚，星名也。《诗》云：西有长庚。言己精明虽消灭，犹结玉枝申修忠诚，立长庚之星，以继日光，昼夜长行，志意明也。一作继曜。**凌惊雷以轶骇电兮**，一无"以"字。《补》曰：轶，音佚。**缀鬼谷于北辰**。缀，系也。北辰，北极星也。《论语》曰：譬如北辰，居其所而众星拱之。言遂凌乘惊骇之雷，追逐奔轶之电，以至于天，使北辰系缀百鬼，勿令害贤者也。鬼谷，一作百鬼。**鞭风伯使先驱兮，囚灵玄于虞渊。溯高风以低佪兮**，溯，一作泝。一云：愬高风以徘徊。《补》曰：泝，溯一也。泝，向也，逆流而上曰泝洄。**览周流于朔方**。灵玄，玄帝也。虞渊，日所入也。《淮南》言日出汤谷，入于虞渊。言乃鞭风伯使之扫尘，囚玄帝之神使无阴冥，周遍流行于北方也。**就颛顼而陈词兮，考玄冥于空桑**。空桑，山名也。玄冥，太阴之神，主刑杀也。言乃就圣帝颛顼，陈列己词，考问玄冥之神于空桑之山，何故害贤也。**旋车逝于崇山兮**，崇山，驩兜所放山也。逝，一作游。**奏虞舜于苍梧**。言己从崇山见驩兜，以佞故囚，至苍梧告诉圣舜，己行忠直，而遇斥弃，冀蒙异谋也。虞，一作帝。**浛杨舟于会稽兮**，杨，木名也。《诗》云：泛泛杨舟。会稽，山名也。滏，一作济。就申胥于五湖。湖，大池也。言己复乘杨木之轻舟，就伍子胥于五湖之中，问志行之见者也。一云：揖大禹于江滨。一注伍子胥作申包胥，然上文有申子，注云子胥也。见南郢之流风兮，殒余躬于沅湘。言还见楚国风俗，妒害贤良，故自沉于沅、湘而不悔也。望旧邦之黯黮兮，黯黮，不明貌也。邦，一作乡。《补》曰：黯，乌感；黮，都感切。时溷浊其犹未央。言己望见故国，君暗不明，群下贪乱，其化未尽，心忧愁也。一无“其”字。怀兰茝之芬芳兮，妒被离而折之。言己怀忠信之行，故为众佞所妒，欲共被离摧折而弃之也。被，一作披。《补》曰：被，音披。张绛帷以襜襜兮，风邑邑而蔽之。邑邑，微弱貌也。言君张朱帷，襜襜鲜明，宜与贤者共处其中，而政令微弱，适以自蔽者也。日暾暾其西舍兮，其，一作而。阳焱焱而复顾。言日暾暾西下，将舍入太阳之中，其余阳气，犹尚焱焱，而顾欲还也。以言己年亦老暮，亦思还返故乡也。焱，一作炎。《补》曰：暾，他昆切。焱，火华也，音琰。炎，音同。聊假日以须臾兮，何骚骚而自故。言己思年命欲暮，愿且假日游戏须臾之间，然中心愁思如故，终不解也。故，一作苦。

叹曰：譬彼蛟龙，乘云浮兮。一云：譬彼云龙。无“乘云浮兮”一句。一云：乘云游兮。一云：乘浮云兮。泛淫澒溶，纷若雾兮。言己怀德不用，譬若蛟龙潜于川泽，忽然乘云泛淫而游，纷纭若雾，而乃见之也。泛，一作沉。澒，一作鸿。《补》曰：泛淫，已见《九怀》。澒、鸿，并乎孔切。溶，弋孔切。潺湲轇轕，轇，一作胶。《补》曰：轕，音葛。雷动电发，馺高举兮。言蛟龙升天，其形潺湲，若水之流，纵横轇轕，遂乘雷电而高举也。以言己亦想遭明时，举而进用。《补》曰：馺，素合切。《方言》：馺，马驰也。注云：疾貌。升虚凌冥，沛浊浮清，入帝宫兮。言龙能登虚无，凌清冥，弃浊秽，入天帝之宫。言己亦想升贤君之朝，斥去贪佞之人也。升，一作登。沛，一作弃。摇翘奋羽，驰风骋雨，游无穷兮。言龙既升天，奋摇翘羽，驰使风雨。言己亦愿奋竭智谋，以辅事贤君，流恩百姓，长无穷极也。

远游

楚辞卷第十七

九思章句第十七

逢尤 逢，一作见。

怨上

疾世 世，一作俗。

悯上 悯，一作闵。

遭厄

悼乱 一作《隐思》，一作《散乱》。

伤时

哀岁

守志

《九思》者，王逸之所作也。逸，南阳人，一作南郡。博雅多览，读《楚辞》而伤愍屈原，故为之作解。又以自屈原终没之后，忠臣介士游览学者读《离骚》、《九章》之文，莫不怆然，心为悲感，高其节行，妙其丽雅。至刘向、王褒之徒，咸嘉其义，一云：咸嘉叹之。作赋骋辞，以赞其志。则皆列于谱录，世世相传。皮日休《九讽叙》云：屈平既放，作《离骚经》。正诡俗而为《九歌》，辨穷愁而为《九章》。是后词人摭而为之，若宋玉之《九辩》，王褒之《九怀》，刘向之《九叹》，王逸之《九思》，其为清怨素艳，幽快古秀，皆得芝兰之芬芳，鸾凤之毛羽也。扬雄有《广骚》，梁竦有《悼骚》，不知王逸奚罪其文，不以二家之述为《离骚》之两派也。逸与屈原同土共国，悼伤之情与凡有异。窃慕向、褒之风，作颂一篇，号曰《九思》，以裨其辞。未有解说，故聊叙训谊焉。一无“叙”字。辞曰：逸不应自为注解，恐其子延寿之徒为之尔。

悲兮愁，哀兮忧。伤不遇也。天生我兮当暗时，君不明也。被诼谮兮虚获尤。为佞人所伤害也。诼，毁也。尤，过也。《补》曰：诼，音卓。心烦愦兮意无聊，愁君迷蔽，忿奸兴也。愦，乱也。聊，乐也。《补》曰：愦，音溃。聊，音留。严载驾兮出戏游。将以释忧愤也。周八极兮历九州，求贤君也。求轩辕兮索重华。觊遇如黄帝、尧、舜之圣明也。世既卓兮远眇眇，去前圣远然不可得也。卓，远也。卓，一作逴。《补》曰：逴，音卓。握佩玖兮中路躇。怀宝不舒，怅仿偟也。《补》曰：躇，音除。羡咎繇兮建典谟，乐古贤臣遇明君也。咎，一作皋。懿风后兮受瑞图。懿，深也。屈原之喻也。风后，黄帝师，受天瑞者也。愍余命兮遭六极，愍，一作悯。委玉质兮于泥涂。见放逐污辱，若陷泥涂中也。泥，一作埿。遽傽遑兮驱林泽，遽，一作遂。傽，一作章，一作慞，一作愦。《补》曰：《集韵》：徫徨，行不正。步屏营兮行丘阿。忧愦不知所为，徒经营奔走也。《补》曰：屏，音并，卑盈切，征松也。车轪折兮马虺颓，驰骋不能宁定，车弊而马病也。轪，一作轴。《补》曰：《语》云：小车无轪。轪，车辕，耑持衡者。一作轨，非是。虺，音灰。《集韵》作虺隤。惷怅立兮涕滂沲。忧悴而涕流也。惷，一作惷，一作惆，一作怊。《补》曰：惷，丑江切。惷，音同，视不明也。一曰直视。思丁文兮圣明哲，丁，当也。文，文王也。

心志不明，愿遇文王时也。**哀平差兮迷谬愚。**平，楚平王；差，吴王夫差也。平王杀忠臣伍奢，奢子员仕吴以破楚。夫差不用子胥，而为越所灭也。**吕傅举兮殷周兴，**吕，吕望。傅，傅说。两贤举用，而二代以兴盛也。**忌嚭专兮郢吴虚。**忌，楚大夫费无忌。嚭，吴大夫宰嚭。虚，空也。忌、嚭佞伪，惑其君而败，二国空虚。郢，楚都也。嚭，一作噽。《补》曰：普美切。《集韵》从喜。**仰长叹兮气馅结，**仰，将诉天也。馅结也。《补》曰：馅，於结切。《说文》：饭窒也。与噎同。**悒殟绝兮咶复苏。**愤忿晻绝，徐乃苏也。殟，《释文》作愠。咶，一作活，一作恬。苏，《释文》作稣。《补》曰：殟，《广雅》云：极也，音温。咶，息也，乎刮切。**虎兕争兮于廷中，**廷，朝廷也。虎兕，恶兽，以喻奸臣。**豺狼斗兮我之隅。**隅，旁也。言众佞辩争，常在我旁也。**云雾会兮日冥晦，**众伪蔽君，如云雾之隐日，使不可得见也。**飘风起兮扬尘埃。**回风为飘。以喻小人造设奸伪，贼害仁贤，为君垢秽，如回风之起尘埃也。**走鬯罔兮乍东西，**动触谄毁，东西趣走。一作鬯党，一作畅堂。一本云：堂，敞音，又主尚切。《补》曰：《集韵》有堂，敞、尚二音，距也，蹋也。有堂，音饷，正也。**欲窜伏兮其焉如。**无所逃难。**念灵闺兮隩重深，**灵，谓怀王。闺，阁也。言欲诉论，辄为群邪所逆，不能得通达。隩，一作奥，一作窃。**愿竭节兮隔无由。望旧邦兮路逶随，**逶随，迂远也。近而障隔，则与迂远同也。逶，一作委。**忧心悄兮志勤劬。**悄，犹惨也。劬，劳也。志，一作以。《补》曰：悄，子小切。**蒐茕茕兮不遑寐，**蒐，一作魂。**目脈脈兮寤终朝。**脈脈，视貌也。终朝，自旦及夕，言通夜不能瞑也。脈，一作脉，一作眩。《补》曰：脈，目财，视貌，音脉。

逢尤

令尹兮謷謷，令尹，楚官掌政者也。謷謷，不听话言而妄语也。《补》曰：謷，五高切。羣司兮譨譨。群司，众僚。譨譨，犹憁憁也。言皆竞于佞也。羣，一作群。《补》曰：譨譨，多言也，奴侯切。哀哉兮淈淈，淈淈，一国并乱也。《补》曰：淈，音骨。上下兮同流。君臣俱愚，意无别也。菽藟兮蔓衍，菽藟，小草也。蔓衍，广延也。《补》曰：菽，《释文》音焦。藟，力水切。芳虈兮挫枯。虈，香草名也。挫枯，弃不用也。《补》曰：虈，许苗切。《本草》：白芷，一名虈。《说文》：楚谓之蓠，晋谓之虈，齐谓之茝。朱紫兮杂乱，曾莫兮别诸。君不识贤，使紫夺朱，世无别知之者。倚此兮岩穴，退遁逃也。永思兮窈悠。长守忠信，念无违而涂悠远也。悠，一作窕。嗟怀兮眩惑，怀，怀王也。为众佞所欺曜，日尽迷瞀。用志兮不昭。独行忠信，无明己者。昭，一作照。将丧兮玉斗，遗失兮钮枢。钮枢，所以校玉斗，玉斗既丧，将失其钮枢。言放弃贤者逐去之。一注云：钮枢、玉斗，皆所宝者。《补》曰：《释文》：钮，女有切。一作剑，非是。我心兮煎熬，惟是兮用忧。熬，亦煎也，忧无已也。煎熬，一作熬鬲。《释文》作炰。《补》曰：并音炒。进恶兮九旬，纣为九旬之饮，而不听政。恶，一作思。进恶，一作集慕。九旬，一作九荀。一注云：纣为长夜之饮。《补》曰：仇荀，谓仇牧荀息。复顾兮彭务。彭，彭咸。务，务光。皆古介士，耻受污辱，自投于水而死也。复，一作退。务，一作瞀。注同。《释文》音牟。拟斯兮二踪，拟，则也。踪，迹也。言愿效此二贤之迹，亦当自沉。未知兮所投。谣吟兮中壄，未得所死，且仿惶也。一作野。上察兮璇玑。璇，一作旋。一作琁机。《补》曰：北斗魁四星为璇玑。大火兮西睨，摄提兮运低。璇玑天中，故先察之。大火西流，摄提运下，夜分之候。愁思不寐，起视星辰，以解戚者也。流，一作匿。《补》曰：大火，房心尾也。《晋志》：摄提六星，直斗杓之南。主建时节。雷霆兮硠磕，雷声。

《补》曰：上音郎，下苦盖切。雹霰兮霏霏。霏霏，集貌。奔电兮光晃，凉风兮怆凄。独处愁思不寐，见雹电凉风之至，益忧多也。晃，一作照。鸟兽兮惊骇，相从兮宿栖。言鸟兽惊惶，尚相从就，伤己单独，心用悲也。鸳鸯兮𪄶𪄶，和鸣貌也。狐狸兮徾徾。相随貌。《补》曰：徾，《释文》音眉。一作岳，非。哀吾兮介特，介特，独也。一"吾"下有"子"字。独处兮罔依。罔，无也。蝼蛄兮鸣东，蟊蠽兮号西。蛓缘兮我裳，蠋入兮我怀。虫豸兮夹余，惆怅兮自悲。言己独处山野，与众虫为伍，心悲感也。一作蠚蠽。蛓，一作蚤。怀，一作衣。豸，一作豸。《补》曰：蝼蛄，娄姑二音。蟊蠽，矛节二音。蟊虫，食草根者。《尔雅》：蠽，茅蜩，似蝉而小，青色，音截。蛓，音次。《说文》云：毛虫有毒，螫人。蠋，音蜀。豸，直氏切。有足谓之虫，无足谓之豸。伫立兮忉怛，伫，停。《补》曰：忉，音刀，忧劳也。怛，丁葛切。心结缗兮折摧。《补》曰：缗，结也，音骨。

怨上

周徘徊兮汉渚，言居山中愁愦，复之汉水之涯，庶欲以释思念也。渚，一作滨。求水神兮灵女。冀得水中神女，以慰思念。嗟此国兮无良，此国，楚国也。言君臣无善，皆凶愚也。媒女诎兮谜谜。谜谜，不正貌。一云谋女。一云媒拙讷兮。《补》曰：诎，与讷同。《方言》：谜谜，拏也，南楚曰谜谜，音连缕。注云：言諥拏也。一曰：谜谜，语乱也。鹑雀列兮哗讙，鹑雀，小鸟，以喻小人列位也。言小人在位，患失之，竞为佞谄，声呶呶也。鹑，一作鹦。鸲鹆鸣兮聒余。鸲鹆，鹑雀类也。多声乱耳为聒。《补》曰：鸲，音劬。抱昭华兮宝璋，昭华，玉名。璋，一作章。《补》曰：《淮南》云：尧赠舜以昭华之玉。欲衒鬻兮莫取。行卖曰衒。鬻，卖也。言己竭忠信以事君而不见用，犹抱此昭华宝璋炫卖之。

璋，玉名也。言旋迈兮北徂，已不见用，欲远去也。旋，一作逝。一云：逝言迈兮。叫我友兮配耦。叫，急叫也。言此国已无良人，庶北行遇贤友，而以自耦也。日阴曀兮未光，北方多阴。阴，一作霒。闃睄窕兮靡睹。闃，窥也。睄窕，幽冥也。一作阒腑窕。《补》曰：闃，古觅切。睄，与宵同。窕，徒了切，深也。纷载驱兮高驰，适北无所遇，故欲驰而去。将谘询兮皇羲。皇羲，羲皇也。谘，问。询，谋。所以安己也。一云：羲，伏羲。伏羲称皇也。遵河皋兮周流，路变易兮时乖。所志不遇，无所用其志也。时，一作旹。沥沧海兮东游，沐盥浴兮天池。天池，则沧海也。沥，一作厉。《补》曰：沥，与厉同。访太昊兮道要，太昊，东方青帝也。将问天道之要务。云靡贵兮仁义。太昊答惟仁义为上。《补》曰：义，有仪音。志欣乐兮反征，就周文兮邠岐。闻惟仁义，故欣喜复之西方，就文王也。邠岐，周本国。邠，一作豳。秉玉英兮结誓，愿与文王约信，以玉英为贽币也。日欲暮兮心悲。日暮而岁迈，年将老，悲不见进用也。惟天禄兮不再，福不再至，年岁一过，则终讫也。背我信兮自违。若背忠信以趋时俗，则违本心，故不忍为。逾陇堆兮渡漠，陇堆，山名。漠，沙漠也。一云汉，汉水也。过桂车兮合黎。桂车、合黎，皆西方山之名。赴崑山兮𩨂騄，崑山，昆仑也。言渡陇堆，适桂车、合黎，乃至昆仑，取骏马而绊之。騄，骏马名。崑，一作昆。𩨂，一作袅。《补》曰：𩨂，竹及切。绊马也。騄耳，马名，音绿。从邛遨兮栖迟。邛，兽名。遨，游也。𩨂騄从邛而栖迟，顾望也。一云：从卢敖兮。《补》曰：邛，谓邛邛駏虚也。吮玉液兮止渴，啮芝华兮疗饥。玉液，琼蕊之精气。芝，神草也。渴啜玉精，饥食芝华，欲仙去也。渴，《释文》作潵。《补》曰：吮，常兖切，吮也。又子兖切，漱也。潵，与渴同。居嵺廓兮尠畴，嵺廓，空洞而无人也。尠，少也。畴，匹也。言独行而抱影也。《补》曰：嵺，音寥。远梁昌兮几迷。梁昌，陷据失所也。迷惑欲还也。陷据，一作蹈慷。望江汉兮濩渃，濩渃，大貌也。还见江、汉水大也。汉，一作海。《补》曰：濩，音获。渃，音若，大水也。心紧絭兮伤怀。紧絭，纠缭也。望旧土而心感伤也。絭，一作卷。一作缱绻。《补》曰：紧、缱，并袪引切。卷、绻，并苦远切，缠绵也。时昢昢兮旦旦，日月始出，光明未盛为昢。昢，一作朏。一云旦旦，一云且且。《补》曰：昢，日将曙。朏，月未盛明。并普突切。且，子鱼切。尘莫莫兮未晞。莫莫合也。晞，消也。朝阳未开，雾气尚盛。莫，一作漠。忧不暇兮寝食，吒增叹兮如雷。吒，一作咤。增，一作曾。《补》曰：吒，竹嫁切，吐怒也。

疾世

哀世兮睩睩，睩睩，视貌。贤人不用，小人持势也。《补》曰：睩，目睐谨也，音禄。谗谗兮嗌喔。谗谗，窃言。嗌喔，容媚之声。《补》曰：嗌，音益。喔，於角切，又音屋。众多兮阿媚，阿，曲。骫靡兮成俗。委靡，面柔也。骫，一作委。贪枉兮党比，贞良兮茕独。《诗》云：独行茕茕。茕，一作惸。鹄窜兮枳棘，鹈集兮帷幄。木帐曰帷。言大人处卑贱，小人在尊位也。鹄，一作鹤。鹈，一作鹕，一作鸽。《补》曰：鹈，音啼，与鹕同。《说文》：鹕鹕也。葪蘩兮青葱，葪蘩，草名。青葱，见养有光色也。《补》曰：葪，居滞切。蘩，女猪切。《集韵》葪蘩似芹，可食。葱，当作葱。槁本兮萎落。槁本，香草也。喻贤愚易所。落，旧音格。睹斯兮伪惑。惑，一作盛。一云：疾斯兮伪忒。心为兮隔错。隔错，失其性也。逡巡兮圃薮，蘩林曰薮。率彼兮畛陌。田间道曰畛。陌，塍分界也。川谷兮渊渊，深貌。山昌兮客客。客客，长而多有貌也。昌，一作阜，一作屈。客，一作硌。《补》

曰：皀，即阜字。皀，旧音五结切，《集韵》作岜，山高也。峉，音额，山高大貌。硌，音落。丛林兮崟崟，崟崟，众饶貌。崟，一作岑。《补》曰：并音吟。株榛兮岳岳。岳岳，众木植也。株，一作林。《补》曰：《博雅》：木丛生曰榛。霜雪兮漼溰，积聚貌。一作溰溰，一作漼漼。《补》曰：漼，音摧。溰，五来切，霜雪积聚貌。冰冻兮洛泽。洛，竭也。寒而水泽竭成冰。《补》曰：《集韵》冰谓之洛泽。其字从仌，上音洛，下大洛切。又曰：泽，冰结也。引此云：冬冰兮洛泽。东西兮南北，罔所兮归薄。言四方皆无所停止也。庇荫兮枯树，匍匐兮岩石。穴可居者。踡跼兮寒局数，一云：踡跼兮数年。一云：踡跼兮寒风数。《补》曰：数，音促。独处兮志不申，踡，伛偻也。年齿尽兮命迫促。魁壘挤摧兮常困辱，魁壘，促迫也。挤摧，折屈也。壘，一作纍。《补》曰：魁，苦罪切。壘、纍，并音磊。魁壘，盘结也。挤，子奚切。含忧强老兮愁不乐。愁早老曰强也。不，一作无。须发苧顇兮颗鬓白，苧，乱也。颗，杂白也。须，一作鬒。苧，一作蔓。鬓，一作颎。《补》曰：苧，音狞，草乱也。顇，音悴，顦顇也。颗，匹（沿）〔沼〕切，发乱貌。思灵泽兮一膏沐。灵泽，天之膏润也。盖喻德政也。灵，一作云。怀兰英兮把琼若，英，华。琼若，食也。兰，一作华。待天明兮立踯躅。言怀兰把若，无所施之，欲待明君，未知其时，故屏营踯躅。一作蹢躅。《补》曰：上文隻、下文局切。云蒙蒙兮电倏烁，倏烁，疾也，暗多而明少也。蒙，一作濛。《补》曰：烁，书灼切。孤雌惊兮鸣响响。雌，一作雏。《补》曰：响，音握。思怫郁兮肝切剥，忿悁悒兮孰诉告。一云：於悒悒兮。《补》曰：怫，音佛。悁，一缘切。告，入声。

悯上

悼屈子兮遭厄，子，男子之通称也。沉玉躬兮湘汨。贤者质美，故以比玉。湘、汨，皆水名。《补》曰：汨，音觅。何楚国兮难化，言楚国君臣之乱，不可晓喻也。兮，一作之。迄于今兮不易。政教荒阻，不可变也。于，一作乎。士莫志兮羔裘，言政秽则士贪鄙，无有索丝之志，皎洁之行也。竞佞谀兮谗阋。阋，不相听。一云谗阋阋。《补》曰：阋，虚的切。指正义兮为曲，訾玉璧兮为石。一作璧玉。《补》曰：訾，音紫。殆雕游兮华屋，殆，一作鹘。鵔鸃栖兮柴蔟。鵔，一作鵕。栖，一作指，一作茜，音窜。《补》曰：鵔，素俊切。鸃，音仪。蔟，千木切。起奋迅兮奔走，违群小兮谿诟。谿，耻辱垢陋之言也。诟，一作呴。《补》曰：谿，音傒。诟，许候切，又胡豆切。《荀子》：无廉耻而忍护诟。注云：谓骂辱也。护，音奚。一云：谿诟，小人怒。载青云兮上昇，适昭明兮所处。终无所舒情，故欲乘云升天，就日处矣。昭明，日晖。昇，一作陞。蹑天衢兮长驱，踵九阳兮戏荡。衢，路也。九阳，日出处也，越云汉兮南济，秣余马兮河鼓。河鼓，牵牛别名。《补》曰：《尔雅》：河鼓谓之牵牛。《晋志》曰：河鼓三星，在牵牛北。云霓纷兮晻翳，云，一作霄。翳，一作郁。参辰回兮颠倒。参、辰，皆宿名，夜分而易次，故颠倒失路也。《补》曰：《杨子》：吾不睹参、辰之相比。逢流星兮问路，顾我指兮从左。〔遇〕流星发所从也。一云：顾指我兮。俓娵觜兮直驰，觜，一作訾。《补》曰：娵，酒于切。觜，音訾。《尔雅》：娵觜之口，营室东壁也。御者迷兮失轨。遂踢达兮邪造，流星虽甚，犹不得道。踢达，误过也。邪，一作衺。《补》曰：踢，音惕。达，他达切。一音跌。跌踢，行不正貌。林云：踢，徒郎、大浪二切。与日月兮殊道。志阏绝兮安如，志望已讫，不知所之。如，一作归。《补》曰：阏，音遏。哀所求兮不耦。攀天阶兮下视，下，一作俯。见鄢郢兮旧宇。鄢、郢，楚都也。言上天所求不得，意欲还，下视见旧居也。《补》曰：鄢，於建切，地名，在楚。音偃者在郑，音焉者在颍川。《释文》音幰。意逍遥兮欲归，众秽盛兮杳杳。众秽，谕佞人。言将复害己。思哽噎兮诘诎，噎，一作咽。涕流澜兮如雨。还为众伪所害，故悲泣也。

遭厄

嗟嗟兮悲夫，伤时昏惑。殽乱兮纷挐。君任佞巧，竞疾忠信，交乱纷挐也。殽，一作散。《释文》：殽，乎巧切。《补》曰：挐，女居切。茅丝兮同综，不别好恶。综，一作緵。《补》曰：综，子宋切，机缕也。《列女传》曰：推而往、引而来者，综也。冠屦兮共约。上下无别。屦，一作屣。《补》曰：约，具于切。郑康成云：约，谓之拘，著舄屦头以为行戒。督万兮侍宴，华督、宋万二人，宋大夫，皆弑其君者也。周邵兮负刍。周公、邵公。言楚君使忠贤如周、邵者负刍，反以督、万之人侍宴。《补》曰：《说文》：刍，刈草也。白龙兮见射，灵龟兮执拘。白龙，川神。灵龟，天瑞。《补》曰：河伯化为白龙，羿射之，眇其左目。神龟见梦于宋元君，曰："予为清江使河伯之所，渔者余且得予。"仲尼兮困厄，仲尼，圣人，而厄于陈、蔡也。邹衍兮幽囚。邹衍，贤人，而为佞邪所摄，齐遂执之。伊余兮念兹，伊，惟也。兹，此也。奔遁兮隐居。欲避世也。将升兮高山，升，一作陟，一作阶。上有兮猴猿。欲入兮深谷，下有兮虺蛇。左见兮鸣鵙，右睹兮呼枭。鵙，伯劳也。山有猴猿，谷有虺蛇，左右众鸟，阒无人民，所以愁惧也。《补》曰：鵙，古觅切。惶悸兮失气，悸，惧也。失气，晻然而将绝。《补》曰：悸，其季切。踊跃兮距跳。以泄愤懑也。《补》曰：跳，徒招切。便旋兮中原，旋，一作绝。仰天兮增叹。仰，一作卬。菅蒯兮壄莽，壄，一作野。《补》曰：菅，音奸。蒯，苦怪切。雚苇兮仟眠。一作千眠，一作仟玄。仟，一作阡。鹿蹊兮蹝蹝，貒貉兮蟫蟫。蟫蟫，相随之貌。鹿蹊，一作玄鹿。蹝，一作蹤。蹝蹝，一作继踵。《补》曰：蹊，径也。蹤，吐管切。《集韵》作䠩。《说文》云：禽兽所践处也。貒，音湍，似豕而肥。一音欢。蟫，淫、潭二音。鸖鷂兮轩轩，轩轩，将止之貌。《补》曰：鷂，音耀。鹑鹌兮甄甄。甄甄，小鸟飞貌。鹌，一作鵪。一云：鹑鷃兮飘飘。一作鹑鸽。《补》曰：鹌，乌甘切。哀我兮寡独，靡有兮齐伦。齐，偶。齐，一作匹。意欲兮沉吟，迫日兮黄昏。意且欲迟，望又促暮，当栖宿也。迫，一作白。玄鹤兮高飞，鹤，一作鸛。一云鹍鸡。曾逝兮青冥。青冥，太清。曾，一作增。逝，一作游。鸧鹒兮喈喈，鸧鹒，鹂黄也，喈喈，鸣之和。山鹊兮嘤嘤。嘤嘤，鸣之清也。鸿鸬兮振翅，雁之大者曰鸿。鸬，鸬鹚也。振翅，将飞也。归雁兮于征。征，行也。言将去。吾志兮觉悟，怀我兮圣京。垂屣兮将起，跓俟兮硕明。垂，《释文》作凾，侧夹切。硕，一作须。《补》曰：屣，所尔切。跓，竹句切。《集韵》：重主切，停足。

悼乱

惟昊天兮昭灵，昊天，夏天也。昭，明也。灵，神也。阳气发兮清明。风习习兮和暖，暖，一作暝，古作燸。《补》曰：乃管切。百草萌兮华荣。荣，一作英。堇荼茂兮扶疏，堇，葪也。荼，苦菜也。扶，一作敷。《补》曰：《尔雅》：啮苦堇。注云：今堇葵也。蘅芷雕兮莹嫇。蘅，杜蘅。芷，若芷。皆香草。嫇，一作冥。《补》曰：莹，於铭切。嫇，音铭。愍贞良兮遇害，将夭折兮碎糜。一作靡。时混混兮浇馈，馈，餐也。混混，浊也。言如浇馈之乱也。餐，一作餮。《补》曰：馈，音赞。《说文》云：以羹浇饭。哀当世兮莫知。览往昔兮俊彦，亦诎辱兮系纍。《释文》作累，力桂切。管束缚兮桎梏，百贸易兮傅卖。傅，一作传。《补》曰：《淮南》云：伯里奚转鬻。注云：伯里奚知虞公不可谏，转行自卖于秦，为穆公相。传亦有转音。遭桓缪兮识举，管，管仲。百，百里奚也。管仲为鲁所囚，齐桓释而任之。百里奚，晋徒役，秦缪以五羖之皮赎之为相也。《补》曰：缪，音木。才德用兮列施。德，一作得。且从容兮自慰，以古贤者皆然，缓己忧也。玩琴书兮游戏。《补》曰：戏，音希。迫中国兮迮狭，无所用志，故云迮狭。一作窄陕。吾欲之兮九夷。子欲居九夷，疾时之言也。超五岭兮嵯峨，超，越也。将之九夷，先历五岭之山，言艰难也。观浮石兮崔嵬。东海有浮石之山。崔嵬，山形也。陟丹山兮炎野，复之南方。丹山、炎野，皆在南方也。屯余车兮黄支。一本此句在“就祝融兮稽疑”之下。《补》曰：《杨子》曰：黄支之南。就祝融兮稽疑，黄支，南极国名也。祝融，赤帝之神。稽，合。所以折〔中〕，谋求安己之处也。嘉己行兮无为。嘉，善也。言祝融善己之处。乃回朅兮北逝，复旋至北方也。回，一作迴。《补》曰：朅，去竭切。遇神孈兮宴娭。孈，北方之神名也。言遇神宴而待之。孈，一作嫷。《释文》作孈。音携。欲静居兮自娱，言己遇神而宴乐，亦欲安居自娱也。心愁慼兮不能。慼，一作戚。放余辔兮策驷，复欲去也。放，一作收。忽飙腾兮浮云。一云：忽风腾兮云浮。蹠飞杭兮越海，蹠，一作跖。从安期兮蓬莱。蓬莱，海中山名也。安期生，仙人名也。言欲往求仙也。缘天梯兮北上，登太一兮玉台。登，一作升。使素女兮鼓簧，太一，天帝所在，以玉为台也。乘戈和兮讴谣。乘戈，仙人也。和素女而歌也。《补》曰：张晏云：玉女、青要、乘弋等也。戈字作弋。声嗷诮兮清和，嗷诮，清畅貌。嗷，《释文》作激，音叫。诮，他吊切。《补》曰：

噭，呼也。楚谓儿啦不止曰噭咷。咷，音桌。音晏衍兮要媱。要媱，舞容也。《补》曰：《说文》：媱，曲肩貌。《方言》：媱，游也。江、沅之间，谓戏为媱。咸欣欣兮酣乐，余眷眷兮独悲。言天神众舞，皆喜乐，独己怀悲哀也。顾章华兮太息，章华，楚台名也。太息，忧叹也。志恋恋兮依依。恋，一作郁。

伤时

旻天兮清凉，秋天为旻天。秋节至，故清且凉也。玄气兮高朗。秋冬阳气升，故高朗也。朗，一作明。北风兮潦洌，寒节至也。洌，一作烈。《补》曰：潦，音寮。草木兮苍唐。始凋也。草，一作艸。唐，一作黄。蛜蚗兮噍噍，促寒将蛰，故噍噍鸣。蝍蛆兮穰穰。将变貌。岁忽忽兮惟暮，暮，末。余感时兮凄怆。感时以悲思也。伤俗兮泥浊，矇蔽兮不章。宝彼兮沙砾，捐此兮夜光。夜光，明珠也。椒瑛兮湟污，葈耳兮充房。葈耳，恶草名也。充房，侍近君也。摄衣兮缓带，操我兮墨阳。墨阳，剑名。升车兮命仆，将驰兮四荒。四裔谓之四荒。下堂兮见虿，虿，土螽也。喻佞人欲害贤，如虿之有螫毒。出门兮触蜂。巷有兮蚰蜒，邑多兮螳螂。睹斯兮嫉贼，心为兮切伤。俯念兮子胥，仰怜兮比干。投剑兮脱冕，龙屈兮蜿蟤。蜿蟤，自迫促貌。潜藏兮山泽，匍匐兮丛攒。丛攒，罗布也。窥见兮溪涧，流水兮沄沄。沄沄，沸流。鼋鼍兮欣欣，鳣鲇兮延延。群行兮上下，骈罗兮列陈。自恨兮无友，特处兮茕茕。独行貌。冬夜兮陶陶，长貌。雨雪兮冥冥。神光兮颎颎，鬼火兮荧荧。神光，山川之精，能为光者也。荧荧，小火也。修德兮困控，将谁困控，言无引己也。

愁不聊兮遑生。遑，暇。忧纡兮郁郁，恶所兮写情。

哀岁

陟玉峦兮逍遥，玉峦，昆仑山也。山脊曰峦。逍遥，须臾也。览高冈兮峣峣。山岭曰冈。峣峣，特高也。桂树列兮纷敷，昆仑山多桂树，纷错敷衍。吐紫华兮布条。桂华紫色，布敷条枝。实孔鸾兮所居，孔鸾，大鸟。今其集兮惟鸮。鸮，小鸟也。以言名山宜神鸟处之，犹朝廷宜贤者居位，而今惟小人，故云鸮萃之也。乌鹊惊兮哑哑，神鸟至，则众鸟集从。今反鸮往处之，故惊而鸣也。余顾瞻兮怊怊。怊怊，四远貌。彼日月兮暗昧，日月无光，云雾之所蔽。人君昏乱，佞邪之所惑。障覆天兮祲氛。祲，恶气貌。伊我后兮不聪，后，君。焉陈诚兮效忠。摅羽翮兮超俗，无所效其忠诚，故翻飞而去也。游陶遨兮养神。陶遨，心无所系。乘六蛟兮蜿蝉，蜿蝉，群蛟之形也。龙无角曰蛟。遂驰骋兮升云。扬彗光兮为旗，秉电策兮为鞭。复欲升天，求仙人也。朝晨发兮鄢郢，郢，楚都也。食时至兮增泉。增泉，天汉也。绕曲阿兮北次，次，舍。造我车兮南端。复适南方也。谒玄黄兮纳贽，玄黄，中央之帝也。崇忠贞兮弥坚。虽遥荡天际之间，不失其忠诚也。历九宫兮遍观，九宫，九天之宫也。睹秘藏兮宝珍。就傅说兮骑龙，傅说，殷王武丁之贤相也。死补辰宿。与织女兮合婚。举天罼兮掩邪，罼，宿名也。毕有囚奸名，故欲以掩取邪佞之人也。彀天弧兮射奸。弧，亦星名也。弧矢弓弩，故欲以射奸人也。随真人兮翱翔，真，仙人也。食元气兮长存。元气，天气。望太微兮穆穆，太微，天之中宫。穆穆，和顺也。睨三阶兮炳分。太微之阶。相辅政兮成化，建烈业兮垂勋。当与众仙共辅天帝，成化而建功也。目瞥瞥兮西没，道遐迥兮阻叹。志蓄积兮未通，怅敞罔兮自怜。言升仙之事，迫而不通，故使志不展而自 伤也。

守志

乱曰：天庭明兮云霓藏，三光朗兮镜万方。天清则云霓除，日月星辰昭，君明下理，贤愚得所也。斥蜥蜴兮进龟龙，策谋从兮翼机衡。蜥蜴，喻小人。龟龙，喻君子。璇玑玉衡，以喻君能任贤，斥去小人，以自辅翼也。一云：奋策谋兮。配稷契兮恢唐功，配，匹也。恢，大。唐，尧也。稷、契，尧佐也。言遇明君，则当与稷、契恢夫尧、舜之善也。一曰恢虞功。嗟英俊兮未为双。双，匹也。

楚辞集注

〔宋〕朱熹/集注　吴广平/校点

目　录

楚辞集注

楚辞集注卷第三

楚辞集注卷第四

楚辞集注卷第五

楚辞集注卷第六

楚辞集注卷第七

楚辞集注卷第八

楚辞辨证

楚辞辨证卷上

楚辞辨证卷下

楚辞后语

楚辞后语卷第三

楚辞后语卷第四

楚辞后语卷第五

楚辞后语卷第六

楚辞集注目录

楚辞集注序 朱熹

右《楚辞集注》八卷，今所校定，其第录如上。盖自屈原赋《离骚》而南国宗之，名章继作，通号“楚辞”，大抵皆祖原意，而《离骚》深远矣。

窃尝论之：原之为人，其志行虽或过于中庸而不可以为法，然皆出于忠君爱国之诚心。原之为书，其辞旨虽或流于跌宕怪神、怨怼激发而不可以为训，然皆生于缱绻恻怛、不能自已之至意。虽其不知学于北方，以求周公、仲尼之道，而独驰骋于变《风》、变《雅》之末流，以故醇儒庄士或羞称之。然使世之放臣、屏子、怨妻、去妇抆泪讴吟于下，而所天者幸而听之，则于彼此之间，天性民彝之善，岂不足以交有所发，而增夫三纲五典之重？此予之所以每有味于其言，而不敢直以“辞人之赋”视之也。

然自原著此词，至汉未久，而说者已失其趣，如太史公盖未能免，而刘安、班固、贾逵之书，世不复传。及隋、唐间，为训解者尚五六家，又有僧道骞者，能为楚声之读，今亦漫不复存，无以考其说之得失。而独东京王逸《章句》与近世洪兴祖《补注》并行于世，其于训诂名物之间则已详矣。顾王书之所取舍，与其题号离合之间，多可议者，而洪皆不能有所是正。至其大义，则又皆未尝沉潜反复、嗟叹咏歌，以寻其文词指意之所出，而遽欲取喻立说、旁引曲证，以强附于其事之已然，是以或以迂滞而远于性情，或以迫切而害于义理，使原之所为壹郁而不得申于当年者，又晦昧而不见白于后世。予于是益有感焉。

疾病呻吟之暇，聊据旧编，粗加檃括，定为《集注》八卷。庶几读者得以见古人于千载之上，而死者可作，又足以知千载之下有知我者，而不恨于来者之不闻也。呜呼悕矣，是岂易与俗人言哉！

楚辞集注卷第一

离骚经第一离骚一

《离骚经》者，屈原之所作也。屈原名平，与楚同姓，仕于怀王，为三闾大夫。三闾之职，掌王族三姓，曰昭、屈、景。《战国策》："楚有昭奚恤。"《元和姓纂》云："楚武王子瑕食采于屈，因氏焉。屈重、屈荡、屈建、屈平并其后。"又云："景氏有景差，至汉皆徙关中。"屈原序其谱属，率其贤良，以厉国士。入则与王图议政事，决定嫌疑；出则监察群下，应对诸侯。谋行职修，王甚珍之。同列上官大夫及用事臣靳尚，妒害其能，共谮毁之，王疏屈原。屈原被谗，忧心烦乱，不知所诉，乃作《离骚》。班孟坚曰："离，犹遭也。"颜师古云："扰动曰骚。"洪曰："其谓之经，盖后世之士祖述其词，尊而名之耳，非原本意也。"上述唐、虞、三后之制，下序桀、纣、羿、浇之败，冀君觉悟，反于正道，而还已也。是时，秦使张仪谲诈怀王，令绝齐交，又诱与俱会武关。原谏怀王勿行。不听而往，遂为所胁，与之俱归，拘留不遣，卒客死于秦。而襄王立，复用谗言，迁屈原于江南。屈原复作《九歌》、《天问》、《九章》、《远游》、《卜居》、《渔父》等篇，冀伸己志，以悟君心，而终不见省。不忍见其宗国将遂危亡，遂赴汨罗之渊，自沉而死。汨，音觅。○长沙罗县西北，去县三十里，名为屈潭，即屈原自沉处。今属潭州宁乡县。淮南王安曰："《国风》好色而不淫，《小雅》怨诽而不乱，若《离骚》者，可谓兼之矣。"又曰："蝉蜕于浊秽之中，以浮游尘埃之外，不获世之滋垢，皭然泥而不滓。推此志也，虽与日月争光可也。"宋景文公曰："《离骚》为词赋之祖，后人为之，如至方不能加矩，至圆不能过规矣。"按《周礼》：太师掌六诗以教国子，曰风、曰赋、曰比、曰兴、曰雅、曰颂。而《毛诗大序》谓之六义，盖古今声诗条理无出此者。《风》则闾巷风土男女情思之词，《雅》则朝会燕享公卿大人之作，《颂》则鬼神宗庙祭祀歌舞之乐；其所以分者，皆以其篇章节奏之异而别之也。赋则直陈其事，比则取物为比，兴则托物兴词；其所以分者，又以其属辞命意之不同而别之也。诵《诗》者先辨乎此，则三百篇者若网在纲，有条而不紊矣。不特《诗》也，楚人之词，亦以是而求之，则其寓情草木，托意男女，以极游观之适者，变《风》之流也；其叙事陈情，感今怀古，以不忘乎君臣之义者，变《雅》之类也。至于语冥婚而越礼，摅怨愤而失中，则又《风》、《雅》之再变矣。其语祀神歌舞之盛，则几乎《颂》，而其变也，又有甚焉。其为赋，则如《骚经》首章之云也；比，则香草恶物之类也；兴，则托物兴词，初不取义，如《九歌》沅芷澧兰以兴思公子而未敢言之属也。然《诗》之兴多而比、赋少，《骚》则兴少而比、赋多，要必辨此，而后词义可寻，读者不可以不察也。

帝高阳之苗裔兮，朕皇考曰伯庸。摄提贞于孟陬兮，惟庚寅吾以降。陬，侧鸠反；又子侯反。降，叶乎攻反。○此章赋也。德合天地称帝。高阳，颛顼有天下之号也。颛顼之后，有熊绎者，事周成王，封为楚子，居于丹阳。传国至熊通，始僭称王，徙都于郢，是为武王。生子瑕，受屈为卿，因以为氏。苗裔，远孙也。苗者，草之茎叶，根所生也。裔者，衣裾之末，衣之馀也，故以为远末子孙之称也。朕，我也，古者上下通称之。皇，美也。父死称考。伯庸，字也。屈原自道本与君共祖，世有令名，以至于已，是恩深而义厚也。摄提，星名，随斗柄以指十二辰者也。贞，正也。孟，始也。陬，隅也。正月为陬，盖是月孟春昏时，斗柄指寅，在东北隅，故以为名也。降，下也。原又自言此月庚寅之日，己始下母体而生也。**皇览揆余于初度兮，肇锡余以嘉名。名余曰正则兮，字余曰灵均**。览，一作鉴。余下一无于字。〇赋也。皇，皇考也。览，观也。揆，度也，初度之度，犹言时节也。肇，始也。锡，赐也。嘉，善也。正，平也。则，法也。灵，神也。均，调也。高平曰原，故名平而字原也。正则、灵均，各释其义，以为美称耳。《礼》曰："子生三月，父亲名之。二十则使宾友冠而字之。"故字虽朋友之职，亦父命也。

纷吾既有此内美兮，又重之以修能。扈江离与辟芷兮，纫秋兰以为佩。纷，音坟。重，直用反。能，叶奴代反；一作态，非是。扈，音户。辟，匹亦反。纫，女陈反。〇赋而比也。纷，盛貌。生得日月之良，是天赋我美质于内也。重，再也，非轻重之重。修，长也。能，才也。能，兽名，熊属，多力，故有绝人之才者谓之能。扈，被也。离，香草，生于江中，故曰江离。《说文》曰："蘼芜也。"郭璞曰："似水荠。"辟，幽也。芷，亦香草，生于幽僻之处。纫，续也。兰，亦香草，至秋乃芳。《本草》云："兰，与泽兰相似，生水傍，紫茎赤节，高四五尺，绿叶光润，尖长有歧，阴小紫，花红白色而香，五六月盛。"佩，饰也。《记》曰："佩帨茝兰。"则兰芷之类，古人皆以为佩也。**汩余若将不及兮，恐年岁之不吾与。朝搴阰之木兰兮，夕揽洲之宿莽**。汩，于笔反。不，一作弗。恐，丘用反。搴，音蹇，《说文》作攓。阰，音毗。揽，力敢反；一作揽，一作擥，下一有中字。洲，一作州。莽，莫补反。〇赋而比也。汩，水流去疾之貌。言己之汲汲自修，常若不及者，恐年岁不待我而过去也。搴，拔取也。阰，山名。木兰，木名。《本草》云："皮似桂而香，状如楠树，高数仞，去皮不死。"揽，采也。水中可居者曰洲。草冬生不死者，楚人名曰宿莽。言所采取皆芳香久固之物，以比所行者皆忠善长久之道也。**日月忽其不淹兮，春与秋其代序。惟草木之零落兮，恐美人之迟**

暮。忽，一作曶。零，一作苓。○赋而比也。淹，久也。代，更也。序，次也。零、落，皆坠也。草曰零，木曰落。美人，谓美好之妇人，盖托词而寄意于君也。迟，晚也。此承上章，言己但知朝夕修洁，而不知岁月之不留，至此乃念草木之零落，而恐美人之迟暮，将不得及其盛年而偶之，以比臣子之心唯恐其君之迟暮，将不得及其盛时而事之也。不抚壮而弃秽兮，何不改乎此度？乘骐骥以驰骋兮，来吾道夫先路。乘，一作乘，下同；一作策。驰，一作驰，下同。道，一作导。度、路二韵下，一皆有也字。○赋而比也。三十曰壮。弃，去也。草荒曰秽，以比恶行。骐骥，骏马，以比贤智。言君何不及此年德壮盛之时，弃去恶行，改此惑误之度，而乘骏马以来随我，则我当为君前导，以入圣王之道也。自"汩余"至此，三章同用一韵，意亦相承。

昔三后之纯粹兮，固众芳之所在。杂申椒与菌桂兮，岂维纫夫蕙茝？菌，渠陨反，或从竹。维，当作唯，古通用。茝，昌改反，一作芷。○赋而比也。后，君也。三后，谓禹、汤、文王也。至美曰纯。齐同曰粹。众芳，喻群贤。言三王所以有纯美之德，以众贤辅之也。杂，非一也。椒，木实之香者。申，或地名，或其美名耳。桂，木名，《本草》云："花白叶黄，正圆如竹。"蕙，草名，《本草》云："薰草也。生下湿地，麻叶而方茎，赤花而黑实，气如蘼芜，可以已厉。"陈藏器云："即零陵香也。"言杂用众贤以致治，非独专任一二人而已也。彼尧舜之耿介兮，既遵道而得路。何桀纣之昌被兮，夫唯捷径以窘步。耿，古迥反，又古幸反。昌，一作猖，一作倡。被，一作披，并匹皮反。夫，音扶。后以意求，不能尽出。○赋而比也。耿，光也。介，大也。遵，循也。昌被，衣不带之貌。捷，邪出也。径，小路也。窘，急也。桀纣之乱，若被衣不带者，独以不由正道，而所行蹙迫耳。惟党人之偷乐兮，路幽昧以险隘。岂余身之惮殃兮，恐皇舆之败绩。惟下，一有夫字。乐，音洛。隘，於懈反，叶於力反。身，一作心。殃，一作怏。○赋而比也。惟，思念也。党，朋也。偷，苟且也。幽昧，不明也。险，临危也。隘，履狭也。惮，难也。殃，咎也。皇，君也。绩，功也。君车宜安行于大中至正之道，而当幽昧险隘之地，则败绩矣。故我欲谏争者，非难身之被殃咎也，但恐君国倾危，以败先王之功耳。忽奔走以先后兮，及前王之踵武。荃不揆余之中情兮，反信谗而齌怒。忽，一作曶，一作急。奔，布顿反。先，悉荐反。后，下遘反。荃，七全反，一音孙；一作荪，音同。揆，一作察。中，一作忠。齌，从火齐声，在诣反。一作齐，或作齎，并祖西反；又一作欳。怒，叶上声。○比而赋也，踵，足跟也。武，迹也。追前人者，但见其跟之迹耳。言所以奔走以趋君之所乡，而或出其前，或追其后，以相导之者，欲其有以蹑先王之遗迹也。荃，与荪同。陶隐居云："东间溪侧有名溪荪者，根形气色极似石上菖蒲，而叶无脊。"盖亦香草，故时人以为彼此相谓之通称。此又借以寓意于君也。齌，炊餔疾也。余固知謇謇之为患兮，忍而不能舍也。指九天以为正兮，夫唯灵修之故也。謇，居辇反。忍上，一有余字，一无而字。舍，尸夜反，叶尸预反；或音捨，非是。一无二也字。○赋而比也。謇謇，难于言也。直词进谏，已所难言，而君亦难听，故其言之出有不易者，如謇吃然也。舍，止也。言已知忠言謇謇，必为身患，然中心不能自止而不言也。九天，天有九重也。正，平也。灵修，言其有明智而善修饰，盖妇悦其夫之称，亦托词以寓意于君也。此又上指九天，告语神明，使平正之，明非为身谋及为他人之计，但以君之恩深而义重，是以不能自已耳。曰黄昏以为期兮，羌中道而改路。一无此二句。洪曰："王逸不注此二句，后章始释羌义。疑此后人所增也。"羌，起羊反。○比也。曰者，叙其始约之言也。黄昏者，古人亲迎之期，《仪礼》所谓初昏也。羌，楚人发语端之词，犹言"卿何为"也。中道而改路，则女将行而见弃，正君臣之契已合而复离之比也。洪说虽有据，然安知非王逸以前此下已脱两句邪？更详之。初既与余成言兮，后悔遁而有他。余既不难夫离别兮，伤灵修之数化。遁，一作遯。他，一作佗。一无夫字。数，所角反。化，叶虎瓜反。○比也。成言，谓成其要约之言也。悔，改也。遁，移也。近曰离，远曰别。言我非难与君离别也，但伤君志数变易，无常操也。

余既滋兰之九畹兮，又树蕙之百畮。畦留夷与揭车兮，杂杜衡与芳芷。滋，一作蕃；与栽同。畹，於远反。畮，古亩字，莫后反，叶满彼反。留夷，一作葍荑。揭，一作藒，又作藹，并丘谒反，又起例反。衡，一作蘅。○比也。滋，莳也。畹，十二亩，或曰三十亩也。树，种也。六尺为步，步百为亩。畦，陇种也。留夷、揭车，皆芳草。杜蘅，似葵而香，叶似马蹄，故俗云马蹄香也。言己种莳众香，修行仁义，以自洁饰，朝夕不倦也。冀枝叶之峻茂兮，愿竢时乎吾将刈。虽萎绝其亦何伤兮，哀众芳之芜秽。峻，一作葰，音峻。竢，一作俟。萎，於危反。○比也。冀，幸也。峻，长也。刈，获也。萎，病也。绝，落也。言此众芳虽病而落，何能伤于我乎？但伤善道不行，如香草之芜秽耳。

众皆竞进以贪婪兮，凭不厌乎求索。羌内恕己以量人兮，各兴心而嫉妒。以，一作而。婪，音蓝，又力含反。凭，一作冯。索，所格反；一叶苏故反。一无己字。量，力香反。兴，一作与，非是。若索音素，即妒如字；若索从所格读，则妒叶音跖。○赋也。并逐曰竞，爱财曰贪，爱食曰婪。凭，满也；楚人谓满曰凭。以心揆心为恕。量，度也。兴，生也。害贤为嫉，害色为妒。言在位之臣，心皆贪婪，内以其志量度他人，谓与己同，则各生嫉妒之心也。忽驰骛以追逐兮，非余心之所急。老冉冉其将至兮，恐修名之不立。骛，音务。○赋也。骛，乱驰也。冉冉，渐也。修名，长名，或曰修洁之名也。朝饮木兰之坠露兮，夕餐秋菊之落英。苟余情其信姱以练要兮，长顑颔亦何伤！饮，於锦反。餐，一作湌，并七安反。英，叶於姜反。姱，苦瓜反。要，於笑反。顑，虎感反，又古湛反。颔，户感反，又鱼检反。颔，一作頷。○比也。英，华也。饮露、餐华，言动以香洁自润泽也。苟，诚也。信，实也。练要，言所修精练、所守要约也。顑颔，食不饱而面黄之貌。擥木根以结茝兮，贯薜荔之落蕊。矫菌桂以纫蕙兮，索胡绳之纚纚。擥，音览；一作掔，启妍反。茝，一作芷。薜，蒲计反。荔，郎计反。索，苏各反。纚，所绮反。○比也。薜荔，香草也，缘木而生。蕊，花萼须粉虆虆然者也。矫，举也。胡绳，亦香草，有茎叶，可作绳索。纚纚，索好貌。謇吾法夫前修兮，非世俗之所服。虽不周于今之人兮，愿依彭咸之遗则。謇，一作蹇。服，叶蒲北反。○赋也。謇，难词也。前修，谓前代修德之人。周，合也。彭咸，殷贤大夫，谏其君不听，自投水而死。遗，馀也。则，法也。长太息以掩涕兮，哀民生之多艰。余虽好修姱以鞿羁兮，謇朝谇而夕替。鞿，居依反。羁，居宜反。谇，与讯同，音信，又音粹。替与艰叶，未详。或云：艰，居垠反；替，它因反。○赋也。掩涕，犹抆泪也。哀此民生遭乱世而多难也。修姱，谓修洁而美好。鞿羁，以马自喻；缰在口曰鞿，革络头曰羁。言自绳束不放纵也。谇，谏也。《诗》曰："谇予不顾。"今《诗》作"讯"。讯，告也。替，废也。既替余以蕙纕兮，又申之以揽茝。亦余心之所善兮，虽九死其犹未悔。纕，息羊反。一无以字，非是。茝，一作芷。悔，虎猥反。○赋而比也。纕，佩带也。申，重也。此言君之废我，以蕙茝为赐而遣之，如待放之臣，予之以玦，然后去也。然二物芬芳，乃余心之所善，幸而得之，则虽九死而不悔，况但废替而已乎！怨灵修之浩荡兮，终不察夫民心。众女嫉余之蛾眉兮，谣诼谓余以善淫。蛾，一作娥，非是。谣，音遥。诼，音卓。以，一作之。○比也。浩荡，无思虑貌。民，谓众人也。蛾眉，谓眉之美好如蚕蛾之眉也。《尔雅》云："徒歌谓之谣。"《方言》云："楚南谓诉为诼。"固时俗之工巧兮，偭规矩而改错。背绳墨以追曲兮，竞周容以为度。偭，音面。错，七故反。追，古随字。○比也。偭，背也。规，所运以为圆之筳也。矩，所拟以为方之器，今曲尺也。错，置也。绳墨，引绳弹墨以取直者，今墨斗绳是也。追，犹随也。言舍直而随曲也。竞，争也。周，合也。度，法也。言争以苟合求容为常法也。洪曰："偭规矩而改错者，反常而妄作。背绳墨以追曲者，枉道以从时。”忳郁邑余侘傺兮，吾独穷困乎此时也。宁溘死以流亡兮，余不忍为此态也。忳，徒浑反。邑，一作悒。侘，敕加、敕驾二反。傺，丑利、敕界二反。一无二也字。溘，苦答反，又苦合反。以，一作而。态，叶土宜反。○赋也。忳，忧貌。侘傺，失志貌。侘，犹堂堂也，又立也。傺，住也。楚人语也。溘，奄也。言我宁奄然而死，不忍为此邪淫之态也。鸷鸟之不群兮，自前世而固然。何方圜之能周兮，夫孰异道而相安？鸷，脂利反。圜，一作圆。周，一作同。安，叶一先反。○比也。鸷，执也，谓鸟之能执伏众鸟者，鹰鹯之类也。不群，言其执志刚厉，居常特处，不与众鸟为群也。周，合也。圆凿方枘，不能相合，以其异道，故不能相安。贤者之居乱世，亦犹是也。屈心而抑志兮，忍尤而攘诟。伏清白以死直兮，固前圣之所厚。攘，而羊反，诟，一作诟，并呼漏反；又或作垢。○赋也。抑，按也。尤，过也。攘，除也。诟，耻也。言与世已不同矣，则但可屈心而抑志，虽或见尤于人，亦当一切隐忍而不与之校，虽所遭者或有耻辱，亦当以理解遣，若攘却之而不受于怀。盖宁伏清白而死于直道，尚足为前圣之所厚，如比干谏死，而武王封其墓，孔子称其仁也。自怨灵修以下至此，五章一意，为下章回车复路起。

悔相道之不察兮，延伫乎吾将反。回朕车以复路兮，及行迷之未远。相，息亮反。伫，直吕反。回，一作迴。○比也。悔，追恨也。察，明审也。延，引颈也。伫，跂立也。回，旋转也。迷，惑误也。言既至于此矣，乃始追恨前日，相视道路未能明审，而轻犯世患，遂引颈跂立，而将旋转吾车，以复于昔来之路，庶几犹得及此惑误未远之时，觉悟而还归也。步余马于兰皋兮，驰椒丘且焉止息。进不入以离尤兮，退将复修吾初服。焉，尤虔反。离，力智反。一无复字。服，叶蒲北反。○比也。步，徐行也。泽曲曰皋，其中有兰，故曰兰皋。丘上有椒，故曰椒丘。徐步、驰走，而遂止息，必依椒兰，不忘芳香，以自清洁，所谓回朕车以复路也。进既不入以离尤，则亦退而复修吾初服耳。制芰荷以为衣兮，櫜芙蓉以为裳。不吾知其亦已兮，苟余情其信芳。芰，奇寄反。櫜，古集字，一作集。○比也。制，裁也。芰，菱也，生水中，叶浮水上，花黄白色，实紫色，两头锐者也。荷，莲叶也。芙蓉，莲花也。《本草》云："莲，其叶名荷，其花未发为菡萏，已发为芙蓉。"上曰衣，下曰裳。言被服益洁、修善益明也。此与下章，即所谓修吾初服也。高余冠之岌岌兮，长余佩之陆离。芳与泽其杂糅兮，唯昭质其犹未亏。岌，鱼及反。糅，女救反。下同。○赋也。岌岌，高貌。佩，玉佩也。陆离，美好分散之貌。芳，谓以香物为衣裳。泽，谓玉佩有润泽也。糅，亦杂也。唯，独也。昭，明也。言独此光明之质，有退藏而无亏缺，所谓道行则兼善天下，不用则独善其身也。忽反顾以游目兮，将往观乎四荒。佩缤纷其繁饰兮，芳菲菲其弥章。缤，匹宾反。○比也。荒，远也。缤纷，盛貌。繁，众也。菲菲，犹勃勃，芳香貌也。章，明也。言虽已回车反服，而犹未能顿忘此世，故复反顾而将往观乎四方绝远之国，庶几一遇贤君，以行其道。佩服愈盛而明，志意愈修而洁也。民生各有所乐兮，余独好修以为常。虽体解吾犹未变兮，岂余心之可惩。乐，五教反。好，呼报反。修，一作循，非是。解，古买反。岂，一作非。可，一作何，非是。惩，叶直良反。○赋也。言人生各随气习，有所好乐，或邪或正，或清或浊，种种不同；而我独好修洁以为常。虽以此获罪于世，至于屠戮支解，终不惩创而悔改也。自悔相道至此五章，又承上文清白以死直之意，而下为女媭詈予起也。

女媭之婵媛兮，申申其詈予。曰："鲧婞直以亡身兮，终然殀乎羽之野。媭，私俞反。婵，音蝉。媛，音爰。一作撣援。詈，一作骂。予，叶音与。鲧，古本反，与鲧同，一作鯀。婞，一作悻，胡冷反，又胡颈反，又音胫。殀，一作夭，并於矫反。野，叶上与反。○赋也。女媭，屈原姊也。婵媛，眷恋牵持之意。申申，舒缓貌也。曰，记女媭之词也。鲧，尧臣也。《帝系》曰："颛顼后五世而生鲧。"婞，很也。早死曰殀。言尧使鲧治洪水，婞很自用，不顺尧命，乃殛之羽山，死于中野。女媭以屈原刚直太过，恐亦将如鲧之遇祸也。汝何博謇而好修兮，纷独有此姱节？薋菉葹以盈室兮，判独离而不服。”謇，一作蹇，非是。好，呼报反。节，叶音即。薋，自资反；亦作茨。菉，力玉反。葹，商支反。服，叶蒲北反。○赋而比也。此亦女媭言也。博謇，谓广博而忠直。纷，盛貌。姱节，姱美之节也。薋，蒺藜也。菉，王刍也。葹，枲耳也。三物皆恶草，以比谗佞。盈室，喻满朝也。判，别也。言众人皆佩此恶草，汝何独判然离别，不与众同也。众不可户说兮，孰云察余之中情？世并举而好朋兮，夫何茕独而不予听？说，输芮反。茕，一作惸，并渠营反。不字疑衍。听，叶它丁反。○赋也。朋，党也。茕，孤也。屈原外困群佞，内被姊詈，故言众人不可户户而说，必不能察己之中情，况世人又方并为朋党，何能哀我茕独而见听乎！为下章就舜陈辞起。

依前圣以节中兮，喟凭心而历兹。济沅湘以南征兮，就重华而敶词：以，一作之。喟，丘愧反。沅，音元。敶，古陈字，一作陈。○赋而比也。节，度也。喟，叹也。凭，满也，恚盛貌，《左传》、《列子》、《天问》皆云“凭怒”是也。历，经历之意。沅、湘，皆水名。沅水出象郡镡城西，东注江，合洞庭中。湘水出帝舜葬东，入洞庭下。重华，舜号也。《帝系》曰：“瞽叟生重华，是为帝舜，葬于九疑山，在沅湘之南。”洪曰：“天下明德，皆自虞帝始，其于君臣之际详矣。屈原以世莫能察己之志，故欲就之而陈词。”如下文所云也。启《九辩》与《九歌》兮，夏康娱以自纵。不顾难以图后兮，五子用失乎家衖。难，乃旦反。衖，一作巷，与巷同，叶乎贡反；一作居，非是。○自此以下，皆比而赋也。启，禹子也。《九辩》、《九歌》，禹乐也。言禹平治水土，以有天下，启能承先志，缵叙其业，故九州之物皆可辩数，九功之德皆有次序而可歌也。夏康，启子太康也。娱，乐也。纵，放也。图，谋也。五子，太康昆弟五人也。家衖，宫中之道，所谓永巷也。太康以逸豫灭厥德，盘游无度，田于洛南，十旬弗反，有穷后羿距之于河，而五子用此亦失其家衖，言国破而家亡也。事见《尚书·大禹谟》及《五子之歌》。此为舜言之，故所言皆舜以后事也。**羿淫游以佚畋兮，又好射夫封狐。固乱流其鲜终兮，浞又贪夫厥家。**羿，五计反。佚，音逸。畋，一作田。射，食亦反。固，一作国，非是。鲜，一作尠，并先典反。浞，食角反。家，叶古胡反。○羿，有穷之君，夏时诸侯也。封，大也。浞，寒浞，羿相也。妇谓之家。言羿因夏衰乱，代之为政，娱乐畋猎，不恤民事，信任寒浞，使为国相。羿畋将归，浞使家臣逢蒙射而杀之，贪取其家以为己妻。羿以乱得政，身即灭亡，故曰乱流鲜终也。**浇身被服强圉兮，纵欲而不忍。日康娱而自忘兮，厥首用夫颠陨。**浇，五吊反；又作奡，五耗反。服，一作于。圉，鱼吕反。欲下一有杀字，非是。而，一作以。夫，一作以；一无夫字。颠，一作巅。○浇，寒浞子也。强圉，多力也。言浞取羿妻而生浇，强梁多力，纵放其欲，不能自忍也。康，安也。自上而下曰颠。陨，坠也。言浇既灭杀夏后相，安居无忧，日作淫乐，忘其过恶，卒为相子少康所诛。此二章事并见《左传》襄公四年、哀公五年。**夏桀之常违兮，乃遂焉而逢殃。后辛之菹醢兮，殷宗用之不长。**菹，侧鱼反。醢，音海。之，一作而。○违，背也，言背道也。逢殃，为汤所放也。后辛，即纣也。藏菜曰菹，肉酱曰醢。纣为无道，杀比干，醢梅伯，武王诛之。殷宗遂绝，不得长久也。**汤禹俨而祗敬兮，周论道而莫差。举贤才而授能兮，循绳墨而不颇。**俨，一作严，并鱼检反。差，七何反。一无才字。循，一作修，非是。颇，一作陂，并普禾反。○俨，畏也。祗，亦敬也。周，周家也。差，过也。言殷汤、夏禹、周之文王，受命之君，皆畏天敬贤，讲论道义，无有过差，又举贤才，遵法度而无偏颇，故能获神人之助，子孙蒙其福祐，如下章也。**皇天无私阿兮，览民德焉错辅。夫维圣哲之茂行兮，苟得用此下土。**错，七故反。之，一作以。行，下孟反。○窃爱为私。所私为阿。错，置也。辅，佐也，犹言惟德是辅也。言皇天神明，无所私阿，观民之德，有圣贤者，则置其辅助之力，而立以为君也。哲，智也。茂，盛也。苟，诚也。下土，谓天下也。言圣哲之人，有甚盛之行，故能有此下土而用之也。瞻前而顾后兮，相观民之计极。夫孰非义而可用兮，孰非善而可服？相，息亮反。服，叶蒲北反。○瞻，临视也。顾，还视也。相观，重言之也。计，谋也。极，穷也。前，谓往昔之是非。后，谓将来之成败。服，事也。言瞻前顾后，则人事之变尽矣，故见民之计谋，于是为极，而知唯义为可用，唯善为可行也。阽余身而危死兮，览余初其犹未悔。不量凿而正枘兮，固前修以菹醢。阽，余廉反。死下一有节字。悔，呼磊反。量，音良。凿，音漕。正，一作进。枘，而锐反。○阽，临危也，言近边而欲堕也。危死，言几死也。凿，穿孔也。枘，刻木端所以入凿者也。正，谓审其正而纳之也。此承上章言惟善为可行，而前修乃有以此而至于菹醢，若龙逄、梅伯者然，亦不敢以为悔也。曾歔欷余郁邑兮，哀朕时之不当。揽茹蕙以掩涕兮，沾余襟之浪浪。曾，一作增。歔，许居反。欷，许衣反，又许毅反。当，平声。揽，一作擥，一作擥。茹，如吕反。浪，音郎。○曾，累也。歔欷，哀泣之声也。郁邑，忧也。哀时不当者，自哀生不当举贤之时，而值菹醢之世也。茹，柔软也。沾，濡也。衣眦谓之襟。浪浪，流貌。言心悲泣下，而犹引取柔软香草以自掩拭，不以悲故失仁义之则也。

跪敷衽以陈辞兮，耿吾既得此中正。驷玉虬以乘鹥兮，溘埃风余上征。跪，巨委反。辞，一作词。耿，古迥反。正，叶音征。虬，一作虯，并渠幽反。鹥，乌鸡反，又乌计反；一作翳。溘，一作壒。○敷，布也。衽，裳际也。耿，明也。有角曰龙，无角曰虬。鹥，凤类，身有五采。溘，奄忽也。埃，尘也。征，行也。此言跪而敷衽，以陈如上之词于舜，而耿然自觉吾心已得此中正之道，上与天通，无所间隔，所以埃风忽起，而余遂乘龙跨凤以上征也。然此以下多假托之词，非实有是物与是事也。朝发轫于苍梧兮，夕余至乎县圃。欲少留此灵琐兮，日忽忽其将暮。轫，音刃。县，音玄，一作悬。少，一作夕，非是。琐，先果反，一作璅。○轫，搘车木也，将行则发之。苍梧，舜所葬也。县圃，在昆仑之上。灵，神也。琐，门镂也，文如连琐；以青画之，则曰青琐。**吾令羲和弭节兮，望崦嵫而勿迫。路曼曼其修远兮，吾将上下而求索。**弭，弥耳反。崦，音淹。嵫，音兹。古但作奄兹。勿，一作未，非是。曼，莫半反，又莫官反；一作漫。索，所格反。○羲和，尧时主四时之官，宾日、饯日者也。弭，按也，止也，按节徐行也。崦嵫，日所入之山也。迫，附近也。曼曼，远貌。修，长也。求索，求贤君也。言欲令羲和按节徐行，望日所入之山，且勿附近，冀及日之未暮而遇贤君也。**饮余马于咸池兮，总余辔乎扶桑。折若木以拂日兮，聊逍遥以相羊。**饮，於禁反。扶，《说文》作榑。逍遥，一作须臾。相，息羊反；羊，一作佯；《玉篇》引作儴徉，音同。○咸池，日浴处也。总，结也。扶桑，木名，日出其下也。若木，亦木名，在昆仑西极，其华光照下地。拂，击也。聊，且也。逍遥、相羊，皆游也。**前望舒使先驱兮，后飞廉使奔属。鸾皇为余先戒兮，雷师告余以未具。**属，叶章喻反；或如字，则具字亦叶入声。皇，一作凤。为，于伪反。余先，一作我前。余，一作我。○望舒，月御也。飞廉，风伯也。属，连也。鸾，凤之佐也。皇，雌凤也。雷师，丰隆也。**吾令凤鸟飞腾兮，继之以日夜。飘风屯其相离兮，帅云霓而来御。**夜，如字；或叶羊茹反。屯，徒浑反。帅，一作率。霓，一作蜺，五稽、五历、五结三反，此从五稽反。御，叶音迓，或如字。○凤，灵鸟也。《山海经》云："丹穴之山有鸟焉，其状如鸡，五彩而文，曰凤鸟。是鸟也，饮食则自歌自舞，见则天下大康宁。"飘风，回风也。屯，聚也。霓，虹属，阴阳交会之气也。郭璞云："雄曰虹，谓明盛者。雌曰蜺，谓暗微者。云薄漏日，日照雨点则生也。"御，迎也。**纷总总其离合兮，斑陆离其上下。吾令帝阍开关兮，倚阊阖而望予。**斑，亦作班。下，叶音户。予，叶音与。○纷，盛多貌。总总，聚貌。斑，乱貌。帝，谓天帝也。阍，谓主以昏闭门之隶也。阊阖，天门也。令帝阍开门，将入见帝，更陈己志，而阍不肯开，反倚其门，望而拒我，使不得入。盖求大君而不遇之比也。时暧暧其将罢兮，结幽兰而延伫。世溷浊而不分兮，好蔽美而嫉妒。暧，音爱。罢，音皮。溷，胡困反。好，呼报反。妒，叶丁五反。〇暧暧，昏昧貌。罢，极也。结幽兰而延伫，言以芳香自洁而无所趋向也。溷，乱也。既不得入天门以见上帝，于是叹息世之溷浊而嫉妒，盖其意若曰："不意天门之下，亦复如此。"于是去而它适也。

朝吾将济于白水兮，登阆风而緤马。忽反顾以流涕兮，哀高丘之无女。阆，音郎，又音浪。緤，一作绁，并音薛。马，叶满补反。〇《淮南子》言："白水出昆仑之山。"阆风，山上也。女，神女，盖以比贤君也。于此又无所遇，故下章欲游春宫，求虙妃、见佚女、留二姚，皆求贤君之意也。溘吾游此春宫兮，折琼枝以继佩。及荣华之未落兮，相下女之可诒。佩，叶音备。相，息亮反。诒，叶音异。〇溘，奄也。春宫，东方青帝舍也。继，续也。荣华，喻颜色也。落，堕也。相，视也。下女，谓神女之侍女也。诒，遗也。游春宫、折琼枝，正欲及荣华之未落，而因下女以通意于神妃也。吾令丰隆乘云兮，求虙妃之所在。解佩纕以结言兮，吾令蹇修以为理。虙，房六反；一作宓，莫笔反。在，叶才里反。纕，息羊反。或曰：在如字，即理叶音赖。〇丰隆，雷师。虙妃，伏羲氏女，溺洛水而死，遂为河神。纕，佩带也。蹇修，人名。理，为媒以通词理也。盖雷迅疾而威震，求无不获，故欲使之求神女之所在；而令蹇修致佩纕以为理。则蹇修似是下女之能为媒者，然亦未有考也。纷总总其离合兮，忽纬繣其难迁。夕归次于穷石兮，朝濯发乎洧盘。纬，音徽，一作徽。繣，呼麦反，又音画；一作愐。二字一作徽愐。洧，于轨反。盘，叶蒲延反。〇纬繣，乖戾也。迁，移也。言蹇修既持其佩带以通言，而谗人复毁败之，令其意一合一离，遂以乖戾而见拒绝，其意难移也。次，舍也。穷石，山名，在张掖，即后羿之国也。洧盘，水名。保厥美以骄傲兮，日康娱以淫游。虽信美而无礼兮，来违弃而改求。傲，一作敖，一作骜。○倨简曰骄。侮慢曰傲。康，安也。违，去也。言虙妃骄傲淫游，虽美而不循礼法，故弃去而改求也。览相观于四极兮，周流乎天余乃下。望瑶台之偃蹇兮，见有娀之佚女。相，息亮反。下，叶音户。娀，音嵩。佚，一作泆，并音逸。○四极，四方极远之地。瑶，玉之美者。偃蹇，高貌。有娀，国名。佚，美也。谓帝喾之妃契母简狄也。事见《商颂》。《吕氏春秋》曰："有娀氏有美女，为之高台而饮食之。"吾令鸩为媒兮，鸩告余以不好。雄鸠之鸣逝兮，余犹恶其佻巧。令，音零。鸩，直禁反。好，如字。雄，一作鴆，羽弓反；黄云呼故反，然则鸿字欤？恶，乌路反。佻，吐雕反，又吐了反；又音眺。巧，叶苦老反。○鸩，运日也，羽有毒，可杀人；以喻谗佞贼害人也。告予以不好者，其性谗贼，不肯为媒，而反间我也。雄鸠，鹘鸠也，仙山鹊而小，短尾，青黑色，多声。佻，轻也。巧，利也。又使雄鸠衔命而往，然其性轻佻，巧利多语，言而无要，实复不可信用也。心犹豫而狐疑兮，欲自适而不可。凤皇既受诒兮，恐高辛之先我。犹，如字，又音柚。诒，异眉反；一作诏，非是。○犹，犬子也。人将犬行，犬好豫在人前，待人不得，又来迎候，故谓不决曰犹豫。狐多疑而善听，河冰始合，狐听其下，不闻水声乃敢过。故人过河冰者，要须狐行，然后敢渡，因谓多疑者为狐疑。高辛，帝喾有天下之号也。言以鸩鸠皆不可使，故中心疑惑，意欲自往，而于礼有不可者，凤皇又已受高辛之遗而来求之，故恐简狄先为喾所得也。欲远集而无所止兮，聊浮游以逍遥。及少康之未家兮，留有虞之二姚。集，一作进，非是。少，失照反。姚，音遥。○少康，夏后相之子也。有虞，国名。姚，姓，舜后也。以二女妻少康事，见《左传》。言既失简狄，欲适远方，又无所向，故愿及少康未娶于有虞之时，留此二姚也。理弱而媒拙兮，恐导言之不固。世溷浊而嫉贤兮，好蔽美而称恶。好，呼报反。美，一作善。恶，叶乌路反。○弱，劣也。拙，钝也。恐道理弱于少康，而媒又无巧辞也。盖不待其不合，而已自知其必无所成矣，故再言世之溷浊而嫉贤蔽美，盖以为虽四方之远，而其风俗之不美，无以异于齐州也。闺中既以邃远兮，哲王又不寤。怀朕情而不发兮，余焉能忍而与此终古？既下，一有以字。邃，息遂反。一无而字。古，叶音故。○小门谓之闺。邃，深也。哲，知也。寤，觉也。终古者，古之所终，谓来日之无穷也。闺中深远，盖言虙妃之属不可求也。哲王不寤，盖言上帝不能察司阍壅蔽之罪也。言此以比上无明王、下无贤伯，使我怀忠信之情不得发用，安能久与此暗乱嫉妒之俗终古而居乎？意欲复去也。

索藑茅以筳篿兮，命灵氛为余占之。曰："两美其必合兮，孰信修而慕之？索，所格反。藑，一作琼，并音琼。筳，音廷。篿，音专。占之、慕之，两之字自为韵。○索，取也。藑茅，灵草也。筳，小折竹也，楚人名结草折竹以卜曰篿。灵氛，古明占吉凶者。两美，盖以男女俱美比君臣俱贤也。言两美终虽必合，然楚国孰有能信汝之修洁而慕之者？宜以时去也。思九州之博大兮，岂惟是其有女？"曰："勉远逝而无狐疑兮，孰求美而释女？一无狐字。有女之女，如字。释女之女，音汝。○此亦灵氛之词。美女以比贤君，求美以比求贤夫。言天下之大，非独楚有美女，但当远逝而无疑，岂有美女求贤夫而舍汝者乎？何所独无芳草兮，尔何怀乎故宇？"世幽昧以眩曜兮，孰云察余之善恶？宇，一作宅，待洛反。《尚书》、《周礼》古文宅、度多通用也。眩，荧绢反。善恶，一作美恶。宅作宇则上声，宇作宅则如字。善恶，一作中情，非是。上文别有此句，此章韵不叶也。○何所独无芳草，即上章岂惟是有其女之意，又申言之而勉其行，亦灵氛之言也。眩，目无主也。世幽昧而莫能察已以下，乃原自念之词，言虽往而亦将无所合也。民好恶其不同兮，惟此党人其独异。户服艾以盈要兮，谓幽兰其不可佩。好、恶，并去声。要，於遥反，即古腰字。其，一作兮，一作之。佩，叶音备。○党，朋也。言人性固有不同，而党人为尤甚也。艾，白蒿，非芳草也，服之满腰，而反谓兰为臭恶而不可佩，言其亲爱谗佞而憎远忠直也。

览察草木其犹未得兮，岂珵美之能当？苏粪壤以充帏兮，谓申椒其不芳。一无览字。犹，一作独，非是。珵，音呈。帏，音晖。○珵，美玉也。《相玉书》言："珵大六寸，其耀自照。"言时人观草木尚不能别其香臭，岂能知玉之美恶所当乎！苏，取也。《史记》"樵苏后爨"，谓取草也。帏，谓之幐，即香囊也。亦言其近小人而远君子也。自念之词止此。

欲从灵氛之吉占兮，心犹豫而狐疑。巫咸将夕降兮，怀椒糈而要之。糈，音所。要，於遥反。○巫咸，古神巫也，当殷中宗之世。降，下也。椒，香物，所以降神。糈，精米，所以享神。又叙其事，言巫咸将以日夕从天而下，愿怀椒糈而要之，使占此吉凶也。百神翳其备降兮，九疑缤其并迎。皇剡剡其扬灵兮，告余以吉故。翳，於计反。疑，一作嶷。迎，鱼庆反，叶音御。剡，以冉反。○翳，蔽也。缤，盛貌。九疑，在零陵、苍梧之间；疑，似也，山有九峰，其形相似，游者疑焉，故曰九疑也。言巫咸既将百神蔽日来下，舜又使九疑之神纷然来迎己也。皇，谓百神。剡剡，光也。扬灵，发其光灵也。曰："勉陞降以上下兮，求榘矱之所同。汤禹俨而求合兮，挚咎繇而能调。陞，一作升。上，时掌反。下，遐驾反。榘，俱雨反；一作矩。矱，纡缚反；又乌郭反；一作蒦。俨，一作严。咎繇，一作皋陶。调，叶音同，《诗·车攻》之五章有此例。○曰，记巫咸语也。陞降、上下，陞而上天，下而至地也。榘，与矩同，所以为方之器也。矱，度也，所以度长短者也。挚，伊尹名。咎繇，舜士师。言陞降上下，而求贤君与我皆能合乎此法者，如汤之得伊尹、禹之得咎繇，始能调和而必合也。苟中情其好修兮，又何必用夫行媒。说操筑于傅岩兮，武丁用而不疑。好，呼报反。一无又字。媒，叶莫悲反。说，音悦。操，七刀反。○行媒，喻左右之先容也。言诚心好善，则精感神明，贤君自当举而用之，不必须左右荐达也。说，傅说也。傅岩，地名。武丁，殷之高宗也。言傅说抱道怀德，而遭遇刑罚，操筑作于傅岩，武丁思想贤者，梦得圣人，以其形像求之，因得傅说，登以为公，道用大兴，为殷高宗也。孔安国曰："傅氏之岩在虞、虢之界，通道所经，有涧水坏道，常使胥靡刑人筑护此道。说贤而隐，代胥靡筑之，以供食也。"吕望之鼓刀兮，遭周文而得举。宁戚之讴歌兮，齐桓闻以该辅。吕望，太公也，亦姓姜氏，从其封姓，故曰吕也。鼓，鸣也。太公避纣，居东海之滨，闻文王作，兴而往归之，至于朝歌，道穷困，因自鼓刀而屠，遂西钓于渭滨。文王梦得圣人，于是出猎而遇之，遂载以归，用以为师，言："吾先公望子久矣！"因号为太公望。该，备也。宁戚，卫人，修德不用，退而商贾，宿齐东门外，威公夜出，宁戚方饭牛，叩角而商歌曰："南山粲，白石烂。生不遭尧与舜禅。短布单衣适至骭，从昏饭牛薄夜半。长夜漫漫何时旦？"威公闻之，曰："异哉，歌者非常人也！"命后车载之，用为客卿，备辅佐也。及年岁之未晏兮，时亦犹其未央。恐鹈鴂之先鸣兮，使夫百草为之不芳。"其，一作而。鹈，一作鹎，音题，一音弟。鴂，音决，一音桂。一无夫字。为，于伪反。一无为字。○晏，晚也。央，尽也。鹈鴂，鸟名，即《诗》所谓"七月鸣鵙"者。盖鴂、鵙声相近，又其声恶，阴气至，则先鸣而草死也。巫咸之言止此。亦勉原，使及此身未老，时未过而速行之意。鹈鴂先鸣，以比时一过，则事愈变而愈不可为也。

何琼佩之偃蹇兮，众薆然而蔽之。惟此党人之不谅兮，恐嫉妒而折之。佩，一作珮。薆，音爱。蔽，如字，又叶音鳖。谅，一作亮。蔽如字，即折叶音制；蔽音鳖，即折音哲。○此下至终篇，又原自序之词。偃蹇，众盛貌。言我所佩琼玉德美之盛，盖以自况也。薆，亦蔽之盛也。谅，信也。折，毁败也。时缤纷以变易兮，又何可以淹留？兰芷变而不芳兮，荃蕙化而为茅。以，一作其。茅，叶莫侯反。○缤纷，乱也。不可淹留，宜速去也。茅，恶草，以喻不肖。《补》曰："上云谓幽兰其不可佩，以幽兰之别于艾也。谓申椒其不芳，以申椒之别于粪壤也。今曰兰芷不芳，荃蕙为茅，则更与之俱化矣。当是时也，守死而不变者，楚国一人而已，屈子是也。"何昔日之芳草兮，今直为此萧艾也？岂其有他故兮，莫好修之害也。一无萧字。一无二也字。好，呼报反。○萧艾，贱草，亦以喻不肖。世乱俗薄，士无常守，乃小人害之，而以为莫如好修之害者，何哉？盖由君子好修，而小人嫉之，使不容于当世。故中材以下，莫不变化而从俗，则是其所以致此者，反无有如好修之为害也。东汉之亡，议者以为党锢诸贤之罪，盖反其词以深悲之，正屈原之意也。余以兰为可恃兮，羌无实而容长。委厥美以从俗兮，苟得列乎众芳。此即上章兰芷变而不芳之意。容长，谓徒有外好耳。委，弃也。详见下章。椒专佞以慢慆兮，榝又欲充夫佩帏。既干进而务入兮，又何芳之能祗？慢，马谏反；一作谩；一作漫。慆，吐刀反；一作谄。榝，音杀。夫，一作其，非是。帏，音晖。而，一作以。○慆，淫也。《书》曰："无即慆淫。"榝，茱萸也。帏，盛香之囊也。椒，亦芳烈之物，而今亦变为邪佞。茱萸固为臭物，而今又欲满于香囊。盖但知求进而务入于君，则又何能复敬守其芬芳之节乎？固时俗之流从兮，又孰能无变化？览椒兰其若兹兮，又况揭车与江离！流从，一作从流。化，叶虎瓜反。离，叶音罗。化，或叶虎为反，即离如字。○流从，言随从上化，如水之流也。揭车、江离虽亦香草，然不若椒兰之盛，今椒兰既如此，则二者从可知矣。惟兹佩之可贵兮，委厥美而历兹。芳菲菲而难亏兮，芬至今犹未沫。之，一作其。菲下而，一作其。芬下一有复出芬字。沫，叶莫之反。○委、历，皆已见上。亏，损减也。沫，昏暗也。言琼佩有可贵之质，而能不挟其美以取世资，委而弃之，以至于此。然其芬芳实不可得而减损昏暗。此原之自况也。然上章讥兰既有委厥美之文矣，此美琼佩又以为言者，盖彼真弃其美之实以从俗，此则弃其美之利以徇道，其事固不同也。故彼虽苟得一时之势，而恶名不灭；此虽失其一时之利，而芬芳久存。二者之间，正有志者所当明辨而勇决也。和调度以自娱兮，聊浮游而求女。及余饰之方壮兮，周流观乎上下。调，徒料反。女，纽吕反。上，去声。下，上声，叶音户。○调，犹今人言格调之调。度，法度也。言我和此调度以自娱，而遂浮游以求女，如前所言虙妃、佚女、二姚之属，意犹在于求君也。余饰，谓琼佩及前章冠服之盛。方壮，亦巫咸所谓年未晏、时未央之意，周流上下，即灵氛所谓远逝、巫咸所谓陞降上下也。

灵氛既告余以吉占兮，历吉日乎吾将行。折琼枝以为羞兮，精琼爢以为粻。一无吉字。行，叶户郎反。折，之舌反。爢，芒悲反。粻，陟姜反，又音良。○历，遍数而实选也。精，细米也。琼枝、琼爢，皆谓物之珍者。羞，进也，以牲及禽兽之肉致滋味而进之也。粻，粮也。为余驾飞龙兮，杂瑶象以为车。何离心之可同兮？吾将远逝以自疏。为余之为，于伪反。疏，所葅反。○象，象牙也。杂用象玉以饰其车也。离心，谓上下无与己同心者也。自疏，则祸害不能相及矣。邅吾道夫昆仑兮，路修远以周流。扬云霓之晻蔼兮，鸣玉鸾之啾啾。邅，池战反。昆，古浑反。仑，卢昆反。扬下一有志字，非是。晻，乌感反。蔼，一作濭；一作霭，并於盖反。啾，音揫。○邅，转也。《后汉书》注云："昆仑在肃州酒泉县西南，地之中也。"云霓，盖以为旍旗也。蔼，阴貌。鸾，铃之著于衡者。啾啾，鸣声也。朝发轫于天津兮，夕余至乎西极。凤皇翼其承旂兮，高翱翔之翼翼。翼，一作纷。旂，渠希反。之，一作而。○天津，析木之津，谓箕、斗之间汉津也。盖箕、北斗南，天河所经，而日月五星于此往来，故谓之津。又有天津九星，在虚、危北，横河中，即津梁所渡也。翼，敬也。《周礼》："交龙为旂。"凡旂属皆建于车后也。一上一下曰翱，直刺不动曰翔。翼翼，和也。忽吾行此流沙兮，遵赤水而容与。麾蛟龙以梁津兮，诏西皇使涉予。麾，许为反。以，一作使。予，音与。○流沙，见《禹贡》，今西海居延泽是也。沈括云："尝过无定河活沙，履之，百步皆动，如行幕上。或陷，则人马车驼，以百千数无孑遗者。或谓此即流沙也。"遵，循也。赤水，出昆仑东南陬，入南海。容与，游戏貌。以手教曰麾。以蛟龙为桥于津上，而乘之以渡，犹言比鼋鼍以为梁也。诏，告也。西皇，帝少皞也。少皞以金德王，白精之君，故曰西皇。路修远以多艰兮，腾众车使径待。路不周以左转兮，指西海以为期。待，叶徒奇反；一作持。○不周，山名，《山海经》："西北海之外，有山而不合，名曰不周。"指，语也。期，会也。言已使语众车，使由径路先过而相待，我当自不周山而左行，俱会西海之上也。屯余车其千乘兮，齐玉轪而并驰。驾八龙之蜿蜿兮，载云旗之委蛇。乘，绳证反。轪，音大。蜿，於原反；一作婉，於阮反。委，於危反。蛇，弋支反；一作移。二字一作逶迤。○屯，聚也。轪，辋也，毂内之金也；一云辖也。蜿蜿，龙貌。云旗，以云为旗也。抑志而弭节兮，神高驰之邈邈。奏《九歌》而舞《韶》兮，聊假日以媮乐。抑上，一有聊字。弭节，一作自弭。神高驰，一作迈高地。假，工雅反；一作暇，一音暇，皆非是。媮，音俞。○言虽按节徐行，然神犹高驰，邈邈然而逾远，不可得而制也。《九歌》，九德之歌，禹乐也。《韶》，《九韶》之舞，舜乐也。假，借也。颜师古云："此言遭遇幽厄，中心愁闷，假延日月，苟为娱乐耳。"陟陞皇之赫戏兮，忽临睨夫旧乡。仆夫悲余马怀兮，蜷局顾而不行。一无陟字。陞，一作升。戏，许宜反；一作曦。睨，五计反。悲，一作思。蜷，音拳。行，叶户郎反。○皇，皇天也。赫戏，光明貌。睨，旁视也。旧乡，楚国也。仆，御也。怀，思也。蜷局，诘屈不行貌。屈原托为此行，而终无所诣，周流上下，而卒反于楚焉，亦仁之至而义之尽也。

乱曰：乱者，乐节之名。《国语》云："其辑之乱。"辑，成也。凡作篇章既成，撮其大要，以为乱辞也。《史记》曰："《关雎》之乱，以为《风》始。"《礼》曰："既奏以文，又乱以武。"已矣哉！国无人兮，莫我知兮，又何怀乎故都！既莫足与为美政兮，吾将从彭咸之所居！一无哉字。人下一无兮字。○赋也。已矣，绝望之词。无人，谓无贤人也。故都，楚国也。言时君不足与共行美政，故我将自沉，以从彭咸之所居也。

楚辞集注卷第二

九歌第二离骚二至十二

《九歌》者，屈原之所作也。昔楚南郢之邑，沅、湘之间，其俗信鬼而好祀，其祀必使巫觋作乐，歌舞以娱神。蛮荆陋俗，词既鄙俚，而其阴阳人鬼之间，又或不能无亵慢淫荒之杂。原既放逐，见而感之，故颇为更定其词，去其泰甚，而又因彼事神之心，以寄吾忠君爱国眷恋不忘之意。是以其言虽若不能无嫌于燕昵，而君子反有取焉。此卷诸篇，皆以事神不答而不能忘其敬爱，比事君不合而不能忘其忠赤，尤足以见其恳切之意。旧说失之，今悉更定。

东皇太一

一本上有祠字，下诸篇同。○太一，神名，天之尊神，祠在楚东，以配东帝，故云东皇。《汉书》云："天神贵者太一，太一佐曰五帝。中宫天极星，其一明者，太一常居也。"《淮南子》曰："太微者，太一之庭；紫宫者，太一之居。"○此篇言其竭诚尽礼以事神，而愿神之欣说安宁，以寄人臣尽忠竭力、爱君无已之意，所谓全篇之比也。

吉日兮辰良，穆将愉兮上皇。抚长剑兮玉珥，璆锵鸣兮琳琅。愉，音俞。珥，音饵。璆，渠幽反。锵，七羊反；一作铃。琳，音林。琅，音郎：俗作瑯。○日，谓甲、乙。辰，谓寅、卯。穆，敬也。愉，乐也。上皇，谓东皇太一也。抚，循也。珥，剑镡也。璆、锵，皆玉声。《孔子世家》云："环珮玉声璆然。"《玉藻》云："古之君子必佩玉，进则揖之，退则扬之，然后玉锵鸣也。"琳琅，美玉名，谓佩玉也。此言主祭者卜日斋戒，带剑佩玉，以礼神也。○《补》曰："沈括存中云：'吉日兮辰良'，盖相错成文，则语势矫健。韩退之云：'春与猿吟兮，秋鹤与飞。'用此体也。"瑶席兮玉瑱，盍将把兮琼芳。蕙肴蒸兮兰藉，奠桂酒兮椒浆。瑶，音遥。瑱，音镇；一作镇。一他甸反，非是。盍，音合。蒸，一作蒸，一作烝。藉，慈夜反。○瑶，美玉也。瑱，与镇同，所以压神位之席也。盍，何不也。把，持也。琼芳，草枝可贵如玉，巫所持以舞者也。肴，骨体也。蒸，进也。《国语》"燕有殽烝"是也。此言以蕙裹肴而进之，又以兰为藉也。奠，置也。桂酒，切桂投酒中也。浆者，《周礼》四饮之一，此又以椒渍其中也。四者皆取其芬芳以飨神也。扬枹兮拊鼓，疏缓节兮安歌，陈竽瑟兮浩倡。灵偃蹇兮姣服，芳菲菲兮满堂。五音纷兮繁会，君欣欣兮乐康。枹，一作桴，房尤反。疏，平声。倡，音昌。姣服，一作妖服，古字通也。乐，历各反。○扬，举也。枹，击鼓槌也。拊，击也。疏，希也。举枹击鼓，使巫缓节而舞，徐歌相和，以乐神也。陈，列也。浩，大也。竽，笙类，三十六簧。瑟，琴类，二十五弦。灵，谓神降于巫之身者也。偃蹇，美貌。姣，好也。服，饰也。古者巫以降神，神降而托于巫，则见其貌之美而服之好，盖身则巫而心则神也。菲菲，芳貌。五音，谓宫、商、角、徵、羽也。纷，盛貌。繁，众也。君，谓神也。欣欣，喜貌。康，安也。此言备乐以乐神，而愿神之喜乐安宁也。

云中君

谓云神也，亦见《汉书·郊祀志》。○此篇言神既降而久留，与人亲接，故既去而思之不能忘也，足以见臣子慕君之深意矣。

浴兰汤兮沐芳，华采衣兮若英。灵连蜷兮既留，烂昭昭兮未央。华，户花反。英，叶於姜反。蜷，音拳。○芳，芷也。华采，五色采也。荣而不实者谓之英。言使灵巫先浴兰汤，沐香芷，衣采衣，如草木之英，以自洁清也。灵，神所降也。楚人名巫为灵子，若曰神之子也。连蜷，长曲貌。既留，则以其服饰洁清，故神悦之，而降依其身，留连之久也。汉乐歌言“灵安留”，亦指神而言也。烂，光貌。昭昭，明也。謇将憺兮寿宫，与日月兮齐光。龙驾兮帝服，聊翱游兮周章。憺，徒滥反。宫，叶古荒反。齐，一作争。○謇，词也。憺，安也。寿宫，供神之处，汉武帝时置寿宫神君，亦此类也。言神既至，憺然安乐，无有去意也。龙驾，以龙引车也。帝，谓上帝也。聊，且也。周章，犹周流也。灵皇皇兮既降，猋远举兮云中。览冀州兮有馀，横四海兮焉穷。思夫君兮太息，极劳心兮㤽㤽。降，叶胡攻反。猋，卑遥反，其字从三火。焉，於虔反。夫，音扶。㤽，敕中反；一作忡。○灵，谓神也。皇皇，美貌。降，下于巫也。猋，去疾貌。云中，神所居也。言神饮食既饱，猋然远举，复还其处也。览，望也。两河之间曰冀州。有馀，所望之远不止一州也。穷，极也。言神出入，须臾之间横行四海，无有穷极也。夫君，谓神也。《记》曰“夫夫也”是。㤽㤽，心动貌。

湘君

说见篇内。○此篇盖为男主事阴神之词，故其情意曲折尤多，皆以阴寓忠爱于君之意，而旧说之失为尤盛，今皆正之。

君不行兮夷犹，蹇谁留兮中洲？美要眇兮宜修，沛君乘兮桂舟。令沅湘兮无波，使江水兮安流。望夫君兮未来，吹参差兮谁思？要，《汉书》作幼，於笑反。眇，与妙同。宜上，一有又字。来，叶力之反；一作归，非是。参差，一作篸篕；上初簪反，下初宜反。思，叶新赍反。○君，谓湘君，尧之长女娥皇，为舜正妃者也。舜陟方死于苍梧，二妃死于江、湘之间，俗谓之湘君，湘旁黄陵有庙。夷犹，犹豫也。言既设祭祀，使巫呼请，而未肯来也。中洲，洲中也。水中可居者曰洲。言其不来，不知其为何人而留也。要眇，好貌。修，饰也。沛，行貌。吾，为主祭者之自吾也。欲乘桂舟以迎神，取香洁之意也。又恐行或危殆，故愿湘君令水无波而安流也。参差，洞箫也。《风俗通》云："舜作箫，其形参差不齐，象凤翼也。"望湘君而未来，故吹箫以思之也。驾飞龙兮北征，邅吾道兮洞庭。薜荔柏兮蕙绸，荪桡兮兰旌。望涔阳兮极浦，横大江兮扬灵。邅，池战反，又陟连反。柏，一作拍，并音博。绸，音俦，又音叨。荪，一作荃。桡，而遥反。旌，一作旍，与旌同。此句之上，或有乘字，或有承字，或有采字，旌或作旗，皆非是。涔，音岑。○驾龙者，以龙翼舟也。邅，转也。洞庭，太湖也，在长沙巴陵，广圆五百馀里，日月若出没于其中，中有君山。柏，榑壁也。绸，缚束也。荪，香草也。桡，船小楫也。涔阳，江碕名。极，远也。浦，水涯也。扬灵者，扬其光灵，犹言舒发意气也。扬灵兮未极，女婵媛兮为余太息。横流涕兮潺湲，隐思君兮陫侧。潺，仕连反；又钮山反。湲，音爰。陫，符沸反。侧，叶札力反。○极，至也。未极，未得所止也。女婵媛，指旁观之人，盖见其慕望之切，亦为之眷恋而嗟叹之也。潺湲，流貌。隐，痛也。君，湘君也。陫，隐也。侧，不安也。桂棹兮兰枻，斲冰兮积雪。采薜荔兮水中，搴芙蓉兮木末。心不同兮媒劳，恩不甚兮轻绝。棹，直教反。枻，音曳，叶音泄。搴，音蹇。○此章比而又比也。盖此篇本以求神而不答，比事君之不偶，而此章又别以事比求神而不答也。棹，楫也。枻，船旁版也。桂、兰，取其香也。斲，斫也。言乘舟而遭盛寒，斲斫冰冻，纷如积雪，则舟虽芳洁，事虽辛苦，而不得前也。薜荔缘木，而今采之水中；芙蓉在水，而今求之木末。既非其处，则用力虽勤而不可得。至于合昏而情异，则媒虽劳而昏不成；结友而交疏，则今虽成而终易绝。则又心志睽乖，不容强合之验也。求神不答，岂不亦犹是乎？自是而往，益微而益婉矣。石濑兮浅浅，飞龙兮翩翩。交不忠兮怨长，期不信兮告余以不閒。浅，音笺。閒，音闲，叶音贤。○此章兴而比也。盖以上二句引起下句，以比求神不答之意也。濑，湍也。浅浅，流疾貌。翩翩，飞疾貌。所谓兴者，盖曰石濑则浅浅矣，飞龙则翩翩矣；凡交不以忠，则其怨必长矣；期不以信，则必将告我以不暇而负其约矣。所谓比者，则求神而不答之意亦在其中也。其详已见上章，读者宜并考之。鼂骋骛兮江皋，夕弭节兮北渚。鸟次兮屋上，水周兮堂下。鼂，与朝同，陟遥反。骋，音逞。骛，音务。下，叶音户。○鼂，早也。骋，直驰也。骛，乱驰也。弭，按也。渚，水涯也。次，止也。周，旋也。此言神既不来，则我亦退而游息，以自休耳。捐余玦兮江中，遗余佩兮澧浦。采芳洲兮杜若，将以遗兮下女。旹不可兮再得，聊逍遥兮容与。捐，音沿。玦，古穴反。遗，平声。佩，一作珮。澧，一作醴。遗，去声。旹，古时字，一作时。○玦，如环而有缺。捐玦、遗佩以贻湘君也。澧水出武陵充县，注于洞庭，《史记》作“醴”。芳洲，香草所生之处也。杜若，叶似姜而有文理，味辛。下女，已见《骚经》。逍遥、容与，皆游戏闲暇之意也。此言湘君既不可见，而爱慕之心终不能忘，故犹欲解其玦佩以为赠，而又不敢显然致之以当其身，故但委之水滨，若捐弃而坠失之者，以阴寄吾意，而冀其或将取之。若《聘礼》宾将行，而“于馆堂楹间，释四皮束帛，宾不致，而主不拜”也。然犹恐其不能自达，则又采香草以遗其下之侍女，使通吾意之殷勤，而幸玦佩之见取。其恋慕之心如此，而犹不可必，则逍遥容与以俟之，而终不能忘也。

湘夫人

帝子降兮北渚，目眇眇兮愁予。袅袅兮秋风，洞庭波兮木叶下。予，一作余，并叶音与。袅，奴鸟反。下，叶音户。○帝子，谓湘夫人，尧之次女女英，舜次妃也。韩子以为娥皇正妃，故称君，女英自宜降称夫人也。馀见上篇。眇眇，好貌。愁予者，亦为主祭者言，望之不见，使我愁也。袅袅，长弱之貌。秋风起，则洞庭生波而木叶下矣，盖记其时也。登白薠兮骋望，与佳期兮夕张。鸟何萃兮蘋中？罾何为兮木上？一无登字。薠，音烦；一作蘋，非是。佳下，一有人字，非是。张，音帐。一作与佳人兮期夕张，亦非是。一无二何字，亦非是。罾，音增。〇赋而比也。薠，草，秋生，今南方湖泽皆有之，似莎而大，雁所食也。骋望，纵目也。佳，佳人也，谓夫人也。张，陈设也。言向夕洒扫，而张施帷幄也。萃，集也。蘋，水草。罾，鱼网。二物所施不得其所，以比夕张之地非神所处，而必不来也。沅有茝兮澧有兰，思公子兮未敢言。荒忽兮远望，观流水兮潺湲。茝，一作茞。澧，一作醴，非是。荒忽，一作慌惚，音同。〇此章兴也。澧，水名，见《禹贡》。公子，谓湘夫人也。帝子而又曰公子，犹秦已称皇帝，而其男女犹曰公子、公主，古人质也。思之而未敢言者，尊而神之，惧其渎也。所谓兴者，盖曰沅则有茝矣，澧则有兰矣，何我之思公子而独未敢言耶？思之之切，至于荒忽而起望，则又但见流水之潺湲而已。其起兴之例，正犹《越人之歌》所谓“山有木兮木有枝，心悦君兮君不知”。而以茝叶子，以兰叶言，又隔句用韵法也。麋何为兮庭中？蛟何为兮水裔？朝驰余马兮江皋，夕济兮西澨。麋，音眉。为，一作食。裔，一作裛。澨，音逝。〇比而赋也。麋，兽名，似鹿而大。济，渡也。澨，水涯也。麋当在山林，而在庭中；蛟当在深渊，而在水裔。以比神不可见，而望之者失其所当也。朝驰、夕济，犹上篇江皋、北渚之意。闻佳人兮召予，将腾驾兮偕逝。筑室兮水中，葺之兮荷盖。葺，子入反。荷上，一有以字。盖，叶居乂反。〇佳人，谓夫人也。偕，俱也。逝，往也。言与召己之使者俱往也。葺，盖也。筑室水中，将托神明而居处也。荪壁兮紫坛，匊芳椒兮成堂。桂栋兮兰橑，辛夷楣兮药房。罔薜荔兮为帷，擗蕙櫋兮既张。白玉兮为镇，疏石兰兮为芳。芷葺兮荷屋，缭之兮杜衡。荪，一作荃。坛，音善。匊，古播字，本作𡉚，一作播。成，一作盈。橑，音老。楣，音眉。药，音约，又音渥。罔，与网同。擗，一作辟，普觅反，又音觅；一作擘。櫋，音绵。玉兮、兰兮下一皆有以字。镇，一作瑱。葺下一有之字。缭，音了。〇紫，紫贝也，紫质黑点。坛，中庭也。播，布也。兰，木兰也。橑，椽也。辛夷，树大连合抱，高数仞，其花初发如笔，北人呼为木笔；其花最早，南人呼为迎春。楣，门户上横梁也。药，白芷叶也。罔，结也，结以为帷帐也。在旁曰帷。擗，析也。析蕙以为屋櫋联也。镇，压坐席者也。石兰，香草。疏，布陈也。缭，缚束也。言以杜衡缭其屋也。此言其所筑水中之室，欲其芳洁如是也。合百草兮实庭，建芳馨兮庑门。九嶷缤兮并迎，灵之来兮如云。庑，音武。嶷，一作疑。迎，去声。〇馨，芳之远闻者。庑，堂下周屋也。言合百草之花以实庭中，积芳馨以庑其门也。九嶷，山名，舜所葬也。言舜使九嶷山神缤然来迎二妃，而众神从之如云也。将筑室依湘夫人以为邻，而舜复迎之以去，则又不得见之。捐余袂兮江中，遗余褋兮澧浦。搴汀洲兮杜若，将以遗兮远者。时不可兮骤得，聊逍遥兮容与。袂，弥蔽反。遗，平声。褋，音牒。搴，见上篇。汀，它丁反。遗，去声。者，叶音渚，又音睹。与，一作冶。〇袂，衣袖。褋，襜襦也。此篇首末大指与前篇同。捐袂、遗褋，即捐玦、遗佩之意，然玦、佩贵之，而袂、褋亲之也。汀，平也。远者，亦谓夫人之侍女，以其既远去而名之也。

大司命

《周礼·大宗伯》："以槱燎祀司中、司命。"疏引《星传》云："三台，上台曰司命。"又："文昌宫第四，亦曰司命。"故有两司命也。

广开兮天门，纷吾乘兮玄云。令飘风兮先驱，使涷雨兮灑尘。涷，音东，从水。灑，一作洒，并所宜反。尘，叶除旬反。〇天门，上帝所居紫微宫门也。广开者，为神将降也。吾，主祭者之自称也。大司命阳神而尊，故但为主祭者之词。乘玄云者，知神将降，而往迎之也。飘风，回风也。涷雨，暴雨也。灑尘，以清道也。君回翔兮以下，逾空桑兮从女。纷总总兮九州，何寿夭兮在予！下，叶音户。女，读作汝。予，叶音与。〇君与女，皆指神，君尊而女亲也。回翔，盘旋也。空桑，山名。总总，众貌。予者，赞神而为其自谓之称也。言见神既降，而遂往从之，因叹其威权之盛曰：九州人民之众如此，何其寿夭之命，皆在于己也！高飞兮安翔，乘清气兮御阴阳。吾与君兮齐速，导帝之兮九坑。清，一作精。齐，如字，又音咨，又侧皆反；一作斋，非是。速，《礼记》作遬，音速。导，一作道。坑，一作阬，音冈。〇乘，犹乘车。清气，谓轻清之气。御，犹御马。阴阳，则兼清浊变化而言也。齐速，整齐而疾速也。导，奉引也。帝，天帝也。之，适也。坑，与冈同，谓山脊也。九坑者，《周礼·职方氏》："九州之山镇，曰会稽、衡山、华山、沂山、岱山、岳山、医无闾、霍山、恒山也。"此言己得从明神，登天极，奉至尊，而周宇内也。灵衣兮被被，玉佩兮陆离。壹阴兮壹阳，众莫知兮余所为。被，一作披，并音披。〇被被，长貌。壹阴、壹阳，言其变化循环，无有穷已也。折疏麻兮瑶华，将以遗兮离居。老冉冉兮既极，不寖近兮愈疏。折，音哲。华，叶芳无反。遗，去声。寖，一作侵，一作浸。愈，一作逾。〇疏麻，神麻也。极，穷也。寖，渐也。疏，远也。此以神既去而思之，如《云中君》卒章之意也。乘龙兮辚辚，高驼兮冲天。结桂枝兮延伫，羌愈思兮愁人。辚辚，一作轸轸，并音邻。冲，持弓反；一作翀。天，叶铁因反。伫，直吕反。思，去声。〇辚辚，车声。与《诗》"有车邻邻"字同。言神既去而不留，使己延望而怨思也。愁人兮奈何，愿若今兮无亏。固人命兮有当，孰离合兮可为！何，叶音奚。当，丁浪反。可，一作何；可上，一有不字。皆非是。○无亏，保守志行，无损缺也。又言人受命而生，贫富贵贱，各有所当，或离或合，神实司之，非人所能为也。因祀司命而发此意，则原所以顺受其正者亦严矣。

少司命

按前篇注说有两司命，则彼固为上台，而此则文昌第四星欤？

秋兰兮麋芜，罗生兮堂下。绿叶兮素枝，芳菲菲兮袭予。夫人兮自有美子，荪何以兮愁苦？秋，古秋字，一作秋，下同。麋，或从艸。下，叶音户。予，叶音与。夫，音扶。兮字，一在自有字下。荪，一作荃，下同。○麋芜，芎？叶名，似蛇床而香，其苗四、五月间生，叶作丛而茎细，其叶倍香，七、八月开白花。罗生，言二物并列而生也。袭，及也。少司命亦阳神而少卑者，故为女巫之言以接之。上四句兴下二句也。夫人，犹言彼人，如《左传》之言“不能见夫人”也。美子，所美之人也。荪，犹汝也，盖为巫之自汝也。言彼神之心自有所美而好之者矣，汝何为愁苦而必求其合也？秋兰兮青青，绿叶兮紫茎。满堂兮美人，忽独与余兮目成。青，音菁。○青青，茂盛貌。言美人并会，盈满于堂，而司命独与我睨而相视，以成亲好。此亦上二句兴下二句也。至此，则神降于巫，而非复前章之意矣。入不言兮出不辞，乘回风兮载云旗。悲莫悲兮生别离，乐莫乐兮新相知。辞，一作词。○此为巫言。司命初与己善，后乃往来飘忽，不言不辞，乘风载云，以离于我。适相知而遽相别，悲莫甚焉。于是乃复追念始者相知之乐也。荷衣兮蕙带，儵而来兮忽而逝。夕宿兮帝郊，君谁须兮云之际？带，叶丁计反。儵，一作倏。○此亦为巫言。神之始也，虽倏然不言而来，今乃忽然不辞遂去，而宿于天帝之郊，不知其何所待于云之际乎？犹幸其有意而顾己也。与女游兮九河，冲风至兮水扬波。古本无此二句，王逸亦无注。《补》曰："此《河伯》章中语也。"当删去。与女沐兮咸池，晞女发兮阳之阿。望媺人兮未徕。临风怳兮浩歌。女，读作汝。咸下一有之字。池，一作沱，并叶音陀。晞，音希。媺，一作美。徕，一作来。怳，许往反。○咸池，星名，盖天池也。晞，干也。怳，失意貌。此复为神语以命巫者。女及美人，皆指巫也。言欲与女沐于咸池，而望汝不至，遂怳然而浩歌也。孔盖兮翠旍，登九天兮抚彗星。竦长剑兮拥幼艾，荪独宜兮为民正。旍，一作旌。此句上一有扬字。彗，详移反。竦，一作竦，并息拱反。正，叶音征。○孔盖，以孔雀尾为车盖。翠旍，以翡翠羽为旌旗。抚，扫除之也。彗星，妖星，光芒偏指如彗者也。竦，挺拔之意。幼，少也。艾，美好也。语见《孟子》、《战国策》，即指上美人也。正，平也。此盖更为众人之词，以赞神之美，言其威灵气焰光辉赫奕，又能诛除凶秽，拥护良善，而宜为民之所取正也。

东君

今按：此日神也。《礼》曰："天子朝日于东门之外。"又曰："王宫祭日也。"《汉志》亦有东君。

暾将出兮东方，照吾槛兮扶桑。抚余马兮安驱，夜皎皎兮既明。暾，它昆反。槛，户黤反。皎字从日，与皎同。明，叶音芒。○暾，温和而明盛也。吾，主祭者自吾也。槛，楯也。扶桑，见《骚经》。言吾见日出东方，照我槛楯，光自扶桑而来，即乘马以迎之，而夜既明也。驾龙辀兮乘雷，载云旗兮委蛇。长太息兮将上，心低佪兮顾怀。羌声色兮娱人，观者憺兮忘归。辀，张留反。雷，叶音累。委蛇，一作逶虵。上，时掌反。低，一作俳，一作儃。怀，叶胡威反。声色，一作色声。○辀，车辕也。龙形曲似之，故以为辕。雷气转似轮，故以为车轮。言乘此车以往迎日，又以骤登高远，而低佪顾怀，遂见下方所陈钟鼓竽瑟声音之美、灵巫会舞容色之盛，足以娱悦观者，使之安肆喜乐，久而忘归，如下文之所云也。縆瑟兮交鼓，箫钟兮瑶簴。鸣篪兮吹竽，思灵保兮贤姱。翾飞兮翠曾，展诗兮会舞。应律兮合节，灵之来兮蔽日。縆，一作絙，古登反。箫，一作萧。簴，其吕反。篪，一作箎，并音池。姱，叶音户。翾，许缘反。曾，作滕反，与翻同。应，於证反。节，叶音即。〇縆，急张弦也。交鼓，对击鼓也。《周礼》有"钟笙之乐"，注云："钟笙，与钟声相应之笙。"然则箫钟，与箫声相应之钟欤？簴，悬钟磬之木也。瑶簴，以美玉为饰也。篪、竽，乐器名也。篪以竹为之，长尺四寸，围三寸，一孔上出，横吹之。灵保，神巫也。翾，小飞轻扬之貌。曾，举也，又翥飞也。言巫舞工巧，翾然若翠鸟之举也。展诗，犹陈诗也。会舞，犹合舞也。律，谓十二律，黄钟、大吕、大簇、夹钟、姑洗、中吕、蕤宾、林钟、夷则、南吕、无射、应钟也。作乐者以律和五声之高下。节，谓其始终先后、疏数疾徐之节也。灵来蔽日，言日神悦喜，于是来下，从其官属，蔽日而至也。青云衣兮白霓裳，举长矢兮射天狼。操余弧兮反沦降，援北斗兮酌桂浆。撰余辔兮高驼翔，杳冥冥兮以东行。射，食亦反；一作躲。操，七刀反。弧，音胡。降，叶胡刚反。援，音爰。撰，雏免反。一无驼字。行，叶胡刚反。〇青衣、白裳，日出东方，入西方，故用其方色以为饰也。天狼，星名。《晋志》云："狼一星，在东井南，为野将，主侵掠。""弧九星，在狼东南，天弓也，主备盗贼。"沦，没也。降，下也。言日下而入太阴之中也。北斗七星，在紫宫南，其杓所建，周于十二辰之舍，以定十有二月，斟酌元气、运平四时者也。《诗》曰："维北有斗，不可以挹酒浆。"撰，持也。杳，深也。冥，幽也。言日下太阴，不见其光，杳杳冥冥，直东行而复上出也。

河伯

旧说以为冯夷，其言荒诞，不可稽考，今阙之。大率谓黄河之神耳。

与女游兮九河，冲风起兮横波。乘水车兮荷盖，驾两龙兮骖螭。女，读作汝。冲，一作沂。横，一作水扬二字。螭，丑知反，一音离，叶丑歌反。○此亦为女巫之词。女，指河伯也。河为四渎长。九河，徒骇、太史、马颊、覆鬴、胡苏、简、洁、钩磐、鬲津也。禹治河，至兖州分为九道以杀其溢，其间相去二百馀里，徒骇最北，鬲津最南。盖徒骇是河之本道，东出分为八枝也。冲，隧也。螭，如龙而黄，无角。登昆仑兮四望，心飞扬兮浩荡。日将暮兮怅忘归，惟极浦兮寤怀。怀，叶虚韦反。○昆仑，山名。河出昆仑虚，色白；所渠并千七百一川，色黄，百里一小曲，千里一曲一直。寤，觉也。怀，思也。鱼鳞屋兮龙堂，紫贝阙兮朱宫。灵何为兮水中？堂，叶音同。○龙堂，以龙鳞为堂也。乘白鼋兮逐文鱼，与女游兮河之渚。流澌纷兮将来下。鼋，音元。一无文字。鱼，叶上声。澌，音斯。从仌者，流冰也；从水者，水尽也。此当从仌。下，叶音户。○大鳖为鼋。逐，从也。子交手兮东行，送美人兮南浦。波滔滔兮来迎，鱼邻邻兮媵予。滔，土刀反。邻，一作鳞。媵，以证反。予，叶音与。○子，谓河伯。交手者，古人将别，则相执手，以见不忍相远之意。晋、宋间犹如此也。东行，顺流而东也。美人与予，皆巫自谓也。媵，送也。既已别矣，而波犹来迎，鱼犹来送，是其眷眷之无已也。三闾大夫岂至是而始叹君恩之薄乎？

山鬼

《国语》曰："木石之怪夔、罔两。"岂谓此耶？○今按：此篇文义最为明白，而说者自汩之。今既章解而句释之矣，又以其托意君臣之间者而言之：则言其被服之芳者，自明其志行之洁也。言其容色之美者，自见其才能之高也。子慕予之善窈窕者，言怀王之始珍己也。折芳馨而遗所思者，言持善道而效之君也。处幽篁而不见天，路险艰又昼晦者，言见弃远而遭障蔽也。欲留灵修而卒不至者，言未有以致君之寤而俗之改也。知公子之思我而然疑作者，又知君之初未忘我，而卒困于谗也。至于思公子而徒离忧，则穷极愁怨，而终不能忘君臣之义也。以是读之，则其它之碎义曲说，无足言矣。

若有人兮山之阿，被薜荔兮带女罗。既含睇兮又宜笑，子慕予兮譱窈窕。罗，一作萝。睇，音弟。譱，一作善。窈，音杳。窕，徒了反。○若有人，谓山鬼也。阿，曲隅也。女罗，兔丝也。睇，微眄貌，美目盼然，又好口齿而宜笑也。窈窕，好貌。以上诸篇，皆为人慕神之词，以见臣爱君之意。此篇鬼阴而贱，不可比君，故以人况君，鬼喻己，而为鬼媚人之语也。若有人者，既指鬼矣，子则设为鬼之命人，而予乃为鬼之自命也。言人悦己之善为容也。乘赤豹兮从文貍，辛夷车兮结桂旗。被石兰兮带杜衡，折芳馨兮遗所思。余处幽篁兮终不见天，路险难兮独后来。从，才用反。貍，一作狸。衡，一作蘅。折，音哲。遗，去声。篁，音皇。来，叶音厘。○所思，指人之悦己而己欲媚之者也。幽，深也。篁，竹丛也。后来，言其出之迟也。表独立兮山之上，云容容兮而在下。杳冥冥兮羌昼晦，东风飘兮神灵雨。留灵修兮憺忘归，岁既晏兮孰华予？下，叶音户，一无东字而再有飘字。予，叶音与。○表，特也。云反在下，言所处之高也。神灵雨者，言风起而神灵应之以雨也。灵修，亦谓前所欲媚者也，欲俟其至，留使忘归，不然则岁晚而无与为乐矣。盖鬼卒不来，而反欲使人造其所居也。采三秀兮於山间，石磊磊兮葛蔓蔓。怨公子兮怅忘归，君思我兮不得閒。磊，鲁猥反。蔓，莫干反。閒，音闲。○三秀，芝草也。公子，即所欲留之灵修也。鬼采芝于山间而思此人，虽怨其不来而亦知其思我之不能忘也。山中人兮芳杜若，饮石泉兮荫松柏。君思我兮然疑作。柏，叶音博。〇山中人，亦鬼自谓也。然，信也。疑，不信也。至此，又知其虽思我而不能无疑信之杂也。靁填填兮雨冥冥，猨啾啾兮又夜鸣。风飒飒兮木萧萧，思公子兮徒离忧。靁，一作雷。填，音田。又，一作狖，余救反。飒，苏合反。萧，叶音搜，《文苑》作搜；若如字，则忧叶於骄反。〇填填，雷声。冥冥，雨貌。啾，小声。狖，猿属。离，罹也。

国殇

谓死于国事者。《小尔雅》曰："无主之鬼谓之殇。"

操吴戈兮被犀甲，车错毂兮短兵接。旌蔽日兮敌若云，矢交坠兮士争先。吴戈，一作吾科，楯名也。错，七各反。接，叶音匝。坠，一作隧，与坠同。先，叶音询。〇戈，平头戟也。犀甲，以犀皮为铠也。《考工记》曰："犀甲寿百年。"错，交也。短兵，刀剑也。言戎车相迫、轮毂交错，长兵不施，故用刀剑以相接击也。《司马法》曰："弓矢围，殳、矛守，戈、戟助，凡五兵，长以卫短，短以救长。"矢交坠、士争先，谓两军相对，流矢交坠，壮夫奋怒而争先也。凌余阵兮躐余行，左骖殪兮右刃伤。霾两轮兮絷四马，援玉枹兮击鸣鼓。天时怼兮威灵怒，严杀尽兮弃原壄。阵，当作陈。躐，一作蹹，并音猎。行，胡郎反。殪，于计反。霾，一作埋，与埋同。絷，陟立反。马，叶满补反。援，音爰。枹，音孚，一作桴。怼，一作坠，一作隧，今从《文苑》。壄，古野字，叶上与反。〇凌，犯也。躐，践也。殪，死也。援枹击鼓，言志愈厉、气愈盛也。怼，怨也。严，威也。严杀，犹言鏖战痛杀也。弃原壄，骸骨弃于原壄也。言己适值天之怨怒，故众皆见杀，不得葬也。出不入兮往不反，平原忽兮路超远。带长剑兮挟秦弓，首虽离兮心不惩。诚既勇兮又以武，终刚强兮不可凌。身既死兮神以灵，魂魄毅兮为鬼雄。忽兮路，一作路兮忽。弓，叶音经。

虽，一作身。魂魄毅，一作子魂魄。雄，叶音形。○平原忽兮路超远，言身弃平原，神欲归而去家远也。带剑、挟弓，犹不舍武也。惩，创艾也，虽死而心不悔也。魂魄，死者之神灵，盖魂神而魄灵，魂气而魄精，魂阳而魄阴，魂动而魄静。生则魂载其魄，魄检其魂，死则魂游散而归于天，魄沦坠而归于地也。毅为鬼雄者，毅然为百鬼之雄杰也。

礼魂

礼，一作祀。或曰：礼魂，谓以礼善终者。

成礼兮会鼓，传芭兮代舞。姱女倡兮容与。成，一作盛。芭，一作巴，卜加反。姱，音户。倡，音昌。与，一作冶。○会鼓，忽疾击鼓也。芭，与葩同，巫所持之香草也。代，更也。持以舞讫，复传与人，更用之也。姱，好也。女倡，女子为倡优也。容与，有态度也。春兰兮秋鞠，长无绝兮终古。鞠，一作菊。○春祠以兰，秋祠以鞠，即所传之葩也。终古，已见《骚经》。

楚辞集注卷第三

天问第三离骚十三

《天问》者，屈原之所作也。屈原放逐，彷徨山泽，见楚有先王之庙及公卿祠堂，图画天地山川神灵，琦玮僪佹，及古圣贤怪物行事，因书其壁，呵而问之，以渫愤懑。楚人哀而惜之，因共论述，故其文义不次序云尔。此篇所问，虽或怪妄，然其理之可推、事之可鉴者尚多有之。而旧注之说，徒以多识异闻为功，不复能知其所以问之本意，与今日所以对之明法。至唐柳宗元，始欲质以义理，为之条对，然亦学未闻道，而夸多炫巧之意犹有杂乎其间，以是读之常使人不能无遗恨。若《补注》之说，则其厖乱不知所择又愈甚焉。今存其不可阙者，而悉以义理正之，庶读者之有补云。

曰遂古之初，谁传道之？上下未形，何由考之？遂，往也。道，犹言也。上下，谓天地也。问往古之初，未有天地，固未有人，谁得见之而传道其事乎？冥昭瞢闇，谁能极之？冯翼惟像，何以识之？瞢，莫邓反。闇，与暗同，又作暗。冯，皮冰反。○冥，幽也。昭，明也。谓昼夜也。瞢暗，言昼夜未分也。极，穷也。冯翼，氤氲浮动之貌。《淮南子》云："天地未形，冯冯翼翼。"又曰："未有天地，惟象无形。窈窈冥冥，莫知其门。"此承上问，时未有人，今何以能穷极而知之乎？○右二章四问，今答之曰：开辟之初，其事虽不可知，其理则具于吾心，固可反求而默识，非如传记杂书谬妄之说，必诞者而后传，如柳子之所讥也。明明暗暗，惟时何为？阴阳三合，何本何化？化，叶虎为反。○明暗，即谓昼夜之分也。时，是也。《谷梁子》曰：“独阴不生，独阳不生，独天不生，三合然后生。”○此问盖曰：明必有明之者，暗必有暗之者，是何物之所为乎？阴也，阳也，天也，三者之合，何者为本？何者为化乎？今答之曰：天地之化，阴阳而已。一动一静，一晦一明，一往一来，一寒一暑，皆阴阳之所为，而非有为之者也。然《谷梁》言天而不以地对，则所谓天者，理而已矣。成汤所谓“上帝降衷”，子思所谓“天命之性”是也。是为阴阳之本，而其两端循环不已者为之化焉。周子曰：“无极而太极，太极动而生阳；动极而静，静而生阴。静极复动，一动一静，互为其根。分阴分阳，两仪立焉。”正谓此也。然所谓太极，亦曰理而已矣。**圜则九重，孰营度之？惟兹何功，孰初作之？**圜，与圆同。度，待洛反。○圜，谓天形之圆也。则，法也。九，阳数之极，所谓九天也。**斡维焉系？天极焉加？八柱何当？东南何亏？**斡，一作筦，并音管。颜师古云：“俗音乌活反，非也。”焉，於虔反，篇内并同。加，叶音基，又如字。亏，如字，又叶苦家反。○斡，《说文》曰：“毂端沓。”则是车毂之内以金为筦而受轴者也。维，系物之縻也。天极，谓南北极，天之枢纽，常不动处，譬则车之轴也。盖凡物之运者，其毂必有所系，然后轴有所加，故问此天之斡维，系于何所，而天极之轴何所加乎？《河图》言：“昆仑者，地之中也。地下有八柱，互相牵制，名山大川，孔穴相通。”《素问》曰：“天不足西北，地不满东南。”注云：“中原地形，西北高，东南下。今百川满凑，东之沧海。”则东西南北，高下可知。故又问八柱何所当值，东南何独亏阙乎？**九天之际，安放安属？隅隈多有，谁知其数？**放，上声。属，音注。数，所句反。○九天，即所谓圜则九重者。际，边也。放，至也。属，附也。隅，角也。○右三章六问，今答之曰：或问乎邵子曰：“天何依？”曰：“依乎地。”“地何附？”曰：“附乎天。”“天地何所依附？”曰：“自相依附。天依形，地附气。其形也有涯，其气也无涯。”详味此言，屈子所问，昭然若发矇矣。但天之形圆如弹丸，朝夜运转，其南北两端后高前下，乃其枢轴不动之处。其运转者亦无形质，但如劲风之旋。当昼则自左旋而向右，向夕则自前降而归后，当夜则自右转而复左，将旦则自后升而趋前，旋转无穷，升降不息，是为天体，而实非有体也。地则气之渣滓聚成形质者，但以其束于劲风旋转之中，故得以兀然浮空，甚久而不坠耳。黄帝问于岐伯曰："地有凭乎?"岐伯曰："大气举之。"亦谓此也。其曰九重，则自地之外，气之旋转益远益大，益清益刚。究阳之数而至于九，则极清极刚，而无复有涯矣。岂有营度而造作之者，先以斡维系于一处，而后以轴加之，以柱承之，而后天地乃定位哉？且曰其气无涯，则其边际放属，隅隈多少，固无得而言者，亦不待辨说而可知其妄矣。东南之亏，乃专以地形言之，初无预乎天也。天何所沓？十二焉分？日月安属？列星安陈？沓，徒合反。分，叶敷因反。属，之欲反。○沓，合也。此问天与地合会于何所，十二辰谁所分别乎？陈，列也。言日月众星安所系属，谁陈列也。○上章所问天何所属，并地而言。此所问，乃为天地相接之处，何所沓也。今答之曰：天周地外，其说已见上矣，非沓乎地之上也。十二云者，自子至亥十二辰也。《左传》曰："日月所会是谓辰。"注云"一岁日月十二会，所会为辰，十一月辰在星纪，十二月辰在元枵"之类是也。然此特在天之位耳。若以地而言之，则南面而立，其前后左右亦有四方十二辰之位焉。但在地之位一定不易，而在天之象运转不停，惟天之鹑火，加于地之午位，乃与地合，而得天运之正耳。盖周天三百六十五度四分度之一，周布二十八宿，以著天体，而定四方之位。以天绕地，则一昼一夜适周一匝，而又超一度。日月五星亦随天以绕地，而唯日之行，一日一周，无馀无欠，其馀则各有迟速之差焉。然其悬也，固非缀属而居；其运也，亦非推挽而行。但当其气之盛处，精神光耀，自然发越，而又各自有次第耳。《列子》曰："天，积气耳"，"日月星辰，亦积气中之有光曜者。"张衡《灵宪》曰："星也者，体生于地，精成于天，列居错峙，各有攸属。"此言皆得之矣。出自汤谷，次于蒙汜。自明及晦，所行几里？汤，音阳；一作旸。汜，音似，上声。○次，舍也。汜，水涯也。《书》云："宅嵎夷，曰旸谷。"即汤谷也。《尔雅》云"西至日所入，为太蒙"，即蒙汜也。○此问一日之间，日行几里乎？答之曰：汤谷、蒙汜，固无其所，然日月出水乃升于天，及其西下又入于水，故其出入似有处所，而所行里数，历家以为周天赤道一百七万四千里。日一昼夜而一周，春秋二分，昼夜各行其半，而夏长冬短，一进一退，又各以其什之一焉。**夜光何德，死则又育？厥利维何，而顾菟在腹？**菟，一作兔，与兔同。〇夜光，月也。死，其晦也。育，生也，月之生也。〇此问月有何德，乃能死而复生？月有何利，而顾望之菟常居其腹乎？答曰：历家旧说，月朔则去日渐远，故魄死而明生。既望则去日渐近，故魄生而明死。至晦而朔，则又远日而明复生，所谓死而复育也。此说误矣，若果如此，则未望之前，西近东远，而始生之明，当在月东；既望之后，东近西远，而未死之明，却在月西矣。安得未望载魄于西，既望终魄于东，而溯日以为明乎？故唯近世沈括之说乃为得之，盖括之言曰："月本无光，犹一银丸，日耀之乃光耳。光之初生，日在其傍，故光侧而所见才如钩；日渐远则斜照而光稍满。大抵如一弹丸，以粉涂其半，侧视之则粉处如钩，对视之则正圆也。"近岁王普又申其说曰："月生明之夕，但见其一钩，至日月相望，而人处其中，方得见其全明。必有神人能凌倒景，旁日月而往参其间，则虽弦晦之时，亦得见其全明，而与望夕无异耳。"以此观之，则知月光常满，但自人所立处视之，有偏有正，故见其光有盈有亏，非既死而复生也。若顾菟在腹之问，则世俗桂树、蛙、兔之传，其惑久矣。或者以为日月在天，如两镜相照，而地居其中，四旁皆空水也。故月中微黑之处，乃镜中大地之影，略有形似，而非真有是物也。斯言有理，足破千古之疑矣。**女歧无合，夫焉取九子？伯强何处，惠气安在？**夫，音扶。强，巨良反。在，叶音紫。〇女歧，神女，无夫而生九子。伯强，大厉疫鬼也，所至伤人。惠，顺也。惠气，谓和气也。〇此章所问三事，今答之曰：天下之理，一而已，而有常变之不同；天下之气，亦一而已，而有逆顺之或异。夫乾道成男，坤道成女，凝体于造化之初，二气交感，化生万物，流形于造化之后者，理之常也。若姜嫄、简狄之生稷、契，则又不可以先后言矣，此理之变也。女歧之事，无所经见，无以考其实，然以理之变而观之，则恐其或有是也。但此篇下文复有女歧易首之问，则又未知其果如何耳？释氏书有"九子母"之说，疑即谓此，然益荒无所考矣。惠者，气之顺也；疠者，气之逆也。以其强暴伤人，故为之名字以著其恶耳，初非实有是人也。气之流行，充塞宇宙，其为顺逆，有以天时水土之所值，有以人事物情之所感，万变不同，亦未尝有定在也。何阖而晦？何开而明？角宿未旦，曜灵安臧？阖，胡腊反。明，叶音芒。宿，音秀。臧，与藏同。〇阖，闭户也。开，辟户也。阴阖而晦，阳开而明。角、亢，东方星。旦，明也。曜灵，日也。〇此问何所开阖而为晦明？且东方未明之时，日安所藏其精光乎？答曰：晦明之问，前屡发之，其实亦阴阳消息之所为耳。阳息而辟，则日出而明；阴消而阖，则日入而暗。又何疑乎？角宿固为东方之宿，然随天运转，不常在东。古经之言，多假借也。日之所出，乃地之东方，未旦则固已行于地中，特未出地面之上耳。

不任汩鸿，师何以尚之？佥曰何忧，何不课而行之？汩，音骨。师，一作鲧，非是。或上句不字上有鲧字。尚，叶音常。曰，一作答。行，叶户郎反。〇鲧事见《尚书》。汩，治也。鸿，大水也。师，众也。尚，举也。佥，众也。课，试也。〇问鲧才不任治鸿水，众人何以举之？尧知其不能，而众人以为无忧，尧何不且小试之，而遽行其说也？答曰：鲧之才可任治水，当时无过之者，故众举之。尧则固知其方命圮族而不可用矣，四岳又请姑且试之，故尧不得已而用之耳。鸱龟曳衔，鲧何听焉？顺欲成功，帝何刑焉？鸱，处脂反。听，叶平声。〇鸱龟事无所见，旧说谓鲧死为鸱龟所食，鲧何以听而不争乎？特以意言之耳。详其文势，与下文应龙相类，似谓鲧听鸱龟曳衔之计而败其事，然若且顺彼之欲，未必不能成功，舜何以遽刑之乎？然若此类无稽之谈，亦无足答矣。永遏在羽山，夫何三年不施？伯禹腹鲧，夫何以变化？一无山字。施，叶所加反，又如字；一作弛。腹，一作愎，笔力反。何下一有故字。化，叶虎瓜反，又音麾。〇永，长也。遏，犹禁止也。羽山，在东海中。施，谓刑杀之也。《左传》曰："乃施邢侯。"此问鲧功不成，何但囚之羽山，而不施以刑乎？禹，鲧子也。腹，怀抱也。《诗》曰："出入腹我。"〇此又问禹自少小习见鲧之所为，何以能变化而有圣德乎？答曰：舜之四罪，皆未尝杀也。程子以为《书》云殛死，犹言贬死耳。盖圣人用刑之宽，例如此，非独于鲧为然也。若禹之圣德，则其所禀于天者，清明而纯粹，岂习于不善所能变乎？**纂就前绪，遂成考功。何续初继业，而厥谋不同？**纂，作管反。绪，音叙。〇纂，集也。绪，丝端也。〇此问禹能纂代鲧之遗业而成父功，何继续其业，而谋乃不同如此乎？答曰：鲧、禹治水之不同，事见《洪范》。盖鲧不顺五行之性，筑堤以障润下之水，故无成。禹则顺水之性而导之使下，故有功。《书》所谓"决九州，距四海，濬畎浍距川"，孟子所谓"禹之行水，得水之道，而行其所无事"是也。程子曰"今河北有鲧堤而无禹堤"，亦一证矣。**洪泉极深，何以寘之？地方九则，何以坟之？**泉，疑当作渊，唐本避讳而改之也。寘，与填同。则，一作州。坟，叶敷连反；一作愤，非是。〇洪泉，即洪水。九则，谓九州之界，如上所谓圜则也。坟，土之高者也。〇此问洪水泛滥，禹何用填塞而平之？九州之域，何以出其土而高之乎？答曰：禹之治水，行之而已，无事于填也。水既下流，则平土自高，而可宫可田矣。若曰必填之而后平，则是使禹复为鲧，而父子为戮矣。柳子《对》曰："行鸿下隤，厥丘乃降。乌填绝渊，然后夷于土！"此言是也。**应龙何画？河海何历？**一作河海应龙，何画何历，失韵，非是。画，音获。历，叶音勒。〇有鳞曰蛟龙，有翼曰应龙。历，过也。《山海经》曰："禹治水有应龙以尾画地。即水泉流通，禹因而治之也。"柳子《对》曰："胡圣为不足，反谋龙知？畚锸究勤，而欺画厥尾！"此言得之矣。**鲧何所营？禹何所成？康回凭怒，墬何故以东南倾？**凭，皮膺反。墬，一作地。一无以字。〇鲧、禹事已见上六章，此不复答。旧说康回，共工名也。凭，盛满也。《列子》曰："共工氏与颛顼争为帝，怒而触不周之山，折天柱，绝地维。故天倾西北，日月星辰就焉；地不满东南，百川水潦归焉。"此亦无稽之言，不答可也。**九州安错？川谷何洿？东流不溢，孰知其故？**安，一作何。错，七故反。洿，音户；旧音乌，非是。〇错，置也。洿，深也。水注海曰川，注川曰溪，注溪曰谷。〇此章三问，今答之曰：九州所错，天地之中也。川谷之洿，众流之会也。

不溢之故，则《列子》曰："渤海之东，不知几亿万里，有大壑焉，实惟无底之谷，名曰归墟。八纮九野之水，天汉之流，莫不注之，而无增无减焉。"《庄子》曰："天下之水，莫大于海。万川归之，不知何时止，而不盈；尾闾泄之，不知何时已，而不虚。"柳子曰："东穷归墟，又环西盈。脉穴土区，而浊浊清清。坟墟燔疏，渗渴而升。充融有馀，泄漏复行。器运漱漱，又何溢焉！"三子之言，递相祖述，而柳又明归墟之泄，非出之天地之外也。但水入于东，而复绕于西，又渗缩而升，乃复出于高原，而下流于东耳。此其说亦近似矣，然以理验之，则天地之化，往者消而来者息，非以往者之消，复为来者之息也。水流东极，气尽而散，如沃焦釜，无有遗馀，故归墟、尾闾，亦有沃焦之号，非如未尽之水，山泽通气而流注不穷也。东西南北，其修孰多？南北顺墮，其衍几何？墮，一作隋，一作堕，音妥，又徒禾反。○修，长也。墮，狭而长也。衍，馀也。○此问四方长短若何？若谓南北狭而长，则其长处所馀又计多少也？答曰：地之形量，固当有穷，但既非人力所能遍历，算术所能推知，而书传臆说，又不足信。唯《灵宪》所言八极之广，原于历算，若有据依，然非专言地之广狭也。柳《对》直谓"其极无方"，则又过矣。昆仑县圃，其尻安在？增城九重，其高几里？县，音玄；一作玄，非是。尻，与居同。在，见上。○昆仑、县圃，见《骚经》。昆仑，据《水经》在西域，一名阿耨达山，河水所出，非妄言也。但县圃增城高广之度，诸怪妄说，不可信耳。四方之门，其谁从焉？西北辟启，何气通焉？辟，与闢同；一作闢，一作开。○《补注》引《淮南子》说"昆仑虚旁门有数，其西北隅开门以纳不周之风"，今不敢信。日安不到？烛龙何照？羲和之未扬，若华何光？照，叶之告反。扬，一作阳。○旧注以为，天之西北，幽冥无日之国，有龙衔烛而照之。其有日处，日未出时，又有若木赤华照地也。夫日光弥天，其行匝地，固无不到之处。此章所问，尤是儿戏之谈，不足答也。何所冬暖？何所夏寒？焉有石林？何兽能言？答曰：南方日近而阳盛，故多暖。北方日远而阴盛，故多寒。今以越之南、燕之北观之，已自可验，则愈远愈偏，而有冬暖夏寒之所，不足怪矣。石林，未详。《礼》曰：“猩猩能言，不离禽兽。”今南方山中有之。**焉有龙虬，负熊以游？**虬，或在龙字上，以韵叶之，非是。○虬，见上，馀未详。**雄虺九首，儵忽焉在？何所不死？长人何守？**虺，许伟反。儵，与倏同。在，叶音紫。死，一作老，此以首叶守，以在叶死，作老非是。○虺，蛇属，《尔雅》云：“博三寸，首大如擘。”儵忽，急疾貌。《招魂》说“南方之害，雄虺九首，往来儵忽”，正谓此也。不死之人，则《山海经》、《淮南子》屡言之，固未可信。然俗传山中有人，年老不死，子孙藏之鸡窠之中者，亦或有之，不足怪也。长人，则《国语》所谓防风氏，守封、禺之山者。山今在湖州武康县。**靡蓱九衢，枲华安居？灵蛇吞象，厥大何如？**蓱，一作荓。枲，相里反。灵，一作一。大，一作骨。○靡蓱，未详何物。九衢，言其枝九出耳。《山海经》有四衢、五衢之语是也。枲，麻之有子者。《山海经》云：“浮山有草，其叶如枲。”又云：“南海内有巴蛇，身长百寻，其色青黄赤黑，食象，三年而出其骨。”注云：“南方蚺蛇，亦吞鹿，消尽，乃自绞于树，腹中骨皆穿鳞甲间出。”亦此类也。**黑水玄趾，三危安在？延年不死，寿何所止？**趾，一作沚，一作阯。在，见上。○黑水、三危，皆见《禹贡》。玄趾，未详。《素问》曰：“真人寿敝天地，无有终时；至人益其寿命而强，亦归于真人；圣人形体不敝，精神不散，亦可以百数。”**鲮鱼何所？鬿堆焉处？羿焉彃日？乌焉解羽？**鲮，音陵；一作陵。鬿，音祈。堆，多回反。彃，一作毙。《说文》云：“彃，射也。”音毕。作弹者，字误也。乌，柳云当作鸟。○鲮鱼，鲤也，一云陵鲤也，有四足，形似鼍而短小，出南方。《山海经》曰：“西海中近列姑射山，有陵鱼，人面、人手、鱼身，见则风涛起。北号山有鸟，状如鸡，而白首鼠足，名曰鬿雀，食人。”彃，射也。《淮南》言：“尧时十日并出，草木焦枯。尧命羿仰射十日，中其九日，日中九乌皆死，堕其羽翼，故留其一日也。”《春秋元命苞》：“三足乌者，阳精也。”柳云：“《山海经》曰：‘大泽方千里，群鸟之所生及所解。'"《穆天子传》曰："北至旷原之野，飞鸟之所解其羽。"旧说非是。按：今唯陵鲤人所共识，其馀则有无不可知，而弹日之说尤怪妄不足辨。解羽，如柳说则别是一事，然如旧说为日中之乌，而借解羽二字以问，于义亦通，顾亦无足辨耳。

禹之力献功，降省下土方。句绝。焉得彼嵞山女，而通之于台桑？功，叶音光。土下或有四字，洪云："或并无四方二字。"今按：下土方，盖用《商颂》语，四字之衍明甚；然若并无二字，则又无韵矣。焉，一作安。一之字在山字下。嵞，一作涂，音塗。○此问禹以勤力献进其功，尧因使省下土四方。当此之时，焉得彼嵞山氏之女，而通夫妇之道于台桑之地乎？《书》曰："娶于涂山，辛壬癸甲。"涂山在寿春东北濠州也。《吕氏春秋》曰："禹娶涂山氏女，不以私害公，自辛至甲四日，复往治水。"

闵妃匹合，厥身是继。胡为嗜不同味，而快鼂饱？一本嗜下有欲字。一本快下有一字。一本为作维，不作欲。鼂，一作晁，一作朝，并陟遥反。饱，与继叶，疑有备音。○闵，忧也。言禹所以忧无妃匹者，欲为身立继嗣也。下二句未详。启代益作后，卒然离蠥。何启惟忧，而能拘是达？蠥，一作孽，一作孼，并鱼列反。○益，禹贤臣也。作，为也。后，君也。离，遭也。蠥，忧也。旧说禹以天下禅益，天下皆去益而归启，是代益作后也。于是有扈不服，启遂与之大战于甘，故曰离蠥。问启何以能思惟所忧，而能代益伐扈，以达拘执之嫌乎？旧说如此，未知是否，不敢答也。皆归躲𥳑，而无害厥躬。何后益作革，而禹播降？躲，一作射。𥳑，一作鞠，音菊。降，叶胡攻反。○此章之义未详。启棘宾商，《九辩》《九歌》。何勤子屠母，而死分竟地？歌，叶巨依反。地，叶音低；一作墬。○棘宾商，未详。《九辩》、《九歌》，已见《骚经》。窃疑棘当作梦，商当作天，以篆文相似而误也。盖其意本谓启梦上宾于天，而得帝乐以归，如《列子》、《史记》所言周穆王、秦穆公、赵简子梦之帝所，而闻钧天广乐、九奏万舞之类耳。屠母，疑亦谓《淮南》所说："禹治水时，自化为熊以通轘辕之道，涂山氏见之而惭，遂化为石，时方孕启。禹曰：‘归我子！’于是石破北方而启生。”其石在嵩山，见《汉书注》。竟地，即化石也。此皆怪妄不足论。但恐文义当如此耳。帝降夷羿，革孽夏民。胡䠶夫河伯，而妻彼雒嫔？胡下，一有羿字，非是。䠶，一作射，食亦反。下同。妻，七计反。○帝，天帝也。夷羿，诸侯，弑夏后相者也。革，更也。孽，忧也。言变更夏道，为万民忧患。传曰：河伯化为白龙，游于水旁，羿见䠶之，眇其左目。羿又梦与雒水神宓妃交。亦妄言也。冯珧利决，封豨是䠶。何献蒸肉之膏，而后帝不若？冯，音凭。珧，音遥。豨，虚岂反。䠶，叶时若反。蒸，一作烝。○冯，满也。言引满也。珧，弓名也，《尔雅》：“弓以蜃者，谓之珧。”珧，蜃甲也。《射礼》有“决”，注云：“决，犹闿也，以象骨为之，著右大擘指，以钩弦闿体也。”后帝，天帝也。若，顺也。言羿猎射封豨，以其肉膏祭天帝，天帝犹不顺羿之所为也。柳子《对》曰：“夸夫快杀，鼎豨以虑饱。馨膏腴帝，叛德恣力。胡肥台舌喉，而滥厥福！”浞娶纯狐，眩妻爰谋。何羿之䠶革，而交吞揆之？浞，仕角反。谋，叶谟悲反。一无革字。○寒浞，见《骚经》。眩，惑也。爰，于也。言浞娶于纯狐氏女，眩惑爱之，遂与浞谋杀羿也。䠶革，《礼》所谓“贯革之䠶”。《左传》所谓“蹲甲而射之，彻七札焉”者，言有力也。吞，灭也。揆，谋度也。言何羿之射艺勇力，而其众乃交进而吞谋之乎？此即《骚经》所谓淫游佚畋而乱流鲜终者也。阻穷西征，岩何越焉？化为黄熊，巫何活焉？化下，一有而字。○此章似又言鲧事。然羽山东裔，而此云西征，已不可晓。或谓越岩堕死，亦无明文。《左传》言鲧化为黄熊，《国语》作黄能。按：熊，兽名；能，三足鳖也。说者曰，兽非入水之物，故是鳖也。《说文》又云：“能，熊属，足似鹿。”盖不可晓。或云：东海人祭禹庙，不用熊白及鳖为膳，岂鲧化为二物乎？咸播秬黍，莆雚是营。何由并投，而鲧疾修盈？秬，音巨。莆，一作黄。雚，音丸；一作藿。○秬黍，黑黍也。《说文》：“黍，禾属而黏也。”莆，疑即蒲字。蒲，水草，可以作席。雚，萑也，与萑同。《左氏》云“萑苻之泽”是也。馀未详。白蜺婴茀，胡为此堂？

安得夫良药，不能固臧？天式从横，阳离爰死。大鸟何鸣，夫焉丧厥体？茀，音拂。得下一有失字，从，即容反。丧，息浪反。〇旧注引《列仙传》云："崔文子学仙于王子侨，子侨化为白蜺而婴茀，持药与之。文子惊怪，引戈击蜺，因堕其药。俯而视之，子侨之尸也。须臾化为大鸟，飞鸣而去。"事极鄙妄，不足复论。蓱号起雨，何以兴之？撰体胁鹿，何以膺之？蓱，一作并，一作萍，音瓶。号，胡刀反。撰，雏免反。胁，虚业反。体下一有协字，而鹿字属下句，又无以字。一作何鹿以膺之。〇旧说蓱，蓱翳，雨师名也。号，呼也。兴，起也。又言天撰十二神鹿，一身、八足、两头，独何膺受此形体乎？此章大抵荒诞无说，今亦不论。鳌戴山抃，何以安之？释舟陵行，何以迁之？鳌，音敖。戴，一作载。抃，音卞；一作拚。安，叶一先反。〇鳌，大龟也。击手曰抃。旧注引《列仙传》曰："有巨灵之龟，背负蓬莱之山而抃舞。"事亦见《列子》。下二句未详。惟浇在户，何求于嫂？何少康逐犬，而颠陨厥首？女岐缝裳，而馆同爰止。何颠易厥首，而亲以逢殆？浇，五吊反。嫂，叶音叟。易上一有陨字。殆，叶当以反。上一有天字，一有大字。〇浇，浞之子也。旧说浇无义，淫泆其嫂。往至其户，佯有所求，因与淫乱。夏少康因田猎放犬逐兽，遂袭杀浇而断其头。颠，倒也。陨，坠也。女岐，浇嫂也。言女岐与浇淫泆，为之缝裳，于是共舍而宿止。少康夜袭，得女岐头，以为浇，因断之，故言易首。不知何据。汤谋易旅，何以厚之？覆舟斟寻，何道取之？斟，职深反。取，此苟反。〇汤，与上句过浇、下句斟寻事不相涉，疑本康字之误，谓少康也。斟寻，国名也。杜预云："斟灌、斟寻，夏同姓诸侯。相失国，依于二斟，为浇所灭，其子少康为虞庖正，有田一成，有众一旅，遂灭过浇，祀夏配天，不失旧物也。"旅，谓一旅，五百人也。覆舟，言夏后相已倾覆于斟寻之国，今少康以何道而能复取浇乎？桀伐蒙山，何所得焉？妺嬉何肆，汤何殛焉？得，叶徒力反。妺，音末；一作末。嬉，音喜；一作喜。殛，一作极。○桀伐蒙山之国，而得妹嬉，因此肆其情意，故为汤所殛，放之南巢也。舜闵在家，父何以鳏？尧不姚告，二女何亲？鳏，古顽反，叶音矜。○闵，忧也。无妻曰鳏。姚，舜姓也。问舜孝如此，父何以不为娶乎？尧妻舜而不告其父母，二女何自而与之相亲乎？程子曰："舜不告而娶固不可，尧命瞽使舜娶，舜虽不告，尧固告之矣。尧之告也，以君治之而已。"厥萌在初，何所意焉？璜台十成，谁所极焉？意，古亿字，亦作亿。璜，音黄。○亿，度也。《论语》曰："亿则屡中。"璜，美玉也。成，重也。言贤者预见萌牙之端，而知其存亡，非虚亿也。纣作象箸而箕子叹，预知象箸必有玉杯，玉杯必盛熊蹯豹胎，如此必崇广宫室。纣果作玉台十重、糟丘、酒池，以至于亡也。登立为帝，孰道尚之？女娲有体，孰制匠之？娲，古华反。匠，一作匹，非是。○旧说伏羲始画八卦，修行道德，万民登以为帝，谁开导而尊尚之乎？传言女娲人头蛇身，一日七十化。其体如此，谁所制匠而图之乎？上句无伏羲字，不可知，下句则怪甚而不足论矣。舜服厥弟，终然为害。何肆犬豕，而厥身不危败？一作何得肆其犬豕。豕，一作体。○服，事也。言舜弟象施行无道，舜犹服而事之。然象终欲害舜，肆其犬豕之心，烧廪填井。然舜为天子，卒不诛象，何耶？说见下眩弟章。吴获迄古，南岳是止。孰期去斯，得两男子？迄，许讫反。去，一作夫。○此章未详。旧注以两男子为太伯、虞仲，未知是否？缘鹄饰玉，后帝是飨。何承谋夏桀，终以灭丧？一无夏字。丧，去声；一作亶。后帝，谓殷汤也。言伊尹始仕，因缘烹鹄鸟之羹，修玉鼎以事汤，汤贤之，遂以为相，承用其谋而伐夏桀，终以灭桀也。此即孟子所辨"割烹要汤"之说，盖战国游士谬妄之言也。帝乃降观，下逢伊挚。何条放致罚，而黎服大说？乃，一作力，一作之力。挚如字，即说叶税；挚音哲，即说音悦。○帝，谓汤也。挚，伊尹名也。条，鸣条也。黎，众也。言汤观风俗而逢伊尹，遂用其谋，伐桀于鸣条而放之南巢，天下众民大喜悦也。致罚，即《汤诰》所谓"致天之罚”也。

简狄在台，喾何宜？玄鸟致贻，女何喜？台，叶徒其反。台下或有帝字。喾，苦笃反。贻，一作诒。喜，叶音嬉；一作嘉，音基；一作善，非是。○简狄，帝喾之妃也。玄鸟，燕也。贻，遗也。言简狄侍帝喾于台上，有飞燕堕遗其卵，喜而吞之，因生契也。事见《商颂》，说见上女岐章。**该秉季德，厥父是臧。胡终弊于有扈，牧夫牛羊？**此章未详，诸说亦异。《补》曰：“言启兼秉禹之末德，而禹善之，授以天下。有扈以尧、舜与贤，禹独与子，故伐启，启伐灭之，有扈遂为牧竖也。”详此该字，恐是启字，字形相似也。但牧夫牛羊未有据，而其文势似启反为扈所弊，不可考也。**干协时舞，何以怀之？平胁曼肤，何以肥之？**怀，叶胡威反。平胁，一作受平。曼，音万。○干，盾也。协，合也。时，是也。言舜以干羽合是舞于两阶，何以怀有苗而格之也？下句未详。旧说云：平胁曼肤，肥泽之貌。言纣为无道，天下乖离，当怀忧癯瘦，何反肥盛若此乎？二事不相似，时相去又远，未知其果然否。**有扈牧竖，云何而逢？击床先出，其命何从？**竖，臣庾反。命何，一作何所。○竖，童仆之未冠者。旧说有扈氏本牧竖之人耳，因何逢遇而得为诸侯乎？启攻有扈之时，亲于其床上击而杀之，其命何所从出乎？此亦无所据，而牧竖之说又与上章相表里，未详其说。**恒秉季德，焉得夫朴牛？何往营班禄，不但还来？**朴，匹角反，一云平豆反，无朴音。牛，叶鱼奇反。来，叶力之反。○旧说：朴，大也。言汤常能秉持契之末德，出猎而得大牛之瑞。其往猎也，不但驱驰往来而已，还辄以所获得禽兽，遍施禄惠于百姓也。此篇言秉季德者再，而其说不同如此，盖本文已不可考，而说者又妄解也。**昏微遵迹，有狄不宁。何繁鸟萃棘，负子肆情？**遵，一作循。有，一作佚。○旧说人循暗微之道，为戎狄之行者，不可以安其身。谓晋大夫解居父聘吴，过陈之墓门，见妇人负其子，欲与之淫泆。妇人则引《诗》刺之曰：“墓门有棘，有鸮萃止。”言虽无人，棘上犹有鸮，汝独不愧也！今详其说，上二句迂曲难解，下事亦无所据。《补》引《列女传》陈辩女事，又无负子肆情之意，要皆不足论也。**眩弟并淫，危害厥兄。何变化以作诈，而后嗣逢长？**害，一作虞。兄，叶虚良反。而，一在嗣字下。○眩弟，惑乱之弟也。问何象欲杀舜，变化作诈，而舜为天子，反封象于有庳，使其后嗣子孙长为诸侯乎？《孟子》云："仁人之于弟，不藏怒，不宿怨，封之有庳，富贵之也。"知此，则知其说矣。**成汤东巡，有莘爰极。何乞彼小臣，而吉妃是得？**莘，所巾反。得，叶徒力反。○有莘，国名。极，至也。小臣，谓伊尹也。言汤东巡，至于有莘，乞匄伊尹，因得吉善之妃以为内辅也。《史记》曰："阿衡欲干汤而无由，乃为有莘氏媵臣。"谓此也。然以《孟子》观之，则为此说者妄矣。**水滨之木，得彼小子。夫何恶之，媵有莘之妇？**一无彼字。恶，乌路反。妇，叶芳尾反。○旧说小子谓伊尹。媵，送也。言伊尹母妊身，梦神女告之曰："臼灶生蛙，亟去无顾。"居无几何，臼灶中生蛙，母去东走，顾视其邑，尽为大水，母因溺死，化为空桑之木。水干之后，有小儿啼水涯，人取养之。既长大，有殊才。有莘恶其从木中出，因以送女。谬妄甚明，不必辩也。**汤出重泉，夫何辠尤？不胜心伐帝，夫谁使挑之？**辠，古罪字。尤，叶于其反。挑，徒了反。○重泉，地名，在冯翊郡。《史记》所谓夏台也。言桀拘汤于此，而复出之。汤既得出，遂不胜众人之心，而以伐桀，是谁使桀先拘汤，以挑之乎？**会鼂争盟，何践吾期？苍鸟群飞，孰使萃之？**会鼂争盟，一作会晁请盟。音已见上。苍，一作仓。○旧说武王将伐纣，纣使胶鬲视武王师。胶鬲问曰："欲以何日至殷？"武王曰："以甲子日。"胶鬲还报纣。会天大雨，道难行，武王昼夜行。或谏曰："雨甚，军士苦之，请且休息。"武王曰："吾许胶鬲以甲子日至殷，令报纣矣。吾甲子日不到，纣必杀之，吾故不敢休息，欲救贤者之死也。"遂以甲子日朝诛纣，不失期也。下二句不可晓，注云："苍鸟，鹰也。言将帅勇猛，如鹰鸟群飞，惟武王能聚之。《诗》曰'惟师尚父，时惟鹰扬'是也。"未知是否。**列击纣躬，叔旦不嘉。何亲揆发，定周之命以咨嗟？授殷天**

下，其位安施？反成乃亡，其罪伊何？列，一作到，非是。躬，一作射，非是。一无何字。定，一作足，属上句，非是。一无之以二字。施，叶所加反；若如字，即下何叶音奚。反，一作及。○叔旦，武王弟周公也。嘉，善也。揆，度也。犹言帝度其心。发，武王名。《史记》言武王至纣死所，射之三发，以黄钺斩其头，悬之大白之旗。此所谓列击纣躬也。然未见周公不喜与其咨嗟以揆武王、使定周命之事，盖当时犹有其传，而今失之也。此问周公既不喜列击纣躬，何为又教武王使定周命乎？盖周公但不喜亲斩纣头之事耳，固未尝不欲定周之命而王天下，以传子孙也。后四句不可晓，似谓天既授殷以天下，而今亡之，使其位何所施耶？盖唯反其所以成者，是以至于灭亡，而其为罪果何事耶？但语意太简，未有以见其必然耳。

争遣伐器，何以行之？并驱击翼，何以将之？行，叶户郎反。○争遣伐器，谓《泰誓》言“群后以师毕会”也。并驱击翼，谓《六韬》曰“翼其两旁，疾击其后”，言武王之军，人人乐战，并驱而进之也。问此二者何以使其然耶？昭后成游，南土爰底？厥利惟何，逢彼白雉？底，音止。○昭后，成王孙昭王瑕也。成，犹遂也。底，至也。昭王南游至楚，楚人凿其船而沉之，遂不还也。杜预云：“昭王南巡守，涉汉，船坏而溺。”二说不同，未知孰是？白雉事无所见，旧注谓周公时越裳氏尝献之，昭王德不能致，而欲亲往逢迎之。亦恐未必然也。穆王巧梅，夫何周流？环理天下，夫何索求？梅，芒改反，字从手；或从木，或从玉者，皆非也。周上一有为字。○《方言》云：“梅，贪也。”贾生所谓“品庶每生”是也。巧梅，言巧于贪求也。《史记》曰：“周穆王得骥、温骊、骅骝、騄耳之驷，西巡狩，乐而忘归。徐偃王作乱，造父为穆王御，长驱归周以救乱。”环，旋也。《左传》云：“穆王欲肆其心，周行天下，将必有车辙马迹焉。祭公谋父作《祈招》之诗，以止王心，王是以获没于祗宫。”妖夫曳衒，何号于市？周幽谁诛，焉得夫褒姒？衒，荧绢反。○褒姒，周幽王之嬖妾也。昔夏后氏之衰也，有二龙止于夏庭而言曰：“余，褒之二君也。”夏后布币、糈而告之，龙亡而漦在，椟而藏之。传三代，莫敢发。至厉王之末，发而观之，漦流于庭，化为玄鼋，入王后宫。后宫处妾遇之而孕，无夫而生女，惧而弃之。先时有童谣曰："檿弧箕服，实亡周国。"后有夫妇相牵引行，卖是器于市者，以为妖怪，执而戮之，夜得亡去。闻所弃女啼声，哀而收之，遂奔褒。褒人后有罪，乃入此女以赎罪，是为褒姒。幽王惑而爱之，为废申后及太子宜臼，而立以为后，遂为申侯、犬戎所杀也。天命反侧，何罚何佑？齐桓九合，卒然身杀。佑，叶于忌反。合，一作会。杀，音弑；一作弑。○反侧，言无常也。九、纠通用。卒，终也。齐桓公任管仲，九合诸侯，一正天下。任竖刁、易牙，诸子相攻，死不得敛，虫流出户，与见杀无异。一人之身，一善一恶，天命反侧，罚佑不常，皆其所自取也。彼王纣之躬，孰使乱惑？何恶辅弼，谗谄是服？恶，乌路反。谄，一作谞。服，叶蒲北反。○惑纣者，内则妲已，外则飞廉、恶来之徒也。服，事也。言纣憎辅弼，不用忠直之言而专用谗谄之人也。比干何逆，而抑沉之？雷开何顺，而赐封之？何，一作巧，非是。封，叶孚音反。之，一作金。○此言纣之恶辅弼而用谗谄也。比干，纣诸父也，谏纣，纣怒，乃杀之而剖其心。雷开，佞人也，阿顺于纣，乃赐之金玉而封爵之也。何圣人之一德，卒其异方？梅伯受醢，箕子详狂。梅，音浼。详，音佯；一作佯。○方，术也。梅伯，纣诸侯也，忠直而数谏纣，纣怒，乃杀之，菹醢其身。箕子见之，欲去不忍，遂被发详狂而为奴。二人德同而术异也。稷维元子，帝何竺之？投之于冰上，鸟何燠之？竺，一作笃。燠，音郁；一作懊，非是。一无句下二之字。○元，大也。稷，帝喾之子弃也。帝，即喾也。竺，义未详，或曰厚也，或曰笃也，皆未安。稷事见《诗·大雅》及《史记》，曰："后稷，名弃，其母有邰氏女，曰姜嫄，为帝喾元妃。出野，见巨人迹，说而践之，遂身动如孕者。居期而生子，姜嫄以无父而生，弃之于冰上。有鸟以翼覆荐温之。以为神，乃取而养之。"《诗》曰："先生如达。"是首生之子也，故曰元子。既是元子，则帝当爱之矣，何为而竺之耶？弃之冰上，则人恶之矣，鸟何为而燠之耶？以此言之，则竺字当为"天祝予"之祝，或为"天夭是椓"

之椓，以声近而讹耳。何冯弓挟矢，殊能将之？既惊帝切激，何逢长之？挟，一作接。惊，一作敬。切，一作功。○冯，引弓持满也。其它文多不可晓，《注》以为后稷，《补》以为武王，未知孰是，今姑阙之。伯昌号衰，秉鞭作牧。何令彻彼岐社，命有殷国？号，一作號。○伯昌，谓周文王，始为西伯，而名昌也。号衰，号令于殷世衰微之际也。秉鞭策，牧者之事也。言服事殷，而为之执鞭，以作六州之牧也。彻，通也。岐社，太王所立岐周之社也。武王既有殷国，遂通岐周之社于天下，以为太社，犹汉初令民立汉社稷也。迁藏就岐，何能依？殷有惑妇，何所讥？言太王始与百姓徙其宝藏来就岐下，问何能使其民依倚而随之？惑妇，谓妲己也，问有何事可讥乎？受赐兹醢，西伯上告。何亲就上帝罚，殷之命以不救？告，叶古后反。帝下，一有之字。○西伯，文王也。言纣醢梅伯以赐诸侯，文王受之以祭，告语于上帝，帝乃亲致纣之罪罚，故殷之命不可复救也。师望在肆，昌何识？鼓刀扬声，后何喜？识，与志同。喜，叶许寄反。○师望，太师吕望，谓太公也。昌，文王也。言太公在市肆而屠，文王何以识知之乎？后，亦谓文王也。吕望鼓刀在列肆，文王亲往问之，吕望对曰："下屠屠牛，上屠屠国。"文王喜，载与俱归。此问何但闻其鼓刀之声而亲往问之乎？然此与猎于渭滨而得太公之说不同。盖当时好事者之言，犹伊尹负鼎、百里自鬻之比，惜乎孟子时无问者，不得并掊击之也。然则其问亦不足答矣。武发杀殷，何所悒？载尸集战，何所急？悒，音邑。○言武王发欲诛殷纣，何所悁悒而不能久忍？遂载文王之柩于军中以会战，何所急而然也？此亦当时传闻之语，故为伯夷扣马之词，亦有父死不葬之云，与此皆误也。伯林雉经，维其何故？何感天抑墬，夫谁畏惧？一无何字。墬，已见上。○旧注以此为晋太子申生之事，未知是否？皇天集命，惟何戒之？受礼天下，又使至代之？立皇天集禄命以与王者，何不常有以戒之，而使至于危亡乎？王者既受天之礼命而王天下，天又何为使他姓代之乎？其警戒之意至深切矣。

初汤臣挚，后兹承辅。何卒官汤，尊食宗绪？卒，一作萃。○言汤初举伊尹，以为凡臣耳，后知其贤，乃以备疑丞辅翼也。官，如官卿之适之官。言终使汤为天子，尊其先祖，以王者礼乐祭祀，绪业流于子孙也。勋阖梦生，少离散亡。何壮武厉，能流厥严？严，叶五郎反。《诗·殷武》篇有此例。○勋，功也。阖，吴王阖庐也。梦，阖庐祖父寿梦。寿梦卒，太子诸樊立，诸樊卒，传弟馀祭，馀祭卒，传弟夷末，夷末卒，当传弟札，札不受，夷末之子王僚立。阖庐，诸樊之长子，次不得为王，少离散亡，放在外，乃使专诸刺王僚，代为吴王。以伍子胥为将，破楚入郢。是能壮其猛厉勇武，而流其威也。彭铿斟雉，帝何飨？受寿永多，夫何长？飨，叶虚良反。长上一有久字。○彭铿，彭祖也。旧说铿好和滋味，进雉羹于尧，尧飨之，而锡以寿考，至八百岁。《庄子》以为"上及有虞，下及五伯"是也。但此本谓上帝，已为妄说，而旧注以为尧，又妄之尤也。中央共牧，后何怒？蠭蛾微命，力何固？牧，一作收，一作枚。蠭，音峰；一作蠭；一作螽，非是。蛾，古蚁字；一作蚁。○此章之义未详，当阙。惊女采薇，鹿何祐？北至回水，萃何喜？祐，叶于忌反。○此章未详，亦当阙。兄有噬犬，弟何欲？易之以百两，卒无禄？噬，音筮。两，音亮。○旧云以此为秦公子鍼之事，然与《左传》不同，未知是否。薄暮雷电，归何忧？厥严不奉，帝何求？此下皆不可晓，今阙其义。伏匿穴处，爰何云？荆勋作师，夫何长？长下，一有先字，非是。自此至篇终，皆隔句叶韵。悟过改更，我又何言？吴光争国，久余是胜。悟，一作寤。更，音庚。一无我字，非是。言，叶音银。胜，叶音商。○吴光，即阖闾也。何环穿自闾社丘陵，爰出子文？"环穿自闾社丘陵"七字，一作"环闾穿社以及丘陵是淫是荡"十二字。○子文，楚令尹斗谷於菟也。《左传》曰："若敖娶于䢵，生斗伯比，若敖卒，从其母畜于䢵，淫于䢵子之女，生谷於菟，实为令尹子文。”夫子称其忠，事见《论语》。他则不可晓矣。

吾告堵敖以不长。楚人谓未成君而死者曰敖。堵敖者，楚文王子、成王兄也。何试上自予，忠名弥彰？试，一作讥。予，音与；一作与。彰，一作章。

楚辞集注卷第四

九章第四 离骚十四至二十二

《九章》者，屈原之所作也。屈原既放，思君念国，随事感触，辄形于声。后人辑之，得其九章，合为一卷，非必出于一时之言也。今考其词，大抵多直致无润色，而《惜往日》、《悲回风》又其临绝之音，以故颠倒重复，倔强疏卤，尤愤懑而极悲哀，读之使人太息流涕而不能已。董子有言："为人君者，不可以不知《春秋》，前有谗而不见，后有贼而不知。"呜呼，岂独《春秋》也哉！

惜诵

此篇全用赋体，无它寄托，其言明切，最为易晓。而其言作忠造怨，遭谗畏罪之意，曲尽彼此之情状。为君臣者皆不可以不察。

惜诵以致愍兮，发愤以抒情。所非忠而言之兮，指苍天以为正。愍，音敏；一作闵，非是。抒，从手，上与、丈吕二反；一作纾，亦通。非，一作作；忠下一有心字：皆非是。正，叶音征。○惜者，爱而有忍之意。诵，言也。致，极也。愍，忧也。愤，懑也。抒，挹而出之也。所者，誓词，犹所谓"所不与舅氏同心"、"所不与崔庆者"之类也。苍，天之色也。正，平也。犹言"有如白水"、"有如上帝"之类也。言始者爱惜其言，忍而不发，以致极其忧懑之心，至于不得已，而后发愤懑以抒其情，则又从而誓之曰：所我之言，有非出于中心而敢言之于口，则愿苍天平己之罪而降之罚也。令五帝以折中兮，戒六神与向服。俾山川以备御兮，命咎繇使听直。令，音零。折，从手，之舌反；一作㧡，非是。中，陟仲反。与，一作以。服，叶蒲北反。命，一作会。使，一作以。○此皆指天自誓之词。欲使上天命此众神，察其是非，若曰司谨司盟、名山大川、群神群祀、先王先公也。五帝，五方之帝，以五色为号者，太一之佐也。折中，谓事理有不同者，执其两端而折其中，若《史记》所谓“六艺折中于夫子”是也。六神，日、月、星、水旱、四时、寒暑也。向，对也。服，服罪之词，《书》所谓“五刑有服”者也。山川，名山大川之神也。御，侍也。咎繇，舜士师，能明五刑者也。听直，听其词之曲直也。

竭忠诚而事君兮，反离群而赘肬。忘儇媚以背众兮，待明君其知之。君、兮之间一有子字，非是。赘，之芮反。肬，音尤；一作尤，叶于其反。儇，许缘反。背，音佩。一无明字，一为君字，皆非是。○赘肬，肉外之馀肉，《庄子》所谓“附赘悬肬”者是也。儇，轻利也。媚，柔佞也。言尽忠以事君，反为不尽忠者所摈弃，视之如肉外之馀肉。然吾宁忘儇媚之态，以与众违，其所恃者，独待明君之知耳。言与行其可迹兮，情与貌其不变。故相臣莫若君兮，所以证之不远。行，下孟反。相，息亮反。之下一有而字，非是。○言人臣之言行既可踪迹，内情外貌又难变匿，而人君日以其身亲与之接，宜其最能察夫忠邪之辩，盖其所以验之不在于远也。《左传》曰：“知子莫若父，知臣莫若君。”此之谓也。吾谊先君而后身兮，羌众人之所仇也。专惟君而无他兮，又众兆之所雠也。羌下，一有然字，非是。一无二也字。兆，一作人。○谊，与义同。怨耦曰仇。惟，思念也。百万曰兆。雠，谓怨之当报者。壹心而不豫兮，羌不可保也。疾亲君而无他兮，有招祸之道也。疾，一作病，非是。○不豫，言果决不犹豫也。不可保，言君若不察，则必为众人所害也。疾，犹力也。与上文“专惟君”之语同，力于亲君，而无私交，固招祸之理也。思君其莫我忠兮，忽忘身之贱贫。事君而不贰兮，迷不知宠之门。忠，一作知。而，一作其。门，叶弥贫反。○言我思君，意常谓群臣莫有忠于我者，则是贵近之臣，皆不能致其身矣，故忘己之贱贫，而欲自进以效其忠。然其进也，亦但知尽心以事君而已，固不怀贰以求宠也。是以视众人之遇宠，而心若迷惑，不知其所从入之门也。忠何辜以遇罚兮，亦非余之所志也。行不群以巅越兮，又众兆之所咍也。辜，一作罪。以，一作而。余，一作吾。志，叶音之。一无二也字。行，下孟反。咍，呼来反，叶呼其反。○咍，嗤笑，楚语也。言无罪放逐，本非臣子夙心所期望，但以行不群而至此，遂为众所笑耳。纷逢尤以离谤兮，謇不可释也。情沉抑而不达兮，又蔽而莫之白也。白，叶音弼。一无二也字。○纷，乱貌。尤，过也。謇，词也。释，解也。沉，没也。抑，按也。白，明辩也。心郁邑余侘傺兮，又莫察余之中情。固烦言不可结而诒兮，愿陈志而无路。心，一作忳。侘傺，音义并已见《骚经》。中情，以韵叶之，当作善恶，而恶字又当从去声读，由《骚经》一句差互，故此亦因之耳。固，一作故。结下一无而字。诒，音怡。○烦言，谓烦乱之言。《左传》曰“啧有烦言”是也。《骚经》曰“解佩纕以结言”，《思美人》曰“言不可结而诒”，疑古者以言寄意于人，必以物结而致之，如结绳之为也。退静默而莫余知兮，进号呼又莫余闻。申侘傺之烦惑兮，中闷瞀之忳忳。号，音豪。中，一作心；一心上别有中字。瞀，音茂。忳，徒昆反。○号，大呼也。申，重也。闷，烦也。瞀，乱也。忳忳，忧貌。

昔余梦登天兮，魂中道而无杭。吾使厉神占之兮，曰有志极而无旁。杭，一作航。○杭，方两舟而并济也，通作航。厉神，盖殇鬼也。《左传》“晋侯梦大厉”，《祭法》有泰厉、公厉、族厉，主杀伐之神也。旁，辅也。言梦登天而无航者，其占为但有心志劳极，而无辅助也。

终危独以离异兮，曰君可思而不可恃。故众口其铄金兮，初若是而逢殆。铄，书药反。殆，叶徒系反。○终危独以离异，果如始者占梦者之言也。君可思者，臣子之义也。不可恃者，其明暗贤否，所遇有不同也。众口铄金，美金见毁，众共疑之，数被烧炼，以至销铄也。殆，危也。言初以君为可恃，故被众毁而遭危殆也。惩热羹而吹韲兮，何不变此志也？欲释阶而登天兮，犹有曩之态也。惩热羹，一本热作于，而羹下有者字，一本有于热者，皆非是。一作惩热于羹，而无者字，亦通。韲，一作齏，并音赍。此下一有之字。一无二也字。态，叶音替。○韲，凡醢酱所和，细切为韲，或曰捣姜蒜辛物为之者也。阶，梯也。盖羹热而韲冷，有人歠羹而太热，其心惩忞，后见冷韲，犹恐其热而吹之，以喻常情既以忠直得罪，即痛自惩忞，过为阿曲。而我今尚欲释阶而登天，则是不自惩忞，而犹有前日忠直之意也。众骇遽以离心兮，又何以为此伴也？同极而异路兮，又何以为此援也？一无众字。援，于愿反。一无二也字。○伴，侣也。极，至也。援，引也。言众人见己所为，皆惊骇遑遽以离心，则无与己为侣者矣。与众人同事一君，而其志不同，则如同欲至于一处，而各行一路，谁可与相援引而俱进者耶？晋申生之孝子兮，父信谗而不好。行婞直而不豫兮，鲧功用而不就。好，呼报反；叶呼斗反。○申生事见《左传》、《礼记》。鲧事见《骚经》、《天问篇》。不豫，见上。吾闻作忠以造怨兮，忽谓之过言。九折臂而成医兮，吾至今乃知其信然。成，一作为，为下有良字。一无至字。一无信字。○忽者，易而略之之意。人九折臂，更历方药，乃成良医，故吾于今乃知作忠造怨之语为诚然也。《左传》曰“三折肱为良医”，亦此意也。矰弋机而在上兮，罻罗张而在下。设张辟以娱君兮，愿侧身而无所。矰，则僧反。弋，一作谁。罻，音尉。下，叶音户。辟，毗亦反，又音臂。○矰，缴射鸟短矢也。弋，缴射也。机，张机以待发也。罻罗，掩鸟网也。辟，开也，与闢同；或云谓弩臂也。言谗贼之人阴设机械，张布开辟，伤害君之所恶，以悦君意，使人忧惧，虽欲侧身以避之，而犹恐无其处也。欲儃佪以干傺兮，恐重患而离尤。欲高飞而远集兮，君罔谓女何之？儃，知然反。恐，丘用反。重，储用反。〇儃佪，不进貌。干傺，谓求住也。重，增益也。离，遭也。集，鸟飞而下止也。谓远遁也如此，则又恐君得无谓：女欲去我而何往乎？欲横奔而失路兮，盖坚志而不忍。背膺牉以交痛兮，心郁结而纡轸。一无盖字。坚志，一作志坚。背，音贝。牉，音判，下一有合字。膺下一有敷字。结，一作约。〇横奔失路，妄行违道之譬也。膺，胸也。牉，半分也。《礼》传曰："夫妻牉合也。"言欲妄行违道，则吾志已坚而不忍为。通上章，三者皆不可为，则背胸一体而中分之，其交为痛楚，有不可言者矣。

捣木兰以矫蕙兮，糳申椒以为粮。播江离与滋菊兮，愿春日以为糗芳。捣，音祷。矫，一作挢。糳，即各反。〇捣，舂也。矫，犹揉也。糳，精细米也。播，种也。滋，见《骚经》。糗，糒也，干饭屑也。春日新蔬未可食，即且以此为糗，而又不忘其芳香，言不变其素守也。恐情质之不信兮，故重著以自明。挢兹媚以私处兮，愿曾思而远身。质，音致；一作志。重，直用反。挢，居表反。曾，音增。明，叶音芒。思，去声。身，叶音商。〇质，犹交质之质。挢，举也。媚，爱也，谓所爱之道、所守之节也。私处，犹曰自娱也。曾，重也。曾思，所以虑微；远身，所以避害。

涉江

此篇多以余、吾并称，详其文意，余平而吾倨也。

余幼好此奇服兮，年既老而不衰。带长铗之陆离兮，冠切云之崔嵬。铗，古挟反。冠，去声。崔，音摧。嵬，一作巍，并五回反。〇奇服，奇伟之服，以喻高洁之行，冠、剑、被服皆是也。衰，懈也。铗，剑把；或曰刀身剑锋也。长铗，见《史记》。切云，当时高冠之名。被明月兮珮宝璐，世溷浊而莫余知兮，吾方高驰而不顾。驾青虬兮骖白螭，吾与重华游兮瑶之圃。璐，音路。知下，一无兮字；顾下，一有兮字：皆非是。虬、螭音义皆已见前篇。圃，叶去声。○在背曰被。明月，珠名，以其夜光，有似明月，故以为名。璐，美玉名。乘灵物、从圣帝、游宝所，皆见其志行之高远。登昆仑兮食玉英，吾与天地兮比寿，与日月兮齐光。哀南夷之莫吾知兮，旦余将济乎江湘。英，叶於姜反。比、齐，一皆作同。一无将字。乎，一作于。○登昆仑，言所至之高。食玉英，言所养之洁。南夷，谓楚国也。

乘鄂渚而反顾兮，欸秋冬之绪风。步余马兮山皋，邸余车兮方林。欸，音哀。风，叶孚金反。邸，丁礼反；一作低。○鄂渚，地名，今鄂州也。欸，叹也。《方言》云："南楚谓然为欸。"《史》、《汉》"亚父曰唉"及唐人"欸乃"，皆此字也。邸，至也；一作低者，说见《招魂》"轩辌既低"下。方林，地名。乘舲船余上沅兮，齐吴榜而击汰。船容与而不进兮，淹回水而凝滞。舲，音零；一作柃。上，时掌反。榜，北孟反，又音谤。汰，音泰。凝，一作疑。滞，叶丑介反。○舲船，船有窗牖者；或曰小船也。上，谓溯流而上也。齐，同时并举也。吴，谓吴国。榜，棹也。盖效吴人所为之棹，如云越舲蜀艇也。汰，水波也。船不进而凝滞，留落之意，亦恋故都也。朝发枉陼兮，夕宿辰阳。苟余心之端直兮，虽僻远其何伤！陼，一作渚。之，一作其。僻，一作辟。其，一作之。○枉陼、辰阳，皆地名。《水经》云："沅水东径辰阳县东南，合辰水。沅水又东历小湾，谓之枉陼。"

入溆浦余儃佪兮，迷不知吾所如。深林杳以冥冥兮，乃猿狖之所居。溆，徐吕反。儃佪，一作邅迴。吾下，一有之字。杳下，一有复出杳字；一作晦。冥冥，一作冥寞。一无乃字，晦字以下皆非是。猿狖，见前篇。○溆浦，亦地名。山峻高以蔽日兮，下幽晦以多雨。霰雪纷其无垠兮，云霏霏其承宇。高下以，一作而。垠，音银。

○霰，雨冻如珠，将为雪者也。宇，屋檐也。哀吾生之无乐兮，幽独处乎山中。吾不能变心以从俗兮，固将愁苦而终穷。乐，音洛。

接舆髡首兮，桑扈臝行。忠不必用兮，贤不必以。伍子逢殃兮，比干菹醢。髡，音坤。臝，一作裸，并力果反。醢，叶呼彼反。○接舆，楚狂也，被发佯狂，后乃自髡。桑扈，即《庄子》所谓子桑户。臝行，谓赤体而行也。或疑《论语》所谓子桑伯子亦是此人，盖夫子称其简。《家语》又云："伯子不衣冠而处，夫子讥其欲同人道于牛马。"即此裸行之证也。以，亦用也。伍子，吴相伍员子胥也，谏夫差令伐越，不听，被杀，盛以鸱夷而浮之江，事见《左传》、《史记》。比干事见《骚经》、《天问》。与前世而皆然兮，吾又何怨乎今之人！余将董道而不豫兮，固将重昏而终身。董，正也。不豫，见《惜诵》。重昏，重复暗昧，终不复见光明也。

乱曰：鸾鸟凤皇，日以远兮。燕雀乌鹊，巢堂坛兮。坛，式衍反。○比也。言仁贤远去，而谗佞见亲也。露申辛夷，死林薄兮。腥臊并御，芳不得薄兮。臊，音骚。得薄之薄，音博。○比也。露申，未详。丛木曰林。草木交错曰薄。腥臊，臭恶也。御，用也。薄，附也。言污贱并进，而芳洁不容也。阴阳易位，时不当兮。怀信侘傺，忽乎吾将行兮。一无忽字，非是。行，叶户郎反。○比而赋也。阴谓小人，阳谓君子。将行，谓将远去也。

哀郢

皇天之不纯命兮，何百姓之震愆？民离散而相失兮，方仲春而东迁。纯，不杂而有常也。震，动也。愆，过也。仲春，二月，阴阳之中，冲和之气，人民和乐之时也。屈原被放，时适会凶荒，人民离散，而原亦在行中，闵其流离，因以自伤，无所归咎，而叹皇天之不纯其命，不能福善祸淫，相协民居，使之当此和乐之时，而遭离散之苦也。去故乡而就远兮，遵江夏以流亡。出国门而轸怀兮，甲之鼂吾以行。鼂，职夭反；一作晁。行，叶户郎反。○遵，循也。江，大江也。夏，水名；或以为自江而别以通于汉，还复入江，冬竭夏流，故谓之夏；而其入江处，今名夏口，即《诗》所谓“江有汜”也。轸，痛也。甲，日也。朝，旦也。原自言其以甲日朝旦而行也。发郢都而去闾兮，怊荒忽其焉极？楫齐扬以容与兮，哀见君而不再得。一无都字。一无怊字。其，一作之，一无其字，皆非是。○郢都，在汉南郡江陵县。闾，里门也。齐扬，同举也。容与，徘徊也。言鼓棹者亦不欲去，知己之恋恋于君也。望长楸而太息兮，涕淫淫其若霰。过夏首而西浮兮，顾龙门而不见。楸，音秋。太，一作叹。○楸，梓也。长楸，所谓故国之乔木，使人顾望徘徊，不忍去也。淫淫，流貌。夏首，夏水口也。浮，不进之而自流也。龙门，楚都南关三门，一名龙门，一名修门。回望而不见都门，则其悲愈甚矣。心婵媛而伤怀兮，眇不知其所蹠。顺风波而流从兮，焉洋洋而为客。其，一作余，一无其字。蹠，音只，叶音灼；一作宅。焉，如字。客，叶康落反。○婵媛，两见前篇。眇，犹远也。蹠，践也。洋洋，无所归貌。凌阳侯之泛滥兮，忽翱翔之焉薄？心絓结而不解兮，思蹇产而不释。泛，孚梵反。焉，於虔反。薄，音博。絓，音画。释，叶时若反。○凌，乘也。阳侯，阳国之侯，溺死于水，其神能为大波。泛滥，波貌。薄，止也。絓，悬也。蹇产，诘曲貌。将运舟而下浮兮，上洞庭而下江。去终古之所居兮，今逍遥而来东。江，叶音工。上，时掌反。下，遐嫁反。○终古，亦两见前篇。羌灵魂之欲归兮，何须臾而忘反。背夏浦而西思兮，哀故都之日远。羌，一作哓。○时未过夏浦也，故背之而回首西乡，以思郢也。登大坟以远望兮，聊以舒吾忧心。哀州土之平乐兮，悲江介之遗风。乐，音洛。介，一作界。风，叶孚金反。○水中高者曰坟。《诗》"汝坟"是也。望，望郢都也。平乐，地宽博而人富饶也。介，间也。遗风，谓故家遗俗之善也。当陵阳之焉至兮，淼南渡之焉如？曾不知夏之为丘兮，孰两东门之可芜？淼，音眇。○陵阳，未详。淼，滉漾无涯也，于是始南渡大江矣。夏，大屋也。丘，荒墟也。孰，谁也。两东门，郢都东关有二门也。芜，秽也。言楚王曾不知都邑宫殿之夏屋当为丘墟，又不知两东门亦先王所设以守国者，岂可使之至于芜废耶？怀王二十一年，秦遂拔郢，而楚徙陈，不知在此后几年也。

心不怡之长久兮，忧与忧其相接。惟郢路之辽远兮，江与夏之不可涉。与忧，一作与愁。其，一作之。○怡，乐也。忧忧相接，首尾如一，继续无已也。忽若去不信兮，至今九年而不复。惨郁郁而不通兮，蹇侘傺而含戚。一无去字。或恐去字上下有脱误。戚，叶七六反。○《补注》："考原初被放，在怀王十六年，至十八年复召用之。三十年，秦约怀王与会，原谏止之，不从。怀王遂死于秦。顷襄王立，复放屈原。"此云"九年不复"，不知的在何时也。外承欢之汋约兮，谌荏弱而难持。忠湛湛而愿进兮，妒被离而障之。汋，音绰。谌，市林反。荏，音稔。湛，徒感反。被，音披；一作披。障，音章。○汋约，好貌。谌，诚也。荏，亦弱也。湛湛，重厚貌。被离，众盛貌。障，壅也。言小人外为谀说，以奉君之欢适，情态美好，诚使人心意软弱而不能自持，是以怀忠而愿进者，皆为所嫉妒而壅蔽不得进也。此章形容邪佞之态最为精切，读者宜深味之，则知佞人之所以殆，又信此语与孔圣之言实相发明也。彼尧舜之抗行兮，瞭杳杳其薄天。众谗人之嫉妒兮，被以不慈之伪名。一无彼字。行，下孟反。瞭，音了。一无瞭字而作杳冥冥。薄，音博。天，叶铁因反。○尧、舜与贤而不与子，故有不慈之名。《庄子》云"尧不慈，舜不孝"，盖战国时流俗有此语也。憎愠惀之修美兮，好夫人之忼慨。众踥蹀而日进兮，美超远而逾迈。愠，纡粉反。惀，力允反。好，呼报反。夫，音扶。忼，苦朗反。慨，一作礚，苦盖反。踥，思叶反。蹀，音牒。○愠，心所缊积也。思求晓知谓之惀。忼慨，激昂之意。《补》曰："君子之愠惀，若可鄙者；小人之忼慨，若可喜者。唯明者能察之。"踥蹀，行貌。亦谓谗佞之人日进于前，使人美而好之愈甚而无已也。

乱曰：曼余目以流观兮，冀壹反之何时？鸟飞反故乡兮，狐死必首丘。信非吾罪而弃逐兮，何日夜而忘之？曼，音万。首，式救反。丘，叶音欺。○曼，远意。鸟飞反故乡，思旧巢也。首丘，谓以首枕丘而死，不忘其所自生也。《礼》曰："大鸟兽丧其群匹，越月逾时，则必反巡，过其故乡。"又曰："乐，乐其所自生。礼，不忘其本。古人有言曰：狐死正丘首，仁也。"忘，谓忘其故都也。

抽思

以篇内少歌首句二字为名。

心郁郁之忧思兮，独永叹乎增伤。思蹇产之不释兮，曼遭夜之方长。一无心字。悲秋风之动容兮，何回极之浮浮！数惟荪之多怒兮，伤余心之慢慢。悲下，一有夫字。数，所矩反。荪，一作荃。慢，音忧。○秋风动容，谓秋风起而草木变色也。回极浮浮，未详所谓。或疑回极指天极回旋之枢轴，浮浮，言其运转之速而不可当，亦未知其是否也。大抵此下诸篇，用字立语多不可解，甚者今皆阙之，不敢强为之说也。数，计也。惟，思也。荪，说见《骚经》，盖寓意于君也。慢，愁也。言计而思之，君多妄怒，刑罚不中，使余心忧也。愿遥起而横奔兮，览民尤以自镇。结微情以陈词兮，矫以遗夫美人。镇，音珍。遗，去声。○尤，过也。镇，止也。矫，举也。览民之尤，而察其有罪之实，庶以自止其忧，则又愈见其怒之不当，而可忧益甚，故结情于词，以告君也。美人，已见《骚经》，亦寄意于君也。昔君与我成言兮，曰黄昏以为期。羌中道而回畔兮，反既有此它志。成，一作诚。曰，一作日。志，叶音之。〇成言、黄昏，说见《骚经》。言君与己始亲而后疏也。憍吾以其美好兮，览余以其修姱。与余言而不信兮，盖为余而造怒。憍，与骄同。览，一作鉴。姱，叶音户。盖，一作盍。为，去声。〇憍，矜也。《庄子》曰："虚憍而盛气。"览，示也。姱，好也。言君自多其能，言又非实，本无可怒，但以恶我之故，为我作怒也。愿承閒而自察兮，心震悼而不敢。悲夷犹而冀进兮，心怛伤之憺憺。閒，音闲。怛，当割反；一作怕，非是。憺，徒敢反。〇閒，闲暇也。《庄子》曰："今日宴闲。"察，明也。怛，悲惨也。憺憺，安静。意谓欲承君之闲暇以自明而不敢，然又不能自已，故夷犹欲进，而心复悲惨，遂静默而不敢言也。观此，则知屈原事君惓惓之意盖极深厚，岂乐以婞直犯上而取名者哉！兹历情以陈辞兮，荪详聋而不闻。固切人之不媚兮，众果以我为患。兹历，一作历兹。详，音佯，与佯同。患，音还，叶胡门反。〇历，犹列也。详，诈也。切人不媚，言悬切之人不能软媚，君或未怒，而众已病之，盖恶其伤己也。初吾所陈之耿著兮，岂不至今其庸亡？何独乐斯之謇謇兮？愿荪美之可完。耿，古迥反。一无不字，非是。乐，音洛。独乐，王逸作毒药而无斯字，非是。完，叶胡光反；一作光。〇耿，明貌。庸，何用也，《左传》曰："晋其庸可冀乎！"言昔吾所陈之言明白如此，岂不至今犹可覆视，而何用乃亡之耶？然吾非独乐为此謇謇，而不乐为顺从也；但以愿君之德美犹可复全，是以不得已而为此耳。所谓尚幸君之一寤者如此，其志切矣。望三五以为像兮，指彭咸以为仪。夫何极而不至兮，故远闻而难亏。三五，一作前圣。闻，音问。〇三五，谓三皇五帝，或曰三王五伯也。像，谓肖古人之形而则其象也。仪，谓以彼人为法而效其仪，如《仪礼》所说"国君行礼，而视祝为节"之类是也。极，至也。至，到也。视彼像仪，而必欲求到其极，则远闻而难亏矣。善不由外来兮，名不可以虚作。孰无施而有报兮，孰不实而有穫？施，始豉反。实，当作殖。穫，一作获，非是。○此四语者，明白亲切，不烦解说，虽前圣格言，不过如此，不可但以词赋读之也。少歌曰：与美人之抽思兮，并日夜而无正。憍吾以其美好兮，敖朕辞而不听。少，诗照反；一作小。一无之字，并，一作弃，日上仍有憾字。夜下，一无而字。之字以下皆非是。正，叶音征。敖，与傲同；一作謷。听，平声。○少歌，乐章音节之名，《荀子·佹诗》亦有"小歌"，即此类也。抽，拔也。思，意也。并日夜，言旦暮如一也。无正，无与平其是非也。敖，倨视也。

倡曰：有鸟自南兮，来集汉北。好姱佳丽兮，牉独处此异域。既惸独而不群兮，又无良媒在其侧。道卓远而日忘兮，愿自申而不得。望北山而流涕兮，临流水而太息。倡，读曰唱。牉，见《惜诵》。惸，渠营反。侧，叶庄力反。卓，一作逴。不，一作未。得，叶徒力反。北山，一作南山。流，一作深。○倡，亦歌之音节，所谓发歌句者也。鸟，盖自喻。屈原生于夔峡，而仕于鄢郢，是自南而集于汉北也。望孟夏之短夜兮，何晦明之若岁！惟郢路之辽远兮，魂一夕而九逝。秋夜方长，忧不能寐，故望孟夏之短夜，而冀其易晓也。晦明若岁，夜未短也。一夕九逝，思之切也。曾不知路之曲直兮，南指月与列星。愿径逝而不得兮，魂识路之营营。一本南指至得兮十三字在营营之下，非是。营营，一作茕茕。○言初不识路，后以月星而知向背，然欲去而又未得者，以魂虽识路，而营营独往，无与俱也。何灵魂之信直兮，人之心不与吾心同！理弱而媒不通兮，尚不知余之从容。言灵魂忠信而质直，不知人心之异于我，故虽得归，亦无与左右而道达之者，彼又安能知我之闲暇而不变所守乎？

乱曰：长濑湍流，溯江潭兮。狂顾南行，聊以娱心兮。湍流，亦作流湍。潭，叶音寻。○濑，水浅处。湍，急流也。逆流而上曰溯。潭，深渊也。狂顾，忧惧而惊视也。自江入湖，自湖入湘，皆溯流而南行也。**轸石崴嵬，蹇吾愿兮。超回志度，行隐进兮。**崴，音隈，又乌皆反。嵬，吾回反，又音怀。愿，叶鱼靳反，或如字。进，如字，或音荐。○轸石，未详。超回、隐进，亦不可晓。今并阙之。**低佪夷犹，宿北姑兮。烦冤瞀容，实沛徂兮。**瞀，音茂。○北姑，盖地名。瞀容，瞀乱之意见于容貌也。实沛徂，诚欲沛然如水之流去也。**愁叹苦神，灵遥思兮。路远处幽，又无行媒兮。**媒，叶莫悲反。○灵，灵魂也。**道思作颂，聊以自救兮。忧心不遂，斯言谁告兮！**一无以字。告，叶居后反。○道思者，且行且思也。救，解也。

怀沙

言怀抱沙石以自沉也。

滔滔孟夏兮，草木莽莽。伤怀永哀兮，汩徂南土。滔，他刀反；《史记》作陶。莽，莫补反。汩，越笔反。○滔滔，水大貌。莽莽，茂盛貌。汩，行貌。徂南土，溯沅湘也。**眴兮杳杳，孔静幽默。郁结纡轸兮，离慜而长鞠。抚情效志兮，冤屈而自抑。**眴，与瞬同，一音胡绢反。兮字，一在杳杳下。静下，一有兮字。默，《史》作墨。郁，一作冤。慜，一作愍。而，《史》作之。鞠，叶各额反；一作鞫。冤屈而，《史》作俛诎以。抑，叶於革反。○眴，目数摇动之貌。杳杳，深冥之貌。孔，甚也。默，无声也。纡，屈也。轸，痛也。离，遭也。慜，痛也。鞠，穷也。抚，循也。效，犹核也。抑，按也。言抚情核志，无有过失，则屈志自抑而不惧也。**刓方以为圜兮，常度未替。易初本迪兮，君子所鄙。章画志墨兮，前图未改。**刓，吾官反。一无初字。迪，《史》作由。画，音获。志，《史》作职。改，叶音己。○刓，圆削也。度，法也。替，废也。言欲变心从俗，而常法未废，不能遽变也。易初，谓变易初心也。本迪，未详。章，明也。志，念也。墨，谓绳墨。言譬之工人章明所画之绳墨，而念之不忘者，亦以前人之法度未改故也。内厚质正兮，大人所晟。巧倕不斲兮，孰察其揆正！厚，《史》作直。正，《史》作重。晟，《史》作盛。倕，音垂；《史》作匠。斲，一作列；一作断。揆，一作拨。匠以下，皆非是。〇所晟，所盛美也。倕，《书》作垂，性巧，舜命以为共工。斲，斫也。揆，度也。即上章所谓画也。

玄文处幽兮，矇瞍谓之不章。离娄微睇兮，瞽以为无明。处幽，《史》作幽处。《史》无瞍字。睇，音第。明，叶音芒。〇玄，墨也。幽，冥也。有眸子而无见曰矇。无眸子曰瞍。离娄，古之明目者也。睇，眄之也。瞽，盲者也。变白以为黑兮，倒上以为下。凤皇在笯兮，鸡鹜翔舞。白下以，《史》作而。下，叶音户。笯，音奴，又女家反，又音暮；一作郊。二字皆非是。鹜，音木；一作雉。〇笯，笼落也。同糅玉石兮，一概而相量。夫惟党人之鄙固兮，羌不知余之所臧。糅，女救反。概，古代反。鄙，一作交。《史》无惟字，固作妒，余作吾，无之字。〇概，平斗斛木也。

任重载盛兮，陷滞而不济。怀瑾握瑜兮，穷不知所示。重，直用反。瑾，音仅。瑜，音逾。知，《史》作得，下仍有余字。〇盛，多也。陷，没也。滞，留也。济，度也。此言重车陷泞而不得度也。在衣为怀，在手为握。瑾、瑜，美玉也。不知所示，人皆不识，无可示者也。邑犬群吠兮，吠所怪也。非俊疑杰兮，固庸态也。犬下，一有之字，今从《史》。非俊，《史》作诽骏。杰，《史》作桀。一无二也字。〇非，毁也。知过千人谓之俊，十人谓之杰。庸，厮贱之人也。文质疏内兮，众不知余之异采。材朴委积兮，莫知余之所有。疏，《史》作疎。内，旧音讷，又如字。余，《史》作吾。异，一作奥。采，叶此礼反。朴，《史》作樸。积，《史》作质。有，叶于彼反。〇文质，其文不艳也。疏，迂阔也。内，木讷也。异采，殊异之文采也。材，木中用者也。朴，未斲之质也。委积，言其多有，唯所用之，而世莫之知也。重仁袭义兮，谨厚以为丰。重华不可遻兮，孰知余之从容！重，平声，下重华同。遻，一作遌，《史》作牾。洪云："当作遌，五故反，与迕同。"○袭，亦重也。丰，犹富足也。遌，逢也。从容，举动自得之意。古固有不并兮，岂知其何故！汤禹久远兮，邈而不可慕。《史》无何、而字。故、慕下皆有也字。○古有不并，言圣贤不并时而生也。惩违改忿兮，抑心而自强。离慜而不迁兮，愿志之有像。违，一作连。强，其两反。慜，《史》作涽；一作闵。像，《史》作象。○违，过也。像，法也。强于为善，而不以忧患改其节，欲其志之可为法也。进路北次兮，日昧昧其将暮。舒忧娱哀兮，限之以大故。舒，《史》作舍；娱作虞。○言将北归郢都，而日暮不得前也，于是将欲舒忧以娱哀，而念人生几何，死期将至，其限有不可得而越也。

乱曰：浩浩沅湘，分流汩兮。修路幽蔽，道远忽兮。《史》逐句有兮字，自此至篇末并同；分，一作纷。皆非是。汩，音骨，水流声；又音鹘，涌波也。蔽，《史》作拂。此下《史》有"曾唫恒悲兮，永叹慨兮。世既莫吾知兮，人心不可谓兮"四句。○浩浩，广大也。汩，流貌。修，长也。怀质抱情，独无匹兮。伯乐既没，骥焉程兮。质，《史》作情。情，《史》作质。匹，当作正，字之误也；以韵叶之，及以《哀时命》考之，则可见矣。没，《史》作殁；骥下有将字。○无正，与"并日夜无正"之正之意同。伯乐，善相马者也。程，谓校量才力也。民生禀命，各有所错兮。定心广志，余何畏惧兮！民，《史》作人。禀，《史》作有。一作万民之生。○错，置也。言民之生莫不禀命于天，而随其气之短长、厚薄，以为寿夭、穷达之分，固各有置之之所而不可易矣。吉者不能使之凶，凶者不能使之吉也。是以君子之处患难，必定其心，而不使为外物所动摇；必广其志，而不使为细故所狭隘。则无所畏惧，而能安于所遇矣。曾伤爰哀，永叹喟兮。世溷浊莫吾知，人心不可谓兮。曾，音增。《史》无浊字，莫作不。一无人心字，或无人字，或无人心而有念字。一本无浊吾人心四字。〇按：此四句若依《史记》移著上文“怀质抱情”之上，而以下章“死不可让，愿勿爱兮”承“余何畏惧”之下，文意尤通贯。但《史》于此又再出，恐是后人因校误加也。知死不可让，愿勿爱兮。明告君子，吾将以为类兮。爱，叶於既反。明下一有以字。〇《补》曰：“屈子以为知死之不可让，则舍生而取义可也。所恶有甚于死者，岂复爱此七尺之躯哉！”类，法也。以此言为法也。

思美人

思美人兮，擥涕而伫眙。媒绝路阻兮，言不可结而诒。伫，直吕反。眙，丑吏反。媒，一作路。路，一作媒。绝下，一有而道字。一无下而字。诒，叶音异。〇美人，说见上篇，寄意于君也。擥，犹收也。伫，久立也。眙，直视也。蹇蹇之烦冤兮，陷滞而不发。申旦以舒中情兮，志沉菀而莫达。冤，一作惋。陷，一作滔。以，一作不。一无志字。菀，音郁。莫，一作不。〇承上路阻而言，陷滞不发，亦以陷泞为喻也。申，重也。今日已暮，明日复旦也。菀，积也。愿寄言于浮云兮，遇丰隆而不将。因归鸟而致辞兮，羌迅高而难当。迅，一作宿。当，一作寓。皆非是。〇亦承上章陷滞而言，欲因云致辞，则云师不听；欲因鸟致辞，则鸟飞速而又高，难可当值也。

高辛之灵晟兮，遭玄鸟而致诒。欲变节以从俗兮，媿易初而屈志。晟，一作盛，一作威。诒、志，皆叶平、去二声。媿，与愧同。〇玄鸟致诒，事见《天问》。此因上章归鸟难当而上感高辛之事，下愧不能易初而屈志也。独历年而离愍兮，羌冯心犹未化。宁隐闵而寿考兮，何变易之可为！冯，与凭同。化，叶音抝。闵，一作愍。易之，一作初而。〇冯，愤懑也。隐闵寿考，优游卒岁也。然终不能变易其初心也。知前辙之不遂兮，未改此度。车既覆而马颠兮，蹇独怀此异路。辙，一作道。未，一作末。度下，一有也字。○知直道之不可行，而不能改其度，虽至于车倾马仆，而犹独怀其所由之道，不肯同于众人也。勒骐骥而更驾兮，造父为我操之。迁逡次而勿驱兮，聊假日以须旹。指嶓冢之西隈兮，与纁黄以为期。更，平声。造，七到反。父，音甫。为，去声。我，一作余。操，七刀反。之字为韵。逡，七旬反。旹，古时字。嶓，音波。隈，一作隅。纁，一作曛，并音熏。○造父，善御，周穆王时人。操之，执辔也。迁，犹进也。逡次，犹逡巡也。嶓冢，山名，汉水所出也。见《禹贡》。纁，浅绛也，日将入时，色纁且黄也。以马既颠，故更驾骏马，使善御者操其辔，逡巡而不速往，但期至于荒陬绝远之地，以穷日之力而自休焉。盖知世路之不可由，而欲远去以俟命也。

开春发岁兮，白日出之悠悠。吾将荡志而愉乐兮，遵江夏以娱忧。将，一作且。荡，一作盪。擥大薄之芳茝兮，搴长洲之宿莽。惜吾不及古之人兮，吾谁与玩此芳草！擥，一作揽。茝，一作芷。莽，莫古反。惜，一作然。一无之字。草，叶七古反。○不及，谓生不及其同时也。解萹薄与杂菜兮，备以为交佩。佩缤纷以缭转兮，遂萎绝而离异。吾且儃佪以娱忧兮，观南人之变态。窃快在其中心兮，扬厥凭而不竢。芳与泽其杂糅兮，羌芳华自中出。萹，音匾。备，一作修。佩，叶音备。以，一作其。缭，音了。萎，於危反。儃佪，一作徘徊。态，叶音替。窃上一有吾字。一无在字。一无其字。出，叶尺遂反。○萹，萹蓄也，似小梨，赤茎节，好生道旁。薄，丛也。交佩，左右佩也。萹蓄、杂菜，皆非芳草，故言解去二物，而以上文之茝、莽备为交佩也。缭，绕也。缤纷、缭转，言佩之美，然适佩之，而遽已萎绝而离异矣，于是且复优游忘忧，以观世变。又乐其所得于中者，以舒愤懑而无待于外，则其芬芳自从中出，初不借美于外物也。纷郁郁其远烝兮，满内而外扬。情与质信可保兮，羌居蔽而闻章。烝，一作承。居，一作重。羌居，一作居重。闻，去声。〇郁郁，盛也。烝，芳气之远闻也。此承上章芳华自中出，遂言其郁郁远烝，皆由情质诚实可保，故所居虽蔽，而其名闻则章也。

令薜荔以为理兮，惮举趾而缘木。因芙蓉以为媒兮，惮褰裳而濡足。以，一作而。因，一作用。褰，起虔反。〇内美既足，耻因介绍以为先容，而托以有惮也。登高吾不说兮，入下吾不能。固朕形之不服兮，然容与而狐疑。说，音悦。能，叶音泥。〇道既不行，居上处下，无适而可，形偃蹇而不服，心耿介而使然也。广遂前画兮，未改此度也。命则处幽吾将罢兮，愿及白日之未暮也。独茕茕而南行兮，思彭咸之故也。画，音获。一无则字。罢，读作疲。暮下一无也字。〇画，与《怀沙》章画之画同。

惜往日

惜往日之曾信兮，受命诏以昭诗。奉先功以照下兮，明法度之嫌疑。时，一作诗，非是。〇时，谓时之政治也。言往日尝见信于君，而受命以昭明时之政治也。先功，谓先君之功烈也。嫌疑，谓事有同异而可疑者也。国富强而法立兮，属贞臣而日娭。秘密事之载心兮，虽过失犹弗治。属，音烛。娭，与嬉同；一作娱，非是。秘，一作移。密，一作察。弗，一作不。治，如字，平声。〇属，付也。贞臣，正固之臣，原自谓也。日娭，所谓逸于得人也。虽国所秘之密事，皆载于其心，是以或有过失，犹宽而不治其罪也。心纯庬而不泄兮，遭谗人而嫉之。君含怒以待臣兮，不清澂其然否。庬，莫江反。泄，音薜；一作贳，非是。嫉之，一作佞嫉，亦非是。澂，音澄；一作澈，非是。否，叶音悲。〇庬，厚也。泄，漏也。谓不敢漏其密事也。谗人，谓上官大夫、靳尚之徒也。清澂，犹审察也。《史记》云："怀王使屈原造为宪令，属草稿未定，上官大夫见而欲夺之，原不与。因谗之曰：王使屈平为令，众莫不知，每一令出，平伐其功曰：非我莫能为也。王怒而疏屈平。”即此事也。蔽晦君之聪明兮，虚惑误又以欺。弗参验以考实兮，远迁臣而弗思。信谗谀之溷浊兮，晠气志而过之。虚惑误，一作惑虚言。溷浊，一作浮说。晠，古盛字。○虚，空言也。惑误，疑而误之也，然犹畏之也；至于欺，则公肆诬罔，而无所惮矣。王逸曰：“专擅恩威，握主权也。欺罔戏弄，若转丸也。”此言得之矣。过之，犹所谓督过之也。

何贞臣之无辠兮，被𧬈谤而见尤！惭光景之诚信兮，身幽隐而备之。辠，一作罪。𧬈，一作离。尤，叶于其反。○无罪见尤，惭见光景，故窜身于幽隐，然亦不敢不为之备也。临沅湘之玄渊兮，遂自忍而沉流。卒没身而绝名兮，惜廱君之不昭。沅，一作江。遂，一作不。没，一作沉。绝，一作灭。廱，古壅字。昭，叶音周；或云流、周并叶之韵。后三章放此。○言沉流之后，没身绝名，不足深惜，但惜此谗人廱君之罪遂不昭著耳。此原所以忍死而有言也，其亦可悲也哉！君无度而弗察兮，使芳草为薮幽。焉舒情而抽信兮，恬死亡而不聊。独障廱而蔽隐兮，使贞臣而无由。聊，叶音留。障，音章。廱，见上。贞，一作忠。而，一作为。○无度、弗察，王逸曰：“上无检柙以知下也。”《记》曰：“无节于内者，其察物弗省矣。”此之谓也。薮幽，薮泽之幽暗也。言芳草宜殖于阶庭，而今反使为薮泽之幽暗也。恬，安也。言安于死亡，不苟生也。无由，无路可行也。

闻百里之为虏兮，伊尹烹于庖厨。吕望屠于朝歌兮，宁戚歌而饭牛。不逢汤武与桓缪兮，世孰云而知之？厨，叶音稠。之，叶音周。○晋献公虏虞君与其大夫百里傒，以百里傒为秦穆公夫人媵。百里傒亡走宛，楚鄙人执之。缪公闻其贤，以五羖羊皮赎之。释其囚，与语国事，大说，授以国政，号曰五羖大夫。伊、吕、宁戚，事见《骚经》、《天问》。吴信谗而弗味兮，子胥死而后忧。介子忠而立枯兮，文君寤而追求。封介山而为之禁兮，报大德之优游。思久故之亲身兮，因缟素而哭之。弗，一作不。山下一无而字。缟，音杲。哭下之，叶音周。自沉流至此，二十四句为一韵。〇味，譬之食物，咀嚼而审其美恶也。子胥事见《涉江》。介子，名推。文君，晋文公也。文公为公子时，遭骊姬之谮而出奔。介子推从行。道乏食，子推割股肉以食文公。文公得国，赏从行者，不及子推。子推入绵上山中。文公寤而求之，子推不出。文公因烧其山，子推抱树自烧而死。文公遂封绵上之山，号曰介山。禁民樵采，使奉子推祭祀，以报其德，又变服而哭之。优游，言其德之大也。亲身，切于己身，谓割股也。缟素，白致缯也。或忠信而死节兮，或訑谩而不疑。弗省察而按实兮，听谗人之虚辞。芳与泽其杂糅兮，孰申旦而别之？訑，一作施，音移。谩，谟官反。省，息井反。别，彼列反。一说自篇首至此为一韵。何芳草之早殀兮，微霜降而下戒。谅聪不明而蔽壅兮，使谗谀而日得。殀，一作夭，於矫反。戒，叶居得反。聪不，一作不聪；或疑无不字，而明下而字当作之。〇得，得志也。

自前世之嫉贤兮，谓蕙若其不可佩。妒佳冶之芬芳兮，嫫母姣而自好。虽有西施之美容兮，谗妒入以自代。佩，叶音备。佳，一作娃。嫫，音谟。姣，音绞。好，音耗；叶虚既反。代，叶徒计反。〇若，杜若也。冶，妖冶，女态。嫫母，黄帝妻，貌甚丑。姣，妖媚也。西施，越之美女，勾践得之，以献吴王。愿陈情以白行兮，得罪过之不意。情冤见之日明兮，如列宿之错置。行，下孟反。冤，一作宛。宿，音秀。错，仓各反。〇白，明也，自明其行之无罪也。不意，出于意外也。情冤，情实与冤枉，犹言曲直也。列宿错置，言其光辉而明白也。乘骐骥而驰骋兮，无辔衔而自载。乘泛泭以下流兮，无舟檝而自备。背法度而心治兮，辟与此其无异。骐骥，按王逸解为驽马，又详下文，恐当作驽骀。载，叶子赐反。泛，音汎。

泭，音敷。舟字，疑当作“维”。檝，一作楫。治，一作殆，非是。辟，与譬同；一作譬。〇辔，马缰。衔，马勒也。载，乘也。泛泭，编竹木以渡水者也。既无骐骥，而但乘驽马，又无辔衔与御者，自为乘载；既无舟航，而但乘泛泭，又无维楫与舟人，而自为备御。其亦可谓危矣。背法度而以私意自为治者，与此无以异也。宁溘死而流亡兮，恐祸殃之有再。不毕辞以赴渊兮，惜廱君之不识。再，叶子赐反。识，音志，又音试。自可佩至此，十二句为一韵。〇不死，则恐邦其沦丧，而辱为臣仆，故曰祸殃有再。箕子之忧盖如此也。识，记也。设若不尽其辞，而闵默以死，则上官、靳尚之徒廱君之罪，谁当记之耶？其为后世君臣之戒，可谓深切著明矣。

橘颂

后皇嘉树，橘徕服兮。受命不迁，生南国兮。徕，古来字。服，叶蒲北反。国，音域。〇后皇，指楚王也。嘉，喜好也。言楚王喜好草木之树，而橘生其土也。《汉书》“江陵千树橘”，楚地正产橘也。受命不迁，《记》所谓“橘逾淮而北为枳”也，旧说屈原自比志节如橘，不可移徙，是也。篇内意皆放此。深固难徙，更壹志兮。绿叶素荣，纷其可喜兮。荣，一作华。喜，许志反；一作嘉，叶居例反。〇以其受命独生南国，故壹志而难徙，橘叶青华白，纷然盛而可喜也。曾枝剡棘，圆果抟兮。青黄杂糅，文章烂兮。曾，音层。剡，以冉反。圆果，一作圜实。抟，从手从专，徒官反。烂，叶卢干反。〇曾，重累也。剡，利也。果，草木之实可食者也。抟，圆也，与团同。青，未熟时；黄，已熟时也。先后杂糅，文章烂然也。精色内白，类任道兮。纷缊宜修，姱而不丑兮。道，叶徒苟反；一作可任，非是。纷，音坟。缊，音氲。〇精色，外色精明也。内白，内怀洁白也。外精内白，似有道也。纷缊，盛貌。

嗟尔幼志，有以异兮。独立不迁，岂不可喜兮！喜，见上。○尔，指橘而言。幼志，言自幼而已有此志，盖其本性然也。自此以下，申前义以明己志。深固难徙，廓其无求兮。苏世独立，横而不流兮。《补》曰："凡与世迁徙者，皆有求也。吾之志举世莫得而倾之者，无求于彼故也。"死而复生曰苏。闭心自慎，终不过失兮。秉德无私，参天地兮。闭，必结反；俗作闲，非是。失，叶音试。一作失过，一无失字，皆非是；或疑过字亦衍文。愿岁并谢，与长友兮。淑离不淫，梗其有理兮。友，叶羊里反。离下一有而字。○并谢，犹永谢也。岁并谢而长与友，则是终身友之矣。淑，善也。离，如离立，言孤特也。梗，强也。年岁虽少，可师长兮。行比伯夷，置以为像兮。长，上声。行，去声。比，音鼻。像，上声。○年岁虽少，亦言其本性自少而然，非积习勉强也。伯夷，孤竹君之长子也。父欲立少子叔齐，叔齐以让伯夷，伯夷又不肯受，兄弟弃国，俱去之周。及武王伐纣，伯夷、叔齐扣马而谏，左右欲杀之，太公曰："不可。"引而去之。遂不食周粟而饿死。言橘之高洁，可比伯夷，宜立以为像而效法之，亦因以自托也。

悲回风

悲回风之摇蕙兮，心冤结而内伤。物有微而陨性兮，声有隐而先倡。冤，一作菀。倡，音昌。○回风，旋转之风也，亦上篇悲秋风动容之意。言秋令已行，微物凋陨，风虽无形，而实先为之倡也。世之治乱，道之兴废，亦犹是矣。夫何彭咸之造思兮，暨志介而不忘！万变其情岂可盖兮，孰虚伪之可长！暨，其冀反。盖，古太反。其情岂，一作情岂其。○因回风之有实而摇蕙，遂感彭咸之志，虽万变而不可易，亦以其有其实也。若涉虚伪，则已不能久矣。鸟兽鸣以号群兮，草苴比而不芳。鱼葺鳞以自别兮，蛟龙隐其文章。故荼荠不同亩兮，兰茝幽而独芳。号，音豪。苴，七古、子闾、子吕、仄贾、仄加五反。比，音鼻。别，彼列反。荼，音徒。荠，一作苦。

茝，一作芷。○苴，枯草也。葺，整治也。荼，苦菜也。荠，甘菜也。言秋冬向寒，鸟兽鸣号以求群类，则草已枯矣，虽比而合之，亦不能有芬芳之气。鱼整治其鳞，以自别异，则蛟龙亦隐其文章以避之。皆言时势之不同，如回风既起，则蕙不得不陨其性也。盖荼荠甘苦不能同生，而兰茝虽更幽僻而能自芳，亦其情之不可盖者，而非有虚伪之饰也。惟佳人之永都兮，更统世以自贶。眇远志之所及兮，怜浮云之相羊。介眇志之所惑兮，窃赋诗之所明。更，平声。贶，叶平声。羊，一作佯。惑，一作感。明，叶音芒。○佳人，原自谓也。都，美也。更，历也。统世，谓先世之垂统传世也。自贶，谓已得续其官职也。相羊，浮游之貌。因自言其志之高远与浮云齐，而不能有合于世，是以其志不能无惑，而遂赋诗以明之也。

惟佳人之独怀兮，折芳椒以自处。曾歔欷之嗟嗟兮，独隐伏而思虑。涕泣交而凄凄兮，思不眠以至曙。终长夜之曼曼兮，掩此哀而不去。芳，一作若。曾，音增。伏，一作居。交下，一有下字，一有流字。凄，音妻。曼，莫半反。寤从容以周流兮，聊逍遥以自恃。伤太息之愍怜兮，气於邑而不可止。容下以字，一作而。恃，叶上声。怜，一作叹。於，音乌邑、乌合反，又并如字。纠思心以为纕兮，编愁苦以为膺。折若木以蔽光兮，随飘风之所仍。纠，吉酉反。纕，音襄；一作瓖。○纠，戾也。纕，已见《骚经》。编，结也。膺，胸也，谓络胸者也。光，谓日光也。仍，因就之意，言欲自晦而随俗也。存仿佛而不见兮，心踊跃其若汤。抚珮衽以案志兮，超惘惘而遂行。佛，音拂，又音沸。踊跃，一作沸怒。案，从木，与按从手者同。惘，音罔。行，叶户郎反。○仿佛，谓形似也，盖指君而言也。衽，裳际也。岁曶曶其若颓兮，旹亦冉冉而将至。薠蘅槁而节离兮，芳已歇而不比。曶，音忽。薠，一作蘋。蘅，一作蘗。已，一作以。比，音鼻。○时，谓衰老之期也。节离，草枯则节处断落也。比，合也。怜思心之不可惩兮，证此言之不可聊。宁溘死而流亡兮，不忍此心之常愁。聊，叶音留。溘，一作逝。此心，一作为此。○聊，赖也。孤子唫而抆泪兮，放子出而不还。孰能思而不隐兮，昭彭咸之所闻。唫，古吟字。抆，音吻；一作收。还，叶胡昆反。昭，一作照。○幼而无父曰孤。放，弃逐也。隐，痛也。昭，明也。

登石峦以远望兮，路眇眇之默默。入景响之无应兮，闻省想而不可得。峦，落官反。景，於境反。葛洪始加彡为影字。响，一作向，古字借用。省，息井反。○山小而锐曰峦。省想，闻见所不能接，而但可省记思想者也。愁郁郁之无快兮，居戚戚而不可解。心鞿羁而不开兮，气缭转而自缔。之，一作而。快，一作决。一无可字。解，居隘反，叶居岂反。开，一作形。缭，音了。缔，丈尔反，又音啼。○缭转自缔，谓缭戾回转而自相结也。穆眇眇之无垠兮，莽芒芒之无仪。声有隐而相感兮，物有纯而不可为。仪，匹也；或曰：仪，犹豫也。言己之愁思浩然，广大幽深，不可为像也。声有隐而相感，意其可以寤于君心也。物有纯而不可为，则其心已一于彼而不可变矣。不可为，如言疾不可为之意。邈漫漫之不可量兮，缥绵绵之不可纡。愁悄悄之常悲兮，翩冥冥之不可娱。凌大波而流风兮，托彭咸之所居。邈，一作藐。漫，一作蔓。缥，匹妙反。纡，音迂。悄，亲小反。○邈，远也。缥，微细也。纡，萦也。翩，疾飞也。冥冥，远去也。流，犹随也。凌波随风而从彭咸，又自沉之意也。

上高岩之峭岸兮，处雌蜺之标颠。据青冥而摅虹兮，遂倏忽而扪天。吸湛露之浮凉兮，漱凝霜之雰雰。依风穴以自息兮，忽倾寤以婵媛。峭，一作陗，并七笑反。蜺，五讫反，详见《骚经》。标，从木，匹小反。摅，敕居反。倏，音叔。扪，音门。湛，丁感反。凉，一作源，非是。漱，缩又反。雰，音分，叶孚袁反。婵媛，一作儃佪，非是。〇峭，峻也。标，杪也。颠，顶也。摅，舒也。扪，抚也。湛，厚也。漱，荡口也。雰雰，分散貌。风穴，风从地出之处也。倾寤，倾侧而觉寤也。婵媛，已见前，大率悲感流连之意也。冯昆仑以瀓雾兮，隐岐山以清江。惮涌湍之磕磕兮，听波声之汹汹。冯，皮冰反。瀓，一作瞰。雾下，一有露字。隐，於靳反。磕，古盖反。汹，音凶。〇冯，据也，如冯轼之冯。瀓雾，去其昏乱之气也。隐，依也，如隐几之隐。清江，去其浊秽之流也。岐，与岷同，在蜀郡，江水所出也。磕磕，水石声。汹汹，风水声。纷容容之无经兮，罔芒芒之无纪。轧洋洋之无从兮，驰委移之焉止。委，音逶，一作逶。移，一作蛇。焉，於虔反。止，一作至。〇容容，纷乱之貌。轧，倾压之貌。言己心烦乱，无复经纪，欲进则无所从，欲退则无所止也。漂翻翻其上下兮，翼遥遥其左右。泛潏潏其前后兮，伴张弛之信期。漂，音飘；一作飘。翻，一作幡，一作缁。右，叶羽已反。潏，音决。伴，与叛同。弛，音矢。期，叶上声。〇上三句亦皆言其反复不定之意。叛，缭散之貌也。言其忧心虽若不能自定，而其张弛进退，又自不失其时也。观炎气之相仍兮，窥烟液之所积。悲霜雪之俱下兮，听潮水之相击。液，音亦。〇炎气，火气也。相仍者，相因而不已也。烟液者，火气郁而为烟，烟所著又凝而为液也。潮，海水以月加子午之时，一日而再至者也。朝曰潮，夕曰汐。借光景以往来兮，施黄棘之枉策。求介子之所存兮，见伯夷之放迹。黄棘，棘刺也。枉，曲也。以棘为策，既有芒刺而又不直，则马伤深而行速。旧注以为愿借神光电景，飞注往来，施黄棘之刺以为策，以求子推、伯夷之故迹，是也。心调度而弗去兮，刻著志之无适。曰：吾怨往昔之所冀兮，悼来者之愁愁。弗，一作不。一无昔字。愁，它的反；一作逖。〇调度，见《骚经》。愁愁，忧惧貌。言心乎二子之调度而不忍去，刻为二子之明志而无它适。往昔所冀，谓犹欲有为于时。来者慭慭，谓将赴水而死也。浮江淮而入海兮，从子胥而自适。望大河之洲渚兮，悲申徒之抗迹。子胥事见前篇。适，便安也。《庄子》曰："申徒狄谏纣不听，负石自沉于河。"骤谏君而不听兮，任重石之何益！心絓结而不解兮，思蹇产而不释。君而，一作而君。石，一作祏，一作秙。一本无末二句，非是。○任，负也。石，或谓百二十斤也。《补》引《文选·江赋》注云："任石，即怀沙也。"其说为近。下二句，说已见《哀郢》。

楚辞集注卷第五

远游第五离骚二十三

《远游》者，屈原之所作也。屈原既放，悲叹之馀，眇观宇宙，陋世俗之卑狭，悼年寿之不长，于是作为此篇。思欲制炼形魂，排空御气，浮游八极，后天而终，以尽反复无穷之世变。虽曰寓言，然其所设王子之词，苟能充之，实长生久视之要诀也。

悲时俗之迫阨兮，愿轻举而远游。质菲薄而无因兮，焉托乘而上浮？阨，音厄，一音隘。因，一作由。乘，时证反。遭沉浊而污秽兮，独郁结其谁语？夜耿耿而不寐兮，魂营营而至曙。浊下而，一作之。语，鱼据反。耿，一作炯，并古茗反。营，一作茕。○耿耿，犹儆儆，不寐貌也。营营，犹曰荧荧，亦耿耿之意也。惟天地之无穷兮，哀人生之长勤。往者余弗及兮，来者吾不闻。勤，渠云反。吾不，一作余弗。○此章四言，乃此篇所以作之本意也。夫神仙度世之说，无是理而不可期也审矣！屈子于此，乃独眷眷而不忘者，何哉？正以往者之不可及，来者之不得闻，而欲久生以俟之耳。然往者之不可及，则已末如之何矣，独来者之不得闻，则夫世之惠迪而未吉、从逆而未凶者，吾皆不得以须其反复熟烂，而睹夫天定胜人之所极，是则安能使人不为没世无涯之悲恨？此屈子所以愿少须臾无死，而侥幸万一于神仙度世之不可期也！呜呼远矣，是岂易与俗人言哉！步徙倚而遥思兮，怊惝怳而永怀。意荒忽而流荡兮，心愁悽而增悲。怊，音超。惝，昌两反。怳，吁往反。永，一作乖，非是。怀，叶胡威反。荒，呼广反。悽，一作凄。○悽，痛也。神儵忽而不反兮，形枯槁而独留。内惟省以端操兮，求正气之所由。儵，一作倏。反，一作返。操，七刀、七到二反。由，一作繇。○知愁叹之无益而有损，乃能反自循省，而求其本初也。

漠虚静以恬愉兮，澹无为而自得。闻赤松之清尘兮，愿承风乎遗则。《列仙传》："赤松子，神农时为雨师，服冰玉，教神农，能入火自烧。至昆山上，常止西王母石室。随风雨上下。炎帝少女追之，亦得仙俱去。"张良欲从赤松子游，即此也。贵真人之休德兮，美往世之登仙。与化去而不见兮，名声著而日延。真，一作至。德，一作听，非是。美，一作羡。仙，一作僊。著，一作章。○身隐而不可见，独有名字可闻耳。奇傅说之托辰星兮，羡韩众之得一。形穆穆以浸远兮，离人群而遁逸。羡，似面反；一作美。众，一作终。○傅说，武丁之相。辰星，东方苍龙之体，心、尾、箕之星，所谓大辰也。《庄子》曰："傅说得之，以相武丁，奄有天下，乘东维，骑箕、尾，而比于列星。"《音义》云"今尾上有傅说星"是也。羡，念慕也。韩终，亦见《列仙传》。形浸远，即上文与化去之意。因气变而遂曾举兮，忽神奔而鬼怪。时仿佛以遥见兮，精皎皎以往来。曾，音增。皎皎，一作皦皦。以，一作而。来，叶音赉。○此亦上文化去形远之意。仿佛，见不諟也。《丹经》所谓"服食三载，轻举远游，入火不焦，入水不濡，能存能亡，长乐无忧"者，此也。超氛埃而淑邮兮，终不反其故都。免众患而不惧兮，世莫知其所如。超，一作绝。邮，一作尤。其，一作乎。都，一作乡，非是。○氛，昏浊之气。淑尤，言其淑善而绝尤也。此以上，言所羡仙去之乐也。恐天时之代序兮，耀灵晔而西征。微霜降而下沦兮，悼芳草之先蘦。聊仿佯而逍遥兮，永历年而无成。谁可与玩斯遗芳兮，长乡风而舒情？高阳邈以远兮，余将焉所程？晔，音馌。藷，今作零。仿，音旁。佯，音羊。而，一作以。与，一作以，非是。斯遗芳，一作此芳草。长，一作晨。乡，一作向。以，一作已。焉，一作安。○耀灵，日也。晔，闪光貌，言行之速也。沦，沉也。零，落也。此一节，自叹其将老，而恐其学之不及也。

重曰：春秋忽其不淹兮，奚久留此故居？轩辕不可攀援兮，吾将从王乔而娱戏。餐六气而饮沆瀣兮，漱正阳而含朝霞。保神明之清澄兮，精气入而粗秽除。重，直用反。娱，一作游。戏，音嬉，叶音虚。二字一作戏娱，非是。餐，七安反。沆，胡朗反。瀣，音械。霞，叶音胡。粗，七胡反。○轩辕，黄帝名。王乔，周灵王太子晋也。《列仙传》曰："好吹笙，作凤鸣，遇浮丘公，接之仙去。"六气者，《陵阳子明经》言："春食朝霞，日始欲出赤黄气也。秋食沦阴，日没以后赤黄气也。冬饮沆瀣，北方夜半气也。夏食正阳，南方日中气也。并天地玄黄之气，是为六气也。"又曰："日入为飞泉。"粗，物不精也。顺凯风以从游兮，至南巢而壹息。见王子而宿之兮，审壹气之和德。南风曰凯风。南巢，旧说以为南方凤鸟之巢，非汤放桀之居巢也。宿，与肃通。审，究问也。曰道可受兮，而不可传。其小无内兮，其大无垠。毋滑而魂兮，彼将自然。壹气孔神兮，于中夜存。虚以待之兮，无为之先。庶类以成兮，此德之门。受，一作爱，非是。一无而字。垠，叶鱼坚反。毋滑，一作无淈，并音骨。一滑上别有淈字。存，叶才缘反。门，叶谟连反。○曰者，王子之言也。受，心受也。传，言传也。小无内、大无垠，言无所不在也。滑，乱也。而，汝也。壹，专也。孔，甚也。此言道妙如此，人能无滑乱其魂，则身心自然，而气之甚神者，当中夜虚静之时，自存于己而不相离矣。如此，则于应世之务，皆虚以待之于无为之先，而庶类自成，万化自出。盖广成子之告黄帝不过如此，实神仙之要诀也。

闻至贵而遂徂兮，忽乎吾将行。仍羽人于丹丘兮，留不死之旧乡。行，叶户郎反。○至贵，谓至妙之言，其贵无敌也。仍，因就也。羽人，飞仙也。丹丘，昼夜常明之处也。不死之乡，仙灵之所宅也。朝濯发于汤谷兮，夕晞余身兮九阳。吸飞泉之微液兮，怀琬琰之华英。汤，音阳。琬，音宛。琰，音剡。英，叶於姜反。○汤谷，见《天问》。九阳，旧说谓汤谷上有扶木，九日居下枝，一日居上枝，亦寓言耳。飞泉，已见上。琬琰，玉名。玉色頩以脕颜兮，精醇粹而始壮。质销铄以汋约兮，神要眇以淫放。頩，普茗、普经二反。脕，音晚，又音万；一作艳，一作曼。壮，叶音庄。汋，音绰。眇，与妙同。放，叶音方。○頩，美貌；一曰敛容貌。脕，泽也。醇，厚也。粹，不杂也。质销铄，所谓形解销化也。汋约，柔弱貌。《庄子》曰："藐姑射山有神人焉，汋约若处子。"要眇，深远貌。淫，纵也。嘉南州之炎德兮，丽桂树之冬荣。山萧条而无兽兮，野寂漠其无人。载营魄而登霞兮，掩浮云而上征。野，一作壄。寂，与寂同；一作寂。漠，一作寞。其，一作乎。霞，与遐同，古字借用。征，一作升。○上四句记时物也，下二句言以此时升仙而去也。载，犹加也。营，犹荧荧也。魄，说见《九歌》矣。此言荧魄者，阴灵之聚，若有光景也。霞，与遐通，谓远也。盖魄不受魂，魂不载魄，则魂游魄降而人死矣。故修炼之士，必使魂常附魄，如日光之载月质；魄常检魂，如月质之受日光。则神不驰而魄不死，遂能登仙远去而上征也。

命天阍其开关兮，排阊阖而望予。召丰隆使先导兮，问大微之所居。集重阳入帝宫兮，造旬始而观清都。朝发轫于太仪兮，夕始临乎於微闾。其，一作而。阊阖，一作阖闾。予，一作余。大，音泰。阳下一有以字。於，於其反。一作微母闾。○排，推也。望予，须我之来也。与《骚经》"倚阊阖而望予"者意不同矣。丰隆，已见《骚经》。太微，宫垣十星，在翼、轸北。重阳者，积阳为天，天有九重，故曰重阳。旬始，星名。清都，《列子》以为帝之所居也。太仪，天帝之庭也。於微闾，《周礼》："东北曰幽州，其山镇曰医无闾。"屯余车之万乘兮，纷溶与而并驰。驾八龙之婉婉兮，载云旗之逶蛇。溶，音容。婉婉，一作蜿蜿，音苑。〇溶，水盛也。建雄虹之采旄兮，五色杂而炫耀。服偃蹇以低昂兮，骖连蜷以骄骜。炫，音县。耀，音曜。蜷，巨员反。骄，居召反。骜，五到反。〇服，衡下夹辕两马也。骖，衡外挽靷两马也。连蜷，句蹄也。骄骜，马行纵恣也。骑胶葛以杂乱兮，斑漫衍而方行。撰余辔而正策兮，吾将过乎句芒。骑，奇寄反。胶葛，一作轇轕，音同。以，一作其。漫，莫半反；一作曼。衍，弋战反。行，叶户郎反。句，一作钩。〇胶葛，杂乱貌；一曰犹交加也。斑，驳文也。漫衍，无极貌。句芒，木神也。《月令》："东方甲乙，其帝太皞，其神句芒。"注云："此木帝之君，木官之佐，自古以来著德立功者也。"

历太皓以右转兮，前飞廉以启路。阳杲杲其未光兮，凌天地以径度。启，一作烛。其，一作亦。径，一作侄，音义同。〇太皓，即太皞也，始结网罟，以畋以渔，制立庖厨，天下号之为庖牺氏。飞廉，已见《骚经》。径，直也。风伯为余先驱兮，氛埃辟而清凉。凤凰翼其承旗兮，遇蓐收乎西皇。为，去声。先，一作前。氛埃辟，一作辟氛气。辟，必亦反。〇西方庚辛，其帝少皓，其神蓐收。西皇，即少昊也。《左传》曰："金正曰蓐收。"擥彗星以为旍兮，举斗柄以为麾。叛陆离其上下兮，游惊雾之流波。擥，一作揽。旍，即旌字，一作旌。麾，吁为反。叛，音判。波，叶补基反。〇斗柄，北斗之柄，所谓杓也。麾，旗属。叛，缭隶分散之貌。

时暧曃其曭莽兮，召玄武而奔属。后文昌使掌行兮，选署众神以并毂。暧，音爱。曃，音逮。一作晻曀，上乌感反，下於计反；一作黤黮，上音晻，下徒感反。曭，音傥。莽，莫朗反。属，音烛。〇暧曃，昧暗也。晄，日不明也。玄武，北方七宿，谓龟、蛇也，位在北方，故曰玄；身有鳞甲，故曰武。文昌，在紫微宫北斗魁前，六星，如匡形。路曼曼其修远兮，徐弭节而高厉。左雨师使径待兮，右雷公而为卫。曼，莫干反。修，一作悠。徐，一作飒。径待，见《骚经》。而，一作以。○厉，凭陵之意。欲度世以忘归兮，意恣睢以担挢。内欣欣而自美兮，聊媮娱以淫乐。欲上，一有遂字。欲下，一有远字，一有遂字。恣，如字，又千咨反。睢，许鼻反。担，居桀反。挢，音娇；一云上丘列反，下居庙反。而，一作以。淫，一作自。乐，叶五教反。○度世，谓度越尘世而仙去也。恣睢，放肆也。担挢，轩举也。淫乐，乐之深也。《庄子》曰“孰居无事淫乐而劝”是也。涉青云以泛滥游兮，忽临睨夫旧乡。仆夫怀余心悲兮，边马顾而不行。一无以字。一无游字。行，叶户郎反。○边，旁也，谓两骖也。思旧故以想像兮，长太息而掩涕。泛容与而遐举兮，聊抑志而自弭。以，一作而。像，一作象。泛，与汎同。○屈原谓修身念道，得遇仙人，托与俱游，周历万方，升天乘云，役使百神，而非所乐，犹思楚国，念故旧，欲竭忠信以宁国家。精诚之至，德义之厚也。指炎神而直驰兮，吾将往乎南疑。览方外之荒忽兮，沛罔象而自浮。神，一作帝。疑，一作娭。览，一作觉。罔，摩朗反；象，以养反；一作罔象。浮，叶扶毗反。○南方丙丁，其帝炎帝，其神祝融。南疑，九疑也。沛，流貌。罔象，水盛貌。祝融戒而跸御兮，腾告鸾鸟迎宓妃。张《咸池》奏《承云》兮，二女御《九韶》歌。使湘灵鼓瑟兮，令海若舞冯夷。玄螭虫象并出进兮，形蟉虬而逶蛇。雌蜺便娟以增挠兮，鸾鸟轩翥而翔飞。音乐博衍无终极兮，焉乃逝以徘徊。而跸御，一作其还衡。歌，叶居支反。令，一作命。冯，一作冯。螭，丑知反。象，一作蟓，似两反。玄螭虫象并出进，一作列螭象而并进。蟉，於九反。虬，巨九反。蛇，一作迤。蜺，五历、五结二反，说见《骚经》。便，毗连反。娟，於缘反。《尔雅》疏引作嫙嬛，音同。挠，而照反。轩，一作骞，音同，其字从乌。翥，章庶反。焉，尤虔反。逝，一作游，非是。以，一作而。○跸，止行人也。御，禦也。《咸池》，尧乐。《承云》，黄帝乐也；又曰颛顼乐；又曰有虞氏之乐，无所稽考，未详孰是。二女，娥皇、女英也。御，侍也。《九韶》，已见《骚经》。湘灵，湘水之神也。海若，海神号，《庄子》有北海若。冯夷，水仙，《庄子》亦云“冯夷得之，以游大川”，又曰河伯也。象，《国语》所谓“水之怪龙、罔象”也。蟉虬，盘曲貌。便娟，轻丽貌。挠，缠也。翥，举也。博衍，宽平之意。焉，语词也。

舒并节以驰骛兮，逴绝垠乎寒门。轶迅风于清源兮，从颛顼乎增冰。逴，敕角反，一作踔，敕孝反；门，叶弥巾反。轶，音逸。源，一作凉。○逴，远也。绝垠，天之边际也。寒门，北极之门也。轶，从后出前也。迅，疾也。北方壬癸，其帝颛顼，其神玄冥。北方地寒，故有增积之冰。

历玄冥以邪径兮，乘间维以反顾。召黔羸而见之兮，为余先乎平路。黔，具炎反。羸，从羊，伦为反；一从女，馀轻反。未知孰是。然二字《史记》作含雷，《汉书》作黔雷，则当为从羊之羸矣。先下一有道字。○间维，《补》引《孝经纬》曰：“天有六间。”黔羸，旧说天上造化神名，或曰水神，皆怪妄之说，不可考矣。经营四方兮，周流六漠。上至列缺兮，降望大壑。漠，汉乐歌作幕。缺，一作阙。○六漠，谓六合也。列缺，天隙电照也。大壑，在渤海东，实惟无底之谷，名曰归墟。下峥嵘而无地兮，上寥廓而无天。视儵忽而无见兮，听惝怳而无闻。超无为以至清兮，与泰初而为邻。峥，粗耕反。嵘，音宏；一作嵤。寥，一作嵺。闻，叶无巾反。○峥嵘，深远貌。寥廓，广远也。惝怳，耳不谛也。《列子》曰：“泰初者，气之始也。”《庄子》曰：“泰初有无，无有无名。”屈子本以来者不闻为忧，而愿为方仙之道，至此则真可以后天不老，而凋三光矣。下视人世，瓮盎之间，百千蚊蚋，须臾之顷，万起万灭，何足道哉，何足道哉！司马相如作《大人赋》，多袭其语，然屈子所到，非相如所能窥其万一也。

卜居第六离骚二十四

《卜居》者，屈原之所作也。屈原哀悯当世之人，习安邪佞，违背正直，故阳为不知二者之是非可否，而将假蓍龟以决之，遂为此词，发其取舍之端，以警世俗。说者乃谓原实未能无疑于此，而始将问诸卜人，则亦误矣。

屈原既放，三年不得复见，竭知尽忠，而蔽障于谗。心烦虑乱，不知所从。知，一作智。一无而字。虑，一作意。乃往见太卜郑詹尹曰："余有所疑，愿因先生决之。"一无乃字。詹尹乃端策拂龟曰："君将何以教之？"一无将字。○端，正也。策，蓍茎也。正之，将以筮也。龟，龟底壳也。拂之，将以卜也。四字见《曲礼》。

屈原曰："吾宁悃悃款款，朴以忠乎？将送往劳来，斯无穷乎？悃，苦本反。款，一作欵，苦管反。劳，去声。来，如字，或亦读作去声，非是。○悃款，诚实倾尽之貌。朴，质也。劳来，来者劳之也。宁诛锄草茅，以力耕乎？将游大人，以成名乎？锄，一作钼，士鱼反。○锄，去秽助苗也。游，遍谒也。大人，犹贵人也。宁正言不讳，以危身乎？将从俗富贵，以媮生乎？媮，音偷；旧音俞，非是。宁超然高举，以保真乎？将哫訾粟斯，喔咿儒儿，以事妇人乎？哫，一作促，并音足；又子禄反。訾，音赀。粟，一作栗，一作慄。斯，一作凘，音斯。喔，音握。咿，音伊。儒儿，一作嚅唲，音同。○哫訾，以言求媚也。粟，从米，诡随也。其从木者，谨饬也，非是。斯，辞也。喔咿儒儿，强语笑貌。妇人，盖谓郑袖也。宁廉洁正直，以自清乎？将突梯滑稽，如脂如韦，以絜楹乎？洁，一作絜。突，吐忽反。滑，音骨。稽，音鸡。絜，胡结反；一作洁，音苦结反，非是。○突梯，滑？貌。滑稽，圆转貌。脂，肥泽。韦，柔软也。絜楹，未详；或疑絜如《大学》"絜矩"之絜，谓围束之也。楹，屋柱，亦圆物，又以脂灌韦而絜之，是以突梯滑稽而无所止也。未知是否？宁昂昂若千里之驹乎？将氾氾若水中之凫，与波上下，偷以全吾躯乎？昂，五冈反；一作卬，音同。氾，一作泛。凫下一有乎字，非是。偷，一作愉，与偷同。○驹，马之未壮者。凫，野鸭也。宁与骐骥亢轭乎？将随驽马之迹乎？轭，於革反。○亢，举也。轭，车辕前衡也。宁与黄鹄比翼乎？将与鸡鹜争食乎？黄鹄，大鸟，一举千里。鹜，鸭也。此孰吉孰凶？何去何从？此结上八条，正问卜之词也。世溷浊而不清，蝉翼为重，千钧为轻。黄钟毁弃，瓦釜雷鸣。谗人高张，贤士无名。吁嗟默默兮，谁知吾之廉贞？"张，音帐。吁，一作于。默，一作嘿。○此因而自叹之词也。蝉翼，言轻薄也。黄钟，谓钟之律中黄钟者，器极大而声最闳也。瓦釜，无声之物。雷鸣，谓妖怪而作声如雷鸣也。张，自侈大也。《左传》曰："随张，必弃小国。"

詹尹乃释策而谢曰："夫尺有所短，寸有所长。物有所不足，智有所不明。数有所不逮，神有所不通。用君之心，行君之意，龟策诚不能知事！"明，叶音芒。数，所具反。通，叶它光反。知下一有此字。○释，舍也。谢，辞也。尺长于寸，然为尺而不足，则有短者矣；寸短于尺，然为寸而有馀，则有长者矣。物有所不足，天倾西北，地不满东南之类也。智有所不明，尧、舜知不遍物，孔子不如农圃之类也。数有所不逮，如言日月之行，虽有定数，然既是动物，不无赢缩之类是也。神有所不通，惠迪者未必吉，从逆者未必凶，伯夷饿死首阳，盗跖寿终牖下之类是也。

渔父第七 离骚二十五

《渔父》者，屈原之所作也。渔父盖亦当时隐遁之士，或曰亦原之设词耳。

屈原既放，游于江潭，行吟泽畔，颜色憔悴，形容枯槁。槁，音考。渔父见而问之曰："子非三闾大夫与？何故至于斯？"与，《史》作欤。至于斯，作而至此。屈原曰："举世皆浊我独清，众人皆醉我独醒，是以见放。"举世，一作世人。皆，《史》作混。我上一有而字，下句同。放下一有尔字。渔父曰："圣人不凝滞于物，而能与世推移。世人皆浊，何不淈其泥而扬其波？众人皆醉，何不餔其糟而歠其酾？何故深思高举，自令放为？"曰下《史》有夫字。人下《史》有者字。于下《史》有万字。世人，《史》作举世。皆，一作混。淈，古没、胡没二反。淈其泥，《史》作随其流。波，叶补悲反。餔，布乎反。歠，昌悦反。酾，力支反；一作醨。深思以下，《史》作怀瑾握瑜而自令见放为。○餔，食也。歠，饮也。糟、酾，皆酒滓也。以水洒糟曰酾。醨，薄酒也。屈原曰："吾闻之，新沐者必弹冠，新浴者必振衣。安能以身之察察，受物之汶汶者乎！衣，如字，从《史》则叶於巾反。安，一作谁。汶，音问，又音昏，叶莫悲反；从《史》则叶弥巾反。○察察，洁白也。汶汶，玷辱也。宁赴湘流，葬于江鱼之腹中。安能以皓皓之白，而蒙世俗之尘埃乎！"湘，《史》作常，音长。葬上《史》有而字。于，《史》作乎。一无之字。中下《史》有耳字。皓皓，一作皎皎。一无而字。尘埃，《史》作温蠖。若从诸本，则埃叶衣字，於支反。若从《史》，则白叶蒲各反；蠖，於郭反，而二字自相叶矣。○温蠖，犹惛愦也。渔父莞尔而笑，鼓枻而去，乃歌曰："沧浪之水清兮，可以濯吾缨。沧浪之水浊兮，可以濯吾足。"遂去，不复与言。莞，胡板反。枻，一作栧，音曳。一无乃字。吾，一作我，下句同。浊，叶竹六反。○莞，微笑貌。鼓枻，扣舡舷也。沧浪之水，即汉水之下流也，见《禹贡》。缨，冠索也。

楚辞集注卷第六

九辩第八续离骚一至九

《九辩》者，屈原弟子楚大夫宋玉之所作也。闵惜其师忠而放逐，故作《九辩》以述其志云。

一

章既无名，旧本连写，或分或合，易致差误。今既厘正，因各标章次以别之。

悲哉！秋之为气也。萧瑟兮，草木摇落而变衰。憭慄兮，若在远行。登山临水兮，送将归。哉，一作夫。落下一有兮字。憭，音流，又音了。○秋者，一岁之运，盛极而衰，肃杀寒凉，阴气用事，草木零落，百物凋悴之时，有似叔世危邦，主昏政乱，贤智屏绌，奸凶得志，民贫财匮，不复振起之象。是以忠臣志士，遭谗放逐者，感事兴怀，尤切悲叹也。萧瑟，寒凉之意。憭慄，犹凄怆也。在远行羁旅之中，而登高望远，临流叹逝，以送将归之人，因离别之怀，动家乡之念，可悲之甚也。泬寥兮，天高而气清。宋廫兮，收潦而水清。憯凄增欷兮，薄寒之中人。怆怳圹悢兮，去故而就新。坎廪兮，贫士失职而志不平。廓落兮，羁旅而无友生。惆怅兮，而私自怜。泬，音血。寥，一作嵺。清，疾正反；古作瀞，一作平。宋，一作寂。廫，一作寥，一作漻，并音聊。憯，七感反。欷，虚毅反。中，去声。

怆，初亮反。悦，许昉反。圹，口广反。悢，音朗，又音亮。廪，一作壈，并力敢反。贫，一作穷。羁，一作覊。一无生字，非是。怜，叶音邻。○泬寥，旷荡空虚也；或曰萧条无云貌。清，无垢秽也。宋，无人声。廖，空虚也。收潦水清，川水夏浊，至秋而清也。憯凄，悲痛貌。欷，泣叹貌。怆悦、圹悢，皆失意貌。去故就新，别离也。坎壈，不平也。廓落，空寂也。惆怅，悲哀也。燕翩翩其辞归兮，蝉宋漠而无声。雁廱廱而南游兮，鹍鸡啁哳而悲鸣。宋漠，一作寂寞。廱，一作噰；又作嗈。啁，竹交反，又张流反。哳，陟辖反。○雁阴起则南，阳起则北，避寒燠也。鹍鸡，似鹤，黄白色。啁哳，声繁细貌。独申旦而不寐兮，哀蟋蟀之宵征。时亹亹而过中兮，蹇淹留而无成。亹，音尾。○申，重也。亹亹，进貌。过中，谓渐衰暮也。蹇，语词也。

二

悲忧穷戚兮独处廓，有美一人兮心不绎。去乡离家兮徕远客，超逍遥兮今焉薄？戚，一作慼，一作蹙，并仓历、子六二反。处，昌吕反。绎，叶以略反。离，如字，又力智反。徕，一作来。客，叶苦各反。焉，於乾反。○廓，空也。有美一人，谓屈原也。绎，解也。《补》曰："绎，抽丝也。"又恐或是怿字。薄，止也。专思君兮不可化，君不知兮可奈何！蓄怨兮积思，心烦憺兮忘食事。愿一见兮道余意，君之心兮与余异。车既驾兮朅而归，不得见兮心伤悲。思，一作恖，下同。化，叶呼瓜反。思，去声。余，一作我。一无既字。朅，丘杰反。一无伤字。○此君字乃指楚王而言。食事，食与事也。朅，去也。倚结軨兮长太息，涕潺湲兮下沾轼。忼慨绝兮不得，中瞀乱兮迷惑。私自怜兮何极？心怦怦兮谅直。軨，音零。一无长字。一无下字。忼，一作慷，口朗反。瞀，音茂。私，一作思。怦，普耕反。○軨，车轼下纵横木也。轼，所凭以为敬者也。

怦怦，心急貌。

三

皇天平分四时兮，窃独悲此廪秋。白露既下百草兮，奄离披此梧楸。去白日之昭昭兮，袭长夜之悠悠。离芳蔼之方壮兮，余萎约而悲愁。廪，一作凛，音义同。下，一作降；一作下降。披，一作被，与披同。蔼，於盖反。萎，一作委。○廪秋，秋气廪然而寒也。奄，忽也，遽也。离披，分散貌。梧桐、楸梓，皆早凋。袭，入也。蔼，繁茂也。余，宋玉为屈原之自余也。凡言余及我者，皆放此。萎，草木枯也。约，穷也。秋既先戒以白露兮，冬又申之以严霜。收恢台之孟夏兮，然欿傺而沉臧。叶菸邑而无色兮，枝烦挐而交横。颜淫溢而将罢兮，柯仿佛而萎黄。萷櫹椮之可哀兮，形销铄而瘀伤。惟其纷糅而将落兮，恨其失时而无当。戒下，一有之字。台，一作炱，一作炲，并他来反。欿，与坎同。臧，与藏同。菸，音於。邑，一作悒。挐，女除反。横，叶音黄。罢，音疲。佛，音费。萎，一作委，一作矮。萷，一作梢，并音梢，又音朔。櫹，音萧。椮，音森。瘀，於去反。糅，女救反。而，一作之。○申，重也。恢台，广大貌。欿，陷。傺，止也。言收敛长养之气，使陷止而沉藏也。菸邑，伤坏也。烦挐，扰乱也。淫溢，积渐也。罢，毁也，乏也。萎，枯死也。萷，木枝竦也。櫹椮，树长貌。瘀，血败也。惟，思也。纷糅，众杂也。揽骓辔而下节兮，聊逍遥以相佯。岁忽忽而遒尽兮，恐余寿之弗将。悼余生之不时兮，逢此世之俇攘。澹容与而独倚兮，蟋蟀鸣此西堂。心怵惕而震盪兮，何所忧之多方。卬明月而太息兮，步列星而极明。揽，力敢反；一作掔，启妍反，非是。骓，音非。佯，一作羊。遒，即由反；一作逝，非是。弗，一作不。俇，音匡。攘，而羊反。一作恇勷，一作趪躟。澹，徒敢反。怵，音黜。盪，音荡。卬，音仰；

一作仰。太，一作大。明，叶音芒。○擥，持也。骓，骖马也。下节，按节也。遒，迫也，尽也。将，长也。侹攘，狂遽貌。澹容与，徐步也。倚，立也。盪，摇动貌。方，犹端也。卬，望也。

四

窃悲夫蕙华之曾敷兮，纷旖旎乎都房。何曾华之无实兮，从风雨而飞飏！以为君独服此蕙兮，羌无以异于众芳。旖，音倚。旎，女绮反；又云：旖，一作旑，於可反；旎，乃可反，即《诗》“阿傩”字。飏，音扬。○曾，重也。敷，布也。旖旎，盛貌。都，大也。房，北堂也，《诗》所谓背，盖古人植花草之处也。责蕙无实，犹《骚经》责兰之意。闵奇思之不通兮，将去君而高翔。心闵怜之惨凄兮，愿一见而有明。重无怨而生离兮，中结轸而增伤。明，叶音芒。重，去声。伤，一作慯。○奇思，谓忠信也。有明，有以自明也。重，深念也。岂不郁陶而思君兮？君之门以九重！猛犬狺狺而迎吠兮，关梁闭而不通。狺，音银。○《书》云：“郁陶乎予心。”虽思见君，而君门深邃，不可至也。天子有九门，谓关门、远郊门、近郊门、城门、皋门、库门、雉门、应门、路门也。狺，犬争吠声。皇天淫溢而秋霖兮，后土何时而得漧？块独守此无泽兮，仰浮云而永叹！溢下而，一作兮。漧，与乾同；一作乾①。叹，平声。○众人皆蒙君泽，而我独不沾，故仰望而长叹也。

五

何时俗之工巧兮，背绳墨而改错。却骐骥而不乘兮，

---

①乾，即“乾燥”（简化字作“干燥”）的“乾”。

策驽骀而取路。当世岂无骐骥兮？诚莫之能善御。见执辔者非其人兮，故跼跳而远去。凫雁皆唼夫粱藻兮，凤愈飘翔而高举。错，七故反。不，一作弗。驽，音奴。骀，音台。一无者字。跼，音局。跳，徒聊反。一作驹跳；一作驹驰，皆非是。雁，一作鹜。唼，音翣。一无夫字。愈，一作俞。翔，一作飘。举，叶音倨。○骐骥，良马，喻贤才也。驽骀，喻不肖。御，谓御马者。此言今世岂无贤才，但君不能用也。马立不常谓之跼。跳，跃也。言彼贤才见君之不能用，故宁远引而去也。唼喋，凫雁食貌。粱，米名。藻，水草。言群小在位，食重禄也。凤翔高举，言贤者遁世，窜山谷也。圜凿而方枘兮，吾固知其钼铻而难入。众鸟皆有所登栖兮，凤独遑遑而无所集。凿，音造。枘，音芮。一无其字。钼，状所、床举、七鱼三反。铻，音语。一无独字。遑，一作惶。○圜凿方枘，见《骚经》。钼铻，相距貌。愿衔枚而无言兮，尝被君之渥洽。太公九十乃显荣兮，诚未遇其匹合。愿，一作顾。○衔枚，所以止言者也。枚状如箸，横衔之，两头有繣，结于项后。渥，厚也。洽，泽也。太公事见前篇。谓骐骥兮安归？谓凤凰兮安栖？变古易俗兮世衰，今之相者兮举肥。相，去声。○安归、安栖，即上文远去高举之意。相者，谓相马者。古语云："相马失之瘦，相士失之贫。"即举肥之意也。骐骥伏匿而不见兮，凤皇高飞而不下。鸟兽犹知褢德兮，何云贤士之不处？下，叶音户。褢，一作怀。○言有德则异物可怀，无德则同类难致。骥不骤进而求服兮，凤亦不贪喂而妄食。君弃远而不察兮，虽愿忠其焉得？喂，於伪反。○服，驾车也。言士不求君，君当求士也。欲寂漠而绝端兮，窃不敢忘初之厚德。独悲愁其伤人兮，冯郁郁其何极？漠，一作嘆，一作寞。冯，一作凭。其何，一作之安。○绝端，谓灭其端绪，不使人知也。初之厚德，即上文尝被渥洽也。

六

旧本此章误分窃美申包胥以下为别章，并误以同字为固字，既断语脉，又不叶韵，又使章数增减不定，今皆正之。

霜露惨凄而交下兮，心尚奔其弗济。霰雪雰糅其增加兮，乃知遭命之将至。愿徼幸而有待兮，泊莽莽与壄草同死。惨，一作憯。奔，一作幸。二字一作徜徉，非是。糅下其，一作而。徼，古尧反。泊，一作汨。莽，莫古反；下一有兮字。壄，一作埜，并野字。死，叶去声。○霜露下而霰雪加，喻衰乱之愈甚也。泊，止也。莽莽，草盛也。幸望至再而卒不能免也。愿自直而径往兮，路壅绝而不通。欲循道而平驱兮，又未知其所从。然中路而迷惑兮，自厌按而学诵。性愚陋以褊浅兮，信未达乎从容。窃美申包胥之气晟兮，恐时世之不固。直，一作往。往，一作游；疑或当作逝。欲，一作愿。厌，一作压，并益涉反。按字从手。诵，叶夕恭反。褊，卑善反。乎，一作於。此上四句，一作然中路而迷惑兮，悲蹭蹬而无归。性愚陋以褊浅兮，自压按而学诗。兰荪杂于萧艾兮，信未达其从容。今按：归、诗与容不韵，俗本误也。晟，一作盛。固，当作同，叶通、从、诵、容韵。○厌、按，皆抑止之意。言欲速则不达，欲缓则无门，故自抑而止也。学诵，未详。王《注》以为吟《诗》《礼》，未知是否？褊，急也，狭也。从容，宛转委曲之意。申包胥，楚大夫也。伍子胥得罪于楚，将适吴，见申包胥，谓曰："我必亡郢。"申包胥曰："子能亡之，我能存之。"子胥奔吴，为吴王阖闾臣，兴兵而伐楚，破郢，昭王出奔。于是申包胥乃之秦请救兵，鹤立于秦庭，啼呼悲泣，七日七夜不绝声，勺饮不入于口，秦伯哀之，为发兵救楚，昭王复国。此言已能为包胥之事，但恐时世不同，不为人所信耳。何时俗之工巧兮，灭规榘而改凿。独耿介而不随兮，愿慕先圣之遗教。处浊世而显荣兮，非余心之所乐。与其无义而有名兮，宁穷处而守高。凿，叶音造。教，叶音告。乐，叶五告反。高，叶孤到反，又苦浩反。食不偷而为饱兮，衣不苟而为温。窃慕诗人之遗风兮，愿托志乎素餐。蹇充倔而无端兮，泊莽莽而无垠。无衣裘以御冬兮，恐溘死而不得见乎阳春。媮，他钩反。一无两而字。餐，一作飧，音孙。倔，俱物、巨物二反。御，音禦；一作禦。死下，一无而字。〇媮，即偷也。言衣食固非不欲其温饱，但不可以非义而苟偷以得之耳，故宁不素餐、无衣裘而饥冻以死也。诗人言"不素餐兮"，见《伐檀》篇。素，空。餐，食也。谓无功德而空食其禄也。充倔，《记》作充诎。《注》谓喜失节貌。御，止也。

七

靓杪秋之遥夜兮，心缭悷而有哀。春秋逴逴而日高兮，然惆怅而自悲。四时逓来而卒岁兮，阴阳不可与俪偕。靓，音静，一作瀞，千定反。冷，寒也。缭，音了。悷，灵帝反；又音列；又作悧。哀，如字，又叶音衣。逴，竹角反。悲，叶补皆反，又如字。逓，本作递，一作迭。俪，音戾。偕，如字，又叶居支反。〇靓，与静同。杪，末也。缭，缴绕也。悷，悲结也。逴，远也。逓，更易也。俪，偶也。不可偶而与之偕，言彼去而己留也。白日晼晚其将入兮，明月销铄而减毁。岁忽忽而遒尽兮，老冉冉而愈弛。心摇悦而日幸兮，然怊怅而无冀。中憯恻之凄怆兮，长太息而增欷。晼，音宛。忽，一作曶。遒，字由反。老，一作寿。愈弛，一作俞施，音义同。摇，一作遥；一作愮。幸，一作幸。冀，叶上声。之，一作而。欷，叶上声。〇晼晚，景昳也。入，落也。销铄减毁，谓缺也。弛，放也。摇，动也。冀，望也。心谓既老将有所遇，故摇悦而日幸，然卒自知其无所望也。年洋洋以日往兮，老嵺廓而无处。事亹亹而觊进兮，蹇淹留而踌踳。以，一作而。嵺，一作廫。觊，音冀。踳，叶丈吕反。○嵺廓，空也。

八

此章首尾专言靡蔽之祸，而旧本误分荷裯以下为别章，今正之。

何氾滥之浮云兮，猋廱蔽此明月！忠昭昭而愿见兮，然露曀而莫达。氾，与泛同。猋，卑遥反。廱，一作壅。然，一作蔽。露，音阴；一作雺。○猋，速疾貌。言浮云之蔽月，以比谗贼之害贤也。露，云覆日也。曀，阴风也。愿皓日之显行兮，云蒙蒙而蔽之。窃不自料而愿忠兮，或黕点而污之。蒙，一作濛。料，一作聊。黕，丁感反。污，乌故反。此二之字叶韵。○料，量也。黕点，垢污沾辱也。尧舜之抗行兮，瞭冥冥而薄天。何险巇之嫉妒兮，被以不慈之伪名？瞭，音了；一作杳，音义并见《九章》。彼日月之照明兮，尚黯黮而有瑕。何况一国之事兮，亦多端而胶加！黯，邬感反。黮，徒感反。有瑕，一作不假，非是。胶，豪加、丘加二反。○黯黮，云黑；黯黮日月，使有瑕也。胶加，戾也。被荷裯之晏晏兮，然潢洋而不可带。既骄美而伐武兮，负左右之耿介。憎愠惀之修美兮，好夫人之慷慨。众踥蹀而日进兮，美超远而逾迈。农夫辍耕而容与兮，恐田野之芜秽。事緜緜而多私兮，窃悼后之危败。世雷同而炫曜兮，何毁誉之昧昧！被，音披，又如字。裯，音刀。晏，一作炅。潢，户广反。洋，音养。骄，一作憍。耿，古幸反。愠惀、好夫、慨、踥蹀、逾，并见《九章》。秽，叶乌怪反。緜緜，一作绵绵。○此亦谓有美名而无实用者也。骄美，自矜其美也。伐武，自夸其武也。负，恃也。左右，侍臣也。耿介，亦刚勇之意也。农夫辍耕而容与，言不恤国政而嬉游也。多私，徇己意、任女谒、听谗言之类也。

雷同，雷声相似，有同无异也。人君矜能自用，荒怠邪僻，臣下又承其意，莫之敢违，是以毁誉不核，而聪明廱蔽，国事胶加也。今修饰而窥镜兮，后尚可以窜藏。愿寄言夫流星兮，羌儵忽而难当。卒廱蔽此浮云兮，下暗漠而无光。今，一作余。窥，一作视。儵，一作倏。卒，一作上。廱，一作壅。○修饰窥镜，谓修德行政而听人言、考往事以自鉴也。尚可窜藏，言尚可以潜伏而不至于灭亡也。寄言，欲附此言以谏诲其君也。流星既不可值，则卒为廱蔽而不可解矣。

九

此章首言前圣之可法，次言己志之不伸，次愿乞身以远去，而终不忘于吁天以正其君，文意方足。而旧本误分愿赐不肖之躯以下为别章，则前段无尾，后段无首，而不成文矣，今正之。

尧舜皆有所举任兮，故高枕而自适。谅无怨于天下兮，心焉取此怵惕？乘骐骥之浏浏兮，驭安用夫强策？谅城郭之不足恃兮，虽重介之何益？举，一作专。焉，一作安。乘，一作六。浏，流、柳二音。强，巨良反。策，一作筴。○浏浏，言如水之流也。言所任得人，无怨于下，则不假威刑，自成美化；不然则虽有城郭甲兵，不足恃矣。邅翼翼而无终兮，忳惛惛而愁约。生天地之若过兮，功不成而无效。忳，徒浑反。惛，音昏。约，叶音要。○邅，行不进。约，穷约也。生天地，谓人生天地之间也。若过，言如行所经历，不久留也。古诗云“人生天地间，忽如远行客”是也。愿沉滞而不见兮，尚欲布名乎天下。然潢洋而不遇兮，直怐愗而自苦。不，一作无。下，叶音户。怐愗，一作怐瞀，上遘、寇二音，下音茂。苦，一作若，一作善，皆非是。○怐愗，愚也。言欲退而自修以立名于世，然亦未有所遇以著其节，空愚昧而自苦耳。莽洋洋而无极兮，忽翱翔之焉薄？国有骥而不知乘兮，焉皇皇而更索？更，平声。索，山格反，叶苏各反。宁戚讴于车下兮，桓公闻而知之。无伯乐之善相兮，今谁使乎誉之？罔流涕以聊虑兮，惟著意而得之。纷忳忳之愿忠兮，妒被离而障之。讴下，一有歌字。相，息亮反。誉，一作訾，音赀。著，直略反。忳，一作纯。被，一作披。障，一作彰，非是。○宁戚，见前篇。著意，犹言著乎心，言存于心而不释也。桓公惟心常在于求贤，故闻宁戚之歌而知其非常人也。忳忳，专一貌。愿赐不肖之躯而别离兮，放游志乎云中。乘精气之抟抟兮，骛诸神之湛湛。骖白霓之习习兮，历群灵之丰丰。志，一作意。抟，度官反。湛，旧音羊戎反。骖，一作参，一作六。灵，一作神。○既为谗妒所障，故愿乞身而去也。精气，谓日月。抟，与团同。湛湛，厚集貌。习习，飞动貌。丰丰，言多也。左朱雀之茇茇兮，右苍龙之躣躣。属雷师之阗阗兮，通飞廉之衙衙。雀，一作荣，非是。茇，一作莈，一作拔；皆音旆，一作芺，於表反，非是。躣，其俱反；又作躩，音同。属，之欲反。阗，音田。通，一作道。衙，五乎反，又牛吕反，又音鱼。○茇茇，飞扬之貌。躣躣，行貌。阗阗，鼓声。衙衙，亦行貌。前轻辌之锵锵兮，后辎乘之从从。载云旗之委蛇兮，扈屯骑之容容。轻，一作轾，音致，非是。辌，卧车，音凉。从，楚红反。委，一作逶。屯，徒浑反。○轻辌，车之轻而有窗者。《招魂》注云“轩、辌，皆轻车名”是也。锵锵、从从，皆其鸾声也。辎，軿车前、衣车后者也。计专专之不可化兮，愿遂推而为臧。赖皇天之厚德兮，还及君之无恙。恙，叶音羊。○言我但能专一于君，而不可化，故今只愿推此而为善，明本性固然，非择而为之也。又言若以皇天之灵，使吾君及此无恙之时而一寤焉，则是吾之深愿也。《说文》：“恙，忧也。”一曰虫入腹，食人心，古者草居，多被此毒，故相问无恙乎。

楚辞集注卷第七

招魂第九续离骚十

《招魂》者，宋玉之所作也。古者人死，则使人以其上服升屋，履危北面而号曰："皋！某复。"遂以其衣三招之，乃下以覆尸。此《礼》所谓复。而说者以为招魂复魄，又以为尽爱之道而有祷祠之心者，盖犹冀其复生也。如是而不生，则不生矣，于是乃行死事。此制礼者之意也。而荆楚之俗，乃或以是施之生人，故宋玉哀闵屈原无罪放逐，恐其魂魄离散而不复还，遂因国俗，托帝命，假巫语以招之。以礼言之，固为鄙野，然其尽爱以致祷，则犹古人之遗意也。是以太史公读之而哀其志焉。若其谲怪之谈，荒淫之志，则昔人盖已误其讥于屈原，今皆不复论也。

朕幼清以廉洁兮，身服义而未沬。主此盛德兮，牵于俗而芜秽。洁，一作絜。沬，莫昧反。秽，乌会反。或疑主上有朕字。○此宋玉代为屈原之词。言朕者，为原之自朕也。幼，少也，言其性然也。清者，其志之不杂。廉者，其行之有辩。洁者，其身之不污。服，行也。沬，与昧同。牵，引也。芜秽，田不治而多草也。又言己之所行，虽常以此盛德为主，然而牵于世俗，亦不能无所芜秽。盖其自厉之严，而常恐不善之加乎己也。上无所考此盛德兮，长离殃而愁苦。离，一作罹。此两句通下章为一韵。○上，君也。考，察也。帝告巫阳曰："有人在下，我欲辅之。魂魄离散，汝筮予之。"巫，一作巠。在，一作于。下，叶音户。辅，叶音甫。予，音与；一作与。○帝，天帝也。女曰巫，阳其名也。玉假立天帝及巫阳以为辞端。人，谓屈原也。宋玉设帝告巫阳，有贤人在下，我欲辅之，然其魂魄离散，身将颠沛，故使巫阳筮问所在，求而与之，使反其身也。巫阳对曰："掌瘳！上帝其命难从！若必筮予之，恐后之谢，不能复用巫阳焉。"瘳，音梦；一作梦。一无命字。之谢，一作谢之；一无之字。阳，叶弋公反。○此一节巫阳对语不可晓，恐有脱误。然其大意似谓帝命有不可从者，如必筮其所在，而后招以与之，则恐其离散之远，而或后之，以至徂谢，且将不得复用巫阳之技矣。

乃下招曰：魂兮归来！去君之恒干，何为乎四方些？舍君之乐处，而离彼不祥些。归来，一作徕归。恒，胡登反。一无乎字。乎，一作兮。些，苏贺反。舍，一作捨。离，一作罹。○巫阳既对如上语，即不复筮，亦不俟帝命之可否，而径下招于四方，庶其未远而或值之也。恒，常也。干，体也。些，《说文》云："语词也。"沈存中云："今夔峡、湖湘及南北江獠人，凡禁咒句尾皆称'些'，乃楚人旧俗。西域咒语末皆云'娑婆诃'，亦三合而为'些'也。"舍，置也。祥，善也。此下乃历诋上下四方之不善，而盛称楚国之乐也。

魂兮归来！东方不可以托些。长人千仞，惟魂是索些。十日代出，流金铄石些。彼皆习之，魂往必释些。归来归来！不可以托些。索，叶先各反。铄，诗若反。石，叶时若反。释，叶诗若反。归来归来，一作魂兮归来，一作归来兮；通下六章并同。○托，寄也。八尺曰仞。索，求也。言东方有长人之国，人高千仞，主求人魂而食之也。铄，销也。言东方有扶桑之木，十日并在其上，以次更行，其热酷烈，金石坚刚皆为销释也。彼，谓其处居人也。释，解也。

魂兮归来！南方不可以止些。雕题黑齿，得人肉以祀，以其骨为醢些。蝮蛇蓁蓁，封狐千里些。雄虺九首，往来儵忽，吞人以益其心些。归来归来！不可以久淫些。黑，一作墨。一无肉字。以，一作而。醢，叶呼彼反。蝮，音福。蓁，音臻。虺，许鬼反。儵，一作倏。一无以字。○雕，画也。题，额也。雕刻其肌，以丹青涅之也。南人常食螺蚌，得人之肉，则用以祭神，复以其骨为酱而食之，今湖南、北有杀人祭鬼者，即其遗俗也。蝮，大蛇也。蓁蓁，积聚之貌。《山海经》："蝮蛇，色如绶文，大者百馀斤，一名反鼻蛇。"封狐，大狐也，健走千里，求食也。虺，亦蛇也。九首，一身九头也。儵忽，疾急貌。说已见《天问》矣。淫，淹也。

魂兮归来！西方之害，流沙千里些。旋入雷渊，爢散而不可止些。幸而得脱，其外旷宇些。赤蚁若象，玄蠭若壶些。五谷不生，藂菅是食些。其土烂人，求水无所得些。彷徉无所倚，广大无所极些。归来归来！恐自遗贼些。旋，辞恋反。渊，一作泉，非是，盖避唐讳也。爢，莫为反。幸，一作幸。蚁，一作蚁。蠭，一作蜂，一作螽，并音峰。壶，叶行古反。藂，一作丛。菅，一作菅，并音奸。彷，蒲忙反；一作仿。徉，一作佯。遗，已季反。○流沙，已见《骚经》。爢，碎也。旷宇，无人之土也。螘，蚍蜉也。壶，干瓠也。藂，丛生也。菅，茅属，高者至丈馀，可以食牛。言其地不生五谷，其人但食此菅草也。又言西方之土，温暑而热，燋烂人肉，渴欲求水，不可得之。今环灵、夏之间有旱海，六七百里无水泉，即其证也。倚，依也。西方之土，广大遥远，无所臻极，虽欲彷徉求所依止，不可得也。自遗贼，自予贼害也。

魂兮归来！北方不可以止些。增冰峨峨，飞雪千里些。归来归来！不可以久些。久，叶居止反。○言北方常寒，其冰重累，峨峨如山，凉风急时，疾雪随之，飞行千里，乃至地也。

魂兮归来！君无上天些。虎豹九关，啄害下人些。一夫九首，拔木九千些。豺狼从目，往来侁侁些。悬人以娭，投之深渊些。致命于帝，然后得瞑些。归来归来！往恐危身些。上，上声。天，叶铁因反。千，叶七因反。从，即容反；又足用反，非是。侁，叶式巾反；一作莘。悬，一作县。娭，一作嬉，许其反；一作娱。渊，叶一因反。瞑，叶芒丁反；一作眠。○虎豹九关，言天门九重，虎豹守之，下人有欲上者，则啮杀之也。又有丈夫，一身九头，从朝至暮，拔大木九千枚也。从，竖也。侁侁，众貌。投，掷也。豺狼得人，先悬其头，用之嬉戏，已乃掷于深渊而弃之也。瞑，卧也。言投人已讫，致其所受之命于天帝，然后乃得眠卧也。

魂兮归来！君无下此幽都些！土伯九约，其角觺觺些。敦脄血拇，逐人駓駓些。参目虎首，其身若牛些。此皆甘人。归来归来！恐自遗灾些！一无此字。都，叶丁奚反。觺，一作觺，音疑，又牛力反。脄，一作脢，并音梅，又每、妹二音。拇，莫垢反，又音母。駓，音丕。参，一作三，苏甘反。牛，叶鱼奇反。遗，去声。灾，一作菑，与灾同，叶子私反。○幽都，地下后土所治也。地下幽冥，故称幽都。土伯，后土之侯伯也。约，屈也。觺觺，角利貌。其身九屈，有角触害人也。敦，厚也。脄，背也。拇，手大指也。駓駓，走貌。参，三也。甘，美也。言此物食人以为甘美也。

魂兮归来！入修门些。工祝招君，背行先些。秦篝齐缕，郑绵络些。招具该备，永啸呼些。魂兮归来！反故居些。门，叶莫连反。背，音倍。篝，古侯反。绵，一作緜。络，叶力户反。呼，叶胡故反。居，叶举虑反。○修门，郢城门也，已见《九章》。工，巧也。男巫曰祝。背，倍也，倍行以乡魂，先行以导之也。篝，落也，又曰笼也，可熏衣。缕，线也。绵，缠也。络，缚也。秦、齐、郑，盖其国工善为此也。招具，即谓此上三物，《礼》所谓“上服”也。该，亦备也。啸呼，即所谓皋也。

天地四方，多贼奸些。像设君室，静閒安些。地，一作墬；一作壁。君，一作居。閒，音闲。○贼，害也。奸，恶也，即上所言虎豹之等也。像，盖楚俗人死则设其形貌于室而祠之也。高堂邃宇，槛层轩些。层台累榭，临高山些。网户朱缀，刻方连些。冬有突厦，夏室寒些。川谷径复，流潺湲些。光风转蕙，氾崇兰些。经堂入奥，朱尘筵些。网，一作罔。突，於叫反。厦，胡雅反；一作夏。川，一作溪。径，一作经。氾，音泛。经，一作径；古作升。奥，乌到反；古作隩。○邃，深也。槛，楯也。从曰槛，横曰楯。轩，楼版也。层、累，皆重也。无木谓之台，有木谓之榭；又曰凡屋无室曰榭。临高山，言其高出于山上，而下临其山也。网户者，以木为门扉而刻为方目，使如罗网之状，即汉所谓罘罳。而程泰之以为今之亮隔，其说是也。朱缀者，以朱丹饰其交缀之处，使其所刻之方相连属也。突，深也，隐暗处。《尔雅》："东南隅谓之突。"厦，大屋也，谓温室也。盛夏暑热，则有洞达阴堂，其内寒凉也。流源为川，注溪为谷。径，过也。复，反也。言所居之舍，激导川水，径过园庭，回通反复，其流急疾又洁净也。光风，谓雨止日出而风，草木有光也。转，摇也。氾，犹泛泛，摇动貌也。崇，高也。西南隅谓之奥。尘，承尘也。筵，竹席也。铺陈曰筵，藉之曰席。言风自兰蕙之间，经由堂中，以入于奥与尘筵之间也。

砥室翠翘，挂曲琼些。翡翠珠被，烂齐光些。蒻阿拂壁，罗帱张些。纂组绮缟，结琦璜些。砥，音咫。翘，祈尧反。挂，一作絓，古卖反。琼，叶渠阳反。蒻，音弱。帱，音俦。纂，作管反；一作綦。组，音祖。缟，音杲。琦，一作奇。璜，音黄。○砥，砺石也。《谷梁》云："天子之桷，斲之砻之，加密石焉。"注云："以细石磨之。"翘，鸟尾长毛也。挂，悬也。曲琼，玉钩也。翡，赤羽雀。翠，青羽雀。蒻，蒻席也。阿，曲隅也。拂，薄也。以蒻席替壁之曲也。帱，禅帐也。纂组，绶类也；纂，似组而赤。绮，文缯也。缟，细缯也。言帱帐皆用绮缟，又以纂组结束、玉璜为饰也。

室中之观，多珍怪些。兰膏明烛，华容备些。二八侍宿，射遞代些。珍，俗作珎。怪，俗作恠。烛，一作爛。备，叶步介反。射，音亦。遞，一作递。○金玉为珍，诡异为怪。兰膏，以兰香炼膏也。华容，谓美人也。二八，二列也。大夫有二列之乐，故晋悼公赐魏绛女乐二八、歌钟二肆也。射，厌也。遞，更也。意有厌倦，则使更相代也。九侯淑女，多迅众些。盛鬋不同制，实满宫些。众，叶直恭反。鬋，音翦。○九侯淑女，设言商九侯之女，入之纣，而不喜淫者也。迅众，未详。鬋，鬓也。制，法也。盛饰理鬓，其制不同，皆来实满充后宫也。容态好比，顺弥代些。弱颜固植，謇其有意些。好，如字，一去声。代，叶徒系反；一作世。植，一作立。謇，一作蹇。○态，姿也。比，亲也。弥，犹竟也。自始来至代去，柔顺如一也。弱颜固植，貌柔弱而立坚定也。謇，语词。姱容修态，絙洞房些。蛾眉曼睩，目腾光些。姱，苦瓜反。絙，古邓反；一作緪，与亘同。蛾，一作娥。曼，音万；一作睌。睩，音禄。○姱，好貌。修，长也。絙，竟也。洞，深也。曼，长而轻细之貌。睩，目睐谨也。腾，发也。靡颜腻理，遗视矊些。离榭修幕，侍君之閒些。腻，女吏反。矊，音绵；一作𥈭，又作䁤。閒，音闲，叶许研反。○靡，致也。腻，滑也。遗视，窃视也。矊，脉也，《方言》："黸瞳之子谓之矊。"注云："矊，邈也。"离，别也。修，长也。幕，大帐也。閒，闲暇也。

翡帷翠帐，饰高堂些。红壁沙版，玄玉之梁些。帐，一作帱。一无之字。○翡翠，已见上。红，赤白色。沙，丹砂也。仰观刻桷，画龙蛇些。坐堂伏槛，临曲池些。芙蓉始发，杂芰荷些。紫茎屏风，文缘波些。文异豹饰，侍陂陁些。轩辌既低，步骑罗些。兰薄户树，琼木篱些。魂兮归来！何远为些？桷，音角。蛇、池，并叶徒河反。缘，一作绿。陂，音颇，又音波。陁，音驰；一作陀。辌，音凉。篱，叶音罗。为，叶音讹。○桷，椽也。《春秋》："刻桓宫桷。"此盖刻为龙蛇而彩画之也。坐堂伏槛，堂可坐而槛可凭伏也。芙蓉、芰荷，已见《骚经》。屏风，水葵也，又名凫葵，又名防风，即荇菜也，生水中，茎紫色。文缘波，言葵之文采，风起水动，即缘波而生也。陂陁，长陛也。言侍从之人，皆衣虎豹之文、异采之饰，侍卫阶陛也。或曰：从君游陂陁之中也。轩，曲辀藩车也；辌，卧车也。皆轻车也。低，俯也。凡车行之势，一低一昂，《诗》所谓“如轾如轩”者也。此则指其方低而未昂，方轾而未轩之时而言耳。徒行为步，乘马为骑。罗，列也。言官属之从卫者，罗列而待发也。草木丛生曰薄。琼木，嘉木之美名也。言兰薄当户而种，又以嘉木为篱落也。何远为，言何以远去为哉。

室家遂宗，食多方些。稻粢穱麦，挐黄粱些。大苦醎酸，辛甘行些。肥牛之腱，臑若芳些。和酸若苦，陈吴羹些。胹鳖炮羔，有柘浆些。鹄酸臇凫，煎鸿鸧些。露鸡臛蠵，厉而不爽些。穱，音捉。挐，女居反。醎，一作咸。行，叶胡郎反。腱，居言反。臑，仁珠反；一作臑，音奭；一作胹，音而；又作𦞣，而兖反。若，一作弱。羹，叶音郎。胹，音而；一作臑，一作濡。炮，蒲交反。柘，一作蔗。臇，子兖反。鸧，音仓。臛，呼各反；一作膗，又音霍。蠵，一作蠵，音携；又以规、煎圭二反。爽，叶音霜。〇室家，宗族也。宗，尊也。言君既归来，则室家之众，皆来宗尊，当为设食，其方法多端也。稻，今粳、糯二米也。粢，稷也，亦名穄。穱，择也。穱麦，稻处种麦，而择取其先熟者也。挐，糅也。黄粱，出蜀、汉，商、浙间亦种之，香美逾于诸粱，号为竹根黄。言此数种之米，相杂为饭也。大苦，豉也。咸，盐也。酸，酢也。辛，谓椒姜也。甘，谓饴蜜也。腱，筋头也。臑若，熟烂也；或曰：若，谓杜若，用以煮肉，去腥而香也。若苦之若，则训及也。吴羹，吴人工作羹也。胹，煮也。羔，羊子也。炮，合毛裹物而烧之也。柘，藷蔗也。言取藷蔗之汁为浆饮也。鹄，鸿鹄也。酸，以酢浆烹之为羹也。臇，臛少汁也。凫，野鸭也。鸿，鸿雁也。鸧，鸧鹤也。露鸡，露栖之鸡也。有菜曰羹，无菜曰臛。蠵，大龟之属也。厉，烈也。爽，败也，楚人名羹败曰爽。《老子》曰：“五味令人口爽。”粔籹蜜饵，有餦餭些。瑶浆蜜勺，实羽觞些。挫糟冻饮，酎清凉些。华酌既陈，有琼浆些。归反故室，敬而无妨些。粔，音巨。籹，音女，一音汝。餦，音张。餭，音皇。羃，古本如此；今作蜜，非是。勺，音酌，又时斫反。挫，宗卧反。酎，直又反。归下，一有来字。一别有归来归来四字，而反上亦无来字。〇粔籹，环饼也，吴谓之膏环，亦谓之寒具，以蜜和米面煎熬作之。饵，捣黍为之，《方言》谓之"餻"者也。餦餭，饧也，以蘖熬米为之，亦谓之饴，此则其干者也。瑶浆，浆色如玉者。羃，见《礼经》，通作幂，以疏布盖尊也。勺，挹酒器也。实，满也。羽觞，饮酒之器，为生爵形，似有头尾羽翼也。言举幂用勺酌酒而实爵也。挫，捉也。冻，冰也。酎，醇酒也。言盛夏则为覆蹙干酿，捉去其糟，但取清醇，居之冰上，然后饮之，酒寒凉，又长味，好饮也。酌，酒斗也。言君魂归反所居故室，子孙承事恭敬，长无祸害也。

肴羞未通，女乐罗些。敶钟按鼓，造新歌些。《涉江》《采菱》，发《扬荷》些。美人既醉，朱颜酡些。娭光眇视，目曾波些。被文服纤，丽而不奇些。长发曼鬋，艳陆离些。敶，一作陈。按，一作桉。菱，一作蔆。扬，一作阳。荷，一作阿。酡，徒何反；一音驮；一作酡，一作佗。娭，一作嬉。奇，叶古何反。发，一作鬓。离，叶力戈反。〇肴，骨体，又菹也。致滋味为羞。按，犹击也。荷，当作阿。《涉江》、《采菱》、《扬阿》，皆楚歌名。酡，饮而赭色着面。娭，戏也。眇，眺也。曾，重也。文，谓绮绣。纤，细也。不奇，奇也。二八齐容，起郑舞些。衽若交竿，抚案下些。竽瑟狂会，搷鸣鼓些。宫庭震惊，发《激楚》些。吴歈蔡讴，奏大吕些。衽，而甚反；一作袵。抚案，一作抚柢。下，叶音户。搷，一作填，田、殿二音；疑当从入声读。歈，音俞。奏，一作秦，非是。〇郑舞，郑国之舞也。衽，衣襟也，言舞人回转衣襟，相交如竿也。抚案下者，以手抚案其节而徐行也。狂，犹猛也。搷，急击如投掷之势者也。《激楚》，歌舞之名，即汉祖所谓楚歌、楚舞也。此言狂会、搷鼓、震惊、《激楚》，即大合众乐而为高张急节之奏也。吴、蔡，国名也。歈、讴，皆歌也。大吕，律名。士女杂坐，乱而不分些。放敶组缨，班其相纷些。郑卫妖玩，来杂陈些。《激楚》之结，独秀先些。敶，一作陈。班，一作斑。陈，一作敶。结，古诣反。先，叶苏津反。〇组，绶也。缨，冠系也。妖玩，妖好可玩之物也。结，头髻也。《激楚》之结，盖歌舞此曲者之饰也。秀先，言秀异而先进于众也。

箟蔽象棋，有六簙些。分曹并进，遒相迫些。成枭而牟，呼五白些。晋制犀比，费白日些。铿钟摇簴，揳梓瑟些。箟，音昆；一作琨。蔽，一作蔽。簙，音博；一作博。迫，叶补各反。枭，坚尧反。白，叶蒲各反。比，频二反。费，芳未反。日，叶音若。铿，苦耕反；一作铿，音同。簴，奇举反。揳，古八反；一作戛。瑟，叶音朔。〇箟，竹名。蔽字从竹。簙，箸也。《博雅》云："投六箸，行六棋，故为六簙也。"言宴乐既毕，乃设六簙，以箟簬作箸、象牙为棋也。曹，偶也。遒，亦迫也。投箸行棋，转相遒迫，使不得择行也。倍胜为牟。五白，簙齿也。言己棋已枭，当成牟胜，故呼五白，以助投也。晋制犀比，谓晋国工作簙、棋、箸，比集犀角以为雕饰。费，耗也。费白日，言博者争胜，耽著不已，耗损光阴也。铿，撞也。摇，动也。簴，悬钟格。揳，轹也。娱酒不废，沉日夜些。兰膏明烛，华灯错些。结撰至思，兰芳假些。人有所极，同心赋些。酎饮尽欢，乐先故些。魂兮归来！反故居些！夜，叶羊茹反。烛，一作熽。灯，音登；一作雕。假，叶音故，一音格。酎，一作酌。饮下一有既字。居，叶举虑反。〇不废，犹言不已也。沉，沉湎也。灯，锭也。徐铉曰："锭中置烛，故谓之灯。"华，谓其刻饰华好，或为禽兽之形也。错，置也。撰，述也。假，大也。谓结述其深至之情思，为词以相乐，如兰芳之甚大也。极，倾倒、竭尽也。赋者，不歌而诵其所撰之词也。盖人各以其所极而同心陈之也。先故，旧事也，陈婴母曰"汝家先故未曾贵"是也。

乱曰：献岁发春兮，汩吾南征。菉蘋齐叶兮，白芷生。路贯庐江兮，左长薄。倚沼畦瀛兮，遥望博。汩，于笔反。征下一有些字；芷生下同，一至骋先下皆同。菉、蘋，音并见《骚经》。○献岁，言岁始来进也。汩，去貌。菉、蘋、芷，皆已见上。贯，穿过也。庐江、长薄，皆地名。左者，行出其右也。倚，依也。沼，池也。畦，犹区也。瀛，池中也，楚人名池泽中曰瀛。依已成之沼，而复为瀛也。遥，远也。博，平也。青骊结驷兮，齐千乘。悬火延起兮，玄颜烝。步及骤处兮，诱骋先。抑骛若通兮，引车右还。与王趋梦兮，课后先。君王亲发兮，惮青兕。骊，吕知反。烝，叶之孕反；一作蒸。还，叶音旋；一作旋。梦，音蒙，一去声。先，叶音私，《柏梁诗》此字入时韵也。惮，当割反。兕，叶音词。○自此以下，盛言畋猎之乐以招之也。纯黑为骊。结，连也。四马为驷。悬火，悬灯也。玄，天也。颜，容也。言夜猎悬灯林中，其火延及烧于野泽，上烝玄天，使天赤色也。步及骤处，步行而及骤马所至之处，言走之疾也。诱，盖为前导而驰骋，以先诱猎来，若《仪礼》射仪之有诱射也。若，顺也。止驰骛者，使顺通猎事，引车右转，以射兽之左也。梦，泽名，楚有云梦泽，方八九百里，跨江两岸，云在江北，今玉沙、监利、景陵等县是也。梦在江南，今公安、石首、建宁等县是也。惮，惧也。兕，似牛，一角，青色，重千斤。言王亲发矢以射青兕，中之而惧走也。朱明承夜兮，时不可淹。皋兰被径兮，斯路渐。可，一作见，一无可字，一可下有以字，皆非是。渐，音尖；一作漸。○朱明，日也。承，续也。淹，久也。日夜相承，四时不得淹止。皋，泽也。被，覆也。径，路也。渐，没也。春深则草盛，水生而路没也。湛湛江水兮，上有枫。目极千里兮，伤春心。魂兮归来，哀江南！枫，叶孚金反。南，叶尼金反。○枫，木名也，似白杨，叶圆而歧，有脂而香，厚叶弱枝，善摇，至霜后叶丹可爱，故骚人多称之。目极千里，言湖泽博平，春时草短，望见千里，令人愁思也。玉意欲使原复归郢，故言江南之地可哀如此，不宜久留也。

大招第十 续离骚十一

《大招》，不知何人所作，或曰屈原，或曰景差，自王逸时已不能明矣。其谓原作者，则曰词义高古，非原莫及。其不谓然者，则曰《汉志》定著原赋二十五篇，今自《骚经》以至《渔父》，已充其目矣。其谓景差，则绝无左验。是以读书者往往疑之。然今以宋玉《大、小言赋》考之，则凡差语皆平淡醇古，意亦深靖闲退，不为词人墨客浮夸艳逸之态，然后乃知此篇决为差作无疑也。虽其所言，有未免于神怪之惑、逸欲之娱者，然视《小招》则已远矣。其于天道之诎伸动静，盖若粗识其端倪，于国体时政，又颇知其所先后，要为近于儒者穷理经世之学，予于是窃有感焉，因表而出之，以俟后之君子云。

青春受谢，白日昭只。春气奋发，万物遽只。冥凌浃行，魂无逃只。魂魄归徕，无远遥只！只，音止。遽，叶渠骄反。归徕，一作徕归，后并同。○青，东方春位，其色青也。谢，去也，言玄冬谢去，而青春受之也。白日昭者，冬寒则日无光辉，故春气和暖，而后白日昭明也。只，语已词。遽，犹竞也。言春气奋发，而万物忽遽竞起而生出也。冥，幽暗也。凌，冰冻也。浃，周洽也。言春气既发，幽暗冰冻之地，无不周浃而流行，故魂魄之已散而未尽者，亦随时感动而无所逃，于是及此时而招之，欲其无远去而即归来也。《祭义》所谓："春，雨露既濡，君子履之，必有怵惕之心，如将见之，故禘有乐，以迎其来。"意亦如此，非尝覃思于有无动静之间者，不能知也，读者宜深玩之。

魂乎归徕！无东无西，无南无北只！乎，一作兮。徕，一作兮，下并同。无东无西，无南无北，一作无东西而南北。东有大海，溺水浟浟只。螭龙并流，上下悠悠只。雾雨淫淫，白皓胶只。魂乎无东！汤谷寂寥只。按下章例，此句上当有魂乎无东四字。溺，一作弱。浟，音悠。悠悠，一作攸攸，一作儵儵。皓，一作浩。胶，叶居幽反，一音豪。寥，叶力求反。一无寥字，非是。○悠悠，螭龙行貌。皓胶，冰冻貌。皓然正白，回错胶戾也。汤谷，日之所出，其地无人，视听寂然，无所见闻也。魂乎无南！南有炎火千里，蝮蛇蜒只。山林险隘，虎豹蜿只。鰅鳙短狐，王虺骞只。魂乎无南！蜮伤躬只。蜒，音延。林，一作陵。蜿，音鸳。鰅，鱼恭反。鳙，以恭反。骞，读若搴，音轩。蜮，音域，一音或。躬，叶居延反。○蜒，长貌也。蜿，虎行貌。鰅，鱼名，皮有文。鳙，鱼，音如彘鸣。短狐，蜮也。《说文》曰："蜮，似鳖，三足。"陆机曰："一名射影，人在岸上，影见水中，投人影则射之，或谓含沙射人。"孙思邈云："亦名射工，其虫无目而利耳，能听，闻人声便以口中毒射人。"王虺，大蛇也。骞，举头貌也。魂乎无西！西方流沙，漭洋洋只。豕首纵目，被发鬤只。长爪踞牙，诶笑狂只。魂乎无西！多害伤只。漭，母朗反。纵，将容反。鬤，而羊反；一作长。长爪，一作豕爪。踞，音据；一作倨。疑当作锯。诶，音嬉。○漭，水大貌。洋洋，无涯貌。纵，直竖也。鬤，发乱貌。锯牙，言其牙如锯也。诶，强笑也。言西方有神，其状如此，能伤害人也。魂乎无北！北有寒山，逴龙赩只。代水不可涉，深不可测只。天白颢颢，寒凝凝只。魂乎无往！盈北极只。逴，音卓；一作卓。赩，许力反。代，一作伐。颢，音皓。凝，一作嶷，鱼力反。○逴龙，山名。赩，赤色，无草木貌。颢颢，光貌。凝凝，冰冻貌。盈北极，言此冰冻满北极也。

魂魄归徕！闲以静只。自恣荆楚，安以定只。逞志究欲，心意安只。穷身永乐，年寿延只。魂兮归徕！乐不可言只。安，叶一先反。永，一作安。

五谷六仞，设菰粱只。鼎臑盈望，和致芳只。内鸧鸽鹄，味豺羹只。魂乎归徕！恣所尝只。菰，音孤；一作苽。臑，仁珠反；一作胹，一作耎；一作腩，徒南反。内，与纳同；一作肭。鸧，音仓。羹，叶力当反。〇五谷，稻、稷、麦、豆、麻也。仞，伸臂一寻，八尺也，言积谷之多也。设，施也。苽粱，蒋实，一名雕葫。臑，熟也。致，致咸酸也。芳，谓椒姜也。内，与肭同，肥也。鸧，即鸧鸹也。鸽，似鸠而小，青白。鹄，有白鹄，有黄鹄。豺，似狗。鲜蠵甘鸡，和楚酪只。醢豚苦狗，脍苴蓴只。吴酸蒿蒌，不沾薄只。魂兮归徕！恣所择只。蠵，一作鑴。豚，一作豘，一作豘，音同。苴，即鱼反。蓴，普各反，一匹沃反；一作蒪。酸蒿蒌，一作酢醔醶。醔，音模；醶，音途。沾，音添。兮，一作乎。择，叶徒各反。〇生洁为鲜。蠵，大龟也。酪，乳浆也。醢，肉酱也。苦，以胆和酱也，世所谓胆和者也。苴蓴，一名蘘荷。《本草》云："叶似初生甘蔗，根似姜牙。"盖切以为香也。蒿，白蒿，春生，秋乃香美可食。蒌，蒿也，叶似艾，生水中，脆美可食。沾，多汁也。薄，无味也。言吴人工调咸酸，爚蒿蒌以为齑，其味不酞不薄，适甘美也。炙鸹烝凫，煔鹑陈只。煎鲼膗雀，遽爽存只。魂乎归徕！丽以先只。炙，青柘。鸹，古活反；一作鹄。凫，一作枭。煔，音潜。鲼，积、颐、责三音。膗，一作臛。存，叶祖陈反。丽，一作进。先，叶桑津反。〇炙，燔肉也。鸹，麋鸹也。煔，爚也。鹑，鴽也。鲼，小鱼也。遽爽存，未详。四酎并孰，不歰嗌只。清馨冻歈，不歠役只。吴醴白蘖，和楚沥只。魂乎归徕！不遽惕只。歰，一作涩。嗌，叶音益，一于革反。歈，一作饮，一作歈。歈酎，三重酿酒。秦《月令》云"春酿之，孟夏始成"，汉亦以春酿，八月乃成。此云四酎，则是四重酿矣。并，俱也。旧注以为四器俱熟，未知孰是也？歰，不滑也。嗌，咽喉也。言不涩人之咽喉也。馨，香之远闻者也。冻，犹寒也。不歠役，未详，旧注谓不以饮贱役之人，言酒醇美，役人饮之，易醉仆失礼，故不以饮之也。再宿为醴。蘖，米曲也。沥，清酒也。言使吴人酿醴，和白麴以作楚沥也。

代秦郑卫，鸣竽张只。伏戏《驾辩》，楚《劳商》只。讴和《扬阿》，赵箫倡只。魂乎归徕！定空桑只。代，一作岱。○代、秦、郑、卫，当世之乐也。伏羲之《驾辩》、楚之《劳商》，疑皆古曲名，而未有考，或谓伏羲始作瑟也。徒歌曰讴。《扬阿》，即《阳阿》，已见前篇。赵箫，赵国之箫也。以赵箫奏《扬阿》为先倡，而讴以和之也。空桑，琴瑟名。见《周礼》。二八接武，投诗赋只。叩钟调磬，娱人乱只。四上竞气，极声变只。魂乎归徕！听歌譔只。武，一作舞。赋，与下乱、变、譔不叶，未详。○接，连也。武，迹也。投，合也。诗赋，雅乐，《关雎》、《鹿鸣》之类是也。叩，击也。金曰钟，石曰磬。乱，理也。四上，未详。譔，具也。朱唇皓齿，嫭以姱只。比德好閒，习以都只。丰肉微骨，调以娱只。魂乎归徕！安以舒只。嫭，音护。姱，叶苦胡反。比，必寐反。閒，音闲。○嫭、姱，好貌。好闲，谓美好而闲暇。习，谓习于礼节。都，谓容态之美，不鄙野也。嫮目宜笑，娥眉曼只。容则秀雅，稚朱颜只。魂乎归徕！静以安只。嫮，与嫭同。○嫮，眄也。曼，长而轻细也。则，法也。稚，幼也。姱修滂浩，丽以佳只。曾颊倚耳，曲眉规只。滂心绰态，姣丽施只。小腰秀颈，若鲜卑只。魂乎归徕！思怨移只。姱修滂浩，一作修广婉心；婉，一作远。佳，叶居宜反。滂，一作漫。绰，一作淖。思怨，一作怨思。○修，长也。滂浩，广大也。佳，善也。曾，重也。倚，辟也。规，圜也。言面丰满，颊肉若重，两耳郭辟，曲眉正圜也。绰，绰约也。鲜卑，衮带头也。言腰支细小，颈锐秀长，若以鲜卑之带约而束之也。《补曰》："鲜卑之带，《汉匈奴传》所谓'黄金犀毗'，孟康以为'要中大带'，张晏以为'鲜卑郭洛带，瑞兽名，东胡好服之'者也。《魏书》曰：'鲜卑，东胡，别保鲜卑山，因号焉。'"移，去也。言可以忘去怨思也。易中利心，以动作只。粉白黛黑，施芳泽只。长袂拂面，善留客只。魂乎归徕！以娱昔只。泽，叶待洛反。客，叶苦各反。昔，叶先约反；一作夕。○易中利心，皆敏慧之意。芳泽，芳香之膏泽也。昔，夜也。青色直眉，美目媔只。靥辅奇牙，宜笑嘕只。丰肉微骨，体便娟只。魂乎归徕！恣所便只。媔，音绵。靥，于牒反。辅，一作酺，扶羽反。嘕，虚延反。便，平声。○青色，谓眉也。媔，美目貌。辅，颊车也，《左传》："辅车相依。"嘕，笑貌。便娟，好貌。便，犹安也。

夏屋广大，沙堂秀只。南房小坛，观绝霤只。曲屋步壛，宜扰畜只。腾驾步游，猎春囿只。坛，音善。观，音贯。霤，音溜。壛，一作櫩，一作阎，与檐同；一作栏。畜，音嗅；一作兽，一作獸。○沙，丹沙也。坛，犹堂也。观，犹楼也。霤，屋宇也。曲屋，周阁也。步壛，长砌也。《上林赋》作"步櫩"，李善云："长廊也。"扰畜，驯养禽兽也。步游，亦言行游耳，非必舍车而徒也。琼毂错衡，英华假只。茝兰桂树，郁弥路只。魂乎归徕！恣志虑只。琼，一作瑶。假，古路反；一作嘏。茝，一作芷。虑，一作处。○假，大也。言所乘之车以玉饰毂，以金错衡。英华照耀，大有光明也。弥，竟也。孔雀盈园，畜鸾皇只。鹍鸿群晨，杂鹙鸧只。鸿鹄代游，曼鹔鷞只。魂乎归徕！凤皇翔只。畜，许六反；一作慉。鹙，音秋。曼，一作漫。鹔，音肃。鷞，音霜。○鹍，鹍鸡。鸿，鸿鹤也。晨，旦鸣也。《书》曰："牝鸡无晨。"鹙鸧，鹈鹙也。曼，曼衍也。鹔鷞，长颈，绿身，似雁。

曼泽怡面，血气盛只。永宜厥身，保寿命只。室家盈廷，爵禄盛只。魂乎归徕！居室定只。怡，一作台。盛，一作晠。保寿，一作长保。○怡，怿貌。室家，谓宗族。盈廷，满朝廷也。接径千里，出若云只。三圭重侯，听类神只。察笃夭隐，孤寡存只。魂兮归徕！正始昆只。神，叶式云反。夭，一作殀。兮，一作乎。○接径，犹言通路也。出若云，言人民众多，其出如云也。三圭，谓公、侯、伯也。公执桓圭，侯执信圭，伯执躬圭，故曰三圭也。重侯，犹曰陪臣，谓子、男也。盖楚僭王号，其县宰皆号曰公，如申公、叶公之类，其小者应亦比子、男也。听类神者，言其听察精审，如神明也。笃，厚也。夭，早死也。隐，幽蔽也。孤者，幼而无父者也。寡者，老而无夫者也。察夭隐者而厚之，则孤寡皆得其所矣。昆，后也。正其始以及后人也。田邑千畛，人阜昌只。美冒众流，德泽章只。先威后文，善美明只。魂乎归徕！赏罚当只。畛，之忍反。明，叶谟郎反。当，叶平声。○田，野也。邑，居也。《周礼》："九夫为井，四井为邑。"畛，田上道也。阜，盛也。昌，炽也。冒，覆也。章，明也。威，武也。言先以威武严民，后以文德抚之，既善美而又光明也。名声若日，照四海只。德誉配天，万民理只。北至幽陵，南交阯只。西薄羊肠，东穷海只。魂乎归徕！尚贤士只。照，一作昭。海，叶呼洧反。理，一作治。尚，一作进。贤，一作进。士，钼里反。○德誉配天，言楚王修德于内，荣誉外发，功德配天，又能理万民之冤结也。幽陵，幽州也。交趾，南夷，其人足大指开析，两足并立，指则相交。羊肠，山名，山形屈辟，状如羊肠，今在太原、晋阳之西北。言魂急归徕，楚方尚进贤士，必见用也。发政献行，禁苛暴只。举杰压陛，诛讥罢只。直赢在位，近禹麾只。豪杰执政，流泽施只。魂乎归徕！国家为只。行，下孟反。禁，一作绝。暴，不叶下韵，未详，疑亦有皮音也。压，于甲反；一作厌。陛，一作阶。罢，与疲同。赢，音盈。杰，一作俊。执，一作理。○献行，令百官上其行治，如《周礼》"令群吏致事"，汉法"令郡国上计"也。举杰压陛，延登俊杰，使在高位，以压阶陛也。诛，责而退之也。讥罢，众所讥诮疲软不胜任之人也。直赢，谓理直而才有馀者。禹麾，未详。国家为，言如此则国家可为矣。雄雄赫赫，天德明只。三公穆穆，登降堂只。诸侯毕极，立九卿只。昭质既设，大侯张只。执弓挟矢，揖辞让只。魂乎归徕！尚三王只。明，叶谟郎反。

降，一作王。卿，叶乞郎反。让，叶如羊反。○雄雄赫赫，威势盛也。穆穆，和美貌。诸侯，位次三公，其班既绝，乃使九卿立其下也。昭质，谓射侯所画之地，如言白质、赤质之类也。大侯，谓所射之布，如言虎侯、豹侯之类也。上手延登曰揖。压手退避为让。致语以让为辞。古者大射、燕射、乡射之礼，将射者皆执弓挟矢以相揖，又相辞让，而后升射。战国时，此礼已废久矣，故景差特于卒章言此，以招屈原之魂，欲其徕归，而尚此三王之道，以矫衰世之失也。不特此耳，其它若云察幽隐、存孤寡、治田邑、阜人民、禁苛暴、流德泽、举贤能、退罢劣，亦三王之政也。

楚辞集注卷第八

惜誓第十一续离骚十二

《惜誓》者，汉梁太傅贾谊之所作也。谊，洛阳人。汉文帝闻其名，召为博士，超迁至太中大夫，纳用其言，议以任公卿之位。绛、灌之属，毁谊“年少初学，颛欲擅权，纷乱诸事”，于是天子亦疏之，以谊为长沙王太傅。三年复召，以为梁太傅。数问以得失，多欲有所匡建。数年，梁王骑，堕马死。谊自伤为傅无状，哭泣岁馀亦死，死时年三十三矣。《史》、《汉》于《谊传》独载《吊屈原》、《服鸟》二赋，而无此篇，故王逸虽谓“或云谊作，而疑不能明”，独洪兴祖以为其间数语与《吊屈赋》词指略同，意为谊作亡疑者。今玩其辞，实亦瑰异奇伟，计非谊莫能及，故特据洪说，而并录《传》中二赋，以备一家之言云。

惜余年老而日衰兮，岁忽忽而不反。登苍天而高举兮，历众山而日远。设言高举，经历众山，去日远也。观江河之纡曲兮，离四海之沾濡。攀北极而一息兮，吸沆瀣以充虚。飞朱鸟使先驱兮，驾太一之象舆。苍龙蚴虬于左骖兮，白虎骋而为右骓。建日月以为盖兮，载玉女于后车。

驰骛于杳冥之中兮，休息虖昆仑之墟。以，一作目。蚴，於纠反。虬，渠纠反。骈，叶芳无反。虖，一作乎。墟，丘於反。〇《晋志》云："北极五星，天运无穷，三光迭耀，而极星不移，故曰'居其所而众星共之。'"《淮南》云："左青龙，右白虎，前朱雀，后玄武。"注云："角、亢为青龙，参、伐为白虎，星、张为朱雀，斗、牛为玄武。"沈存中云："朱雀，莫知何物，但谓鸟而朱者，羽族赤而翔上，集必附木，此火之象也。或云鸟即凤也。然天文家朱鸟，乃取象于鹑。南方七宿，曰鹑首、鹑火、鹑尾是也。盖鹑无尾，故以翼为尾云。"象舆，以象齿饰舆也。玉女，青要、乘弋等也。墟，大丘也。乐穷极而不厌兮，愿从容虖神明。涉丹水而驼骋兮，右大夏之遗风。黄鹄之一举兮，知山川之纡曲。再举兮，睹天地之圜方。临中国之众人兮，托回飙乎尚羊。乃至少原之壄兮，赤松王乔皆在旁。二子拥瑟而调均兮，余因称乎《清商》。澹然而自乐兮，吸众气而翱翔。念我长生而久仙兮，不如反余之故乡！虖，一作乎。明，叶谟郎反。驼，一作驰。风，叶孚光反。黄，一作鸿。一，或作壹。睹，一作覩，一作知。飙，音标；一作风，一作飖。尚，音赏。壄，一作野。乔，一作侨。澹，一作淡。〇愿从容乎神明，愿与神明俱游戏也。丹水，犹赤水也。大夏，外国名也，在西南。黄鹄一飞则见山川之屈曲，再举则知天地之圜方，居身益高，所睹愈远也。少原之壄，仙人所居。均，亦调也。《国语》云："律者，所以立均出度也。"《清商》，歌曲名。五音各有清浊，浊者本声，清者半声也。又言虽得长生久仙，犹思楚国，念故乡，忠信之至，恩义之笃也。

黄鹄后时而寄处兮，鸱枭群而制之。神龙失水而陆居兮，为蝼蚁之所裁。夫黄鹄神龙犹如此兮，况贤者之逢乱世哉！黄，一作鸿。鸱，称脂反。枭，坚尧反。蝼，音娄。蚁，一作螘，裁，叶即词反。哉，叶即思反。〇鸱鸺，怪鸟。枭，不孝鸟。蝼，蝼蛄也。蚁，蚍蜉也。裁，制也。寿冉冉而日衰兮，固儃回而不息。俗流从而不止兮，众枉聚而矫直。固，一作国。儃，一作邅。○矫，揉也。枉者自以为直，又群众而聚合，则其党盛，而反欲揉直以为枉也。或偷合而苟进兮，或隐居而深藏。苦称量之不审兮，同权概而就衡。量，平声。衡，叶胡郎反。○称，所以知轻重。量，所以别多少。权，称锤也，概，平斛木也。衡，平也。权、概，皆所以取平也。或推迻而苟容兮，或直言之谔谔。伤诚是之不察兮，并纫茅丝以为索。方世俗之幽昏兮，眩白黑之美恶。放山渊之龟玉兮，相与贵夫砾石。梅伯数谏而至醢兮，来革顺志而用国。悲仁人之尽节兮，反为小人之所贼。迻，一作移。谔，一作谔。纫，一作绳，而无茅字。眩下一有于字。石，叶时若反。梅，音浼。醢，一作菹。一醢上别有菹字。国，叶姑霍反。贼，叶徂各反。○谔谔，直言貌。语曰："千人之诺诺，不如一士之谔谔。""周武谔谔以昌，殷纣诺诺以亡。"来，恶来也，与革皆纣之佞臣也。用国，见用于国也。比干忠谏而剖心兮，箕子被发而佯狂。水背流而源竭兮，木去根而不长。非重躯以虑难兮，惜伤身之无功。剖，一作剖。佯，一作详。竭，一作渴，音同。躯，一作体。功，叶音光。○背流而源竭，疑当作背源而流竭，王逸注云："水背其源泉则枯竭。"似当时本未误也。伤身而无功，若比干、箕子是也。

已矣哉！独不见夫鸾凤之高翔兮，乃集大皇之壄。循四极而回周兮，见盛德而后下。一无夫字。大，一作太。壄，一作野。回，一作徊。而回周，一作以周览。○大皇之壄，大荒之薮，言鸾凤高飞于大荒之野，循于四极，回旋而戏，见仁对之王，乃下来集，归于有德也。以言贤者亦宜处山泽之中，周流观望，见高明之君，乃当仕也。彼圣人之神德兮，远浊世而自藏。使麒麟可得羁而系兮，又何以异虖犬羊？一无得字。一系下有之字。虖，一作夫，一作乎。○言麒麟仁智之兽，远见避害，常藏隐不见，有圣德之君，乃肯来出。如使可得羁系而畜之，则与犬羊无异，不足贵也。言贤者亦以不可枉屈为高，如可趋走，亦不足称也。

吊屈原第十二续离骚十三

《吊屈原》者，汉长沙王太傅贾谊之所作也。谊以谪去，意不自得，及过湘水，时屈原沉汨罗已百馀年矣。谊追伤之，投书以吊，而因以自喻。后之君子，盖亦高其志，惜其才，而狭其量云。

恭承嘉惠兮，竢罪长沙。仄闻屈原兮，自湛汨罗。造托湘流兮，敬吊先生。遭世罔极兮，乃陨厥身。仄，古侧字。湛，古沉字。罗，叶卢加反。造，七到反。○极，止也。《诗》曰："谗人罔极。"

乌虖哀哉兮，逢时不祥！鸾凤伏窜兮，鸱枭翱翔。阘茸尊显兮，谗谀得志。贤圣逆曳兮，方正倒植。谓随夷溷兮，谓跖跻廉。莫邪为钝兮，铅刀为铦。鸮，《史记》作枭。阘，吐盍反。茸，人勇反。植，音值。跖，之石反。跻，居略反。钝，《史》作顿。铦，息廉反。○阘茸，下材不肖之人也。植，立也。随，卞随，让天下而不受。夷，伯夷，让国而饿死。跖，盗跖；跻，庄跻：秦、楚之大盗也。莫邪，宝剑名。铦，利也。于嗟默默，生之亡故兮。斡弃周鼎，宝康瓠兮。腾驾罢牛，骖蹇驴兮。骥垂两耳，服盐车兮。章甫荐屦，渐不可久兮。嗟苦先生，独离此咎兮！默，《史》作嚜。斡，音管。罢，读曰疲。或曰苦当作若，《易》曰"则嗟若"。《史》此一节，兮字皆在句中。宝上有而字。○默默，不自得意也。生，谓屈原也。言其无故而遭此祸也。斡，转也。康瓠，瓦盆底也。蹇，跛也。骥，骏马也。服，驾也。章甫，冠名。荐屦，反在履下也。嗟，咨嗟也。苦，劳苦也。若，语辞。

谇曰：谇，音碎。《史》作讯。○谇，告也，即乱辞也。已矣！国其莫吾知兮，子独壹郁其谁语？凤缥缥其高逝兮，夫固自引而远去。袭九渊之神龙兮，沕渊潜以自珍。偭蟂獭以隐处兮，夫岂从虾与蛭螾？所贵圣之神德兮，远浊世而自臧。使麒麟可系而羁兮，岂云异夫犬羊？吾，《史》作我，无兮、子字。壹，《史》作壹。语，去声。缥，匹遥反，《史》作漂。逝，《史》作递。引，《史》作绝。沕，音味，又于笔反。偭，音面。蟂，音枭。獭，音闼。三字《史》作弥融爚，又作弥蝎蝓。虾，音遐。蛭，音质。螾，音引，叶平声。臧，古藏通。○壹郁，犹怫郁也。缥，轻举貌。袭，重也。九渊，九旋之渊，言至深也。偭，背也。蟂、獭，皆水虫，害鱼者。虾、蛭、螾，亦水虫之小者。言龙自绝于蟂、獭，况肯从虾与蛭、螾乎？般纷纷其离此邮兮，亦夫子之故也！历九州而相其君兮，何必怀此都也？凤皇翔于千仞兮，览德辉而下之。见细德之险微兮，遥增击而去之。彼寻常之污渎兮，岂容吞舟之鱼？横江湖之鳣鲸兮，固将制乎蝼螘。般，音班，字从丹青之丹。邮，与尤同，《史》作尤。故，叶音孤，《史》作辜。历，《史》作瞝，视也。其君，《史》无其字。污，一胡反。鳣，升连反。蝼，音娄，蝼蛄也。螘，与蚁同，叶五居反。○般，反也。离，遭也。邮，过也。历，经过也。八尺曰仞。增，重也。八尺曰寻，倍寻曰常。污渎，不泄之水也。鳣，大鱼，无鳞，口在腹下。鲸鱼，长者数里。

服赋第十三续离骚十四

《服赋》者，贾谊之所作也。谊在长沙三年，有服飞入谊舍，止于坐隅。服似鸮，不祥鸟也。服，训狐也，其名自呼，故因而命之。谊以长沙卑湿，自恐寿不得长，故为赋以自广。太史公读之，叹其同死生、轻去就，至为爽然自失。以今观之，凡谊所称，皆列御寇、庄周之常言，又为伤悼无聊之故，而藉之以自诳者，夫岂真能原始反终，而得夫朝闻夕死之实哉！谊有经世之才，文章盖其馀事，其奇伟卓绝，亦非司马相如辈所能仿佛。而扬雄之论，常高彼而下此，韩愈亦以马、扬厕于孟子、屈原之列，而无一言以及谊，余皆不能识其何说也。是以因序其赋，而并论之，以俟后之君子云。

单阏之岁，四月孟夏；庚子日斜，服集余舍；止于坐隅，貌其闲暇。阏，於葛反。斜，《史》作施，叶音斜。岁下《史》有兮字，至篇终并同。○太岁在卯曰单阏，文帝六年丁卯也。异物来崒，私怪其故；发书占之，谶言其度。曰："野鸟入室，主人将去。"崒，《史》作萃。谶，初禁反，《史》作策。○崒，聚也。谶，验也。问于子服："余去何之？吉虖告我，凶言其灾。淹速之度，语余其期。"问于，《史》作请问。子，《史》作于。速，《史》作数。○子服者，加之美称也。服乃太息，举首奋翼；口不能言，请对以意：万物变化，固亡休息。意，叶音亿，《史》作臆。斡流而迁，或推而还。形气转续，变化而嬗。沕穆亡间，胡可胜言！斡，音管。还，音旋。嬗，音蝉，与禅同。沕，音勿。○斡，转也。嬗，相传与也。沕穆，深微貌。祸兮福所倚，福兮祸所伏。忧喜聚门，吉凶同域。伏，叶蒲力反。○倚伏二句，《老子》之言。彼吴强大，夫差以败。越栖会稽，勾践伯世。勾，音钩。伯，读作霸。○会稽，山名；勾践，越王名，避吴之难，保于此山，故曰栖也。斯游遂成，卒被五刑。傅说胥靡，乃相武丁。斯，李斯也。游于秦，始皇以为丞相，后为赵高所谮，具五刑而死。傅说事，已见《骚经》。胥靡，连锁役作也。夫祸之与福，何异纠纆！命不可测，孰知其极？纆，音墨，索也。测，《史》作说。〇纠，绞也。水激则旱，矢激则远。万物回薄，震荡相转。震，《史》作振。〇水激则去速而流尽，故旱也。或曰旱与悍通。云烝雨降，纠错相纷。大钧播物，坱圠无垠。纠错，《史》作错缪。钧，《史》作专，播，史作槃。坱，乌朗反。圠，于黠反。〇造瓦者谓所转者为钧，言造化为人，亦犹陶之造瓦，故谓之大钧也。坱圠，无限齐也。天不可与虑，道不可与谋。迟速有命，乌识其时！谋，叶谟悲反。速，《史》作数。乌，《史》作恶。

且夫天地为炉，造化为工。阴阳为炭，万物为铜。以冶铸为喻。合散消息，安有常则？千变万化，未始有极。则，法也。忽然为人，何足控揣！化为异物，又何足患！揣，音团。《史》作抟。患，音环。〇控揣，玩弄爱惜之意也。小智自私，贱彼贵我。达人大观，物亡不可。智，《史》作知。贪夫徇财，列士徇名。夸者死权，品庶每生。以身从物曰徇。每，贪也，《史》作凭。品庶，犹庶品也。怵迫之徒，或趋西东。大人不曲，亿变齐同。怵，音戌，又丑六反。亿，《汉书》作意，今从《史》。〇怵，为利所诱也。迫，为势所逼也。趋西东，言所向不定也。十万为亿。愚士系俗，僒若囚拘。至人遗物，独与道俱。僒，音块，又欺全反；《史》作攌，华板反。众人惑惑，好恶积意。真人恬漠，独与道息。惑，《史》作或。意，於力反。〇积意，言积之胸臆也。恬，安也。漠，静也。释智遗形，超然自丧。寥廓忽荒，与道翱翔。丧，息浪反，叶平声。乘流则逝，得坎则止。纵躯委命，不私与己。坎，《史》作坻，谓水中小洲也。其生兮若浮，其死兮若休。澹虖若深渊之靓，泛虖若不系之舟。《史》无二兮字。靓，与静同，《史》作静。不以生故自宝，养空而游。宝，《汉书》作保，游，《汉书》作浮。今从《史》。○养空而游，若空舟也。德人无累，知命不忧。细故芥蒂，何足以疑！蒂，丑介反；《史》作慸。芥，《史》作蒯。疑，叶音牛。○芥蒂，小草也。

哀时命第十四续离骚十五

《哀时命》者，梁孝王客庄忌之所作也。

哀时命之不及古人兮，夫何予生之不遘时！往者不可扳援兮，徕者不可与期。志憾恨而不逞兮，杼中情而属诗。夜炯炯而不寐兮，怀隐忧而历兹。心郁郁而无告兮，众孰可与深谋！欿愁悴而委惰兮，老冉冉而逮之。遘，一作遭。扳，一作攀。徕，一作来。憾，乎暗反。逞，丑郢反。杼，常与反；一作抒。属，音烛。炯，古茗反；一作烱。隐，一作殷。谋，叶谟悲反。欿，音坎。惰，一作𢡖。○遘，遇也。言自哀生时不及古贤圣之出，而当贪乱之世也。逞，快也。属，续也。欿，不自满足意。委惰，懈倦也。

居处愁以隐约兮，志沉抑而不扬。道壅塞而不通兮，江河广而无梁。愿至昆仑之悬圃兮，采钟山之玉英。擥瑶木之橝枝兮，望阆风之板桐。弱水汩其为难兮，路中断而不通。势不能凌波以径度兮，又无羽翼而高翔。然隐悯而不达兮，独徙倚而彷徉。怅惝罔目永思兮，心纡轸而增伤。倚踌躇以淹留兮，日饥馑而绝粮。廓抱景而独倚兮，超永思乎故乡。廓落寂而无友兮，谁可与玩此遗芳？白日晼晚其将入兮，哀余寿之弗将。车既弊而马罢兮，蹇邅徊而不能行。身既不容于浊世兮，不知进退之宜当。冠崔嵬而切云兮，剑淋离而从横。衣摄叶以储与兮，左袪挂于榑桑。右衽拂于不周兮，六合不足以肆行。上同凿枘于伏戏兮，下合矩矱于虞唐。愿尊节而式高兮，志犹卑夫禹汤。虽知困其不改操兮，终不以邪枉而害方。世并举而好朋兮，壹斗斛而相量。众比周以肩迫兮，贤者远而隐藏。居，一作凥。以，一作㠯。并古字。通，一作达。英，叶於良反。擥，一作揽。橝，大男、大店二反；一作撢。板，一作阪，一作坂。桐，叶音唐。汩，音骨，又于笔反。断，一作㡭；一作绝。通，叶音汤。以，一作㠯。度，一作渡。惘，一作罔。彷徉，一作仿佯。惝，昌掌反。㠯，一作而。轸，当作轸，以，一作㠯。绝，古作㡭。粮，一作粻。乎，一作兮。乎下，一有此字。晼，一作苑。弗，一作不。罢，音疲。徊，一作回。行，叶户郎反。崔，音摧。淋，音林。摄，之叶反；叶，一作偞，与摄反。储，音宁，又音伫。挂，一作絓。榑，一作扶，与榑同。桑，一作桒，与桑同。行，叶户郎反。戏，一作羲。合，一作同。矩，一作规。邪，一作衺，下同。壹，或作一。斗，一作升。以，一作而。远，一作隐。隐，一作退。○钟山，在昆仑山西北。《淮南》言："钟山之玉，烧之三日，其色不变。"橝，木名。板桐，山名也，在阆风之上。将，犹长也。淋离，长貌也。言己虽不见容，犹整饰冠剑，与众异也。摄叶、储与，不舒展貌。袪，袖也。左袖挂于榑桑，右衽拂于不周，以六合为小，不足肆行也。比，亲也。周，合也。

为凤皇作鹑笼兮，虽翕翅其不容。灵皇其不寤知兮，焉陈词而效忠？俗嫉妒而蔽贤兮，孰知余之从容？愿舒志而抽冯兮，庸讵知其吉凶？璋珪杂于甑室兮，陇廉与孟娵同宫。举世以为恒俗兮，固将愁苦而终穷。幽独转而不寐兮，惟烦懑而盈匈。魂眇眇而驰骋兮，心烦冤之忡忡。皇下，一有而字。翕，虚及反。翅，一作翼。一无瘤字。词，一作辞。冯，一作凭，一作懑，一作愸。璋珪，一作珪璋。甑，子孕反。窒，音携，又音蛙。娵，音邹，一音须。蒐，一作魂。之，一作而。懰，丑弓反。○鹑，鸟之小而无尾者。从容，言守道而自得也。冯，满也。璋，半珪也。珪，玉瑞也。甑，瓦器，所以炊者也。窒，甑带也。陇廉，丑妇也。孟娵，好女也。志欿憾而不憺兮，路幽昧而甚难。块独守此曲隅兮，然欿切而永叹。欿，音坎。憺，大暂反。○憺，安也。

愁修夜而宛转兮，气涫瀿其若波。握剞劂而不用兮，操规矩而无所施。而，一作之。涫，音馆，又官、贯二音。瀿，与沸同。其，一作而。剞，居绮反。劂，居卫反。一无所字。施，叶疏何反。○剞劂，刻镂刀也。应劭曰："剞，曲刀。劂，曲凿。"骋骐骥于中庭兮，焉能极夫远道？置猿狖于櫺槛兮，夫何以责其捷巧？猨，一作蝯。狖，一作貁。于，一作於。櫺，音零。捷，一作倢。○櫺，阶际栏。驷跛鳖而上山兮，吾固知其不能升。释管晏而任臧获兮，何权衡之能称！跛，波可反。○臧，为人所贱系也。获，为人所系得也。《方言》云："臧获，奴婢贱称也。"箟簬杂于黀蒸兮，机蓬矢以射革。负担荷以丈尺兮，欲伸要而不可得。外迫胁于机臂兮，上牵联于矰谁。肩倾侧而不容兮，固陿腹而不得息。箟，音昆。簬，音路。黀，音邹。担，都监反；一作檐。荷，下可反。于，一作以。臂，一作辟，毗亦反。矰，音增。谁，音弋；一作弋。不下一有得字。陿，音狭；一作愜。腹，一作肠。○箟簬，竹箭也。黀，麻藍也。蒸，竹炬也。背曰负，肩曰担。丈尺，言行于丈尺之下也。机臂，弩身也。陿，隘也。务光自投于深渊兮，不获世之尘垢。孰魁摧之可久兮，愿退身而穷处。凿山楹而为室兮，下被衣于水渚。雾露濛濛其晨降兮，云依斐而承宇。虹霓纷其朝霞兮，夕淫淫而淋雨。怊茫茫而无归兮，怅远望此旷野。下垂钓于谿谷兮，上要求于仙者。与赤松而结友兮，比王侨而为耦。使枭杨先导兮，白虎为之前后。浮云雾而入冥兮，骑白鹿而容与。垢，叶音古。楹下而，一作以。一无下濛字，一作朦朦。斐，音非；一作霏。依斐，一作斐斐。霓，一作蜺。茫，一作芒。旷，一作广。野，叶上与反；一作壄。要，平声。求，一作结。者，叶章与反。结上一无而字，耦，叶鱼古反。导，一作道。后，叶胡古反。○务光，古清白之士也。言不见从，自投深渊而死，不为谗佞所尘污也。魁摧，未详。依斐，云貌。朝霞暮雨，明不能久也。枭杨，山神，即狒狒也。《尔雅》："狒狒，如人，被发，迅走，食人。"

魂眐眐以寄独兮，汩徂往而不归。处卓卓而日远兮，志浩荡而伤怀。眐，音征，从目。眐，独视也；一作聇，从耳，独行也。汩，于笔反。卓，一作逴。远，一作高。怀，叶胡威反。鸾凤翔于苍云兮，故矰缴而不能加。蛟龙潜于旋渊兮，身不挂于罔罗。知贪饵而近死兮，不如下游乎清波。宁幽隐以远祸兮，孰侵辱之可为？子胥死而成义兮，屈原沉于汨罗。虽体解其不变兮，岂忠信之可化？志怦怦而内直兮，履绳墨而不颇。执权衡而无私兮，称轻重而不差。缴，音酌。一无而字。加，叶音戈。旋，一作深。挂，一作絓。罔，一作网。而，一作之。祸，一作骫。为，叶吾禾反。其，一作而。化，叶胡戈反。怦，普庚反；一作絣。颇，平声。差，叶七何反。○言以贪饵而得死者，固不可为，若以忠义而死，则不惮也。

摡尘垢之狂攘兮，除秽累而反真。形体白而质素兮，中皎洁而淑清。时厌饫而不用兮，且隐伏而远身。聊窜端而匿迹兮，嗼寂默而无声。独便悁而烦毒兮，焉发愤而纾情。时暧暧其将罢兮，遂闷叹而无名。伯夷死于首阳兮，卒夭隐而不荣。太公不遇文王兮，身至死而不得逞。怀瑶象而佩琼兮，愿陈列而无正。生天地之若过兮，忽烂漫而无成。邪气袭余之形体兮，疾憯怛而萌生。愿壹见阳春之白日兮，恐不终乎永年。概，一作慨。狂，一作枉。真，一作德，非是。饫，於据反。嗼，音莫；一作漠。便涓，一作悁悒。暧，一作薆。罢，音疲。阳下一有之山字。夭，於表反；一作殀。一无得字。逞，叶丑京反。正，叶侧京反。烂，一作澜。一无体字。怛，多达反。壹，或作一。年，叶奴京反。○概，涤也。狂攘，乱貌。厌饫，自足而不乐见闻之意也。窜端，藏其端绪，不使人少见之也。无正，言无人能知己之贤而平其是非也。

招隐士第十五续离骚十六

《招隐士》者，淮南小山之所作也。淮南王安好古爱士，招致宾客，客有八公之徒，分造词赋，以类相从，或称大山，或称小山，如《诗》之有大、小《雅》焉。《汉·艺文志》有《淮南王群臣赋》四十四篇。此篇视汉诸作最为高古，说者以为亦托意以招屈原也。

桂树丛生兮山之幽，偃蹇连蜷兮枝相缭。山气巃嵸兮石嵯峨，溪谷崭岩兮水曾波。猿狖群啸兮虎豹嗥，攀援桂枝兮聊淹留。蜷，音权；一作卷。缭，居休反。巃，力孔反；一作巄。嵸，音揔。崭，钼咸反。曾，一作增。猿，一作蝯。狖，以狩反。嗥，呼高反，叶胡求反。○郭璞云："桂，白华，丛生山峰，冬夏常青，间无杂木。"缭，纽也。巃嵸，云气貌。嵯峨，高貌。崭岩，险峻貌。言山谷之中，幽深险阻，非君子之所处。猨狖虎豹，非贤者之偶。欲使屈原急来，而原卒不肯来也。王孙遊兮不归，春草生兮萋萋。岁暮兮不自聊，蟪蛄鸣兮啾啾。遊，一作游。聊，叶音留。蛄，音姑。啾，音揫。○原与楚同姓，故云王孙。螻蛄，夏蝉，春生夏死，夏生秋死。啾啾，众声。

坱兮轧，山曲岪，心淹留兮恫慌忽。罔兮沕，憭兮栗，虎豹穴，丛薄深林兮人上慄。坱，乌朗反。轧，乌黠反，叶乌没反。岪，音佛，一音皮笔反。恫，音通。慌，上声。沕，叶无日反，又美笔反，一音勿。憭，音了，一音聊，一音留。栗，一作慄。穴，音血，叶胡役反；一作岤。○坱轧，相切摩之意。岪，亦曲也。恫，痛也。慌忽，鬼神也。罔，失志貌。沕，潜藏也。又有虎豹穴于其间，林薄高深，而上者恐慄也。嶔岑碕礒兮，碅磳磈硊。树轮相纠兮，林木茷骫。青莎杂树兮，薠草靃靡。白鹿麏麚兮，或腾或倚。状貌崟崟兮峨峨，凄凄兮漇漇。猕猴兮熊罴，慕类兮以悲。嶔，音钦；一作嶔。岑，音吟；一作崟，一作崟。碕，音绮；一作崎。礒，音蚁；一作峩。碅，绮矜反，字从囷；又苦本反，字从困。磳，七冰反。磈，於鬼反，又口罪反。硊，鱼毁反。相纠，一作纠纷。一无林木二字。茷，音跋；又音旆；一作茇，一作拔，音同。骫，音委。薠，一作蘋。靃，音髓；一作蘼，一作虀。麏，音君，又居筠反；一作麕。麚，音加；一作麚。峨，音蚁；一作峩。兮，一作而。漇，疏绮反；一作縰。罴，音陂。○嶔岑、碕礒、碅磳、磈硊，并石貌。轮，横枝也。茷，木枝叶盘纡貌。骫，骫骳，屈曲也。莎，草根，名香附子。靃靡，弱貌。麏，麞也。麚，牝鹿。峨峨，头角高貌。漇，润也。罴，如熊，黄白文。从此以上，皆陈山林倾危，草木茂盛，麇鹿所居，虎兕所行，不宜育道德、养情性，欲使屈原还归郢也。攀援桂枝兮聊淹留，虎豹斗兮熊罴咆。禽兽骇兮亡其曹。王孙兮归来，山中兮不可以久留！援，一作折，一无援字。咆，蒲交反，叶蒲侯反。曹，叶徂侯反。归来，一作来归。○再言攀援桂枝聊淹留者，明原未有归意，不可得而招也。故又言山中之不可居者，而于终篇卒致其意，若曰非不可留，但不可久耳，不敢遽必其来之词也。

楚辞辩证目录

楚辞辩证卷上

余既集王、洪《骚注》，顾其训故文义之外，犹有不可不知者。然虑文字之太繁，览者或没溺而失其要也，别记于后，以备参考。庆元己未三月戊辰。

目录

洪氏目录《九歌》下注云："一本此下皆有传字。"晁氏本则自《九辩》以下乃有之。吕伯恭《读诗记》引郑氏《诗谱》曰："《小雅》十六篇，《大雅》十八篇为正经。"孔颖达曰："凡书非正经者谓之传，未知此传在何书也。"按《楚辞》屈原《离骚》谓之经，自宋玉《九辩》以下皆谓之传。以此例考之，则《六月》以下，《小雅》之传也；《民劳》以下，《大雅》之传也。孔氏谓凡非正经者谓之传，善矣；又谓未知此传在何书，则非也。然则吕氏实据晁本而言，但洪、晁二本，今亦未见其的据，更当博考之耳。

洪氏又云：今本《九辩》第八，而《释文》以为第二。盖《释文》乃依古本，而后人始以作者先后次叙之，然不言其何时何人也。今按天圣十年陈说之序，以为旧本篇第混并，首尾差互，乃考其人之先后，重定其篇。然则今本说之所定也欤？

《七谏》、《九怀》、《九叹》、《九思》，虽为骚体，然其词气平缓，意不深切，如无所疾痛而强为呻吟者。就其中《谏》、《叹》犹或粗有可观，两王则卑已甚矣。故虽幸附书尾，而人莫之读，今亦不复以累篇帙也。贾傅之词，于西京为最高，且《惜誓》已著于篇，而二赋尤精，乃不见取，亦不可晓，故今并录以附焉。若扬雄则尤刻意于楚学者，然其《反骚》，实乃屈子之罪人也，洪氏讥之，当矣。旧录既不之取，今亦不欲特收，姑别定为一篇，使居八卷之外，而并著洪说于其后。盖古今同异之说，皆聚于此，亦得因以明之，庶几纷纷或小定云。

离骚经

王逸曰："同列大夫上官靳尚妒害其能。"似以为同列之大夫姓"上官"而名"靳尚"者。洪氏曰："《史记》云：上官大夫与之同列。又云：用事臣靳尚。"则是两人明甚，逸以《骚》名家者，不应缪误如此。然词不别白，亦足以误后人矣。

《离骚经》之所以名，王逸以为："离，别也。骚，愁也。经，径也。言已放逐离别，中心愁思，犹依道径以风谏君也。"此说非是，史迁、班固、颜师古之说得之矣。

秦诳楚绝齐交，是惠王时事。又诱楚会武关，是昭王时事。王逸误以为一事。洪氏正之，为是。王逸曰："《离骚》之文依《诗》取兴，引类譬喻，故善鸟香草，以配忠贞；恶禽臭物，以比谗佞；灵修美人，以媲于君；虙妃佚女，以譬贤臣；虬龙鸾凤，以托君子；飘风云霓，以为小人。"今按逸此言，有得有失：其言配忠贞、比谗佞、灵修美人者得之，盖即《诗》所谓比也。若虙妃佚女，则便是美人；虬龙鸾凤，则亦善鸟之类耳。不当别出一条，更立它义也。飘风云霓，亦非小人之比。逸说皆误，其辩当详说于后云。

王逸曰："楚武王子瑕，受屈以为客卿。"客卿，战国时官，为它国之人游宦者设。春秋初年，未有此事，亦无此官，况瑕又本国之王子乎？

蔡邕曰："朕，我也。古者上下共之，至秦乃独以为尊称，后遂因之。"《补注》有此，亦览者所当知也。

王逸以太岁在寅曰摄提格，遂以为屈子生于寅年寅月寅日，得阴阳之正中。《补注》因之为说，援据甚广。以今考之，月日虽寅，而岁则未必寅也。盖摄提自是星名，即刘向所言"摄提失方，孟陬无纪"，而注谓"摄提之星，随斗柄以指十二辰"者也。其曰"摄提贞于孟陬"，乃谓斗柄正指寅位之月耳，非太岁在寅之名也。必为岁名，则其下少一格字，而"贞于"二字亦为衍文矣。故今正之。刘向本引用古语，见《大戴礼》注，云："摄提左右六星，与斗柄相直，恒指中气。"

"惟庚寅吾以降"、"岂维纫夫蕙茝"、"夫唯捷径以窘步”，据字书，“惟”从心者思也，“维”从系者系也，皆语辞也。“唯”从口者专词也，应词也。三字不同，用各有当。然古书多通用之，此亦然也。后放此。

凡说诗者，固当句为之释，然亦但能见其句中之训故字义而已，至于一章之内，上下相承、首尾相应之大指，自当通全章而论之，乃得其意。今王逸为《骚》解，乃于上半句下，便入训诂，而下半句下，又通上半句文义而再释之，则其重复而繁碎甚矣。《补注》既不能正，又因其误。今并删去，而放《诗传》之例，一以全章为断，先释字义，然后通解章内之意云。

古音能、孥代叶，又乃代。盖于篇首发此一端，以见篇内凡韵皆叶，非谓独此字为然，而它韵皆不必协也，故洪本载欧阳公、苏子容、孙莘老本于多艰夕替下注：“徐铉云：古之字音多与今异，如皀亦音香，乃亦音仍。他皆放此。盖古今失传，不可详究，如艰与替之类，亦应叶，但失其传耳。”夫《骚》韵于俗音不叶者多，而三家之本独于此字立说，则是它字皆可类推，而独此为未合也。黄长睿乃谓或韵或否为楚声，其考之亦不详矣。近世吴棫才老，始究其说，作《补音》、《补韵》，援据根原，甚精且博。而余故友黄子厚及古田蒋全甫祖其遗说，亦各有所论著，今皆已附于注矣。读者详之。

兰蕙，名物。《补注》所引《本草》言之甚详，已得之矣，复引刘次庄云：“今沅、澧所生，花在春则黄，在秋则紫，而春黄不若秋紫之芬馥。”又引黄鲁直云：“一干一花而香有馀者兰，一干数花而香不足者蕙。”则又疑其不同，而不能决其是非也。今按《本草》所言之兰虽未之识，然亦云似泽兰，则今处处有之，可推其类以得之矣。蕙则自为零陵香，而尤不难识。其与人家所种，叶类茅而花有两种如黄说者，皆不相似。刘说则又词不分明，未知其所指者果何物也。大抵古之所谓香草，必其花叶皆香，而燥湿不变，故可刈而为佩。若今之所谓兰蕙，则其花虽香，而叶乃无气，其香虽美而质弱易萎，皆非可刈而佩者也。其非古人所指甚明，但不知自何时而误耳。

美人，说并见灵修条下。

椉，一作乘。驼，一作驰。凴，一作凭，又作冯。草，一作艸，又作卉。予，一作余。菹，一作葅。此类错举一二以见之，不能尽出也。

三后，若果如旧说，不应其下方言尧舜，疑谓三皇，或少昊、颛顼、高辛也。

荃以喻君，疑当时之俗，或以香草更相称谓之词，非君臣之君也。此又借以寄意于君，非直以小草喻至尊也。旧注云“人君被服芬香，故以名之”，尤为谬说。

謇，难于言也。蹇，难于行也。

洪注引颜师古曰：“舍，止息也。屋舍、次舍，皆此义。《论语》‘不舍昼夜’，谓晓夕不息耳。今人或音捨者，非是。”

九天之说，已见《天问注》。以中央八方言之，误矣。《离骚》以灵修、美人目君，盖托为男女之辞而寓意于君，非以是直指而名之也。灵修，言其秀慧而修饰，以妇悦夫之名也。美人，直谓美好之人，以男悦女之号也。今王逸辈乃直以指君，而又训灵修为神明远见，释美人为服饰美好，失之远矣。

索与妒叶，即索音素。洪氏曰：《书序》“八索”，徐氏有素音。

“非世俗之所服”，洪氏曰：李善本以世为时、为代，以民为人，皆以避唐讳尔。今当正之。

彭咸，洪引颜师古，以为“殷之介士，不得其志而投江以死”，与王逸异。然二说皆不知其所据也。

诼，音卓，则当从豖；又许秽反，则当从喙耳。

洪氏曰：“偭规矩而改错者，反常而妄作；背绳墨以追曲者，枉道以从时。”论扬雄作《反离骚》，言“恐重华之不累与”而曰：“余恐重华与沉江而死，不与投阁而生也。”又释《怀沙》曰：“知死之不可让，则舍生而取义可也。所恶有甚于死者，岂复爱七尺之躯哉！”其言伟然，可立懦夫之气，此所以忤桧相而卒贬死也，可悲也哉！近岁以来，风俗颓坏，士大夫间遂不复闻有道此等语者，此又深可畏云。

旧注以“攘诟”为“除去耻辱，诛谗佞之人”，非也。彼方遭时用事，而吾以罪戾废逐，苟得免于后咎馀责，则已幸矣，又何彼之能除哉？为此说者，虽若不识事势，然其志亦深可怜云。

“延伫将反”，洪以同姓之义言之，亦非文意。王逸行迷之义亦然。

《补注》引《水经》曰："屈原有贤姊，闻原放逐，来归喻之，令自宽全。乡人因名其地曰姊归，后以为县。县北有原故宅，宅之东北有女媭庙，捣衣石尚存。"今存于此。

《骚经》"女媭之婵媛"，《湘君》"女婵媛兮为余太息"，《哀郢》"心婵媛而伤怀"，三处王注皆云："犹牵引也。"《悲回风》"忽倾寤以婵媛"，王注云："心觉自伤，又痛恻也。"详此二字，盖顾恋留连之意，王注意近而语疏也。

《补注》曰："女媭詈原之意，盖欲其为宁武之愚，而不欲其为史鱼之直耳，非责其不为上官、靳尚以徇怀王之意也。而说者谓其詈原不与众合以承君意，误矣。"此说甚善。

《九辩》，不见于经传，不可考。而《九歌》著于《虞书》、《周礼》、《左氏春秋》，其为舜禹之乐无疑。至屈子为《骚经》，乃有启《九辩》、《九歌》之说，则其为误亦无疑。王逸虽不见《古文尚书》，然据《左氏》为说，则不误矣。顾以不敢斥屈子之非，遂以启修禹乐为解，则又误也。至洪氏为《补注》，正当据经传以破二误，而不唯不能，顾乃反引《山海经》"三嫔"之说以为证，则又大为妖妄，而其误益以甚矣。然为《山海经》者，本据此书而傅会之，其于此条，盖又得其误本，若它谬妄之可验者亦非一，而古今诸儒，皆不之觉，反谓屈原多用其语，尤为可笑。今当于《天问》言之，此未暇论也。五臣以启为开，其说尤谬。五逸于下文又谓太康不用启乐，自作淫声。今详本文，亦初无此意。若谓启有此乐而太康乐之太过，则差近之。然经传所无，则自不必论也。

循、修，唐人所写多相混，故《思玄赋》注引“修绳墨”而解作遵字，即循字之义也。

“览民德焉错辅”，但谓求有德者，而置其辅相之力，使之王天下耳。《注》谓“置以为君，又生贤佐以辅之”，恐不应如此重复之甚也。

此篇所言陈词于舜，及上欵帝阍，历访神妃，及使鸾凤飞腾、鸩鸠为媒等语，其大意所比，固皆有谓。至于经涉山川，驱役百神，下至飘风云霓之属，则亦泛为寓言，而未必有所拟伦矣。二《注》类皆曲为之说，反害文义。至于县圃、阆风、扶桑、若木之类，亦非实事，不足考信，今皆略存梗概，不复尽载而详说也。

王逸以灵琐为楚王省阁，非文义也。

《注》以羲和为日御。《补注》又引《山海经》云：“东南海外，有羲和之国，有女子名曰羲和，是生十日，常浴日于甘渊。”《注》云：“羲和，始生日月者也。故尧因立羲和之官，以掌天地四时。”此等虚诞之说，其始止因《尧典》“出日纳日”之文，口耳相传，失其本指，而好怪之人，耻其谬误，遂乃增饰傅会，必欲使之与经为一而后已。其言无理，本不足以欺人，而古今文士相承引用，莫有觉其妄者。为此注者，乃不信经而引以为说，蔽惑至此，甚可叹也！

望舒、飞廉、鸾凤、雷师、飘风、云霓，但言神灵为之拥护服役，以见其仗卫威仪之盛耳，初无善恶之分也。旧注曲为之说，以月为清白之臣，风为号令之象，鸾凤为明智之士，而雷师独以震惊百里之故使为诸侯，皆无义理。至以飘风、云霓为小人，则夫《卷阿》之言“飘风自南”，《孟子》之言“民望汤武如云霓”者，皆为小人之象也耶？

王逸又以飘风云霓之来迎己，盖欲己与之同，既不许之，遂使阍见拒而不得见帝。此为穿凿之甚，不知何所据而生此也。

沈约《郊居赋》“雌霓连蜷”，读作入声。司马温公云：“约赋但取声律便美，非霓不可读为平声也。”故今定《离骚》“云霓”为平声，《九章》、《远游》为入声，盖各从其声之便也。

王逸说“往观四荒”处，已云“欲求贤君”，盖得屈原之意矣。至“上下求索”处，又谓“欲求贤人与己同志”，不知何所据而异其说也？

旧注以“高丘无女”“下女可诒”皆贤臣之譬，非是。下女，说详见于《九歌》，可考也。

溘字，《补注》两处皆已解为奄忽之义，至此游春宫处，乃云无奄忽之义，不知何故自为矛盾至此。

虙妃，一作宓妃。《说文》：“虙，房六反，虎行貌。”“宓，美毕反，安也。”《集韵》云：“虙与伏同，虙羲氏，亦姓也。宓与密同，亦姓。俗作密，非是。”《补注》引颜之推说云："宓字本从虍。虙子贱即伏犧之后，而其碑文说济南伏生又子贱之后。是知古字伏、虙通用，而俗书作宓，或复加山，而并转为密音耳。"此非大义所系，今亦姑存其说，以备参考。

王逸以虙妃喻隐士，既非文义，又以蹇修为伏羲氏之臣，亦不知其何据也。又谓"隐者不肯仕，不可与共事君"，亦为衍说。

《孟子》"不理于口"，《汉书》"无俚之至"，说者皆训为赖，则理固有赖音矣。

《尔雅》说四极，恐未必然。邠国近在秦陇，非绝远之地也。

旧说有娀国在不周之北，恐其不应绝远如此。又言求佚女，为求忠贤与共事君，亦非是。

鸩及雄鸠，其取喻为有意，具文可见。《注》于它说，亦欲援此为例，则凿矣。《补注》又引《淮南》说"运日知晏，则鸩乃小人之有智者，故虽能为谗贼，而屈原亦因其才而使之"，是以屈原为真尝使鸩媒简狄而为所卖也。其固滞乃如此，甚可笑也。

"凤皇既受诒"，旧以为既受我之礼而将行者，误矣。审尔，则高辛何由而先我哉？正为己用鸩鸠，而彼使凤皇，其势不敌，故恐其先得之耳。又或谓以高辛喻诸国之贤君，亦非文势。

留二姚，亦求君之意。旧说以为博求众贤，非是。

或问"终古"之义，曰：开辟之初，今之所始也。宇宙之末，古之所终也。《考工记》曰："轮已庳，则于马终古登阤也。"注曰："终古，常也。"正谓常如登阤，无有已时。犹释氏之言尽未来际也。

"两美必合"，此亦托于男女而言之。《注》直以君臣为说，则得其意而失其辞也。下章"孰求美而释女"亦然。至说"岂惟是其有女"，而曰岂唯楚有忠臣，则失之远矣。其以芳草为贤君，则又有时而得之。大率前人读书，不先寻其纲领，故一出一入，得失不常，类多如此。幽昧、眩曜二语，乃原自念之辞，以为答灵氛者，亦非是。

楚人以重午插艾于要，岂其故俗耶？

《补注》以为灵氛之占，劝屈原以远去，在异姓则可，在原则不可，故以为疑而欲再决之巫咸也。考上文但谓举世昏乱，无适而可，故不能无疑于氛之言耳。同姓之说，上文初无来历，不知洪何所据而言。此亦求之太过也。

皇，即谓百神，不必言天使也。

升降上下，谓上君下臣者，亦缪说。

傅说、太公、宁戚，皆巫咸语。《补注》以为原语，非也。

鹈鴂，颜师古以为子规，一名杜鹃。服虔、陆佃以为鵙，一名伯劳。未知孰是。然子规以三月鸣，乃众芳极盛之时；鵙以七月鸣，则阴气至而众芳歇矣。又鴂、鵙音亦相近，疑服、陆二说是。

"莫好修之害"，二注或谓上不好用忠直，或谓下不好自修，皆非是。

此辞之例，以香草比君子，王逸之言是矣。然屈子以世乱俗衰，人多变节，故自前章兰芷不芳之后，乃更叹其化为恶物。至于此章，遂深责椒兰之不可恃，以为诛首，而揭车、江离亦以次而书罪焉，盖其所感益以深矣。初非以为实有是人而以椒兰为名字者也。而史迁作《屈原传》，乃有令尹子兰之说，班氏《古今人表》又有令尹子椒之名，既因此章之语而失之，使此词首尾横断，意思不活。王逸因之，又讹以为司马子兰、大夫子椒，而不复记其香草、臭物之论。流误千载，遂无一人觉其非者，甚可叹也。使其果然，则又当有“子车”、“子离”、“子樧”之俦，盖不知其几人矣！

化与离协，《易》曰：“日昃之离，不鼓缶而歌，则大耋之嗟。”则离可为力加反。又《传》曰：“通其变，使民不倦。神而化之，使民宜之。”则化可为胡圭反。《服赋》“庚子日斜”，迁史以斜为施，此韵亦可考。

王逸以求女为求同志，已失本指，而五臣又读女为汝，则并其音而失之也。

卒章琼枝之属，皆寓言耳，注家曲为比类，非也。

《博雅》曰：“昆仑虚，赤水出其东南陬，河水出其东北陬，洋水出其西北陬，弱水出其西南陬。河水入东海，三水入南海。”《后汉书》注云：“昆仑山在今肃州酒泉县西南，山有昆仑之体，故名之。”二书之语，似得其实。《水经》又言昆仑去嵩高五万里，则恐不能若是之远，当更考之。

待与期叶，《易·小象》待有与之叶者，即其例也。

九歌

楚俗祠祭之歌，今不可得而闻矣。然计其间，或以阴巫下阳神，或以阳主接阴鬼，则其辞之亵慢淫荒，当有不可道者。故屈原因而文之，以寄吾区区忠君爱国之意，比其类，则宜为《三颂》之属；而论其辞，则反为《国风》再变之《郑》、《卫》矣。及徐而深味其意，则虽不得于君，而爱慕无已之心，于此为尤切，是以君子犹有取焉。盖以君臣之义而言，则其全篇皆以事神为比，不杂它意。以事神之意而言，则其篇内又或自为赋、为比、为兴，而各有当也。然后之读者，昧于全体之为比，故其疏者以它求而不似，其密者又直致而太迫，又其甚则并其篇中文义之曲折而失之，皆无复当日吟咏情性之本旨。盖诸篇之失，此为尤甚，今不得而不正也。又篇名《九歌》，而实十有一章，盖不可晓，旧以九为阳数者，尤为衍说。或疑犹有虞夏《九歌》之遗声，亦不可考。今姑阙之，以俟知者，然非义之所急也。

“璆锵鸣兮琳琅”，《注》引《禹贡》释璆、琳、琅，皆为玉名，恐其立语不应如此之重复，故今独以《孔子世家》“环佩玉声璆然”为证，庶几得其本意。

旧说以灵为巫，而不知其本以神之所降而得名。盖灵者，神也，非巫也。若但巫也，则此云姣服，义犹可通。

至于下章，则所谓既留者，又何患其不留也耶？汉乐歌云“神安留”，亦指巫而言耳。

若英，若，即如也，犹《诗》言“美如英”耳。《注》以若为杜若，则不成文理矣。

帝服，《注》为五方之帝，亦未有以见其必然。

猋，《说文》从三犬，而释为群犬走貌，然《大人赋》有“猋风涌而云浮”者，其字从三火，盖别一字也。此类皆当从三火。

《东皇太一》，旧说以为原意谓人尽心以事神，则神惠以福，今竭忠以事君，而君不见信，故为此以自伤。《补注》又谓此言“人臣陈德义礼乐以事上，则上无忧患”。《云中君》，旧说以为事神已讫，复念怀王不明，而太息忧劳。《补注》又谓“以云神喻君德，而怀王不能，故心以为忧”。皆外增赘说，以害全篇之大指；曲生碎义，以乱本文之正意。且其目君不亦太迫矣乎！

“君乘桂舟”，吾，盖为祭者之词。旧注直以为屈原，则太迫。《补注》又谓言湘君容色之美，以喻贤臣，则又失其章指矣。

“女婵媛”，旧注以为女嬃，似无关涉，但与《骚经》用字偶同耳。以思君为直指怀王则太迫，又不知其寄意于湘君，则使此一篇之意皆无所归宿也。

“心异媒劳”，王注以为与君心不同，则太迫而失题意。《补注》又因轻绝而谓同姓无可绝之义，则尤乖于文义也。

“石濑”、“飞龙”一章，说者尤多舛谬，其曰：它人交不忠则相怨，我则虽不见信，而不以怨人。《补注》又云：“臣忠于君，君宜见信，而反告我以不闲。此原陈己志于湘君也。”不知前人如何读书，而于其文义之晓然者，乃直乖戾如此，全无来历关涉也。其曰：君初与我期共为治，而后以谗言见弃。此乃得其本意，而亦失其词命之曲折也。

《湘君》一篇，情意曲折，最为详尽，而为说者之谬为尤多，以至全然不见其语意之脉络次第。至其卒章，犹以遗玦、捐袂为求贤，而采杜若为好贤之无已，皆无复有文理也。

佳人召予，正指湘夫人而言，而五臣谓“若有君命，则亦将然”，《补注》以佳人为贤人同志者。如此，则此篇何以名为《湘夫人》乎？

《九歌》诸篇，宾主、彼我之辞最为难辨，旧说往往乱之，故文意多不属，今颇已正之矣。

“何寿夭兮在予”，旧说人之寿夭，皆其自取，何在于我，已失文意；或又以为喻人主当制生杀之柄，尤无意谓。

王逸以“离居”为隐士。《补注》又以此为屈原诉神之辞，皆失本指。

王逸以乘龙冲天而愈思愁人，为抗志高远而犹有所不乐，全失文义。《补注》谓喻君舍己而不顾，意则是而语太迫也。

“夫人兮自有美子”，众说皆未论辞之本指得失如何，但于其说中已自不成文理，不知何故如此读书也？

咸池，或如字，下隔句与来字“力之反”叶。

《东君》之吾，旧说误以为日，故有息马悬车之说，疑所引《淮南子》反因此而生也。至于低回而顾怀，则其义有不通矣，又必强为之说，以为思其故居。夫日之运行，初无停息，岂有故居之可思哉？此既明为谬说，而推言之者又以为讥人君之迷而不复也，则其穿凿愈甚矣。又解声色娱人，为言君有明德，百姓皆注其耳目，亦衍说。且必若此，则其下文緪瑟交鼓之云者，又谁为主而见其来之蔽日耶？

声色娱人，观者忘归，正为主祭迎日之人低回顾怀，而见其下方所陈之乐声色之盛如此耳。緪瑟交鼓，灵保贤姱，即其事也。或疑但为日出之时声光可爱，如朱丞相《秀水录》所载“登州见日初出时，海波皆赤，洶洶有声”者，亦恐未必然也。盖审若此，则当言其焯赫震动之可畏，不得以娱乐人为言矣。聊记其说，以广异闻。

北斗字，旧音斗为主。以《诗》考之，《行苇》主、醹、斗、耇为韵，《卷阿》厚、主为韵，此类甚多。但不知此非叶韵，而旧音特出此字，其说果何为耳？

旧说河伯位视大夫，屈原以官相友，故得汝之。其凿如此。又云河伯之居沉没水中，喻贤人之不得其所也。夫谓之河伯，则居于水中，固其所矣，而以为失其所，则不知使之居于何处乃为得其所耶？此于上下文义皆无所当，真衍说也。

堂、宫、中，或云当并叶堂韵，宫字已见《云中君》，中字今闽音正为当字。

《山鬼》一篇，谬说最多，不可胜辩，而以公子为公子椒者，尤可笑也。

“终不见天”，尝见有读天字属下句者，问之，则曰：“韩诗‘天路幽险难追攀’，语盖祖此。”审尔，则韩子亦误矣。

或问魂魄之义，曰：子产有言：“物生始化曰魄，既生魄阳曰魂。”孔子曰：“气也者，神之盛也。魄也者，鬼之盛也。”郑氏注曰：“嘘吸出入者，气也。耳目之精明为魄，气则魂之谓也。”《淮南子》曰：“天气为魂，地气为魄。”高诱注曰：“魂，人阳神也。魄，人阴神也。”此数说者，其于魂魄之义详矣。盖尝推之，物生始化云者，谓受形之初，精血之聚，其间有灵者，名之曰魄也。既生魄阳曰魂者，既生此魄，便有暖气，其间有神者，名之曰魂也。二者既合，然后有物，《易》所谓“精气为物”者是也。及其散也，则魂游而为神，魄降而为鬼矣。说者乃不考此，而但据《左》疏之言，其以神灵分阴阳者，虽若有理，但以嘘吸之动者为魄，则失之矣。其言附形之灵、附气之神，似亦近是，但其下文所分，又不免于有差。其谓魄识少而魂识多，亦非也，但有运用畜藏之异耳。

雄，与凌叶，今闽人有谓雄为形者，正古之遗声也。

楚辞辩证卷下

天问

隅隈之数，《注》引《淮南子》言“天有九野，九千九百九十九隅”，此其无稽亦甚矣哉！

《论衡》云：“日，昼行千里，夜行千里。”如此，则天地之间狭亦甚矣。此王充之陋也。

“顾菟在腹”，此言兔在月中，则顾菟但为兔之名号耳。而上官桀曰：“逐麋之犬，当顾菟耶?”则顾当为瞻顾之义，而非兔名。又庄辛曰：“见菟而顾犬。”亦因菟用顾字，而其取义又异，盖不可晓。且兔与菟同是一字，见于《说文》，而其形声皆异，又不知其自何时始别异之也。

《补注》引《山海经》言：“鲧窃帝之息壤以堙洪水，帝令祝融殛之羽郊。”详其文意，所谓帝者，似指上帝。盖上帝欲息此壤，不欲使人干之，故鲧窃之而帝怒也。后来柳子厚、苏子瞻皆用此说，其意甚明。又祝融，颛帝之后，死而为神。盖言上帝使其神诛鲧也，若尧舜时则无此人久矣，此《山海经》之妄也。后禹事中又引《淮南子》言：“禹以息壤填洪水，土不减耗，掘之益多。”其言又与前事自相抵牾，若是壤也果帝所息，则父窃之而殛死，子掘之而成功，何帝之喜怒不常乃如是耶？此又《淮南子》之妄也。大抵古今说《天问》者，皆本此二书。今以文意考之，疑此二书本皆缘解此《问》而作，而此《问》之言，特战国时俚俗相传之语，如今世俗僧伽降无之祈、许逊斩蛟蜃精之类，本无稽据，而好事者遂假托撰造以实之，明理之士，皆可以一笑而挥之，政不必深与辩也。

《补注》引《淮南》说增城高一万一千里百一十四步二尺六寸，尤为可笑，岂有度万里之远而能计其跬步尺寸之馀者乎？此盖欲览者以为己所亲见而曾实计之，而不知适所以章其谲而且谬也。柳《对》本意，似有意于破诸妄说，而于此章反以西王母者实之，又何惑耶？

《补注》引《淮南子》说昆仑虚旁有四百四十门，而其西北隅北门，开以纳不周之风。皆是注解此书之语，予之所疑，又可验其必然矣

"雄虺九首，倏忽焉在"，此一事耳，其词本与《招魂》相表里，王注得之，但失不引《招魂》为证耳。而柳子不深考，乃引《庄子》南北二帝之名以破其说，则既失其本指，而又使"雄虺"一句为无所问，其失愈远矣。《补注》虽知柳说之非，然亦不引《招魂》以订其文义之缺，乃直以庄周寓言不足信者诋之。周之寓言，诚不足信，然岂不犹愈于康回、烛龙之属！乃信彼而疑此，何哉？一语之微，无所关于义理，而说者至三失之，而况其有深于是者耶！

"雄虺""倏忽"，或云："今岭南有异蛇，能一日行

数百里以逐人者，即此物。”但不见说有九首耳。

《补注》说：“今湖州武康县东有防风山，山东二百步有禺山，防风庙在封、禺二山之间。”洪君晚居霅川，当得其实。

巴蛇事下注中食鹿出骨事，似若迂诞，然予尝见山中人说：大蛇能吞人家所伏鸡卵，而登木自绞，以出其壳者。人甚苦之，因为木卵著薮中，蛇不知而吞之，遂绞而裂云。

“羿焉彃日，乌焉解羽”，洪引《归藏》云：“羿彃十日。”《补注》引《山海经》注曰：“天有十日，日之数十也。然一日方至，一日方出，虽有十日，自使以次迭出，而今俱见，乃为妖怪。故羿仰天控弦，而九日潜退耳。”按此十日，本是自甲至癸耳，而传者误以为十日并出之说，注者既知其误，又为此说以弥缝之，而其诞益彰。然世人犹或信之，亦可怪也。

“启代益作后，卒然离蠥”，王逸以益失位为离蠥，固非文义；《补》以有扈不服为离蠥，文义粗通，然亦未安。或恐当时传闻别有事实也。《史记》燕人说禹崩，益行天子事，而启率其徒攻益，夺之。《汲冢书》至云益为启所杀。是则岂不敢谓益既失位，而复有阴谋，为启之蠥，启能忧之，而遂杀益为能达其拘乎？然此事要当质以《孟子》之言，齐东鄙论，不足信也。

“启棘宾商”四字，本是启梦宾天，而世传两本，彼此互有得失，遂致纷纭不复可晓。盖作《山海经》者所见之本“梦天”二字不误，独以宾、嫔相似，遂误以宾为嫔，而造为启上三嫔于天之说，以实其谬。王逸所传之本，宾字幸得不误，乃以篆文梦、天二字中间坏灭，独存四外，有似棘、商，遂误以梦为棘，以天为商，而于《注》中又以列陈宫商为说。洪则既引“三嫔”以注《骚经》，而于此篇，反据王本而解为急于宾礼商契。以今考之，凡此三家，均为穿凿。而以事理言之，则《山海》之怪妄为尤甚；以文义言之，则王注之训诂为尤疏。洪则兼承二误而又两失之，且谓屈原多用《山海经》语，而不知《山海》实因此书而作；三嫔又本此句一字之误，其为纰漏，又益甚矣。独柳子贸嫔之对，似觉《山海》之谬，然亦不能深察而明著之，是以其义虽正，而亦不能以自伸也。大抵古书之误，类多如此。读者若能虚心静虑，徐以求之，则邂逅之间，或当偶得其实。顾乃安于苟且，狃于穿凿，牵于援据，仅得一说而遽执之，便以为是，以故不能得其本真；而已误之中，或复生误。此邢子才所以独有“日思误书”之适，又有“思之若不能得，则便不劳读书”之对，虽若出于戏剧，然实天下之名言也。

“勤子屠母”，旧注引《帝王世纪》言“禹揊剥母背而生”，《补》又引干宝言黄初五年，汝南民妻生男，从右胁下小腹上出，而平和自若，母子无恙以为证。此事有无，固未可定，然上句言启事而未有所问，则此句不应反说禹初生时事矣。故疑当为启母化石事也。

“该秉季德”，王逸以为汤能秉契之末德，而厥父契善之。以契为汤父，固谬。柳又以为即《左传》所云少皞氏之子该为蓐收者，亦与有扈事不相关。唯洪氏以为启者近之。疑该即启字转写之误也。但“终弊于有扈，牧夫牛羊”，乃似谓启为有扈所弊而牧夫牛羊者，不知又何说也？下章又云“有扈牧竖”，亦不可晓，岂以少康尝为牧正而误邪？大率此篇所问有扈、羿、浞事，或相混并，盖其传闻之误，当阙之耳。

“到击纣躬，叔旦不嘉”，王逸云：“武王始至孟津，八百诸侯不期而到，皆曰：‘纣可伐也。’白鱼入于王舟。群臣咸曰：‘休哉！’周公曰：‘虽休，勿休。’”未详所据。

“齐桓九会”，九本纠字，借作九耳。《左传》展禽犒师之言，正作纠字。“纠合宗族”，亦此义也。唯《庄子》“九杂天下之川”作九，则亦古字通用，而非九数之验也。诸儒通计九会之数不合，送有裳衣兵车之辨，盖凿说也。然此辞亦作九会，则其误也久矣。如公羊、縠梁，故是战国时人也。

余始读《诗》，得吴氏《补音》，见其疑于《殷武》三章严、遑之韵，亦不能晓。及读此篇，见其以严叶亡，乃得其例。余于吴氏书多所刊补，皆此类。今见《诗集传》。

九章

屈子初放，犹未尝有奋然自绝之意，故《九歌》、

《天问》、《远游》、《卜居》，以及此卷《惜诵》、《涉江》、《哀郢》诸篇，皆无一语以及自沉之事，而其词气雍容整暇，尚无以异于平日。若《九歌》则含意凄惋，恋嫪低徊，所以自媚于其君者，尤为深厚。《骚经》、《渔父》、《怀沙》，虽有彭咸、江鱼、死不可让之说，然犹未有决然之计也，是以其词虽切而犹未失其常度。《抽思》以下，死期渐迫，至《惜往日》、《悲回风》，则其身已临沅湘之渊，而命在晷刻矣。顾恐小人蔽君之罪暗而不章，不得以为后世深切著明之戒，故忍死以毕其词焉。计其出于瞀乱烦惑之际，而其倾输罄竭，又不欲使吾长逝之后，冥漠之中，胸次介然有毫发之不尽，则固宜有不暇择其辞之精粗而悉吐之者矣。故原之作，其志之切而词之哀，盖未有甚于此数篇者，读者其深味之，真可为恸哭而流涕也。

《惜诵》。首章“非”字，误为“作”字，使两章文意不明；中间“善恶”字，误为“中情”，使一章音韵不叶。今已正之，读者可以无疑矣。

《涉江》。旧说取譬之详，皆衍说也。

《哀郢》。楚文王自丹阳徙江陵，谓之郢。后九世，平王城之。又后十世，为秦所拔，而楚徙东郢。

《抽思》。“何独乐斯之謇謇兮，愿荪美之可完”，文理甚明，而王逸解“独乐”为“毒药”，《补注》又引“瞑眩”之语以实之。必欲如此强为之说，岂不可通，但别本如此，文自分明，不必强穿凿耳。然今本皆出王逸，不知别本又何自而得此本语也。

"孰不实而有穫"，详上文，实当作殖，然自王逸已解作"空穗"，则其误久矣。穫，一作獲，亦非也。

《怀沙》。改，叶音己。按郑注《仪礼》释用己日为自变改，则二字音义固相近也。

"怀质抱情，独无匹兮"，诸本皆同，《史记》亦然。而王逸训匹为双，《补注》云"俗字作疋"，则其来久矣。但下句云"伯乐既没，骥焉程兮"，于韵不叶，故尝疑之，而以上下文意及上篇"并日夜而无正"者证之，知匹当作正，乃与下句音义皆叶，然犹未敢必其然也。及读《哀时命》之篇，则其词有曰"怀瑶象而握琼兮，愿陈列而无正"，正与此句相似，其上下句又皆以荣、逞、成、生为韵，又与此同，然后断然知其当改而无疑也。

《惜往日》。"受命诏以昭时"，时，一作诗，说者便引《国语》楚教太子以《诗》为说，殊无意谓。

介子立枯事，《补注》以《左传》为据而不之信，然此词明言立枯，又云缟素而哭，《庄子》亦有抱木之说，固未可以一说而尽疑之也。

《悲回风》。"施黄棘之枉策"，《补注》据《史记》楚怀王二十五年入与秦盟于黄棘，其后为秦所欺，卒以客死，今顷襄王又信任奸回，将亡其国，故言己之所以假延日月，无以自处者，以其君欲复施黄棘之枉策也。其说虽有事证，然与此文理绝不相入，不若旧说之为安也。

远游

客有语余者曰："高宗恭默思道，梦帝赉以良弼，寤而求之，即得傅说，遂以为相。若使梦赍之夕，应时即生，则自襁褓之间以及强立之岁，亦须二三十年，始堪任用。王者政令所出，日有万几，岂容数十年之间不发一语，又虚相位以待乳下之婴儿乎？今《书》之言如此，则是高宗既得此梦，即时搜访，便得其人，而已堪作相，以代王言矣。明是一旦忽然从天而下，便为成人，无少长之渐也。”余闻其言，心窃怪之而不敢答。今读此书，洪注所引《庄子音义》已有傅说生无父母之说，乃知古人之虑已有及此者矣。洪氏引之而无他说，则岂亦以是为不易之论而无所疑也耶？然则余之昧陋，而见事独迟，为可笑已。

屈子“载营魄”之言，本于老氏，而扬雄又因其语以明月之盈阙，其所指之事虽殊，而其立文之意则一。顾为三书之解者，皆不能通其说，故今合而论之，庶乎其足以相明也。盖以车承人谓之载，古今世俗之通言也。以人登车亦谓之载，则古文史类多有之，如《汉纪》云“刘章从谒者与载”，《韩集》云“妇人以孺子载”，盖皆此意，而今三子之言，其字义亦如此也。但老子、屈子以人之精神言之，则其所谓营者，字与荧同，而为晶明光炯之意。其所谓魄，则亦若余之所论于《九歌》者耳。扬子以日月之光明论之，则固以月之体质为魄，而日之光耀为魂也。以人之精神言者，其意盖以魂阳动而魄阴静，魂火二而魄水一，故曰：“载营魄抱一，能勿离乎。”言以魂加魄，以动守静，以火迫水，以二守一，而不相离，如人登车而常载于其上，则魂安静而魄精明，火不燥而水不溢，固长生久视之要诀也。屈子之言，虽不致详，然以其所谓“无滑而魂”、“虚以待之”之语推之，则其意当亦出此无疑矣。其以日月言者，则谓日以其光加于月魄而为之明，如人登车而载于其上也，故曰：“月未望则载魄于西，既望则终魄于东，其溯于日乎。”言月之方生，则以日之光加被于魄之西，而渐满其东，以至于望而后圜。及既望矣，则以日之光终守其魄之东，而渐亏其西，以至于晦而后尽。盖月溯日以为明，未望则日在其右，既望则日在其左，故各向其所在而受光，如民向君之化而成俗也。三子之言虽为两事，而所言载魄，则其文义同为一说，故丹经历术，皆有纳甲之法，互相资取，以相发明，盖其理初不异也。但为之说者，不能深考，如河上公之言老子，以营为魂，则固非字义，而又并言人载魂魄之上以得生，当爱养之，则又失其文意。独其载字之义粗为得之，然不足以补其所失之多也。若王辅嗣以载为处，以营魄为人所常居之处，则亦河上之意。至于近世，而苏子由、王元泽之说出焉，则此二人者，平生之论如水火之不同，而于此义皆以魂为神，以魄为物，而欲使神常载魄以行，不欲使神为魄之所载。洪庆善之于此书，亦谓阳气充魄为魂，能运动则其生全矣，则其意亦若苏、王之云，而皆以载为以车承人之义矣。是不唯非其文意，且若如此，则是将使神常劳动，而魄亦不得以少息，虽幸免于物欲沉溺之累，而窈冥之中精一之妙，反为强阳所挟，以驰骛于纷拏胶扰之涂，卒以陷于众人伤生损寿之域，而不自知也。其于二子之意何如哉？若其说《扬子》者，则皆以载为哉，固失其指，而李轨解魄为光，尤为乖谬。至宋贯之、司马公始觉其非，然遂欲改魄为朏，则亦未深考此载字之义，而失之愈远矣。唯近岁王伯照以为未望则魄为明所载，似得其理；既而又曰：既望则明为魄所终，则是下句当曰“终明”，而不当为“终魄”矣。以此推之，恐其于上句文义之乡背，亦未免如苏氏、王氏之云，为自下而载上也。大抵后人读前人之书，不能沉潜反复，求其本义，而辄以己意轻为之说，故其卤莽有如此者。况读《楚辞》者，徒玩意于浮华，宜其于此尤不暇深究其底蕴，故余因为辩之，以为览者能因是以考焉，则或溯流求原之一助也。

登霞之霞，本遐之借用，犹曰适远云尔。《曲礼》告丧之词，乃又借以为死之美称也。《庄子》作登假，盖亦此例。但此篇注者，遂解为赤黄之气，释《庄》音者又读假为格，而训至焉，则其误愈远矣。

卜居

《史记》有《滑稽传》，《索隐》云：“滑，乱也。稽，同也。言辩捷之人言非若是，言是若非，能乱异同也。”扬雄《酒赋》“鸱夷滑稽”，颜师古曰：“滑稽，圜转纵舍无穷之状。”此词所用二字之意，当以颜说为正。

渔父

衣叶於巾反者，《礼记》“一戎衣”，郑读为殷，古韵通也。

九辩

悲秋，旧说取譬烦杂，皆失本意。

“有美一人”，《注》指怀王，非是。“心不绎”，《注》训绎为解，即当作释。《补》训抽丝，乃说为绎字耳。又疑或是怿字，喜悦意耳。

“无伯乐之善相，今谁使乎誉之”，誉，一作訾，相度之义也。又与上句知字叶韵，故当作訾为是。但下句两之上字复不韵，则又不可晓。故今且作誉，而四句皆以之字为韵。

“朱雀”，雀，一作茱，非是。盖下与苍龙为对，皆为飞行之物，不当作茱。王注亦自作雀，不知洪本何以作茱也。“茇茇”，音旆，盖言朱雀飞扬其翼，茇茇然也。今一作芺，音於表反，乃随茱字误解耳。

“轻輬”，轻，一作轾，非是。轻字义证甚明，轾乃车之行貌，于义不通。

招魂

后世招魂之礼，有不专为死人者，如杜子美《彭衙行》云："暖汤濯我足，剪纸招我魂。"盖当时关陕间风俗，道路劳苦之馀，则皆为此礼，以袚除而慰安之也。近世高抑崇作《送终礼》云："越俗有暴死者，则亟使人遍于衢路以其姓名呼之，往往而苏。"以此言之，又见古人于此诚有望其复生，非徒为是文具而已也。

"恐后之"，如汉武帝遣人取司马相如遗文，而曰"若后之矣"之意，注云："言已在它人后也。"

此篇所言四方怪物，如十日代出之类，决是诞妄，无可疑者，其它小小异事，如东方长人、南方雕题、杀人祭鬼、蛇虺封狐、西方流沙、求水不得、北方层冰飞雪之类，则或往往有之，如《五代史》言："北方之极，魑魅龙蛇，白昼群行。"盖地偏气异，自然如此，不足怪也。

无木谓之台，有木谓之榭。一曰凡屋无室曰榭。《说文》乃云："台，观四方而高者。""榭，台有屋也。"《说文》与二说不同，以《春秋》"宣榭火"考之，则榭有屋明矣。

卒章心字，旧苏含反，盖以下叶南韵，然于上句枫字却不叶，此不知枫有孚金、南有尼金可韵，而误以枫为散句耳。心字但当如字，而以枫、南二字叶之，乃得其读，前亦多此例矣。

大招

《周颂》"陟降庭止"，《传注》训庭为直，而说之云：

文王之进退其臣，皆由直道。诸儒祖之，无敢违者。而颜监于《匡衡传》所引独释之曰：言若有神明临其朝廷也。盖匡衡时未行毛说，颜监又精史学，而不梏于专经之陋，故其言独能如此，无所阿随，而得经之本指也。余旧读《诗》而爱颜说，然尚疑其无据，及读此词，乃有“登降堂只”之文，于是益信“陟降庭止”之为古语，其义审如颜说而无疑也。颜注《汉书》时有发明，于经指多若此类。如训棐为匪，尤为明切。足证孔安国、张平子之缪，其视韦昭之徒专守毛、郑，而不能一出己见者，相去远矣。

晁录

王逸所传《楚辞》，篇次本出刘向，其《七谏》以下，无足观者，而王褒为最下，余已论于前矣。近世晁无咎以其所载不尽古今词赋之美，因别录《续楚辞》、《变离骚》为两书，则凡词之如骚者已略备矣。自原之后，作者继起，而宋玉、贾生、相如、扬雄为之冠，然较其实，则宋、马辞有馀而理不足，长于颂美而短于规过；雄乃专为偷生苟免之计，既与原异趣矣，其文又以摹拟掇拾之故，斧凿呈露，脉理断续，其视宋、马犹不逮也。独贾太傅以卓然命世英杰之材，俯就骚律，所出三篇，皆非一时诸人所及，而《惜誓》所谓“黄鹄之一举兮，见山川之纡曲。再举兮，睹天地之员方”者；又于其间超然拔出言意之表，未易以笔墨蹊径论其高下浅深也。此外晁氏所取，如荀卿子诸赋皆高古，而《成相》之篇，本拟工诵箴谏之词，其言奸臣蔽主擅权，驯致移国之祸，千古一辙，可为流涕。其它如《易水》、《越人》、《大风》、《秋风》、《天马》，下及乌孙公主、诸王妃妾、息夫躬、晋陶潜、唐韩柳，本朝王介父之"山谷""建业"、黄鲁直之"毁璧陨珠"、邢端夫之"秋风三叠"，其古今大小雅俗之变虽或不同，而晁氏亦或不能无所遗脱，然皆为近楚语者。其次则如班姬、蔡琰、王粲及唐元结、王维、顾况，亦差有味。又此之外，则晁氏所谓过骚之言者，非余之所敢知矣。晁书新序多为义例，辨说纷拏而无所发于义理，殊不足以为此书之轻重。且复自谓尝为史官，古文国书，职当损益。不惟其学，而论其官，固已可笑，况其所谓笔削者，又徒能移易其篇次，而于其文字之同异得失，犹不能有所正也。浮华之习，徇名饰外，其弊乃至于此，可不戒哉！

楚辞后语目录

楚辞后语序朱熹

右《楚辞后语》目录，以晁氏所集录《续》、《变》二书刊补定著，凡五十二篇。晁氏之为此书，固主于辞，而亦不得不兼于义。今因其旧，则其考于辞也宜益精，而择于义也当益严矣。此余之所以兢兢而不得不致其谨也。

盖屈子者穷而呼天、疾痛而呼父母之词也。故今所欲取而使继之者，必其出于幽忧穷蹙、怨慕凄凉之意，乃为得其馀韵，而宏衍巨丽之观、欢愉快适之语，宜不得而与焉。至论其等，则又必以无心而冥会者为贵，其或有是，则虽远且贱，犹将汲而进之。一有意于求似，则虽迫真如扬、柳，亦不得已而取之耳。若其义，则首篇所著荀卿子之言，指意深切，词调铿锵，君人者诚能使人朝夕讽诵，不离于其侧，如卫武公之《抑》戒，则所以入耳而著心者，岂但广厦细旃、明师劝诵之益而已哉！此固余之所为眷眷而不能忘者。

若《高唐》、《神女》、《李姬》、《洛神》之属，其词若不可废，而皆弃不录，则以义裁之，而断其为礼法之罪人也。《高唐》卒章虽有“思万方，忧国害，开圣贤，辅不逮”之云，亦屠儿之礼佛、倡家之读《礼》耳，几何其不为献笑之资，而何讽一之有哉？其息夫躬、柳宗元之不弃，则晁氏已言之矣。

至于扬雄，则未有议其罪者，而余独以为是其失节，亦蔡琰之俦耳。然琰犹知愧而自讼，若雄则反讪前哲以自文，宜又不得与琰比矣。今皆取之，岂不以夫琰之母子无绝道，而于雄则欲因《反骚》而著苏氏、洪氏之贬词，以明天下之大戒也。

陶翁之词，晁氏以为中和之发，于此不类，特以其为古赋之流而取之，是也。抑以其自谓晋臣、耻事二姓而言，则其意亦不为不悲矣。序列于此，又何疑焉！

至于终篇，特著张夫子、吕与叔之言，盖又以告夫游艺之及此者，使知学之有本而反求之，则文章有不足为者矣。其馀微文碎义，又各附见于本篇，此不暇悉著云。

楚辞后语卷第一

成相第一

《成相》者，楚兰陵令荀卿子之所作也。荀卿，赵人，名况。学于孔氏门人馯臂子弓者，尤邃于《礼》，著书数万言。少游学于齐，历威、宣，至襄王时，三为稷下祭酒。后以避谗适楚，春申君以为兰陵令。春申君死，荀卿亦废，遂家兰陵而终焉。此篇在《汉志》号《成相杂辞》，凡三章，杂陈古今治乱兴亡之效，托声诗以风时君，若将以为工师之诵、旅贲之规者，其尊主爱民之意，亦深切矣。相者，助也，举重劝力之歌，史所谓“五羖大夫死，而舂者不相杵”是也。卿非屈原之徒，故刘向、王逸不录其篇。今以其词亦托于楚而作，又颇有补于治道，故录以附焉。然黄歇乱人，卿乃以为托身行道之所，则已误矣。卿学要为不醇粹，其言精神相反为圣人，意乃近于黄老；而“复后王”、“君论五”者，或颇出入申商间，此其所以传不壹再而为督责、坑焚之祸也。差之豪厘，谬以千里，可不谨哉！可不谨哉！

请成相，世之殃，愚暗愚暗堕贤良。人主无贤，如瞽无相何伥伥！相，并息亮反，上叶平声。堕，许规反。伥，丑羊反。○

相，助也。成相，助力之歌也。堕，坏也。瞽无相者，瞽者无目，故必使人助之，亦谓之相，不可无也。伥伥，狂惑之貌。请布基，慎圣人，愚而自专事不治。主忌苟胜，群臣莫谏必逢灾！慎，读作顺。人，叶音儿。治，直吏反，叶平声。灾，叶音滋。○布基，谓陈布基业之事也。忌，猜忌也。苟胜，不顾义理，而苟求胜人，若下文所引商纣之事也。论臣过，反其施，尊主安国尚贤义。拒谏饰非，愚而上同国必祸。过，叶音规。义，叶平声。祸，叶许规反。○论，论其罪而治之也。言治臣下之过者，必当自省而反其所为，不可尤而效之也。欲尊主安国者，必尚贤义，然后可为，若如纣之知足以饰非，辨足以拒谏，己自愚暗，又欲使人同己，则国必祸也。上，与尚同。曷谓罢？国多私，比周还主党与施。远贤近谗，忠臣蔽塞主势移。罢，读作疲。比，必寐反。远、近，皆去声。○疲，谓弱不任事也。《国语》曰"罢士无伍，罢女无家"是也。若国多私，则其君亦罢矣。还，绕也。谗人用事，能使忠臣蔽塞，而人莫敢言，则权在于彼而不在君矣，此主势所以移于下也。曷谓贤？明君臣，上能尊主爱下民。主诚听之，天下为一海内宾。贤，叶胡邻反。○贤，谓贤臣也。能明君臣之道，则为贤臣也。主之孽，谗人达，贤能遁逃国乃蹶。愚以重愚，暗以重暗成为桀。孽，灾也。蹶，颠覆也。久而愚闇愈甚，遂至于夏桀之无道也。世之灾，妒贤能，飞廉知政任恶来。卑其志意，大其园囿高其台。能，叶奴来反。台下本有榭字，以韵叶之，知是后人误加，今删去。○恶来，飞廉之子。恶来有力，飞廉善走，父子俱以材力事纣也。卑其志意，言无远虑，不慕往古，盖当高者反卑，而当卑者反高也。武王怒，师牧野，纣卒易乡启乃下。武王善之，封之于宋立其祖。怒，叶去声。野，叶上与反。乡，读作向。下，叶音户。○易乡，回也，谓前徒倒戈攻于后。启，微子名。下，降也。立其祖，使祭祀不绝也。世之衰，谗人归，比干见刳箕子累。武王诛之，吕尚招麾殷民怀。刳，音枯。累，平声，与缧同。怀，胡威反。〇比干、箕子事，见《九章》、《天问》。缧，囚縶也。吕尚，太公也。世之祸，恶贤士，子胥见杀百里徙。穆公得之，强配五伯六卿施。祸，叶许诡反。伯，读为霸。施，叶上声。〇子胥，吴大夫伍员字也。谏夫差不听，为所杀。百里奚，虞公之臣，徙，迁也。谋不见用，虞灭，系虏迁徙于秦。穆公，秦伯任好也。六卿，天子之制。施，犹置也。言其强大，僭置天子之官也。世之愚，恶大儒，逆斥不通孔子拘。展禽三绌，春申道缀基毕输。恶，去声。缀，读作辍。〇逆，拒。斥，逐大儒不使通。拘，谓畏匡厄陈也。展禽，鲁大夫，名获，居于柳下、谥曰惠，为士师，三见绌。春申，楚相黄歇，封为春申君。缀，止也。毕，尽也。输，倾委也。言春申为李园所杀，其政治基业尽倾覆委地也。请牧基，贤者思，尧在万世如见之。谗人罔极，险陂倾侧此之疑。陂，与诐同。〇牧，治也。言贤者必常见思，虽久不忘，但谗人必欲毁之，使人君疑于此人，然后己得行其奸诈也。基必施，辨贤罢，文武之道同伏戏。由之者治，不由者乱何疑为？罢，音见上。戏，与羲同。〇文武，周文王、武王。伏戏，古帝王太昊氏，始画八卦、造书契者。言古今一理，顺之则治，逆之则乱，无可疑也。凡成相，辨法方，至治之极复后王。慎墨季惠，百家之说诚不祥！祥，一作详。〇后王，当时之王，谓当自立，复为一王之法，不必事事泥古也。慎，慎到。墨，墨翟。季，季梁，《列子》云杨朱之友也。惠，惠施也。祥，善也。治复一，修之吉，君子执之心如结。众人贰之，谗夫弃之形是诘。结，叶音吉。形，当作刑。〇复一，归于一理也。心如结，言坚固不解也。贰之，不一也。弃之，不由也。如此之人，皆当以刑诘之也。水至平，端不倾，心术如此象圣人。而有埶，直而用抴必参天。人下脱一字，属下句。抴，余制反。天，叶铁因反。〇承上章，言圣人则心平如水，无往而非一矣。抴，引也。未详。世无王，穷贤良，暴人刍豢仁糟糠。礼乐灭息，圣人隐伏墨术行。行，叶户郎反。〇无王者兴，则贤良穷困。治之经，礼与刑，君子以修百姓宁。明德慎罚，国家既治四海平。治，直吏反。治之志，后執富，君子诚之好以待。处之敦固，有深藏之能远思。治，同上。富，叶音费。好，去声。待，叶音地。有，读为又。思，叶去声。〇为治之意，后权執与富者，则公道行而货赂息也。诚之好以待者，诚意好之以待用也。处之厚固又能深藏，则能远虑也。思乃精，志之荣，好而壹之神以成。精神相反，一而不贰为圣人。好，去声。〇好而不二，则通于神明矣。相反，谓反复不离散。治之道，美不老，君子由之佼以好。下以教诲子弟，上以事祖考。佼，音绞。〇老，休息也。为治当日新其美，不使休息。佼，亦好也。成相竭，辞不蹶，君子道之顺以达。宗其贤良，辨其殃孽。蹶，音厥。〇竭，尽也。蹶，仆也。此论成相之事，虽至终篇，辞不仆蹶，言无穷也。道，言说也。辞既不蹶，君子言之，必和顺而通达。

右一章

请成相，道圣王，尧舜尚贤身辞让。许由善卷，重义轻利行显明。让，叶平声。卷，音拳。明，叶音芒。〇道，亦言也。尧让天下于许由，舜让天下于善卷，二人不受，并见《庄子》。尧让贤，以为民，氾利兼爱德施均。辨治上下，贵贱有等明君臣。贤，叶音形。为，去声。〇为万民求明君，所以不私其子。尧授能，舜遇时，尚贤推德天下治。虽有贤圣，适不遇世孰知之？能，叶音尼。治，叶平声。尧不德，舜不辞，妻以二女任以事。大人哉舜，南面而立万物备。德，叶音帝。辞，叶音似。妻，去声。大人哉舜，四字为一小句。○尧授舜以天下而不自以为德，舜受尧之天下而不辞，授、受皆以至公，无私情也。舜授禹，以天下，尚得推贤不失序。外不避仇，内不阿亲贤者予。下，叶音户。得，当作德。序、予，并叶上声。○舜之授禹，亦以天下之故也。不避仇，谓殛鲧兴禹；不阿亲，则不私其子。惟贤者则予之也。禹劳心力尧有德，干戈不用三苗服。举舜甽亩，任之天下身休息。甽，与畎同。○三苗服，见《尚书》，乃舜事，此误也。得后稷，五谷殖，夔为乐正鸟兽服。契为司徒，民知孝弟尊有德。稷、夔、契事，并见《尚书》，亦尧臣，舜申命之。禹有功，抑下鸿，辟除民害逐共工。北决九河，通十二渚疏三江。辟，与阚同。共，音恭。○抑，遏也。下，谓治水使归下也。鸿，即洪水也。流共工、决九河、通三江，并见《尚书》。但流共工亦舜事，今以为禹，误矣。十二渚，亦未详其名数。禹溥土，平天下，躬亲为民行劳苦。得益皋陶，横革直成以为辅。溥，一作傅，皆读为敷。○溥土，见《尚书》。言洪水泛滥，禹分布治九州之土也。益、皋陶，见《尚书》。横革、直成，未详。契玄王，生昭明，居于砥石迁于商。十有四世，乃有天乙是成汤。明，叶音芒。○玄王者，契本以母简狄吞玄鸟卵而生，故追号之曰玄王也。昭明，契子也。砥石，未详，或云即砥柱也。商，商丘也。十四世，见《史记》。天乙汤，论举当，身让卞随举牟光，道古贤圣基必张。当，叶平声。牟，或作务。○汤让天下于卞随、务光，二人不受，亦见《庄子》。又言汤能行古圣贤之事，故基业张大也。愿陈辞，世乱恶善不此治。隐讳疾贤，良由奸诈鲜无灾。患难哉，阪为先，此一节有脱误。患难哉，阪为先，尤不可晓，姑阙之。圣知不用愚者谋。前车已覆，后未知更何觉时？此上亦脱六字。谋，叶音縻。更，平声。○后，后车也。更，改也，谓改辙也，属上小句。何觉时，言前事之戒如此之明，而犹不觉悟，后岂复有觉悟时也！不觉悟，不知苦，迷惑失指易上下。忠不上达，蒙揜耳目塞门户。悟，叶上声。指下一有不字，非是。下，叶音户。门户塞，大迷惑，悖乱昏莫不终极。是非反易，比周欺上恶正直。比，必寐反。恶，去声。○莫，冥窴，言暗也。正是恶，心无度，邪枉辟回失道途。己无邮人，我独自美岂无故？是，一作直。辟，读为僻。途，叶去声。邮，一作尤。一本岂下有独字，非是。○正直是恶，则心无尺度。不知长短，所向无非邪辟之途矣，岂可尤责它人而自以为美乎？盖凡事之得失必有其故，当自省也。不知戒，后必有，恨后遂过不肯悔。谗夫多进，反复言语生诈态。有，疑当作悔。恨后，疑当作后复。人之态，不如备，争宠嫉贤利恶忌。妒功毁贤，下敛党与上蔽匿。如，当作知。匿，叶奴计反。○言人之诈态，上若不知为备，则有忌嫉蔽匿之患也。利恶忌，谓以恶忌贤者为己利也。敛，聚也。下聚党与，则上蔽匿矣。上壅蔽，失辅埶，任用谗夫不能制。孰公长父之难，厉王流于彘。父，音甫。难，去声。○主蔽匿，则贤人不得尽忠于上，而自失辅助之势。盖其始以谗人为可任，而后已失势，遂不能制之也。孰，当作郭。郭公长父，周厉王之臣，未详其事。彘，地名，在河东。厉王无道，信任小人，专利监谤，遂为国人所逐而流于彘。周幽厉，所以败，不听规谏忠是害。嗟我何人，独不遇时当乱世。幽，厉王孙幽王也。淫昏暴虐，无道尤甚，后为犬戎所杀。欲衷对，言不从，恐为子胥身离凶。进谏不听，刭而独鹿弃之江。衷对，当作对衷，乃与韵叶。而，一作以。鹿，与麗同，音鹿；一说独鹿一作属镂，上之欲反，下力朱反。江，叶音工。○衷，诚也。欲对以诚，恐言不从而遇祸，如子胥也。独鹿，罜麗，小罟也。方子胥自刭之后，盛以小罟而弃之江也。一说独鹿，属镂也，剑名，吴王以赐子胥，使自刭者也。二说未知孰是。然作独鹿，即以当作而；

作属镂，即而当作以。窃谓依本文者近是。观往事，以自戒，治乱是非亦可识，托于成相以喻意。戒，叶音计。识，叶音志。

右二章

请成相，言治方，君论有五约以明。君谨守之，下皆平正国乃昌。明，叶音芒。○论为君之道有五，甚简约明白，谓臣下职，一也；君法明，二也；刑称陈，三也；言有节，四也；上通利，五也。臣下职，莫游食，务本节用财无极。事业听上，莫得相使一民力。守其职，足衣食，厚薄有等明爵服。利往卬上，莫得擅与孰私得？服，叶蒲北反。卬，宜亮反。○游食，谓不勤于事，素餐游手也。所兴事业，皆听于上，群下不得擅相役使，则民力一也。又言民不失职，则衣食足。明爵服，谓贵贱有等也。利之所往，皆卬于上。莫得擅为赐与，则谁敢私得于人乎？擅相赐与，若齐田氏然。君法明，论有常，表仪既设民知方。进退有律，莫得贵贱孰私王？君法仪，禁不为，莫不说教名不移。修之者荣，离之者辱孰它师？明，叶音芒。○君法所以明，在言论有常，不二三也。进人、退人，皆以法律，臣下不得以意为贵贱，则孰有能自相贵者乎？又言君者民之法仪，当自禁止不为恶，既能正己，则民皆悦上之教，而善名不移也。孰敢以它为师，言皆归王道不敢离贰也。刑称陈，守其银，下不得用轻私门。罪祸有律，莫得轻重威不分。请牧祺，明有基，主好论议必善谋。五听循领，莫不理续主执持。听之经，明其请，参伍明谨施赏刑。显者必得，隐者复显民反诚。称，尺证反。银，与垠同。门，叶音民。分，叶孚巾反。谋，叶音縻。请，当作情。○称，谓当罪。当罪之法施陈，则各守其分限矣。下不得专用刑法，则私门自轻矣。祸，亦罪也。祺，吉也。又言请牧治吉祥之事，在明其所有之基业。

五听，见《周礼》。循领，谓修之使得纲领，莫不有文理相续也。主自执持此道，不使权归于下矣。参伍，犹错杂也。又言或往参之，或往伍之，皆使明谨，施其赏刑，言精研不使僭滥也。幽隐皆通，则民不诈伪矣。言有节，稽其实，信诞以分赏罚必。下不欺上，皆以情言明若日。节，叶音即。○节，谓法度。欲使民言有法度，不欺诳，在稽考其事实也。上通利，隐远至，观法不法见不视。耳目既显，吏敬法令莫敢恣。上通利不壅蔽，则幽隐遐远者皆至也。所观之法非法，则虽见不视也。此已上，君论有五之事也。君教出，行有律，吏谨将之无铍滑。下不私请，各以宜舍巧拙。铍，与披同。滑，与汩同，音骨。以下疑脱所字。○五论既明，则教令之出皆有法律，而吏谨持之，无敢纷披汩乱者矣。群下孰敢私请，不守所宜，而以巧拙为强弱哉！臣谨修，君制变，公察善思论不乱。以治天下，后世法之成律贯。言臣下但当谨守法度，而君制其变，以出非常之断，公察而善思之，则其论不乱，而天下后世皆得守之，以成法律之条贯也。或疑思当作恶。

右三章

佹诗第二

《佹诗》者，荀卿子之所作也。或曰："荀卿既为兰陵令，客有说春申君者曰：汤以亳，武王以镐，皆有天下。今荀子贤，而君借以百里之势，臣为君危之。春申君乃谢荀子。荀子去，之赵。人又说春申君曰：昔伊尹去夏入殷，殷王而夏亡；管仲去鲁入齐，鲁弱而齐强。贤者所在，其君未尝不尊荣也。今荀子天下贤士，君何为谢之？春申君又使人请荀子，荀子不还而遗之赋，盖即此《佹诗》也。”然此其说，又与前异，未知其果孰是云。

天下不治，请陈佹诗。治，叶平声。佹，与诡同。○佹诗，佹异激切之诗也。天地易位，四时易乡。列星陨坠，旦暮晦盲。幽暗登昭，日月下藏。盲，叶音芒。昭，或作照。公正无私，反见从横。志爱公利，重楼疏堂。无私罪人，憼革二兵。道德纯备，谗口将将。仁人绌约，敖暴擅强。天下幽险，恐失世英。螭龙为蝘蜓，鸱枭为凤皇。比干见刳，孔子拘匡。横，叶音黄。憼，与儆同。兵，叶补芒反。将，七羊反。敖，与傲同。英，叶音央。螭，丑知反。蝘，音偃。蜓，音典。鸱，称脂反。枭，工尧反。○反见从横者，反见谓为从横反覆之人也。爱，犹贪也。窃取公家之利以为已有，而反得华屋以居也。憼，戒也，革，甲也。二，副也。言无私心而治有罪之人，乃反恐为所仇害，而常为兵革以备之也。将将，声也，《诗》曰："佩玉将将。"螭，见《九歌》。蝘蜓，蜴蜥也。鸱枭，见《惜誓》。昭昭乎其知之明也，郁郁乎其遇时之不祥也，拂乎其欲礼义之大行也，暗乎天下之晦盲也。明、盲，皆叶音芒。行，叶户郎反。○杨倞曰："郁郁，有文章貌。拂，违也。此盖误耳，当为拂乎其遇时之不祥也，郁郁乎其欲礼义之大行也。晦盲，言人莫之识也。"皓天不复，忧无疆也。千秋必反，古之常也。弟子勉学，天不忘也。圣人共手，时几将矣。皓，与昊同。秋，一作岁。共，读为拱。○言若使昊天之运往而不复，则所忧无穷。顾盛衰消息，循环代至，未有千岁而不反者，此固古今之常理也。弟子亦勉于学以俟时耳，天道神明岂终忘此世者哉！况今之时，衰乱已极，虽有圣人，亦拱手而不能有为。盖物极必反，时运之开，其亦将不久矣。与愚以疑，愿闻反辞。此为子弟承勉学之训而请问之词。愚，为其自称也。盖曰圣人拱手，则天下果已不可为矣，而曰时几将矣，则是与我以疑，而使我终不能晓也。故愿闻其所以必反之说，而使我无所疑也。其小歌也：《九章》亦有少歌，此即反词也。念彼远方，何其塞矣！仁人诎约，暴人衍矣。忠臣危殆，谗人般矣。塞字，音义皆未详，或恐是蹇字也。般，音盘，叶蒲典反，一作服。《九歌》首章服亦作般，盖通用也。〇衍，饶裕也。般，乐也。琁玉瑶珠，不知佩也。杂布与锦，不知异也。闾娵子奢，莫之媒也。嫫母刀父，是之喜也。琁，音旋。佩，叶音备。娵，子侯反。媒，叶音寐。嫫，音谟。喜，许既反。〇璇，赤玉。瑶，美玉。布锦不异，言精粗不同而不能辨也。闾娵、子奢，古之美女也，或曰奢当作都，然则乃谓男子也。嫫母，已见《九章》。刀父，未详。以盲为明，以聋为聪；以危为安，以吉为凶。呜呼上天！曷维其同？言衰乱之极，人怀私意，乖异反易，至于如此，故呼天而问之曰：何为而可使之同乎？同则合乎天下之公，是非善恶皆当于理，而天下治矣。此明天意，悔祸则转祸为福，拨乱反正，不足为难，以解弟子之惑也。或曰《云汉》之卒章曰："瞻卬昊天，曷惠其宁？"恐此或用其语，则维当作惠，而文意愈明白矣。

易水歌第三

《易水歌》者，燕刺客荆轲之所作也。燕太子丹患秦攻伐诸侯无已时，使荆轲奉督亢之图、樊於期之首，入秦刺秦王。将发，太子及宾客知其事者，皆白衣冠以送之。至易水之上，既祖，取道，高渐离击筑，荆轲和而歌，为变徵之声，士皆垂泪涕泣。又前而歌，复为羽声忼慨，士皆瞋目，发尽上指冠。于是荆轲就车而去。夫轲匹夫之勇，其事无足言，然于此可以见秦政之无道，燕丹之浅谋，而天下之势已至于此，虽使圣贤复生，亦未知其何以安之也！且余于此又特以其词之悲壮激烈，非楚而楚，有足观者，于是录之，它固不遑深论云。

风萧萧兮易水寒，壮士一去兮不复还！

越人歌第四

《越人歌》者，楚王之弟鄂君泛舟于新波之中，榜枻越人拥棹而歌此词。其义鄙亵不足言，特以其自越而楚，不学而得其馀韵，且于周太师六诗之所谓兴者，亦有契焉。知声诗之体，古今共贯，胡越一家，有非人之所能为者，是以不得以其远且贱而遗之也。

今夕何夕兮，搴洲中流。今日何日兮，得与王子同舟。蒙羞被好兮，不訾诟耻。心几顽而不绝兮，得知王子。山有木兮木有枝，心说君兮君不知。

垓下帐中之歌第五

《垓下帐中之歌》者，西楚霸王项羽之所作也。汉王大会诸侯以伐楚，羽壁垓下，军少食尽，汉帅诸侯围之数重。羽夜闻汉军四面皆楚歌，乃惊曰："汉皆已得楚乎？是何楚人多也！"起饮帐中，有美人姓虞氏，常幸从；骏马名骓，常骑。苍白杂毛曰骓。羽乃悲歌忼慨，自为歌诗。歌数曲，美人和之。羽泣下数行，左右皆泣，莫能仰视。于是羽遂上马，戏下骑从者八百馀人，夜直溃围南出。汉追及之，羽遂自刭。羽固楚人，而其词忼慨激烈，有千载不平之馀愤，是以著之。若其成败得失，则亦可以为强不义者之深戒云。

力拔山兮气盖世，时不利兮骓不逝。骓不逝兮可奈何，虞兮虞兮奈若何！

大风歌第六

《大风歌》者，汉太祖高皇帝之所作也。上破黥布于会甀，上工外反，下丈瑞反。还过沛，留置酒沛宫，悉召故人父老子弟佐酒，发沛中儿得百二十人，教之歌。酒酣，上击筑，筑，音竹。○状似琴而大头细颈，安弦，以竹击之，故名为筑。自歌，令儿皆歌习之。上乃起舞，忼慨伤怀，泣数行下。谓沛父兄曰："游子悲故乡。吾虽都关中，万岁之后，吾魂魄犹思沛。且朕自沛公以诛暴逆，遂有天下，其以沛为朕汤沐邑，复其民，世世无有所与。"此其歌，正楚声也，亦名《三侯之章》。文中子曰："《大风》，安不忘危，其霸心之存乎！"美哉乎，其言之也！汉之所以有天下，而不能为三代之王，其以是夫？然自千载以来，人主之词，亦未有若是其壮丽而奇伟者也。呜呼雄哉！

大风起兮云飞扬，威加海内兮归故乡，安得猛士兮守四方？

鸿鹄歌第七

《鸿鹄歌》者，汉高帝之所作也。初，吕后起闾阎，佐帝定天下。既老而疏，太子盈又柔弱，而戚夫人有宠于上，上以其子赵王如意为类己，欲废太子而立之。吕后恐，不知所为，问计于留侯。留侯为画计，使太子卑词厚礼，招隐士四人以为客。后上置酒，太子侍，四人者从，年皆八十有馀，须眉皓白，衣冠甚伟。上怪问之，四人前对，各言姓名。上乃惊曰："吾求公，公避逃我。何自从吾儿游乎?"四人曰："陛下轻士善骂，臣等义不辱，故恐而亡匿。今闻太子仁孝，恭敬爱士，天下莫不延颈愿为太子死者，故臣等来。"上曰："烦公幸卒调护太子。"四人为寿已毕，趋出。上目送之，召戚夫人，指视之曰："我欲易之，彼四人者辅之，羽翼已成，难动矣。吕氏真乃主矣。"戚夫人泣涕，上曰："为我楚舞，吾为若楚歌。"歌数阕，戚夫人歔欷流涕，上起去，罢酒，竟不易太子云。余尝怪留侯明炳几先，筭无遗策，而其为此，则不唯不暇为高祖爱子计，亦不复为汉家社稷计矣。抑高祖之歌词如此，而其言曰"吕氏真乃主矣"，此又岂专以太子柔弱之故而为是举哉！一念之差，基怨造祸，以至于此，固无两全之理矣。留侯姑亦权其正且重者而存之，以为是甚不获已之计，非别有长策而故左之以就此也。呜呼！向使高祖之心，本不出于私爱，则必能深以天下国家之大计为己忧，而蚤与张、陈、陵、勃诸公谋之帷幄，以定其论。可则以恒易盈，固为两得；不可则姑仍其旧，而属大臣辅以谊。庶几吕氏悍戾之心，亦无所激而将自平，则后来之祸，犹可以不至于若是其烈。今既不然，则杜牧所谓"四老安刘，反为灭刘”者，真可为寒心也哉！抑此词卒章，意象萧索，亦非复《三侯》比矣。

鸿鹄高飞，一举千里。羽翼已就，横绝四海。海，叶音喜。○绝，谓飞而直度也。横绝四海，又可奈何！虽有矰缴，尚安所施？施，叶疏何反。○缴，弋射也。其矢曰矰。

楚辞后语卷第二

吊屈原第八

服赋第九并见《续离骚》

瓠子之歌第十

《瓠子歌》者，汉孝武帝之所作也。帝既封禅，乃发卒数万人塞瓠子决河。还，自临祭，沉白马玉璧，令群臣从官皆负薪填决河。时东郡烧薪柴少，乃下淇园之竹以为楗。烧，旱也。树竹塞水决口谓之楗，以草塞其里，乃以土填之，有石以石为之。天子悼其功之不就，为作歌诗二章，于是卒塞瓠子，筑宫其上，名曰宣防。《史记》防作房，后同。而导河北行二渠，复禹旧迹。自此梁、楚之地复宁，无水灾矣。归来子曰："先是帝封禅，巡祭山川，殚财极侈，海内为之虚耗。及为此歌，乃闵然有吁神忧民恻怛之意云。"

瓠子决兮将奈何？浩浩洋兮虑殚为河！《史记》浩作皓，虑作闾，注云"谓州闾也"。殚为河兮地不得宁，功无已时兮吾山平。吾山平兮钜野溢，鱼弗郁兮柏冬日。注云："吾山，疑谓东阿鱼山也。”平者，凿山以填河，故山平也。钜野，即《禹贡》之大野泽。《史记》弗作沸。弗郁，忧不乐也。柏，与迫同。水长涌溢，秽浊不清，故鱼不乐。又迫冬日，将甚困也。正道弛兮离常流，蛟龙骋兮放远游。《史记》正作延。正道，河之正道也。弛，坏也。归旧川兮神哉沛，不封禅兮安知外！沛，普大反。○神哉沛，言神灵滂沛也。又言不因封禅，则不知关外有此水。为我谓河伯兮何不仁，泛滥不止兮愁吾人。《汉书》为我二字作皇，伯作公。啮桑浮兮淮泗满，久不反兮水维缓。水维，水之纲维也。

右一

河汤汤兮激潺湲，北渡回兮迅流难。《史记》回作迂，迅作浚。搴长茭兮湛美玉，河伯许兮薪不属。搴，音骞。茭，音交，竹筝絙，以引置土石者也。湛，读为沉。美玉，即玉璧也。属，之欲反。沉玉礼神，神已见许，但以薪不属逮，故无功也。薪不属兮卫人罪，烧萧条兮噫乎何以御水！御，与禦同，止也。东郡，卫地。言以旱烧而薪不属，乃卫人之罪，将何以止水也。隤林竹兮楗石菑，宣防塞兮万福来。隤林竹，即所谓下淇园之竹。菑，侧其反，臿也。楗石菑者，臿石立之，以为楗也。

右二

秋风辞第十一

《秋风辞》者，汉武帝之所作也。帝幸河东，祠后土，宴饮中流，欢甚，作此。文中子曰：“《秋风》，乐极而哀来，其悔心之萌乎？”

秋风起兮白云飞，草木黄落兮雁南归。兰有秀兮菊有芳，怀佳人兮不能忘。泛楼船兮济汾河，横中流兮扬素波。箫鼓鸣兮发棹歌，欢乐极兮哀情多。少壮几时兮奈老何！兰秀、菊芳，以兴下句之词，与《湘夫人》及《越人歌》同法，知此则知兴之体矣。

乌孙公主歌第十二

《乌孙公主歌》者，汉武帝元封中，以江都王建女细君为公主，妻乌孙王昆莫为右夫人。公主至其国，自治宫室居。岁时一再与昆莫会，置酒饮食。昆莫年老，言语不通，公主悲愁，自为作歌如此。昆莫乃上书，请使其孙尚公主，诏许之。公主不听，亦上书言状。天子乃报，使从其俗。公主词极悲哀，固可录。然并著其本末者，亦以为中国结婚夷狄，自取羞辱之戒云。

吾家嫁我兮天一方，远托异国兮乌孙王。穹庐为室兮旃为墙，以肉为食兮酪为浆。食，饭也，音嗣。居常土思兮心内伤，愿为黄鹄兮归故乡！

长门赋第十三

《长门赋》者，司马相如之所作也。归来子曰："此讽也，非《高唐》、《洛神》之比。"梁萧统《文选》云："汉武帝陈皇后得幸，颇妒，别在长门宫，闻蜀郡司马相如天下工为文，奉黄金百斤为相如、文君取酒，因求解悲愁之辞。而相如为文以悟主上，皇后复得幸。”而《汉书·皇后》及《相如传》无奉金求赋复幸事。然此文古妙，最近楚辞。或者相如以后得罪，自为文以讽，非后求之，不知叙者何从实此云。

夫何一佳人兮，步逍遥以自虞？魂逾佚而不返兮，形枯槁而独居。言我朝往而暮来兮，饮食乐而忘人。心慊移而不省故兮，交得意而相亲。

伊予志之慢愚兮，怀贞悫之欢心。愿赐问而自进兮，得尚君之玉音。奉虚言而望诚兮，期城南之离宫。修薄具而自设兮，君不肯兮幸临。

廓独潜而专精兮，天飘飘而疾风。登兰台而遥望兮，神怳怳而外淫。浮云郁而四塞兮，天窈窈而昼阴。雷隐隐而响起兮，声象君之车音。飘风回而赴闺兮，举帷幄之襜襜。桂树交而相纷兮，芳酷烈之訚訚。孔雀集而相存兮，玄猿啸而长吟。翡翠胁翼而来萃兮，鸾凤飞而北南。

心凭噫而不舒兮，邪气壮而攻中。下兰台而周览兮，步从容于深宫。正殿块以造天兮，郁并起而穹崇。间徙倚于东厢兮，观夫靡靡而无穷。挤玉户以撼金铺兮，声噌吰而似钟音。刻木兰以为榱兮，饰文杏以为梁。罗丰茸之游树兮，离楼梧而相撑。施瑰木之欂栌兮，委参差以槺梁。时髣髴以物类兮，象积石之将将。五色炫以相曜兮，烂耀耀而成光。致错石之瓴甓兮，象瑇瑁之文章。张罗绮之幔帷兮，垂楚组之连纲。抚柱楣以从容兮，览曲台之央央。白鹤噭以哀号兮，孤雌跱于枯杨。

日黄昏而望绝兮，怅独托于空堂。悬明月以自照兮，徂清夜于洞房。援雅琴以变调兮，奏愁思之不可长。案流徵以却转兮，声幼妙而复扬。贯历览其中操兮，意慷慨而自卬。左右悲而垂泪兮，涕流离而从横。舒息悒而增欷兮，蹝履起而彷徨。投长袂以自翳兮，数昔日之諐殃。无面目之可显兮，遂颓思而就床。抟芬若以为枕兮，席荃兰而茝香。忽寝寐而梦想兮，魂若君之在傍。惕寤觉以无见兮，魂迋迋若有亡。众鸡鸣而愁予兮，起视月之精光。观众星之行列兮，毕昴出于东方。望中庭之蔼蔼兮，若季秋之降霜。夜漫漫其若岁兮，怀郁郁其不可再更。澹偃蹇而待曙兮，荒亭亭而复明。妾人窃自悲伤兮，究年岁而不敢忘。

哀二世赋第十四

《哀二世赋》者，司马相如之所作也。相如尝从上至长杨猎，还过宜春宫。宜春者，本秦离宫，阎乐杀胡亥之地也。相如奏赋以哀二世行失，其词如此。盖相如之文，能侈而不能约，能谄而不能谅。其《上林》、《子虚》之作，既以夸丽而不得入于楚词，《大人》之于《远游》，其渔猎又泰甚，然亦终归于谀也。特此二篇为有讽谏之意，而此篇所为作者，正当时之商监，尤当倾意极言，以寤主听，顾乃低佪局促，而不敢尽其词焉，亦足以知其阿意取容之可贱也。不然，岂其将死而犹以封禅为言哉！

登陂陁之长阪兮，坌入曾宫之嵯峨。临曲江之隑州兮，望南山之参差。岩岩深山之谾谾兮，通谷豁乎谽谺。陂，普何反。陁，徒何反。坌，普顿、步顿二反，并也。曾，重也。隑，巨依反，曲岸头也，与碕同。差，叶初歌反。谾谾，音笼，深通貌。豁，呼活反。谽，呼含反，大开貌。谺，呼加反，叶音河。汩淢靸以永逝兮，注平皋之广衍。观众树之蓊薆兮，览竹林之榛榛。汩，于笔反。淢，音域，疾貌。靸，先合反，轻举意。皋，水边地也。蓊，乌孔反。薆，音爱，阴蔽貌。榛，侧巾反，盛貌，叶韵未详，恐有栈音。东驰土山兮，北揭石濑。弭节容与兮，历吊二世。持身不谨兮，亡国失势。揭，丘例反，褰衣而涉也。石而浅水曰濑。信谗不寤兮，宗庙灭绝。乌乎！操行之不得；墓芜秽而不修兮，魂亡归而不食①。操，七到反。

自悼赋第十五

《自悼赋》者，汉孝成班倢伃之所作也。班氏世世以儒学显，倢伃以选入宫，贵幸。尝从游后庭，帝召欲与同辇载，辞曰："观古图画，贤圣之君，皆有名臣在侧，三代末主乃有嬖女，今欲同辇，得无近似之乎？"上善其言而止。近，巨靳反。倢伃诵《诗》及《窈窕》、《德象》、《女师》之篇，每进见上疏，依则古礼。《诗》，谓《关雎》以下也。《窈窕》、《德象》、《女师》之篇，皆古箴戒之书也。后赵飞燕娣弟自

①据《史记·司马相如列传》，此句后尚有如下几句："敻邈绝而不齐兮，弥久远而愈佅。精罔阆而飞扬兮，拾九天而永逝。呜呼哀哉！"当据补。

微贱兴，倢伃稀复进见。飞燕遂谮倢伃祝诅主上，考问倢伃，倢伃对曰：“妾闻死生有命，富贵在天。修正尚未蒙福，为邪欲以何望？使鬼神有知，不受不臣之诉；如其无知，诉之何益？故不为也。”上善其对，事遂释。然倢伃恐久终见危，求得共养太后长信宫。共，居用反。养，弋向反。因作赋以自悼。归来子以为“其词甚古，而侵寻于楚人，非特妇人女子之能言者”，是固然矣。至其情虽出于幽怨，而能引分以自安，援古以自慰，和平中正，终不过于惨伤。又其德性之美、学问之力，有过人者，则论者有不及也。呜呼贤哉！《柏舟》、《绿衣》，见录于经，其词义之美，殆不过此云。

承祖考之遗德兮，何性命之淑灵。登薄躯于宫阙兮，充下陈于后庭。蒙圣皇之渥惠兮，当日月之盛明。扬光烈之翕赫兮，奉隆宠于增成。何，音贺，任也，负也。陈，列也。增成，后宫之舍，倢伃所居也。既过幸于非位兮，窃庶几乎嘉时。每寤寐而絫息兮，申佩离以自思。陈女图以镜监兮，顾女史而问诗。悲晨妇之作戒兮，哀褒阎之为邮。美皇英之女虞兮，荣任姒之母周。虽愚陋其靡及兮，敢舍心而忘兹？絫，古累字。累息，言惧而增累喘息也。离，与褵同，袿衣之带也。女子适人，父结其褵而戒之，故言自思也。晨鸡，见《尚书》，曰：“牝鸡之晨，惟家之索。”言妇人不当预外事也。褒，褒姒，周幽王之嬖妾也，见《天问》。阎，即《诗》所谓艳妻，亦指褒姒也。邮，过也。皇，娥皇；英，女英；见《九歌》。女，尼据反。女虞，谓嫁于虞舜也。任，太任，文王母。姒，太姒，武王母也。邮、周皆叶时韵读。舍，息也。历年岁而悼惧兮，闵蕃华之不滋。痛阳禄与柘馆兮，仍襁褓而离灾。岂妾人之殃咎兮，将天命之不可求？阳禄、柘馆，二观名。倢伃尝就产子，数月失之。灾、求并叶滋韵。白日忽已移光兮，遂晻莫而昧幽。犹被覆载之厚德兮，不废捐于罪邮。奉共养于东宫兮，托长信之末流。共洒扫于帷幄兮，永终死以为期。愿归骨于山足兮，依松柏之馀休。晻，与暗同，又乌感反。莫，读作暮；或曰静也，如字。邮、共养，并见上。流下共，居容反。洒，音灑。扫，先到反。山足，谓陵下。休，荫也。

重曰：潜玄宫兮幽以清，应门闭兮禁闼扃。华殿尘兮玉阶落，中庭萋兮绿草生。广室阴兮帷幄暗，房栊虚兮风泠泠。感帷裳兮发红罗，纷綷縩兮纨素声。神眇眇兮密靓处，君不御兮谁为荣？应门，正门也。扃，短关也。落，音台。萋，音妻。栊，疏槛也，来东反。感，动也。綷，千贿反。縩，音蔡，衣声。靓，与静同。俯视兮丹墀，思君兮履綦。仰视兮云屋，双涕兮横流。丹墀，赤地也。綦，音其，履下饰也。云屋，言其黮䨴若云也。流，叶綦韵。顾左右兮和颜，酌羽觞兮销忧。惟人生兮一世，忽已过兮若浮。己独享兮高明，处生民兮极休。勉虞精兮极乐，与福禄兮无期。《绿衣》兮《白华》，自古兮有之。羽觞，见《招魂》。享，受也。休，美也。虞，与娱同。《绿衣》，卫庄姜失位自伤之诗。《白华》，周幽王申后被废所作。

反离骚第十六

《反离骚》者，汉给事黄门郎、新莽诸吏中散大夫扬雄之所作也。雄少好词赋，慕司马相如之作以为式。又怪屈原文过相如，至不容，作《离骚》，自投江而死。悲其文，读之未尝不流涕也。以为君子得时则大行，不得则龙蛇，遇不遇命也，何必湛身哉！湛，读曰沉。乃作书，往往摭《离骚》文而反之，自岷山投诸江流，以吊屈原云。始雄好学、博览，恬于势利，仕汉三世不徙官，然王莽为安汉公时，雄作《法言》，已称其美，比于伊尹、周公。及莽篡汉，窃帝号，雄遂臣之，以耆老久次转为大夫。又放相如《封禅文》，献《剧秦美新》以媚莽意，得校书天禄阁上。会刘寻等以作符命为莽所诛，辞连及雄，使者来，欲收之，雄恐惧，从阁上自投下，几死。先是，雄作《解嘲》，有"爰清爰静，游神之廷；惟寂惟寞，守德之宅"之语，至是京师为之语曰："爰清静，作符命；唯寂寞，自投阁。"雄因病免，既复召为大夫，竟死莽朝。其出处大致本末如此，岂其所谓龙蛇者耶？然则雄固为屈原之罪人，而此文乃《离骚》之谗贼矣，它尚何说哉！

有周氏之蝉嫣兮，或鼻祖于汾隅。灵宗初谍伯侨兮，流于末之扬侯。蝉嫣，连也。嫣，於连反。鼻，始也。汾隅，扬邑也。雄自言系出于周而食采于扬也。谍，谱也。周衰而扬氏有号为扬侯者。侯，叶音胡。淑周楚之丰烈兮，超既离虖皇波。因江潭而洼记兮，钦吊楚之湘累。淑，善也。去汾隅，徙巫山，得周、楚之美烈也。超，速也。离，历也。皇，大也。经河及江，历大波也。潭，深渊也。洼，音往，乘水而往也。记，书也。累，力追反，叶力禾反，指屈原也。累，囚也。《成相》曰："比干见刳箕子累。"或曰：《礼》"丧容累累"，又《史记》"孔子累累然如丧家之狗"，"赵武灵王见其长子傫然也"，皆衰悴之意，未知孰是。惟天轨之不辟兮，何纯絜而离纷？纷累以其淟涊兮，暗累以其缤纷。轨，路也。辟，读为阚，开也。纷，难也。淟，吐典反。

涊，乃典反。秽，浊也。缤，匹人反。缤纷，交杂也。

汉十世之阳朔兮，招摇纪于周正。正皇天之清则兮，度后土之方贞。十世，数高祖、吕后至成帝也。招摇，斗杓星也。周正，十一月也，记以此时投文也。正天、度地，自言己志也。图累承彼洪族兮，又览累之昌辞。带钩矩而佩衡兮，履欃枪以为綦。图，案其系图也。钩，规也。矩，方也。衡，平也。欃枪，妖星。綦，履下饰，言贱之也。累初贮厥丽服兮，何文肆而质𪊨？资娵娃之珍髢兮，鬻九戎而索赖。贮，积也。肆，放也。𪊨，音械，狭也。言其文词放肆，而性狷狭也。娵，子侯反，闾娵也；娃，於佳反，吴娃也。皆古美女也。髢，徒计反，发也。赖，利也。言原仕楚，如资美女之髢而鬻于九戎之中，其人被发无所用也。

凤皇翔于蓬陼兮，岂驾鹅之能捷？骋骅骝以曲艱兮，驴骡连蹇而齐足。蓬陼，蓬莱之陼也。驾，音加。驾鹅，鸟名也。捷，及也。骅骝，骏马名。若驰于屈曲艰阻之处，则与蹇驴无异。足，叶音接。枳棘之榛榛兮，猿狖拟而不敢下。灵修既信椒兰之唼佞兮，吾累忽焉而不蚤睹？榛，音臻，又士巾反，梗秽貌。猿狖，见《九歌》。拟，疑也。灵修，原以寄意于楚王也。椒、兰，见《骚经》。唼，音妾，谮言也。

衿芰茄之绿衣兮，被夫容之朱裳。芳酷烈而莫闻兮，不如襞而幽之离房。衿，其禁反，带也。茄，古荷字。夫容，亦古芙蓉字，通用。馀并见《骚经》。襞，音壁，叠衣也。离房，别房也。闺中容竞淖约兮，相态以丽佳。知众嫭之嫉妒兮，何必飏累之蛾睂？佳，叶音圭。言众士争能，犹众女之竞容也。淖约，善容止也。态，犹胜也，言以丽佳相胜也。睂，古眉字，言原自举其眉，使众憎嫉也。音义并见《骚经》。

懿神龙之渊潜兮，竢庆云而将举。亡春风之被离兮，孰焉知龙之所处？懿，美也。竢，待也。龙以潜居待云为美，以讥屈原不能隐德，自取祸也。被，读曰披。愍吾累之众芳兮，飏烨烨之芳苓；遭季夏之凝霜兮，庆夭顇而丧荣。苓，香草名，音零。夏而遭霜，言不遇时也。庆，读与羌同。顇，古悴字。横江湘以南汜兮，云走乎彼苍吾。驰江潭之泛溢兮，将折衷虖重华。走，音奏，趣也。吾，与梧同。衷，竹仲反。说见《骚经》。舒中情之烦或兮，恐重华之不累与。陵阳侯之素波兮，岂吾累之独见许？阳侯，见《九章》。言屈原欲自投江以陵素波，舜必不许之也。洪兴祖曰："吾恐重华许原之沉江以死，不许雄之投阁而生也。"斯言得之矣。

精琼靡与秋菊兮，将以延夫天年。临汨罗而自陨兮，恐日薄于西山。此又讥原欲餐玉以延年，而反怀沙以求死。盖雄知生固我所欲，而不知所欲有甚于生者故也。解扶桑之总辔兮，纵令之遂奔驰。鸾皇腾而不属兮，岂独飞廉与云师！此言其去之速也。馀说并见《骚经》。

卷薜芷与若惠兮，临湘渊而投之。棍申椒与菌桂兮，赴江湖而沤之。若，杜若。惠，即蕙也。此言原之赴水，是并与其芳洁之操而弃之也。棍，大束也，古本反。沤，今沤麻也，一遘反，叶一侯反。馀见《骚经》。费椒稰以要神兮，又勤索彼琼茅。违灵氛而不从兮，反湛身于江皋。音义并见《骚经》。累既𠬯夫傅说兮，奚不信而遂行？徒恐鹈鴂之将鸣兮，顾先百草为不芳。𠬯，古攀字。言既慕傅说，何不自信其言而遽去，徒以鹈鴂将鸣为忧，而不虑反先百草以就死也。馀音义亦见《骚经》。然傅说乃巫咸之语，雄误以为原词也。

初累弃彼虙妃兮，更思瑶台之逸女。抨雄鸩以作媒兮，何百离而曾不壹耦？抨，普耕反，使也。馀见《骚经》。乘云蜺之旖旎兮，望昆仑以樛流。览四荒而顾怀兮，奚必云女彼高丘？亦见《骚经》，但高丘无女，本言高丘无美女可求，以喻列国无贤君可事耳。此词女字乃作去声读，恐亦非本文之意也。

既亡鸾车之幽蔼兮，焉驾八龙之委蛇？临江濒而掩涕兮，何有《九招》与《九歌》？此言原实无车可乘，无马可驾，又方就死湘渊，何有歌舞之乐？讥《骚经》之言不实也。夫圣哲之不遭兮，固时命之所有。虽增欷以於邑兮，吾恐灵修之不累改。有，叶音以。改，叶音己。言楚王必不为屈原而改也。《孟子》曰："千里而见王，是予所欲也。不遇故去，岂予所欲哉？"圣贤之心如此，原虽未及，而其拳拳于宗国，尤见臣子之至情，岂忍逆料其君之不可谏而先自已哉！此等义理，雄皆不足以知之，唯有偷生惜死一路，则见之明而行之熟耳。以此讥原，是以鸱枭而笑凤皇也。昔仲尼之去鲁兮，斐斐迟迟而周迈。终回复于旧都兮，何必湘渊与涛濑？斐，芳非反，往来貌。孔子，异姓之臣，其去鲁也，但政乱耳，未有危亡之衅也，可去而去，可归而归，与屈原事全不相似，雄说误矣。溷渔父之餔歠兮，絜沐浴之振衣。弃由聃之所珍兮，蹠彭咸之所遗！渔父事，音义见本篇。由，许由。聃，老聃。蹠，蹈也，之亦反。许由事不经见，雄亦本不之信，今乃言之，已为牴牾；而又不察其生当尧舜之间，身无谗贼之祸，与原事亦不相似也。老聃之学，私于为我，而无君臣之义，亦雄所知。至此乃以为言，亦其贪生惜死之心胜，是以溺焉而不自知耳。

丹阳洪兴祖曰：扬雄所以议屈原者如此，而班固亦讥其"露才扬已"，颜之推又病其"显暴君过"。愚尝折衷而论之曰：或问：古人有言："杀其身有益于君，则为之。"屈原虽死，何益于怀、襄？曰：忠臣之用心，自尽其爱君之诚耳，死生毁誉，所不顾也。故比干以谏见戮，屈原以放自沉。比干，纣诸父也；屈原，楚同姓也。为人臣者，三谏不从，则去之。同姓无可去之义，有死而已。《离骚》曰："阽余身而危死兮，览余初其犹未悔。"则原之自处审矣。或又曰：宁武子邦无道则愚，而仲山甫明哲以保其身。今原乃用智于无道之邦，以亏明哲保身之义，亦何足为贤乎？曰：愚如武子，全身远害可也。有官守言责，斯用智矣。山甫明哲，固保身之道，然不曰"夙夜匪解，以事一人"乎？士见危致命，况同姓兼恩与义，而可以不死乎？且比干之死，微子之去，皆是也。屈原其不可去乎？有比干以任责，微子去之可也。楚无人焉，原去则国从而亡，故虽身被放逐，犹徘徊而不忍去。生不得力争而强谏，死犹冀其感发而改行，使百世之下，闻其风者，虽流放废斥，犹知爱其君，眷眷而不忘，臣子之义尽矣。

非死为难，处死为难。屈原虽死，犹不死也。后之读其文、知其人如贾生者亦鲜矣。然为赋以吊之，不过哀其不遇而已。余观自古忠臣义士，慨然发愤，不顾其死，特立独行，自信而不回者，其英烈之气，岂与身俱亡哉！"仍羽人于丹丘，留不死之旧乡"，"超无为以至清，与太初而为邻"，此《远游》之所以作，而难为浅见寡闻者道也。仲尼曰："乐天知命，故不忧。"又曰："乐天知命，有忧之大者。"屈原之忧，忧国也；其乐，乐天也。《离骚》二十五篇，多忧世之语，独《远游》曰："道可受兮，不可传。其小无内兮，其大无垠。无滑而魂兮，彼将自然。壹气孔神兮，于中夜存。虚以待之兮，无为之先。"此老、庄、孟子所以大过人者，而原独知之。司马相如作《大人赋》，宏放高妙，读者有凌云之意，然其语多出于此。至其妙处，相如莫能识也。

太史公作传，以为"其文约，其辞微，其志絜，其行廉。其称文小而其指极大，举类迩而见义远。其志絜，故其称物芳；其行廉，故死而不容自疏。濯淖污泥之中，以浮游尘埃之外。推此志也，虽与日月争光可也。"斯可谓深知己者。扬子云作《反离骚》，以为："君子得时则大行，不得时则龙蛇。遇不遇，命也，何必沉身哉?"屈子之事，盖圣贤之变者，使遇孔子，当与三仁同称，雄未足以与此。班孟坚、颜之推所云，无异妾妇儿童之见。余故具论之。

呜呼！余观洪氏之论，其所以发屈原之心者至矣！然屈原之心，其为忠清絜白，固无待于辩论而自显；若其为行之不能无过，则亦非区区辩说所能全也。故君子之于人也，取其大节之纯全，而略其细行之不能无弊。则虽三人同行，犹必有可师者，况如屈子，乃千载而一人哉！

孔子曰："人之过也，各于其党。观过，斯知仁矣。"此观人之法也。夫屈原之忠，忠而过者也；屈原之过，过于忠者也。故论原者，论其大节，则其它可以一切置之而不问。论其细行，而必其合乎圣贤之矩度，则吾固已言其不能皆合于中庸矣，尚何说哉！

且凡洪氏所以为辨者三：其一以为忠臣之行，发其心之所不得已者，而不暇顾世俗之毁誉，则几矣。其一引仲山甫、宁武子事，而不论其所遭之时、所处之位有不同者，则疏矣。其一欲以原比于三仁，则夫父师、少师者，皆以谏而见杀见囚耳，非故捐生以赴死，如原之所为也。

盖原之所为虽过，而其忠终非世间偷生幸死者所可及。洪之所言，虽有未至，而其正终非雄、固、之推之徒所可比，余是以取而附之《反骚》之篇。

楚辞后语卷第三

绝命词第十七

《绝命词》者，汉息夫躬之所作也。躬以变告东平王云祠祭祝诅事拜官封侯，而云坐诛死。后又数上疏论事，语皆险谲。竟以罪系诏狱，仰天大呼，绝咽而死。躬以利口作奸，死不偿责。而此词乃以“发忠忘身”号于上帝，甚矣，其欺天也！特以其词高古似贾谊，故录之。而备其本末如此，又以见文人无行之不足贵云。

玄云泱郁，将安归兮？鹰隼横厉，鸾徘徊兮。泱，乌朗反。○泱郁，盛貌。厉，疾飞也。鸾，神鸟也。徘徊，不得其所也。矰若浮猋，动则机兮。丛棘栈栈，曷可栖兮！猋，必遥反。栈，仕巾反。○矰，弋射矢也。猋，疾风也。机，谓触其机牙也。栈，众盛貌。发忠亡身，自绕罔兮。冤颈折翼，庸得往兮！罔，与网同。○冤，屈也。庸，犹何也。此上皆以鸾自喻也。涕泣流兮萑兰，心结愲兮伤肝。萑，音桓。愲，音骨。○萑兰，涕下阑干也。结愲，乱也。虹蜺曜兮日微，孽杳冥兮未开。开，叶音岂。○孽，虹蜺覆日之气也。痛入天兮鸣呼！冤际绝兮谁语？呼，火故反。语，牛助反。○际，交也。仰天光兮自列，招上帝兮我察。招，呼也。秋风为我唫，浮云为我阴。唫，古吟字。嗟若是兮欲何留？抚神龙兮揽其须。留，叶音间；或云如字，而须叶音秋。游旷迥兮反亡期，雄失据兮世我思。自言英雄失据，后当为世所思也。

思玄赋第十八

晁氏曰：《思玄赋》者，汉侍中张衡之所作也。顺帝引在帏幄，讽谕左右，尝问衡天下所疾恶者，宦官惧其毁己，皆共目之。衡乃诡对而出。犹共危衡。衡常思图身之事，以为吉凶隐伏，幽微难明，乃作《思玄赋》，以宣寄情志云。

仰先哲之玄训兮，虽弥高其弗违。匪仁里其焉宅兮，匪义迹其焉追？潜服膺以永靓兮，绵日月而不衰。伊中情之信修兮，慕古人之贞节。竦余身而顺止兮，遵绳墨而不跌。志团团以应悬兮，诚心固其如结。旌性行以制佩兮，佩夜光与琼枝。𫄸幽兰之秋华兮，又缀之以江蓠。美襞积以酷裂兮，允尘邈而难亏。既姱丽而鲜双兮，非是时之攸珍。奋余荣而莫见兮，播余香而莫闻。幽独守此仄陋兮，敢怠皇而舍勤！幸二八之遻虞兮，喜傅说之生殷。尚前良之遗风兮，恫后辰而无及。何孤行之茕茕兮，孑不群而介立？感鸾鷖之特栖兮，悲淑人之稀合。

彼无合其何伤兮，患众伪之冒真。旦获讟于群弟兮，启《金縢》而乃信。览蒸民之多僻兮，畏立辟以危身。曾烦毒以迷惑兮，羌孰可与言己？私湛忧而深怀兮，思缤纷而不理。愿竭力以守义兮，虽贫穷而不改。执雕虎而试象兮，阽焦原而跟止。庶斯奉以周旋兮，要既死而后已。俗迁渝而事化兮，泯规矩之圆方。珍萧艾于重笥兮，谓蕙芷之不香。斥西施而弗御兮，羁要裒以服箱。行陂僻而获志兮，循法度而离殃。惟天地之无穷兮，何遭遇之无常！不抑操而苟容兮，譬临河而无航。欲巧笑以干媚兮，非余心之所尝。袭温恭之黻衣兮，披礼义之绣裳。辫贞亮以为鞶兮，杂技艺以为珩。昭彩藻与雕琢兮，璜声远而弥长。淹栖迟以恣欲兮，耀灵忽其西藏。恃已知而华予兮，鶗鴂鸣而不芳。冀一年之三秀兮，遒白露之为霜。时亹亹而代序兮，畴可与其比伉？咨妒嫮之难并兮，想依韩以流亡。恐渐冉而无成兮，留则蔽而不章。

心犹与而狐疑兮，即岐阯而摅情。文君为我端蓍兮，利飞遁以保名。历众山以周流兮，翼迅风以扬声。二女感于崇岳兮，或冰折而不营。天盖高而为泽兮，谁云路之不平！勔自强而不息兮，蹈玉阶之峣峥。惧筮氏之长短兮，钻东龟以观祯。遇九皋之介鸟兮，怨素意之不逞。游尘外而瞥天兮，据冥翳而哀鸣。雕鹗竞于贪婪兮，我修絜以益荣。子有故于玄鸟兮，归母氏而后宁。

占既吉而无悔兮，简元辰而俶装。旦余沐于清原兮，晞余发于朝阳。漱飞泉之沥液兮，咀石菌之流英。翾鸟举而鱼跃兮，将往走乎八荒。过少皞之穷野兮，问三丘乎句芒。何道真之淳粹兮，去秽累而飘轻。登蓬莱而容与兮，鳌虽抃而不倾。留瀛洲而采芝兮，聊且乐乎长生。凭归云而遐逝兮，夕余宿乎扶桑。噏青岑之玉醴兮，餐沆瀣以为粮。发昔梦于木禾兮，谷昆仑之高冈。

朝吾行于汤谷兮，从伯禹于稽山。集群神之执玉兮，疾防风之食言。指长沙以邪径兮，存重华乎南邻。哀二妃之未从兮，翩傧处彼湘濒。流目颊夫衡阿兮，睹有黎之圮坟。痛火正之无怀兮，托山陂以孤魂。愁蔚蔚以慕远兮，越卬州而愉敖。跻日中于昆吾兮，憩炎天之所陶。扬芒熛而绛天兮，水泫沄而涌涛。温风翕其增热兮，惄郁邑其难聊。

颛羁旅而无友兮，余安能乎留兹？顾金天而叹息兮，吾欲往乎西嬉。前祝融使举麾兮，缅朱鸟以承旗。躔建木于广都兮，拓若华而踌躇。超轩辕于西海兮，跨汪氏之龙鱼。闻此国之千岁兮，曾焉足以娱余？

思九土之殊风兮，从蓐收而遂徂。欻神化而蝉蜕兮，朋精粹而为徒。蹶白门而东驰兮，云台行乎中野。乱弱水之潺湲兮，逗华阴之湍渚。号冯夷俾清津兮，棹龙舟以济予。会帝轩之未归兮，怅相佯而延伫。咽河林之蓁蓁兮，伟《关雎》之戒女。黄灵詹而访命兮，摎天道其焉如？曰：近信而远疑兮，六籍阙而不书。神逵昧其难覆兮，畴克谟而从诸？牛哀病而成虎兮，虽逢昆其必噬。鳖令殪而尸亡兮，取蜀禅而引世。死生错而不齐兮，虽司命其不晰。窦号行于代路兮，后膺祚而繁庑。王肆侈于汉廷兮，卒衔恤而绝绪。尉厖眉而郎潜兮，逮三叶而遘武。董弱冠以司衮兮，设王隧而弗处。夫吉凶之相仍兮，恒反侧而靡所。穆负天以悦牛兮，竖乱叔而幽主。文断袪而忌伯兮，阉谒贼而宁后。通人暗于好恶兮，岂爱惑之能剖？嬴擿谶而戒胡兮，备诸外而发内。或辇贿而违车兮，孕行产而为对。慎灶显于言天兮，占水火而妄谇。梁叟患夫黎丘兮，丁厥子而事刃。亲所睇而弗识兮，矧幽冥之可信！毋绵挛以涬己兮，思百忧以自疢。彼天监之孔明兮，用棐忱而佑仁。汤蠲体以祷祈兮，蒙厖褫以拯人。景三虑以营国兮，荧惑次于它辰。魏颗亮以从理兮，鬼亢回以敝秦。咎繇迈而种德兮，树德茂乎英六。桑末寄夫根生兮，卉既凋而已毓。有无言而不雠兮，又何往而不复？盍远迹以飞声兮，孰谓时之可蓄？

仰矫首以遥望兮，魂懒惘而无俦。偪区中之隘陋兮，将北度而宣游。行积冰之硙硙兮，清泉沍而不流。寒风凄而永至兮，拂穹岫之骚骚。玄武缩于壳中兮，螣蛇蜿而自纠。鱼矜鳞而并凌兮，鸟登木而失条。坐太阴之屏室兮，慨含欷而增愁。怨高阳之相寓兮，伷颛顼而宅幽。庸织络于四裔兮，斯与彼其何瘳？望寒门之绝垠兮，纵余绁乎不周。迅飚潚其媵我兮，骛翩飘而不禁。趋谽啁之洞穴兮，摽通渊之碄碄。经重阴乎寂寞兮，愍坟羊之潜深。

追慌忽于地底兮，轶无形而上浮。出右密之暗野兮，不识蹊之所由。速烛龙令执炬兮，过钟山而中休。瞰瑶溪之赤岸兮，吊祖江之见刘。聘王母于银台兮，羞玉芝以疗饥。戴胜憖其既欢兮，又诮余之行迟。载太华之玉女兮，召洛浦之宓妃。咸姣丽以蛊媚兮，增嫮眼而娥眉。舒妙婧之纤腰兮，扬杂错之袿徽。离朱唇而微笑兮，颜的砺以遗光。献环琨与玙缡兮，申厥好以玄黄。虽色艳而赂美兮，志浩荡而不嘉。双材悲于不纳兮，并咏诗而清歌。歌曰：天地烟煴，百卉含葩。鸣鹤交颈，雎鸠相和。处子怀春，精魂回移。如何淑明，忘我实多。

将答赋而不暇兮，爰整驾而亟行。瞻昆仑之巍巍兮，临萦河之洋洋。伏灵龟以负坻兮，亘螭龙之飞梁。登阆风之曾城兮，构不死而为床。屑瑶蕊以为糇兮，斢白水以为浆。抨巫咸以占梦兮，乃贞吉之元符。滋令德于正中兮，含嘉秀以为敷。既垂颖而顾本兮，尔要思乎故居。安和静而随时兮，姑纯懿之所庐。

戒庶寮以夙会兮，佥恭职而并迓。丰隆轩其震霆兮，列缺烨其照夜。云师䨴以交集兮，冻雨沛其洒涂。轙琱舆而树葩兮，扰应龙以服辂。百神森其备从兮，屯骑罗而星布。振余袂而就车兮，修剑揭以低昂。冠咢咢其映盖兮，佩綝缅以辉煌。仆夫俨其正策兮，八乘摅而超骧。氛旄溶以天旋兮，蜺旌飘而飞扬。抚轸轵而还睆兮，心灼药其如汤。羡上都之赫戏兮，何迷故而不忘。左青琱以揵芝兮，右素威以司钲。前长离使拂羽兮，委水衡乎玄冥。属箕伯以函风兮，澂淟涊而为清。曳云旗之离离兮，鸣玉鸾之䨲䨲。涉清霄而升遐兮，浮蔑蒙而上征。纷翼翼以徐戾兮，焱回回其扬灵。叫帝阍使辟扉兮，觌天皇于琼宫。聆《广乐》之九奏兮，展泄泄以彤彤。考理乱于律钧兮，意建始而思终。惟盘逸之无斁兮，惧乐往而哀来。素女抚弦而馀音兮，大容吟曰念哉。既防溢而静志兮，迨我暇以翱翔。

出紫宫之肃肃兮，集大微之阆阆。命王良掌策驷兮，逾高阁之锵锵。建罔车之幕幕兮，猎青林之芒芒。弯威弧之拨刺兮，射嶓冢之封狼。观壁垒于北落兮，伐河鼓之磅硠。乘天潢之泛泛兮，浮云汉之汤汤。倚招摇摄提以低回剹流兮，察二纪五纬之绸缪遹皇。偃蹇夭矫娩以连卷兮，杂沓丛顇飒以方骧。戫汩飂戾沛以罔象兮，烂漫丽靡藐以迭逷。凌惊雷之砊磕兮，弄狂电之淫裔。逾庬澒于宕冥兮，贯倒景而高厉。廓荡荡其无涯兮，乃今窥乎天外。据开阳而俯盼兮，临旧乡之暗蔼。

悲离居之劳心兮，情悁悁而思归。魂眷眷而屡顾兮，马倚辀而徘徊。虽遨游以媮乐兮，岂愁慕之可怀？出阊阖兮降天涂，乘飚忽兮驰虚无。云霏霏兮绕余轮，风眇眇兮震余旟。缤联翩兮纷暗暧，倏眩眃兮反常闾。

收畴昔之逸豫兮，卷淫放之遐心。修初服之娑娑兮，长余珮之参参。文章焕以粲烂兮，美纷纭以从风。御六蓺之珍驾兮，游道德之平林。结典籍而为罟兮，欧儒墨而为禽。玩阴阳之变化兮，咏《雅》《颂》之徽音。嘉曾氏之《归耕》兮，慕历陵之钦崟。共夙昔而不贰兮，固终始之所服也。夕惕若厉以省諐兮，惧余身之未敕也。苟中情之端直兮，莫吾知而不恧。墨无为以凝志兮，与仁义乎消摇。不出户而知天下兮，何必历远以劬劳。

系曰：天长地久岁不留，俟河之清只怀忧。愿得远度以自娱，上下无常穷六区。超逾腾跃绝世俗，飘飖神举逞所欲。天不可阶仙夫希，《柏舟》悄悄吝不飞。松乔高跱孰能离？结精远游使心携。回志朅来从玄谋，获我所求夫何思！

悲愤诗第十九

晁氏曰：《悲愤诗》者，汉中郎蔡邕女琰之所作也。琰嫁为卫仲道妻，遭乱，为胡骑所获，没于南匈奴左贤王者十二年，为生二子。曹操素善邕，痛其无后，以金璧重赂赎之，而重归于董祀。琰自伤失节，而不能忘其二子，为作此辞。

嗟薄祜兮遭世患，宗族殄兮门户单。身执略兮入西关，历险阻兮之羌蛮。山谷眇兮路曼曼，眷东顾兮但悲叹。冥当寝兮不能安，饥当食兮不能餐。常流涕兮眥不干，薄志节兮念死难，虽苟活兮无形颜。

惟彼方兮远阳精，阴气凝兮雪夏零。沙漠壅兮尘冥冥，有草木兮春不荣。人似禽兮食臭腥，言兜离兮状窈停。岁聿暮兮时迈征，夜悠长兮禁门扃。不能寐兮起屏营，登胡殿兮临广庭。玄云合兮翳月星，北风厉兮肃泠泠。胡笳动兮边马鸣，孤雁归兮声嘤嘤。乐人兴兮弹琴筝，音相和兮悲且清。心吐思兮胸愤盈，欲舒气兮恐彼惊，含哀咽兮涕沾颈。

家既迎兮当归宁，临长路兮捐所生。儿呼母兮啼失声，我掩耳兮不忍听。追持我兮走茕茕，顿复起兮毁颜形。还顾之兮破人情，心怛绝兮死复生。

胡笳第二十

《胡笳》者，蔡琰之所作也。东汉文士有意于骚者多矣，不录而独取此者，以为虽不规规于楚语，而其哀怨发中，不能自已之言，要为贤于不病而呻吟者也。范史乃弃不录，而独载其《悲愤》二诗。二诗词意浅促，非此词比，眉山苏公已辨其妄矣。蔚宗文下固有不察。归来子祖屈而宗苏，亦未闻此，何邪？琰失身胡虏，不能死义，固无可言，然犹能知其可耻，则与扬雄《反骚》之意又有间矣。今录此词，非恕琰也，亦以甚雄之恶云尔。

我生之初尚无为，我生之后汉祚衰。天不仁兮降乱离，地不仁兮使我逢此时。干戈日寻兮道路危，民卒流亡兮共哀悲。烟尘蔽野兮胡虏盛，志意乖兮节义亏。对殊俗兮非我宜，遭恶辱兮当告谁？笳一会兮琴一拍，心愤怨兮无人知！

戎羯逼我兮为室家，将我行兮向天涯。云山万重兮归路遐，疾风千里兮风扬沙。人多暴猛兮如虺蛇，控弦被甲兮为骄奢。两拍张弦兮弦欲绝，志摧心折兮自悲嗟！

越汉国兮入胡城，亡家失身兮不如无生。毡裘为裳兮骨肉震惊，羯膻为味兮枉遏我情。鞞鼓喧兮从夜达明，胡风浩浩兮暗塞营。伤今感昔兮三拍成，衔悲畜恨兮何时平？

无日无夜兮不思我乡土，禀气含生兮莫过我最苦。天灾国乱兮人无主，唯我薄命兮没戎虏。殊俗心异兮身难处，嗜欲不同兮谁可与语？寻思涉历兮多艰阻，四拍成兮益凄楚！

雁南征兮欲寄边声，雁北归兮为得汉音。雁飞高兮邈难寻，空断肠兮思愔愔。攒眉向月兮抚雅琴，五拍泠泠兮意弥深！

冰霜凛凛兮身苦寒，饥对肉酪兮不能餐。夜闻陇水兮声呜咽，朝见长城兮路杳漫。追思往日兮行李难，六拍悲来兮欲罢弹！

日暮风悲兮边声四起，不知愁心兮说向谁是？原野萧条兮烽戍万里，俗贱老弱兮少壮为美。逐有水草兮安家葺垒，牛羊满野兮聚如蜂蚁。草尽水竭兮羊马皆徙，七拍流恨兮恶居于此！

为天有眼兮何不见我独漂流？为神有灵兮何事处我天南海北头？我不负天兮天何配我殊匹？我不负神兮神何殛我越荒州？制兹八拍兮拟俳优，何知曲成兮心转愁！

天无涯兮地无边，我心愁兮亦复然。人生倏忽兮如白驹之过隙，然不得欢乐兮当我之盛年。怨兮欲问天，天苍苍兮上无缘。举头仰望兮空云烟，九拍怀情兮谁与传？

城头烽火不曾灭，疆场征战何时歇？杀气朝朝冲塞门，胡风夜夜吹边月。故乡隔兮音尘绝，哭无声兮气将咽。一生辛苦兮缘别离，十拍悲深兮泪成血！

我非贪生而恶死，不能捐身兮心有以。生仍冀得兮归桑梓，死当埋骨兮长已矣！日居月诸兮在戎垒，胡人宠我兮有二子。鞠之育之兮不羞耻，闵之念之兮生长边鄙。十有一拍兮因兹起，哀响缠绵兮彻心髓！

东风应律兮暖气多，知是汉家天子兮布阳和。羌胡蹈舞兮共讴歌，两国交欢兮罢兵戈。忽遇汉使兮称近诏，遗千金兮赎妾身。喜得生还兮逢圣君，嗟别稚子兮会无因。十有二拍兮哀乐均，去住两情兮谁具陈！

不谓残生兮却得旋归，抚抱胡儿兮泣下沾衣。汉使迎我兮四牡騑騑，号失声兮谁得知？与我生死兮逢此时，愁为子兮日无光辉。焉得羽翼兮将汝归？一步一远兮足难移，魂消影绝兮恩爱遗。十有三拍兮弦急调悲，肝肠搅刺兮人莫我知！

身归国兮儿莫知随，心悬悬兮长如饥。四时万物兮有盛衰，唯我愁苦兮不暂移。山高地阔兮见汝无期，更深夜阑兮梦汝来斯。梦中执手兮一喜一悲，觉后痛吾心兮无休歇时。十有四拍兮涕泪交垂，河水东流兮心是思！

十五拍兮节调促，气填胸兮谁识曲？处穹庐兮偶殊俗，愿得归来兮天从欲。再还汉国兮欢心足。心有怀兮愁转深，日月无私兮曾不照临。子母分离兮意难任，同天隔越兮如商参，生死不相知兮何处寻！

十六拍兮思茫茫，我与儿兮各一方。日东月西兮徒相望，不得相随兮空断肠。对萱草兮忧不忘，弹鸣琴兮情何伤！今别子兮归故乡，旧怨平兮新怨长。泣血仰头兮诉苍苍，胡为生我兮独罹此殃！

十七拍兮心鼻酸，关山阻修兮行路难。去时怀土兮心无绪，来时别儿兮思漫漫。塞上黄蒿兮枝枯叶干，沙场白骨兮刀痕箭瘢。风霜凛凛兮春夏寒，人马饥尫兮筋力单。岂知重得兮入长安，叹息欲绝兮泪阑干！

胡笳本出自胡中，缘琴翻出音律同。十八拍兮曲虽终，响有馀兮思无穷。是知丝竹微妙兮均造化之功，哀乐各随人心兮有变则通。胡与汉兮异域殊风，天与地隔兮子西母东。苦我怨气兮浩于长空，六合虽广兮受之应不容！

楚辞后语卷第四

登楼赋第二十一

《登楼赋》者，魏侍中王粲之所作也。归来子曰："粲诗有古风。《登楼》之作，去楚辞远，又不及汉，然犹过曹植、潘岳、陆机愁咏闲居怀旧众作。盖魏之赋极此矣。"

登兹楼以四望兮，聊假日以销忧。览斯宇之所处兮，实显敞而寡仇。挟清漳之通浦兮，倚曲沮之长洲。背坟衍之广陆兮，临皋隰之沃流。北弥陶牧，西接昭丘。华实蔽野，黍稷盈畴。虽信美而非吾土兮，曾何足以少留！

遭纷浊而迁逝兮，漫逾纪以迄今。情眷眷而怀归兮，孰忧思之可任？冯轩槛以遥望兮，向北风而开襟。平原远而极目兮，蔽荆山之高岑。路逶迤以修迥兮，川既漾而济深。悲旧乡之拥隔兮，涕横坠而弗禁。昔尼父之在陈兮，有归欤之叹音。钟仪幽而楚奏兮，庄舄显而越吟。人情同于怀土兮，岂穷达而异心！

惟日月之逾迈兮，俟河清乎其未极。冀王道之一平兮，假高衢而骋力。惧匏瓜之徒悬兮，畏井渫之莫食。步栖迟以徙倚兮，白日忽其将匿。风萧瑟而并兴兮，天惨惨其无色。兽狂顾以求群兮，鸟相鸣而举翼。原野阒其无人兮，征夫行而未息。心凄怆以感发兮，意忉怛而憯恻。循阶除而下降兮，气交愤于胸臆。夜参半而不寐兮，怅盘桓以反侧。

归去来辞第二十二

《归去来辞》者，晋处士陶潜渊明之所作也。潜有高志远识，不能俯仰时俗。尝为彭泽令，督邮行县，且至，吏白："当束带见之。"潜叹曰："吾安能为五斗米折腰，向乡里小儿耶！"即日解印绶去，作此辞以见志。后以刘裕将移晋祚，耻事二姓，遂不复仕。宋文帝时，特征不至，卒谥靖节征士。欧阳公言："两晋无文章，幸独有此篇耳。"然其词义夷旷萧散，虽托楚声，而无其尤怨切蹙之病云。

归去来兮，田园将芜胡不归？既自以心为形役，奚惆怅而独悲？悟已往之不谏，知来者之可追。实迷途其未远，觉今是而昨非。舟遥遥以轻飏，风飘飘而吹衣。问征夫以前路，恨晨光之熹微。乃瞻衡宇，载欣载奔。童仆欢迎，稚子候门。三径就荒，松菊犹存。携幼入室，有酒盈樽。引壶觞以自酌，眄庭柯以怡颜。倚南窗以寄傲，审容膝之易安。园日涉以成趣，门虽设而常关。策扶老以流憩，时矫首而遐观。云无心以出岫，鸟倦飞而知还。景翳翳以将入，抚孤松而盘桓。

归去来兮，请息交以绝游。世与我而相遗，复驾言兮焉求！悦亲戚之情话，乐琴书以消忧。农人告余以春及，将有事乎西畴。或命巾车，或棹孤舟。既窈窕以寻壑，亦崎岖而经丘。木欣欣以向荣，泉涓涓而始流。善万物之得时，感吾生之行休。

已矣乎，寓形宇内能复几时，曷不委心任去留？胡为遑遑欲何之？富贵非吾愿，帝乡不可期。怀良辰以孤往，或植杖而耘耔。登东皋以舒啸，临清流而赋诗。聊乘化以归尽，乐夫天命复奚疑！

鸣皋歌第二十三

《鸣皋歌》者，唐翰林供奉李白之所作也。白天才绝出，尤长于诗，而赋不能及魏晋，独此篇近楚辞。然归来子犹以为白才自逸荡，故或离而去之者，亦为知言云。

若有人兮思鸣皋，阻积雪兮心烦劳。洪河凌兢不可以径度，冰龙鳞兮难容舠。邈仙山之峻极兮，闻天籁之嘈嘈。霜崖缟皓以合沓兮，若长风扇海，涌沧溟之波涛。玄猿绿罴，舔𦧲崟岌；危柯振石，骇胆栗魄；群呼而相号。峰峥嵘以路绝，挂星辰于岩嶅。送君之归兮，动《鸣皋》之新作。交鼓吹兮弹丝，觞清泠之池阁。君不行兮何待？若返顾之黄鹤。扫梁园之群英，振大雅于东洛。巾征轩兮历阻折，寻幽居兮越巘崿。盘白石兮坐素月，琴松风兮寂万壑。望不见兮心氤氲，萝冥冥兮霰纷纷。水横洞以下渌，波小声而上闻。虎啸谷而生风，龙藏溪而吐云。寡鹤清唳，饥鼯嚬呻。块独处此幽默兮，愀空山而愁人。鸡聚族以争食，凤孤飞而无邻。蝘蜓嘲龙，鱼目混珍。嫫母衣锦，西施负薪。若使巢由桎梏于轩冕兮，亦奚异乎夔龙蹩躠于风尘？哭何苦而救楚？笑何夸而却秦？吾诚不能学二子沽名矫节以耀世兮，固将弃天地而遗身。白鸥兮飞来，长与君兮相亲！

引极第二十四

《引极》者，唐容管经略使元结之所作也。归来子曰："结性耿介，有忧道闵俗之意。天宝之乱，或仕或隐，自谓与世聱牙，故其见于文字者，亦冲澹而隐约。譬古钟磬不谐于里耳，而词义幽眇，玩之翛然，若有尘外之趣云。"

天旷漭兮杳泱茫，气浩浩兮色苍苍。上何有兮人不测，积清寥兮成元极。彼元极兮灵且异，思一见兮藐难致。思不从兮空自伤，心慅劳兮意惶攘。思假翼兮鸾皇，乘长风兮上羾。揖元极兮本深实，餐至和兮永终日。

山中人第二十五

《山中人》者，唐尚书右丞王维之所作也。维以诗名开元间。遭禄山乱，陷贼中，不能死，事平复幸不诛。其人既不足言，词虽清雅，亦萎蒻少气骨。独此篇与《望终南》、《迎送神》为胜云。

山寂寂兮无人，又苍苍兮多木。群龙兮满朝，君何为兮空谷？文寡和兮思深，道难知兮行独。悦石上兮流泉，与松间兮草屋。入云中兮养鸡，上山头兮抱犊。神与枣兮如瓜，虎卖杏兮收谷。愧不才兮妨贤，嫌既老兮贪禄。誓解印兮相从，何詹尹兮可卜？

山中人兮欲归，云冥冥兮雨霏霏。水惊波兮翠菅靡，白鹭忽兮翻飞。君不可兮褰衣，山万重兮一云，混天地兮不分。树晻暧兮氛氲，猿不见兮空闻。忽山西兮夕阳，见东皋兮远村。平芜绿兮千里，眇惆怅兮思君。

望终南第二十六

《望终南》者，王维之所作也。

晚下兮紫微，怅尘事兮多违。驻驷马兮双树，望青山兮不归。

鱼山迎送神曲第二十七

《鱼山迎送神曲》者，王维之所作也。

坎坎击鼓，鱼山之下。吹洞箫，望极浦。女巫进，纷屡舞。陈瑶席，湛清酤。风凄凄兮夜雨，神之来兮不来，使我心兮苦复苦。纷进拜兮堂前，目眷眷兮琼筵。来不语兮意不传，作暮雨兮愁空山。悲急管，思繁弦，灵之驾兮俨欲旋。倏云收兮雨歇，山青青兮水潺湲。

日晚歌第二十八

《日晚歌》者，唐著作郎顾况之所作也。况诗有集，然皆不及其见于韦应物诗集者之胜。归来子录其楚语三章，以为“可与王维相上下”，予读之信然。然其《朝上清》者有曰：“和为舟兮灵为马，因乘之，觞于瑶池之上兮，三光罗列而在下。”则意非维所能及。然它语殊不近，故不得取，而独采此篇，亦以为气虽浅短，而意若差健云。

日窅窅兮下山，望佳人兮不还。花落兮屋上，草生兮阶间。日日兮春风，芳菲兮欲歇。老不可兮更少，君胡为兮轻别？

复志赋第二十九

晁氏曰：《复志赋》者，唐文公韩愈之所作也。其自叙云：“愈从陇西公平汴州，其明年七月，有负薪之疾，退休于居，作《复志赋》。”以《唐书》考之，陇西公盖董晋也，汉仲舒之后，自广川徙陇西云。初，贞元十一年宣武李万荣死，李廼作乱，邓惟恭缚廼以归朝廷，伏诛。德宗诏晋节度宣武军，始奏愈观察推官。晋受命，不召兵，直造汴，惟恭谋乱，晋觉之，械送京师，军乃安。愈叙称明年，则贞元十二年也。盖愈自伤幼学，既壮而弗获，思复其志，以晋知己，欲去未可云。

居悒悒之无解兮，独长思而永叹。岂朝食之不饱兮，宁冬裘之不完？昔余之既有知兮，诚坎轲而艰难。当岁行之未复兮，从伯氏以南迁。凌大江之惊波兮，过洞庭之漫漫。至曲江而乃息兮，逾南纪之连山。嗟日月其几何兮，携孤嫠而北旋。值中原之有事兮，将就食于江之南。始专专于讲习兮，非诂训为无所用其心。窥前灵之逸迹兮，超孤举而幽寻。既识路又疾驱兮，孰知余力之不任？

考古人之所佩兮，阅时俗之所服。忽忘身之不肖兮，谓青紫其可拾。自知者为明兮，故吾之所以为惑。择吉日余西征兮，亦既造夫京师。君之门不可径而入兮，遂从试于有司。惟名利之都府兮，羌众人之所驰。竞乘时而射势兮，纷变化其难推。全纯愚以靖处兮，将与彼而异宜。欲奔走以及事兮，顾初心而自非。朝驰骛乎书林兮，夕翱翔乎艺苑。谅却步以图前兮，不浸近而逾远。

哀白日之不与吾谋兮，至今十年其犹初。岂不登名于一科兮，曾不补其遗馀。进既不获其志愿兮，退将遁而穷居。排国门而东出兮，嗟余行之舒舒。时冯高以回顾兮，涕泣下而交如。戾洛师而怅望兮，聊浮游以踌躇。假火龟以视兆兮，求幽贞之所庐。甘潜伏以老死兮，不显著其名誉。非夫子之洵美兮，吾何为乎浚之都？小人之怀惠兮，犹知献其至愚。固余异于牛马兮，宁止乎饮水而求刍！伏门下之默默兮，竟岁年以康娱。时乘闲以获进兮，颜垂欢而愉愉。仰盛德以安穷兮，又何忠之能输！

昔余之约吾心兮，谁无施而有获？嫉贪佞之洿浊兮，曰吾其既劳而后食。惩此志之不修兮，爱此言之不可忘。情怊怅以自失兮，心无归而茫茫。苟不内得其如斯兮，孰与不食而高翔！抱关之阨陋兮，有肆志之阳阳。伊尹之乐于畎亩兮，焉富贵之能当？恐誓言之不固兮，斯自诵以成章。往者不可复兮，冀来今之可望。

闵己赋第三十

晁氏曰：《闵己赋》者，韩愈之所作也。愈去汴州，依武宁张建封，辟府推官，以鲠直称。后迁监察御史，上疏极论宫市。德宗怒，贬阳山令，时贞元十八年也。宪宗即位，始召为国子博士，稍迁职方员外郎，坐论柳涧事，复为博士。愈才高，数黜官，颇自伤其不遇。故此赋云“就水草以休息兮，恒未安而既危”，“君子有失其所兮，小人有得其时”。盖思古人静俟之义以自坚其志，终之于无闷云。

余悲不及古之人兮，伊时势而则然。独闵闵其曷已兮，凭文章以自宣。

昔颜氏之庶几兮，在隐约而平宽。固哲人之细事兮，夫子乃嗟叹其贤。恶饮食乎陋巷兮，亦足以颐神而保年。有至圣而为之依归兮，又何苦不自得于艰难！曰余昏昏其无类兮，望夫人其已还。行舟楫而不识四方兮，涉大水之漫漫。勤祖先之所贻兮，勉汲汲于前修之言。虽举足以蹈道兮，哀与我者为谁？众皆舍而己用兮，忽自惑其是非。下土茫茫其广大兮，余岂不知其可怀！就水草以休息兮，恒未安而既危。久拳拳其何故兮，亦天命之本宜。

惟否泰之相极兮，咸一得而一违。君子有失其所兮，小人有得其时。聊固守以静俟兮，诚不及古之人兮其焉悲！

别知赋第三十一

晁氏曰：《别知赋》者，韩愈之所作也。愈论宫市，贬阳山之明年，则岁癸未也。时杨仪之为湖南支使，以使来，愈爱仪之，以谓“智足以造谋，才足以立事，忠足以勤上，惠足以存下，又修之以《诗》《书》六艺之学，宜其从事于是府，而流声实于天朝也”。以比宣州李博、崔群宾主，谓非己以为邑长于斯而媚夫人者比。以《送杨归湖南序》考之，愈自谓知仪之，故于其别为此赋，不知与《闵己》孰先后，而《复志》、《闵己》，愈自道也，故以先《别知》。

余取友于天下，将岁行之两周。下何深之不即，上何高之不求？纷扰扰而既多，咸喜能而好修。宁安显而独裕，顾阨穷而共愁。惟知心而难得，斯百一而为收。

岁癸未而迁逐，侣虫蛇于海陬。遇夫人之来使，辟公馆以罗羞。索微言于乱志，发孤笑于群忧。物何深而不考，理何隐而不抽？始参差以异序，卒烂漫而同流。何此欢之不可恃？遂驾马以回辀。山磝嗷其相轧，树蓊蓊其相摎。雨浪浪其不止，云浩浩其常浮。知来者不可以数，哀去此以无由。倚郭郛而掩涕，空尽日以迟留。

讼风伯第三十二

晁氏曰：《讼风伯》者，韩愈之所作也。旱以谕时泽不下流，风以比小人实为此厉，云以媲君子欲施而不可得，以夫为此厉者间之也。此楚辞也，而近《诗》“投畀有昊”之义，故系之于此云。

维兹之旱兮，其谁之由？我知其端兮，风伯是尤。山升云兮泽上气，雷鞭车兮电摇帜。雨寖寖兮将欲坠，风伯怒兮云不得止。阳乌之仁兮念此下民，闷其光兮不斗其神。

嗟风伯兮其将谓何？我于尔兮岂有其他？求其时兮修祀事，羊甚肥兮酒甚旨。食足饱兮饮足醉，风伯之怒兮谁使？云屏屏兮吹使醨之，气将交兮吹使离之。铄之使气不得化，寒之使云不得施。嗟尔风伯，欲逃其罪其又何辞？

上天孔明兮有纪有纲，今我上讼兮其罪谁当！天诛加兮不可悔，风伯虽死兮人谁尔伤！

吊田横文第三十三

晁氏曰：《吊田横文》者，韩愈之所作也。愈有大志，不为世知，故行经横墓，感其义高能得士，而取酒祭横，为文以吊之，有伤时思古、慨然有不可复见之意。然田横安足道哉！故其言曰“非今世之所希，孰为使余欷歔而不可禁”也。又唐宰相如董晋亦未足言，而晋为汴州，才奏愈从事，愈终始感遇，语称陇西公而不姓。后从裴度，亦自谓度知己，然度亦终不引愈共天下事。自古以文学擅世名，世忌之，率不得大柄。虽有世名，如世不知，故愈踌躇发愤太息于区区之横，以谓夫苟如横之好士，天下将有贤于五百人者至焉。

事有旷百世而相感者，余不自知其何心。非今世之所稀，孰为使余歔欷而不可禁？余既博观乎天下，曷有庶几乎夫子之所为？死者不复生，嗟余去此其从谁？当秦氏之败乱，得一士而可王。何五百人之扰扰，而不能脱夫子于剑铓？抑所宝之非贤，亦天命之有常？昔阙里之多士，孔圣亦云其遑遑。苟余行之不迷，虽颠沛其何伤？自古死者非一，夫子至今有耿光。跽陈辞而荐酒，魂仿佛而来享。

享罗池第三十四

晁氏曰：《享罗池》者，韩愈之所作也。愈善柳宗元。宗元为柳州刺史，且死，语其所常与游者曰：“吾谪于此，与若等相好也。明年吾当死，死而为神，若等祠我。”如期而殁，为罗池神，且能动于灵响。愈伤宗元，为铭以实其事，自唐史臣非之。夫神不可知，孔子乃不语。虽然，此非铭罗池神之文也，愈吊宗元之文也。

荔子丹兮蕉黄，杂肴蔬兮进侯堂。侯之船兮两旗，度中流兮风泊之，待侯不来兮不知我悲。侯乘驹兮入庙，慰我民兮不嚬以笑。鹅之山兮柳之水，桂树团团兮白石齿齿。侯朝出游兮暮来归，春与猿吟兮秋鹤与飞。北方之人兮为侯是非，千秋万岁兮侯无我违。福我兮寿我，驱厉鬼兮山之左。下无苦湿兮高无干，秔稌充羡兮蛇蛟结蟠。我民报事兮无怠其始，自今兮钦于世世。

琴操第三十五

晁氏曰：《琴操》者，韩愈之所作也。愈博学群书，奇辞奥旨，如取诸室中物，以其所涉博，故能约而为此也。夫孔子于《三百篇》皆弦歌之。操，亦弦歌之辞也。其取兴幽眇，怨而不言，最近《离骚》。《离骚》本古诗之衍者，至汉而衍极，故《离骚》亡。操与诗赋同出而异名，盖衍复于约者，约故去古不远。然则后之欲为《离骚》者，惟约犹近之。十操取其四，以近楚辞，其删六首者，诗也。

将归操

孔子之赵，闻杀鸣犊作。

秋之水兮，其色幽幽。我将济兮，不得其由。涉其浅兮，石啮我足。乘其深兮，龙入我舟。我济而悔兮，将安归尤？归乎？归乎？无与石斗兮，无应龙求。

龟山操

孔子以季桓子受齐女乐，谏不从，望龟山而作。

龟之气兮，不能云雨。龟之枿兮，不中梁柱。龟之大兮，只以奄鲁。知将隳兮，哀莫余伍。周公有鬼兮，嗟余归辅！

拘幽操

文王羑里作。

目掩掩兮，其凝其盲。耳肃肃兮，听不闻声。朝不日出兮，夜不见月与星。有知无知兮，为死为生。呜呼，臣罪当诛兮，天王圣明！

残形操

曾子梦见一狸，不见其首作。

有兽维狸兮，我梦得之。其身孔明兮，而头不知。吉凶何为兮？觉坐而思。巫咸上天兮，识者其谁？

楚辞后语卷第五

招海贾文第三十六

晁氏曰：《招海贾文》者，唐柳州刺史柳宗元之所作也。昔屈原不遇于楚，彷徨无所依，欲乘云骑龙，遨游八极，以从己志而不可，犹怛然念其故国。至于将死，精神离散，四方上下，无所不往。又有众鬼虎豹怪物之害，故大招其魂而复之，言皆不若楚国之乐者。《招海贾文》虽变其义，盖取诸此也。言贾尚不可为，而又浮于海，大泊彇沦，八方易位，鱼龙神怪，其祸不测，孰与上党易野，出入无虞而可乐哉！上党亦晋地。宗元以谓崎岖冒利，远而不复，不如己故乡常产之乐；亦以讽世之士，行险以徼幸，不如居易以俟命云。

咨海贾兮，君胡以利易生而卒离其形？大海荡泊兮，颠倒日月。龙鱼倾侧兮，神怪隳突。沧茫无形兮，往来遽卒。阴阳开阖兮，氛雾滃渤。君不返兮逝怳惚。舟航轩昂兮，下上飘鼓。腾趠峣嵲兮，万里一睹。崒入泓坳兮，视天若亩。奔螭出抃兮，翔鹏振舞。天吴九首兮，更笑迭怒。垂涎闪舌兮，挥霍旁午。君不返兮终为虏！黑齿戱䰄鳞文肌，三角骈列耳离披。反断叉牙踔嵚崖，蛇首狶鬣虎豹皮。群没互出欢遨嬉，臭腥百里雾雨渿。君不返兮以充饥！弱水蓄缩，其下不极。投之必沉，负羽无力。鲸鲵疑畏，淫淫嶷嶷。君不返兮卒自贼！怪石森立涵重渊，高下迾置滔危颠，崩涛搜疏刿戈铤。君不返兮砉沉颠！其外大泊泙淼沦，终古回薄旋天垠，八方易位更错陈。君不返兮乱星辰！东极倾海流不属，泯泯超忽纷荡沃，殆而一跌兮沸入汤谷，舳舻霏解梢若木。君不返兮魂焉薄？海若啬货号风雷，巨鳌颔首丘山颓，猖狂震虩翻九垓。君不返兮糜以摧！

咨海贾兮，君胡乐出幽险而疾平夷？恟骇愁苦，而以忘其归。上党易野恬以舒，蹈蹂厚土坚无虞。歧路脉布弥九区，出无入有百货俱。周游傲睨神自如，撞钟击鲜恣欢娱。君不返兮欲谁须？胶鬲得圣捐盐鱼，范子去相安陶朱。吕氏行贾南面孤，弘羊心计登谋谟。煮盐大冶九卿居，禄秩山委收国租。贤智走诸争下车，逍遥纵傲世所趋。君不返兮谥为愚！

咨海贾兮，贾尚不可为，而又海是图！死为险魄兮，生为贪夫。亦独何乐哉？归来兮，宁君躯！

惩咎赋第三十七

晁氏曰：《惩咎赋》者，柳宗元之所作也。贞元十九年，宗元为监察御史里行，时年三十三矣。王叔文、韦执谊用事，二人奇其才，引纳禁中，与计议，擢礼部员外郎，欲大用之。俄而叔文败，宗元与刘禹锡等七人俱贬，而宗元为永州司马。元和十年，乃徙柳州刺史以卒。初，宗元窜斥崎岖蛮瘴间，堙阨感郁一寓于文，为离骚数十篇。《惩咎》者，悔志也。其言曰："苟馀齿之有惩兮，蹈前烈而不颇。"后之君子，欲成人之美者，读而悲之。

惩咎愆以本始兮，孰非余心之所求。处卑污以闵世兮，固前志之为尤。始余学而观古兮，怪今昔之异谋。惟聪明为可考兮，追骏步而遐游。洁诚之既信直兮，仁友蔼而萃之。日施陈以系縻兮，邀尧舜与之为师。上睢盱而混茫兮，下驳诡而怀私。旁罗列以交贯兮，求大中之所宜。曰道有象兮，而无其形。推变乘时兮，与志相迎。不及则殆兮，过则失贞。谨守而中兮，与时偕行。万类芸芸兮，率由以宁。刚柔弛张兮，出入纶经。登能抑枉兮，白黑浊清。蹈乎大方兮，物莫能婴。

奉讦谟以植内兮，欣余志之有获。再征信乎策书兮，谓炯然而不惑。愚者果于自用兮，惟惧夫诚之不一。不愿虑以周图兮，专兹道以为服。谗妒构而不戒兮，犹断断于所执。哀吾党之不淑兮，遭任遇之卒迫。势危疑而多诈兮，逢天地之否隔。欲图退而保己兮，悼乖期乎曩昔。欲操术以致忠兮，众呀然而互吓。进与退吾无归兮，甘脂润乎鼎镬。幸皇鉴之明宥兮，累郡印而南适。惟罪大而宠厚兮，宜夫重仍乎祸谪。既明惧乎天讨兮，又幽栗乎鬼责。惶惶乎夜寤而昼骇兮，类麏麚之不息。

凌洞庭之洋洋兮，溯湘流之沄沄。飘风击以扬波兮，舟摧抑而回邅。日霾曀以昧幽兮，黝云涌而上屯。暮屑窣以淫雨兮，听嗷嗷之哀猿。众鸟萃而啾号兮，沸洲渚以连山。漂遥逐其讵止兮，逝莫属余之形魂。攒峦奔以纡委兮，束汹涌之崩湍。畔尺进而寻退兮，荡洄汩乎沦涟。际穷冬而止居兮，羁累棼以縈缠。

哀吾生之孔艰兮，循《凯风》之悲诗。罪通天而降酷兮，不亟死而生为！逾再岁之寒暑兮，犹贸贸而自持。将沉渊而陨命兮，讵蔽罪以塞祸！惟灭身而无后兮，顾前志犹未可。进路呀以划绝兮，退伏匿又不果。为孤囚以终世兮，长拘挛而轗轲。曩余志之修謇兮，今何为此戾也？夫岂贪食而盗名兮，不混同于世也。将显身以直遂兮，众之所宜蔽也。不择言以危肆兮，固群祸之际也。御长辕之无桡兮，行九折之峨峨。却惊棹以横江兮，溯凌天之腾波。幸余死之已缓兮，完形躯之既多。苟馀齿之有惩兮，蹈前烈而不颇。死蛮夷固吾所兮，虽显宠其焉加？配大中以为偶兮，谅天命之谓何！

闵生赋第三十八

晁氏曰：《闵生赋》者，柳宗元之所作也。宗元雅善萧俛，在江岭间贻书言情云："宗元与罪人交十年，官以是进，辱在附会。今天子定邪正，海内皆欣欣怡愉，而仆与四五子者沦陷如此，岂非命欤？然居治平，终身为顽人之类，犹有少耻，未能尽忘。"此盖以叔文辈为罪人；顽人，谓己耻辱，虽在困事当云尔者，然悔厉极矣。其曰：“闵吾生之险阨兮，纷丧志以逢尤。”盖自以生之不幸，丧志而为此云。

闵吾生之险阨兮，纷丧志以逢尤。气沉郁以杳眇兮，涕浪浪而常流。膏液竭而枯居兮，魄离散而远游。言不信而莫余白兮，虽遑遑欲焉求？合喙而隐志兮，幽默以待尽。为与世而斥缪兮，固离披以颠陨。骐骥之弃辱兮，驽骀以为骋。玄虬蹶泥兮，畏避蛙黾。行不容之峥嵘兮，质魁垒而无所隐。鳞介槁以横陆兮，鸱啸群而厉吻。心沉抑以不舒兮，形低摧而自愍。

肆余目于湘流兮，望九疑之垠垠。波淫溢以不返兮，苍梧郁其蜚云。重华幽而野死兮，世莫得其伪真。屈子之悁微兮，抗危辞以赴渊。古固有此极愤兮，矧吾生之藐艰。列往则以考己兮，指斗极以自陈。登高岩而企踵兮，瞻故邦之殷辚。山水浩以蔽亏兮，路蓊勃以扬氛。空庐颓而不理兮，翳丘木之榛榛。块穷老以沦放兮，匪魑魅吾谁邻？

仲尼之不惑兮，有垂训之谟言。孟轲四十乃始持心兮，犹希勇乎黝贲。顾余质愚而齿减兮，宜触祸以阽身。知徙善而革非兮，又何惧乎今之人！

噫！禹绩之勤备兮，曾莫理夫兹川。殷周之廓大兮，南不尽夫衡山。余囚楚越之交极兮，邈离绝乎中原。壤污潦以坟洳兮，蒸沸热而恒昏。戏凫鹳乎中庭兮，蒹葭生于堂筵。雄虺蓄形于木杪兮，短狐伺景于深渊。仰矜危而俯栗兮，弭日夜之拳挛。虑吾生之莫保兮，忝代德之元醇。孰眇躯之敢爱兮，窃有继乎古先。神明之不欺余兮，庶激烈而有闻。冀后害之无辱兮，匪徒盖乎曩愆。

梦归赋第三十九

晁氏曰：《梦归赋》者，柳宗元之所作也。宗元既贬，悔其年少气锐，不识几微，久幽不还，复贻其所知许孟容书，其略云：立身一败，万事瓦裂，坟墓不埽，宅三易主。恐一日死，旷坠先绪。意托孟容以少北者，故作《梦归赋》。初言览故都乔木而悲，中言仲尼欲居九夷、老子适戎以自释，末云首丘鸣号，示终不忘其旧。当世怜之，然众畏其才高，竟废不复云。

罹摈斥以窘束兮，余惟梦之为归。精气注以凝沍兮，循旧乡而顾怀。夕余寐于荒陬兮，心慊慊而莫违。质舒解以自恣兮，息愔翳而愈微。欻腾跃而上浮兮，俄滉瀁之无依。圆方混而不形兮，颢醇白之霏霏。上茫茫而无星辰兮，下不见夫水陆。若有钛余以往路兮，驭儗儗以回复。浮云纵以直度兮，云济余乎西北。风缅缅以惊耳兮，类行舟迅而不息。洞然于以潋漫兮，虹蜺罗列而倾侧。横冲飙以荡击兮，忽中断而迷惑。灵幽漠以沛汩兮，进怊怅而不得。白日邈其中出兮，阴霾披离以泮释。施岳渎以定位兮，互参差之白黑。崩腾上下以恫惶兮，聊按衍而自抑。指故都以委坠兮，瞰乡闾以修直。原田芜秽兮，峥嵘榛棘。乔木摧解兮，垣庐不饰。山嵎嵎以岩立兮，水汩汩以漂激。魂恍恍若有无兮，涕浪浪以陨轼。类曛黄之黯漠兮，欲周流而无所极。纷若喜而佁儗兮，心回互以壅塞。钟鼓喤以戒旦兮，陶去幽而开寤。罾罻蒙其复体兮，孰云桎梏之不固？精诚之不可再兮，余无蹈夫归路！

伟仲尼之圣德兮，谓九夷之可居。惟道大而无所入兮，犹流游乎旷野。老聃遁而适戎兮，指淳茫以纵步。蒙庄之恢怪兮，寓大鹏之远去。苟远适之若兹兮，胡为故国之为慕？

首丘之仁类兮，斯君子之所誉。鸟兽之鸣号兮，有动心而曲顾。胶余衷之莫能舍兮，虽判析而不悟。列兹梦以往复兮，极明昏而告诉。

吊屈原文第四十

晁氏曰：《吊屈原文》者，柳宗元之所作也。原没，贾谊过湘，初为赋以吊原。至杨雄，亦为文，而颇反其辞，自岷山投诸江以吊之。谊愍原忠，逢时不祥，以比鸾凤、周鼎之窜弃；雄则以义责原何必沉身。二人者不同，亦各从志也。乃宗元得罪，与昔人离谗去国者异，太史公所谓虞卿非穷愁亦不能著书以自见于世者。故补之论宗元之吊原，殆困而知悔者，其辞慚矣。

后先生盖千祀兮，余再逐而浮湘。求先生之汨罗兮，揽蘅若以荐芳。愿荒忽之顾怀兮，冀陈辞而有光。

先生之不从世兮，惟道是就。支离抢攘兮，遭世孔疚。华虫荐壤兮，进御羔袖。牝鸡咿嚘兮，孤雄束咮。哇咬环观兮，蒙耳大吕。堇喙以为羞兮，焚弃稷黍。犴狱之不知避兮，宫庭之不处。陷涂藉秽兮，荣若绣黼。榱折火烈兮，娭娭笑语。谗巧之哓哓兮，惑以为《咸池》。便媚鞠恧兮，美愈西施。谓谟言之怪诬兮，反置瑱而远违。匿重痼以讳避兮，进俞缓之不可为。

何先生之凛凛兮，厉针石而从之？仲尼之去舍鲁兮，曰吾行之迟迟。柳下惠之直道兮，又焉往而可施？今夫世之议夫子兮，曰胡隐忍而怀斯？惟达人之卓轨兮，固僻陋之所疑。委故都以从利兮，吾知先生之不忍。立而视其覆坠兮，又非先生之所志。穷与达固不渝兮，夫唯服道以守义。矧先生之悃愊兮，滔大故而不贰。沉璜瘗珮兮，孰幽而不光？荃蕙蔽匿兮，胡久而不芳？

先生之貌不可得兮，犹仿佛其文章。托遗编而叹喟兮，涣余涕之盈眶。呵星辰而驱诡怪兮，夫孰救于崩亡？何挥霍雷电兮，苟为是之荒茫！耀姱辞之矘朗兮，世果以是之为狂。哀余衷之坎坎兮，独蕴愤而增伤。谅先生之不言兮，后之人又何望？忠诚之既内激兮，抑衔忍而不长。芈为屈之几何兮，胡独焚其中肠？

吾哀今之为仕兮，庸有虑时之否臧！食君之禄畏不厚兮，悼得位之不昌。退自服以默默兮，曰吾言之不行。既偷风之不可去兮，怀先生之可忘！

吊苌弘文第四十一

晁氏曰：《吊苌弘文》者，柳宗元之所作也。苌弘字叔，周灵王之贤臣，为刘文公之属大夫。敬王十年，刘文公与弘欲城成周，使告于晋。魏献子莅政，悦苌弘而与之，合诸侯于狄泉。卫彪傒曰："苌弘其不殁乎！周诗有之曰：'天之所坏，不可支也。'及范、中行之难，周人杀苌弘。"庄周云："苌弘胣，藏其血，三年而化为碧。"盖语其忠诚然也。宗元哀弘之以忠死，故吊云。

有周之羸兮，邦国异图。臣乘君则兮，王易为侯。威强逆制兮，郁命转幽。疹蛊胶密兮，肝胆化仇。奸权蒙货兮，忠勇以刘。伊时云幸兮，大夫之羞。呜呼危哉！河渭溃溢兮，横躯以抑。嵩高坼陊兮，举手排直。压溺之不虑兮，坚刚以为式。知死不可挠兮，明章人极。

夫何大夫之炳烈兮，王不寤夫谗贼。卒施快于剽狡兮，怛就制乎强国。松柏之斩刈兮，蓊茸欣植。盗骊折足兮，罢驽抗臆。鸷鸟之高翔兮，爇狐愉而不食。窃畏忌以群朋兮，夫孰病百而申一？挺寡以校众兮，古圣人之所难。矧援羸以威傲兮，兹固蹈殆而违安。杀身之匪予戚兮，闵宗周之不完。岂成城以夸功兮，哀清庙之将残。嫉彪子之肆诞兮，弥皇览以为谩。姑舍道以从世兮，焉用夫考古以登贤！

指白日以致愤兮，卒颓幽而不列。版上帝以飞精兮，黕寥廓而殄绝。朅冯云以狂诉兮，终冥冥以郁结。欲登山以号辞兮，愈洋洋以超忽。心沍涸其不化兮，形凝冰而自栗。图始而虑末兮，非大夫之操。陷瑕委厄兮，固衰世之道。知不可而愈进兮，誓不偷以自好。陈诚以定命兮，侔贞臣与为友。比干之以仁类兮，缅辽绝以不群。伯夷殉洁以莫怨兮，孰克轨其遗尘？苟端诚之内亏兮，虽耆老其谁珍？古固有一死兮，贤者乐得其所。大夫死忠兮，君子所与。呜呼哀哉兮，敬吊忠甫！

吊乐毅文第四十二

晁氏曰：《吊乐毅文》者，柳宗元之所作也。乐毅，其先曰乐羊。燕昭王以子之之乱而齐大败燕，昭王怨齐，未尝一日而忘报齐也。乃先礼郭隗，而毅往委质焉，以为上将军，下齐七十馀城。田单间之，毅畏诛，遂西降赵。以书遗燕惠王曰："臣闻圣贤之君，功立而不废，故著于《春秋》；蚤知之士，名成而不毁，故称于后世。"宗元伤毅之有功而不见知，而以谗废也，故吊云。

大厦之骞兮，风雨萃之。车亡其轴兮，乘者弃之。呜呼夫子兮，不幸类之。尚何为哉？昭不可留兮，道不可常。畏死疾走兮，狂顾彷徨。燕复为齐兮，东海洋洋。嗟夫子之专直兮，不虑后而为防。胡去规而就矩兮，卒陷滞以流亡！惜功美之不就兮，俾愚昧之周章。岂夫子之不能兮，无亦恶是之遑遑！仁夫对赵之悃款兮，诚不忍其故邦。君子之容与兮，弥亿载而愈光。谅遭时之不然兮，匪谋虑之不长。跽陈辞以陨涕兮，仰视天之茫茫。苟偷世之谓何兮，言余心之不臧！

乞巧文第四十三

晁氏曰：《乞巧文》者，柳宗元之所作也。传曰：周鼎铸倕而使吃其指，先王以见大巧之不可为也。故子贡教抱瓮者为桔槔，用力少而见功多，而抱瓮者羞之。夫鸠不能巢，拙莫比焉，而屈原乃曰："雄鸠之鸣逝兮，吾犹恶其佻巧。"原诚伤世浇伪，固诋拙以为巧，意昔之不然者，今皆然矣，甚之也。柳宗元之作，虽亦闵时奔骛，要归诸厚，然宗元愧拙矣。

柳子夜归自外庭，有设祠者，餈饵馨香，蔬果交罗，插竹垂绥，剖瓜犬牙，且拜且祈。怪而问焉。女隶进曰："今兹秋孟七夕，天女之孙将嫔于河鼓。邀而祠者，幸而与之巧，驱去蹇拙，手目开利，组纴缝制，将无滞于心焉。为是祷也。"

柳子曰："苟然欤？吾亦有所大拙，倘可因是以求去之。"乃缨弁束衽，促武缩气，旁趋曲折，伛偻将事，再拜稽首称臣而进曰："下土之臣，窃闻天孙，专巧于天，轇轕璇玑，经纬星辰，能成文章，黼黻帝躬，以临下民。钦圣灵、仰光耀之日久矣。今闻天孙不乐其独得，贞卜于玄龟，将蹈石梁，款天津，俪于神夫，于汉之滨。两旗开张，中星耀芒，灵气翕欻，兹辰之良。幸而弭节，薄游民间，临臣之庭，曲听臣言：臣有大拙，智所不化，医所不攻，威不能迁，宽不能容。乾坤之量，包含海岳，臣身甚微，无所投足。蚁适于垤，蜗休于壳；龟鼋螺蚌，皆有所伏。臣物之灵，进退唯辱。仿佯为狂，局束为谄，吁吁为诈，坦坦为忝。他人有身，动必得宜，周旋获笑，颠倒逢嘻。己所尊昵，人或怒之。变情徇势，射利抵巇。中心甚憎，为彼所奇。忍仇佯喜，悦誉迁随。胡执臣心，常使不移？反人是己，曾不惕疑。贬名绝命，不负所知。抃嘲似傲，贵者启齿。臣旁震惊，彼且不耻。叩稽匍匐，言语谲诡。令臣缩恧，彼则大喜。臣若效之，瞋怒丛己。彼诚大巧，臣拙无比。王侯之门，狂吠狴犴。臣到百步，喉喘颠汗。睢盱逆走，魄遁神叛。欣欣巧夫，徐入纵诞。毛群掉尾，百怒一散。世途昏险，拟步如漆，左低右昂，斗冒冲突。鬼神恐悸，圣智危栗。泯焉直透，所至如一。是独何工，纵横不恤。非天所假，彼智焉出？独啬于臣，恒使玷黜。沓沓謇謇，恣口所言。迎知喜怒，默测憎怜。摇唇一发，径中心原。胶加钳夹，誓死无迁。探心扼胆，踊跃拘牵。彼虽佯退，胡可得旃！独结臣舌，喑抑衔冤。擘眦流血，一辞莫宣。胡为赋授，有此奇偏？眩耀为文，琐碎排偶。抽黄对白，啽哢飞走。骈四俪六，锦心绣口。宫沉羽振，笙簧触手。观者舞悦，夸谈雷吼。独溺臣心，使甘老丑。嚚昏莽卤，朴钝枯朽。不期一时，以俟悠久。旁罗万金，不鬻敝帚。跪呈豪杰，投弃不有。眉矉頞蹙，喙唾胸欧。大赧而归，填恨低首。天孙司巧，而穷臣若是，卒不余畀，独何酷欤？敢愿圣灵悔祸，矜臣独艰。付与姿媚，易臣顽颜。凿臣方心，规以大圆。拔去呐舌，纳以工言。文词婉软，步武轻便。齿牙饶美，眉睫增妍。突梯卷脔，为世所贤。公侯卿士，五属十连。彼独何人，长享终天！”

言讫，又再拜稽首，俯伏以俟。至夜半，不得命，疲极而睡，见有青袖朱裳，手持绛节而来告曰：“天孙告汝，汝词良苦，凡汝之言，吾所极知。汝择而行，嫉彼不为。汝之所欲，汝自可期。胡不为之，而诳我为！汝唯知耻，谄貌淫词，宁辱不贵，自适其宜。中心已定，胡妄而祈？坚汝之心，密汝所持。得之为大，失不污卑。凡吾所有，不敢汝施。致命而升，汝慎勿疑！”

呜呼！天之所命，不可中革。泣拜欣受，初悲后怿。抱拙终身，以死谁惕！

憎王孙文第四十四

晁氏曰：《憎王孙文》者，柳宗元之所作也。《离骚》以虬龙鸾凤托君子，以恶禽臭物指谗佞，而宗元放之焉。

湘水之澈澈兮，其上群山。胡兹郁而彼瘁兮，善恶异居其间。恶者王孙兮善者猿，环行遂植兮止暴残。王孙兮甚可憎！

噫，山之灵兮，胡不贼旃？跳踉叫嚣兮，冲目宣断。外以败物兮，内以争群。排斗善类兮，哗骇披纷。盗取民食兮，私已不分。充嗛果腹兮，骄傲欢欣。嘉华美木兮硕而繁，群披竞啮兮枯株根。毁成败实兮更怒喧，居民献苦兮号穹旻。王孙兮甚可憎！

嘻，山之灵兮，胡独不闻？猿之仁兮，受逐不校。退优游兮，惟德是效。廉来同兮圣囚，禹稷合兮凶诛。群小遂兮君子违，大人聚兮孽无馀。善与恶不同乡兮，否泰既兆其盈虚。伊细大之固然兮，乃祸福之攸趋。王孙兮甚可憎！

嘻，山之灵兮，胡逸而居？

楚辞后语卷第六

幽怀赋第四十五

晁氏曰：《幽怀赋》者，唐山南节度使李翱之所作也。翱从韩愈为文章，见推当时。性鲠直，议论不能下人，仕不得志，郁郁无所发。面斥宰相李逢吉，坐此不振。故翱自叙云：“其交有相叹者，赋《幽怀》以答之。”昔欧阳文忠公尝云：“始余读翱《复性书》，曰：‘此特《中庸》之义疏耳，不作可焉。’意翱特秦汉间好事行义之一豪耳。最后读《幽怀赋》云：‘众嚣嚣而杂处兮，咸叹老以嗟卑。视余心之不然兮，虑行道之犹非。’乃始太息，至薄韩愈不及翱赋，以谓不过羡二鸟之光荣，叹一饱之无时耳。”又云：“翱怪神尧以一旅取天下，而后世子孙不能以天下取河北为忧。曰：呜呼！使当时君子皆易其叹老嗟卑之心，为翱所忧之心，则唐之天下岂有乱与亡哉？”其重若是，故附见于此。

众嚣嚣而杂处兮，咸嗟老而羞卑。视予心之不然兮，虑行道之犹非。倘中怀之自得兮，终老死其何悲？昔孔门之多贤兮，惟回也为庶几。超群情以独去兮，指圣域惟高追。固箪食与瓢饮兮，宁服轻而驾肥？望若人其何如兮，惭吾德之纤微。躬不田而饱食兮，妻不织而丰衣。援圣贤而比度兮，何侥幸之能希？念所怀之未展兮，非悼己而陈私。自禄山之始兵兮，岁周甲而未夷。何神尧之郡县兮，乃家传而自持？税生人而育卒兮，列高城以相维。何兹世之可久兮，宜永念而遐思。有三苗之逆命兮，舞干羽以来之。惟刑德之既修兮，无远迩而咸归。当高祖之初起兮，提一旅之羸师。能顺天而用众兮，竟扫寇而戡隋。况天子之神明兮，有烈祖之前规。划弊政而还本兮，如反掌之易为。苟庙堂之治得兮，何下邑之能违？哀予生之贱远兮，包深怀而告谁？嗟此诚之不达兮，惜此道而无遗。独中夜以潜叹兮，匪吾忧之所宜。

书山石辞第四十六

《书山石辞》者，宋丞相荆国王文公安石之所作也。公游舒州山谷，书此词于涧石。盖非学楚言者，而亦非今人之语也，是以谈者尚之。

水泠泠而北出，山靡靡以旁围。欲穷原而不得，竟怅望以空归！

寄蔡氏女第四十七

《寄蔡氏女》者，王文公之所作也。公以文章节行高一世，而尤以道德经济为己任。被遇神宗，致位宰相。

世方仰其有为，庶几复见二帝三王之盛。而公乃汲汲以财利兵革为先务，引用凶邪，排摈忠直，躁迫强戾，使天下之人嚣然丧其乐生之心，卒之群奸嗣虐，流毒四海。至于崇宣之际，而祸乱极矣。公又以女妻蔡卞，此其所予之词也。然其言平淡简远，翛然有出尘之趣，视其平生行事心术，略无豪发肖似，此夫子所以有"于予改是"之叹也欤？晁氏录其少作两赋，而独遗此，盖不可晓。故今特收采，而并著其本末，亦使读者无疑于宜陵绝命之章云。

建业东郭，望城西堠。千嶂承宇，百泉绕霤。青遥遥兮纚属，绿宛宛兮横逗。积李兮缟夜，崇桃兮炫昼。兰馥兮众植，竹娟兮常茂。柳蔫绵兮含姿，松偃蹇兮献秀。鸟跂兮下上，鱼跳兮左右。顾我兮适我，有斑兮伏兽。感时物兮念汝，迟女归兮携幼。

我营兮北渚，有怀兮归女。石梁兮以苫盖，绿阴阴兮承宇。仰有桂兮俯有兰，嗟汝归兮路岂难！望超然之白云，临清流而长叹。

服胡麻赋第四十八

《服胡麻赋》者，翰林学士眉山苏公轼之所作也。国朝文明之盛，前世莫及。自欧阳文忠公、南丰曾公巩与公三人相继迭起，各以其文擅名当世。然皆杰然自为一代之文，于楚人之赋有未数数然者。独公自蜀而东，道出屈原祠下，尝为之赋，以诋扬雄而申原志，然亦不专用楚语，其辑之乱乃曰："君子之道，不必全兮。全身远害，亦或然兮。嗟子区区，独为其难兮。虽不适中，要以为贤兮。夫我何悲，子所安兮？"是为有发于原之心，而其词气亦若有冥会者。它词则唯此赋为近于《橘颂》，故录其篇云。

我梦羽人，颀而长兮。惠而告我，药之良兮。乔松千尺，老不僵兮。流膏入土，龟蛇藏兮。得而食之，寿莫量兮。于此有草，众所尝兮。状如狗虱，其茎方兮。夜炊昼曝，久乃臧兮。伏苓为君，此其相兮。我兴发书，若合符兮。乃瀹乃烝，甘且腴兮。补填骨髓，流发肤兮。是身如云，我何居兮？长生不死，道之馀兮。神药如蓬，生尔庐兮。世人不信，空自劬兮。搜抉异物，出怪迂兮。槁死空山，固其所兮。至阳赫赫，发自坤兮。至阴肃肃，跻于乾兮。寂然反照，珠在渊兮。沃之不灭，又不燔兮。长虹流电，光烛天兮。嗟此区区，何与于其间兮！譬之膏油，火之所传而已耶？

毁璧第四十九

《毁璧》者，豫章黄太史庭坚之所作也。庭坚以能诗致大名，而尤以楚辞自喜。然以其有意于奇也泰甚，故论者以为不诗若也。独此篇为其女弟而作，盖归而失爱于其姑，死而犹不免于水火，故其词极悲哀，而不暇于为作，乃为贤于它语云。

毁璧兮陨珠，执手者兮问过。爱憎兮万世一轨，居物之忌兮固常以好为祸。羞桃茢兮饭汝，有席兮不嫔汝坐。归来兮逍遥，采芝英兮御饿。淑善兮清明，阳春兮玉冰，畸于世兮天脱其缨。爱胃人兮生冥冥。弃汝阳侯兮遇汝曾不如生。未可以去兮殆其雏婴，众雏羽翼兮故巢倾。归来兮逍遥，西江浪波何时平？山涔涔兮猿鹤同社，瀑垂天兮雷霆在下。云月为昼兮风雨为夜，得意山川兮不可绘画。寂寥无朋兮去道如咫，彼幽坎兮可谢。归来兮逍遥，增胶兮不聊此暇。卒章疑有误字。

秋风三叠第五十

《秋风三叠》者，原武邢居实之所作也。居实，恕子，自少有逸才，大为苏黄诸公所称许，而不幸蚤死。其为此时，年未弱冠。然味其言，神会天出，如不经意，而无一字作今人语。同时之士，号称前辈、名好古学者，皆莫能及。使天寿之，则其所就岂可量哉！

秋风夕起兮白露为霜，草木憔悴兮窃独悲此众芳。明月皎皎兮照空房，昼日苦短兮夜未央。有美一人兮天一方，欲往从之兮路渺茫。登山无车兮涉水无航，愿言思子兮使我心伤。

秋风淅淅兮云冥冥，鸱枭昼号兮蟋蟀夜鸣。岁月徂迈兮忽如流星，少壮几时兮老冉冉其相仍。展转反侧兮从夜达明，怅独处此兮谁适为情？长歌激烈兮涕泣交零，愿言思子兮使我心怦。

秋风浩荡兮天宇高，群山逶迤兮溪谷寂寥。登高望远兮不自聊，驾言适野兮谁与游遨？空原无人兮四顾萧条，猿狖与伍兮麋鹿为曹。浮云千里兮归路远遥，愿言思子兮使我心劳。

鞠歌第五十一

《鞠歌》者，横渠张夫子之所作也。自孟子没而圣学不得其传，至是盖千有五百年矣。夫子蚤从范文正公受《中庸》之书，中岁出入于老、佛诸家之说，左右采获，十有馀年。既自以为得之矣。晚见二程夫子于京师，闻其论说而有警焉，于是尽弃异学，醇如也。尝见神宗，顾问治道之要，即以惭复三代为对。退与宰相议，不合，因谢病归，著《订顽》、《正蒙》等书数万言。闲阅古乐府词，病其语卑，乃更作此以自见，并以寄二程云。

鞠歌胡然兮，邈余乐之不犹。宵耿耿其不寐兮，日孜孜焉继余乎厥修。井行恻兮王收，曷贾不售兮，阻德音其幽幽。述空文以见志兮，庶感通乎来古。搴昔为之纯英兮，又申申其以告。鼓弗跃兮麾弗前，千五百年兮寥哉阔焉。谓天实为兮则吾岂敢，嗟审已兹乾乾。

拟招第五十二

《拟招》者，京兆蓝田吕大临之所作也。大临受学程、张之门，其为此词，盖以寓夫求放心、复常性之微意，非特为词赋之流也。故附张子之言，以为是书之卒章，使游艺者知有所归宿焉。

上帝若曰：哀我人斯，资道之微。肖天之仪，神明精粹。降尔德兮，予无汝欺。视听食息，皆有则兮，予何敢私？顾弱丧以流徙，返故居兮谬迷。圈豚放驰，散无适归。蚁慕羊膻，聚附弗离。予哀若时，魂莫予追。乃命巫阳，为予招之。阳拜稽首，敢不祗承上帝之耿命！退而招之以辞。辞曰：

魂乎来归魂无东！大明朝生兮启群蒙，万物遥荡兮隐以风，迁流正性兮失厥中。魂兮来归魂无南！离明独照兮万物瞻，文章焕发兮不可缄，夸淫侈大兮志弗厌。魂兮来归魂无西！日入昧谷兮草木萎，实落材成兮虽有时，志意雕谢兮与物衰。魂兮来归魂毋北！幽都暗黯兮深蔽塞，归根独有兮专静默，有心独藏兮吝为德。魂乎来归魂无上！清阳朝彻兮文惚恍，绝类离群兮入无象，杳然高举兮极骄亢。魂兮来归魂毋下！素位安行兮以时舍，沉浊下流兮甘土苴，固哉成形兮不知化。魂兮来归反故居！盍归休兮复吾初。范博厚以为宫兮，戴高明以为庐。植大中以为常产兮，蕴至和以为厨。动震雷以鼓昕兮，守艮山以止隅。秉离明以为烛兮，御巽风以行车。守吾坎以御侮兮，开吾兑以进趋。资粮械器惟所用兮，何物之不储？四方上下惟所之兮，何适而非涂？虽备物以致用兮，廓吾府而常虚。纵奔骛以终日兮，燕吾居而晏如。惟寞惟寂，疑有疑无。其尊无对，其大无馀。曷自苦兮一方拘？魂兮来归，反故居！

跋一

《楚辞后语》者，我宋文公朱先生之所作也。其述作之本意，先生自序之详矣。而其编定此书之时，与夫论著之详略，则又已见于先生之季子通守监簿君之《后序》。应龙生晚，不及侍先生函丈，独幸与监簿君同朝，及来温陵，又为僚相好也。暇日因从问先生平日述作大概，以为它书已行于世，独此编乃晚年所定，犹未及卒业，故人未及见，而首以示应龙，因得伏而读之。其微词奥义，不一而足，独论汉扬雄，则反复屡致其意，其序《反骚》也，则以为“屈原之罪人，《离骚》之谗贼”。其序《胡笳》也，则以为“非恕琰，亦以甚雄之恶”。夫扬雄以好深沉之思作为雅丽之文，后世读之，未有以为非者，而先生待之不少恕如此。抑应龙尝就监簿君借先生所作《资治通鉴纲目》之书读之，见其所书雄之死曰“莽大夫扬雄卒”，则知先生之所以贬雄者，其意盖有在也。呜呼严哉！后之揽者，傥知先生所以去取之意，而明三纲五常之义，如读《春秋》而乱臣贼子惧者，则庶乎其不蹈骚人之失，而先生此书为不苟作矣。应龙不敏，何足以识先生之指意，特见而谓之知之谓耳。因以是说谂于监簿君，君曰然，乃敬书其后而归之。嘉定壬申重九后一日邵武邹应龙书于温陵郡斋。

跋二

先君晚岁草定此编，盖本诸晁氏《续》、《变》二书，其去取之义精矣，然未尝以示人也。每章之首皆略叙其述作之由，而因以著其是非得失之迹，独《思玄》、《悲愤》及《复志赋》以下至于《幽怀》，则仅存其目而未及有所论述，故今于此十九章之叙，皆因晁氏之旧而书之。若夫《鞠歌》、《拟招》二章，则非归来子之书所及者，读者又当有以识夫旨意于言词之外也。嘉定壬申仲秋在始取遗稿謄写成编，捧玩手泽如新，而音容不复可见矣，因涕泣而书其后。又五年，岁在丁丑，补外来守星江，实嗣世职，既取郡斋所刊《楚辞集注》重加校定，复并刻此书，庶几并行，且以识予心之悲也。中秋日在谨记。

跋三

《吊屈》、《服赋》已见《续骚》，《反骚》一篇亦附卷末，而《后语》之作皆复收入。其本旨既不可知，而二集并存，则为重复。今以《反骚》著于此，而贾赋二章则存其目，庶几二集若相为用，不可偏废，而纂辑之意，或以是而得之。至于《思玄》以下十九章，用归来子之说而未经刊定者，姑以附注于篇目之下云。端平乙未秋七月朔孙承议郎、权知兴国军兼管内劝农营田事、节制屯戍军马鉴百拜敬识。

图书在版编目（CIP）数据
楚辞章句补注·楚辞集注/(汉）王逸注.—长沙：岳麓书社，2013.1(2020.6 重印)
ISBN 978-7-5538-0029-5
Ⅰ.①楚… Ⅱ.①王… Ⅲ.①《楚辞》—注释 Ⅳ.①I222.3
中国版本图书馆 CIP 数据核字(2012)第 277530号

湖湘文库

湖湘文库编辑出版委员会

楚辞章句补注·楚辞集注

作　　者 〔汉〕王逸/章句 〔宋〕洪兴祖/补注
〔宋〕朱熹/集注
校　　点 夏剑钦　吴广平
责任编辑 马美著　许　静
整体设计 郭天民
出版发行 岳麓书社
网　　址 http://www.yueluhistory.com
地　　址 湖南省长沙市爱民路47号
邮　　编 410006
电　　话 0731—88885616(邮购)
经　　销 湖南省新华书店
印　　刷 北京虎彩文化传播有限公司
版　　次 2013年1月第1版
2020年6月第3次印刷
开　　本 960 x 640　1/16
印　　张 39.25
字　　数 540千字
书　　号 ISBN 978-7-5538-0029-5
定　　价 180.00元